Auf zu neuen Gefilden, zu neuen
Ufern.
Das Christenkreuz überzieht die Welt
wie die Flechte den Stamm.
Doch wir sind unsterblich.

Die Hallen der Götter

Historischer Roman

ANDREAS OTTER

©Andreas Otter
Andreas Otter c/o Fakriro GbR
Bodenfeldstr. 9
91438 Bad Windsheim

andreas-otter@t-online.de
www.andreasotter.com

© 2024 Andreas Otter
Verlag: BoD · Books on Demand GmbH, In de Tarpen 42,
22848 Norderstedt
Druck: Libri Plureos GmbH, Friedensallee 273, 22763 Hamburg
ISBN: 978-3-7597-7600-6

Korrektorat: Ilka Bredemeier

Coverdesign: © Laura Newman – design.lauranewman.de

Über den Autor:

Andreas Otter wurde 1969 am Fuße der Alpen geboren. Heute lebt er am Ammersee im südlichen Bayern. Zahlreiche Rucksackreisen in ferne Länder und das Kennenlernen fremder Kulturen erschufen in ihm Geschichten, die er schließlich niederschrieb. Aufgrund seines Interesses für Geschichte schreibt er gerne historische Romane.

»Geschriebene Geschichten sollen die Herzen der Leser erreichen, sie in andere Zeiten und Orte, in Beziehungen und Rollen führen, Gefühle spürbar machen. Sie sind die Offenbarung anderer Welten.«

Von Andreas Otter erschien auch:

»Stadt der tausend Könige«, Historischer Roman
»Der Fischer und die Königin«, Historischer Roman
»Der König der Gaukler«, Historischer Roman
»Das Schweigen der Götter«, Historischer Roman
»Das Elixier des Himmels«, Historischer Roman

»Wenn die Götter rufen, musst du dich entscheiden.«

Gjallarbru, die Brücke am Rande Hels, wie aus einem Traum entstanden, voller Zauber und Schönheit. Mit Gold bedeckt, leuchtend und schillernd, blendet sie die Augen derer, die sie überqueren wollen.
Modgudur, die Magd, bewacht sie. Die Schutzpatronin der Getreuen alter Götter, Odinssöhne und -töchter, allen Seins der Altvorderen, derer, für die Blut vergossen und selbst gegeben wird.
Wie schön Modgudur nur ist, ihr Antlitz überstrahlt allen Liebreiz, ihre Augen blenden und nehmen die Herzen ein, ihr Blick befiehlt zur Bewegungslosigkeit.
Doch so golden wie aller Glanz des Regenbogens scheint, so finster ist das Reich der Hel. Tod denen, denen es gelingt, die Brücke zu überqueren.
Wehe denen, die dem Willen der Götter trotzen.
Heil denen, die ihre Stärke verbreiten.
Verzückung denen, die Modgudur erblicken.

Inhalt:

Lächeln ist eine Sprache, die überall auf der Welt
verstanden wird.
Dazu benötigt es keine Worte.

Ranveig Einarsdottir, Anno 1004

Das Spiel der Götter

Die Versammlung

Mit demütiger Miene nahm Otraud Völsungsdottir Arna die Axt ab. Als Tochter des *yfirmannr*, des Ersten Mannes des Dorfes, oblag es Otraud, die Geladenen bereits hinter den Stufen zur Schildhalle zu begrüßen. Dabei lächelte sie die Kriegerin scheu an. Der Bekanntheitsgrad Arnas reichte bis ins ferne schwedische Land sowie weit in den Süden. Arna würde sich nicht wundern, wenn sie auch in England als Walküre verehrt würde, als stolze Kriegerin Odins, deren Antlitz aufgrund einer Narbe über ihrer gesamten linken Gesichtshälfte sowie des entfernten Auges auf viele Gegner noch viel furchteinflößender wirkte. Wer wusste schon, ob Odin ihr dieses Aussehen nicht deshalb verliehen hatte, um ihr dadurch noch mehr Kraft zu schenken. Otraud nahm auch die Waffen und Schilde aller anderen Gäste ab. Es waren nur Männer geladen, Arna hingegen galt seit jeher als Ausnahme. Nicht einmal der Dorfoberste wagte es, Arna auszuschließen. Viel zu fest war das Band der Freunde, die vor Jahren in Vinland gewesen waren, einem Land, zu dem ihre Götter keinen Zutritt hatten und das nahe an *ginnungagap* lag, dem Rand der Erde, von wo aus man ins Nichts fiel.

Bothild war die andere Frau, die an dieser Versammlung teilnahm. Die Gemahlin Völsungurs und somit die *yfirfrodr*, die erste Frau des Dorfes, saß auf dem reich verzierten Stuhl neben ihrem Mann. Das silberne Diadem auf ihrem bereits ergrauten Haar unterstrich ihre hohe Stellung, blau angemalte Augenlider zeugten von Strenge und Autorität.

So traten auch der hünenhafte Mjöllnir ein, Grimar, Radvald, Ragnar und Balbó, Sohn des Einar, der in Vinland gefallen war, Sigurd sowie viele andere Freunde.

Arna ahnte, warum Völsungur sie hatte rufen lasen. Radvald hatte der Versammlung sogar fernbleiben wollen, weil er ahnte, es könnte zu einem Aufstand kommen. Ruhig sah sie in die Gesichter der etwa zwanzig Männer. Mehr waren sie nicht mehr, seit Jahren zogen Familien weg oder wurden vertrieben. Dies würde ihr nicht passieren, eher ging sie in den Tod. Der Platz an der

Seite ihrer Vorfahren in den Hallen Walhalls war ihr sicher. Es gab also keinen Grund, dem Tod zu trotzen.

Während Otraud und Mirda, eine sächsische Sklavin Völsungurs, Met austeilten sowie Fleisch auf der langen Tafel präsentierten, blickte Arna in Radvalds Gesicht. Sie spürte direkt seinen Widerwillen, seine Abscheu dem gegenüber, was folgen sollte. Viel zu oft hatte der *yfirmannr* Gespräche mit einzelnen Familien geführt, sogar Silber geboten, und nicht alle widerstanden dem teilweise großzügigen Angebot.

Für kein Land der Welt, für keine Menge an Silber verriete sie je ihre Götter.

Unter schneller klopfendem Herzen sah sie auf die Schilde, die an den Balken des Hauses sowie unterhalb der Decke angebracht hatte. Auf allen prangten Runen, die die Namen ihrer Götter offenbarten, deren Taten, deren Mut und Tapferkeit. Sie sah Thor ebenso wie Freija, Loki, Frigg, Baldur, Tyr, Angrboda oder auch Ymir, den Riesen. Es lag abseits ihrer Vorstellungskraft, ihren Göttern den Rücken zu kehren, es war schlimmer als der grausamste Tod, als jede Sklaverei oder vernichtender Hunger.

Je länger Völsungur wartete, desto lauter wurde das Gemurmel der anderen. Einige tranken und aßen, Arna jedoch fasste nichts an. Erst musste sich herausstellen, ob der *yfirmannr* tatsächlich die Frechheit besaß und sie um das Unmögliche bat.

»Bei Odin, ich heiße euch alle willkommen in meinem Haus!«, unterbrach schließlich Völsungurs Stimme die vereinzelten Gespräche. Mit einem Mal waren nur noch Otraud und die Sklavin zu hören, die mit den Hörnern klapperten. Der etwa vierzigjährige Mann blickte einige Momente stumm auf die Gäste, um es noch ruhiger werden zu lassen.

»Diese Versammlung hätte durchaus früher stattfinden müssen, doch ich ahnte nicht, wie sehr sich die Schlinge um unsere Hälse zieht.«

»Es ist keine Schlinge!«, antwortete Mjöllnir mit tiefer Stimme. »Es sind nur die Worte des wehrlosen Christengottes!«

Völsungur ging nicht auf den Einwand ein, stand nun auf und ließ sich ein Leder geben, auf dem eine Karte aufgezeichnet war. Dieses hielt er ihnen entgegen. Es war leider zu weit weg, sodass Arna kaum etwas erkennen konnte.

»Der Landlord hat nun auch seine Söhne mit dem Zeichen des Christentums taufen lassen. Immer mehr Siedlungen, Dörfer, werden auseinandergerissen. Ihr Einfluss wird stärker, ihre Kraft ebenso. Ihr alle wisst, dass nur noch christliche Händler von den Zöllen ausgeschlossen sind. Wir zahlen teilweise mehr, als wir erbeuten. Im Westen und Süden hungern die Familien, weil sie nicht beliefert werden.«

»Das wissen wir alles!«, antwortete Sigurd, ein enger Freund und wahrhaftiger Odinssohn.

Der *yfirmannr* wartete etwas, trank und setzte sich wieder. »Ihr wisst, dass sich etwas ändern muss. Firthskur ist dem Untergang geweiht, früher oder später.«

Plötzlich knallte ein Horn laut auf dem Tisch auf. Es war Radvald, der sich Völsungur entgegenstreckte. »Ändern heißt, dass du seit Wochen versuchst, die Familien zu bestechen, damit sie das Christentum annehmen?«

»Ja. Ich versuche, unser Dorf zu retten.«

»Indem du uns dazu bringen möchtest, unsere Götter zu verraten?«

»Glaubst du, es fällt mir leicht? Jeder Winter wird noch schlimmer als der vorherige, es gibt Häfen, die keine Schiffe aus Dörfern einlaufen lassen, die noch an die wahren Götter glauben. Ihr wisst, dass sie uns Heiden nennen, ihre Ausgrenzung uns gegenüber weitet sich von Tag zu Tag aus.«

Es entstand Gemurmel, empörte Stimmen waren zu hören, viele äußerten sich aber nicht. All das, was Völsungur von sich gab, war nichts Neues für Arna, eine Erscheinung der letzten Jahre, die immer drastischer wurde. Das Christenkreuz zog sich über die Welt wie ein Geschwür, wie die Flechte um den Stamm eines Baumes. Und mit ihm die plappernden Priester, die wie Lämmer um ihr Leben flehten, bevor man ihnen den Kopf von Hals schlug.

»Ihr alle wisst das!«, wiederholte der *yfirmannr*. »Ich sehe keine Möglichkeit, wie wir auf Dauer überleben sollen!«

Wutentbrannt stieß Arna in die Höhe. »Wie wir das überleben sollen?«, schrie sie. »Wie kannst du so etwas fragen? Natürlich indem wir kämpfen. Wenn wir fallen, dann an der Seite unserer Freunde.«

Viele der Männer stimmten ihr mit lauten Worten zu, viele andere blieben aber still. So viele, dass Arna entsetzt um sich sah. Offenbar zweifelten mehr von ihnen, als sie befürchtet hatte. Nur kurz wurde ihr Blick brüchig, bevor sie Völsungur musterte.»Du möchtest dich zum Kreuz bekennen?«

Der *yfirmannr* schwieg einige Augenblicke, trat dann vor und schloss kurz die Augen.»Ja, wenn ich den Frieden und das Überleben unseres Dorfes dadurch sichern kann.«

Arna wusste nicht, was sie sagen sollte. Männer schrien wütend ihre Wut heraus, andere schimpften, einige sagten aber wieder nichts.

»Das kannst du nicht tun, Völsungur.« Arnas Lippen zitterten vor Wut. Er war es einst gewesen, der sie hatte zeichnen lassen, nach einem Thing, in dem sie sogar freigesprochen worden war. Dennoch hatte man ihr Gesicht zerschnitten. Es war ein reiner Akt der Reinwaschung gewesen, damit Völsungur sein Gesicht hatte wahren können. Wir oft hatte sie davon geträumt, seinen Kopf abzuschlagen und ihn den Raben zum Fraß vorzuwerfen. Womöglich musste sie es nun jetzt tun.

»Arna, ich schätze deine Treue sehr«, beschwichtigte der *yfirmannr*,»aber es geht um die Zukunft unserer Heimat. Immer öfter dringen die Ereignisse im Süden und Westen an mein Ohr. Einzig im Norden und in Richtung der Schweden scheint der Christengott noch keinen Zugang zu haben.«

»Die Zukunft unserer Heimat kann nicht von den wahren Göttern getrennt werden!«, rief nun Balbó.

Obwohl er erst dreizehn Jahre alt war, wirkte er viel älter. Für Arna hatte er zweifelsfrei die Stärke und die Treue zu den Göttern von seinem Vater Einar geerbt.

»Niemals!«, wiederholte Balbó.

Wieder entstand wildes Gemurmel, einige Männer stritten sich, Völsungur hob aber eine Hand, bis es schließlich wieder ruhig wurde.

»Ich werde euch alle entscheiden lassen. Achtzehn Männer und eine Frau!« Dabei blickte er kurz zu Arna.

»Und was ist mit den andern, die sich weigern, auch wenn sich die Mehrheit für das Christenkreuz entscheidet?«, wollte Radvald wissen.»Zwar glaube ich nie und nimmer, dass das geschehen wird, doch was wäre dann?«

»Dann gilt Firthskur dennoch als christlich und wir können wieder Handel treiben und auf Raubzug gehen.«

»Du verkaufst unsere Götter!«, herrschte Arna ihn nun an.

14

Auch Mjöllnir und einige andere standen auf, fluchten laut, schimpften, bis Völsungurs Leibwache zu den Waffen griff. »Ich dulde keine beleidigenden Worte gegen meine Familie!«, brüllte nun Bothild. Es war das erste Mal, dass sie sich äußerte. »Nicht in meinem Haus. Völsungur ist der *yfirmannr* und er entscheidet zum Wohl unserer Leben, unserer Zukunft. Und nun ist es so, dass nicht einmal er entscheidet, sondern die Mehrheit!« Arna ignorierte Bothilds Einwand, sie sah die *yfirfrodr* nicht einmal an.

»Es reicht, wenn du es in Betracht ziehst!«, sagte sie in Richtung Völsungur. Und dies wesentlich leiser, als sie vorgehabt hatte. Sie musste aufpassen, den *yfirmannr* nicht wütend zu machen. Neben der Treue zu den Göttern ging es auch ihr um das Wohlergehen Firthskurs.

Da rückte Radvald nahe an Arna heran. »Er hat nicht die Eier, es selbst zu entscheiden! Er will uns spalten, uneins werden lassen.«

Arna nickte nur. Sie konnte kaum atmen, konnte nicht fassen, was gerade geschah. Es war, als risse man ihr Herz aus dem Leib, kein Verrat konnte größer und schwerwiegender sein als das, was Völsungur vorhatte. Für sie war er nun kein *yfirmannr* mehr, kein Mann, den sie auch nur noch ansatzweise als Führer ansehen konnte. Er war schwach wie die Christenmenschen, und es hätte sie nicht gewundert, wenn er sich augenblicklich niederknien und die Hände falten würde.

»Wir stimmen ab!«, unterbrach Völsungurs Stimme jeden weiteren Gedanken. »Wir benötigen eine Entscheidung, eine Richtung. Bitte bedenkt, dass es um unsere Zukunft geht, um das Leben unserer Frauen und Kinder. Und darum, wie wir leben wollen. Als gejagte, geächtete oder als freie Menschen.«

»Frei?«, höhnte Balbó? »Indem wir unsere Götter verraten?«

»Schweig!«, befahl der *yfirmannr* scharf. »Ich lasse nicht zu, dass du die Entscheidung den anderen beeinflusst.«

Nur kurz blickte Arna zu ihrer Streitaxt am Eingang des Hauses. In bunten Bildern malte sie sich aus, sie an sich zu nehmen, Völsungurs Kopf damit zu spalten und die Gedärme dieses Verräters im gesamten Raum zu verteilen. Dann fiel aber ihr Blick auf die Schilde, auf die Runen und Zeichnungen, auf die Symbole und Linien an den Balken, den Wänden, auf den Füßen der Tische. Wie konnte Völsungur nur?

Um die Empörung und die Zwischenrufe zu stoppen, hob der *yfirmannr* abermals die Hand. Es dauerte diesmal länger als zuvor, bis es ruhiger wurde. Entsetzt erkannte Arna, dass die Männer tatsächlich bereit dazu waren. Vermutlich deswegen, weil sie freie Wahl hatten.

»Wir stimmen jetzt ab. Ihr seid stolze, freie Männer und ihr habt das Recht, eure Zukunft selbst in die Hand zu nehmen, sollte sie nicht schon von den Göttern vorbestimmt sein. Wer ist dafür, das Christenkreuz anzunehmen und uns wieder in Freiheit leben zu lassen?«

Mit angehaltenem Atem starrte Arna um sich. Zunächst erhoben sich nur einige Männer, dann weitere, und so versuchte sie abzuzählen, ob es mehr als die Hälfte waren. Alles an ihr zitterte, ihr Magen rebellierte – die Frage, sich ein Schwert in das Herz zu stoßen, könnte sie nicht stärker niederschmettern. Da sie aufgeregt war, zählte sie noch mal, kam aber nicht auf mehr als sieben Männer.

Völsungur wartete lange, so, als wünschte er, noch einige aufstehen zu sehen. Doch sie blieben sitzen.

»Und wer ist dagegen?«

Schneller als die zuvor standen nun die anderen Männer auf. Aufgeregt zählte Arna acht, dann neun. Dabei atmete sie tief aus.

Wieder wartete Völsungur, bevor er die drei ansah, die sich einer Entscheidung enthalten hatten. »Ihr müsst wählen!«

Schließlich standen auch sie auf. Es waren Malki, Sven und Björn, alle aus dem Hafengebiet.

»Wir sind gegen das Kreuz!«, sagten sie schließlich.

Triumphierend blickte Arna in Völsungurs Gesicht. Es war knapper als gedacht, die völlige Katastrophe war aber nicht eingetreten. Dennoch warf sie denjenigen, die für das Kreuz gestimmt hatten, einen verächtlichen Blick zu.

Der *yfirmannr* nickte nur. Kein Wort kam über seine Lippen, er setzte sich, trank etwas, dann ließ er die Männer essen und trinken. Die Blicke zwischen ihm und Bothild gaben Arna aber zu denken. Hatten die beiden bereits einen Plan, weil sie mit dem Ergebnis gerechnet hatten? Wiederholte Völsungur die Wahl so lange, bis sie endlich zu seinen Gunsten ausfiel? Währenddessen stritten einige der anderen, wogen Vorteile ab. Mjöllnir, Radvald, Grimar, Sigurd, Ragnar und Balbó hingegen setzten sich nahe zu Arna.

»Er wird es nicht annehmen!«, flüsterte Radvald ihnen zu. Dabei wackelte sein Haarschwanz neben den rasierten beiden Kopfhälften stark herum. »Ich kenne ihn. Er wird es nicht auf sich beruhen lassen.«

»Aber wir haben abgestimmt!«, antwortete Mjöllnir. »Es ist der Wille der Mehrheit. Es hat es selbst gesagt.«

»Mjöllnir, ich sage dir, dass Völsungurs Zunge gespalten ist. Er hat zu viel Zeit mit den Christen verbracht. Ich spüre es, ich sehe es in seinem Gesicht.«

Arna glaubte Radvald, zumal seine Vorahnungen oftmals zutrafen.

Balbó schüttelte den Kopf. »Ich verlange von ihm, dass er die Entscheidung annimmt. Alle Männer des Dorfes waren zugegen, es wäre eine Schande, wiederholte er die Abstimmung.«

»Er kann sie unzählige Male wiederholen«, antwortete Grimar. »Er ist der *yfirmannr*.«

Einige Männer begannen, die Versammlung zu verlassen, weitere folgten. Auch Arna hatte keine Lust, sich vom Fleisch dieses Verräters zu ernähren. Wer wusste es schon, vielleicht hatte er die Ziegen zuvor mit dem Christenwasser taufen lassen. Noch immer entsetzt, aber gleichzeitig erleichtert um das Ergebnis, stand sie auf und verließ die Halle. Ihre Freunde folgten ihr.

Im Freien schlug sie wutentbrannt ihre Axt in einen der Stämme. Zwei ebenfalls Austretende beobachteten sie, gingen aber weiter.

»Er zieht die Ehre meines Vaters in den Schmutz!«, ereiferte sich Balbó. »Vater hätte anders entschieden. Niemals hätte er das Christenwort in seine Nähe kommen lassen!«

»Einar war nie ein *yfirmannr*«, antwortete Sigurd. »Aber du hast recht. Er war ein wahrer Sohn Odins.«

»Und das sind wir alle!«

Arna nickte, doch ein bitterer Beigeschmack begleitete Balbós Worte. Auch sie ahnte, dass mit Völsungurs Wanken die Zukunft grau und trüb aussah. Und sie ahnte, dass es wohl nicht genügte, wenn die Mehrheit des Dorfes an den wahren Göttern festhielt. Noch strengere Zollabgaben drohten, möglicherweise verbot man den Menschen alten Glaubens die Raubzüge oder die Überfahrt mancher Gewässer, es winkte der Ausschluss aus Handelszentren oder sogar die Sklaverei. Zu viele Geschichten kursierten, die sie fassungslos gemacht hatten. Wäre nun einer dieser Priester anwesend, hätte sie ihn gern geköpft und dessen Blut Odin geopfert.

Als sie den durch Fackeln beleuchteten Bereich verließ und zu ihrem Haus zurückging, blieb sie an der höchsten Stelle des Plateaus stehen. Unzählige Sterne leuchteten auf sie herab, die Blätter der Bäume raschelten im Wind, es roch nach Harz und Frischem. Alles war wie gewohnt, dennoch legte sich ein Schleier der Angst und der Sorge auf sie, der stärker war als je zuvor. So oder so standen sie vor ungewissen Zeiten, nun wurden sie rau und stürmisch. Entschlossen legte sie ihre Hand auf den Griff ihrer Streitaxt. Solange sie sowie der beinerne Thorshammer an ihrem Körper hingen, waren die Götter ihr wohlgesinnt.

Ragnarök

Ranveig liebte es, wenn der kalte Wind das Laub auf dem Waldboden umherwirbelte. Das raschelnde Geräusch vermittelte nicht nur Sicherheit, sondern vor allem Leben. Sie hasste es, nichts zu hören. Kam der Nebel im Winter, schien Midgard stets auszusterben, mit all den Geschöpfen darin. Stimmen hörten sich verzerrt an, Hel schien näher zu sein als in anderen Jahreszeiten, und somit auch die Dämonen und die rastlosen Geister derer, die sich nicht im Kampf auszeichnen konnten und nun für Ewigkeiten auf der Suche waren.

Der Nebel blieb aus, obwohl der Monat *frermandur* längst Einzug gehalten hat.

»Wir sind!«, hörte sie ihre Mutter sagen. Sie befand sich einige Schritte neben ihr, nahe an den Klippen, wo es zum Meer hinunterging. An dieser Stelle hielten sich im Winter die meisten Fische auf, warum auch immer.

Birta begleitete Ranveig nur selten. Seit ihr jüngster Sohn Jonki sowie Einar vor einigen Jahren gestorben waren, wirkte das Haus leer und einsam. Lange Zeit hatte Birta geglaubt, die Götter würden sie bestrafen. Es hatte lange gedauert, bis sie wieder lachen konnte, jeden Antrag einiger Männer aus dem Dorf hatte sie seither abgelehnt. Jetzt waren Ranveig und Balbó Birtas ganzer Stolz, sie schenkte ihnen in den rauen Zeiten alle Liebe und Zuneigung, die sie geben konnte. Aber auch alle Strenge, um sie zu starken Menschen reifen zu lassen.

Seit einiger Zeit war Balbós zumeist schlechte Laune mit der eines wild gewordenen Wildschweins vergleichbar, nachdem man einen Pfeil in seinen Körper geschossen hatte. Immer mehr erinnerte Balbó Birta an ihren verstorbenen Mann Einar. Falls ihr Sohn ein ähnlich guter Krieger werden sollte, wandelte auch er eines Tages in Walhall im Kreise seiner Vorfahren. Sie hatte nicht den geringsten Zweifel daran.

Schon bald warf Birta das Netz ins Wasser, Ranveig hingegen blieb noch kurze Zeit stehen und blickte zur See hinaus. Wellen schlugen gegen die Klippen, nach etwa einer Meile verhüllten

Wolken die weitere Sicht. Seit dem Tod ihres Vaters drei Jahre zuvor hatte sie hunderte Male gehofft, er würde auf seinem Schiff *blar arflognir* zu ihnen segeln. Sie sah ihn dann von Bord steigen, sie in den Arm nehmen und hörte seine Stimme, wenn er sagte, er sei stolz auf sie und sie sei eine wahre Tochter Odins. Es kam jedoch niemand, weder Vater noch Händler, die seit Tagen überfällig waren.

»Ranveig!«

»Ja, Mutter?«

»Hast du etwas gesehen?«

»Nein. Die See ist leer wie unsere Kammer. Vielleicht kommen die Händler nicht.«

»Sollten sie aber! Ich werde ihnen den Bauch aufschneiden, wenn sie noch einige Tage länger benötigen.«

Ranveig war Hunger gewöhnt, doch in den letzten Jahren mussten sie ihn öfter ertragen als früher. Immer seltener ließen sich die fremde Schiffe in dieser Gegend blicken. Die anderen *yfirmannr* verboten den Händlern, die Siedlungen aufzusuchen, deren Bewohner noch an die wahren Götter glaubten. Der Christengott wurde stärker, immer mehr nahmen den Glauben dieses schwachen Gottes an, die wahren Söhne und Töchter Odins hingegen wurden verschmäht, angegriffen, ausgegrenzt, sogar versklavt und an ferne Orte gebracht. Die Truhen der Verräter füllten sich mit Silber, deren Kornkammern mit Getreide. Und ihre Herzen wurden schwarz.

»Ranveig!«

Ohne zu antworten, half Ranveig ihrer Mutter, das Netz immer wieder auszuwerfen. Noch ging es gut und nur der Milde des bisherigen Winters war es anzurechnen, dass sie nicht das Eis aufschlagen mussten, so wie in jedem harten Jahr.

Auf dem Rückweg kamen sie an Arnas Haus vorbei. Das verfaulte Haupt eines christlichen Priesters steckte noch immer auf dem Pfahl vor ihrer Tür. Arna hatte gedroht, jedem die Hände abzuschlagen, der den Kopf des Lügenpriesters abzunehmen versuche. Hier im Dorf würde dies aber niemand tun. Nicht aus Angst vor Arna, sondern weil die Mehrzahl der Bewohner wusste, dass das Haupt auf dem Spieß besser aufgehoben war als auf dessen Körper. So konnte die gespaltene Zunge wenigstens niemanden von den trügerischen Geschichten dieses schwächlichen

Jesus überzeugen und ihnen diesen noch näherbringen, als er es ohnehin schon war.

Seit früher Kindheit war Arna ihr wie eine Schwester, voller gegenseitigem grenzenlosem Vertrauen. An unzähligen Abenden hatte Arna Ranveig von den dunklen Tagen im fernen Vinland erzählt, dem Gebiet weit jenseits des westlichen Meeres, wo Nebelvölker hausten und ihre Gefangenen aßen.

Nicht nur Arna, sondern auch die anderen hatten sich seitdem verändert. Ranveig hatte gespürt, dass mit ihren Freunden dort etwas geschehen war, was sie nicht erklären, nicht fühlen konnte. So, als hätten sie eine Welt gesehen, die man den Augen der Menschen Midgards vorenthalten müsse, um nicht deren Verstand zu verzerren.

Eine starke Brise kam auf und wehte Ranveigs blondes Haar ins Gesicht. Weil man von dieser Erhöhung aus über große Teile der Bucht sehen konnte, musterte sie ein weiteres Mal die Wolkenwand, die das Meer mit dem Horizont verschmelzen ließ. Etwas störte sie, ein seltsames Gefühl ergriff sie, das sie nicht weitergehen ließ.

»Siehst du etwas?«, fragte Birta.

»Ich weiß nicht.« Unruhig ließ Ranveig ihren Blick über die See schweifen. Gerade als sie sich wieder zu Birta drehen wollte, schälte sich der Bug eines Schiffes aus der Wolkenwand. »Da!«

»Sie kommen!«, sagte Birta scharf, aber mit einer unüberhörbaren Erleichterung in ihrer Stimme.

Nun erkannte auch Ranveig das Segel der Händler. Sie kamen, und mit ihnen hoffentlich genügend Gerste, Hafer und Roggen. In diesem Moment hörte sie schwach das Klopfen auf dem Signalholz weit unter ihnen. Das Schiff war entdeckt worden, nun rief man die Menschen zusammen, um es im Hafen zu empfangen.

Eilig liefen sie ins Haus. Das Feuer brannte noch, dennoch legte Ranveig einige Scheite nach, da Balbó es nicht getan hatte. Die Ziegen meckerten im Verschlag hinter der Schlafstätte, als beschwerten sie sich über die Rückkehr der beiden Frauen.

»Nimm die Tontöpfe mit, wir legen alles auf den Wagen«, befahl Birta streng. »Wenn wir Glück haben, tauschen sie wieder das Werkzeug ein.«

»Sie sind acht Tage überfällig!«, schimpfte Balbó. »Acht Tage!«

Beruhigend legte Birta ihrem Sohn eine Hand auf die Schulter. »Wir müssen froh sein, dass sie überhaupt noch kommen! Deshalb tauschen wir auch so viel Getreide wie möglich ein.«

»Das werden auch alle anderen tun.«

Ranveig hoffte von ganzem Herzen, es gäbe genügend Vorräte auf dem Schiff. Sie selbst verfügten nicht mehr über allzu viel Silber, und so kam es ihnen gelegen, dass einige der Händler auch Waren tauschten. Arna stellte Messer her, Birta Gabeln und Löffel aus Holz. Ranveig hatte nie verstanden, warum mit der Einkehr des Christengottes die Menschen plötzlich diese Gabeln benutzten, schließlich hatte Odin ihnen zwei Hände und Finger gegeben, Vili hingegen ihnen den Verstand, mit diesen auch essen zu können.

Plötzlich flüchtete eine der Ziegen aus dem Verschlag.

»Verflucht!«, schimpfte Birta laut. »Ich sollte ihr die Füße zusammenbinden! Die Händler legen bestimmt schon an!« Eilig legte sie Töpfe und leere Körbe in den Handkarren und sah Ranveig scharf an. »Hole sie zurück und staple die Bretter vor den Ausgang, wir brauchen dieses störrische Vieh! Wir gehen schon mal vor.«

Kopfschüttelnd sah Ranveig den beiden hinterher, die den Wagen energisch hinter sich herzogen und den Pfad hinunter zum Dorf und somit zum Hafen einschlugen.

Als Ranveig die Ziege suchte, fand sie sie schließlich am Rand des Waldes fressen. »Du dummes Vieh! Mutter braucht meine Hilfe!« Voller Wut ging sie zu ihr, band den Strick um deren Hals und zog sie zurück. Es dauerte, weil das Tier immer wieder zu flüchten versuchte, und als es endlich im Verschlag war, band Ranveig es an einem der Pfähle fest. Anschließend stapelte sie Stangen und Bretter vor den Ausgang. Sie mussten all das schnellstmöglich reparieren, doch nicht jetzt. Nachdem sie sich davon überzeugt hatte, dass keines der Tiere ein weiteres Mal entweichen konnte, machte sie sich selbst auf den Weg ins Dorf. Sie hatte viel zu viel Zeit mit dieser blöden Ziege vergeudet.

Plötzlich hörte sie am Waldrand stehend eine Frau aus der Ferne schreien, dann noch jemanden. Erschrocken blieb sie stehen. Das waren keine Freudenschreie. Sofort verkrampften sich ihre Hände, ihr Herz schlug schneller. Sie fing zu rennen an, lief durch das Waldstück und blieb neben dem Stamm eines Baumes stehen. Sie kämpften! Ranveig wurde übel, binnen Augenblicken rann Schweiß über ihre Hände. Frauen und Kinder schrien, Männer schlugen mit Waffen aufeinander ein – aber warum? Erst jetzt erkannte sie, dass es keine Händler waren. Offenbar waren Räuber mit einem Handelsschiff gekommen, um nicht zu früh erkannt zu werden. Nein, das dufte nicht sein! Mit zitternden Händen zog sie ihr Messer aus der Ledertasche, umklammerte es und versuchte, Mutter und Balbó ausfindig zu machen. Metall klirrte, die Fremden schlugen und fesselten die Frauen und Kinder, immer mehr Fremde strömten in die Häuser Firthskurs. Waren es Sklavenhändler? Blut schoss durch ihr Gesicht, ihr Herz raste – sie musste zu ihrer Familie.

»Ranveig, nicht!«, hörte sie plötzlich die schrille Stimme ihrer Mutter. Ranveig sah sie nicht, es musste eine derer sein, die von den Fremden auf das Boot gezogen wurden. Doch da, am dritten Steg, erkannte sie das Gewand Birtas. Mutter wurde von zwei Männern in Richtung Schiff gezerrt, Balbó hingegen war nicht zu sehen. Obwohl sie ihnen zu Hilfe eilen wollte, klang Mutters Stimme in ihr nach. *Ranveig, nicht!* Ihr wurde übel, sie musste sich am Stamm des Baumes festhalten, sie würgte. Zusammen mit vielen anderen wurde Mutter auf das Schiff geschleppt, sie entdeckte auch Arna, die von drei Männern gleichzeitig überwältigt worden war, am anderen Steg schlugen sie Mjöllnir nieder. Zitternd hob sie das Messer vor sich, wollte hinunterlaufen, um die Fremden wie Schweine abzustechen, es waren aber mindestens vierzig Mann. Sie hingegen hatte gerade fünfzehn Sommer erlebt. Inmitten der fernen Schreie nahm das Geräusch aufeinanderschlagender Schwerter ab, Männer brüllten ihren Schmerz heraus, zu Dutzenden wurden die Menschen auf das Schiff getrieben. Mit aufgerissenen Augen versuchte sie, Balbó auszumachen, sah ihn aber auch jetzt nicht. Es mussten Sklavenhändler sein, sonst würden sie nicht gefesselt und auf Deck gezerrt werden.

Voller Wut und Hilflosigkeit biss sie in ihre Hand, bis es blutete. Ihr Körper schüttelte sich, sie rang mit sich, nicht doch hinabzulaufen und zu kämpfen.

Offenbar hatte sie zu laut gekotzt. Ein Mann erblickte sie und lief den Waldhang zu ihr empor.

Voller Angst rannte Ranveig los. Wohin sollte sie? Lief sie ins Haus, wäre sie gefangen. Birta hatte ihr immer wieder gesagt, in so einem Fall solle sie zum Meer auf der anderen Seite der Halbinsel rennen. Sie konnte schwimmen, die meisten der Menschen hingegen nicht. Sie rannte und rannte, blickte immer wieder hinter sich, der Mann kam jedoch näher. Sie lief an Arnas Haus vorbei und über die Klippen zum Meer hinab. Nur kurz erinnerte sie sich daran, dass sie vor Jahren bereits an der gleichen Stelle vor Eindringlingen geflüchtet war, zusammen mit dem Sklaven Henrik. Henrik hatte ihr damals das Leben gerettet, seitdem waren sie enge Freunde.

Schweiß lief ihr in Augen und den Mund, sie kletterte aber behände weiter. Zu ihrem Entsetzten kam der Mann immer näher, und als sie erkannte, es nicht mehr zum Meer zu schaffen, hielt sie ihr Messer noch fester in der Hand, versteckt mit der Klinge unter ihrem Ärmel, dennoch bereit, es sofort einzusetzen.

Etwa zwanzig Schritte vor dem Wasser hatte der Fremde sie eingeholt. Als sich Ranveig ihm zuwendete, blieb auch er stehen. Er war nicht besonders groß, aber breitschultrig, sein Kopf war geschoren und der Bereich seiner Augen schwarz bemalt.

»Beinahe, meine Kleine!«

»Wer seid ihr?«

»Halt's Maul!« Er steckte sein Schwert in die Lederscheide und kam nun langsam auf sie zu. »Bevor ich dich zurückbringe, hole ich mir meinen Lohn ab. Bei allen Göttern, ich hab dich verdient.«

Ranveigs Atem raste, ihr Herz überschlug sich beinahe. Er würde sie schänden und dann zu den anderen bringen. Aber wenigstens wäre sie dann bei Mutter und Balbó.

Kurz vor ihr blieb er stehen und fasste ihr an die Kehle. »Zieh dein Gewand herunter oder ich zerreiße es. Dann wären die Blicke aller Männer auf dem Schiff auf dich gerichtet.

Fieberhaft versuchte Ranveig, einen Plan zu erstellen, wog ab, wie sie das Messer, das der Fremde noch nicht entdeckt hatte, einsetzen konnte.

»Los, beeil dich. Die anderen haben nicht allzu lange Zeit!«

»Bitte verschont mich!« Dabei schloss Ranveig kurz die Augen. Sie war Einars Tochter, sie hatte eine Waffe und genau an dieser Stelle hatte sie schon einmal Odins Gunst erhalten. Keinesfalls wollte sie sich von dem stinkenden Mann schänden lassen, auch wenn ihre Hände wie Zweige in starkem Herbstwind zitterten.

Gerade als der Fremde an ihre Brüste fassen wollte, schnellte sie mit ihrer Hand nach vorne. Matschend drang die Klinge des Messers in seinen Hals, Blut spritzte in ihr Gesicht und auf ihr

Gewand. Er röchelte, sah sie ungläubig an, Ranveig nützte aber den Moment und stach noch einmal zu. Der Mann taumelte und sank zu Boden. Kniend drückte er mit beiden Händen auf die große Wunde an seinem Hals. Blut floss wie Wasser in den Sand, sie hatte seine Schlagader getroffen.

»Du dreckiges …«

Wie in einem Traum vernebelte sich alles um Ranveig, ihr Atem war schnell und hektisch. Da fiel ihr der Thorshammer auf, den der Mann um seinen Hals trug.

»Wohin bringt ihr sie?«, rief sie und trat ihn mit einem kräftigen Tritt zu Boden. Er röchelte noch mehr, hielt weiterhin beide Hände an seinen Hals. Was sollte sie tun? Noch war er am Leben, sie konnte erfahren, wohin sie Mutter und die anderen brachten.

Da riss sie sein Schwert aus seiner Scheide und warf es neben sich.

»Gib es mir. Ich sterbe!«

»Ja, ich hoffe es, du Bastard!«

»Gib es mir, du kleine Hure. Ich möchte nach Walhall einkehren.« Seine Stimme klang erstickt, röchelnd, er würgte Blut hervor.

»Walhall? Nachdem du Frauen und Kinder entführt hast? Ich gebe es dir, wenn du mir sagst, wohin ihr sie bringt.«

Er röchelte weiter, würgte, kotzte Blut und Schleim, bevor er auf die Seite fiel. »Mein Schwert!«

»Wohin?«

Der Mann hustete und Ranveig befürchtete, er könnte sterben, bevor er endlich Auskunft gab. Blut floss unaufhaltsam zu Boden, sein Körper musste bald leer sein.

»Northumbria.«

Schwer atmend hörte Ranveig die Worte. Es war in Britannien.

»Mein Schwert!«

Zuerst wollte Ranveig es ihm geben, doch sie zögerte. Es konnte eine Falle sein, zudem hatte er es nicht verdient, bewaffnet an der Seite ihres Vaters in Walhall zu wandeln.

»Mein Schwert!«

Sie verstand ihn kaum mehr. Der Fremde röchelte immer stärker, während sie zitternd von ihm stand und zusah, wie alles Blut aus seinem Hals sickerte. Er wurde schwächer, seine Arme knickten ein, schließlich fiel sein Kopf zur Seite. Dort atmete er noch einige Male, bevor es still wurde.

Ranveig konnte sich kaum bewegen. Noch eine Zeit lang starrte sie auf den toten Körper, dann setzte sie sich auf einen Stein und versuchte, zu Atem zu kommen. Mutter! Vielleicht waren sie noch da. Doch was sollte sie tun? Ginge sie jetzt zurück, wäre die ganze Flucht umsonst gewesen. Alles rebellierte in ihr, ihr Herz wollte sich nicht beruhigen. Also wartete sie ab, stand auf, ging im Kreis, trat gegen den Mann, der aber sicher tot war, und sah schließlich den Abhang hinauf. Es war viel Zeit vergangen, vielleicht waren diese Bastarde gar nicht mehr da?

Schließlich wagte sie es. Vorsichtig kletterte sie die Klippen hinauf, blieb immer wieder stehen, lauschte, hörte aber nichts. Lautlos ging sie über die Wiese und blieb hinter einem der breiten Baumstämme stehen. Da sie niemanden sah, huschte sie so leise wie möglich von Baum zu Baum, bis sie Arnas Haus sah. Waren die Männer noch hier? So sehr sie die Umgebung musterte und lauschte, sah und hörte sie aber niemanden.

Wieder blieb Ranveig einige Zeit stehen, dann rannte sie zu ihrem eigenen Haus. Die Ziegen meckerten, alles war, als wäre nichts geschehen.

Schließlich ging sie in den Wald, von dem aus sie ins Dorf blicken konnte. Zu ihrer Überraschung standen drei Menschen an den Stegen und sahen zur See. Das Schiff hingegen war verschwunden.

Erst jetzt atmete Ranveig durch und rannte. Sie lief, so schnell sie konnte, fiel hin, stand auf, rannte weiter, bis sie die Häuser des Hafens erreichte. Sigurd war zu sehen, die alte Marka sowie ihr Sohn Gorn.

»Sind sie weg?«, schrie sie ihnen schon von Weitem entgegen.

Überrascht sah Sigurd zu ihr. »Bei Odin, Ranveig! Hattest du dich versteckt?«

»Nein. Ich bin verfolgt worden.« Tränen liefen über ihr Gesicht, während Marka sie in die Arme schloss.

»Sind sie noch da?« Er hob sein Schwert in die Höhe und starrte hinter Ranveig.

»Nein, es war nur einer, und er ist tot!«

Sigurd nickte, steckte das Schwert ein und blickte zu Boden. »Sie haben uns alle überrascht und die meisten mitgenommen. Frowa und Lorn, sie sind auf dem Schiff ...«

Ranveig hielt den Atem an. Sie waren alle entführt oder getötet worden, auch Sigurds Frau und Sohn. Jetzt erst sah sie zu den

Toten, die verstreut umherlagen. Die meisten von ihnen waren Freunde, es waren aber auch einige Fremde unter ihnen. Da sah sie Björn in seinem eigenen Blut liegen. Voller Trauer ging sie zu ihm und kniete sich zu Boden. Er war tot, mehrere Wunden waren zu sehen, seine Hand umklammerte den Stiel seiner Axt.

»Sie waren zu schnell!«, hörte sie Sigurd. »Und sie waren überall«

Seine Stimme erreichte sie kaum. Sie hatten Mutter und Balbó, so viele Freunde waren tot. Eine eiskalte Hand umschloss ihr Herz.

»Ich war beim Jagen und kam zu spät«, erklärte Sigurd. »Marka und Gorn versteckten sich auf einem Baum. Ausgerechnet sie und ihr schwachsinniger Sohn haben überlebt!«

»Sie haben alle anderen mitgenommen!«, flüsterte Ranveig. »Diese dreckigen Schweine.« Sie kniete noch eine Zeit lang neben Björn, stand dann aber auf. Nur vier waren verblieben, ohne jede Möglichkeit, dem Schiff hinterherzusegeln, das nur noch schwach in der Ferne zu sehen war.

Plötzlich schlug Sigurd sein Schwert in den toten Körper eines der Fremden. Blut spritzte in die Höhe, Sigurd brüllte wie aus Leibeskräften, hieb dem Leichnam den Kopf ab und trat ihn ins Wasser. Dabei brüllte er immer wieder, bis er innehielt und zu Boden sah. »Warum? Odin, warum? Ich habe dir immer gedient!« Wieder schrie er, doch nicht mehr so laut wie zuvor. Gerade als Ranveig befürchtete, er könnte allen toten Sklavenhändlern den Kopf abhacken, schob er das Schwert wieder in die Scheide und schüttelte den Kopf. »Wir müssen unsere Freunde begraben! Aber erst suchen wir nach Überlebenden.«

Ranveig nickte schwach, zu mehr war sie nicht fähig.

Es war alles vorbei. Hel schien Einmarsch in Midgard zu halten, Nastrond, das Land der Verfluchten und ewiger Finsternis, zog sich wie der Schnee über alle Länder.

Niemals zuvor hatte sie sich so allein gefühlt und war derart voller Angst gewesen wie in diesen Momenten.

Totenfeuer

Es dämmerte, als die insgesamt sieben Toten brannten. Sie hatten sie traditionell auf Holz aufgebahrt, den Männern die Waffen auf die Oberkörper gelegt, den Frauen ihren Schmuck und die handwerklichen Gerätschaften. Zuvor hatten sie alle Häuser betreten, doch außer drei erschlagenen Greisen niemanden mehr angetroffen. Tränen der Wut und der Verzweiflung liefen Ranveig über die Wangen. Sie hatte solche Angst um Mutter und Balbó, dass es ihr den Atem nahm. Eine unsichtbare Hand schien ihre Brust zu zerquetschen, während unzählige Gedanken durch ihren Kopf rasten. Warum waren sie überfallen worden? Hatte es etwas damit zu tun, dass sie das Christentum nicht annahmen? Oder war es reiner Zufall gewesen? Es war nicht das erste Mal, dass sie angegriffen wurden, bisher hatten sie die Eindringlinge aber stets töten oder vertreiben können.

Gorn, der sechsjährige Sohn Markas, starrte stumm auf die brennenden Leichname, er hatte bisher kein einziges Wort gesprochen. Er tat es nie, denn er war tatsächlich schwachsinnig. Zwar hatte sich nur selten jemand im Dorf über ihn lustig gemacht, aber Ranveig wusste, dass alle froh gewesen waren, gesunde Kinder ihr Eigen nennen zu können.

Düstere Wünsche durchzogen sie. Wäre es nicht besser gewesen, der Mann hätte sie an den Klippen ebenfalls getötet? Arna hatte ihr mehrfach geschworen, dass ihr selbst Walhall offenstand. Schließlich galten die Walküren als unschlagbare Streitmacht, die Arme der Frauen waren dicker und stärker als die der meisten Männer, ihre Augen durchstachen jeden Verrat ihre Gegners. Im Gegensatz zu Arna war Ranveig aber keine Walküre. Freya empfing die Kämpferinnen nicht in Walhall, jedoch in ihrem Reich Folkwangr, und mit ihr tranken sie Met und sangen. Viel zu schnell verlor Ranveig jedoch diese Gedanken, Birta und Balbó stahlen sich in sie und ihr Herz fing abermals zu hämmern an.

»Er sagte Northumbria.«

»Was meinst du?« Sigurd sah sie durchdringend an, sein Blick blieb dabei an ihrem völlig blutverschmierten Gewand hängen.

»Der Fremde an den Klippen. Ich fragte ihn, wohin sie sie bringen.«

»Northumbria wird von Sachsen, Wikingern und Pikten beherrscht. Es ist groß. Wohin genau?«

»Ich weiß es nicht«

Plötzlich zog Sigurd Ranveig zu sich und starrte in ihr Gesicht.

»Und du hast dich nicht verhört?«

»Nein.«

»Warum sollte er es dir denn sagen?«

Also erzählte Ranveig von dem Schwert des Fremden und dessen Bitte, es vor seinem Tod zu erhalten.

»Gut. Dieser dreckige Bastard soll keinen Einzug in Walhall halten. Er soll für immer blind in Niflheim wandeln.« Seine Miene war jedoch voller Sorge.

»Was ist?«

Sigurd schüttelte den Kopf. Dabei klackten die vielen Steinchen aus Bein und Holz, die er in seine schwarzen Zöpfe eingeflochten hatte. »Northumbria ist weit, und man sagt, von dort aus würden Sklaven in alle Welt verkauft werden.«

»Aber unsere Freunde erzählten, Sklavenmärkte wären verboten. Sie sagten, während der großen Überfahrt hätten diese nur nachts und abseits der königlichen Wachen stattgefunden.«

»So wird es auch dort sein.«

Ranveig wurde noch kälter. Wenn dieser Ort so weit war und die Anzahl der Sklavenmärkte so groß, hätten sie niemals die Möglichkeit, sie wiederzufinden, selbst wenn sie ein Schiff besäßen und sofort in See stächen.

Für kurze Zeit sah sie zu Marka und Gorn. Marka flehte die Götter um Gnade an, während der Junge stumm auf die Flammen des Leichenfeuers starrte. Schon bald füllte sich die Luft mit dem Geruch verbrannten Fleisches, es knackte, die Körper platzten auf. Also schloss sie ebenfalls kurz die Augen und bat Odin, er möge sich an die guten und tapferen Taten dieser Menschen erinnern. Und sie bat ihn auch darum, die Frauen zu belohnen, denn sicherlich hatten sie ihr Leben gelassen, um ihre Heimat und ihre Verwandten zu schützen. Der Platz in Folkwangr musste ihnen einfach zustehen.

Das Feuer brannte ab, die Wälder und die See hüllten sich in Dunkelheit. Ranveig kam es vor, als bräche nicht nur die Nacht herein, sondern ewige Finsternis legte sich auf sie und Firthskur.

Wie sollte es nun weitergehen? Sie war allein, und da seit dem Überfall auch kein weiterer Bewohner zurückgekehrt war, verblieben nur sie, Sigurd, Marka und Gorn. Sie konnten nicht auf Dauer hierbleiben, genauso wenig aber Aufnahme in einem anderen Dorf erbitten. Sie waren Anhänger der wahren Götter. Wer wusste schon, wie eng die Christenflechte das Land im Griff hielt?

»Morgen müssen wir beratschlagen, was wir tun«, sprach Sigurd ihre Gedanken aus. »Heute nicht. Heute Nacht betrauern wir die Toten. Soll ich vor eurem Haus schlafen?« Er meinte damit nicht nur Ranveig, sondern auch Marka.

Die ältere Frau schüttelte den Kopf. »Nein. Es ist immer noch mein Haus, und solange es steht, werde ich es allein hüten.«

Auch Ranveig wollte Sigurd nicht von seinem Heim abhalten. Er hatte seine Frau Frowa sowie seinen Sohn Lorn an die Sklavenhändler verloren. Sie kannte den tapferen Krieger, seit sie denken konnte, niemals hatte sie ihn jedoch so niedergeschlagen und trauernd erlebt wie an diesem Abend.

»Sie werden nicht mehr kommen«, ermutigte Sigurd sie. »Die Bastarde wissen nicht, dass wir noch hier sind.«

»Vielleicht wäre es besser, sie kämen zurück. Es wäre die einzige Möglichkeit, zu unseren Familien zu gelangen.«

»Das möchtest du nicht, Ranveig. Du bist eine junge Frau, hübsch, hochgewachsen – ich muss dir nicht sagen, was dir blühte.«

Ranveig verzichtete darauf, es sich vorzustellen. Der Mann an den Klippen hatte es schließlich ebenfalls gewollt.

»Möchtet ihr heute Nacht nicht doch zu mir?«, fragte sie Marka.

Marka schüttelte jedoch den Kopf. »Nein, aber du bist immer in meinem Haus willkommen, Ranveig.«

Ranveig wollte nichts lieber als Mutters Duft auf dem Lager riechen, die ihr so vertrauten Stellen sehen, deren Geruch aufnehmen. Doch nicht heute. Sie hatte Angst, und sie war froh, diese Nacht nicht allein verbringen zu müssen. Nickend nahm sie das Angebot schließlich an.

»Ich werde doch vor deinem Haus nächtigen«, sagte Sigurd zu Marka, diesmal in einem Ton, der keinen Widerspruch duldete. »Vielleicht schleicht noch einer dieser verfluchten Schweine herum. Ich werde mit Freuden seinen Kopf abschlagen.«

Kurze Zeit später züngelten Flammen in der Feuerstelle in die Höhe. Es gab etwas Haferbrei, von dem Ranveig nur widerwillig einige Löffel aß. Sie hatte keinen Hunger, alles rebellierte in ihr, manchmal war ihr, als müsste sie sich erbrechen. Gorn aß ebenfalls, wippte dabei hin und her, so, wie er es immer tat, Marka hingegen blickte nur zu Boden und schwieg. Draußen knackte es ab und an. Ranveig ahnte, dass es Sigurd war, der offenbar ebenfalls nicht schlafen konnte und wie ein wildes Tier im Kreis ging. Je länger Ranveig auf dem Lager war, desto schläfriger wurde sie. Unaufhörlich schossen Bilder durch ihren Kopf, auf denen sie ihre schreiende Mutter sah, die auf das Schiff gezerrt wurde, aber auch den Mann vor ihr, der sie schänden wollte, sein Röcheln, nachdem sie seinen Hals aufgeschlitzt hatte. Feuer brannte, Dunkelheit überkam sie. Immer wieder wachte sie auf, mal hörte sie Sigurd fluchen, dann ihn umhergehen, nie kam er jedoch zu ihnen herein.

Schließlich fiel sie in tiefen Schlaf.

Irgendwann schreckte Ranveig in die Höhe. Blitzschnell schoss die Gewissheit über die Geschehnisse durch sie, sie atmete schneller, ihr Herz raste. Mutter! Balbó! Wo waren sie?

Hastig setzte sie sich auf und blickte im Raum herum. Zunächst sah sie Gorn und Marka schlafend auf dem Boden liegen. Doch dann entdeckte sie Blut. Beide lagen in einer roten Lache und bewegten sich nicht. Augenblicklich schnürte sich Ranveigs Kehle zu. Was war passiert? Nur Momente später bemerkte sie das Messer in Markas Hand. Atemlos stand sie auf, ging zu ihnen und sah, wie Marka Gorn eng umschlang, ihr Kopf lag nahe an seinem. Während Gorns Kehle durchtrennt war, hatte Marka sich selbst beide Unterarme aufgeschnitten. Blut rann in den Boden, dennoch schienen beide so friedlich, als wären sie endlich von deutlichem Leiden erlöst. Zunächst konnte Ranveig sich kaum bewegen, ihr Hals war wie zugeschnürt, dann schloss sie sanft Markas Augen und rief nach Sigurd.

Als er in die Stube trat, blieb er erschüttert stehen. »Bei allen Göttern!«

Ranveig wusste nicht, was sie sagen oder tun sollte. Offenbar hatte Marka keine Zukunft mehr gesehen, weder für sich noch für den schwachsinnigen Gorn.

»Wir werden morgen auch sie verbrennen«, sagte er nun, jedoch wesentlich leiser als zuvor. »Sie dürfen so nicht liegen bleiben.«

Am kommenden Morgen gedachte Ranveig Markas, während die beiden Körper brannten. Sie war eine der ehrenwertesten Frauen des Dorfes gewesen, trotz der Bürde eines geistesarmen Sohnes. Womöglich war sie aufgrund dieser Götterstrafe so stark gewesen und hatte Gorn über alle Maßen hin verteidigt. Für einen Toten war es wichtig, dass viele Menschen den Übergang von Midgard in die andere Welt begleiten. Nun waren sie nur zu zweit, dennoch würde es an die Ohren der Götter dringen, dass Marka und Gorn nicht allein Abschied nahmen, dass ihre Körper brannten und der Rauch sich im Gebälk der Häuser, in den Blättern der Bäume, in jeden Grashalm niederließ und sich dort festsetzte. Niemals zuvor hatte sich Ranveig so einsam und verlassen gefühlt wie an diesem Morgen.

»Völsungur wird bald zurückkehren«, sagte Sigurd etwas später. »Vielleicht wäre es besser, er käme niemals zurück. Aber wir werden ihn brauchen. Er wird sich besinnen, wenn er das hier sieht.« Ranveig stand auf einem der Stege und sah auf die weite See hinaus. Nirgends war ein Schiff zu sehen, was nicht nur bedeutete, dass keine weiteren Sklavenhändler kamen, sondern ebenso keine Hilfe.

Der *yfirmannr* war der Letzte, an den Ranveig dachte. Wie konnte ihnen Völsungur schon weiterhelfen? Es gab hier keine Männer mehr, sie waren jeder kleinen Diebesgruppe hilflos ausgeliefert.

»Er ist in Haithabu, Sigurd. Mit vier Männern. Was sollen die schon tun?«

»Er wird nach seiner Rückkehr vor einem leeren Dorf stehen. Er muss etwas tun.«

Ranveig zählte nun vierzehn Winter; in diesen Augenblicken konnte sie sich nicht vorstellen, dass auch nur ein einziger dazukäme. Hätten sich mehrere von ihnen verstecken können, wären sie längst zurückgekehrt. Offenbar gab es niemanden mehr.

»Wenn er mir die Männer gibt, können wir ein Schiff steuern.«

Da Ranveig nicht wusste, auf was Sigurd aus war, sah sie ihn neugierig an.

»Ein Schiff steuern?«

»Ich muss nach Northumbria.«

»Du allein?« Sicherlich war Sigurd einer der besten und erfahrensten Kämpfer des Dorfes, aber ohne Begleitung wäre er in Northumbria genauso verloren wie sie selbst mit ihrem kurzen Messer. Immerhin hatte es für die Kehle dieses Bastards gereicht.

»Ich kann Frowa und Lorn nicht ihrem Schicksal überlassen. Ich muss sie finden.«

»Wenn Sklaven in Northumbria landen, werden sie doch sicherlich gleich weiterverkauft. Selbst wenn wir in den kommenden Tagen ein Schiff sowie Männer auftreiben – wo genau wollen wir sie finden, selbst wenn sie noch in Northumbria wären? Du sagtest selbst, Northumbria ist groß.« Bei ihren eigenen Worten wurde es Ranveig kalt. Sie befanden sich im *gormandur*. Längst hätte Schnee fallen müssen, der in diesem Jahr aber bisher ausgeblieben war.

Mit bebenden Lippen musterte sie sein Gesicht. »Was sollen wir tun?«

»Zunächst warten wir. Entweder Völsungur kommt bald zurück oder ein Schiff benachbarter Siedlungen erreicht uns.«

Ranveig wollte nicht fragen, was denn wäre, falls niemand käme. »Und bis dahin?«

»Wäre es am besten, mich als Gast in deinem Haus aufzunehmen.«

»Es ist nicht mein Haus. Es …«

»Du bist jetzt Herrin über dein Heim.«

»Warum bei mir?«

»Weil wir von der Erhebung eine bessere Sicht auf die See haben. Hier unten würden wir zu schnell überrascht werden.«

Ranveig nickte nur. Sigurd war nun der Mann unter ihnen, und sie hatte nicht vor, etwas anderes zu tun, als er vorschlug.

»Ich schlafe an der Wand gegenüber«, sagte er. »Und ich nehme Waffen und einiges an Gewand aus dem Dorf mit, alles, was uns nützlich ist. Wer weiß, was uns in den nächsten Tagen so alles erwartet.«

Als Ranveig wenig später mit Sigurd ihr Haus ansteuerte, spürte sie, wie schwer ihre Beine waren. Eine unsichtbare Kraft zog sie zu Boden, saugte alles Leben aus ihr heraus, alle Freude und

Hoffnung. Mutter und Balbó waren verschleppt worden – es schien, als käme diese Gewissheit erst jetzt wie ein Schwerthieb über sie. Tränen der Verzweiflung rannen über ihre Wangen, gleichzeitig bebten ihre Lippen vor Wut. Sie wusste, dass Birta die Götter anrief, ihrer Tochter nun Stärke und Zuversicht zu geben, sie konnte sie aber nicht spüren. Allein ihretwegen musste sie stark bleiben.

Plötzlich blieb Sigurd stehen. »Still!«

Instinktiv riss Ranveig ihr Messer aus der Lederscheide. Was hörte Sigurd?

»Da ist jemand!«, flüsterte er, zog ebenfalls sein Schwert und lief in den Wald.

Ranveig folgte ihm schwer atmend. Als sie vor einem Felsen ankamen, blieben sie stehen. Sigurd legte einen Finger auf seine Lippen, also hielt Ranveig den Atem an. Jetzt hörte sie es auch. Jemand stöhnte, Blätter raschelten, schließlich brach ein Zweig.

Augenblicklich lief Sigurd in die Richtung des Geräusches. Und als Ranveig ihm abermals folgte, entdeckten sie hinter einem Baum einen Mann. Es war ein Fremder, es musste sich um einen der Sklavenhändler handeln. Seine Brust war voller Blut, offenbar hatte er sich schwer verletzt vom Dorf bis hierher geschleppt.

»Bei Odin!«, rief Sigurd, schlug mit dem Bein dessen Axt aus der Hand und trat so sehr gegen sein Gesicht, dass Blut aus seinem Mund spritzte.

»Gibt es noch welche außer dir?«

Der Mann hustete, würgte, fing dann aber zu lachen an.

Ranveig schauderte. Es war, als stammte der Fremde aus den dunkelsten Gegenden Nastronds, als läge das Böse vor ihr. Wie konnte er jetzt nur lachen?

»Klar, der ganze Wald ist voller Krieger, die euch aufschlitzen werden.«

»Du lügst!«, herrschte Sigurd ihn an. »Hier ist keiner mehr.«

»Mich hattet ihr doch auch nicht entdeckt.«

Sigurd musterte die Wunde am Oberkörper des Fremden, stieß ihn mit dem Fuß an, sodass er sich drehte, woraufhin eine zweite Wunde am Rücken sichtbar wurde. Anhand der Blässe im Gesicht des Mannes schloss Ranveig, dass er wohl nicht mehr lange lebte.

Da nahm Sigurd die Axt und reichte sie Ranveig. »Ich sehe nach. Wenn er sich bewegt, hacke ihm den Kopf ab!« Daraufhin lief er in den Wald.

Ranveigs Hände schwitzten. Sie umklammerte den Stiel der Waffe so fest, dass die Finger schmerzten, bereit, sie dem Verletzten in den Kopf zu schlagen.

Der Mann hustete, legte sich nun aber auf den Rücken, was Ranveig erleichterte. So konnte sie sein Gesicht sehen.

»Du hast Glück gehabt!«, stieß er schwach hervor. »Die anderen kehren nicht zurück.«

»Wo in Northumbria bringt ihr sie hin?«, fragte Ranveig.

Offenbar war der Mann erstaunt, dass Ranveig zumindest dies wusste. »Irgendwohin.«

»Und warum?«

»Weil man uns satte sieben Pfund Silber geboten hat. Dafür hole ich eigenhändig Hel aus den Tiefen der Erde und schleppe sie nach Northumbria.«

Am liebsten hätte Ranveig dem Mann die Zunge aus dem Mund geschnitten, sie umklammerte aber weiterhin die Axt.

»Töte mich!«, sagte er schließlich. »Ich sterbe ohnehin.«

»Ich mache gar nichts. Ich hoffe, du verreckst qualvoll.«

Der Mann spuckte auf ihr Gewand und drehte sich zur Seite. Dabei hustete er und hielt sich vor Schmerz die Brust.

All die Zeit über stand Ranveig nur da, bereit, ihm die Axt in den Kopf zu schlagen, falls er aufstünde.

Da kam Sigurd zurück.

»Hier ist niemand!«, rief er schon von Weitem. »Dachte ich mir doch.« Ohne etwas zu sagen, trat er dem Mann abermals ins Gesicht. Dabei brach knackend seine Nase und der Fremde schrie auf.

»Wohin werden sie gebracht?«, schrie Sigurd ihn an. »Wohin genau?«

»Das Weib weiß es doch, nach Northumbria!«

Ein weiteres Mal krachte Sigurds Stiefel in das blutende Gesicht. Diesmal fielen Zähne aus seinem Mund.

»Wohin?«

»Du dreckiger Hund! Ich sage nichts, auch wenn du …«

Ein weiterer Tritt ließ ihn verstummen. Ranveig erwartete nun, Sigurd würde so lange auf ihn eintreten und -prügeln, bis er etwas sagte, doch nichts von dem geschah.

»Hol deine Feuersteine!«, sagte er stattdessen zu Ranveig. »Bring sie mir, und dazu Zunder.«

Sie war nicht weit von ihrem Heim entfernt, also lief Ranveig los, um die Dinge zu besorgen. Sie ahnte, was Sigurd vorhatte, und sie hoffte, er hätte Erfolg damit. Sie mussten erfahren, wo Birta, Balbó und die anderen waren.

Nach ihrer Rückkehr entzündete sie ein Feuer und überreichte Sigurd ihr Messer. Dabei nickte er ihr zu.

»Geh nach Hause! Du musst das nicht mitansehen.«

Ranveig wollte aber nicht. Sie musste wissen, was der Mann sagte, also sah sie Sigurd dabei zu, wie er die Klinge im Feuer erhitzte, bis die Spitze rot war, und er sie dem Mann in ein Auge drückte. Er schrie fürchterlich, es zischte, es stank nach verbranntem Fleisch, Speichel und Blut quollen aus seinem Mund. Plötzlich wurde ihr übel, also stand sie auf und ging nach Hause. Die Schreie des Mannes wurden leiser, Sigurd wiederholte seine Frage, und als der Mann ein weiteres Mal laut brüllte, ahnte sie, dass nun sein anderes Auge an der Reihe gewesen war.

Dieser verdammte Bastard musste einfach sprechen.

Lange Zeit saß Ranveig auf einem der Schemel, ihre Hände zitterten, ihr Herz schlug wild. Seit dem Überfall war es ihr, als bestünde ihr Bauch aus einem schwarzen Loch, das alles zu verschlingen drohte.

Schließlich hörte sie Sigurd. Er trat erst in die Stube, als sie ihn hereinbat.

»Dun Eidann«, sagte er leise. »Es ist eine Stadt in Northumbria.«

Wortlos sah sie ihn weiterhin fragend an.

»Er ist tot. Sein Körper soll verfaulen.«

Erst jetzt nickte sie, stand auf und trat vor das Haus. Nebel stieg auf, Teile des Waldes versanken hinter einem undurchdringlichen Schleier. In diesen Momenten verdrängte erschreckende Kälte in Ranveig sogar die eisige Luft des Winters.

Hatten die Götter sie verlassen?

Die Hütte am Meer

»In Nomine Patris et Filii et Spiritus Sancti.«
Der Pater bekreuzigte sich, zeichnete anschließend das Kreuz in die Luft und blickte auf das Loch. Nur wenige Augenblicke später schaufelte der Totengräber Erde auf den Leichnam, der in einem schmutzigen Tuch eingerollt etwa einen Schritt tief im Boden lag.

Henrik konnte nicht weinen. Er fühlte sich so leer, als sei alles Leben aus ihm herausgeflossen, sämtliches Blut, er spürte in diesen Momenten nichts. Auch nicht den Regen, der auf sie herabprasselte und die Beerdigung in eine Schlammschlacht verwandelte. Nur er und zwei weitere Priester waren zugegen, am Rande des Armenfriedhofs direkt neben dem Kloster am Ufer der Wisera.

Nun lag also auch Alva dort, seine geliebte Schwester. Nur ein Jahr nach dem Tod seiner Mutter war sie einem Fieberleiden erlegen, dem ihr schwacher, ausgemergelter Körper nichts entgegenzusetzen gehabt hatte. War der Tod seiner Mutter einst schon kaum zu ertragen gewesen, wog der Verlust um Alva umso schwerer. Nicht, weil er nun allein war, sondern weil er sie nicht hatte beschützen können. Nicht vor der Kälte, und am wenigsten vor dem allgegenwärtigen Hunger. Mutter war verhungert, weil sie jedes Stückchen Fisch Alva und Henrik überlassen hatte, neben dem Fieber war der Hunger ebenso Alvas Verderben gewesen.

Bewegungslos sah Henrik zu, wie der Totengräber das Loch mit Matsch füllte.

»Komm zu uns«, sagte Bruder Gregorius, der das Totengebet gesprochen hatte. »Ich kann dir noch etwas Brot mitgeben. Vor allem aber haben wir es trocken.«

Weder nickte Henrik noch sagte er etwas.

Als die Priester zurückkehrten, fluchte der Totengräber aufgrund der Nässe, die seine Arbeit unendlich erschwerte. Selbst dies war Henrik einerlei. Erst später betrat er das Areal des kleinen Klosters. Es schüttete aus Eimern, sein löchriger Umhang hielt kaum die Nässe ab. Er fror so sehr, dass seine Finger zitterten; es war aber eher die Kälte in ihm, die alle Wärme aus dem Fleisch trieb. Als er die Kapelle betrat, trat Gregorius zu ihm. Henrik kannte ihn bereits sein ganzes Leben, in früheren Jahren hatten er und sein Vater das Kloster mit Fisch beliefert. Und seit seiner Kindheit versuchte Gregorius, Henrik zum Eintritt ins Kloster zu überreden.

»Vielleicht ist es ein Zeichen, Henrik«, sagte Gregorius leise. Der rasierte Kranz um sein Haar inmitten seines Hauptes glänzte noch von der Nässe und das Holzkreuz um seinen Hals wackelte bei jeder Bewegung, »Nun ist auch Alva gestorben. Wie willst du allein überleben, außerhalb jeder Siedlung, ohne die Arbeit deiner Mutter und Schwester? Du weißt, dass dich hier ein Hort der Liebe und der Gnade erwartet. Und an jedem Tag eine gefüllte Schüssel.«

»Habt Dank«, flüsterte Henrik. »Aber Ihr kennt meine Antwort. Gott bekommt mich nicht klein, und ich verzeihe es ihm nicht, dass er mir auch Alva nahm.«

»Zürne ihm nicht, seine Wege sind unergründlich.«

Henrik wollte sagen, dass Gott sich seine Wege in den Allerwertesten schieben konnte, doch er tat es nicht. Noch vor einigen Jahren wäre er aufgrund dieser Gedanken rot angelaufen und hätte in jedem Moment die Strafe des Herrn erwartet, nun allerdings nicht mehr. Nicht, nachdem er ihm Mutter und Schwester genommen hatte, und nicht, nachdem er einst von den Nordmannen zunächst gefangen genommen worden, aber schließlich mit ihnen bis ans Ende der Welt gesegelt war, in gottlose Länder, nahe am Rand der Erde, wo der angeblich übermächtige Herr nie eingegriffen oder Erbarmen gezeigt hatte.

Was wollte er ihm denn noch nehmen?

Gregorius überreichte Henrik den Stoff, in den ein Stück Brot eingewickelt war. »Du kannst es auch hier essen, du musst noch nicht gehen. Nächtige in der Gästestube, morgen ist es bestimmt trockener.

»Ich danke Euch, Gregorius, aber ich gehe sofort. Ich möchte noch einige Zeit an Alvas Grab verbringen, bevor ich Euch verlasse.«

»Wie du möchtest. Du weißt, dass dir unsere Pforten stets offen stehen. Ich bin froh zu sehen, dass du selbst nach der langen Zeit bei den Barbaren noch den Weg zu uns findest.«

Henrik hatte nicht die Kraft, Gregorius zu widersprechen. Es würde auch nichts nützen, ihm zu erklären, dass die Nordmänner eben keine Barbaren waren, zumindest nicht mehr als die Christen. Er trauerte so sehr um Alva, dass sein Herz unendlich schmerzte. Am liebsten hätte er vor Wut die Kapelle in Brand gesetzt und dem Allmächtigen den Kampf angesagt.

Er steckte den Beutel unter seinen Umhang und sah Gregorius an. »Danke. Wenn Ihr Blumen an ihrem Grab seht, wisst Ihr, dass sie von mir stammen.«

Liebevoll legte Gregorius ihm eine Hand auf die Schulter und nickte. »*Ecce solis tempora. Vincit tempus omnia.*«

Henrik sah ihn nur fragend an.

»Sieh der Sonne Zeiten. Die Zeit besiegt alles. Alva ist nun bei unserem Vater, Henrik, und es kommt die Zeit, in der auch du etwas Gutes darin siehst.«

Ohne zu antworten, drehte Henrik sich um und verließ die Stube. Augenblicklich prasselte Regen auf ihn. Am Grab blieb er stehen, kniete sich zu Boden und legte eine Hand auf das frisch aufgefüllte Grab.

»Nun musst du nicht mehr hungern, meine liebe Schwester. Nie wieder.« Er wollte sich damit selbst trösten, wollte weitersprechen, begann aber, erneut zu schluchzen.

Er blieb noch lange an Alvas Grab, stand aber schließlich auf und machte sich auf den Heimweg.

In der kleinen Hütte war es erschreckend leer. Überall tropfte Wasser durchs Rieddach, das Feuer in der Ecke konnte Henrik kaum erwärmen. Bis in die tiefe Nacht saß er einfach nur da, erhoffte Alvas Stimme, ihre blitzenden Augen, wenn sie sich über einen Scherz seinerseits freute oder wenn das Netz einige Fische mehr enthielt als an anderen Tagen.

Obwohl er nicht wollte, dachte er an Gregorius' Worte. Es würde ihm stets ein trockener Platz zur Verfügung stehen sowie eine gefüllte Schüssel. Er war Hunger gewohnt, manchmal zerrte er aber an seinem Verstand, und in einigen Winterwochen war er so stark, dass sich sein Körper verkrampfte. Düstere Zeiten erwartete ihn nun. Was sollte er tun? Allein den spärlichen Fischfang weiterführen? Mit einem zerlöcherten Netz und einem zersplitterten Kahn, der sich nur kurz über Wasser hielt? Es gab keine Zukunft an diesem Ort, noch weniger aber in einem Kloster. Gott konnte unmöglich auf seine Treue hoffen, nachdem er ihm alles genommen hatte, was ihm lieb war. Zuerst Vater, dann seine Liebe Juta, die in Vinland auf der anderen Seite des großen Meeres verblieben war. Und nach Mutter nun auch Alva.

Gott wäre der Letzte, den er um Hilfe bäte. Dennoch versuchte er, nicht schlecht über ihn zu denken, um Alvas Aufnahme im Paradies nicht zu gefährden. Sie war immer unschuldig gewesen, und wenn jemand zwischen der Heerschar an Engeln wandeln durfte, dann Alva.

Langsam wurde das Feuer niedriger, Henriks Augen fielen zu. Schließlich legte er sich voller Trauer und Schmerzen in seiner Brust auf das Lager und versuchte, die beißende Gewissheit um Alvas Tod mit Träumen zu verdrängen.

Nebel öffnete Henriks Sichtfeld. Die raue See peitschte gegen die Bordwand der *blar arflognir*, die Küste des Nebellandes war direkt vor ihnen. Seine große Liebe Juta stand dort, mit glücklichem Gesicht, aber dennoch mit einer ausgestreckten Hand, weil sie Henrik verabschieden wollte. Doch das Schiff löste sich schnell, glitt hinaus ins Meer, keiner der Seemänner konnte es aufhalten. Juta lächelte nur, und als er neben sie sah, entdeckte er auch Alva nicht mehr. Sie hatte sich also auch entschlossen, ihn zu verlassen. Die beiden Frauen hielten sich freundschaftlich an einer Hand, ihre Gesichter waren entspannt, voller Frieden und Zuversicht. Wenigstens war Alva nicht allein, und dies war Henrik ein großer Trost.

»Lass sie!«, sagte Arna. Die Narbe in ihrem Gesicht sah in der Nässe des Wetters noch grauenhafter aus, ihre Faust umschloss die Kriegsaxt. Blut tropfte von der Klinge auf den Schiffsboden und vermischte sich mit dem Regen. »Lass sie, Henrik. Sie haben sich entschieden, ohne dich zu leben.«

Henrik konnte es nicht glauben. Er wollte nach Alva und Juta schreien, doch sein Mund füllte sich mit Wasser, er röchelte, es wurde kalt, schließlich klatschte Wasser gegen sein Gesicht.

Schwer atmend schreckte Henrik in die Höhe. Alles war nass, es war dunkel, er konnte nichts erkennen. Langsam begriff er, dass er in seiner Hütte lag. Offensichtlich war ein Teil des Daches eingestürzt, denn Regenwasser plätscherte auf ihn und das Lager. Mit hämmernden Herzen stand er auf und hetzte aus der Hütte. Noch immer regnete es, es war so dunkel, dass er absolut nichts erkennen konnte. Um wenigstens etwas Schutz zu haben, kroch er wieder hinein und setzte sich neben die Feuerstelle. Es war der Teil der Hütte, wo das Dach noch hielt, denn er hatte es erst vor wenigen Tagen ausgebessert. Dort zog er die Knie an sein Kinn und wartete ab. Der Traum war noch so stark in ihm, dass sich sein Herz nicht beruhigen wollte; die Trauer um Alva schien noch größer zu sein als während der Beerdigung. Immer wieder krachte es, der Wind wurde zum Sturm, er spürte direkt, wie Teile der Hütte wackelten und die Böen Stücke des Daches anhoben.

Mutter hatte einst gesagt, die Götter würden ihn strafen, weil er so lange Zeit bei den Heiden im Norden verbracht hatte. Zu Beginn hatte er es nicht glauben wollen, ganz offensichtlich behielt sie aber recht. Seit seiner Rückkehr, nachdem sie ihn freigelassen hatten, war alles anders gewesen. So, als lebe er in einer anderen Welt, es hatte nichts mehr mit dem gemein, als er noch ein Kind gewesen war. Falls Mutters und Alvas Tod tatsächlich dem galt, ihn zu strafen, so gab es nun nichts mehr, mit dem Gott ihn treffen konnte. Er hatte ihm alles genommen, was ihm lieb war.

Es gab nichts mehr.

Diese Erkenntnis war nun so stark, so allgegenwärtig, dass seine Brust schmerzte. Die Kälte in ihm löschte alles aus, es war ihm egal, wie lange es noch stürmte oder regnete. Das Haus konnte nicht mehr als einfallen, und unter dem Rieddach begraben zu werden, würde ihn sicherlich nicht töten.

Wenn doch, wäre er zumindest bei Alva.

Es regnete noch lange, und erst vor Sonnenaufgang verebbte der Sturm. Letzte Tropfen rieselten durch das Dach in die Hütte, als Henrik aufstand und ins Freie ging. Erstes Sonnenlicht fiel durch die Wolkenfetzen und beschien diese in rötlicher Farbe. Frierend und hungrig wartete er ab, bis es heller wurde, dann ging er in die Hütte, um sich den Schaden anzusehen. Große Teile des Daches waren eingestürzt, die Schlammmauer fiel an mehreren Stellen ein. Wie oft hatte er die Hütte repariert, und wie oft vor ihm sein Vater. Nun aber sah er keinen Sinn mehr darin. Zeit und Wetter waren stärker als er, jede Bemühung wurde im Keim erstickt und nachträglich zerstört. Zudem fragte er sich, für wen er dies noch bewerkstelligen sollte. Für kurze Zeit schloss er die Augen, bevor er zur Feuerstelle blickte. »Verzeih mir, Vater. Nun werde auch ich gehen.« Schließlich packte er den Umhang, das Brot, das Fischernetz sowie alles Werkzeug in den einzigen Lederbeutel und legte ihn vor der Hütte ab. Die kleine Holzfigur, die er einst von seinen nordischen Freunden bekommen hatte, hängte er aber um seinen Hals. Er hatte eine Schnur daran befestigt und trug sie somit oftmals bei sich. Die Frauengestalt hieß Modgudur, eine Magd, die auf der goldenen Brücke an der Grenze Helheims Wache hielt. Bisher hatte sie ihm kein Glück gebracht, dennoch wäre sie das Letzte, das er aus der Hand geben würde. Es war das einzige Andenken an seine Zeit im Norden.

»Es soll auch kein anderer seine Bemühungen an diesem Haus verschwenden«, flüsterte er weiter. Es ist vorbei.« Schließlich trat er voller Enttäuschung gegen die nassen Wände. Klatschend stürzten sie ein, das Dach fiel endgültig zusammen und riss die noch stehenden Mauern mit sich. Wäre es nun trocken, hätte er all das in Brand gesetzt. Nicht einmal dies war ihm gegönnt.

Schließlich verließ er diese Stätte. Hier war er geboren und aufgewachsen, und hier war ihm seine Familie genommen worden. Er drehte sich kein einziges Mal zurück, um zu verhindern, doch noch zurückzukehren, um abermals die Hütte aufzubauen.

Bald erreichte er den Händlerpfad, den er nach Norden einschlug. Ohne Ziel, ohne zu wissen, was er tun konnte, er wollte einfach weg von hier. Vielleicht war es ja ein verfluchter Ort und es war ihm gegönnt, all das woanders hinter sich zu lassen. Seine Arme waren stärker als die vieler anderer fünfzehnjähriger Jungen und er war größer als so mancher Kriegsrecke, zudem hatte er Dinge gesehen, die andere Menschen bis ins hohe Alter nicht erblickten. Vielleicht konnte er ein Dorf ansteuern oder gar in die etwa zwei Tagesreisen entfernte Stadt Bremun, um zu arbeiten. Vielleicht nahm ihn ein Fischer auf, womöglich konnte er sein Werkzeug verkaufen, oder er arbeitete als Schiffsjunge. Wenigstens machte ihm die See nichts aus. Nie hatte er kotzen müssen, selbst bei den höchsten Wellengängen nicht. Zu irgendetwas musste er doch gut sein.

Der Weg führte an der Wesura entlang. Ab und zu sah er Flöße, die vermutlich Bremun ansteuerten, einige Fischerboote, einmal das Schiff eines Adligen. Eine Frau saß mit wunderschönem Gewand auf einer Art Schemel, während einige Männer ruderten. Er fragte sich, ob es sich um ein Mitglied des Königshauses handelte und wohin das Schiff steuerte.

Zur Mittagszeit waren die letzten Wolken verschwunden und die Sonne ließ sich blicken. Es tat Henrik gut, denn er fror nun nicht mehr und seine Kleidung trocknete endlich.

Schließlich sah er eine Schar Priester unter einer großen Eiche rasten. Einige aßen, die meisten beteten, einer schlief und schnarchte dabei laut.

Da ihn einer von ihnen ansah, ging Henrik zu diesem.»Seid gegrüßt. Ist der Weg nach Bremun frei? Kommt ihr von dort?«

»Ja, wir sind auf dem Weg ins Rheinland. Meinst du mit ›frei‹ die Zöllner?«

»Ja.«

»Sie stehen nur von den Stadttoren.«

»Habt Dank.« Er selbst hatte noch das Brot von Gregorius, dennoch sah er einige Momente auf die schmatzenden Priester.

»Achte auf die Räuber, wenn du heute Nacht schläfst«, riet ihm der ältere Geistliche.»Sie lauern in den hohen Büschen am Ufer.«

»Danke. Aber es gibt bei mir keine Münzen zu holen.«

»Das wissen die aber nicht. Gott sei mit dir.«

Henrik nickte nur und setzte seinen Weg fort.

Es war viele Jahre her, als er das letzte Mal Bremun betreten hatte. Vater hatte versucht, dort Handel zu treiben, doch die Zölle waren irgendwann derart hoch geworden, dass er den langen Weg aufgegeben und die Fische sowie geschnitztes Werkzeug im Kloster verkauft hatte.

Am Nachmittag bereute Henrik zum ersten Mal sein Vorhaben. Sicherlich war er nicht der Einzige, der Arbeit und eine Schlafstätte suchte. Der Weg wurde breiter, und hinter der Mündung eines weiteren Baches in die Wesura ging er auf einem gut ausgebauten Handelsweg. Mit jedem Wagen, der an ihm vorüberzog, schwand seine Zuversicht, die richtige Entscheidung getroffen zu haben. Die Hütte war zwar stets brüchig und durchlässig gewesen, hatte aber Sicherheit vermittelt. Hier sahen ihn die

Händler und Reisenden an, als wäre er einer Erdspalte entstiegen. Ein Mann meinte gar, so schmutzig und armselig, wie er aussähe, würde ihm keine Wache irgendwo Zutritt gewähren, und spätestens als ein kalter Wind von Norden her wehte, wünschte er sich an die Feuerstelle seines Heims zurück. Doch es gab sein Heim nicht mehr, nur eine eingefallene Hütte voller Erinnerungen und Trauer.

An einer flachen Stelle, an der es ohne Buschwerk zum Wasser der Wesura ging, blieb er stehen. Einige Reiter ließen ihre Pferde trinken und füllten ihre Wasserbeutel auf.

»Was glotzt du so?«, fragte ihn einer der Fremden. Sie alle trugen Schwerter, schwere Säcke an den Seiten der Rosse offenbarten, dass sie weit reisten. Falls es Ritter waren, könnten sie womöglich einen Raichen, einen Diener, benötigen.

»Braucht ihr einen Raicher?«

»Sehen wir so aus? Wasch dich lieber mal, mein Pferd ist ja sauberer als du. Aber nicht hier, du beleidigst meine Augen!«

Seltsamerweise musste Henrik in diesem Moment an Mjöllnir denken. In bunten Bildern malte er sich aus, wie der Hüne den fünf Männern den Schädel zertrümmerte und deren Gehirne auf die Satteldecken spritzte.

Als er sich abwendete und ging, wunderte er sich, seit Alvas Tod öfter an seine nordischen Freunde zu denken. Obwohl er erst nach seiner Reise mit ihnen aus dem Stand des Sklaven entlassen worden war, fühlte er die Bande zu ihnen wie am Tag seines Abschieds.

An einer Wegkreuzung verkaufte ein Mann Getreide von einem hölzernen Wagen aus. In diesen Momenten war niemand in der Gegend, und so lockte der glatzköpfige Mann Henrik zu sich.

»Hirse, Roggen, Hafer. Das Säckchen nur zwei Pfennig.«

»Ich habe keine Münzen. Aber ich wünsche Euch ein gutes Geschäft. Wart Ihr in Bremun?«

»Warum möchtest du das wissen?«

»Weil ich die Stadt betreten möchte. Kommt man einfach so hinein?«

»Wenn du Waren mit dir führst, kontrolliert der Zöllner sie. Aber so wie du aussiehst …«

»Braucht ihr jemanden, der Euch zur Hand geht?«

»Nein. Ich verkaufe schließlich fast nichts.«

Henrik nickte nur und ließ den Mann allein.

Die Nacht verbrachte Henrik inmitten der Büsche am Flussufer. Er hoffte, zwischen Gestrüpp versteckt würden ihn keine Räuber finden. Er konnte jedoch kaum schlafen. Mal plätscherte etwas auf dem Wasser, was ein Boot oder auch Tiere sein konnten, dann hörte er Stimmen. Vielleicht waren es Reisende, die nachts ihren Weg fortsetzten, oder aber Räuber auf der Suche nach Opfern.

Wieder träumte er von Juta und Alva. Pausenlos hörte er Alvas Schreie, weil sie von Teufelshänden in die Hölle gezogen wurde. Zwar bekam er sie zu greifen, sie rutschte jedoch ab und fiel in die Tiefe. Mal sah er dabei Alvas Gesicht vor sich, mal Jutas.

Am kommenden Tag führte der Weg durch das riesige Waldstück, an das er sich nach all den Jahren noch erinnern konnte. Gleich zu Beginn traf er auf einen Bader, der allerlei Fläschchen und Säckchen verkaufte. Dabei war dieser sehr hartnäckig, denn eine Familie stand gerade vor ihm. Die Frau schien sehr interessiert zu sein.

»Ich habe eine Essenz, die Euch einen Buben schenken wird. Falls ihr lieber ein Mädchen wollt, dann nehmt einen anderen Trank.«

Neugierig wog die Frau die Fläschchen in der Hand. Die Familie war besser gekleidet als viele andere, das Mädchen trug sogar ein bunt verziertes Schultertuch.

»Lass es, es ist nur ein Bader!«, hörte Henrik den Vater schimpfen. Da nun aber auch das Mädchen Interesse zeigte, wartete der Vater geduldig ab, und als Frau und Tochter weitergingen, ohne etwas gekauft zu haben, schien er erleichtert.

»Sucht Ihr jemanden, der für Euch arbeitet?«, fragte Henrik den Mann schließlich.

»Sehe ich so aus, als würde ich jemanden bezahlen wollen? Verschwinde, wenn du nicht vorhast, etwas zu kaufen!«

Ohne zu antworten, verließ Henrik diesen Ort.

Der Weg führte ihn immer tiefer in den Wald, die Wesura floss nun nicht mehr direkt neben ihm. Gegen Mittag aß er das letzte Stück Brot, und als der Wald endete und der Weg wieder am Fluss entlangführte, tauchten erste Hütten vor ihm auf. Es waren nun auch mehr Menschen unterwegs, teils auf Pferdewagen, die meisten aber zu Fuß. Er entdeckte Fischer auf der Wesura, wackelige

Holzstege führten ins Wasser, Hühner gackerten, ein Schwein grunzte, ein Mann pisste gerade in den Fluss.

Nach einer Wegegabelung waren die Hütten auf beiden Seiten erbaut. Henrik konnte sich nicht erinnern, Bremun so in Erinnerung behalten zu haben. Also fragte er einen Mann, der gerade einige Stöcke in den Boden steckte, die als Zaun für zwei Gänse dienen sollten.

»Wenn du in die Stadt willst, dann überquere dort hinten die Brücke. Wenn sie dich reinlassen.«

Henrik bedankte sich und ging weiter. Offenbar siedelten hier die Armen oder diejenigen, die aus irgendwelchen Gründen nicht in die Stadt durften. Es stank auffallend nach Exkrementen, wieder pisste ein Mann gegen einen Baum, ein kleiner Junge jagte Hühner mit einem Stock.

Zwei Männer mit Schwertern an den Seiten kamen ihm entgegen. Missmutig stießen sie eine Frau zur Seite, die einen Bastkorb trug, einer der beiden schimpfte ihr hinterher, sie taten ihr aber weiter nichts.

Schon bald kam Henrik an die Brücke, dahinter kontrollierten vier Wachen einen Wagen. Neugierig stellte er sich hinter zwei Männer, die Handkarren mit sich zogen, und wartete.

»Was willst du in der Stadt?«, fragte ihn schließlich eine der Wachen, als er an der Reihe war. In seinem Vollbart hingen noch einige Stückchen Brot.

»Ich suche eine Gelegenheit, zu arbeiten.«

Der Wärter sah die anderen Männer an und fing an zu lachen.

»Verschwinde, bevor ich dich wie einen räudigen Hund wegjage!«

Henrik wusste nicht, warum er nicht einfach in den Ortskern durfte, doch er hatte keine Lust, sich Tritte einzufangen. Wütend ging er zurück und bog in die Richtung ab, in der er zuvor noch nicht gewesen war. Einige Hütten standen so nahe am Wasser, dass sie auf Stelzen erbaut waren, wenige Boote mit Fischern waren zu sehen, Frauen verkauften Tongeschirr, Holzbesteck und Stoffe auf den Stegen. Die Siedlung wurde größer, Zelte und Hütten erstreckten sich weit ins vom Ufer gegenüberliegende Land.

»Hast du Hunger?«, fragte ihn plötzlich ein junger Mann, der etwa in Henriks Alter war.

»Ja.«

»Du kommst nicht von hier, was?«

»Nein, ich suche Arbeit.«

»Das tun hier alle. Sie fangen sich gegenseitig die Fische aus dem Wasser. Komm mit, ich habe etwas Obst.«

Henrik folgte ihm, auch wenn es ihn wunderte, etwas zu essen angeboten zu bekommen. Der Junge führte ihn vom Ufer weg, bog immer wieder ab, Hütte folgte auf Zelt, einige Holzhäuser standen dazwischen, Kleinkinder schrien, ein Hund bellte, weil er weggetreten wurde, Männer rempelten ihn an und schimpften ihm hinterher. Gerade als Henrik dachte, nicht mehr zurückzufinden, winkte der Junge ihn in eine windschiefe Hütte.

»Ich habe noch einige Äpfel, sie sind noch essbar.«

Erleichtert betrat Henrik das Innere. Es war dunkel, lediglich durch die Ritzen der Bretter fiel etwas Licht.

Plötzlich fasste ihn jemand an der Schulter, gleichzeitig schlug etwas gegen seinen Kopf. Schmerzverzerrt fiel Henrik nach vorne, und als er wieder aufstehen wollte, spürte er einen Stiefel in seinem Genick.

»Liegen bleiben!«

Sein Beutel wurde vom Rücken gezogen, der Druck auf seinem Hals blieb unverändert groß.

»Ihr Schweine!«, fluchte er. »Ich habe doch keine Münzen.«

»Maul halten!«

Es waren mindestens zwei Personen, er konnte so gut wie nichts erkennen. »Gebt mir wenigstens mein Werkzeug, es gehörte meinem Vater.«

»Und jetzt gehört alles uns. Maul halten!«

Henrik fluchte vor Wut. Er könnte sich vielleicht befreien und wenigstens dem mit dem Fuß auf ihm das Bein brechen, doch er wusste nicht, wie viele ihn überfielen.

Da löste sich der Druck, eine Hand fasste nach seinem Haar und drückte seinen Kopf auf den Boden.

»Sei froh, dass wir dich am Leben lassen. Kannst du zählen?«

»Ja.«

»Gut. Dann zähle bis zwanzig, dann darfst du gehen.«

Die Hand zog sich zurück, mehr Licht fiel in den Raum, vielleicht, weil die Räuber die Hütte verließen. Obwohl Henrik am liebsten sofort hinterhergerannt wäre, blieb er noch etwas liegen. Erst dann stand er auf, sah um sich, es war jedoch niemand zu erkennen. Der gesamte Raum war leer, es stank fürchterlich nach Harn, jemand rief etwas von außerhalb.

Als er ins Freie trat, sah er niemanden, der in sein Bild der Räuber passte. Ein kleines Mädchen schleppte einen Korb hinter sich her, eine alte Frau stützte sich auf einen Stock. »Verflucht!« Voller Wut fasste er an seinen Kopf. Er blutete, sogar stärker als angenommen. Ein weiterer Griff an seinen Oberkörper bestätigte, dass Modgudur noch an der Schnur hing. Niemand durfte sie stehlen, er würde sie so lange verteidigen, bis er nicht mehr stand. »Verflucht!«, wiederholte er. Sein Werkzeug war weg, alles, was er benötigte, um irgendwo Arbeit zu finden. *Verdammte Hurensöhne!*

Enttäuscht und wütend auf sich selbst, gleich dem Erstbesten Vertrauen geschenkt zu haben, verließ er diesen Ort und versuchte, zum Fluss zurückzufinden. Sein Schädel hämmerte, und wenn er an die Wunde fasste, war seine Hand voller Blut. Als ihm schwindlig wurde, setzte er sich an einen Baum. Wenn er doch wenigstens einige Schlucke Wasser hätte. Er musste zurück zur Wesura.

Auf dem Weg zurück verschwamm seine Sicht. Die Behausungen wurden unscharf, die Entgegenkommenden schienen ihn mit finsteren Fratzen anzustarren. Schon bald tauchte in der Ferne eine Baumreihe auf, hinter der er den Fluss vermutete. Gerade als er das Ufer erreichte, wurde ihm übel, und so stützte er sich gegen einen der Stämme. Einige Mädchen wuschen Kleidung, zwei Fischerboote legten gerade an. Mühsam kniete er sich am Wasserrand zu Boden und trank. Als er sich sein Gesicht wusch, färbten sich seine Hände rot. Es musste ihn ziemlich erwischt haben.

»Du bist auch reingefallen?«

Henrik erschrak und drehte sich um. Hinter ihm stand ein Junge in etwa seinem Alter und stützte die Hände in die Hüften.

»Ins Wasser? Nein.«

«Ich meinte auf die Apostel.«

Henrik vermutete, dass der junge Mann verrückt war, und wendete sich wortlos von ihm ab.

»Bist du in eine Hütte gelockt und ausgeraubt worden?«

»Ja.» Dabei schämte er sich. Bestimmt lachte ihn der Fremde nun aus.

»Also bist du auf die Apostel reingefallen. Bist nicht der Erste und wirst auch nicht der Letzte sein.«

»Apostel?«

»So werden sie genannt. Weil sie zunächst sehr nett und hilfsbereit wirken. Bis sie dich haben.«

»Gibt es mehrere von ihnen?«

»Ja. Aber keine Angst, du wirst kein zweites Mal von ihnen behelligt werden.«

»Woher möchtest du das wissen?« Nun, wo Henriks Gesicht vom Wasser nass war und er getrunken hatte, wurden die hämmernden Kopfschmerzen schwächer. Neugierig musterte er den Jungen. Er war auch blond, etwa in seinem Alter, seine Kleidung aber völlig zerrissen und schmutziger als die der meisten anderen, obwohl er sich vermutlich in dem Teil der Stadt befand, in dem Menschen wohnten, die wie er mittellos waren.

»Woher kommst du?«, fragte der Bursche ihn.

»Südlich von hier.«

»Hast du Hunger?«

»Ja. Wer hat das nicht?«

»Kannst du gehen?«

Voller Wut verzog Henrik sein Gesicht. »Ich werde einen solchen Fehler nicht zweimal machen. Hast wohl vor, mich auch in eine Hütte zu ziehen.«

»Nein, habe ich nicht. Aber wenn du mir nicht glaubst, halte etwas Abstand. Du wirst sehen, dass du schneller als erwartet etwas zum Beißen bekommst. Außerdem hast du ja offenbar nichts mehr, das man dir stehlen kann.«

Für kurze Zeit überlegte Henrik. Wenn er tatsächlich Abstand hielt, konnte er kaum überrascht werden. Falls ihm irgendetwas faul erschiene, würde er fliehen. »Und warum möchtest du mir Essen geben? Hast anscheinend selbst nicht genug.«

»Ich komme durch. Aber du nicht.«

Henrik überlegte kurz, stand aber dann auf und nickte dem Fremden zu.

»Ich heiße Marius«, stellte sich sein Gegenüber vor, und als Henrik nur nickte, beließ es Marius dabei und verließ das Ufer.

Marius sah sich immer wieder um, ob Henrik folgte. Mehr als einmal wog Henrik ab, einfach umzukehren, denn er vertraute ihm nicht und konnte sich nicht vorstellen, dass ein ebenso Mittelloser wie er einfach Essen abgab. Sie gingen an der Brücke vorbei, die zur eigentlichen Stadt führte, in ein Viertel, in dem Henrik zuvor noch nicht gewesen war. Schon bald befanden sie sich auf einem Markt. Dutzende Händler boten allerlei feil,

49

Marktschreier priesen ihre Ware an, es roch nach Brot, Gewürzen und Ölen. Manchmal befürchtete Henrik, Marius in der Menge zu verlieren, und einige Male hoffte er dies sogar auch. Ab und an rempelte Marius andere Menschen an, einige beschwerten sich, ein Mann schrie ihn an, weil er gegen seinen Stand stieß und einige Äpfel auf den Boden rollten. Sofort hob Marius sie auf und legte sie zurück.

Früher als erwartet zog Marius Henrik hinter eine hölzerne Wand. Männer erleichterten sich dort, er stank stark nach Harn und Kot.

»Hier!«, sagte Marius und hob Henrik einen Apfel sowie ein Brot entgegen. Henrik glaubte, zu träumen.

»Wo hast du das her?«

»Vom Markt!«

Erst jetzt begriff Henrik, dass Marius es erst eben gestohlen haben musste. Das Rempeln an die Stände war also nicht ungeschickt, sondern Absicht gewesen.

Dennoch sah er lange auf die köstlichen Dinge, ohne zuzugreifen. »Was willst du dafür?«

»Nichts, du hast ja auch nichts! Iss endlich, bevor ich es selbst tue.«

Nun griff Henrik zu, teilte aber das Brot und gab eine Hälfte Marius zurück. »Danke.«

Marius nickte nur und biss hinein. Und als Henrik es ihm gleichtat, fiel ihm ein, wie lange es zurücklag, derart köstlich gewürztes Brot gegessen zu haben.

»Hältst du dich so über Wasser?«, fragte er Marius. So wie der Junge aussah, schlief er vermutlich in den Sümpfen der Wesura. Henrik konnte nur erraten, dass sein Haar blond und seine Haut nicht dunkelbraun war.

»Wie viele andere auch. Was hattest du denn vor? Wie möchtest du hier überleben? Oder ziehst du weiter?«

Henrik trat einen Schritt zur Seite, weil ein Mann an die Wand urinierte und er von einigen Tropfen angespritzt wurde. »Ich wollte hier Arbeit finden.«

Zu seiner Überraschung fing Marius zu lachen an. Als er endete, sah er Henrik an, als hätte er den Verstand verloren. »Klar. Du bekommst an jeder Ecke Arbeit.«

»Wirklich?«

»Nein, du Narr! Bremun ist ein Drecksnest, voller Huren, Säufer und Wunschdenker wie dich. Und über die Brücke lassen sie Leute wie uns ohnehin nicht.«

»Warst du je drüben?«

»Ja, öfter sogar. Wenn sie dich dort beim Stehlen erwischen, kann es sein, dass sie dich an einen der Schandpfähle binden.«

Henrik wusste, dass es sich dabei um Stangen handelte, an die man Verbrecher und Sünder band und vor den Stadttoren ausstellte. Dort wurden die Gefesselten bespuckt oder mit Dreck beworfen.

»Ich war schon an einem festgebunden«, fuhr Marius fort. Von einem Augenblick auf den anderen verfinsterte sich seine Miene. »Ich wünsche niemandem, dort zu landen. Ich dachte, ich müsste dort verrecken.«

Henrik aß das Brot auf und nickte Marius zu. »Danke. Also werde ich doch weiterziehen.«

»Aber wohin denn? Jeder verdammte Mensch auf Gottes Erden sucht nach einigen Münzen, und du glaubst, einfach so irgendwo Arbeit zu finden? Was denn überhaupt? Welches Handwerk hast du erlernt?«

»Keines.«

Wieder lachte Marius, zog ihn aber nun von der Pisswand weg und führte ihn an einen Baum.

»Ich lebe seit vier Jahren so«, sagte Marius nun etwas leiser. »Ja, manchmal wirft mir jemand einen Stein hinterher oder schlägt mich blau, aber ich komme durch. Ich bin weder verhungert noch liege ich in einem der Totenzelte und werde irgendwo begraben.«

Henrik wusste nicht, was Marius ihm mitteilen wollte.

»Ich kann es dich lehren.«

»Was? Das Stehlen?«

»Ja. Einige Wochen Übung, vielleicht mehr, wenn du ungeschickt bist.«

Plötzlich überkam Henrik ein schlechtes Gefühl. Seit Alvas Tod war er Gott alles andere als zugeneigt, aber Dieb wollte er nie werden. Und er war bereits einmal hintergangen worden, keinesfalls wollte er ein zweites Mal überfallen werden. Er spürte jedoch Vertrauen zu Marius, auch wenn er es sich nicht erklären konnte.

»Warum ich?«, fragte er. »Es gibt Dutzende Jungs wie mich, oder seid ihr bereits eine Bande?«

»Man kann nie genug sein. Die Eiserne Agnes ist unsere Anführerin.«

»Eiserne Agnes?«

»Wir sind tatsächlich mehrere, auch wenn Agnes lieber allein
unterwegs ist. Es kann dauern, bis sie dem zustimmt, dich aufzunehmen.«

»Ich habe noch gar nicht zugesagt.« Henriks Herz schlug
schnell und er wägte ab, ob es ratsamer sei, einfach weiterzuziehen. Doch Marius hatte recht: Wohin sollte er gehen? Sicherlich
war es mehr als blauäugig gewesen, anzunehmen, einer ehrlichen
Arbeit für Geld nachgehen zu können. Er konnte nichts außer
fischen, und Fischer gab es hier vermutlich mehr als Tiere in der
Wesura. »Ich weiß nicht. Warum ich?«

Abschätzend musterte Marius Henrik. »Weil du irgendwie un-
verdorben und unerfahren bist. Agnes würde sagen, dein Gefäß
ist noch leer. Und ich mag dich.«

Es tat Henrik gut, dies zu hören, doch er wollte die warnende
Stimme in sich nicht ignorieren. Zudem wurde er so langsam
neugierig auf diese Eiserne Agnes. Er stellte sich dabei eine ältere
Frau mit sehr strenger Miene vor.

Weil die Sonne hinter den Bäumen auf der westlichen Seite des
Flusses unterging, nickte Henrik schließlich. »Gut, dann stell mich
mal deiner Gefährtin vor. Vielleicht schlafe ich erst eine Nacht
drüber.«

»Dann bist du bei uns bestens aufgehoben. Die Apostel überfallen liebend gern diejenigen, die außerhalb schützender Wände
schlafen. Agnes ist übrigens keine wirkliche Gefährtin, auch wenn
ich es näher an sie herangeschafft habe als so manch anderer.
Lass dich von ihrer rauen Schale nicht verängstigen.«

Henrik nickte nur. Seltsam, dass Banden mit heiligen Namen
betitelt wurden. All das war ganz und gar nicht heilig, und trotz
seiner Wut auf Gott fürchtete er schon jetzt einen strafenden
Blitz aus dem Himmel.

»Nun gut«, murmelte Henrik schließlich. Er hatte Bedenken,
hier allein irgendwo zu schlafen. Vermutlich könnte jemand seinen Schädel einschlagen oder er wurde in den Fluss geworfen.
Wenigstens die eine Nacht konnte er bei Marius und den anderen
nächtigen.

»Wie nennt ihr euch eigentlich?«

Mit einem vielsagenden Blick sah Marius Henrik an und hob entschuldigend die Schultern.

»Die Apostel. Tut mir leid, solch brutalen Überfalle kommen eher selten vor.«

Die Apostel

Braune Haare waren zu Zöpfen zusammengebunden, in die Steinchen und verziertes Holz eingeflochten waren. Doch dies war es nicht, was Henriks Blick gefangen hielt. Agnes' gesamtes Gesicht war mit unzähligen kleinen Schnittnarben übersäht, von Ohr zu Ohr, von Kinn zu Stirn. Trotz der Narben fand er sie nicht unansehnlich, ganz im Gegenteil.

Es war auch kein Gesicht einer Alten, sondern das einer jungen Frau etwa in seinem Alter. Stechend grüne Augen blitzten ihn durchdringend an. Seit einigen Augenblicken versuchte Henrik, ihrem Blick standzuhalten, doch nun ließ er ihn abreißen. Es wirkte, als stünde Agnes kurz davor, ihm die Kehle durchzuschneiden.

»Was soll das, Marius?«, fragte sie schließlich. »Haben wir es nötig, uns zu vergrößern?«

Sofort ahnte Henrik, dass Marius' Vorschlag Blödsinn gewesen war. Agnes war tatsächlich ebenfalls nicht älter als fünfzehn oder sechzehn, sie wirkte aber, als stünde eine erfahrene Frau vor ihm. Nun entdeckte er auch an ihrem Hals Narben, und als sie sich am Bein kratzte und eines der Hosenbeine etwas in die Höhe zog, fielen ihm Striemen an ihrem Unterschenkel auf.

»Ich mag ihn, und ich glaube, er wird sich besser machen, als du denkst.«

Nun ging Agnes auf sie zu, umrundete Henrik einmal, griff dabei an sein Haar und an seine Oberarme. »Stark scheinst du ja zu sein, hast Arme wie ein Bulle.«

»Das kommt vom Fischen.«

»Heißt aber, du hast nicht allzu viel Geschick. Ein Bulle reißt alles um, wenn er an Marktständen vorbeigeht.«

Henrik antwortete nicht. Er war neugierig, wer diese Agnes denn nun wirklich war. «Warum hast du all diese Narben?«

»Halts Maul, das geht dich nichts an!«

Marius lachte. »Jetzt weißt du, warum sie ›Die Eiserne‹ genannt wird.«

»Wo schläfst du?«, wollte Agnes wissen. Dabei sah sie ihn abermals so durchdringend an, als erforschte sie seinen Grund.

Sofort schlug sein Herz schneller. Für den Bruchteil eines Augenblicks erinnerten ihre Augen ihn an Juta, obwohl diese dunkelbraun gewesen waren. »Nirgends, ich kam erst heute hier an.«

»Aha, dann suchst du Schutz.«

»Mit einigen von uns hat er bereits Bekanntschaft gemacht«, erklärte Marius. »Deshalb ist er auch so skeptisch.«

Henrik schüttelte aber den Kopf. »Nein, das ist es nicht. Ich hatte nur nie mit dem Gedanken gespielt, als Dieb mein Essen zu verdienen.«

»Du kannst es auch gern noch lauter herumbrüllen!«, giftete ihn Agnes an. »So hängst du schnell an einem der Schandpfähle.«

Erschrocken sah Henrik sich um. Hinter dem aus Stoffbahnen errichtetem Zelt war nur eine alte Frau zu sehen und einige Schritte weiter spielten zwei kleine Buben mit Steinen.

»Warum möchtest du mich eigentlich dabei haben?«, fragte er nun Marius. »Ihr seid doch schon mehrere.«

»Wie gesagt, man kann nie genügend sein. Sieben klauen mehr als sechs, und wir teilen uns alles auf.«

»Ihr seid zu sechst?«

Nun lächelte Agnes, was ihrem Gesicht einen unheimlichen Ausdruck verlieh. »Wir waren schon mehr, aber einige waren zu blöd. Einer starb am Schandpfahl, die anderen wurden von der Stadtwache mitgenommen. Und zwei hat man an Ort und Stelle totgeschlagen.«

Henrik schluckte. Dies stünde ihm bevor, würde er sich für sie entscheiden. Noch hatte er es nicht vor, er benötigte jedoch zunächst einen sicheren Schlafplatz. Nach dem Überfall, von dem ihm noch immer sein Schädel brummte, kam ihm dieses Bremun wie ein Sündenhaus vor. »Ich habe nicht vor, so zu enden.«

»Das ist gut.« Wieder bohrte ihr Blick durch ihn hindurch. Dabei musterte er ihr braunes Oberteil, auch an diesem waren Steinchen und kleine Holzfiguren eingestickt, sowie auf die auffallend große Schnalle ihres Gürtels. Warum war sie wie ein Junge angezogen?

»Komm mit, ich bring dich in unser Lager.«

Als sie sich umdrehte, zwinkerte Marius ihm zu, so, als wollte er ihm mitteilen, sie hätte sich bereits für seine Aufnahme entschieden.

Das Lager befand sich am Rand des Viertels, in dem Henrik überfallen worden war. Er malte sich aus, den Räubern den Schädel einzuschlagen, verwarf diesen Gedanken aber. Zumindest mussten sie ihm seine Sachen zurückgeben. Nachdem Marius eine Decke zur Seite geschlagen hatte, die als Wand diente, betrat Henrik das trübe Innere. Durch drei Ritzen fiel so viel Licht in den Raum, dass er die Gesichter zweier Personen gut erkennen konnte.

Marius wies auf die zwei Jungen. »Das sind Friedrich und der dumme Hans.«

»Macht Platz!«, unterbrach Agnes die Vorstellung, woraufhin die beiden den größten Teil einer am Boden liegenden Decke frei machten.

»Dort kannst du dich setzen.«

Henrik nickte den beiden zu, die ihn nur wortlos ansahen.

»Henrik bleibt heute Nacht hier«, erklärte Agnes barsch. »Und ihr lasst eure Pfoten von ihm!«

Henrik setzte sich noch nicht. Einige Beutel lagen herum, auf einem schiefen Regal standen einige Schüsseln, es roch nach alten Bohnen. Er hatte erwartet, eine Menge Diebesgut zu erblicken.

»Lagert ihr euer Zeug nicht hier?«, fragte er?

»Natürlich nicht.« Marius schloss den Eingang wieder, es wurde aber kaum dunkler. »Da wären wir ja schön blöd. Es ist gut versteckt.«

Henrik wusste, dass es keinen Sinn hatte, nach dem Ort zu fragen. »Wenn es aber die Apostel waren, die mich überfallen haben, hätte ich gern meinen Beutel wieder. Die Sachen waren von meinem Vater. Er ist tot.«

Friedrich und Hans sahen ihn nur weiterhin stumm an, Agnes verließ aber das Zelt.

Erst jetzt musterte Henrik die beiden genauer. Friedrich war wohl etwas älter als er und auch größer, Hans hingegen dick und kleiner, die Hälfte seines Gesichts hing seltsam schlaff nach unten.

»Hans war schon immer so«, erklärte Marius. »Er versteht nur schwer, macht aber alles, was wir ihm sagen. Er ist wie ein treuer Hund.« Dabei ging er auf ihn zu und wuschelte sein Haar.

Henrik hätte es nicht gewundert, wenn Hans zu bellen begonnen hätte.

»Du kannst neben mir schlafen«, sagte nun Friedrich mit tiefer Stimme. »Außer, Agnes hat etwas anderes vorgesehen.«

Henrik wunderte es, dass Agnes über so viel Einfluss verfügte. Außer ihr waren offenbar alle Jungen. Der Respekt vor ihr war auch bei Friedrich zu spüren.

Eine Mann von außerhalb schrie, weshalb Henrik zusammenzuckte. Ein anderer war nun zu hören, der ihn offenbar beruhigte.

»Morgen wird sie wissen, ob wir es mit dir probieren oder nicht«, unterbrach Marius Henriks Gedanken. »Es ist aber schon mal ein sehr gutes Zeichen, dass du es bis in unser Heim geschafft hast.«

»Warum vertraut sie mir und zeigt mir eure Unterkunft? Sie kennt mich nicht, ich könnte euch verraten.«

»Agnes hat viele Talente, ihr herausragendstes ist aber ihre Menschenkenntnis. Ich vertraue ihr da nicht nur, sondern sehe es bei dir genauso. Du passt gut zu uns.«

Da legte Friedrich ihm eine Hand auf die Schulter. »Agnes würde dafür sorgen, dass du nie wieder irgendetwas verrätst. Solange du nicht zu uns gehörst, solltest du aufpassen, was du sagst.«

Während Hans grunzte, spürte Henrik ein seltsames Ziehen in seinem Unterleib. Wo war es da nur reingeraten? Er war aber froh, in dieser ersten Nacht nicht allein irgendwo unter freien Himmel schlafen zu müssen. Im Dickicht der Wesura machte ihm dies nichts aus, hier in Bremun allerdings schon.

Schließlich setzte er sich und biss in den verbliebenen Apfel. Gerade als wieder ein Mann außerhalb irgendetwas rief, wurde die Decke des Eingangs zurückgeschlagen und Agnes kam herein. Wortlos warf sie einen Beutel vor Henriks Füße.

»Das ist meiner!«, brummte Henrik überrascht, öffnete ihn und fand sein Werkzeug darin vor. Es war noch alles da.

»Danke.«

»Du hast Glück, dass es noch nicht verkauft worden ist. Wir entscheiden morgen, was wir damit anstellen.

Nun traten noch zwei weitere Personen ins Zelt. Den einen erkannte Henrik als den Jungen, der ihn in das Zelt gelockt hatte. Wer ihm aber auf den Schädel geschlagen hatte, wusste er nicht. Er hatte auch nicht vor, danach zu fragen.

»Das sind Johann und Kai.«

Die beiden etwas jüngeren Buben nickten ihm nur kurz zu; vielleicht waren sie skeptisch, was den Neuen betraf, oder aber sie waren wütend, weil sie ihre Beute wieder hatten abgeben müssen. Nach und nach setzten sie sich auf ihre Decken, und als er immer dunkler wurde, entzündete Agnes eine Ölfunzel. »Erzähle uns, was du bisher getrieben hast«, forderte sie Henrik auf. »Dann sehen wir weiter.«

Henrik stutzte. Hans sah ihn an, als sei er eine Mutter, die ihrem Kind eine Geschichte erzählte, und Kai, der Jüngste unter ihnen, blickte immer wieder wie ein unterwürfiger Hund zu Agnes.

Also erzählte Henrik von der kleinen Hütte am Ufer, von seinen Eltern, vom Leben als Fischer. Er berichtete auch von der Zeit, die er als Sklave bei den Nordmännern verbracht hatte, und von seiner langen Reise nach Westen ins weit entfernte Nebelland. Bei seinem Abschied waren sie längst Freunde geworden, Arna hatte ihm sogar gesagt, er könne jederzeit zu ihnen zurückkehren und bei ihnen leben.

Doch er sprach nicht über Juta, seine Liebe während dieser Reise. Sie war freiwillig im Nebelland geblieben, und es hatte ihm das Herz zerrissen. Sie saß noch immer tief in ihm, und dies ging niemandem etwas an.

»Du warst bei den Nordmännern?«, fragte Agnes schließlich. »Und du lügst auch nicht?«

Da griff er an die Figur an seinem Hals. »Das ist Modgudur, die Magd, die auf der Brücke *gjallarbru* am Rande Helheims Wache hält. Ich habe sie von ihnen.«

Agnes betrachtete sie, ohne sie anzufassen. In diesen Momenten sagte keiner ein Wort.

»Die Nordmänner sind menschenfressende Ungeheuer, die mit dem Teufel im Bund stehen«, unterbrach schließlich Friedrich die Stille. »Ein Wunder, dass du es überlebt hast.«

»Das sind sie nicht!« Henrik bemühte sich, nicht wütend zu werden. »Das erzählt man sich nur, weil sie als unsere Feinde gelten. Umgekehrt glauben sie an ähnliche Geschichten über uns.«

»Du lügst!«, schrie Friedrich. »Wenn die Nordmänner Gefangene haben, entkommen sie nicht. Du willst dich wohl bei uns einschmeicheln?«

Zu seiner Überraschung wurde Henrik nicht wütend. Ganz im Gegenteil, Friedrich erleichterte ihm seine eigene Entscheidung. »Dann glaube mir einfach nicht, ich lüge aber nicht. Die Welt ist viel größer, als du glaubst.« Gerade als Friedrich ansetzen wollte, weiterzusprechen, warf Agnes ihm einen scharfen Blick zu. »Sei leise! Wir kennen Henrik noch nicht so gut, aber deswegen nennen wir ihn noch keinen Lügner.« Dann drehte sie sich zu Kai. »Was haben wir zu essen?«

Kai öffnete einen Beutel und legte zwei Äpfel, einige Stücke Brot sowie Bohnen, die zuvor in Stoff eingewickelt waren, auf die Decke. Überrascht stellte Henrik fest, dass sie alle davon satt würden.

»Kocht die Bohnen, und du, Friedrich, du beruhigst dich!«

Friedrich sagte nichts mehr, nahm seinen Beutel und verließ das Zelt.

»Er holt Wasser!«, erklärte Marius. »Sieh es ihm nach, er ist unser Hitzkopf. Aber genauso ist er unser Beschützer.«

Henrik war es einerlei. Je mehr Zeit verging, desto sicherer war er sich, am morgigen Tag die Apostel wieder zu verlassen. Er glaubte nicht daran, dass an jedem Abend genügend zu Essen bereitlag, und er konnte sich nicht vorstellen, sich mit Diebstählen durchs Leben zu schlagen. Er war dankbar für diese Nacht, es sollte aber die einzige bleiben.

Nachdem Friedrich wieder zurückgekehrt war, kochten schon bald die Bohnen über einem kleinen Feuer in einem verbeulten Topf. Während Agnes ein Hosenbein von Hans nähte, lagen die anderen auf ihren Decken und schwiegen. Henrik ahnte, dass die Stille ihm geschuldet war, sicherlich dachten alle, er sei ein Lügner und es deswegen nicht wert, auch ihre Geschichten zu hören. Und als die Nacht hereinbrach und ihn die Müdigkeit überfiel, war er froh, wenigstens heute Schutz zu haben.

Henrik erwachte abrupt. Zunächst wusste er nicht, wo er sich befand, dann aber schlich er sich aus dem Zelt ins Freie. In der Nähe sprachen zwei Männer, ein Hund bellte, der Mond schien hell von Himmel. Durstig trank er Wasser und legte sich vor das Zelt. Hier kam ihm die Luft frischer vor, und als er die Augen schloss, war es ihm, als läge er am Strand in der Nähe seiner Hütte und höre das Meer rauschen.

»Wie heißt sie noch mal?«

Henrik erschrak und riss den Kopf herum. Es war Agnes, die sich neben ihn setzte und ebenfalls zum Himmel sah.

»Wer?«

»Die Figur.«

»Modgudur.«

»Seltsam, dass die Barbaren auch Frauen anbeten.«

»Sie haben viele Frauen in ihrem Glauben, Modgudur ist aber keine Göttin.«

»Sie haben Göttinnen? Nicht nur eine davon?« Sie sagte es, als handle es sich um eine Krankheit.

»Ja, sie haben sehr mächtige Göttinnen. Ich fand die Geschichten wirklich schön, auch wenn ich mich schämte, sie zu hören.«

»Weil du glaubtest, Gott könnte dich strafen?«

»Ich habe mehr als einmal einen strafenden Blitz von oben erwartet.«

»Und natürlich kam er nicht.«

Im Schein des Mondes besah Henrik ihr Gesicht. Ihre Augen funkelten und die vielen Narben wirkten im Dämmerlicht wesentlich grausamer und unheimlicher als am Tag. »Du betest wohl eher nicht?«

»Bestimmt nicht. Wenn es einen Gott gibt, weiß er nichts von mir, der verdammte Hund!«

Henrik schluckte, denn sie sagte es voller Bitterkeit. »Ich habe ihm den Rücken gekehrt, nachdem meine Schwester gestorben war.«

Sie ging nicht darauf ein, wendete ihren Blick nun aber auf ihn. »Erzähle mir von den Göttern der Nordmenschen, Henrik. Wenn du so lange bei ihnen warst, kennst du bestimmt viele Geschichten.«

Henrik hatte deren Namen lange nicht mehr in den Mund genommen, und seltsamerweise fühlte er sich unwohl dabei. War es in Arnas Sinn, ihre Namen im Volk der schwächlichen Christenmenschen zu erwähnen? Kurz schloss er die Augen, dann erzählte er von Frigg, der Gemahlin Odins und Göttin aller Mütter und des Lebens, von Hel, der Göttin der Unterwelt, von der Liebesgöttin Freya, von Idun, Skadi und den Nornen. All die Zeit über sah Agnes ihn an, ohne ein Wort zu sagen, und nachdem er ihr erklärt hatte, dass die tapfersten Kriegerinnen als Walküren ebenso wie die Männer in Walhall aufgenommen wurden, stand ihr Mund offen.

»Es sind viel schönere Geschichten als die, die unsere Pfaffen erzählen. Warum bist du eigentlich zurückgekehrt?«
»Wegen meiner Mutter und meiner Schwester. Nun sind sie beide tot.«
»So wie meine. Aber nur Mutter ist im Himmel, falls es ihn gibt.«
Henrik überlegte kurz, ob er sie nach den Umständen fragen konnte, und wagte es schließlich.
»Ich habe meinen Vater umgebracht«, flüsterte sie leise. »Nachdem er meine Mutter fast totgeschlagen hatte.«
Für einige Augenblicke schlug Henriks Herz schneller. Kannten die anderen ihre Geschichte, war es nicht verwunderlich, dass sie als deren Oberhaupt akzeptiert wurde.
»Und jeden anderen, der versucht hatte, einen der Apostel zu töten.«
»Woher hast du deine Narben?«
»Das geht niemanden etwas an!« Mit festem Griff legte sie ihre Hand auf seinen Unterarm. »Ich weiß, dass du nicht bleiben willst. Es ist deine Entscheidung. Aber bedenke, dass wir immer zu essen haben, und vor allem haben wir uns. Wir beschützen uns, jeder steht für den anderen ein. Es ist ein Geschenk, dessen Wert du vielleicht erst erkennst, wenn du es verlierst.«
»Ich weiß nicht, was ich tun soll.«
»Gib dir einige Tage Zeit. Fortgehen kannst du immer, es wäre nur schade, wenn du es verfrüht tust.«
»Warum versuchst du, mich zum Bleiben zu überreden? Es gibt bestimmt an jedem Tag Jungen, die sofort aufgenommen werden wollen. Warum ich?«
»Weil ich dir vertraue. Und das kommt verflucht selten vor. Und weil ich aus irgendeinem Grund nicht möchte, dass du weiterziehst. Ich weiß nicht, vielleicht sind es deine Geschichten. Seltsam, dass du offenbar schon am Ende der Welt warst und jetzt in unserem Zelt sitzt.«
Henrik fühlte sich beschämt, konnte aber Agnes' unerwartete Gunst nicht einordnen. Erstäche sie ihn, wenn er gehen wollte?
Erst jetzt löste sie ihren Griff und sah wieder zu den Sternen.
»Erzähle mir von diesem Nebelland. Und davon, warum ihr nicht von der Erdkante gefallen seid.«
Als Henrik Agnes von der Reise berichtete, war ihm, als erlebte er die Reise noch einmal. Aufgrund seiner eigenen Worte reiste er

gedanklich wieder zuerst nach Eisland, dann nach Grünland und schließlich ins ferne Vinland zurück, zu den Nebelmenschen, die die Herzen der Gefangenen aus dem Leib schnitten und sie aßen. Zudem dachte er, er röche die Seeluft und hörte die Stimmen von Einar und Mjöllnir.

Am nächsten Morgen fühlte Henrik sich seltsam unwohl. Er rang mit sich, wusste nicht, für was er sich entscheiden wolle. Agnes hatte jedoch in einem recht: Entschied er sich zu früh, könnte er es bereuen. Zudem nützte es ihm, die Kunst des Diebstahls zu erlernen, denn es würde immer Zeiten geben, in denen er hungern oder beinahe erfrieren würde.

Agnes und Marius sahen ihn wortlos an.

»Ich probiere es«, sagte Henrik schließlich. »Auch wenn ich keinesfalls an einem der Schandpfähle hängen will.«

Erleichtert lächelte ihn Marius an. »Das will keiner von uns. Aber selbst dann gibt es Wege, dich zu befreien. Die Schlüssel trägt immer einer der Wachposten bei sich.«

»Marius wird dich heute einführen. Und Friedrich.«

Erbost sah Friedrich Agnes an. »Warum ich?«

»Um ihn kennenzulernen. Und seid vorsichtig.«

Henrik hatte gehofft, von Agnes selbst die ersten Schritte zu erlernen, immerhin war aber Marius dabei.

Als sie das Zelt verließen, schlug Henriks Herz rasend schnell. Nun wurde er zum Dieb ausgebildet.

Es war schon Nachmittag, als die Sonne ungewohnt warm vom Himmel schien. Sie befanden sich seit Längerem auf dem Markt, der auf einer weiteren Brücke zum Ortskern stattfand. Marius hatte den Ort gewählt, weil aufgrund der engen Brücke die Leute besonders nahe aneinander standen.

Es war nicht schwer, Marius' und Friedrichs Taktik zu folgen. Sie rempelten Menschen an und entwendeten dabei schnell deren Beutel. Meistens hingen diese an den Gürteln, doch der Schnitt der mitgeführten Scheren war scharf und für den Besitzer kaum spürbar. Marius erklärte, dass es wesentlich einfacher sei, unbemerkt die Schnüre der Beutel durchzuschneiden. Die Schnelligkeit, mit der Friedrich und Marius an eines der Säckchen gelangten, faszinierte Henrik. Stets wechselten sie nach einer solchen Beute den Standort, da die Besitzer bald ihren Verlust bemerkten und die Stadtwachen informierten. Oder die Bestohlenen prügelten auf denjenigen ein, den sie als möglichen Dieb erachteten.

Allerdings waren die Apostel nicht nur Meister darin, die Menschen um ihr Geld zu erleichtern. Sie stahlen genauso effektiv Obst, Brot und andere Dinge, die feilgeboten wurden. Meist geschah auch dies im Gedränge, ein schneller Handgriff oder ein fingierter Streit brachte hier die Beute.

Nachdem sie einen Laib Brot ergattert hatten, legte Marius Henrik eine Hand auf die Schulter. »Nun du«.

»Ich soll schon jetzt stehlen?«

Unauffällig wies Marius auf einen Handkarren, auf dem Rüben lagen. »Wie kommst du an die ran?«

»Ich verstricke die Frau in ein Gespräch?«

»Ja. Oder du rempelst den Wagen an und hilfst beim Aufsammeln. Dabei wandert eine in deine Tasche.«

»Was ist besser?«

»Entscheide du. Aber es ist eine Frau, die sprechen lieber als Männer.«

Unentschlossen richtete Henrik seinen Blick auf Friedrich. Womöglich wünschte dieser sich, dass Henrik gefasst würde, vielleicht war er ja eifersüchtig auf den Neuen. Zu seiner Überraschung beugte er sich aber zu ihm.

»Mach doch beides. Du wirst schnell sehen, für welchen Weg du dich entscheidest. Wichtig ist aber: Wenn sie es merkt, dann laufe so schnell wie möglich weg. Frauen rennen nicht hinterher, Männer sehr wohl.«

Henrik schluckte. Voller Angst ballte er seine Fäuste, ging dann aber auf die Frau zu. Als sie ihn erblickte, kam es ihm vor, als dränge ihr Blick bis in sein Innerstes. Für einen kurzen Moment stellte er sich vor, an einem der Schandpfähle angebunden zu stehen. Etwa einen Schritt vor ihr stolperte er und stieß gegen den Wagen. Einige Rüben fielen zu Boden und kullerten umher.

»Entschuldigung!« Sofort bückte er sich, auch die Frau kniete sich fluchend hin. »Lass liegen, ich mach das schon. Geh nur einfach weg!«

Henrik nickte, legte die Rüben, die er gesammelt hatte, in den Wagen, entschuldigte sich noch einmal und kehrte zu Marius und Friedrich zurück. Wortlos suchten sie eine Stelle auf, an der die Frau sie nicht mehr sehen konnten.

»Macht nichts«, sagte Friedrich. »Du hast noch keine Übung. Es wird dir schneller gelingen, als du denkst.«

Da griff Henrik an sein Gesäß, zog eine Rübe aus seinem Beinkleid und hielt sie den beiden vor die Nase. »Immerhin eine.« Überrascht lächelte Marius, dann grinste auch Friedrich. »Ein Naturtalent.«

»Es ist nicht das erste Mal«, antwortete Henrik. »Zu Beginn habe ich bei den Nordmännern viel gestohlen, von dem ich glaubte, es könnte bei meiner Flucht helfen. Und auch da habe ich einiges in meinem Arsch versteckt.«

»Und, hat es bei der Flucht geholfen?«, wollte Marius wissen.

»Nein. Aber es gab mir Hoffnung.«

»Und hier nimmt es dir den Hunger.«

Für einen kurzen Moment schloss Henrik die Augen. Er hatte Verbündete gefunden, und er glaubte Agnes, dass niemand von ihnen alleingelassen würde. Es war mehr, als er sich nach seinem Aufbruch hatte erwarten können, auch wenn es bedeutete, ein Dieb zu sein. Es machte ihm aber nichts aus. Er war bereits Sklave gewesen, hatte unvorstellbare Grausamkeiten im Nebelland gesehen, Gott hatte ihm Eltern und Schwester genommen sowie seine große Liebe Juta, die sich entschieden hatte, in Vinland zu bleiben. Zweifelsfrei gehörte er zu denen, die von Gott vergessen wurden, also gab es keinen Grund, vor ihm Angst zu haben.

»Machen wir weiter?«, fragte er die beiden schließlich.

Marius schüttelte den Kopf. »Nein, vorerst nicht. Es lief sehr gut. Wir haben gelernt, die Gunst der Stunde zu nützen, aber genauso, es nicht zu übertreiben. Belassen wir es heute dabei.«

Als Marius den beiden zurück zum Zelt folgte, hatte er längst entschieden, bei ihnen zu bleiben.

Die zwei Raben

Wo zuvor reges Leben geherrscht hatte, verbreiteten sich Schweigen und Tod. Es war still in Einars Haus, zu still für Ranveig. Längst hatte sie sich an Sigurd gewöhnt, kannte sein Schnarchen in der Nacht, der Ton seiner Worte wurde zu einem täglichen Begleiter. Fünfzehn Tage waren seit dem Überfall vergangen, niemand jedoch gekommen. Dafür aber der Winter und mit ihm der Schnee. Zu alledem gesellte sich die Sorge in Ranveig, womöglich verhungern zu müssen. Die gesamte Landschaft war unter einer weißen Schicht zugedeckt, dabei wehte hartnäckig ein eiskalter Nordwind.

Zu ihrer Überraschung war nach wie vor Völsungur, den sie längst zurückerwartet hatten, nicht zurückgekehrt. In den Nächten träumte Ranveig davon, wie ihre Mutter geschändet und Balbó der Kopf abgehackt wurde, und jedes Mal wenn sie erwachte, war ihr Körper schweißbedeckt.

Mehr als einmal hatte sie Sigurd gefragt, wann sie denn in andere Siedlungen aufzubrechen gedachten, um Hilfe zu holen, doch Sigurd wollte auf Völsungurs Ankunft warten.

An einem besonders kalten Tag machte sich Sigurd bereit zu jagen. Wenigstens ein Dutzend Äxte, Schwerter und Schilde lagen auf Einars Lager. Sigurd hatte alles aus den Häusern geholt, was brauchbar war, leider hatten sie aber wesentlich weniger Nahrung zur Verfügung als erhofft.

Als Sigurd vor die Türe trat, blieb er stehen und sah überrascht in Richtung Meer. »Ein Schiff!«

Die Worte durchdrangen Ranveig wie ein Blitz.

»Wer?«

»Ich bin mir nicht sicher, ich glaube, es ist der *yfirmannr*.«

Trotz des eisigen Windes stellte sich Ranveig ohne Umhang neben ihn und starrte auf das Schiff, das sich langsam den Stegen unter ihnen näherte. Es waren Männer an Bord, und als das Gefährt etwas drehte, erkannte sie den *svaeri*. Es war der Drachenkopf vom Schiff Völsungurs.

»Sie sind da!«, flüsterte sie ergriffen. »Er muss uns nach Northumbria bringen.«

Langsam segelte das Schiff auf den ersten Steg zu, ein Mann kletterte von Bord und band es fest. Gerade als Ranveig loslaufen wollte, hielt Sigurd sie am Arm.

»Warte! Wer sind die anderen? Völsungur war nur mit einigen Männern und seiner Familie unterwegs.«

Tatsächlich erkannte Ranveig von der Anhöhe aus etwa vierzig Menschen, es waren auch Frauen und Kinder unter ihnen. Wer waren diese Leute?

»Wir machen erst mal gar nichts!«

Ungläubig sah Ranveig auf die Fremden, die nun über das Schiffsbrett an Land gingen. Sie trugen Beutel mit sich, Männer luden Säcke und Kisten aus, es schien niemand wegen der ausbleibenden Bewohner überrascht zu sein. Da sah sie Völsungur. Er stand nur da, blickte auf die Häuser, in den Wald, sprach dann mit seiner Frau und schließlich mit einigen Männern. Obwohl sie nicht verstand, was dort vor sich ging, schöpfte sie Hoffnung, erwartete nun, der *yfirmannr* würde alles tun, um diesen Überfall zu rächen.

»Das stimmt was nicht«, hörte sie Sigurd sagen. Seine Stimme klang, als befände er sich hinter einem Schleier. »Du bleibst hier oben. Packe einen Beutel mit den wichtigsten Dingen, vor allem mit Nahrung.«

»Was? Aber warum?«

»Tu es einfach! Ich gehe zu Völsungur.« Dabei drehte er sich zu ihr und sah sie durchdringend an. »Falls ich nicht zurückkehre, gehe nach Barkhingor. Schnell und unauffällig.«

»Aber warum Barkhingor? Jarlevod ist doch die nächste Siedlung.«

»Ich traue Erlend nicht, er ist ein enger Verbündeter Völsungurs. Torstein hingegen war immer Einars Freund.«

»Nach Barkhingor sind es wenigstens zwei Tage und Nächte zu Fuß.«

»Versprich es mir! Du musst es tun, hörst du?«

»Ja.«

Sigurd nickte, rückte sein Schwert zurecht und ging zum Dorf hinab.

In Sigurd zog sich alles zusammen. Alles in ihm begehrte auf, versuchte, diesen grausamen Gedanken nicht zuzulassen, doch er schlich sich immer tiefer in seinen Körper, wie ein Geschwür, das alles vergiftete. Die Art und Weise von Völsungurs Auftreten, die Fremden, die lange Abwesenheit des *yfirmannr*, das Abladen von immer mehr Kisten und Säcken, das alles erschien so falsch. Es konnte nicht sein, es durfte einfach nicht sein. Doch er musste zu Völsungur, jede auch noch so kleine Möglichkeit, seine Familie wiederzusehen, musste er nützen.

Schon bevor Sigurd den Hafenbereich betrat, erblickten ihn einige der Fremden und zückten ihre Waffen. Der *yfirmannr* wurde gewarnt, schließlich drehte er sich zu Sigurd und sah ihn offensichtlich erstaunt an.

»Bist du allein?«, fragte Völsungur Sigurd.

Tausende Gedanken schossen durch Sigurd. Entschlossen umschloss er sein Schwert und sah um sich.

»Nein. Es gibt in einem Versteck noch mehrere Überlebende.«

»Wie viele?«

»Völsungur. Sie haben das Dorf überfallen.«

Der *yfirmannr* drehte sich kurz zu den Männern, die ihn umringten, sichtlich bereit, Völsungur gegen jede Gefahr zu schützen.

»Es kam mir zu Ohren. Es ist furchtbar. Aber sage mir: Wie viele haben überlebt?«

»Sechs Männer, einige Frauen und Kinder.«

Völsungur sagte nichts, blickte an Sigurd vorbei in den Wald, versuchte womöglich, ein Geräusch auszumachen.

Bleib ja oben, Ranveig!, schoss es Sigurd durch den Kopf. *Zeig dich ja nicht!* Dabei wurde es unendlich kalt in ihm. Völsungurs Verhalten bestätigte düsterste Bedenken. Es konnte nicht sein, es war ein Frevel an den Göttern, ein furchtbarer Verrat an seiner Welt.

»Wo sind sie?«, wollte der *yfirmannr* wissen.

Die Fremden luden weiterhin Ladung vom Schiff an Land, die sieben Männer, die um Völsungur standen, sahen Sigurd grimmig an. Für kurze Zeit überlegte Sigurd, den Kopf des *yfirmannrs* zu spalten, doch so sähe er seine Familie nie wieder. »Sie sind gut versteckt, wir wussten nicht, ob die Sklavenhändler zurückkehren.«

Völsungur war es anzumerken, dass er mit sich rang. Für einige Augenblicke sah er zu Boden, dachte wohl nach, schließlich flüsterte er einem seiner Männer etwas zu. »Ich werde sie holen«, stieß Sigurd heraus. Er spürte, hier wegzumüssen, vielleicht erhielten die Männer ja den Befehl, ihn hier und jetzt zu töten. Wieder versuchte er, diesen abwegigen Gedanken nicht zuzulassen, doch dieser war längst Gewissheit geworden.

»Ja, hole sie«, entgegnete Völsungur. »Wir werden alles in Ruhe besprechen. Sie müssen sich nicht weiter verstecken. Ich bin wieder hier.«

Sigurd nickte, musterte einige Augenblicke das Gesicht des *yfirmannrs* und schwor sich in diesem Moment, diesen Verrat zu rächen. Er wusste nicht, inwiefern Völsungur in diese Sache verstrickt war, ob er der Kopf dieses Überfalls gewesen war, denn es gab keinen Grund, sein eigenes Dorf derart zu verraten. Warum sollte er es tun? Er war sich aber sicher, dass der *yfirmannr* darin verwickelt war, und er war sich genauso sicher, dass Völsungur alle Überlebenden abschlachten ließe.

»Ich hole sie«, wiederholte er, drehte sich um und ging den Abhang hinauf. Dabei hoffte er, nicht von einem Pfeil getroffen zu werden, weil Völsungur es sich anders überlegte.

Als Ranveig Sigurd auf sich zukommen sah, lief sie ihm entgegen. Aus seiner Miene sprach alles, nur keine Freude.

»Hast du gepackt?«, rief er schon von Weitem.

»Ja, alles ist in zwei Beuteln verstaut.«

»Gut. Wir müssen los!«

»Aber warum? Was ist geschehen? Völsungur kann doch ...«

»Schweig! Wir müssen los, ich erkläre dir alles, wenn wir unterwegs sind. Aber jetzt müssen wir uns beeilen!«

Mit zitternden Händen warf Ranveig Sigurd einen Beutel zu, schnappte sich den anderen und folgte ihm. Er holte noch einen Schild sowie eine Streitaxt aus dem Haus und lief schließlich voraus. Sie rannten am Rande des Plateaus entlang, an Arnas Haus vorbei und drangen in den nördlichen Wald ein. Ranveig fragte sich, warum sie fliehen mussten, aus welchem Grund Sigurd nicht stehen blieb, weshalb er immer wieder hinter sich sah. Wurden sie verfolgt? Nein, da kam niemand, sie würde es sicher bemerken. Sie liefen und liefen, und erst als sie das steile Tal durchquert hatten, lehnten sie sich schwer atmend an einen Felsen.

»Wir werden nicht verfolgt!«, sagte Sigurd schließlich.

»Warum sollten wir das? Was ist passiert?« Da sie in den letzten Tagen ohnehin in der Gegend unterwegs gewesen waren, hoffte sie, ihre Fußspuren im Schnee würden sie nicht verraten. Doch vor wem?

»Er hat uns verraten, Ranveig.«

»Der *yfirmannr*?« In Ranveig wurde es noch kälter, als es ohnehin schon war. Kalter Wind pfiff aus nördlicher Richtung, ihre Haut fühlte sich an, als bestünde sie aus Eis.

»Ja. Ich weiß nicht wie, aber er ist darin verstrickt. Er hätte uns töten lassen, Ranveig.«

»Nein, das kann nicht sein. Er ist unser *yfirmannr*.«

»Und dennoch ein Verräter.«

Also war ihr seltsames Gefühl nicht unbegründet gewesen, als sie die Fremden gesehen hatte. Als schlüge ihr jemand ins Gesicht, wankte sie kurzzeitig. Es war unvorstellbar, es passte nicht in ihren Kopf. Ihr eigenes Dorfoberhaupt steckte hinter dem Überfall, es war so unglaublich wie schmerzhaft. »Wohin sollen wir gehen? Wirklich nach Barkhingor?«

»Ich weiß keine andere Möglichkeit.«

»Zwei Tage und Nächte dort draußen bei diesem Wetter?«

»Wir müssen. Wir haben kein Schiff, und das Dorf von Torstein ist gut über Land zu erreichen.«

Ranveig nickte nur. Es war die einzige Möglichkeit, nicht verhungern zu müssen. Man sagte, Torstein sei ein ähnlich strikter Verfechter der alten Götter, wie ihr Vater es gewesen war. Dabei schweiften ihre Gedanken zu Völsungur. Es konnte einfach nicht sein. War ihre Welt schon von der Entführung ihrer Mutter und Balbós zerbrochen, verstand sie nun gar nichts mehr. Sigurd musste sich einfach irren. Für kurze Zeit schloss sie die Augen und bat die Götter um Unterstützung. Odin sollte ihr Mut und Kraft verleihen, und sie bat Freya, als Falke zu erscheinen und sie selbst sowie Sigurd nach Barkhingor zu fliegen.

Schon bald wurde der Wind stärker. Als genügte es nicht, die Gewissheit von Völsungurs Verrat in sich zu tragen, die Trauer um ihre Familie und die Aussicht auf ein Leben, das womöglich keines mehr war, schlich sich die Kälte *mörsugors* tief in jede Faser ihres Körpers. Manchmal spürte sie ihre Finger kaum mehr, dennoch kämpfte sie sich an Sigurds Seite durch den Wald, den sie so gut kannte. Jedoch nur bis zum großen Fluss, dessen Ufer sie nun betraten. Hier endete ihr Jagdgebiet, weiter war sie nur sehr selten gekommen. Trotz des eisigen Wassers durchquerten sie den Fluss an der niedrigsten Stelle, und als sie wieder Land betraten, war ihre Kleidung bis zu den Oberschenkeln durchnässt. Zu ihrer Erleichterung entzündete Sigurd ein Feuer, wies sie an, das Obergewand auszuziehen und es nahe an die Flammen zu hängen. Obwohl Ranveig nur mit dem Untergewand vor Sigurd stand, schämte sie sich nicht. Er war eher wie ein Vater als ein junger, gieriger Mann, der seine lüsternen Blicke nicht kontrollieren konnte. Die Wärme des Feuers tat gut, sie aßen etwas Brot und warteten, bis die Kleidung getrocknet war.

»Ich habe es in seinen Augen gesehen!«, sagte Sigurd nach langer Zeit des Schweigens.

Ranveig wusste, was er meinte. Noch immer kam es ihr wie ein böser Traum vor.

»Und wenn du dich geirrt hast? Wir beide uns geirrt haben?«

»Nein, du warst nicht dabei. Warum wohl all die Fremden, die ihre Ladung mitbrachten? Völsungur hat uns ausgetauscht, wie Ziegen, die man auswechselt. Ich sah das Christenkreuz an den Hälsen der Männer baumeln, Ranveig.«

»Aber warum? Warum so?«

»Ich weiß es nicht. Aber ich weiß, was ich gesehen habe. Völsungur war oft unterwegs in letzter Zeit, hatte sich mit anderen Oberhäuptern besprochen, aber den Männern nie gesagt, welchen Inhalt diese Treffen hatten. Das Kreuz hat ihn vergiftet, und vermutlich pfundweise Hacksilber oder gar Gold«

»Woher weißt du das?«

»Von Radvald.«

Ranveig nickte und blickte hinter sich. Sie wollte die letzte Befürchtung verlieren, verfolgt zu werden, doch da war niemand.

»Ich hoffe, Torstein nimmt uns auf.«

»Ich möchte nicht aufgenommen werden, du aber sollst eine neue Heimat finden. Ich bitte um Männer und ein Schiff, um nach Northumbria zu segeln.«

»Du weißt, dass ich mit dir kommen werde.«

»Um dich auch noch als Sklavin zu verlieren? Nein.«

70

Ranveig sagte nichts mehr dazu. Sie würde nicht lockerlassen, selbst wenn sie sich an Bord schmuggeln müsste. Als sie um sich sah, verlor sich der Blick auf die grauen Bäume im aufkommenden Schneegestöber.

Zunächst galt es, lebend Barkhingor zu erreichen.

Sie liefen, bis die Nacht hereinbrach. Zu Ranveigs Erleichterung war der starke Wind einem steten Schneefall gewichen, der weitaus weniger kalt wirkte. Doch ihre Kleidung war noch feucht, und es schien, als dränge die Feuchtigkeit in jede Faser ihres Körpers. Zwischen zwei Felsformationen entzündeten sie ein Feuer und aßen etwas. Sie hatten wenig gesprochen, zu sehr spürte Ranveig Sigurds Entsetzen über die Vorkommnisse, während sie selbst es noch immer nicht glauben konnte. So sehr sie auch darüber nachdachte, war es zu ungeheuerlich, dass der *yfirmannr* in den Überfall auf ihr Dorf verwickelt sein konnte. Doch sie glaubte Sigurd. Torstein musste ihnen einfach ein Schiff geben, oder zumindest eine Gelegenheit, nach Northumbria zu gelangen. Die Götter durften sie nicht verlassen. Sie war ihnen stets treu geblieben, und bis zum heutigen Tag war sie sich sicher, in deren Gunst zu stehen.

Sigurd saß ihr gegenüber und starrte stumm ins Feuer. Plötzlich holte er ein Messer aus dem Beutel, stand auf und streckte seinen Arm von sich.

»Was tust du?«, fragte Ranveig.

Sigurd schloss die Augen, führte das Messer an seine Hand und schnitt sich in die Innenfläche. Augenblicklich tropfte Blut in die Flammen, sodass es etwas zischte.

»Ich gebe einen Schwur, Ranveig. Bei allen Göttern, ich werde nicht ruhen, bevor ich meine Frau und meinen Sohn gefunden habe. Odin sei ebenso mein Zeuge wie alle Altvorderen, Thor möge mein Schwert führen, Forseti soll meine Rache gutheißen, Tyr möge mir beistehen und meine Hand führen. Das sind meine Worte, die Sigurds, und sie mögen dauerhaft bestehen.«

Ranveig fröstelte. Es kam so plötzlich, dennoch klang in diesen Momenten Sigurds Stimme wie die eines Gottes, drang tief in sie ein, ließ Hitze in ihr entstehen.

Plötzlich hörte sie das Krähen eines Raben. Zu ihrer Überraschung landete einer der schwarzen Vögel direkt neben ihnen auf dem Fels, sodass sein schimmerndes Federkleid im Schein der

Flammen gut zu sehen war. Es war selten, dass Raben so nahe bei Menschen landeten, und Ranveig riet, dass er großen Hunger hatte. Da landete ein zweiter Rabe direkt neben dem ersten. Verblüfft hielt sie die Luft an, Hitze schoss durch ihren Körper, ihr Herz schlug fast um sich. Ein kurzer Blick zu Sigurd offenbarte ihr, dass auch er die beiden Raben anstarrte.

»Hugin und Munin!«, flüsterte sie. »Odins Raben! Sigurd, du hast deinen Eid vor gewaltigen Zeugen ausgesprochen. Odin selbst steht dir bei.«

Er sagte nichts, starrte nur auf die beiden Raben, während Ranveig Gänsehaut bekam. Es war ein so gewaltiges Erlebnis, die beiden Götterraben direkt neben sich zu sehen, hier, inmitten des Waldes, dass sie kurzzeitig befürchtete, zu träumen. Doch der Ruf eines der Raben zeigte ihr, dass dies alles wirklich war. Odin selbst sah nach ihnen, war nahe, und sie spürte die Anwesenheit des Gottes so stark wie selten zuvor.

Da drangen Birta und Balbó in sie ein. Sie sah deutlich ihre Gesichter vor sich, hörte ihre Stimmen, spürte die Liebe zu ihnen und gleichzeitig den erschütternden Verlust. Sigurd und sie standen nun am Scheideweg, ohne Dorf, in dem sie lebten, ohne Aussicht, ihre Lieben wiederzusehen. Das war aber genau das, wofür sie nun lebte. Ja, sie hatte Sigurd, er war wie ein Vater für sie, sie kannte ihn, seit sie denken konnte. Doch ihr zukünftiges Leben war hinter einem Schleier verborgen, fast so, als fände es in Helheim statt, vor den Augen Hels, bedrängt von dunklen Schatten und absolutem Schwarz.

Sigurd hatte geschworen, Hugin und Munin blieben derweil sitzen. Warteten sie auf das, was in Ranveig unaufhaltsam wuchs und zu Worten geformt werden musste?

In diesen Momenten spürte sie nicht nur die Liebe ihrer Mutter und Balbós, sondern auch die Anwesenheit aller anderen Götter. Es war, als stünden sie alle um sie herum, beobachteten sie, stärkten sie mit Kraft und Zuversicht.

Unter schnell pochendem Herzen stand sie schließlich auf, forderte Sigurds Messer, das er ihr mit skeptischer Miene gab, und streckte den Arm aus. Für einige Augenblicke sah sie Sigurd in die Augen. Selbst nach seinem Tod würde sie nie aufhören, nach ihrer Familie zu suchen. Es konnte keinen besseren Zeitpunkt geben, die Götter um Unterstützung zu bitten, viel eher forderten sie sie nun ein. Es war, als sähen die beiden Raben genau zu, was nun folgte.

»Tu es nicht!«

»Warum? Weil ich eine Frau bin, Sigurd? Auch mir haben sie meine Familie genommen.«

»Weil dir nichts zustoßen darf.«

»Und dieses Schicksal kann mir hier nicht passieren? Sigurd, ich habe niemanden mehr. Ich muss Mutter und Balbó folgen.«

»Du bist die Letzte des Dorfes, Ranveig. Du bist Einars Tochter, die Tochter meines Freundes und Bruders. Ich kann nicht zulassen ...«

»Das musst du aber! Ja, ich bin Einars Tochter, vor allem aber bin ich eine Odinstochter. So wie du ein Odinssohn bist.«

»Du bist wahrlich eine Odinstochter, und deshalb muss ich für deine Sicherheit sorgen.«

»Nein, Sigurd. Das kannst du nicht. Das liegt allein in der Hand der Götter. Und sie sind hier. Sie sind durch Hugin und Munin gekommen, Odin ist nahe.« Sie wunderte sich selbst über ihre Worte, die so fest und glaubwürdig klangen. Doch sie musste es tun, sie spürte, alles ihr Mögliche unternehmen zu müssen, um Mutter und Balbó zu finden. Auch wenn die Aussicht so gering war wie ein Schiff, dass sie nach Northumbria brachte.

Sie schloss kurz die Augen, öffnete die Hand und schnitt die Klinge tief in die Handfläche. Blut strömte hinab, ein rotes Rinnsal verlor sich dampfend in den Flammen.

»Bei Odin und Frigg, bei allen Göttern, ich bitte um eure Hilfe. Ich schwöre, euch immer zu dienen, stets eurem Willen nachzugehen, niemals meinen Weg zu verlassen. Ich schwöre, meine Familie zu suchen, nur der Tod wird mich davon abhalten. Dafür bitte ich um Skadis Kraft, Friggs Geschick, um den führenden Arm Gefjons, Freyas Schläue und Eirs Gunst.«

Sie hatte sich tief geschnitten, die pochende Hand schmerzte sehr. Dennoch spürte sie die Anwesenheit der Götter in sich, eine Kraft, die kurzzeitig die Kälte in ihr vertrieb. Sie hatte keine Ahnung, wie ihr weiterer Weg aussah, ob Torstein sie aufnahm, ob sie überhaupt je ein Schiff nach Westen betreten würde. Doch sie würde nie aufgeben, es zu versuchen.

Ein Blick zu dem Felsen zeigte ihr, dass die beiden Raben noch immer anwesend waren.

Nun drückte Sigurd seine Hand zusammen und ließ etwas davon in einen Holzbecher laufen. Nachdem sich ein beträchtlicher Teil darin befand, reichte er ihn Ranveig, die ebenfalls ihr Blut darin sammelte. Schließlich fasste Ranveig mit zwei Fingern hinein, strich zwei Streifen auf ihre Wangen, Sigurd machte es ihr gleich. Danach tranken sie nacheinander den Becher leer.

Ranveig atmete tief durch. Zum ersten Mal hatte sie einen Schwur geleistet, und dazu noch einen, der nicht auflösbar war. Strich man sich das Blut der Schwörenden auf die Haut und trank man es, galt es für die Ewigkeit, egal wie alt man wurde. Hitze strömte bis in ihre Zehen, sie schloss die Augen, spürte Friggs Anwesenheit in sich, die ihr sagte, alles würde gut werden und dass sie stolz auf sie wäre. Dabei wurde es Ranveig so warm, dass sie nie mehr die Augen öffnen wollte.

Sie tat es aber. Und erst jetzt, als alles gesprochen war, der Eid unwiderruflich ausgerufen, erhoben sich die beiden Raben krächzend und flogen in die Dunkelheit. Ranveig wusste, dass sie Odin berichteten, dass ihre Worte an gewaltige Ohren gelangten.

Nun lag alles an ihr. Hoher Schnee bedeckte die Felsen und den Boden, und die Dunkelheit offenbarte ihr unmissverständlich, dass jeder weitere Schritt hart erarbeitet werden musste. Ranveig war mehr denn je bereit dazu.

Der Handel

Längst hatte Ranveig das Gefühl für Raum und Zeit verloren. Der tiefer werdende Schnee und die klirrende Kälte hielten die beiden mehr auf, als Ranveig befürchtet hatte. Seit der ersten Nacht spürte sie ihre Zehen kaum mehr, während Sigurd sie immer wieder antrieb und mahnte, keinesfalls zu lange zu rasten.

Als sich am dritten Tag die Wolkendecke öffnete und Sonnenlicht auf sie herabschien, blieb Sigurd stehen. Vor ihnen erstreckte sich ein Fjord und unter ihnen schälten sich Häuser und zwei Schiffe neben einem verschneiten Wald heraus.

»Wir sind da!«, brummte er. »Du hast durchgehalten.«

Ranveig hätte alles für einen Platz am Feuer sowie etwas Suppe gegeben. Völlig ausgelaugt und mit schmerzenden Gliedmaßen folgte sie Sigurd hangabwärts, blieb aber immer wieder hinter einigen Baumstämmen stehen, weil sie befürchtete, von den Wachen als Feind gesehen zu werden. Schließlich war es möglich, dass Barkhingor auch von Sklavenhändlern überfallen worden war.

Gerade als sie die ersten Häuser erreichten, gackerten einige Hühner, ein Hund bellte. Blut schoss durch Ranveigs Adern, aufgeregt blickte sie um sich.

»Wer seid ihr?«, rief eine Frau plötzlich, die aus einem der Häuser getreten war. Sie hielt einen Fellumhang über ihre Schultern und rief einen Namen, ohne auf Antwort zu warten.

»Bleib eng bei mir!«, mahnte Sigurd Ranveig. »Sie sind genauso vorsichtig, wie wir es wären.«

Ranveig hatte nicht vorgehabt, schreiend durch das Dorf zu rennen.

Da trat ein Mann aus dem Haus und hielt seine Axt vor sich. »Bei Odin, was wollt ihr?«

Zum Zeichen des Friedens hob Sigurd seine Hände vor sich. »Wir kommen aus Firthskur und müssen mit Torstein reden.«

»Seid ihr zu zweit?«

»Ja. Wir sind die einzigen.»

Das Gespräch lockte nun einen weiteren Mann aus einer anderen Hütte. Die beiden kamen näher, sahen lange in den Wald, aus dem Sigurd und Ranveig gekommen waren, und flankierten die beiden. »Kommt mit«, sagte einer von ihnen. »Thorstein hat die Männer aus Firthskur stets mit offenen Armen empfangen.«

Wenig später spürte Ranveig, wie Wärme durch ihren völlig unterkühlten Körper drang. Sie und Sigurd aßen Suppe, eine junge Frau stellte ihnen noch Haferfladen auf den Tisch. Torsteins Haus war noch etwas größer als Völsungurs. Auf achtzehn Schilden waren Tiere abgebildet, auf der Wand hinter dem Thron Walküren gezeichnet, deren Äxte und Schwerter sich in die Körper des Feindes bohrten. Es roch nach Ruß, wärmende Flammen eines Feuers züngelten in die Höhe.

Torstein, wie Radvald an beiden Kopfhälften rasiert, während in der Mitte des Kopfes langes Haar zu einem Schwanz zusammengebunden war, saß auf dem erhöhten Stuhl, neben ihm seine Frau Olha, die *yfirfrodr*. Sie trug reichlich Schmuck, ihr Haar war mit silbernen Kettchen verziert. Auf der anderen Seite saß ihr Sohn Harald. Diesen musterte Ranveig längere Zeit. Man sagte so einiges über ihn, dass er schwachsinnig sei, andere meinten, er sei nur tollpatschig. So wie er nun um sich sah und ab und zu vor sich hin brabbelte, empfand Ranveig ihn zumindest als dumm.

»Das sind außerordentlich schlechte Nachrichten«, brummte Torstein, nachdem Sigurd berichtet hatte. Er griff sich in seinen schwarzen Bart und runzelte die Stirn. »Und ihr seid die einzigen Überlebenden?«

»Außer denen, die fortgeschafft wurden.«

»Für Arna werden sie sehr viel Silber erhalten.«

Ranveig spürte, dass Torstein es bedauerte. Arnas Namen kannte man in halb Norwegen, sicherlich auch in Schweden. Manche sagten sogar, sie sei eine Amazone, die nach Midgard gekommen sei, um Männer zu schlachten. Sie wusste, dass es dummes Geschwätz war, doch Geschichten verbreiteten sich oftmals wie Feuer in einem trockenen Wald.

»Und nun sucht ihr Zuflucht?«, riet Torstein? »Die soll euch natürlich gewährt werden.«

»Habt Dank«, erwiderte Sigurd und trank vom Met. »Aber noch mehr erbitte ich ein Schiff und Männer, um nach Northumbria zu segeln.«

In diesem Moment sah Olha Torstein entsetzt an. Jedoch galten auch hier die Regeln, dass sich die Frauen zunächst zurückhielten, auch wenn es das Eheweib des *yfirmannr* war.

»Ein Schiff?«, wiederholte Torstein. »Und Männer? Sigurd, du verlangst zu viel. Ich mag keinen einzigen Mann entbehren, wenn es sich um eine eher aussichtslose Reise handelt, zudem sie bei eisigem Wetter stattfände. Wie ich es sehe, kommen womöglich auch auf uns Schwierigkeiten zu. Wer sagt, dass wir nicht das nächste Dorf sind, das überfallen wird?«

»Selbst wenn es nur ein Kahn ist, werde ich ihn mit Freuden nehmen. Es benötigte dann wenigstens zwei Männer deinerseits.«

» ... die ich in den Tod schicken werde. Sigurd, Einar war einer meiner vertrautesten Verbündeten außerhalb von Barkhingor, aber selbst ihm zuliebe kann ich dir diesen Gefallen nicht tun.« Dabei wandte er seinen Blick auf Ranveig. »Und auch dir nicht. Es erfreut aber meine Augen, dich nun so groß und erwachsen zu sehen. Freya hat dich mit großer Schönheit beschenkt.«

In diesem Moment lachte Harald, sein Gesicht errötete. »Sie ist wahrlich schön!«

Harald mochte etwa in ihrem Alter sein. Er trug braunes, langes Haar, sein Gesicht war anmutig, vielleicht sogar schön, Ranveig fand ihn dennoch sehr seltsam. Sie fragte sich, warum er ständig diese eintönigen Bewegungen mit seiner Hand vollzog und weshalb er immer wieder zur Decke sah. Da war doch nichts. Vermutlich war er ja wirklich schwachsinnig.

»Ich gewähre euch einen Platz in unserer Gemeinschaft, Sigurd und Ranveig Einarsdottir«, fuhr Torstein fort. »Über deinen Wunsch werde ich noch nachdenken, aber während *mörsugor* oder auch *borri* schicke ich sicherlich kein Schiff aus, außer unser aller Überleben hängt davon ab.«

Ranveig spürte die Enttäuschung wie kochendes Öl in sich. Dennoch nickte sie und bedankte sie sich für ihre Aufnahme. Auch Sigurd bedankte sich, aber sein Gesicht war versteinert.

»Ich werde nachdenken«, wiederholte Torstein, als könnte er die Gedanken seiner Gäste erraten. »Sigurd wird Gast im Hause Thavards, und du, Ranveig, wirst in unserem Hause leben, zumindest vorübergehend.«

Nun erst stand Olha auf und lächelte. »Es freut mich, Einars Tochter aufzunehmen. Wir werden sicherlich viel zu besprechen haben.«

Ranveig hätte eine leere Hütte jederzeit dieser Aussicht vorgezogen. Sie wollte weder sprechen noch Teil eines anderen Haushaltes werden. Nur die Götter wussten, wo sich Birta und Balbó befanden, ihr hingegen waren die Hände gebunden. »Ich danke euch«, sagte sie dennoch, wohl wissend, dass sie zumindest nicht in der Wildnis überleben mussten. Und dafür dankte sie den Göttern.

An diesem Abend bereitete Ranveig zusammen mit Frida, einem Thrall aus dem Frankenland, die Abendspeise zu. Frida war vor vier Jahren als Beute hier angekommen und arbeitete seither für Olha. Sie sprach nur wenig und wirkte sehr zurückhaltend.

»Soll ich deine Wunde versorgen?«, fragte sie aber, als Ranveig über die mit Stofffetzen notdürftig verbundene Hand strich.

»Es darf nicht behandelt werden. Es ist ein Schwur.«

»Aber ich darf es mir wenigstens ansehen?«

Ranveig hatte nichts dagegen, also wickelte sie die Hand ab. Zu ihrer eigenen Bestürzung hatte sich Eiter am tiefen Schnitt gebildet.

»Ich glaube, dein Schwur wird nicht eingehalten, wenn du stirbst«, sagte Frida, »wir sollten es also behandeln.«

Für einige Augenblicke musterte Ranveig Frida. Sie hatte braune Augen, und mehrere kleine Zöpfe waren in ihr blondes Haar eingebunden. »Gut. Aber nur das, was notwendig ist.«

Frida nickte, holte Salbei und Ampfer, zerstieß es, mischte es mit dem Sud aus Beinwell und strich es Ranveig auf die Wunde.

Plötzlich trat Olha zu ihnen. »Du bist bei Frida in besten Händen. Sie zählt zu den kräuterkundigsten Frauen im Dorf.« Nun erst sah sie die Wunde genauer an, dabei wirkte ihre Miene düster. »Ein Schwur?«

»Ja. Deshalb wollte ich, dass es ohne Hilfe heilt.«

»Die *völva* sagt, dass Schwurwunden durchaus geheilt werden dürfen. Es darf nur nicht mit Werkzeugen eingegriffen werden.«

Ranveig fragte sich, ob es die gleiche Seherin war, die in Firthskur bekannt war. Schon immer hatte sie sich vor ihr gefürchtet.

»Welchen Schwur hast du denn geleistet?«

»Dass ich alles daran setzen werde, meine Familie zurückzuholen.« Dabei setzte sich Ranveigs Blick in Olhas Gesicht fest. Womöglich unterstrich es ihre Forderung nach Hilfe, und vielleicht hießen es die Götter gut, wenn sie alle um sich herum einweihte.

»Du bist wahrlich Einars Tochter. Ich hoffe, die Götter schenken dir Gehör.« Ohne eine Antwort abzuwarten, verließ Olha die Stube.

Schweißgebadet schreckte Ranveig in die Höhe. Sie hatte geträumt und fand sich auf dem Lager im Nebenraum von Olha und Torstein wieder. Sie hatte ihre Mutter schreien gehört, während Balbó der Kopf abgehackt worden war. Mit trockener Kehle trat sie hinter die Feuerstelle, wo Frida schlief, um Wasser zu trinken. Es war Nacht, eisiger Wind pfiff unbarmherzig durch die wenigen Ritzen des Hauses, das Reet knisterte auf dem Dach. Nachdem sie einen Krug Wasser getrunken hatte, entdeckte sie Frida kniend vor einer Wand. Leise trat sie näher, und als sie um sie herumging, entdeckte sie, dass sie die Hände zum Beten gefaltet hatte. In diesem Augenblick drehte Frida sich um und erstarrte. Wie vom Blitz getroffen stand sie auf und blieb mit gesenktem Kopf vor Ranveig stehen.

»Ich sage es ihnen nicht, keine Angst«, beruhigte Ranveig sie.

»Sie würden mich schlagen.«

»Ich weiß. Keine Angst, ich schweige.«

Mit einem unergründlichen Gesichtsausdruck sah Frida Ranveig an. »Aber warum? Du bist keine Christin.«

»Nein, wahrlich nicht. Dennoch verrate ich dich nicht.«

»Ich verstehe es nicht. Aber ich werde dir immer dankbar sein.«

Frida tat Ranveig leid. Aus einem unerklärlichen Grund fühlte sie sich zu diesem Thrall hingezogen, und seltsamerweise dachte sie an Henrik. »Ich erzähle dir eine Geschichte.«

Mit noch immer erstaunter Miene setzte sich Frida auf ihr Lager, Ranveig neben sie. Für einen kurzen Moment spürte sie die Wärme in ihrer verletzten Hand. Womöglich halfen die Kräuter schon, und da nichts an der Wunde verändert worden war, griff der Schwur noch immer.

»Ich werde niemals meine Götter verraten, zu keiner Zeit«, begann sie. »Eher sterbe ich. Wenn du das ebenfalls nicht tust, nicht einmal fern deiner Heimat, bedeutet es Stärke. Wir hatten auch einst einen Thrall, und ich habe viel von ihm gelernt, obwohl er Christ war. Er hat mir sogar das Leben gerettet.«

»Kam er auch aus dem Frankenland?«

»Ich kenne die Lage der Länder nicht. Er war Friese. Und er war nicht minder mutig als die glorreichen Krieger meines Dorfes. Er begleitete Krieger meines Dorfes bis weit in den Westen, bis in die Nähe von *ginnungagap*, doch sie sind nicht vom Rand Midgards gefallen. Er war Christ, hat unseren Göttern aber immer großen Respekt entgegengebracht.« Dann erzählte sie, wie sie damals gemeinsam die Angreifer bei den Klippen töteten und wie sehr Henrik die Geschichten der wahren Götter in sich aufgesaugt, niemals aber auch nur ein einziges Wort des Frevels oder der Abneigung ausgestoßen hatte. Sie hatte ihn anfangs nicht ausstehen können, ihn als Sklaven des schwachen Christengottes gesehen, doch er hatte vieles in ihr verändert.

»Und ich habe meiner Mutter nie gesagt, dass ich sehr traurig über seinen Abschied war. Er kam als Thrall, ging aber als enger Freund.«

»Aus Angst vor einem Tadel?«

»Nein. Es ging niemanden etwas an. Ich hoffe sehr, dass er seine Familie wiedergefunden hat.«

Lange Zeit blickte Frida nur zu Boden, ohne etwas zu sagen.

»Ich habe dich wohl an deine eigene Familie erinnert?«, wollte Ranveig wissen.

»Ja. Aber ich werde sie niemals wiedersehen.«

»Weil du nicht fliehen wirst?«

»Wie sollte ich fliehen? Nein, nicht deshalb. Meine Mutter war tot und mein Vater und beide Brüder wurden bei dem Überfall getötet. Mir geht es gut hier, die *yfirfrodr* hat mich nur zu Beginn geschlagen. Ich glaube, sie mag mich mittlerweile gern.«

Ranveig wollte ihr nicht sagen, dass ihre Familie womöglich deshalb gestorben war, weil sie an den schwächeren Gott geglaubt hatten. Falls es diesen wirklich gab, was sie bezweifelte, schützte er jedoch Frida, denn sie lebte noch und wohnte in einem guten Haus.

Schließlich dachte sie an ihre Familie und an die Aussicht, womöglich hier ebenfalls leben zu müssen. War es nun ihr Schicksal, in Torsteins Familie älter zu werden? Er musste sie ziehen lassen, ihnen ein Schiff und Männer geben. Northumbria wurde immer wieder aus Handelszwecken angesteuert, da musste es doch eine Möglichkeit für sie geben.

Falls nicht, sollte dies hier ihr Leben sein. Es war mehr, als es anderen geschenkt wurde, trotzdem fühlte sie sich unendlich allein und traurig.

In den kommenden beiden Tagen half Ranveig Frida bei der Küchenarbeit sowie im Stall, traf aber mehrmals Sigurd. So oft sie ihn fragte, ob er etwas Neues wisse, verneinte er, und jedes Mal fühlte Ranveig sich schlechter. Der Überfall lag nun mehrere Wochen zurück, sicherlich waren inzwischen Dutzende weiterer Sklavenschiffe in Northumbria angekommen. Mit jedem Tag schwand die Aussicht, sie wiederzufinden. Und sie sah Sigurd an, dass er am liebsten Torstein köpfen wollte, um endlich dieses verdammte Schiff und die Männer zu bekommen.

Am Abend des dritten Tages in Barkhingor bestellte Torstein Sigurd und Ranveig in die Männerhalle seines Hauses. Ranveig wunderte sich, dass auch jetzt Olha und Harald neben ihm saßen. Im Gegensatz zu ihrer Ankunft standen aber zwei bewaffnete Krieger an den Seiten des Raumes. Was hatte das zu bedeuten?

»Bist du zu einem Entschluss gekommen, *yfirmannr*?«, fragte Sigurd ohne Umschweife.

»Das bin ich in der Tat. Ich habe mich lange mit Olha und den Männern unterhalten, denn es liegt mir nahe, euch zu helfen. Auch wenn ich mir nicht vorstellen kann, inwiefern eure Reise von Erfolg gekrönt sein könnte.«

Reise! Ranveig atmete tief durch. Hatte er sich dazu durchgerungen, ihren Wunsch zu erfüllen?

»Es kostet mich sehr viel, euch ein kleines Schiff mit wenigstens vier Männern zu geben. Denn so viel benötigt ihr mindestens, um nach Northumbria zu gelangen. Sehr viel sogar. Dazu noch in einer Zeit, in der jeder Überfall und jeder Handel noch besser abgestimmt sein müssen als früher, da das Christenkreuz hinter jedem Baum lauert.«

»Du möchtest Silber?«, fragte Sigurd? »Ich habe keines.«

»Das weiß ich selbst. Es gibt da aber etwas anderes, was mir noch mehr am Herzen liegt. Harald ist längst in einem Alter, in dem er eine Frau empfangen kann, zudem ist er mein einziger Sohn. Ich wollte ihn stets mit Frauen anderer Dörfer vermählen, du weißt ja, wie wichtig frisches Blut für jede Namenslinie ist.«

»Wir sollen ihm eine Frau aus Northumbria mitbringen?«, fragte Sigurd. »Wir wissen gar nicht, ob wir gleich wieder zurückkehren. Wenn ja, bringe ich ihm jede Frau mit, die er will.«

»Er will nicht jede. Und ich ebenfalls nicht. Ich sehe sogar die Möglichkeit, unsere Familien endlich zu verbinden.«

Ranveig wurde kalt. Er musste nicht weitersprechen.

»Ich meine Ranveig, Einars Tochter.«

Entgeistert starrte Sigurd erst Torstein, dann Ranveig an. »Sie soll deinen Sohn heiraten?«

Nun stand Olha auf und ging auf Ranveig zu. »Harald ist nicht so einfältig, wie man meint. Zudem ist er ein guter Mann, bereits jetzt ein großer Kämpfer und ein treuer und ergebener Anhänger der wahren Götter. Es bedeutete eine Aufwertung der alten Freundschaft zwischen meinem Mann und Einar.«

»Das ist ein Frevel an meinem Freund«, stieß Sigurd heraus. »Er hätte sein Wort dazu geben müssen!«

Torstein nickte und sah kurz zu den beiden Wachen. »Das kann er aber nicht mehr, Sigurd. Sie ist alt genug, vermählt zu werden. Dafür gebe ich euch ein Schiff und vier Männer.«

Während Sigurd ein weiteres Mal protestierte, blickte Ranveig auf ihre Hand. Nur wenige der Mädchen im Dorf hatten ihren Mann frei wählen dürfen. Warum sollte es bei ihr anders sein? Aber Harald war ein Dummkopf, wieder sah er an die Decke. Kämpfer! Konnte er überhaupt ein Schwert halten? Doch sie hatte einen Schwur geleistet, der mehr wog als ihr Wunschdenken, als ihre eigene Hoffnung. Und offenbar war es die einzige Möglichkeit, endlich nach ihrer Familie zu suchen.

»Ich tue es!«, sagte sie plötzlich und unterbrach das Zwiegespräch zwischen Sigurd und Torstein. »Ich werde Harald ehelichen.«

»Diese Verbindung ist erzwungen!«, protestierte Sigurd. »Du weißt nicht, was du sagst.«

»Doch, Sigurd. Wir beide leisteten einen Schwur, und ich sehe nicht, wie wir ihn sonst erfüllen sollen. Wir können nicht bis *einmandur* warten, bis es grün wird und das Eis verschwindet. Das weißt du besser als ich.«

Sigurd raufte sein Haar und Ranveig spürte seinen inneren Kampf. Womöglich hatte er Angst, dass Einar ihn in Walhalla für all das verantwortlich machen könnte oder dass er von ihm verflucht würde.

»Sigurd«, sagte sie leise. »Es ist meine Entscheidung und du hast nichts damit zu tun.«

»Ranveig, ich sehe dich als meine eigene Tochter.«

»Das ehrt mich, und du bist mein engster Gefährte, derjenige, dem ich mein Leben jederzeit anvertraue. Doch dies ist meine Entscheidung.«

Für einige Momente wurde es ruhig in der Halle. Nur das Knacksen des Feuers war zu hören sowie Haralds aufgeregtes Atmen.

»Du bist schön!«, sagte Harald nun. »So schön.«

Ranveig ignorierte ihn und wendete sich Torstein zu. »Wann können wir aufbrechen?«

»In den kommenden Tagen, bevor die Furt zufriert. Und nach der Vermählung.«

Vermählung. Ranveig schloss die Augen und versuchte, ruhig zu atmen. Sie wollte nicht an ein Leben an Haralds Seite denken, daran, dass sie das Lager mit ihm teilen musste. Sie sah sich auf dem Schiff nach Northumbria, in fernen Häfen, in der Hoffnung, zu erfahren, wohin ihre Familie und Freunde gebracht worden waren. Je mehr sie darüber nachdachte, fiel ihr aber auf, dass es keinen Sinn zu ergeben schien. Warum sollte Torstein sie ziehen lassen, nachdem sie seinen Sohn geehelicht hatte?

Unter heftig klopfendem Herzen ging sie zu Sigurd, lächelte ihn scheu an, legte ihm eine Hand auf seinen Arm und blickte schließlich zu Torstein. »Dann lasst es schnell geschehen. *Borri* kommt bald, und mit ihm das Eis.«

Ohne etwas zu sagen, verließ Sigurd wütend die Halle, und als Olha ihm folgen wollte, rief Torstein sie zurück.

»Ich möchte dir noch etwas sagen. Dir allein.« Er warf Olha, Harald und den Wachen einen schroffen Blick zu, woraufhin sie den Raum verließen.

»Setz dich, Ranveig.«

In der düsteren Vorahnung, noch eine Bürde auferlegt zu bekommen, setzte Ranveig sich. Torsteins Miene war aber alles andere als fordernd oder triumphierend.

»Ranveig, Einar war mir ein sehr guter Freund. Ich sehe es wirklich als eine Ehre, wenn du ein Teil meiner Familie wirst. Zudem bist du hochgewachsen, schön, klug, du besitzt Anmut und Mut. Ich traue dir zu, Höheres zu erreichen. Ganz im Gegensatz zu Harald.«

Verblüfft starrte Ranveig Torstein an. Er sprach alles andere als ehrenhaft von seinem Sohn.

»Harald ist manchmal wie toll, als hätten die Götter ihn verlassen. Er wird zwar *yfirmannr* werden, weil es sein Weg ist, mir zu folgen. Die Frage ist nur, ob er es bleiben kann. Dazu benötigt er eine starke Frau an seiner Seite, eine kluge Strategin. Vielleicht verstehst du mich noch nicht, du bist unerfahren, aber ich habe mit der *völva* geredet.«

»Die Völva hat dir von mir erzählt?«

»Sie kennt dich gut, seit vielen Jahren. Du weißt, dass ihre Augen und Ohren überall sind, sie sieht Dinge im Wind, im Wasser, im Sand und in den Bäumen, die kein anderes Auge erblickt.«

»Und was sagt sie über mich?«

»Dass du Freyas und Odins Weg betrittst. Dein Name wird sich genauso herumsprechen wie der Arnas.«

Ranveig konnte sich das nicht vorstellen. Sie konnte nichts anderes als alle anderen jungen Frauen, bestimmt beeindruckte man die Götter nicht mit Kochkünsten, dem Wissen über Heilkräuter oder mit geschicktem Weben. »Ich besitze keine Mitgift.«

»Natürlich nicht, wie auch? Es ist auch nicht von Belang.«

»Die Mitgift ist immer von Belang.«

»Nicht jetzt. Du selbst bist Mitgift genug. Du bist Einars Tochter. Sieh dich an.«

»Was, wenn ich nicht mehr zurückkehren sollte? Du lässt mich wirklich ziehen, obwohl ich dann das Eheweib deines Sohnes bin? Welche List hast du vor, Torstein?«

»Ich habe keine List geplant. Es ist beleidigend, wenn du so über mich denkst. Ich bitte die Götter um deinen Schutz. Und ich gebe eine weitere Bedingung.«

Ranveig wollte nicht nachfragen. Sie war so abhängig von Torstein wie ein Kleinkind von seiner Mutter.

»Meine Männer geleiten euch nach Dun Eidann. Sollten sich deine Familie und Freunde in Britannien aufhalten, helfen meine Männer euch, egal wie. Wenn ihr sie aber dort nicht findet, kehrt ihr wieder zurück. Es gibt keine weitere Fahrt, weder ins Frankenland noch nach Flandern oder sonst wohin.«

»Das ist zu wenig!«

»Das ist genug. Ich schwäche mich dadurch sehr.«

Enttäuscht biss sich Ranveig auf die Lippen. Es blieb ihr dennoch keine andere Wahl, und um nicht noch mehr Zeit zu verlieren, mussten sie so schnell wie möglich aufbrechen.

»Einer meiner Männer versteht die Sprache der Angeln. Erland wird euch eine große Hilfe sein.«

Ranveig sah keinen anderen Weg, auch dieser Bedingung zuzustimmen. Sie nickte und bat Frigg um ihre Gunst. Sie mussten in Britannien fündig werden, es durfte nichts anderes möglich sein.

»Wann ist die Vermählung?«, fragte sie schließlich.

»Wir haben noch Vorbereitungen zu treffen. In zwei Tagen.«

»Und wann brechen wir auf?«

»Etwa zehn Tage später. Es gibt noch Dinge auf dem Schiff zu tun.«

»So soll es sein. Ich werde die Gemahlin deines Sohnes.«

Behutsam legte Torstein ihr eine Hand auf den Arm. »Harald ist ein guter Mann. Du hast nichts zu befürchten.«

Es war Ranveig momentan einerlei. Als sie an die Nacht der Vermählung dachte, wurde ihr flau. Sie musste sich Harald hingeben, und das bereits in zwei Tagen.

Das Eheweib

Das Wolkenloch, das sich direkt vor der Sonne gebildet hatte, glänzte golden. Ranveig erinnerte es an die Brücke *gjallarbru*. Vielleicht gelang es ihr diesmal, Modgudur zu erblicken, und wenn ihr die Götter zugetan waren, gewährten sie ihr vielleicht sogar einen Blick auf das Gold des Brückenbodens. Viel zu schnell verschwand jedoch das Farbenspiel und die graue Wolkendecke spiegelte Ranveigs Innenleben wider.

Sie suchte Sigurd auf und erzählte ihm von den zusätzlichen Bedingungen Torsteins.

»Ich tue dies aus freien Stücken«, wiederholte sie. »Mit der Gunst der Götter finden wir unsere Familien wieder.«

Er sah sie lange und durchdringend an. »Du weißt, dass ich nicht zurückkehre, wenn sie nicht in Britannien weilen sollten. Ich habe es geschworen.«

»Ich weiß. Genauso weiß ich auch, dass Torsteins Männer mich davon abhalten werden, dich weiter zu begleiten. Ab diesem Tag läge alles in deiner Hand.«

»Es ist ein dünnes Band, das wir schmieden.«

»Die Götter geben uns die Möglichkeit. Sie müssen uns wieder zusammenführen.«

Als Sigurd sich umdrehte, um den Männern zu helfen, eines der kleineren Schiffe zu beladen, ging Ranveig zurück in Torsteins Haus.

Zwei Tage später saß Ranveig auf dem kleinen Schemel und ließ sich von Frida Blumen sowie Silberblätter in ihr hellblondes Haar flechten. Die seitlichen Strähnen band Frida zu Zöpfen, die auf dem Haupt kreisförmig zusammengebunden wurden. Als Ranveig in den matten Spiegel sah, konnte sie keine Freude empfinden, obwohl Frida Großartiges geleistet hatte. Sie sah tatsächlich wie eine Adlige aus, wie eine Königin.

»Harald ist kein grober Mann«, tröstete Frida sie. »Ich kenne ihn seit Jahren. Er ist einfältig, aber liebenswert. Und tatsächlich wirkt er einfältiger, als er tatsächlich ist.«

Es war nur ein schwacher Trost für Ranveig. Vehement versuchte sie, das Leben nach ihrer Rückkehr zu verdrängen, es zählte nur, Birta und Balbó wiederzufinden. Alles andere würde sich fügen, ordnete sich dem unter.

Olha hatte Ranveig ein Kleid geschenkt, das ebenfalls dem einer Königin glich. Es war hellblau, rote Ränder zierten Arme und den Saum, dazu trug sie Thors Hammer und Freyas Efeuzweig um den Hals, unverzichtbares Symbol einer jeden Hochzeit.

»Du bist wunderschön!«, stieß Frida hervor. »So würde dich auch der König zur Frau nehmen.«

»Was ich tun würde, gäbe er mir meine Familie zurück.«

»Ranveig, gräme dich nicht. Dein Los ist nicht so schlecht, Torsteins Familie behandelt mich besser als andere ihre Thralle. Und du bist kein Thrall, sondern wirst nach Torsteins Tod die *yfirfrodr*.«

»Ich weiß.«

Zu ihrer Überraschung trat Olha zu ihnen. Ihr Diadem, dessen Enden Hirschköpfe symbolisierten, verlieh ihr Würde und Macht.

»Harald könnte sich keine schönere Frau aussuchen. Ich bin sehr froh, dass diese Verbindung zustande kommt, auch wenn ich Torsteins Gründe nicht gänzlich verstehe. Aber auch ich höre auf die *völva*, die sich niemals irrt.«

Ranveig wunderte sich, dass Olha es erstmals aussprach. Eine Verbindung Haralds zu einer intakten, mächtigen Familie würde sich viel mehr auszahlen, zudem eine große Mitgift ermöglichen. Offenbar gab es für Torstein tatsächlich andere Gründe.

Olha griff nach Ranveigs Hand und gab ihr einen Armreif. Er trug einen schwarzen Stein, bestand aus Silber und war mit feinen Linien verziert. »Du besitzt nichts für den Tausch, also gebe ich dir den Reif meiner Familie. Er bleibt ja in unserem Besitz.«

Dankend nahm Ranveig ihn an sich, musterte ihn noch einige Augenblicke und steckte ihn schließlich an ihren Unterarm.

»Ich werde dich holen lassen«, sagte Olha schließlich, als sie sich umdrehte. »Alle Bewohner von Barkhingor werden Zeuge sein.« Dann verließ sie die kleine Stube.

Ranveig blieb sitzen, sah zu Frida und wusste nicht, was sie fühlen sollte. Doch dann dachte sie daran, mit dieser Verbindung ihren verstorbenen Vater zu ehren. Er hatte nie gesagt, mit wem er sie vermählen wollte, nun war es der Sohn eines sehr engen

Freundes. Sie wusste, dass dies für Einar ebenso mehr Wert besaß als eine Verbindung aus anderen Gründen.

Die Halle in Torsteins Haus war vollbesetzt. Sämtliche Familien saßen an den Tischen, es roch nach Wildschweinfleisch, Lamm, Ziege, Haferbrot, Bohnen, Erbsen und Kohl, dazu gab es Gerstenbier und Met. Inmitten des Raumes stand eine lange Tafel, auf dem Thors Hammer lag. Er bestand aus mit Silber beschlagenem Holz, Linien und Punkte verzierten den dicken Stiel.

Torstein und Olha saßen separat auf hohen Stühlen hinter diesem Tisch, ein älterer Mann, der Zeremonienmeister, wartete direkt daneben.

Ranveig ging langsam, um nicht hinzufallen, denn ihre Beine zitterten. Sie kannte die Gäste nach den wenigen Tagen nur dürftig, doch da fiel ihr Sigurd auf. Als er sie anlächelte, schöpfte Ranveig Kraft und ging weiter.

Nun kam auch Harald zu ihr. Nur kurz musterte Ranveig sein reich verziertes Wams, sein Schwert an dessen Seite, die silbernen Ketten, die von seinem prunkvollen Gürtel hingen. Auch jetzt konnte er seinen Blick kaum stillhalten, er schwenkte unpassend im Raum herum, blieb aber meistens bei Ranveig hängen. Dabei zuckte manchmal sein linker Arm herum.

Ranveig wusste, dass nun normalerweise die Übergabe der Mitgift stattfand, doch da es diese nicht gab, trat der Zeremonienmeister zu ihnen.

»Ich bin Stig«, sagte er leise zu Ranveig. »Ich gebe dir vor, was du zu tun hast.«

Sie antwortete nicht, sondern stellte sich neben Harald. Dieser atmete schwer.

Kurz darauf führten zwei Frauen ein Schwein und eine Ziege herein. Ranveigs Herz klopfte auffallend schnell. Sie war bisher bei mehreren Vermählungen Gast gewesen und kannte jeden Schritt der Zeremonie. Das Schwein wurde Freya geopfert, die Ziege hingegen Thor. Sie waren die Götter, die in die Hochzeit am stärksten mit eingebunden wurden, und es galt, ihre Gunst zu erhalten.

Während nun das Schwein und die Ziege geopfert wurde, ließ man ihr Blut in Gefäße sickern. Dazu rief Stig die Götter an, bat um die Aufnahme des Blutes, rief Ranveigs und Haralds Namen und ehrte die Familien der beiden. Ranveig rannen Tränen über die Wangen, als Stig Einars und Birtas Namen nannte, und sie stellte sich vor, wie sie dieser Zeremonie beiwohnten, voller Stolz, vor allem aber mit ihrem Wohlwollen.

Als die Schalen voll waren, tauchte Stig Fichtenzweige in das Blut und bespritzte Ranveigs und Haralds Gesichter damit. Es fühlte sich seltsam an, und als Stig mit einem Finger einen Thorshammer auf ihre Stirn zeichnete, spürte Ranveig deutlich, wie die Götter ihr nahe waren.

Schließlich standen Torstein, Olha und alle anderen Gäste auf. Es folgte der Austausch der Versprechen. Sorgfältig nahm Harald sein Schwert ab und überreichte es Ranveig. Es bedeutete, er würde sie immer beschützen und für die Familie sowie für die Götter kämpfen. Ranveig hingegen übergab Harald den Reif. Somit stand Ranveig für die Fruchtbarkeit ein, für die Übernahme der häuslichen Pflichten und die Erhaltung des Lebens, indem sie ihre gemeinsamen Kinder großzog. Nachdem Harald den Reif und Ranveig das Schwert fest umschlossen hatte, gaben sie die Dinge einander wieder zurück.

Nun trat Stig vor, legte beide Hände auf den Thorshammer und rief die Götter an. Alle in dem Raum folgten ihm, sodass Odins und Freyas Namen aus Dutzenden Kehlen erschallten.

Ranveig atmete durch. Die Zeremonie war vorbei, nun war sie die Ehefrau Haralds. Sie zuckte zunächst zurück, als er ihre Hände ergriff.

»Du bist so schön«, sagte er. »Ich freue mich so sehr.«

Ranveig lächelte artig, nickte, dann ließ sie ihn los und sah zu, wie die Gäste zu essen und trinken begannen.

»Du bist nun Teil meiner Familie«, hörte Ranveig plötzlich Torstein neben sich sagen. Dabei sah er sie mit ernster Miene an. »Ab dem heutigen Tag bist du Haralds Stütze, du wirst ihm eine gute Frau sein. Und du bist auch meine Tochter. Ich werde dich stets beschützen, dies ist nun für immer dein Zuhause.«

Es klang eigenartig fremd, wie er es sagte, Ranveig nickte aber nur, ohne etwas zu entgegnen. Und als er wieder ging, setzte sich Ranveig zum ersten Mal neben Harald. Er lachte über das ganze Gesicht, sein braunes langes Haar hing in seine Augen, sein Mund zitterte eigenartig. Und als er ihr seinen Krug entgegenhob, schenkte sie ihm Met ein.

Während des Festes verhielt Ranveig sich zurückhaltend. Die Männer wurden immer betrunkener, Frauen lachten lauter, Olha und Torstein stießen mehrmals auf die Gesundheit des vermählten Paares an. So brach die Nacht herein, die Flammen der Feuer wurden niedriger, bis schließlich die letzten Bewohner in ihre Häuser zurückkehrten.

»Haralds Nachtlager ist bis zu deiner Abreise euer Lager«, sagte Olha, als Ranveig aufstand.

Sie entgegnete nichts dazu, folgte aber Harald, vorbei an den Tischen, den Schilden, und als er den Stoff des Durchgangs öffnete, betrat sie Haralds Schlaflager. Es war ein Bett, an dessen vier Pfosten Runen eingekerbt waren, ein hölzerner Eberkopf zierte das Vorderteil.

Olha blieb noch einige Augenblicke zwischen den Durchgangspfosten stehen. »Sei Harald eine gute Frau.« Sie nickte und schloss den Vorhang hinter sich.

Hitze schoss in Ranveigs Körper. Scheu setzte sie sich auf das Bett, versuchte, Haralds Blicken auszuweichen, wäre am liebsten aus der Stube gerannt, doch es war ihre Pflicht, die Vermählung auf allen Ebenen zu vollziehen. Weil auch er tatenlos vor ihr stand, nahm sie seine Hand, zog ihn zu sich, zog ihm Schuhe und Wams aus, entkleidete sich selbst und legte sich auf das Bett. Obwohl sie noch das Untergewand trug, schämte sie sich, dennoch zog sie ein weiteres Mal Harald zu sich.

»Ich habe es noch nicht getan«, sagte Harald. »Und du bist so schön. Tut mir leid, dass ich so aufgeregt bin.«

Ranveig wusste nicht, was sie tun sollte, er war ihr so fremd, zudem spürte sie, ihn nicht anfassen zu wollen. »Zieh dich ganz aus, es wird dann schon gehen.«

Also zog Harald sich aus und legte sich neben sie, Ranveig hüllte aber ein Fell über ihren Körper. Darunter entkleidete sie sich vollständig. In diesem Moment fühlte sie ungeheure Scham, sich schutzlos ausgeliefert, ihr Gesicht pochte vor Hitze. Harald legte sich neben sie, fasste an ihr Gesicht, berührte ihre Schultern und schließlich ihre Brüste. Alles in Ranveig begehrte dagegen auf, es war, als sähe und berührte sie ein ganzes Dorf. Gewaltsam schloss sie die Augen, versuchte es auszuhalten, nicht sofort aufzustehen und davonzulaufen. Haralds Hand wanderte tiefer, an ihren Bauch, an ihre Scham. Sie zuckte, drückte kurzzeitig seine Hand weg, doch als er wieder zwischen ihre Beine griff, ließ sie es mit zusammengepressten Lippen zu. Sie hörte, wie Harald schneller atmete, etwas flüsterte, er berührte ihre Schenkel und immer wieder ihre Scham. Schließlich rollte er sich auf sie und küsste sie. Haralds Mund schmeckte nach Met, nach Saurem, sie drehte ihren Kopf zur Seite, doch Harald verfolgte sie mit seinem Mund. Plötzlich stach es in ihrem Unterleib. Es schmerzte, sie stöhnte auf, es fühlte sich an wie Feuer. Harald war in ihr, bewegte sich auf und ab, stöhnte dabei, Ranveig hingegen presste ihren Schmerz laut heraus. Sie fragte sich, ob Harald ein Messer in sie eingeführt hätte, warum es denn so wehtat. Er bewegte sich immer schneller, die Schmerzen wollten nicht nachlassen, immer wieder suchte sein Mund ihre Lippen. Mit einem Mal wurde es nass in ihr, Harald stöhnte laut auf und zog sich aus ihr heraus. Die Linderung tat unendlich gut, es war, als könnte Ranveig endlich wieder frei atmen, und zum ersten Mal öffnete sie die Augen. Als sie zwischen ihre Beine sah, entdeckte sie etwas Blut und andere Flüssigkeiten.

»Es war schön«, stieß Harald heraus. »Du riechst so gut.«

Ranveig wollte es nicht hören. Mit dem Saum ihres Untergewandes, das noch neben ihr lag, wischte sie sich trocken, und gerade als sie sich aufsetzen wollte, erblickte sie Olha im Durchgang.

Ranveig erschrak furchtbar.

»Du solltest dich nicht auswaschen«, sagte Olha mit fester Stimme. »Vielleicht entspringt ein Kind daraus.«

Ranveig wusste nicht, was sie sagen sollte. Sie fühlte sich beschmutzt, entehrt, und sie fragte sich, wie lange die *yfirfrodr* dort gestanden und womöglich zugesehen hatte. Sie wusste von Familien, wo der erste Akt in der Nacht der Vermählung unter Zeugen stattfand, doch sie hatte nicht geglaubt, dass dies auch hier geschehe.

Zu ihrer Erleichterung verließ Olha die Stube, und so blieb Ranveig sitzen. Mit zitternden Lippen dachte sie an ihren Vater, an Birta und Balbó, sah sich auf dem Schiff nach Britannien. Es waren die einzigen Gedanken, die ihr halfen, sie wollte so schnell wie möglich weg von hier, weg von Harald, obwohl er kein bösartiger Mann zu sein schien. Seltsamerweise war er noch unerfahrener als sie selbst.

Während ihrer Gedanken spürte sie eine Hand auf ihrer Schulter. Harald zog sie sanft zu sich und legte sie auf den Rücken.

»Ich hatte noch keine Frau vor dir. Ich weiß, dass es fremd für dich sein muss, es ist auch für mich das erste Mal.« Er sah ihr in die Augen, dabei zitterte wieder seine Hand. Abermals fragte Ranveig sich, ob es eine Krankheit war, die Harald plagte. »Und du wirst sehen, dass ich dich immer gut behandeln werde«, fügte er schließlich hinzu.

Während sie nachdachte, was sie tun oder entgegnen könnte, legte er sich abermals auf sie und drang in sie ein. Mit starren Blick sah Ranveig zu den Balken der Decke über ihnen. Im monotonen Rhythmus ihrer Bewegungen, unter dem neuerlichen Schmerz in ihrem Unterleib, folgte sie den Linien der Runen, zeichnete im Geiste den Kopf des Hirsches und des Ebers nach und verlor sich in den Umrissen des Thorhammers, der auf jedem einzelnen Balken eingeschnitzt worden war.

»Dein Los ist kein schlechtes«, murmelte Frida am nächsten Morgen, während Ranveig noch vor Torsteins Familie an der Tafel saß. Nun, da sie Haralds Eheweib war, unterstand Frida ihr und Ranveig musste weder in die Küche noch andere niedere Arbeiten leisten.

Ranveig wollte nicht sagen, dass sie lieber eine Dienstmagd wäre als mit einem Mann ihr Lager zu teilen, der ihr so sehr fremd war. Sicherlich musste sie sich aber daran gewöhnen, es war ihre Pflicht, Harald eine gute Frau zu sein, und sie schämte sich bereits dafür, seinen Berührungen Widerstand entgegenzubringen.

»Er widert mich an, Frida.«

»Dein Los ist kein schlechtes«, wiederholte Frida nur. »Alles andere wird sich fügen.«

Ranveig hoffte zumindest, die Schmerzen würden sich fügen, wenn Harald öfter in sie eindrang, aber diese standen in keinem Verhältnis zu ihrer Sehnsucht nach ihrer Familie.

Es dauerte, bis Torstein, Olha und auch Harald zu Tisch kamen. Während Harald sie anlächelte und tollpatschig nach ihrer Hand griff, ließ Torstein sich Met einschenken.

»Olha erzählte mir, dass eure Verbindung auch auf dem Lager stattfand. Du wirst uns viele Enkelkinder schenken, davon bin ich überzeugt.«

Sofort schob Ranveig diesen Gedanken von sich. »Ist das Schiff abfahrbereit? Wie lange dauert die Überfahrt nach Dun Eidann?«

Torstein antwortet eine Zeit lang nicht, füllte seinen Teller, blickte dann aber zu Ranveig. »Du hattest recht. Warum sollte ich dich nun ziehen lassen, nachdem du die Gemahlin meines Sohnes bist? Warum dich in Gefahr begeben lassen?«

Augenblicklich wurde Ranveig kalt. Sie presste ihre Finger so fest zusammen, dass die Knöchel weiß wurden.

»Du hast es mit zugesagt, Torstein! Und im gleichen Atemzug sprachst du von der Freundschaft zu meinem Vater!«

Frida, die abseits stand, blickte entsetzt zu ihr. Offenbar war es unüblich, so zu Torstein zu sprechen, Ranveig war es jedoch einerlei. Am liebsten würde sie ihm den Met ins Gesicht schütten.

»Ja, das sagte ich. Manchmal ändern sich aber die Dinge.«

Hitze schoss durch Ranveigs Körper, sie bebte, unerträgliche Wut ließ sie erzittern. In einem kurzen Moment sah sie auf ihre noch immer verbundene Hand. Es war, als spürte sie Odin und Einar gleichzeitig in sich, als stärkten sie sie und sprächen zu ihr.

»Ich leistete einen Schwur, Torstein. Er steht über allem, auch über deinem Wort. Wenn du mich nicht ziehen lässt, werde ich immer versuchen, nach Britannien zu gelangen. An jedem Tag, in jeder Nacht. Ich werde niemals damit aufhören.«

Auch Olha und Harald blickten sie nun mit offenem Mund an.

»Wenn du aber dein Versprechen hältst, werde ich meines halten. Deinem Sohn eine gute Frau sein. Und ich gedenke, meine Versprechen immer zu halten.«

Ihr war klar, dass sie damit Torstein beleidigte. In diesen Augenblicken hatte er an Ansehen verloren, offenbar war der *yfirmannr* auch nur ein Lügner, ein gerissener Mann, der ausschließlich seine eigenen Vorteile auszuspielen gedachte.

Torstein spielte mit dem Messer und stierte dabei auf seinen Teller. Ranveig erwartete einen Wutausbruch ungeahnten Ausmaßes.

»Ich sagte nicht, dass ich es dir verwehre«, brummte er schließlich. »Es ist nur so, dass ich dich in Gefahr begebe.«

Ranveig hielt den Atem an. Bei Odin und Frigg, sie würde nicht lockerlassen, auf dieses verdammte Schiff zu gelangen.

»Ich halte mein Versprechen, Ranveig Einarsdottir. Meine Männer werden gut auf dich achten, sie werden mit ihrem Leben dafür einstehen, dass du wieder den Boden von Barkhingor betrittst.«

Erleichtert atmete Ranveig aus. So froh sie nun war, genauso sehr erschrak sie über ihre Worte, über das ungebührliche Verhalten dem *yfirmannr* gegenüber. Sie kannte sich gar nicht wieder. In all den Jahren hatte sie nicht einmal ihrer Mutter widersprochen, nun offenbarten sich Dinge, die sie selbst erschreckten.

»In höchstens zehn Tagen geht es los«, unterbrach Torstein ihre Gedanken. Er jetzt konnte Ranveig etwas essen. Voller Inbrunst hoffte sie, Torstein möge es sich nicht noch einmal überlegen.

Während Frida Ranveigs Haar kämmte und flocht, fühlte Ranveig sich eigenartig leer. Sie müsste sich freuen, jubeln, schon bald das Schiff zu besteigen, doch es war, als setzte sich grauer, kalter Nebel in ihr fest. Von Anfang an war es nur ein schwacher Hoffnungsschimmer gewesen, ihre Familie in Britannien wiederzufinden, vermutlich so klein, als müsste sie einen bestimmten Fisch in einem See ins Netz bekommen. Es gab aber keine andere Möglichkeit, alles andere oblag den Göttern.

»Er hatte vor, dich nicht ziehen zu lassen«, unterbrach Frida ihre Gedanken.

»Woher weißt du das?«

»Ich kenne ihn seit Jahren.«

»Und woher sein Sinneswandel?«

»Du hast ihn gedemütigt. Er stünde nicht nur vor den Göttern als Lügner da, sondern auch vor Olha und Harald. Zudem war die Aussicht auf das, was du tun würdest, nicht annehmbar für ihn. Du bist sehr mutig und stark, Ranveig.«

»Das bezweifle ich, Frida. Ich war einfach nur wütend.«

»Du hast es geschafft, ein Schiff und Männer zu bekommen. Und du bist eine Frau.«

»Was, wenn ich sie nicht finde?«

»Dann erwartet dich ein Leben an Haralds Seite, das so schlecht nicht ist. Du wirst es erkennen, wenn deine Hoffnung, deine Familie wiederzufinden, erloschen ist.«

»Du glaubst also nicht, dass ich sie finde?«

»Es spielt keine Rolle, was ich glaube. Es gibt auch noch Gott.«

Erschrocken zuckte sie zusammen und schloss die Augen. »Ich

meinte, es gibt auch die Götter. Sie haben deinen Weg längst entschieden.«

»Womöglich. Dennoch bitte ich jeden Tag um ihre Gunst.«

Da Frida nichts mehr sagte, blickte Ranveig auf ihre verletzte Hand. Wann galt der Schwur als abgeleistet? Wie lange und wie weit musste sie gehen, wie viele Versuche standen ihr zu, Birta und Balbó zu finden? Jäh durchströmte sie ein zerstörender Gedanke. Stand es ihr zu, derartige Schwüre abzuleisten, solche Gedanken zu haben? Sie war eine Frau, und somit fand ihr Leben stets an der Seite eines Mannes statt. Arna war die einzige Ausnahme, die sie kannte, aber Arna galt als Walküre, so weit über ihr selbst, so stark und unerreichbar.

Wer war sie selbst dagegen?

»Du siehst dein Schicksal nicht«, sagte Frida schließlich. »Du und Sigurd seid verschont worden, nun bist du vermählt und hältst irgendwann das Schicksal Barkhingors in den Händen, nämlich als *yfirfrodr*. Es hat einen Grund, warum Torstein und deine Götter dich erwählt haben.«

Ranveig wurde heiß und kalt. Fridas Worte drangen in sie ein, wurden aber schnell von der Aussicht verdrängt, bald auf einem Schiff Richtung Britannien zu stehen.

Die Nacht in den Auen

Vorsichtig hob Henrik die Zweige von seinem Gesicht, um etwas sehen zu können. Ihm war warm, ungewohnt milder Wind pfiff trotz des Winters über die Wesura. Johann stand bis zu seiner Hüfte im Wasser und nestelte an dem Netz des kleinen Bootes herum. Henrik hoffte, der Besitzer sei irgendwo auf dem Markt, auf jeden Fall nicht direkt in ihrer Nähe. Er wusste, dass bei dessen Rückkehr Johann notfalls schwimmend durchs Wasser fliehen musste. Er war außer ihm der Einzige, der schwimmen konnte, doch bei diesen Wassertemperaturen könnte dies auch den Tod bedeuten. Die Bader waren meist betrunken und verkauften nur Harn oder selbst zusammengemischtes Gebräu, das zumeist widerlich schmeckte und sehr teuer war.

Es tat sich etwas. Offenbar hatte Johann endlich das Netz zerschnitten und verstaute nun einige der Fische in seinem Beutel. Als Henrik neben sich sah, erblickte er zwei Männer, die sich ihnen näherten. Also pfiff er laut, was Johann veranlasste, schneller aus dem Wasser zu stapfen.

»Jetzt weg!«, rief er, als er endlich Land betrat. Gerade als einer der Männer brüllte, stehen zu bleiben, verließen die beiden das Ufer und verschwanden auf dem nahe liegenden Markt.

Wenig später trocknete Johanns Beinkleid über den Flammen eines Feuers neben ihrem Zelt. Vier große Fische war eine außergewöhnliche Beute, die Agnes veranlasste, für den heutigen Tag alle Diebstähle einzustellen. Niemand von ihnen war gottesfürchtig, nur Hans war es gewohnt, am Morgen und Abend zu beten, auch wenn er oftmals fluchte, als stammte er aus den Tiefen der Hölle. Alle von ihnen wussten, wann es genug war, wann sie ihr Glück nicht überstrapazieren durften, nicht der Gier erliegen, wenn es an einem Tag besonders gut lief. Sicherlich war es schwer, nach guter Beute das Stehlen einzustellen, doch sie alle hatten sich längst daran gewöhnt.

Nun, nach einigen Wochen bei den Aposteln, hielt sich auch Henrik daran, und wenn es ihm schwerfiel, fand er in Marius einen guten und vor allem besonnenen Lehrmeister. Er begleitete ihn fast immer, Tage wie der heutige, an denen Henrik mit Johann losgezogen war, waren eher selten. Agnes wollte, dass sich die Partner aufeinander einstellten, ihre Schwächen gegenseitig ausglichen und sich so gut wie möglich kannten. Dabei ließ sie selbst aber kaum jemanden nahe an sich heran, und die Zahl der Nächte, in denen sie Henriks Geschichten aus dem Barbarenland hören wollte, waren gering.

Henrik war es noch immer nicht gewohnt, mit sechs anderen in einem Raum zu schlafen. Während dieser Zeit dachte er oft an seine Schwester, spürte, wie sehr er sie vermisste, gleichzeitig war er jedoch froh, bei den Aposteln zu sein. Immer mehr sah er es als das von Agnes betitelte Geschenk an, Teil dieser Truppe zu sein, auch wenn jeder einzelne von ihnen an jedem Tag Gefahr lief, erwischt zu werden. Die Schandpfähle waren selten leer und die Wut der Händler auf Diebe war stets gleich groß.

Auch in dieser Nacht verließ Henrik das Zelt. Die laue Nacht wunderte ihn, der Februar begann bald. Einige Priester gingen tagsüber mit Holzkreuzen durch die Märkte und baten um einen fortwährend milden Winter. Während dieser Tage überwog der Geruch des Weihrauchs aus den mitgeführten Kesseln den der Kräuter, des Leders oder des Fisches auf den Märkten, und der monotone Singsang der Priester und Nonnen war auch in den Nächten zu hören.

»Wir müssen uns in den kommenden Tagen von den Fischern fernhalten«, riss ihn Agnes' Stimme aus seinen Überlegungen. Es wunderte Henrik, dass Agnes zu ihm trat, denn sie hatte es lange nicht mehr getan.

»Ja, wir können wieder zum Markt an der Brücke wechseln.«

»Noch nicht morgen, wir haben noch genug. Wir dürfen nicht auffallen, und dazu gehört auch, mal nichts zu tun.«

Sie stand auffallend nahe neben ihm, und so konnte er ihren Schweiß und den Geruch ihres Haares riechen.

Plötzlich fasste sie ihn an der Hand. »Hast du schon ein Mädchen gehabt?«

»Du meinst geküsst?«

»Ja, oder mehr.«

Henrik stutzte. Wie gern er Juta öfter geküsst hätte.

»Mehr noch nicht.« Er schämte sich, es zuzugeben, bestimmt hatte Agnes viele Erfahrungen mit Jungs gesammelt.

»Komm mal mit, ich zeig dir etwas.« Dabei zog sie ihn mit sich. Sie entfernten sich von ihrem Zelt und steuerten die Wiese an, die die Unterkünfte von den Flussauen trennte. Agnes' Hand fühlte sich warm an, schön, er wollte sie gar nicht loslassen, auch wenn er nicht wusste, wohin Agnes zu gehen gedachte. Der Mond leuchtete von einem wolkenlosen Himmel und trotz der Kälte der Nacht wurde es Henrik warm.

Schließlich blieb sie am Rand des Auenwaldes stehen. Seine Hand hielt sie noch immer in ihrer, führte sie nun an ihren Hals, an ihren Oberkörper, an ihre Brust.

Hitze schoss durch Henriks Körper. Warum tat sie das?

»Gefällt es dir?«, fragte sie ihn.

»Ja.«

Sie lachte leise, ließ ihn los und zog ihr Gewand über den Kopf. Nur der Umriss ihres Körpers war nun zu sehen, ihre Brüste, ihre Haut roch süßlich und gut.

»Fass sie an!«

Henrik nahm allen Mut zusammen und fasst an Agnes' Brüste. Sie waren weich, sanft knetete er sie, und als sie ihn küsste, schmeckte er ihren Mund. Er erschrak kurz, weil ihre Zunge an seiner spielta, doch es war schön, also ließ er es geschehen. Doch es wurde in seinem Beinkleid eng, denn sein Penis wurde steif. Er schämte sich dafür. Als ahnte Agnes etwas davon, unterbrach sie den Kuss und fasste zwischen seine Beine.

»Zieh dich aus, wir haben eine laue Nacht.«

Henrik wusste nicht, wie ihm geschah. Wie heißes Wasser schoss Hitze durch ihn, er zitterte, hörte aber auf sie und entkleidete sich. Er war froh, dass es dunkel war, sonst könnte sie ihn ganz nackt sehen, und somit auch sein Glied, das pochend aufrecht vor ihr stand.

Nun griff Agnes wieder nach ihm, zog ihn zu Boden und führte seine Hand zwischen ihre Beine. Zum ersten Mal fühlte er den Haarbusch einer Frau, die Haut dort unten, es war feucht und warm. Für einige Momente zog er erschrocken die Hand zurück, doch Agnes ergriff sie erneut und legte sie auf ihre Scham. Plötzlich spürte er ihre Hand an seinem Penis. Er erschrak furchtbar, gleichzeitig tat es gut, und sein Glied wurde noch härter. Schließlich legte sich Agnes auf den Rücken, zog Henrik über sich und führte seinen Penis zwischen ihre Beine. Henrik war so erregt, dass er kaum atmen konnte. Obwohl er es noch nie getan hatte, glitt sein Glied in sie, es wurde noch wärmer, eng, ein Gefühl durchzog seinen Körper, das er noch nie erlebt hatte. Obwohl er nicht wusste, warum, bewegte er sich in ihr, zuerst hektisch, doch mithilfe von Agnes' eingreifenden Händen gleichmäßig vor und zurück. Immer mehr wurde Henrik von einer warmen Welle ergriffen, alles begehrte sich in ihm auf, er wollte sich nie wieder zurückziehen und dieses Gefühl festhalten. Unvermittelt schwappte aber nun etwas in ihm über, alles zog sich zusammen, es wurde nass, einem Blitz gleichend zuckte er zusammen und schloss die Augen. Was war passiert? Als er sich zurückzog, war sein Unterkörper nass und klebrig.

Henrik schämte sich furchtbar. »Habe ich etwas falsch gemacht?«

»Nein, gar nicht. Das passiert, wenn es dir besonders gefallen hat.«

Keuchend legte er sich neben sie und bemerkte, wie sich Agnes zu ihm drehte.

»Mir hat es auch gefallen.«

Henrik benötigte einige Momente, um zu Atem zu kommen. Es war so überwältigend gewesen, trotz seiner Scheu, eine Frau einfach dort anzufassen, wo man es nicht tat. Wurde man in den Kerker geworfen, wenn man dabei erwischt wurde?

Erst jetzt erreichten ihn Agnes' Worte, und er war froh, dass es ihr auch gefallen hatte. Es war seltsam, Agnes so zu erleben, so nah, fast unerträglich intim, so, als hätte sie für kurze Zeit die Maske der ›Eisernen Agnes‹ abgelegt.

»Hast du das mit den anderen auch getan?«, wollte er wissen.

»Nein, nur mit Marius. Aber …«

»Was aber?«

»Mit dir ist es schöner. Es ging ein bisschen schnell, aber das ist beim ersten Mal immer so.«

Henrik fragte sich, was sie mit ›schnell‹ meinte, erinnerte sich aber daran, als er sich in ihr ergossen hatte. Konnte man so etwas steuern?

Er wollte nicht mehr fragen, unzählige Gedanken und Gefühle schossen durch seinen Kopf. Niemals hatte er erwartet, dass es so schön war, mit einem Mädchen das Lager zu teilen, und er hatte nie erwartet, dass Agnes die erste sein würde.

Auch sie atmete noch laut und strich über seine nackte Brust. Trotz der Kälte der Nacht fühlte sich alles warm und weich an.

»Magst du mir jetzt verraten, woher deine Narben stammen?«, fragte er sie nach einiger Zeit.

»Nein, Henrik! Und falls ich dir noch mal erlauben sollte, mit mir zu schlafen, möchte ich auch nicht, dass du danach frägst!«

Henrik wusste nicht, ob er enttäuscht wegen der ausbleibenden Antwort sein sollte oder froh, weil sie ihm Aussicht über eine weitere Nacht mit ihr gab. Er nahm sich aber vor, sie nicht mehr danach zu fragen.

»Aber erzähle mir von deiner Zeit bei den Nordmenschen. Mir gefällt es, wenn du von ihnen sprichst, es ist dann immer so, als wäre ich dabei gewesen.«

Henrik überlegte kurz, was er ihr bereits berichtet hatte, fing an, über seine Kämpfe zu sprechen, und schließlich über die lange Überfahrt mit der *blar arflognir* bis ins Nebelland. Agnes hörte lange zu, ohne etwas zu sagen, und als er endete, sah sie ihn nur an.

»Kannst du wieder?«

»Was?«

Sie fasste nach seinem Penis, glitt daran herum, bis er schließlich wieder steif war. War es ihm tatsächlich gestattet, noch mal in ihr zu sein?

Als sie sich auf den Rücken drehte, drang er abermals in sie ein. Diesmal benötigte er mehr Zeit, und wenn er sich zu schnell bewegte, stoppte sie ihn, indem sie seine Schultern festhielt. Irgendwann fing sie zu stöhnen an.

»Mache ich etwas falsch?«, fragte er irritiert. »Tut es dir weh?«

»Nein, mach weiter. Mach bitte weiter!«

Also bewegte er sich in ihr, und schon bald wurde sie lauter. Irgendwann stöhnte sie auf, als gebäre sie ein Kind, zischte, ihre Finger pressten sich in das Fleisch seiner Arme. Schließlich entglitt Agnes ein langer Seufzer, den Henrik nicht einschätzen konnte. Er wollte aufhören, doch war selbst so erregt, dass er sich in ihr ergoss.

Unter schnellen Atemzügen sah Henrik Agnes vorsichtig an. Sie lag unter ihm, atmete ebenfalls schnell, strich nun mit ihren Fingern über seine Brust. Als er sich aus ihr zurückzog, lag sie noch eine ganze Zeit lang einfach nur da, ohne etwas zu sagen.

»Geht es dir gut?«, fragte er schließlich.

»Ja, sehr.« Mehr sagte sie nicht. Doch irgendwann drehte sie sich zu ihm und schien ihn anzusehen. Sie sagte nach wie vor nichts, er sah nur ihre Silhouette, spürte ihren Blick auf sich, manchmal berührten ihre Finger seine Hand.

Sie blieben noch eine Weile liegen, ohne zu sprechen. Schließlich drehte sich Agnes auf den Rücken. Schon bald fragte Henrik sich, ob sie schlief.

»Erzähle mir von deinen Freunden. Angefangen von dieser Ranveig.«

Henrik stutzte. Ihm war noch immer warm und er war froh, noch länger allein mit ihr, anstatt mit den anderen im Zelt zu liegen. Also nahm er sich vor, jeden einzelnen seiner Freunde näher zu beschreiben, angefangen bei Ranveig. Und das möglichst ausführlich.

Sie blieben, bis es dämmerte. Er hatte kein drittes Mal mit ihr geschlafen, aber es war ihm, als würde er Agnes nur aufgrund dieser einen Nacht um so viel besser kennen, als stünde er ihr ungleich näher als zuvor. Womöglich war es die schönste Nacht seines Lebens gewesen, umso enttäuschter war er, dass der Morgen ihnen nun diese gemeinsame Zeit nahm.

Als Agnes schließlich aufstand, tat er es ihr gleich und folgte ihr zurück zum Zelt.

Dabei konnte er ihr Schweigen in keiner Weise einordnen.

Bereits am nächsten Tag spürte Henrik, dass sich etwas geändert hatte. Agnes schien eigenartig gut gelaunt und verbrachte diesen Tag sogar mit Henrik, auch wenn ihre Beute kaum nennenswert war. Die drei Rüben sowie ein kleiner Haferkringel trösteten aber über die erstaunliche Wachsamkeit der Händler hinweg. Er musste noch sehr oft an die vergangene Nacht zurückdenken, und jedes Mal wurde es warm in ihm. Es war wunderschön gewesen, schöner als alles andere zuvor, außer den wenigen Momenten, als er Juta so nahe gewesen war. Dabei fragte er sich, ob Agnes ebenfalls an diese Nacht dachte und ob es ihm bald wieder gestattet sein würde, ihr so nahe zu kommen.

So sehr Agnes ungewohnt oft ihre eiserne und strenge Maske ablegte, ging Friedrich Henrik aus dem Weg. Selbst als sie zu zweit auf dem Fischmarkt einigen Händlern vier Fische entwendeten, sprach Friedrich kaum ein Wort mit Henrik. An den Abenden lachte er ungeniert mit allen, sah Henrik dabei aber kaum an. Henrik ließ es geschehen. Er war noch immer der Neue und Friedrich war wie alle anderen nicht gefragt worden, ob sie Henrik als Mitglied der Apostel sehen wollten.

An einem Morgen sprach er aber Marius darauf an.

»Er ist wütend, weil du ihm das Wasser reichen kannst.«

»Im Stehlen? Ich kenne kaum jemanden, der geschickter ist.«

»Nein, ich meine deine Größe und Kraft. Friedrich war immer der Koloss unter uns, du bist der Erste, der nur knapp kleiner ist, aber deine Arme sind ebenso dick.«

»Ich hatte nicht vor, mich mit ihm zu prügeln. Warum ist er nicht froh, dass auch ich Schutz bieten kann?«

»Frag ihn doch einfach selbst.« Dabei schüttelte Marius lächelnd den Kopf, so, als würde er Friedrichs Launen als Flausen abtun, als Zorn eines Kleinkindes. Dennoch hielt er Henrik aber zurück, als er weitergehen wollte. »Auch wenn du es nicht glaubst: Es ist einfacher, Agnes' Gunst zu erhalten als Friedrichs.«

Henrik wusste nicht, ob er dieses Ziel jemals erreichen wollte. Er kam mit allen anderen gut klar, besonders mit Marius. Früher hatte er nie Freunde gehabt, jetzt war er kaum mehr einen Augenblick allein.

Zwei Tage später saßen sie alle am Feuer in der Hütte und aßen Bohnenbrei. Eine gemeinsame Nacht mit Agnes hatte sich nicht wiederholt, im Gegenteil. Manchmal dachte er, sie hielte mehr Abstand zu ihm, bisweilen sah sie ihn auch einfach nur schweigend an, mit nicht zu entschlüsselnder Miene und zusammengekniffenen Augen. Niemals würde er sie aber darauf ansprechen, auch wenn es in seinem Herzen stach.

Hans schmatzte so laut, dass Henrik befürchtete, man könnte es die ganze Straße entlang hören, während Kai eigenartig in sich gekehrt in die Flammen sah. Dabei wirkte sein rotes Haar noch wilder als bei Tageslicht.

»Erzähle von der Fahrt nach Vinland«, forderte Hans. »Du hast aufgehört, als ihr in Eisland ankamt. Was geschah danach?«

Aufgrund der vielen Berichte der letzten Wochen war Henrik aufgefallen, dass er nicht gern von dieser Zeit sprach. Es tat in seinem Herzen weh, besonders wenn er an Juta dachte. Es fühlte sich seltsam an, Einars Haus zu vermissen, und er gäbe viel, Arna, Mjöllnir, Radvald, Balbó, Birta oder Ranveig wiederzusehen.

»Nicht wieder dieses Seemannsgarn!«, schimpfte Friedrich. »Marius, warum habt ihr heute so einen guten Tag gehabt? Betrunkene Fischer?«

Henrik sah ihn scharf an. »Es ist kein Seemannsgarn, es war meine Reise!«

»Mir egal, ich habe keine Lust, meine Abende damit zu versauern.«

»Aber vielleicht wir?«, entgegnete Marius. »Was soll das jetzt?«

»Gut, aber dann geh ich raus. Es ist wie bei den Fischern: Mit jeder Geschichte werden die gefangenen Fische größer und größer.«

»Ich lüge nicht!«, rief Henrik lauter, als er wollte. Er war wütend, weil er angenommen hatte, nach all der Zeit nicht als Possenredner dazustehen.

»Halt einfach dein Maul!«

»Friedrich!«, rief nun Agnes, doch er verließ aufgebracht die Hütte.

Für einige Zeit sahen alle auf Henrik. Er fühlte, wie Hitze seinen Körper durchschoss, und als er kurz die Augen schloss, spürte er, es nicht dabei belassen zu können.

Wutentbrannt stand er auf und rannte ihm nach.

»Bleib stehen!«, rief er Friedrich zu, als er ihn zwischen den benachbarten Hütten antraf. »Was soll das?«

»Ich sagte, du sollst mich lassen!«

»Nein. Sag mir, was du gegen mich hast. Gib mir einen Grund!«

»Ich brauche keinen Grund. Du bist einfach du!«

»Sag es mir!«

Binnen eines Augenblicks stürmte Friedrich auf ihn zu und packte Henrik am Kragen. »Meinst du, ich hätte nicht bemerkt, dass Agnes oft stundenlang mit dir nachts vor der Hütte sitzt? Dass sie dich bevorzugt?«

»Sie bevorzugt mich nicht. Sie kennt euch so viel länger als ich, und genau das spüre ich jeden Tag.«

»Einen Scheiß spürst du. Du kommst hierher und Agnes ist plötzlich wie ein gewöhnliches Mädchen, das dir hinterherspringt.«

Spätestens jetzt wusste Henrik, dass er ihre gemeinsame Liebesnacht niemals erwähnen durfte. Ohne zu antworten, riss er sich los und stieß Friedrich von sich. »Sie bevorzugt mich nicht, und das weißt du. Du kannst mich einfach nicht leiden. Das musst du auch nicht. Geh mir einfach aus dem Weg!«

Einige Momente sagte Friedrich nichts, und so drehte Henrik sich um. Da hielt Friedrich ihn an der Schulter fest.

»Wo willst du hin? Erst nen Aufstand machen, dann abhauen?«

»Es ist besser so.«

Plötzlich holte Friedrich aus und schlug seine Faust in Henriks Gesicht. Henrik dachte, sein Gesicht würde platzen, er taumelte rücklings und fiel auf den Boden.

Während er benommen sitzen blieb, stürmten die anderen aus der Hütte und umringten sie.

»Spinnt ihr?«, schrie Agnes. »Hört auf!«

Während Henrik nach seinem Gesicht tastete, kam unendliche Wut in ihm hoch. Seltsamerweise sah er die Nordmänner vor sich, gegen die er damals kämpfen musste, spürte den Schmerz in seinem Körper, in seinem Kopf. Voller Zorn stand er auf, wich einem weiteren Schlag behände aus, donnerte seinen Schädel in Friedrichs Gesicht und trat ihm derart gegen die Brust, dass Friedrich wie ein Sack gegen den Balken des hinter ihm stehenden Hauses geschleudert wurde. Krachend fiel er zu Boden und blieb liegen.

»Hört auf!«, rief Agnes nun wieder, und während einige Bewohner aus ihren Häusern kamen, um nach dem Grund des Spektakels zu sehen, rissen Marius, Kai und Johann Henrik zurück.

Henrik atmete tief durch, versuchte, sich zu beruhigen, achtete aber auch auf Friedrich, um einen weiteren Angriff abzuwehren. Er lag aber noch immer bewegungslos auf dem Boden. Erst langsam bewegte er sich, stöhnte und versuchte, sich aufzusetzen, was ihm schließlich erst mithilfe von Hans gelang.

»Seid ihr jetzt total irre?«, rief Agnes.

Henrik wusste nicht, was er sagen sollte, wischte sich nochmals über seine blutenden Lippen und sah wieder zu Friedrich. Offenbar war dieser nicht verletzt und stand stöhnend auf. Im Licht einiger Fackeln erkannte er aber dessen blutüberströmtes Gesicht und eine aufgeplatzte Lippe.

»Niemand von euch rührt noch einmal eine Hand!«, sagte nun Agnes drohend. Ihre Stimme war so tief und kalt, dass Henrik sie ansehen musste. »Habt ihr beide das verstanden?«

Seltsamerweise nickte Friedrich, und weil Henrik Agnes noch nie so wütend erlebt hatte, nickte auch er.

»Und jetzt rein, bevor noch die Hurensöhne der Wache kommen!«

Nachdem Friedrichs und Henriks Wunden versorgt worden waren, blieb es still in der Hütte. Und nachdem Agnes sie verließ, setzte sich Marius zu Henrik.

»Wenn du bleiben willst, sorge dafür, dass so etwas nicht mehr vorkommt.«

»Aber er hat zuerst zugeschlagen.«

»Das ist egal! Agnes und Friedrich kennen sich seit zweieinhalb Jahren.« Er sah kurz zu Friedrich, der sitzend an die Wand gelehnt sich einen nassen Lumpen auf sein Gesicht drückte. »Sie ist vermutlich noch wütender auf ihn. Eben weil er schon so lange bei uns ist.«

»Kommt es denn nie vor, dass ihr euch streitet?«

»Doch, oft, aber wir prügeln uns nicht. Dort draußen sind die Feinde, wir sind eine Familie. Das zu verinnerlichen, ist genauso schwer wie Leute zu bestehlen.«

Henrik sagte nichts mehr. Friedrich schien in sich gekehrt, vermutlich zeigte er seine immensen Schmerzen nicht. Henrik hatte mit beiden Schlägen voll getroffen, und Friedrich war noch ein Stück größer als er selbst.

»Wo hast du so kämpfen gelernt?«, fragte Kai ihn. Er und Johann versorgten gerade beide Streithähne mit Wasser.

»Bei den Nordmännern. Dort musste ich es.«

Friedrich hatte kurz zu ihm gesehen, verlor aber kein Wort und versteckte sein Gesicht wieder unter dem Lumpen.

In den kommenden Tagen sagte Agnes nichts mehr zu der Prügelei. Henrik ahnte, dass ihre Warnung deutlich gewesen war, und er hatte nicht vor, sich wieder auf eine Schlägerei mit Friedrich einzulassen.

Friedrich hingegen wirkte eigenartig zurückhaltend. Sogar als Agnes ihn mit Henrik auf Raubzug schickte, kam an diesem Tag kein strittiges Wort über seine Lippen. Und als sie am Abend wieder zur Hütte zurückkehrten, hielt Friedrich Henrik auf.

»Warte!«

Zu seinem Entsetzen machte sich Henrik auf einen weiteren Kampf bereit. Friedrich hob jedoch keine Hand.

»Du bist zwar nach wie vor kein Freund von mir, aber wenigstens weiß ich jetzt, dass du die anderen verteidigen kannst.«

»Das würde ich jederzeit tun. Dich eingeschlossen.«

Friedrich grinste seltsam, bevor er zu Boden sah. »Das gilt auch für mich.«

Als Henrik mit Friedrich in die Hütte ging, klopfte nicht nur dessen Hand auf seine Schulter, sondern auch sein Herz vor Erleichterung schneller.

Anfang Februar setzte Schnee ein. Es wurde bitterkalt und die Feuer in den Hütten und vor den Zelten wurden zahlreicher. Nachts wurde es so eisig, dass sich die Apostel nahe aneinanderlegten, um wenigstens etwas Wärme zu spüren.

An einem besonders kalten Tag ging Henrik mit Johann auf Raubzug. Sie wählten dafür den Teil des Marktes, an dem Stoffe und Felle angeboten wurden. Einige ihrer Decken hatten zu schimmeln begonnen und so schickte Agnes die Apostel aus, um ihren Bestand wieder zu vergrößern.

Schneeregen peitschte Henrik ins Gesicht, als er mit Johann das Stoffviertel erreichte. Viele der Frauen trugen dicke Gewänder, nur wenige Kinder gingen noch barfuß. Es waren die Armen der Ärmsten, sie waren die Einzigen, denen Agnes ab und an etwas überließ, und auch nur dann, wenn sie selbst keinen Hunger litten. In diesen Momenten schien ihre Bezeichnung ›Apostel‹ sogar zutreffend zu sein.

Einige der Händler hatten Pfähle in den Boden gerammt und Tücher als Regenschutz aufgehängt, um ihre Ware nicht der Nässe auszusetzen, die meisten aber stapelten alles in ihren Wagen. Hier und da riefen die Händler aus, was sie feilboten, es waren aufgrund des Wetters jedoch weniger Menschen auf dem Markt als sonst.

Der Regen verwandelte sich immer mehr in Schnee, bis er schließlich in heftigen Böen auf sie herabprasselte. Es erschwerte ihre Sicht ungemein.

»Siehst du die da hinten?«, fragte Johann und wies mit einer Hand auf eine alte Frau, die sich eine Decke über den Kopf gezogen hatte. Aufgrund dessen war ihr Sichtfeld eingeschränkt.

»Ja. Das sieht gut aus. Ich verwickle sie in ein Gespräch.«

Johann nickte nur, dann näherten sie sich der Frau. In einem Holzkarren lagen nur halb verdeckt weitere Felle und Stoffe, einige Beutel mit ihnen unbekanntem Inhalt standen neben dem Wagen.

»Ich suche Ziegenfell«, sagte Henrik zu der Frau. Erst als sie die Decke vom Kopf zog, erkannte er, dass sie noch wesentlich älter war als angenommen. Kaum jemals zuvor hatte er derart tiefe Falten in einem Gesicht gesehen.

»Ich habe Ziege, Schaf und Rind.«

»Rind ist viel zu teuer. Ich suche Ziege.«

Langsam nestelte sie ein Fell aus dem Wagen und hielt es Henrik entgegen. Inzwischen näherte sich Johann von hinten dem Wagen, verhielt sich aber noch still. Entsetzt erkannte Henrik, dass der benachbarte Händler nun zu ihnen sah.

»Ist es groß genug?«, fragte die Frau. Unsicher hielt Henrik es vor sich und überlegte, wie er Johann warnen konnte. Der Mann schien zu ahnen, was sie vorhatten, denn er wendete seinen Blick nicht von ihnen ab. Gerade als er das Fell zurückgeben und Johann warnen wollte, griff dieser in den Karren, riss zwei Decken heraus und wollte fliehen. Der Mann jedoch war schneller. Er hielt Johann gerade noch fest, riss ihn zu Boden und setzte sich auf ihn. Er war ein riesiger Kerl, seine starken Oberarme dicker als Henriks Schenkel. Da kam ein zweiter Mann zu ihnen, der sogleich nach der Wache rief.

Henrik erstarrte, Hitze schoss durch seinen Körper. Was sollte er tun? Sofort wurde ihm klar, dass er Johann so nicht helfen konnte. Wie Hammerschläge erinnerte er sich an das, was Agnes und Marius ihm stets eingebläut hatten: fliehen.

Schließlich drehte Henrik sich um und lief. Zwar schrien ihm die Frau und der Mann hinterher, aber er blieb nicht stehen, rempelte andere an, rannte und rannte, bis er schließlich die Bäume des Ufers erreichte. Dort stellte er sich hinter einen Stamm und atmete tief durch. Wieder hallten Agnes' Worte in seinem Kopf wider. Geschah so etwas, galt es zuerst, seinem Partner zu helfen. Sei dies nicht möglich, sollte man fliehen, keinesfalls aber zum Zelt, sondern erst in eine andere Richtung, um mögliche Verfolger nicht zur gesamten Bande zu führen. Der Einzelne stand hinter dem Ganzen, dafür musste man sich opfern. Henrik überlegte kurz, ob er Johann nicht doch hätte helfen können, doch der Mann war ihm so groß und stark erschienen, dass er nicht wusste, wie ihm dies hätte gelingen sollen. Zumal hatte es auch noch den anderen Händler gegeben und dazu vermutlich schnell eintreffende Wachen. So stand er da, atmete schnell, sah immer wieder um sich, ob jemand kam, doch es schien, als wäre ihm niemand gefolgt. Unendlich schlechtes Gewissen plagte ihn, Blut schoss durch seinen Körper, er ballte vor Wut die Fäuste. Es kam ihm vor wie Verrat, er hatte einen Freund im Stich gelassen.

Er blieb noch eine Weile stehen, und als er sich sicher war, nicht verfolgt worden zu sein, ging er zur Hütte zurück.

Dort traf er auf Marius und Hans.

»Verdammt!«, rief Henrik, »sie haben Johann!«

Marius sah ihn wie vom Donner gerührt an, während Hans auf irgendetwas herumkaute.

»Dann holen wir ihn!«, schmatzte Hans.

»Sie haben die Wache gerufen.«

»Wo war das?«, wollte Marius wissen.

»Im Tuchviertel.«

»Du bleibst hier«, sagte Marius bestimmt zu Henrik. »Dich sollten sie auf keinen Fall dort noch mal sehen. Hans und ich sehen nach dem Rechten. Vielleicht konnte er ja fliehen.«

Als die beiden hastig die Hütte verließen, hoffte Henrik von ganzem Herzen, sie würden Johann nicht an einen der Schandpfähle binden. Er konnte unmöglich einfach hier drin warten, er schien zu platzen. Also trat er hinaus, ging Marius und Hans aber nicht hinterher. Vielleicht war er doch verfolgt worden, womöglich war er selbst zu aufgeregt gewesen, um einen klaren Gedanken zu fassen. Mit einem bleiernen Gefühl in seinem Bauch sah er den wenigen Menschen ins Gesicht, die an ihm vorbeigingen. Sogar ein Reiter trabte an ihrer schäbigen Unterkunft vorbei, würdigte Henrik aber keines Blickes. Je mehr Zeit verging, desto unruhiger wurde er, und als er befürchtete, es käme niemand mehr zurück, entdeckte er Marius. Von Johann und Hans war hingegen nichts zu sehen.

»Sie haben ihn mitgenommen«, brummte Marius schließlich aufgelöst.

»Wer hat ihn wohin mitgenommen?«

»Die Wachen. Vermutlich in den Kerker oder sonst wohin. Verdammt, wenn er wenigstens an einem Schandpfahl stehen würde.«

Henrik wusste nicht, welche der beiden Möglichkeiten angenehmer wäre. »Und jetzt? Wo ist Hans?«

»Er sucht Agnes. Wir können nichts tun, außer zu hoffen, dass dir keiner gefolgt ist.«

»Ich habe lange in den Auen gewartet.«

»Gut. Wenigstens das.«

Wieder fühlte sich Henrik schuldig, als hätte er Johann verraten. »Ich konnte ihn nicht mehr warnen, es ging alles so schnell. Gleich zwei Männer waren bei ihm.«

Marius legte ihm eine Hand auf die Schulter. »Jeder von uns kennt die Gefahren. Und du hast dich an das gehalten, was wir vereinbart haben.«

Es genügte nicht, um Henriks Schuldgefühle zu verringern. Gerade als er wieder zu denen sah, die an ihnen vorübergingen, liefen Agnes, Kai und Hans auf ihn zu.

»Scheiße!«, schimpfte Agnes schon von Weitem, zog sie in die Hütte und ließ sich von Henrik erklären, was genau geschehen war. Und als Marius berichtete, Johann befände sich in der Hand der Wache, raufte sie ihr Haar.

»Wir müssen uns verteilen«, sagte sie schließlich. »Es kann sein, dass sie ihn verprügeln und er uns verrät.«

»Johann ist kein Verräter!«, verteidigte Friedrich seinen Freund.

Agnes nickte, sah Friedrich aber scharf an. »Niemand von uns ist das, und du weißt, wie ich es meine. Aber genauso wenig weiß niemand, wie schnell jeder von uns unter Schlägen und seiner Angst einbricht.«

»Was meinst du mit verteilen?«, wollte Hans wissen.

»Es ist ja nicht das erste Mal. Vier bleiben hier, die anderen zwei in der Nähe und halten Wache. Zumindest bis morgen, dann sehen wir weiter. Hans bleibt auf jeden Fall im Zelt.« Ihre Blicke wanderten von einem zum anderen, blieben aber bei Kai hängen. »Und Kai, du zitterst am meisten.«

»Ich bleibe draußen«, stieß Henrik aus. »Ich bin ja mit schuld daran.«

Agnes jedoch schüttelte den Kopf. »Niemand ist schuld. Aber es ist gut, wenn du dich freiwillig meldest.«

Für einige Augenblicke blieb es still, bis Marius neben Henrik trat. »Ich gehe mit dir.«

In diesem Moment ahnte Henrik, dass sie auch in der Nacht unter freiem Himmel blieben. Es galt also, nicht zu erfrieren und die anderen rechtzeitig zu warnen, sollte hier die Wache auftauchen. Und da Agnes einmal sagte, die Stadtwache würde hier so gut wie nie auftauchen, fielen bewaffnete Männer mit eigentümlichem Gewand auch schnell auf.

An diesem Tag ging Henrik mit Marius in ihrem Viertel herum. Der Boden verwandelte sich immer mehr in eine Schlammwüste, der Schneeregen peitschte ununterbrochen auf sie herab. Graue Rauchsäulen stiegen in die Höhe, einige Hunde bellten, eine Frau zog mit aller Kraft ihren Handwagen durch den Matsch. Es schien, als kröchen die Kälte und Nässe bis in den tiefsten Winkel von Henriks Körper vor, und als es dämmerte, konnte sich Henrik nicht vorstellen, die Nacht hier draußen verbringen zu können.

»Geh du zuerst rein«, sagte Marius schließlich. »Ich glaube nicht, dass noch jemand kommt.«

»Und was ist mit dir?«

»Wir wechseln uns ab.«

Mit klammen Gliedmaßen ging Henrik in die Hütte zurück und setzte sich zu den anderen ans Feuer. Agnes sah ihn entgeistert an, und als er erklärte, dass sie sich aufgrund der Kälte abwechseln mussten, wendete sie nichts dagegen ein. Henrik hatte jedoch ein schlechtes Gewissen Marius gegenüber, also ging er früher als abgemacht zu ihm und löste ihn ab. So geschah es die ganze Nacht über, und als der Morgen graute und sie niemand behelligt hatte, hofften sie, ihr Versteck sei nicht aufgeflogen.

Auch am kommenden Tag versuchten sie, Johanns Aufenthaltsort ausfindig zu machen. Die Stadtwachen konnten sie nicht fragen, um nicht selbst in deren Visier zu geraten, aber sie erkundigten sich auf dem Markt und bei anderen Dieben, die dafür bekannt waren, mehr Dinge als alle anderen zu wissen. Doch auch sie meinten, wenn er nicht an einem der Pfähle angebunden sei, vegetiere er offenbar in einem der Verließe. Oder seine Leiche triebe mittlerweile auf der Wesura zur Nordsee.

Zu Henriks Entsetzen wurde es immer kälter. Zum Glück verfügten sie über Vorräte, die sie einige Tage über Wasser hielten, und so verzichteten sie auf die üblichen Diebestouren und hielten sich am Feuer in der Hütte auf.

Henrik mochte diesen Raum mittlerweile sehr gern. Hier war er nie allein, Agnes' Anwesenheit schien die Buben allesamt zu zähmen. Nur selten stritten sie, und nun, wo sie viele Stunden des

Tages auf den Lagern verbrachten, erzählten sie spannende Geschichten von ihren Diebeszügen, von heißen Sommern am Ufer der Wesura und stellten sich vor, lecker gebratenes Fleisch mit Getreidekringeln zu essen.

Seit der einen Nacht war Henrik nicht mehr mit Agnes in den Auen gewesen. Womöglich lag es an der schneidenden Kälte, vielleicht hatte sie sich aber mit ihm doch nicht so wohl gefühlt, wie er es empfunden hatte. Und die Tage, in der sie überraschend offen und gut gelaunt gewesen war, lagen weit zurück. Längst war sie wieder die ›Eiserne Agnes‹, eine fast unnahbare junge Frau, die nichts aus ihrer Vergangenheit preisgab.

Nicht nur deshalb freute er sich auf den Frühling und somit auf die warmen Tage, denn er vermisste die Agnes, die er in den Auen erlebt hatte.

Northumbria

Mit festem Griff umschloss Ranveig ihr Messer. Sie würde sich jederzeit ein weiteres Mal die Hände aufschlitzen, um ihr Vorhaben vor den Göttern zu vertiefen. Das Wenige, das sie besaß, war in ihrem Beutel verstaut, auch ein Dolch, den sie von Harald geschenkt bekommen hatte.

Das Warten hatte zwölf Tage in Anspruch genommen. Sie waren ihr wie Monate vorgekommen.

Gerade als sie die Stube verlassen wollte, hielt Harald sie an ihrer Hand fest.

»Bitte komm wieder zurück.«

»Deines Vaters Männer sorgen sicherlich dafür. Zudem habe ich versprochen, dir eine gute Frau zu sein.«

»Du wirkst, als wärest du ein Schaf, das zum Schlachten geführt wird. Hier, in unserem Haus. Du bist keine Fremde, Ranveig. All das ist dein Heim.«

Ranveig wunderte sich über Haralds Worte, zudem er momentan weitaus weniger zitterte oder stotterte. Es war ihr in den letzten Tagen schon aufgefallen, in einigen nichtssagenden Gesprächen mit ihm, denen sie zumeist nach kurzer Zeit aus dem Weg gegangen war. Womöglich behielt Frida recht, wenn sie sagte, er sei weniger einfältig als man annehme.

»Du weißt, dass ich meine Mutter und meinen Bruder finden muss.«

»Und ich hoffe, dass du sie findest. Noch mehr hoffe ich aber, dass du bald zurückkehrst.« Er zog sie zu sich und atmete den Duft ihres Haares ein. Sie ließ es geschehen, wie alles andere auch bisher. In den Nächten seit ihrer Vermählung war sie ihm auch auf dem Lager eine gute Frau gewesen.

»Ich weiß, dass ich nicht so schlau bin. Manche sagen auch, ich sei schwachsinnig. Vater sagt, ich werde später nie ein guter *yfirmannr* werden. Ich bin da aber anderer Meinung. Ich sehe und spüre viel, was anderen verborgen bleibt. Und ich bin sicher, dass uns eine goldene Zukunft erwarten kann. Ich habe viele Pläne, die mir gelingen können, mit dir an meiner Seite.«

»Deine Worte sind wahrlich nicht dumm. Es wird sich alles fügen, die Götter werden entscheiden.«

»Wir können ebenfalls entscheiden, wenn sie es zulassen, denn sie haben uns diese Fähigkeit gegeben.« Nun fing er doch zu zittern an, sein Arm schlenkerte herum, ein Auge blinzelte mehrfach. Als er es bemerkte, setzte er sich auf das Bett und hielt die eine Hand mit der anderen fest.

»Die Götter haben mich bestraft,« stotterte er. »Ich weiß aber nicht, warum.«

Ranveig musterte ihn einige Augenblicke, ging dann aber aus der Stube.

»Du musst mir eine gute Frau sein!«, rief Harald ihr hinterher.

»Ja, denn es ist meine Pflicht.«

»Das meinte ich nicht.« Haralds Stimme zitterte stark und er benötigte einige Augenblicke, das Schlenkern seines Armes unter Kontrolle zu bekommen. »Nicht, weil es deine Pflicht wäre. Sondern weil ich mir sicher bin, dass sich alles zum Guten fügen wird. Ich mag dich wirklich sehr gern, mehr kann ich dir momentan nicht bieten. Vielleicht wird es aber eines Tages reichen, nämlich dann, wenn dein Schwur eingelöst ist.«

Ranveig staunte über seine Worte, spürte aber, dass sie zu wenig bei ihr ankamen. Ihre Gedanken und Gefühle waren bereits auf dem Schiff, und sie würde lieber sofort abreisen als noch einen Tag zu warten. Dennoch erkannte sie den Wert der Aussage ihres Mannes.

Ohne etwas zu erwidern, verließ sie den Raum und ging zum Hafen.

Als sie endlich den Hauptsteg erreichte, schwamm der Einmaster vor ihnen, den sie seit ihrer Ankunft immer wieder angesehen hatte. Männer beluden ihn und der Menge der Säcke und Kisten nach zu urteilen, sollte in Dun Eidann Handel betrieben werden.

»Die *Fjordor vestur* wurde seefähig gemacht«, sagte Torstein und wies auf das Schiff. »Der ›Flügel des Westens‹ soll euch unbeschadet nach Britannien und zurück bringen.

Aus den Reihen der Männer löste sich Sigurd und kam auf sie zu. Ranveig war unendlich froh, ihn auf dieser Reise bei sich zu wissen. Er küsste sie zur Begrüßung auf ihr Haar und wandte sich Torstein zu.

»Vier Männer und wir beide ist die geringste Zahl, die ein solches Schiff mit sich führen muss.«

»Ich weiß. Und ich werde keinen einzigen Mann mehr entbehren können.«

Offenbar hatte Sigurd es schon des Öfteren versucht, denn er wandte sich gleich ab, ohne seine Forderung zu wiederholen.

Zusammen mit Ranveig betrat er schließlich das Brett, über das sie das Schiff bestiegen.

»Fünf Tage gebe ich euch!«, rief Torstein ihnen zu. »Fünf Tage in Dun Eidann. Die Fahrt hin und zurück sollte je etwa drei Tage dauern. In acht Tagen werden meine Männer mit Ranveig wieder in See stechen. Auch für dich, Sigurd, wird immer ein Platz bei uns verbleiben. Du bist ein Odinssohn.«

Als Ranveig an Bord stand und zum Himmel blickte, schien die Sonne ungehindert zu ihnen hindurch. Es war eiskalt, doch die Strahlen wärmten sie auf eigenartige Weise.

»Es ist Odins Gunst«, sagt sie zu Sigurd.

»Ich hoffe es.« Dabei sah er sie durchdringend an. Sie wusste, dass Sigurd niemals ohne seine Familie zurückkehren würde. Nicht nur des Schwurs wegen, sondern weil sie ihn kannte. Sie selbst bedauerte, diesen Weg nicht ebenfalls einschlagen zu können, fänden sie in Britannien niemanden von ihnen.

Die Taue wurden abgebunden, das Segel wurde gespannt, langsam glitt die *Fjordor vestur* in den Fjord. Viele der Bewohner standen am Hafen, einige Kinder winkten, auch Harald. Ranveig hingegen winkte nicht zurück, weder ihrem Mann noch Torstein oder Olha.

Da dachte sie an Fridas Worte. Es sei kein schlechtes Los, sie könne froh sein über das, was sie nun besaß, zumal Harald sich als weniger einfältig herausgestellt hatte als der Eindruck zunächst vermittelt hatte. Frida mochte recht haben, doch es erreichte auch dieses Mal Ranveig nicht.

Schließlich drehte sie sich um und sah nach Westen. Sie löste ihren Blick erst wieder, als Barkhingor hinter einer Flussbiegung verschwunden war.

Ranveig war unendlich froh, Sigurd bei sich zu wissen. Sie kannte Torsteins Männer nicht genug, um ihnen zu vertrauen. Mit Erland hatte sie wenigstens mehrere Worte gewechselt. Der rothaarige und äußerst stämmige, aber eher klein geratene Krieger hatte einst einige Jahre in Britannien verbracht, ehe er wieder nach Barkhingor zurückgekehrt war. So hoffte Ranveig, dass er ihnen nicht nur seiner Sprachkenntnisse wegen auf den Westinseln weiterhelfen konnte.

Geir war der stärkste und größte Mann des Dorfes. Er erinnerte Ranveig an Mjöllnir, den Riesen ihres Dorfes, der mit seiner Axt Dutzende feindlicher Schädel zertrümmert hatte. Geir fühlte sich geehrt, Ranveig auf dieser Reise begleiten zu dürfen, und prahlte schon jetzt damit, jeden zu zerquetschen, der ihr zu nahe käme. Deutlich spürte Ranveig nicht nur seinen Respekt ihr gegenüber, der ihr sicherlich besonders wegen ihrer Heirat mit Harald entgegengebracht wurde. Geir hatte in einem Kampf vor einigen Jahren ein Auge verloren, seitdem trug er eine Binde um seinen Kopf. Seiner Aussage nach hinderte sie ihn aber nicht im Kampf.

Ingvar und Stig waren Brüder und ebenso verdiente Krieger des Dorfes. Aufgrund ihres schwarzen Haars, das seltener gesehen wurde, rankten sich Geschichten um ihre Geburt, die besagten, Hel hätte ihre Häupter eigenhändig mit Ruß beschmiert, um die Gegner im Kampf zu verwirren. Da die beiden auch erfahrene Seemänner waren, steuerten sie die *Fjordor vestur* geschickt durch eisigen Wind nach Westen.

Mit zitternden Fingern blickte Ranveig auf den entfernten Landstreifen nördlich von ihnen. Norwegen, ihre Heimat, zog an ihnen vorbei, noch war der graue Streifen deutlich zu sehen. Stig teilte ihr mit, dass sie in der kommenden Nacht die große See erreichten, und das nächste Land, das auftauchte, sei Britannien. Immer wieder peitschte das Meer Wasser in ihr Gesicht, eiskalte Luft setzte sich an jeder Stelle ihres Körpers fest und unterdrückte jegliche Regung. Seltsamerweise musste sie an ihren Vater denken, an die Geschichten, die Balbó und die anderen nach ihrer Rückkehr aus dem fernen Westen erzählt hatten. Wie es wohl war, nirgends Land zu sehen, sich in den Nächten nur an den Sternen zu orientieren und darauf zu hoffen, von keinem Seeungeheuer in die Tiefe gezogen zu werden? Es war das erste Mal, dass Ranveig nach Westen reiste, deutlich spürte sie ihr Unbehagen vor dem Meer und seinen Bewohnern. Doch sie war auf dem Weg dorthin, wohin ihre Familie und ihre Freunde gebracht worden waren. Dafür würde sie auch bis ins ferne Vinland reisen, wo immer dieses Nebelland auch sein mochte.

In dieser ersten Nacht ging sie immer wieder an die Reling und blickte in die Finsternis. Fern des Festlandes waren sie jedem monströsen Wesen ausgeliefert. Wer wusste schon, welches Grauen sich unten am Meeresgrund aufhielt, und wie viele Schiffe von riesigen Tentakeln in die Tiefe gezogen wurden.

»So erging es mir auch«, riss Sigurd sie aus düsteren Gedanken. Sie fragte sich, woher er wusste, was sie ängstigte. »Meine erste Fahrt war in den Norden und die zweite bereits nach Eisland.« Sie sah ihn nur an, ohne etwas zu entgegnen. Im fahlen Licht des Sternenhimmels erkannte sie nur seine Silhouette. Beruhigend legte er eine Hand auf ihren Unterarm. »Das Einzige, was Schiffe in die Tiefe zieht, sind Sturm oder die Zerstörung durch den Feind. Oder wir missfallen Njördor, doch dies schließe ich aus, denn wir sind wahre Odinsgetreue.«

Ranveig spürte Wärme und Zuversicht durch Sigurds Arm in sich fließen. Dennoch befürchtete sie, hier draußen weniger unter dem Schutz der Götter zu stehen als mit dem Boden unter ihren Füßen. Njördor, Skadis Gemahl, zog in wilder Raserei nicht selten Schiffe auf den Meeresboden, doch dies war es nicht, was sie befürchtete. »Die Angst, sie nicht zu finden, ist größer.«

»Meine auch. Aber daran denken wir jetzt nicht. Noch vor Wochen wussten wir nicht, ob es uns überhaupt gelingt, ein Schiff nach Westen zu betreten, jetzt steuern wir auf Northumbria zu.«

Ranveig nickte und schloss die Augen. Es war, als hielte sie der eiskalte Wind davon ab, müde zu werden. Das monotone Klatschen des Wassers an die Bordwand war ein willkommenes Geräusch.

»Wir finden sie!«, hielt er fest. »Der Raubzug an einem gesamten Dorf kann nicht ohne Spuren bleiben. Wir müssen sie finden, du hast ein großes Opfer gegeben, das den Göttern nicht verborgen bleiben wird.«

»Harald zum Mann zu nehmen?« Sie sah sich um, ob sie nicht belauscht wurden, doch außer Ingvar, der am Bug stand, schliefen die anderen. »Ich sehe es nicht als Opfer. Frida hat wohl recht, wenn sie sagt, es sei keine Bürde. Harald ist kein schlechter Mann.«

»Er ist schwachsinnig.«

»Das ist er tatsächlich nicht, Sigurd. Und solltest du so über meinen Gemahl sprechen?«

»Wenn du es anders siehst, ist es ja gut. Ich bin noch immer wütend, weil du dazu gedrängt wurdest.«

»Wie viele Frauen können sich die Vermählung denn aussuchen, Sigurd?«

Er schwieg längere Zeit und sah dabei ins Dunkel hinaus. »Nun gilt unsere Aufmerksamkeit dem, was wir uns geschworen haben, Ranveig.«

»Darüber gab es nie den geringsten Zweifel. Wenn es bedeutet, ihren Spuren auch außerhalb Northumbrias zu folgen, werde ich es tun.« Aus den Augenwinkeln sah sie, wie er sich zu ihr drehte. »Unsere vier Freunde werden es verhindern. Und ich weiß nicht, ob auch ich es gutheißen werde.«

Ranveig wusste nicht, wie sie in diesem Fall die vier Männer abschütteln sollten, zudem war es auch noch nicht so weit. Eine eigenartige Ruhe erfasste sie. Lag es am Schwur an die Götter, der Stärke in ihr hervorrief? Waren die Götter ihr nahe, schenkten Freya und Gefjon ihr ihren Segen für das, was ihnen bevorstand?

Torstein hätte ihr auch zwanzig Männer mitschicken können, die für ihre Rückkehr sorgten. Der Schwur an die Götter überwog alle menschlichen Versprechen.

Am Abend des dritten Tages tauchte hinter leichtem Nebel das Festland Northumbrias auf. Möwen kreisten bereits über ihnen, der Wind hatte sich gelegt. Erland entschied, sich dem Festland etwas zu nähern, steuerte nach Süden bis zur Bucht, in der Dun Eidann lag. Dort wartete er, bis die Nacht hereinbrach, und legte im Hafen an.

Ranveig fiel auf, dass es merklich lauer war. Der eiskalte Wind war einem mäßig kalten Lüftchen gewichen, das ihre Glieder aufwärmte.

»Ich kenne einige Leute hier«, erklärte Erland ihnen. »Du wartest mit Sigurd und Stig auf dem Schiff, Geir und Ingvar begleiten mich. Ihr betretet auf keinen Fall Land.«

Ranveig fragte sich, ob er dies zu ihrem Schutz aussprach oder aber weil Torstein es ihnen befohlen hatte. So konnte sie nur zusehen, wie die drei das Schiff verließen und es an einem Pfahl festbanden.

Nun erst musterte Ranveig die Umgebung. Unzählige Fackeln boten ein Bild unerwarteter Geschäftigkeit. Dutzende Schiffe waren zu beiden Seiten zu sehen, Männer luden Fracht ab und auf, an einem Tisch saß ein Mann und wog etwas, Wagen und Pferde brachten neue Kisten und Säcke, an mehreren Stellen patrouillierten Soldaten. Ab und zu hallten Wörter zu ihnen, die sie nicht verstand, niemand nahm von ihnen Notiz oder interessierte sich für das frisch angelegte Schiff. Da Erland die Sprache der Angeln beherrschte, erfuhr er hoffentlich bald, wohin sie ihr Weg führte.

Es dauerte länger, als Ranveig erhofft hatte, bis die drei wieder zu ihnen zurückkehrten. Sie sagten zunächst nichts, Geir ließ das Schiff abbinden, während Erland zum Hafen blickte.

»Und?«, wollte Ranveig wissen. »Fahren wir dahin, wo sie hingebracht worden sind?«

Nun drehte sich Erland zu ihr. Trotz der Finsternis dachte sie, etwas Trostloses in seiner dunklen Hülle zu erkennen.

»Sie können uns nicht helfen. Niemand kann sich an Sklaven aus unserem Gebiet erinnern.«

»Was soll das heißen?«, rief Sigurd aufgebracht.

Ranveig spürte, wie ihr Blut gefror.

»Das heißt, dass wir keine Spur haben«, erklärte Erland. »Nichts. Sie können genauso in Rus sein wie hier in Britannien oder auch irgendwo im Süden. Wenn mein Kontaktmann nichts weiß, dann gibt es keine Hoffnung.«

»Nein!«

Während Sigurd seine Wut hinausschrie, lähmte es Ranveig den Atem. Jede Hoffnung war dahin, es war, als zöge sie eine Hand in die Unterwelt Hels. Langsam ging sie zur Reling, sah in die Dunkelheit, dabei rasten unzählige Gedanken durch ihren Kopf. Neben der Tatsache, nun doch ohne ihre Mutter und ihren Bruder nach Hause zurückzukehren, tauchten Erinnerungen an die Hochzeit in ihr auf, die Worte Torsteins, ihre anfängliche Angst, der *yfirmannr* könnte sein Wort nicht halten. Und die Bestätigung dessen am Tisch, als er unfreiwillig zugab, es eigentlich auch nicht zu wollen.

»Warst du überhaupt bei deinem Kontaktmann?«, herrschte sie Erland schließlich an.

»Aber natürlich!«

»Oder kann es sein, dass ihr von Anfang an den Auftrag hattet, mich wieder nach Hause zurückzuführen? Nicht nach fünf Tagen hier, sondern gleich? Dafür zu sorgen, dass mein Schwur unwirksam wird?«

Ihr fiel auf, dass Sigurd sich näherte, aber noch nichts sagte.

Erlands Schweigen war die Antwort, die Ranveig benötigte. Es waren nur einige Augenblicke, doch für Ranveig waren sie wie ein Zeichen der Götter.

»Es gibt keine Hoffnung!«, wiederholte Erland. »Wir segeln zurück.«

Da trat Sigurd auf Erland zu. »Du verdammter Bastard! Kehr sofort um!«

Noch bevor Sigurd Erland anfassen konnte, zog Geir ihn zurück. Doch er entriss sich, rannte über die Planken und sprang ins Meer.

Ranveig stockte der Atem. Sie waren noch in unmittelbarer Nähe des Hafens, die langen Stege in greifbarer Nähe. Für kurze Zeit ballte sie die Fäuste, erinnerte sich an den Schwur, hoffte auf Odins Hilfe und rannte ebenfalls los. Die Schreie der anderen verflogen im Wind, sie sprang über die Reling und platschte ebenfalls ins Wasser.

Die Kälte des Meeres war wie Stacheln, die sich in Ranveigs Körper trieben. Sie hustete, würgte, konnte sich aber halten. Wie ein Hund paddelte sie Richtung Land, es war, als könnte sie gleich nach einem der Stege greifen, sich daran hochziehen, doch sie tauchte immer wieder unter. Hustend und würgend schlug sie ins Wasser, trat, und als sie dachte, unterzugehen, spürte sie eine Hand. Irgendjemand griff nach ihr, also klammerte sie sich an ihn, schrie ihn an, zog ihn aber in die Tiefe. Als sie wieder Luft spürte, schlug ihr etwas so fest ins Gesicht, dass ihr schwarz vor Augen wurde.

»Ich musste dich schlagen!«

Sigurds Stimme riss sie aus einem düsteren Traum. Wo befand sie sich? Es war eiskalt, sie zitterte, in ihrer Nähe flackerte das Licht einer Fackel, zwei andere Männer beugten sich über sie.

»Sigurd?«

»Ich bin hier.«

Jetzt erst erinnerte sie sich an den Sprung und daran, beinahe ertrunken zu sein.

»Wir müssen los, bevor uns Erland und die anderen finden.«

Offenbar hatten sich auch zwei Fremde um sie gekümmert und sprachen etwas, doch sie verstand es nicht. Sigurd zog sie in die Höhe, sie stolperte mit ihm, bis sie den Hafen hinter sich ließen. Da sie aber unentwegt husten musste und sie einen Stich wie von einem Dolch verursacht in ihrem Oberkörper spürte, sackte sie zu Boden.

»Ruh dich erst mal aus«, sagte er schließlich und setzte sich neben sie. »Sie werden uns kaum auf das Schiff zurückprügeln.« Ranveig versuchte, einen klaren Gedanken zu fassen. Was, wenn sie gar nicht recht hatte mit ihrer Vermutung, wenn Erland tatsächlich diese Erkenntnis erhalten hatte? Und jetzt? Was sollten sie tun? Sigurd war dieser fremden Sprache ebenso nicht mächtig. Wen sollten sie fragen?

»Du hast recht«, unterbrach Sigurd ihre Gedanken. »Ich war blind dafür. Torstein wollte dich nie in Gefahr bringen. Er würde die Frau seines Sohnes nie in einen Sklavenhafen gehen lassen.«

»Es hätte uns nichts genützt, hätten wir es schon vorher erfahren. Diese Reise wären wir auf jeden Fall eingegangen.« Sie hustete wieder, endlich kam ein Schwall Wasser aus ihrem Mund. Sofort fühlte sie sich leichter. »Du hast mein Leben gerettet.«

»Nein, sag so etwas nicht. Wir retten uns gegenseitig.« Vorsichtig sah er sich um. »Die *Fjordor vestur* hat bestimmt schon angelegt und sie suchen uns. Wir müssen weg, und vor allem müssen wir an ein Feuer.«

Er zog sie in die Höhe und ging mit ihr an den Magazinen des Hafens vorbei, an Dutzenden Menschen, Wagen, Bergen von Kisten und Säcken, bis sie in den bewohnten Teil Dun Eidanns gelangten. Dort brannten Feuer, um die sich einige Menschen scharten. Zwei Männer und eine Frau sahen sie lange an, als sie sich nahe an die Flammen setzten, und als die Frau etwas murmelte, verstand Ranveig abermals nichts.

Die Hitze tat Ranveig unermesslich gut. Immer näher rutschte sie an das Feuer, ihre Haut wurde heiß, aber sie wollte, dass ihr Gewand so schnell wie möglich trocknete. Unter aufsteigender Wärme schlief sie schließlich ein.

Als sie erwachte, saß Sigurd nahe neben ihr. Andere Menschen standen und saßen nun um sie herum, Torsteins Männer hingegen waren nicht zu sehen.

»Sobald wir trocken sind, müssen wir weg«, murmelte Sigurd.

Ranveig wusste nicht, wie lange sie geschlafen hatten. »Sie werden uns kaum mit vorgehaltenem Schwert aufs Schiff zwingen.«

»Dich schon. Sie bringen dich zurück, Ranveig. Notfalls gefesselt.

»Sigurd, vielleicht solltest du gehen. Nach dir suchen sie nicht, du bist mit mir nur in Gefahr. Finde einen Weg.«

»Nein, ich lasse dich nicht zurück. Ich werde das Einar oder auch Birta niemals antun.«

»Geh!«

Sigurd griff in sein Haar, atmete schwer, rang mit sich, und als er aufstand, schien es Ranveig, als wäre Thor persönlich in ihn gefahren. »Ich habe einen Schwur geleistet. Ich suche weiter. Du sollst aber selbst bestimmen, Ranveig. Du hast einen Gemahl und ein Leben vor dir, von dem ich dich nicht trennen mag.«

Schwer atmend blickte Ranveig ihn an. Auch sie hatte geschworen, und sie konnte nicht zurücksegeln, ohne selbst zu erfahren, dass es keine Möglichkeit gab, Mutter und Balbó wiederzufinden.

Mit stark klopfendem Herzen sah sie auf ihre Hand mit der Narbe. Es gab noch kein Zurück. »Ich bin bei dir.«

Mit einem Ausdruck größter Skepsis sah er sie an. »Ich kann dir nicht sagen, wie es weitergeht.«

»Sigurd, wir sind endlich in Dun Eidann. Eher soll Hel mich in ihr Reich ziehen, als dass ich jetzt von hier aufbreche, ohne selbst zu erfahren, dass ich Mutter nicht mehr wiederfinde. Warum bin ich denn gesprungen und fast dabei ertrunken?«

»So soll es sein.« Dabei reichte er ihr eine Hand und zog sie in die Höhe.

Gerade als sie sich umdrehten, um weiter in die Stadt vorzudringen, stellte sich ihnen Geir in den Weg.

Ranveig dachte, von einem Schlag niedergestreckt zu werden. An Flucht war nicht zu denken, denn Erland, Stig und Ingvar kreisten sie ein.

»Wenn ihr uns zu nahe kommt, werde ich kämpfen!«, rief Sigurd und griff an sein Schwert.

Beschwichtigend hob Erland beide Hände in die Höhe. »Niemand will kämpfen. Du bist unser Bruder, Sigurd. Und ich bin dir zu Dank verpflichtet, dass du Ranveig aus dem Wasser gerettet hast.«

»Dann lasst uns gehen.«

»Das können wir nicht. Torstein lässt es nicht zu.«

Ranveigs Schrecken über das Auftauchen ihrer Bewacher wandelte sich in Wut. Sie waren schon so weit gekommen.

»Torstein ist nicht hier!«, giftete sie. »Er ist weit weg. Und ich habe ihm gesagt, dass mein Schwur weitaus schwerer wiegt als das Versprechen, Harald eine gute Frau zu sein.«

Sigurd zog sein Schwert nicht, da auch keiner der anderen Anstalten machte, einzugreifen.

»Aber es ist aussichtslos, Ranveig«, erwiderte Erland. »Niemand weiß etwas.«

»Niemand? Weil du einen einzigen Mann gefragt hast? Ich glaube dir nicht, Erland. Keinem von euch. Ihr wusstet von Anfang an, dass wir nur kurz in den Hafen einlaufen, ihr euren Handel vollzieht und wir dann zurückkehren. Meinen Schwur sollte ich vergessen.«

»Komm mit uns, wir wollen dir keine Gewalt antun.«

Ranveig schloss die Augen und ballte die Fäuste. Sie ließ sich nicht wie eine entlaufene Ziege einfangen, nur eines berechnenden *yfirmannrs* willens. Sie würde sich nie wieder selbst im Spiegelbild eines Sees anschauen können.

»Ihr könnt mich auf das Schiff bringen«, begann sie mit fester Stimme, »Dann werde ich springen. Ihr könnt mich fesseln, dann werde ich ebenfalls springen und ertrinken. Fesselt mich an den Mast, dann werde ich jeden einzelnen Tag in Barkhingor nach einer Gelegenheit suchen, zu fliehen. In jedem Augenblick, bei jedem Wetter. Tag und Nacht, es wird kein Moment vergehen, in dem ich es nicht versuchen werde.«

Erland sah sie nur entsetzt an und seine Miene zeigte, dass er nachzudenken schien.

»Torstein weiß von meinem Schwur, und so sollte er nicht überrascht sein, wenn ich gleich wieder flöhe. Ich werde mein Versprechen ihm gegenüber nur einhalten, wenn ich hier in Northumbria sicher erfahren sollte, dass es keinen Weg gibt, meine Familie wiederzufinden. Dann hat Torstein, was er will.« Sie ging einige Schritte auf Geir zu, von dem sie wusste, dass er Odin jederzeit sein Leben opfern würde. »Möchtest du dich gegen meinen Schwur stellen? Und somit den Willen der Götter missachten?« Sie ging zu Erland. »Oder du?« Schließlich sah sie Ingvar und Stig an. »Ihr?« Dann holt mich und seid für das verantwortlich, was kommen mag.«

Niemand sagte etwas. Alle sahen sie nur an, auch Sigurd. Ranveig hingegen spürte eine ungekannte Stärke in sich. Sie hatte sich den Göttern versprochen, keine menschliche Kraft konnte dies lösen, kein Wille und auch kein anderes Versprechen. In diesen Augenblicken war es, als spräche Freya aus ihr, eine göttliche Kraft lenkte sie.

»Ich kann Torstein nicht hintergehen«, sagte Erland schließlich.

Ranveigs Entscheidung, Northumbria nicht zu verlassen, wuchs von Moment zu Moment an. »Dann hintergehst du Odin, Thor und Freya.«

»Es ist dein Schwur, Ranveig. Nicht der meine.«

Ranveig sagte nichts mehr, es war genügend gesprochen worden.

Während die anderen drei nichts taten als nur dazustehen, ging Erland wie ein Raubtier herum und dachte nach. Ranveig ahnte, dass ihre Worte ihn erreicht hatten, Wirkung zeigten, und sie waren nicht einfach so ausgesprochen worden. Sie würde in jedem einzelnen Moment ihrem Schwur nachkommen, und sollte es Jahre dauern.

Schließlich kam er auf sie zu. »Wir helfen dir.«

Ranveig konnte nichts darauf entgegnen.

Erland sah nun zu seinen Freunden, bevor sein Blick wieder auf Ranveig traf. »Wir alle werden dir helfen. Ich stelle mich nicht gegen deinen Schwur, weil ich befürchte, der Unwille der Götter könnte mich zerschmettern. Ich habe noch nie ein Weib so sprechen hören wie dich. Zweifelsohne ist Freya in dich gefahren.«

Er tuschelte kurz mit Geir, Ingvar und Stig, und als sie nickten, kam Erland wieder auf Ranveig zu.

»Wenn du dich selbst davon überzeugt hast, keinen Weg zu finden, kommst du zurück?«

»Ich hatte nie vor, dieses Versprechen zu brechen.«

»Dann los, gehen wir in den Hafen zurück. Ich kenne da jemanden.«

Als sie zurückkehrten, kam Sigurd nahe an Ranveig heran und sah sie an. Aus seinem Blick sprachen Stolz und Zuversicht zugleich.

Der Verrat

»Es ist bereits zu lange her!«, fluchte Agnes.

Hans nickte nur müde, während Friedrich inmitten der Hütte im Kreis lief.

Henrik wollte nicht nachfragen. Sie mussten immer mehr davon ausgehen, Johann nicht mehr wiederzusehen, worunter besonders Kai litt, der engste Freund Johanns. Sollte er nur einige Tage in einem Kerker gelegen haben, wäre er längst wieder zurück.

»Es wird milder«, setzte Agnes nach. »Die Leute werden wieder auf die Märkte drängen.«

»Es ist auch notwendig, wir haben nur noch einige Rüben«, antwortete Friedrich.

»Henrik und Hans gehen zusammen, Marius und ich. Kai, du bleibst mit Friedrich hier.«

»Warum ich?«, wollte Kai wissen.«

»Verdammt, weil du noch immer zu wütend bist und daher zu unvorsichtig. Friedrich wird auf dich aufpassen.«

Kai verzichtete auf Widerworte und setzte sich wieder aufs Lager.

Da schlug Hans seine Hand auf Henriks Rücken. »Wir gehen zu den Müllern. Ich könnte bergeweise Brot fressen!«

Als er sich umsah, erntete er einen scharfen Blick von Agnes. »Sei nicht gierig, Hans! Wir alle haben Hunger.«

Henrik war nicht allzu oft mit Hans unterwegs gewesen, schätzte es aber sehr, wenn der von allen als dumm verschriene Junge im Getümmel der Menschen seinem Namen alle Ehre machte. Kurz vor dem Diebstahl schlug sich Hans zumeist mehrfach gegen den Kopf, sabberte, rief seltsame Wörter und erregte dadurch Aufmerksamkeit. Henrik wusste, dass er es absichtlich tat, und wenn die Leute um Hans herum abwertend, unsicher und vor allem distanziert reagierten, sah niemand den Schwachsinnigen als Dieb oder Gefahr an. Vermutlich war Hans sogar zusammen mit Marius der geschickteste Taschendieb. Henrik hatte sich noch nicht an diesen Teil des Raubes gewagt, Hans jedoch schien dies in die Wiege gelegt worden zu sein.

Unauffällig rempelte er einen Mann an, entschuldigte sich und ging weiter, und als Hans Henrik kurze Zeit später einen Münzbeutel präsentierte, staunte dieser. Hans wiederholte es ein weiteres Mal, hielt sich danach aber zurück. Vielleicht hallte Agnes' Stimme in ihm nach, die ihn mahnte, nicht zu gierig zu sein. Dass sich in den Beuteln nur einige Pfennige befanden, rang den beiden keine Enttäuschung ab. Zudem stahl Henrik noch zwei Rüben und ein Säckchen Hafer, das eine unachtsame Frau neben ihrem Handkarren hatte stehen lassen.

Als sie später in der Hütte ankamen, trafen sie auf Kai und Marius. Agnes war also wieder mit Friedrich unterwegs. Vermutlich wollte sie ihm zeigen, dass sie niemanden vernachlässigen wollte.

Etwas knarrte vor dem Eingang und Henrik erwartete Agnes und Friedrich zurück, doch niemand trat herein. Also stand er auf und ging hinaus. Dort blieb er wie vom Blitz getroffen stehen. Es war Johann. Sein Gesicht war blutüberströmt, sein Arm stand unterhalb seines Ellbogens seltsam schief ab, er hinkte stark, als er einige Schritte auf ihn zu schlurfte. Henrik erschrak fürchterlich.

»Johann!«, rief er erleichtert, aber ebenso entsetzt. Nun kam auch Kai herausgestürzt, schließlich die anderen. Gemeinsam halfen sie Johann auf sein Lager.

»Diese Schweine!«, stieß Kai heraus. »Diese elenden Bastarde!«

Johann sah fürchterlich aus. Henrik musste kein Bader sein, um zu erkennen, dass der Arm gebrochen war, offenbar auch eines seiner Beine. Er war furchtbar verprügelt worden, vielleicht sogar gefoltert.

»Wasser!«, flüsterte Johann nur, und als Marius ihm einen Becher an den Mund hielt, trank er ihn aus.

»Bist du verfolgt worden?«, fragte Marius ihn gleich danach mit scharfem Ton.

»Nein. Ich habe die halbe Nacht in einem anderen Viertel geschlafen.«

Unaufgefordert verließen Kai und Marius nun aber die Hütte, vermutlich, um zu kontrollieren, wer dort draußen alles zu sehen war. Sie kamen aber gleich darauf wieder zurück.

»Sie wissen es«, sagte Johann. Sein Mund war voll getrocknetem Blut, seine Augen blau geschlagen, auch seine Nase stand schief.

»Was?«, fragte Marius.

»Von uns. Sie wissen, dass es eine Bande gibt. Und sie kennen unseren Namen.«

Marius' Miene verfinsterte sich. »Sie kennen die Apostel?«

»Den Namen, aber nicht, wer wir sind. Ich bestritt, Teil der Bande zu sein, und gab vor, allein zu stehlen.«

»Aber ihr seid zu zweit erwischt worden«, erwiderte Marius.

»Ich habe es die ganze Zeit über behauptet. Irgendwann haben sie mich gehen lassen. Das ist … sie sind …« Plötzlich nickte er weg.

Hektisch schüttelte Marius ihn, vermutlich war Johann aber ohnmächtig geworden.

»Scheiße!«, wiederholte Kai. »Ich könnte sie alle abschlachten!«

Als abermals Schritte zu hören waren, drehten sich alle hastig um. Es waren Agnes und Friedrich, die nun eintraten. Agnes blieb einige Augenblicke wie erstarrt stehen, ohne den Blick von Johann zu nehmen.

»Er ist nicht tot!«, erklärte Marius. »Er kam gerade erst an. Sie haben ihn furchtbar zugerichtet.«

»Das war doch eine Falle!«, rief sie, lief hinaus und kam nach kurzer Zeit wieder zurück. »Ich sehe aber nichts Auffälliges.« Erst jetzt kniete sie sich neben Johann und drückte seine Hand. Er stöhnte, öffnete die Augen und blickte wirr um sich.

»Ruh dich erst mal aus«, sagte Agnes sanft. »Wir kümmern uns um deine Wunden.«

»Nein. Ihr müsst hier weg.« Seine Worte wirkten wie Donnerschläge. Alle starrten erst ihn an, dann in die Gesichter der anderen, bevor Agnes aufstand. »Was hast du getan?«

Wie vom Blitz getroffen stürmte Kai zum Eingang, rannte hinaus und schrie.

Henrik wurde übel. Was geschah nur? Kai schien vor dem Zelt zu kämpfen, und als auch Friedrich und Marius ins Freie liefen, waren eindeutig Kampfgeräusche zu hören. Noch bevor Henrik überlegen konnte, was er tun könnte, stürmten Fremde zu ihnen hinein. Es waren Wachen, denn sie trugen Lanzen und Schwerter bei sich. Alle schrien durcheinander, Agnes kreischte laut, Friedrich hatte sich offenbar befreit und schlug eine der Wachen von hinten nieder. Doch der Stich einer Lanze in seinen Rücken ließ ihn laut brüllen. Schmerzverzerrt drehte er sich um, schlug dem Angreifer ins Gesicht, doch ein weiterer Stich riss ihn zu Boden.

Henriks Blut schoss heiß durch seinen Körper. Während weitere Wachen zu ihnen drängten, wurden Agnes und Hans gepackt und aus dem Raum gezogen. Drohend standen nun drei Männer direkt vor Henrik.

»Mitkommen!«

Henrik erkannte, dass es keinen Sinn hatte, sich zu wehren. Wut und Angst machten sich breit, als nun auch er umgedreht, seine Hände gefesselt und er ins Freie gezogen wurde. Es wunderte ihn, nicht gleich an Ort und Stelle totgeschlagen zu werden. Aus dem Innern hörte er noch das erstickte Stöhnen von Hans, dessen sowie Johanns Schreie, viel zu schnell wurde es aber still.

Vor der Hütte traf er auf seine Freunde, die dort festgehalten wurden. Agnes blutete am Kopf, während Kai und Friedrich leblos auf dem Boden lagen. Henrik wurde es kalt. Nun war es also zu Ende, sie würden sie alle umbringen.

»Fesseln«, befahl nun ein bärtiger Mann, der zuerst zu Kai ging und ihn mit einem Fuß anstieß, dann dasselbe bei Friedrich wiederholte. Er bewegte sich nicht. Währenddessen wurden Henrik, Agnes, Hans und Marius hintereinanderstehend an ein Seil gebunden.

»Wenn einer aus der Reihe tanzt, schlagen wir ihn tot!« Wütend blickte Henrik dem mutmaßlichen Anführer ins Gesicht. Sie wurden also weggebracht, vielleicht in einen der berüchtigten Kerker.

Als der Mann, der ein Seilende in seinen Händen hielt, zog, folgten Henrik und seine Freunde ihm. Dicht aneinander am Seil festgebunden stolperten sie mehr als sie gingen. Einige Menschen begleiteten sie, ein Kind blickte ihnen lange hinterher, ein Mann rief, falls es sich um Diebe handeln sollte, müsse man ihnen die Hände abhacken. Eine Frau spuckte ihnen nach, während eine andere um Gnade bat, da es sich schließlich noch fast um Kinder handelte.

Immer wieder sah Henrik um sich. Waren Friedrich, Johann und Kai tot? Der Strick an seinen Händen war sehr fest, es war unmöglich, sich daraus zu befreien. Schnell wanderte sein Blick über die Gesichter seiner Freunde. Agnes sah furchtbar aus, Blut rann über ihren Mund und tropfte zu Boden, ihr Haar war rot, kein Laut kam jedoch über ihre Lippen.

Inmitten seiner Angst überlegte Henrik, wie sie gefunden worden waren. Johann hatte sie noch gewarnt, vermutlich hatte er gewusst, verfolgt worden zu sein. Oder sie hatten ihn so lange gefoltert, bis er einwilligte, die Stadtwacht zu ihrem Versteck zu führen.

Eisiger Wind peitschte Henrik ins Gesicht, er spürte es vor Angst aber kaum. Erinnerungen an die Kämpfe bei den Nordmännern kamen in ihm hoch, an seine Gefangenschaft, an das Gefühl, wie Vieh herumgereicht zu werden.

Sie gingen am Ufer entlang, über die Brücke in den Teil der Stadt, in dem er nie zuvor gewesen war. Hier standen größere Häuser, teils aus Stein, er sah Pferde, Wagen und massive Holzkonstruktionen. Kinder begleiteten sie nun, von denen einige lachten, andere bewarfen sie mit Dreck, andere fragten sich, warum sie festgenommen worden waren. Immer wieder suchte Henrik nach einer Möglichkeit, den Fesseln zu entfliehen. Würden sie alle eingesperrt werden, gab es niemanden mehr, der Hilfe holen oder sie befreien konnte. Und so, wie Agnes aussah, benötigte sie einen Wundheiler.

Sie kamen an einen Platz vor einer hohen Mauer. An den Seiten standen Marktstände, hinter den Holzpalisaden peitschte das Wasser der Wesura in die Höhe. Henriks Blick blieb jedoch an den sechs Stämmen hängen, die direkt vor ihnen aus dem Boden ragten. Es waren Schandpfähle.

Nun erst rührte sich Agnes. Sie wehrte sich, schrie, fluchte, und als einer der Wachen ihr kräftig ins Gesicht schlug, spuckte sie Blut.

In dem Moment, in dem Henriks Fesseln vom Seil gelöst wurden, überschlugen sich seine Gedanken. Ohne nachzudenken, drosch er dem neben ihm stehenden Wachposten seinen Kopf ins Gesicht, trat einem weiteren in den Bauch, stürmte zu den Palisaden und sprang ins Wasser.

Augenblicklich wurde es lähmend kalt. Henrik schrie noch unter Wasser, es war, als gefröre sein gesamter Körper augenblicklich zu Eis. Binnen Momenten schmerzten seine Gliedmaßen, etwas lähmte ihn, er konnte keine Luft bekommen, ein schneidender Schmerz in seinem Hals ließ ihn röcheln. Mit aller Kraft schwamm er durch das Wasser, und als er endlich Boden unter den Füßen spürte, watete er ans Ufer und rannte in die Auenlandschaft.

Henrik dachte, an Ort und Stelle zusammenzubrechen. Sein Körper schüttelte sich vor Kälte, er setzte sich hinter einen Baum und zog sein Gewand aus. Sicher suchten sie ihn, doch auf die andere Seite zu gelangen, kostete die Wachen viel Zeit. Er musste aber zurück, den anderen helfen. Nur wie? Tot half er ihnen jedoch wenig, also ging er weiter, bis er auf eine Hütte traf. Er betrat sie und blieb wie erstarrt vor einem alten Mann stehen. Dieser sah ihn erschrocken an. »Ich bin ins Wasser gefallen«, log Henrik. »Kann ich ans Feuer?«

Nun sah der Mann auf das tropfende Gewand in Henriks Händen sowie auf dessen nasse Haare. »Komm«, brummte er schließlich. »Aber ich habe kein Essen. Wenn alles trocken ist, gehst du wieder.«

Henrik nickte nur, setzte sich bibbernd vor das Feuer, hängte die Kleidung direkt daneben auf und schloss die Augen. Was sollte er nur tun?

Der Mann war ein Lederer. Den ganzen Nachmittag über saß er an einem kleinen Tisch und gerbte, während Henrik fieberhaft darüber nachdachte, wie er den anderen helfen konnte. Als es dunkel wurde und Henriks Gewand getrocknet war, schickte ihn der Alte wieder hinaus.

Eiseskälte empfing ihn vor der Hütte. Egal, welcher Schritt nun anstand, zunächst musste Henrik wieder ans andere Ufer. Dabei kam ihm die Finsternis der Nacht nun zugute, also suchte er nach einem Übergang. Es dauerte nicht lange, bis er die Silhouette eines kleinen Bootes im Schilf ausmachte. Leise zog er es ins Wasser, stieß sich ab, und da es kein Ruder besaß, legte er sich bäuchlings darauf und ruderte mit den Armen. Es dauerte länger als erwartet, bis er endlich den Bereich erreichte, an dem die Palisaden standen, dahinter der Platz mit den Schandpfählen. Leise stieg er aus, zog das Boot halb an Land und schlich über die Böschung zu dem Platz, auf dem die Schandpfähle standen. Eisiger Wind pfiff erbarmungslos von Norden, und so hoffte er, Agnes und die andern wären nicht schon erfroren. Als er die Palisaden überquert hatte, zog er seine Kapuze über seinen Kopf und sah sich um. Das Licht aufgestellter Fackeln erhellte den Platz wenigstens so, dass es ihm die nötige Übersicht erlaubte. Die Stände waren an den Seiten aufgebaut, vor der Mauer ragten die Pfähle in die Höhe und daran waren Menschen angebunden. Noch erkannte er nicht, wer an welchem Pfahl gefesselt war, drei Wachposten standen beieinander und wärmten sich an einem Feuer.

Außer ihnen war er der Einzige, also würde es auffallen, wenn er sich ihnen näherte. Er musste es tun, ohne als Gefahr gesehen zu werden.

Da fiel ihm etwas ein. Schwankend und lallend ging er auf die Pfähle zu. Die Wachen nahmen nun Notiz von ihm, näherten sich aber noch nicht. Henrik nützte diesen Vorteil, um näher an die Schandpfähle zu gehen. Zuerst sah er Agnes. Ihr Kopf hing nach vorne, und als er noch näher kam, hörte er sie röcheln. Sie lebte! Neben ihr stand Marius und neben diesem Hans. Während Marius wach war und Henrik überrascht ansah, war Hans ebenfalls ohne Bewusstsein.

»Verschwinde!«, rief nun einer der Wachen und kam auf ihn zu.

»Das sind dreckige Diebe!«, lallte Henrik gespielt betrunken. »Ihr solltet sie wie Hunde in der Wesura ersäufen.«

»Verschwinde«, wiederholte die Wache. »Du darfst sie nicht anfassen.«

»Das habe ich gar nicht vor. Aber anschauen mag ich sie mir.«

Durch die lauten Worte wachte nun auch Agnes auf, blickte ihn an, sagte aber nichts.

»Sind das Diebe?«, fragte Henrik den Wachposten, der sich nicht weiter näherte.

»Ja, sie bleiben hier angebunden. Wenn du ihnen zu nahe kommst, werfe ich dich in den Fluss!«

Henrik rülpste, blieb aber stehen. In dem Moment, in dem der Mann wieder abdrehte und zu den anderen zurückging, huschte er zu Agnes und stellte sich hinter sie. Mit wenigen Handbewegungen schnitt er mit dem Messer das Seil durch, mit dem ihre Hände am Pfahl angebunden waren. »Spring ins Wasser!«, flüsterte er ihr zu. Danach huschte er schnell wieder vor sie.

Der Wachposten drehte sich um, stellte sich dann aber zu den anderen zurück.

Agnes schwankte stark, hielt sich aber offenbar am Pfahl fest. Langsam näherte sich Henrik nun Marius, beobachtete dabei genau die Männer, und nachdem sie wieder zu ihm gesehen hatten, sich aber wieder ihrem Gespräch widmeten, lief Henrik auch hinter ihn und schnitt an seinen Fesseln. Auch ihm flüsterte er zu, ins Wasser zu springen.

»He!«, brüllte nun einer der Wachen. »Was machst du da?«

Erschrocken drückte Henrik Marius das Messer in eine seiner noch angebundenen Hände und lief einige Schritte vor ihn. »Das sind elende Diebe. Sie sollen verrecken.«

»Ich habe dir gesagt, du sollst verschwinden!«

Aufgeregt kam der Mann zu ihm und hielt ihm eine Lanze vor das Gesicht. »Gehst du noch mal so nahe ran, stech ich dich ab.«

»Ich gehe ja schon.« Innerlich fluchend drehte Henrik sich um und schwankte bis an einen der Stände, setzte sich vor einen Pfosten und blickte zu dem Wachposten. Dieser suchte wieder das Feuer auf, sah sich aber immer wieder zu Henrik um.

Aufgeregt starrte Henrik zu Marius. Er hoffte, es würde ihm gelingen, die Fesseln allein durchzuschneiden, denn das Messer war scharf, weil Henrik es kürzlich geschliffen hatte. Agnes hingegen stand nur da, hob ab und an ihren Kopf, konnte aber nicht wissen, dass Marius sich selbst die Fesseln durchschnitt. Wenn sie jetzt sprang, könnte er hinterher, dann würden aber Marius und auch Hans zurückbleiben. Momentan war ihm nichts anderes möglich als abzuwarten. Er wusste, dass sie selbst bei einer erfolgreichen Flucht durch die Wesura vor dem nächsten Problem stünden, nämlich der Kälte und ihren nassen Gewändern. Doch daran dachte Henrik noch nicht.

Plötzlich streckte Marius kurz die Hände von sich. Er war frei. Noch blieb er aber am Pfahl stehen und sah zu Hans. Sein nach vorne geneigter Kopf verriet, dass er nicht wach war. Lebte er überhaupt noch? Henrik ahnte, dass Marius abwog, auch ihn zu retten, doch wie? Marius wartete und wartete, dann sah er zu Agnes. Henrik erkannte im flackernden Licht der Fackeln nur die unscharfen Konturen ihrer Gesichter, wie sie nickten und irgendetwas auszumachen schienen. Plötzlich rannten beide los. Bevor die Wachen bemerkten, dass sie sich befreit hatten, waren sie schon an den Palisaden. Nun lief auch Henrik los, hörte es zwei Mal platschen, sprang über das Holz und ebenfalls ins Wasser.

Panik überkam ihn, es wurde sofort eiskalt. Wo waren sie? Beide konnten nicht schwimmen und verließen sich nun auf Henrik. Er durfte ihr Vertrauen nicht enttäuschen. Da er in etwa an derselben Stelle hineingesprungen war, suchte er im Wasser, griff um sich herum, schwamm tiefer, bis er etwas ergriff. Es war Stoff, er zog es an sich und hielt einen Körper an sich. So fest er konnte zog er ihn über Wasser, schwamm mit ihm zum Boot und legte den Körper ans Ufer. Es war Marius, der nun hustete. Henrik kümmerte sich nicht um ihn, schwamm zurück, wusste, dass der Fluss Agnes abtrieb, und tauchte an der Stelle vorbei, an der sie in etwa hineingesprungen war. Voller Panik suchte er im Wasser nach ihr, musste immer wieder auftauchen, durchatmen, dann sank er wieder ab. Da! Etwas trieb vor ihm. Er griff nach einem Bein, zog es zu sich, nahm Agnes' Kopf und schwamm mit ihr in die Höhe. Es war nun so kalt, dass er kaum mehr atmen konnte, seine Beine und Arme versagten, trotzdem zog er sie durchs Wasser ans Ufer. Henrik hatte keine Ahnung, wo er war, er dachte nicht an die Wachen, wusste nicht, ob sie sie verfolgten, riss Agnes aus dem Fluss und legte sie auf den Rücken. Vater hatte ihm gesagt, dass einige Menschen wieder zu sich kamen, wenn man ihnen auf die Brust schlug und die Arme auf- und absenkte. Er tat es, dann legte er seinen Mund auf ihren und pustete hinein. Vater hatte gesagt, es sei das letzte Mittel, fast Ertrunkene wieder ins Leben zurückzuholen. Er pustete, schlug gegen ihre Brust, und gerade als er dachte, aufgeben zu müssen, hustete Agnes Wasser aus dem Mund und röchelte nach Luft.

Sie lebte!

Schwer atmend setzte Henrik sich auf, spürte in der absoluten Finsternis, wie sich Agnes zur Seite rollte und würgte. Dabei hoffte er, nicht von den Wachen entdeckt zu werden. Womöglich war die Kälte in diesem Fall der Grund, warum sie es nicht taten. Nichts war zu hören außer Agnes' hastigem Husten. Als sie sich beruhigt hatte, umarmte sie ihn.

»Wo ist Marius?«, fragte sie mit belegter und zitternder Stimme.

»Irgendwo an Land. Ich weiß nicht, wie weit wir abgetrieben wurden.«

Agnes' Haut war wie aus Eis, er spürte, dass auch sie sich kaum bewegen konnte.

»Wir müssen uns ausziehen, wir brauchen ein Feuer!«, flüsterte er. Er konnte vor Kälte kaum mehr Worte formen und dachte, nicht mehr lange wach bleiben zu können.

Plötzlich plätscherte etwas. Da kam jemand auf dem Fluss in ihre Richtung.

»Henrik!«

Es war Marius. Henrik rief zurück; er musste sich anstrengen, überhaupt einen Ton herauszubringen. Offenbar hörte Marius ihn aber, denn das Plätschern kam näher, bis es knirschte. Er war auf dem Boot zu ihnen gekommen.

»Wir erfrieren!«, stieß Agnes hastig heraus. »Ich kann mich nicht bewegen.«

Mit letzter Kraft hievte Henrik Agnes ins Boot, rollte sich selbst hinein, dann stieß Marius das Boot wieder ins Wasser.

»Auf die andere Uferseite!«, flüsterte Henrik kraftlos.

»Was ist da?«, wollte Marius wissen.

»Wir brauchen ein Feuer, sonst sterben wir. Es gibt da einen Gerber.«

Marius entgegnete nichts mehr. Henrik und er paddelten, so schnell sie konnten, während Agnes immer wieder hustete. Sie röchelte auffallend laut, sodass Henrik befürchtete, sie könnte noch ersticken. Als sie endlich auf der anderen Seite ankamen, versuchte Henrik, sich daran zu erinnern, in welcher Richtung die Hütte stand. Und als er dachte, es zu wissen, schleppten sich die drei durch die Dunkelheit. Nur der eisige Wind war zu hören sowie Agnes' bellendes Atmen, die die halbe Wesura in ihrer Lunge zu haben schien.

Es erschien Henrik wie eine Ewigkeit, als sie endlich die Hütte erreichten. Er klopfte, klopfte noch mal, und als der Mann die Türe öffnete und der Schein der Fackel sein Gesicht erhellte, sackte Agnes zwischen ihnen zusammen.

»Sie stirbt!«, rief Henrik ihm entgegen, »wir brauchen unbedingt Feuer!«

Der Gerber stand nur wie erstarrt da, bewegte sich nicht, bat sie aber auch nicht herein.

Da drängte Henrik ihn einfach zur Seite und trug Agnes zum Feuer. Es war fast erloschen.

»Sie stirbt!«, wiederholte er. Jetzt erst schloss der Gerber die Tür und trat zu ihnen.

»Zieht sie aus, ich gebe ihr ein anderes Gewand!«

Henrik schämte sich, Agnes einfach so zu entkleiden, doch es war notwendig. Marius drehte sich zur Seite, als Agnes kurzzeitig nackt war, und weil der Gerber ihm Hosenbeine und ein Obergewand reichte, zog Henrik es ihr über.

Jetzt erst entkleideten sich Marius und er.

»Es tut mir leid, dass wir so in Euer Haus eingedrungen sind«, entschuldigte sich Henrik. »Wenn ich etwas bei mir hätte, würde ich es Euch übergeben.«

Der alte Mann runzelte sie Stirn. »Und nach dir seid ihr jetzt auch noch alle drei einfach so ins Wasser gefallen? Mitten in der Nacht?«

Henrik antwortete nicht. Mochte der Mann glauben, was er wollte, sie durften sich keinesfalls verraten. Nur langsam kroch die Wärme des nun neu entfachten Feuers in seinen Körper, während Agnes im Schlaf weiterhin hustete.

»Sie hat wohl jede Menge Wasser geschluckt«, kommentierte der Gerber.

»Sie war schon fast tot.« Voller Sorge sah Henrik sie an, erkannte, wie krampfhaft sich ihr Brustkorb hob und senkte. Dann erst dachte er daran, dass er wenigstens die beiden hatte befreien können. Hans hingegen nicht.

»Danke«, sagte nun Marius, als könnte er seine Gedanken erraten.

»Ihr könnt beide nicht schwimmen und habt mir vertraut.«

»Natürlich. Vermutlich hätten sie uns dort hängen lassen, bis wir gestorben wären.«

Sorgfältig trocknete Marius Agnes' Haar und bettete ihren Kopf auf seinen Schoß, während er selbst sich an die Wand lehnte. Henrik tat es ihm gleich. Dabei sah er zu, wie der Gerber einen Kessel über die Flammen hängte.

»Kräutersud ist jetzt genau das Richtige für euch. Er ist gleich heiß.«

Henrik schämte sich, dass er nichts bei sich hatte, was er dem Mann schenken konnte. Zum zweiten Mal rettete sein Feuer ihm das Leben, nun auch das seiner beiden Freunde.

Als er etwas später trank, breitete sich wohlige Wärme in ihm aus. Marius tröpfelte auch etwas davon Agnes in den Mund, und als sie die Augen aufschlug, fühlte sich Henrik unendlich erleichtert.

»Was habe ich da an?«, fragte sie.

»Ich habe leider kein Kleid einer Prinzessin«, antwortete der Gerber. »Vorübergehend musst du mit meinem Gewand Vorlieb nehmen.«

Nun grinste Agnes, griff nach dem Krug mit dem Sud und trank.

Schon bald fielen Henrik die Augen zu. Er wollte unbedingt wach bleiben, doch der Schlaf war so übermächtig, dass er sich ihm wehrlos ergab.

Der Morgen dämmerte, als Henrik erwachte. Marius und Agnes schliefen, und als er Agnes an die Stirn fasste, spürte er die Hitze eines Fiebers.

»Ich habe genügend Kräuter hier«, riss ihn der Gerber aus seinen Gedanken. »Gib ihnen vom Sud, wenn beide wach sind.«

»Danke. Danke, dass Ihr das für uns tut.«

»Was bleibt mir anderes übrig? Ihr werdet ja wieder gehen, sobald sie gesund ist.«

»Natürlich.«

»Ihr seid die Diebe, oder?«

Henrik erstarrte. Wie kam der Mann nur darauf?

»Sie suchen seit einigen Wochen nach einer Bande, etwa in eurem Alter.«

»Davon wissen wir nichts.«

»Und ihr seid einfach so ins Wasser gefallen.«

Henrik antwortete zunächst nicht. »Wir können auch früher gehen, wenn ihr Euch unwohl fühlt.«

»Nein, sie hat den Höhepunkt des Fiebers noch nicht erreicht.«

Er stand auf, schulterte einen Beutel und griff nach einem Stock. »Ich benötige noch einige Dinge. Bleibt am Feuer, ich komme bald wieder zurück.«

Ohne eine Antwort abzuwarten, öffnete der Gerber die Tür und verließ die Hütte.

Henrik sah noch lange Zeit auf die windschiefe Tür. Dabei fragte er sich, was der Mann so Wichtiges besorgen musste, wo er doch sagte, er hätte alle notwendigen Kräuter hier. Bestimmt wusste er, dass sie die gesuchten Diebe waren.

Mit einem eigenartigen Gefühl weckte er Marius und erzählte ihm vom von den Geschehnissen.

»Nicht gut«, antwortet dieser nur. »Was, wenn sie ein Kopfgeld auf uns ausgesetzt haben?«

»Wir sind doch erst letzte Nacht verschwunden.«

»Nein, schon zuvor. Johann sagte, sie wüssten über uns Bescheid. Schon länger.«

Henriks Unwohlsein wuchs rasant an. Was, wenn der Gerber die Wachen holte und sie ihnen auslieferte?

»Wir müssen hier weg!«, bestätigte Marius Henriks Befürchtungen. »So schnell wie möglich.«

135

Hastig zogen sie ihre getrocknete Kleidung über und weckten Agnes. In kurzen Worten erklärten sie ihr, was sie vorhatten. Agnes sah sie aber nur mit feuchten Augen an und nickte.

»Sie hat starkes Fieber«, bestätigte Marius.

Henrik wurde unsicher. »Und wenn wir uns irren? Wenn er uns noch einige Tage hier behalten würde?«

»Die Gefahr ist zu groß. Wir sind trocken und wir sind am Leben. Wir finden woanders einen Platz, um Agnes ausruhen zu lassen.«

Er sagte es nicht, doch Henrik ahnte, dass dies nicht in Bremun sein würde. Vermutlich jagten alle Wachen der Stadt sie, zumindest vorrübergehend mussten sie irgendwo anders untertauchen.

»Also los!«, forderte Marius. Sie halfen Agnes auf, packten ihr Gewand ein und während Marius sie zur Türe geleitete, entwendete Henrik noch einen Stoffbeutel sowie zwei schmutzige Rüben. Nun bestahlen sie sogar denjenigen, der ihn zweimal aufgenommen hatte.

Sie mussten Agnes in ihrer Mitte führen. Sie wollte gehen, ihre Beine knickten jedoch immer ein, ihre Haut schien mittlerweile zu glühen. Langsam gelangten sie südlich in das Gebiet, in dem ihr Boot sein musste. Es dauerte länger als erwartet, bis sie es fanden. Dort legten sie Agnes hinein, setzten sich dazu und stießen sich vom Ufer ab.

Niemand gab etwas vor, keiner sagte etwas.

»Wir lassen uns einfach treiben?«, fragte Henrik.

»Wir müssen erst mal weg hier. Entschuldige, Hans.«

Sie hatten Hans zurückgelassen, und es tat Henrik unendlich leid. Die wilden Apostel waren nun Geschichte, es gab nur noch sie drei.

»Verdammt!«

Erschrocken sah Henrik zu Marius und folgte dessen Blick. Etwas weiter von ihnen entfernt stand ein Mann mit einer Fackel auf einem Boot und sah um sich, auch am Ufer waren Fackeln zu sehen. »Suchen die uns?«, flüsterte er Marius zu.

»Keine Ahnung. Los, an Land!«

So leise sie konnten, steuerten sie das Boot wieder ans Ufer, stiegen aus und inspizierten die Umgebung. In der Ferne rief jemand, von Süden kam ein Boot mit drei Männern auf sie zu. Marius und Henrik hielten Agnes fest zwischen sich, immer wieder knickten ihre Beine ein. Schließlich sanken sie zwischen hohen Büschen zu Boden. Immer näher kam das Boot, als es jedoch an ihnen vorbeifuhr, atmete Henrik erleichtert auf.

»Weiter!«, flüsterte Marius.

Henrik fiel ein, dass die Fremden bestimmt gleich ihr Boot entdeckten. Also zog er Agnes zu sich in die Höhe und sie stolperten weiter durch die Auen, versteckten sich abermals, als zwei Männer auf einer Anhöhe über ihnen zu sehen war, gingen schließlich weiter, nachdem sie verschwunden waren. Sie näherten sich dem Hafen, denn nach einigen Booten tauchten erste Schiffe auf, Stege ragten in die Wesura, Stimmen wurden laut. Es waren Arbeiter, die Waren auf ein Schiff trugen.

»Wohin jetzt?«, fragte Henrik Marius leise. Anstatt sich von Bremun zu entfernen, befanden sie sich am stets bevölkerten Hafen.

»Verdammt!«, wiederholte Marius. »Wir können nicht mehr nach Süden.«

Henriks Herz überschlug sich beinahe. Agnes konnte kaum gehen und flüsterte wirr, in jedem Moment konnten Wachen sie entdecken.

Wieder fiel sein Blick auf das Warenschiff. Einige Männer trugen Kisten und Säcke an Deck, und als offenbar alles aufgeladen war, bestiegen sie ein weiteres Schiff, vermutlich, um noch mehr Waren zu holen.

»Gehen wir drauf!«, schlug Henrik hastig vor.

»Bist du verrückt? Die schlagen uns tot, wenn sie uns erwischen.«

»Das werden auch die tun, die uns suchen. Los, es schaut gerade keiner.«

Marius sah kurz um sich, dann führten die zwei Agnes über das Brett zur Reling, stiegen an Bord und versteckten sich zwischen den Säcken, die am hinteren Teil des Schiffs abgeladen worden waren.

»Wo sind wir?«, fragte Agnes.

Henrik fasste an ihre Wangen. Das Fieber griff erbarmungslos um sich.

»Du musst unbedingt leise sein, hörst du?«, antwortete er. »Kein Wort!«

Sie nickte und ließ ihren Kopf nach hinten sacken. Währenddessen legte Marius zwei Säcke über sie alle, sodass sie nur durch schmale Schlitze nach außen sehen konnten.

Eine Zeit lang blieb es still, schließlich waren jedoch Stimmen zu hören. Männer näherten sich, Kisten wurden auf den Boden gestellt, weitere Säcke aufgeladen. Einige landeten auf ihnen, woraufhin Agnes wimmerte, Marius hielt jedoch ihren Mund zu. Henrik wusste nicht, wie lange sie unter den Säcken ausgeharrt hatten. Es war eiskalt, Agnes schlief mittlerweile, und gerade als er dachte, selbst einzuschlafen, schwankte alles um sie herum. Sie legten ab.

Im Dämmerlicht ihres Zwischenraums inmitten der Ladung blickte er Marius unsicher an. Wohin zum Teufel fuhr das Schiff? Offenbar waren sie den Stadtwachen entkommen, doch ihnen stand eine Reise unbekannten Ausmaßes bevor.

Die Wesura mündete ins Nordmeer, und von da aus ging es in alle Richtungen.

Als er jedoch Agnes ansah, wie schwer sie atmete und ihr Körper immer heißer wurde, ahnte er, dass ihr Überlebenskampf erst begann.

Verschollen

Auch wenn es ausgeschlossen war, hier auf ihre Familie und Freunde zu treffen, blickte Ranveig jedem einzelnen Menschen im großen Hafen Dun Eidanns ins Gesicht. Die ganze Nacht über hatten sie an einem Feuer verbracht, und selbst als es Tag wurde, tauchten Erland und Stig nicht auf. Sie wusste, dass Erland Geir und Ingvar als ihre persönliche Wache dagelassen hatte, und so gingen die vier durch den Markt des Hafens. Niemals zuvor hatte Ranveig derart viel Fisch gesehen, in sämtlichen Größen, einige hatten sogar Flügel an ihren Seiten, es gab auch flache, riesige Fische, die Fladen ähnelten. Sie fragte sich, in welchen Gewässern solche Kreaturen lebten, und dann sann sie darüber nach, ob es dort auch Seemenschen gab, die wie Fische unter Wasser leben konnten. Wartete dort Ran, die Riesin des Meeres, tief unter Wasser, um die Seeleute zu sich herabzuziehen?

Ständig legten neue Schiffe an, Berge an Waren wurden ab- und wieder aufgeladen, und als die Sonne sich abermals dem Horizont zuneigte, sah sie ein Schiff voller Krieger, die lärmend den Markt überfluteten. Sie verstand deren Sprache nicht, die Schwerter und Äxte ließen Ranveig glauben, sie befänden sich auf dem Weg in eine Schlacht. Soldaten der Stadt kamen nun dazu, griffen aber nicht ein, zeigten durch ihre Präsenz jedoch, jederzeit einzuschreiten, benähme sich einer der Fremden daneben.

»Es sind Sachsen«, erklärte Ingvar. »Man sagt, es seien die größten Saufbolde. Es sind dreckige Hurensöhne, nichts weiter.«

Um nicht mit ihnen Bekanntschaft zu machen, suchten sie einen anderen Teil des Hafens auf, Ranveigs Blick fiel aber immer wieder zu ihnen. Einar hatte einst gesagt, große Teile Britanniens seien von Sachsen erobert worden, da er aber so viele Geschichten über verschiedenste Ländern erzählt hatte, war sie davon vollkommen verwirrt worden.

Gerade als ein weiteres Schiff ihre Aufmerksamkeit erregte, kamen Erland und Stig zu ihnen zurück.

»Wir müssen nach Süden«, erklärte Erland, sah sich dabei aber um, ob sie belauscht wurden. »Pjaelltjörn liegt etwas versteckt in einer kleineren Bucht.«

»So wird der Sklavenmarkt genannt?«, fragte Sigurd.

»In unserer Sprache. Ich musste lange auf Halvar einreden, bis er endlich auspackte. Man weiß nie, wer wo überall seine Ohren hat. Es ist kein Markt, viel mehr werden von dort aus die Sklaven weitervermittelt. Es sei der größte Umschlagplatz Northumbrias, die Schiffe segeln nur rein und wieder raus.«

Ranveig hielt den Atem an. Irgendjemand musste ihnen dort sagen, wohin Mutter und Balbó gebracht worden waren, notfalls unter der Folter Sigurds. Er hatte schließlich gezeigt, dass es ihm gelang, so manche Zunge zu lösen.

»Und was jetzt?«, fragte Geir. »Einfach hinsegeln und die Leute dort fragen? Wir werden keine Auskunft bekommen.«

»Das denke ich auch«, bestätigte Erland. »Halvar meinte, vielleicht ließen sich einige bestechen, aber wir haben nichts.«

Ranveig stellte sich ein verstecktes Lager vor, das nachts verborgen Schiffe aus allen Ländern empfing. Irgendjemand dort musste ihnen weiterhelfen. »Segeln wir los.«

»Wie stellst du dir das vor?«, fragte Erland. »Es ist unmöglich, da einfach so hereinzuspazieren. Selbst wenn wir es lebend bis in das Lager schaffen, haben wir nichts, um uns Antworten zu erkaufen. Es ist viel zu gefährlich.«

»Ich werde so nicht zurückkehren, Erland.« Ranveig konnte es nicht fassen. Sie standen wieder am Anfang, abermals schien der Weg vor ihnen wie abgeschnitten zu sein.

»Dann lasst es mich versuchen!«

Entgeistert blickte Ranveig zu Sigurd. »Du allein?«

»Es ist das Beste für uns alle. Ihr könnt hier warten, Ranveig ist in Sicherheit und ihr habt ihr keinen Befehl, auch auf mich zu achten.«

»Nein, nicht allein!«, rief Ranveig.

Erland nickte aber. »Guter Vorschlag. Ich sage dir, wie du hingelangst. Aber niemand wird dich dort verstehen.«

»Dann begleitest du Sigurd!«, unterbrach ihn Ranveig harsch.

»Ich traue dir nicht, Erland. Du wirst an seiner Seite sein, oder ich werde es tun.«

»Spräche meine Frau so mit mir, bekäme sie ein paar Ohrfeigen!«, zischte Erland wütend.

Sofort griff Sigurd zu seinem Schwert, zog es aber nicht. »Fass sie an und ich töte dich!«

Nun legten auch die anderen eine Hand auf ihre Waffen, Erland hob jedoch die Hand, um die Lage zu beruhigen.

»Und so sprichst du mit der Frau des zukünftigen *yfirmannrs*?«, setzte Sigurd nach.

Gebannt starrte Ranveig auf die Hände der Männer. Es diente niemandem, wenn sie sich hier und jetzt umbrachten, keinesfalls würde sie aber mit den Männern ohne Sigurd zurückbleiben. Es lag auf der Hand, dass sie ohne ihn zurücksegeln würden.

»So soll es sein«, brummte Erland schließlich, raufte sich das Haar, bevor er sie zum Boot zurückführte.

Sie warteten bis zum Einbruch der Dunkelheit, dann segelten sie los. Deutlich spürte Ranveig, wie ihre Hände vor Aufregung feucht wurden. Sie hatte keine Ahnung, was Sigurd und Erland dort erwartete, sie hoffte nur inständig, Sigurd würde lebend zurückkehren.

Sie steuerten auf die offene See, blieben aber in direkter Nähe zum Ufer. Nach einigen Meilen nahm Erland eine der Fackeln, hielt sie in die Höhe, senkte sie und wiederholte dieses Schauspiel unentwegt.

»Ist das deren Zeichen?«, fragte Sigurd.

»Wenn sie es sehen, werden sie antworten«, bestätigte Geir.

Gebannt starrte Ranveig zum dunklen Ufer. Es war nur etwas schwärzer als der Himmel, manchmal erkannte sie Hügel oder große Bäume in die Höhe ragen. Niemand sagte etwas, alle sahen zum Ufer, suchten nach einem Licht, das jedoch nicht auftauchte. Gerade als Erland kurz innehielt, schwenkte jemand an Land eine Fackel. Wie Erlands ging auch sie auf und ab.

»Das ist es!«, flüsterte Geir.

Sofort steuerten sie etwas zurück, schließlich zum Ufer, planten einen Treffpunkt eine Meile nördlich von ihrem jetzigen Standort und ließen Sigurd und Erland aussteigen. Schließlich segelten sie nach Norden.

Deutlich spürte Ranveig, wie etwas ihre Brust zuschnürte. Wer waren diese Leute dort? Konnte Sigurd überhaupt etwas ausrichten? Waren auch jetzt Sklaven an dieser Stelle, die irgendwohin verschleppt wurden?

So leise wie möglich tastete sich Sigurd über die Klippen. Dicht vor ihm lief Erland, dessen Schritte so lautlos waren, als ginge er auf Sand. Als die ersten Bäume auftauchten, blieben sie hinter einem Stamm stehen.

»Der Wachposten muss direkt vor uns sein«, flüsterte Erland. »Ich sehe die Fackel nicht mehr.«

Auch Sigurd konnte in der Dunkelheit kein Licht ausmachen. »Sie wissen nicht, warum das Schiff nicht anlegt. Vielleicht sind sie vorsichtig geworden.«

»Trotzdem halten wir an dem Plan fest.«

Sigurd nickte, auch wenn es Erland nicht sehen konnte. Sie hatten ausgemacht, einen der Männer zu überwältigen und ihn zu befragen, doch wie und wo hatten sie nicht besprochen. Vorläufig blieben sie am Stamm und beobachteten die Gegend. Plötzlich leuchtete in ihrer Nähe eine Fackel und schwenkte auf und ab. Vermutlich versuchten die Fremden ein letztes Mal, Antwort vom Schiff zu erhalten.

»Jetzt!«

Fast lautlos schlichen die beiden in die Richtung des Mannes, und als sie in seiner direkten Nähe angelangt waren, hielten sie inne und sahen nach einer zweiten Person. Es war jedoch niemand zu sehen.

Sie tasteten sich noch weiter zu ihm, und bevor der Fremde zurückgehen konnte, stürmte Erland auf ihn zu, hielt ihm den Mund zu und riss ihn zu Boden. Sofort kniete sich Sigurd auf ihn und hielt dem sich wehrenden Mann sein Schwert an die Kehle. Augenblicklich hielt dieser still.

»Verstehst du uns?«, fragte Erland ihn zunächst in ihrer Sprache.

Der Mann schüttelte den Kopf. Offenbar versuchte es Erland nun auf Anglisch, denn Sigurd verstand kein Wort. Doch der Mann antwortete leise, es entstand reger Wortwechsel. Sigurd verfluchte es, nichts von alldem zu verstehen, offenbar verfehlte das Schwert aber seine Wirkung nicht, denn weder rief der Mann um Hilfe noch wehrte er sich gegen die beiden. Offenbar gab der Mann aber nicht das preis, was Erland erwartete, denn er packte nun den Mann und hob die Spitze seines Schwertes an dessen Auge. Das, was der Fremde nun sagte, ließ das Blut in Sigurds Adern gefrieren. Wie aus einem Traum heraus hörte er ›Ifrikia‹

und ›Susa‹. Nein, das durfte nicht sein, der Mann musste sich irren. Erland fragte ein weiteres Mal etwas, die Antwort des Mannes blieb aber dieselbe. Schließlich schlug Erland den Schwertknauf derart gegen den Schädel des Mannes, dass dieser lautlos zusammensackte.

»Weg von hier!«, flüsterte Erland. Für Sigurd schien seine Stimme wie hinter einem Nebel herkommend. Er folgte Erland stolpernd, dachte aber immer wieder an die beiden Worte des Mannes. Was, wenn der Mann sich geirrt hatte? Wenn er von anderen Sklaven sprach? Hitze stieg in ihm auf, sein Herz hämmerte. Das Schwarz des Meeres auf der einen Seite hob sich vom helleren Dunkel des Himmels ab, einzelne Bäume säumten ihren Weg, sie stiegen über große Steine, bevor sie endlich rasteten. Einige Zeit sahen sie hinter sich, doch niemand folgte ihnen, nichts war zu hören.

»Ich habe es verstanden«, sagte Sigurd schließlich. »Er muss sich geirrt haben.«

»Er sagte, alle nordischen Sklaven seien in den vergangenen Monaten dorthin verschifft worden. Es gab keine Ausnahme.«

Vor Wut biss sich Sigurd die Lippen blutig. Ifrikia lag jenseits des Südmeeres, dort, wo die Sonne heiß wie Feuer brannte und die Haut der Menschen schwarz wie die Nacht war. In vielen Geschichten war dieses Land beschrieben worden, und obwohl es nicht weiter entfernt war als Rus, rankten sich viele Sagen um diesen Ort. Sand so weit das Auge reichte, sollte es dort geben, Vögel, die bunt und riesig waren, Tiere, die Ungeheuern aus der Unterwelt Hels ähnelten.

Susa hingegen war ein Ort in diesem Land. Der *yfirmannr* hatte einst jemanden gekannt, der dort gewesen war, letztlich waren aber nur Geschichten verblieben.

Warum sollten sie dort sein?

»Es ist alles, was wir haben«, beschwichtigte Erland. »Es ist zu weit. Ich kann Ranveig nicht bis ans Ende der Welt reisen lassen.«

»Sie wird es selbst entscheiden.«

»Du weißt, dass ich das nicht zulassen kann.«

Für einen kurzen Moment überlegte Sigurd, Erland hier und jetzt zu töten. Sicherlich war er wütend, außer sich, dennoch spürte er, es nicht tun zu können. Erland war einer von ihnen, ein Odinssohn, und sicherlich nur ein Befehlsempfänger Torsteins.

Plötzlich knackste etwas in der Ferne. Beide sahen wie vom Blitz getroffen in die Richtung des Geräusches, es folgte aber kein weiteres Geräusch.

»Wir sind ungefähr eine Meile entfernt«, unterbrach Erland die Stille. »Gehen wir zum Ufer.«

Von düsteren Gedanken befallen folgte Sigurd Erland über die Klippen, die größer und schroffer wurden, bis die See an die Steine klatschte. Dort blickten sie in die See hinaus, in beide Richtungen, bis Sigurd einen Schatten vor sich sah. Es waren die Umrisse eines Schiffs. Als Erland es ebenfalls entdeckte, pfiff er. Nur Augenblicke später ertönte der gleiche Pfiff.

»Los!«, flüsterte Erland.

Das Schiff kam nun so nahe, dass die beiden nur wenige Züge schwimmen mussten, um zur Bordwand zu gelangen. Dort wurden sie an Seilen in die Höhe gezogen.

Sigurd hätte in diesen Momenten nichts dagegen gehabt, zu ertrinken.

Wie gelähmt stand Ranveig an der Reling und starrte in die Dunkelheit. Sie segelten nach Osten, zurück nach Barkhingor, und somit in ein Leben an Haralds Seite. Ranveig hatte Erland nichts entgegenzusetzen gehabt, die Rückreise anzutreten. Wie sollten sie bis ans Ende der Welt gelangen, eine wochenlange Fahrt ins Ungewisse auf sich nehmen? Offenbar hatten die Götter entschieden und ihre Familie befand sich irgendwo im tiefen Süden, falls sie denn überhaupt noch lebte. Das Atmen fiel ihr so schwer, dass ihre Brust schmerzte, und als sie im flackernden Licht der Fackel zu Sigurd sah, fand sie ihn an der Bordwand lehnend im Sitzen vor, den Kopf zwischen seinen Knien, hilflos wie in kleiner Junge. Unfähig, sich zu bewegen, stand sie nur da, der kalte Seewind peitschte ihr ins Gesicht, und als der Westwind stärker wurde, hoffte sie, er brächte sie umso schneller zurück, um all das, was hinter ihr lag, schnellstmöglich zu vergessen. Sie wollte ihrer Mutter und ihrem Vater alle Ehre machen, und falls sie eines Tages Birta in Folkwangr wiedersah, dort, wohin die Frauen und Kinder kamen sowie die Männer, die sich nie im Kampf auszeichnen konnten, würde sie stolz auf sie sein.

Die Zeit verging wie in einem Traum. Der Wind wurde stärker, Wasser spritzte in ihr Gesicht, die Fackel ging aus, der Mast knarrte in aufkommendem Sturm.

»Los, in die Kammer«, schrie Geir und riss Ranveig aus allen Gedanken. Energisch packte er sie an ihrer Hand und zog sie zu dem einzigen kleinen Raum unter Deck, dorthin, wo die Vorräte lagerten. Es heulte, das Schiff schaukelte auf riesigen Wellen, Ranveig kauerte sich gegen einen Sack und starrte in die Höhe. Es blitzte, viel zu schnell gerieten sie in einen Sturm, der sie zu verschlingen drohte. Donnerschläge erschütterten Ranveig, es war, als schlüge Thor mit seinem Hammer auf das Meer, Wasser klatschte über Bord, in ihr Gesicht, dann spürte sie Sigurd, der sich neben sie setzte und sie festhielt. Sie schrie, doch sie hörte im Heulen des Sturms nicht einmal ihre eigene Stimme. Rächten sich die Götter an ihr, weil sie ihren Schwur aufgab? Warum war Ägir, der Gott des Meeres, so wütend? Die Blitze schienen die Feuerstrahlen Logis zu sein, und Kari, der Wind, zerpflügte die ganze See. Wo war Frigg, die ihre schützenden Hände auf sie legte? Immer heftiger schaukelte das Schiff, Holz barst, es knirschte, brach, etwas knallte über ihnen auf das Deck, was der Mast sein konnte. Ranveig hörte sich selbst schreien, und als ein gewaltiger Schlag das Schiff traf, donnerte es ohrenbetäubend laut, etwas krachte gegen ihren Kopf, binnen Augenblicken wurde alles schwarz um sie herum.

Beißender Kopfschmerz begleitete die einströmende, unerträgliche Helligkeit. Neben den hämmernden Schlägen in ihrem Kopf spürte Ranveig, wie trocken ihr Mund war. Wo war sie, was war passiert? Orientierungslos klammerte sie sich an ein Stück Holz, zog sich in die Höhe und prallte mit der Stirn gegen eine Wand. Jetzt erst öffnete sie die Augen ganz, verzog den Mund aber dabei, weil ihr Schädel noch heftiger pochte. Sie saß noch in der Kammer, neben ihr lag Sigurd. Entsetzt bückte sie sich, fasste an sein Gesicht, und als sie spürte, dass er atmete, stützte sie sich erleichtert auf ihre Schenkel. Jetzt fiel ihr der Sturm ein, das Krachen und Blitzen, als hätten die Götter Krieg geführt. Sie hatte unzählige Gewitter erlebt, aber nie ein so zerstörendes wie das der gestrigen Nacht.

Als sie sich erhob und den Kopf aus der Kammer streckte, sah sie auf ein völlig zerstörtes Schiff. Der Mast war abgebrochen und lag quer über dem Schiff, das Segel hing im Wasser. Um sie herum war nur Meer. Wo waren die anderen? Stöhnend kletterte sie aus der Kammer, lief über das Deck und fand Geir an der Reling liegend vor. Er war verletzt, sein Gesicht blutig, und als sie sein Gesicht zu sich drehte, atmete auch er noch. Aus einer Wunde an seiner Stirn lief Blut, also riss sie einen Streifen aus seinem Oberteil, band es fest um seinen Kopf und suchte weiter. Neben dem Mast lag Ingvar. Es genügte, sich ihm zu nähern, um festzustellen, dass sie ihn nicht anfassen musste. Seine Augen waren weit aufgerissen, sein Schädel zertrümmert. Er war tot.

»Erland? Stig?« Niemand antwortete, also ging sie einmal an der Bordwand um das Schiff herum. Es war keiner mehr zu sehen. Entsetzt erkannte sie, dass sie von Bord gefallen sein mussten.

atmend kehrte sie zu Sigurd zurück, schöpfte mit den Händen etwas Wasser von den Planken und schüttete es ihm ins Gesicht. Er grunzte und wachte langsam auf.

»Was ist?«

Ranveig erzählte ihm, was vorgefallen war, und vor allem, dass sie nur Geir lebend vorgefunden hatte.

Auch er sah nun um sich. Es war kein Land zu sehen, sie trieben irgendwo auf offener See umher.

Schließlich ging er zur Kammer und wühlte darin herum.

»Verdammt!«

Entsetzt ahnte Ranveig, dass er vergeblich nach Wasser gesucht hatte. Hastig öffnete er die einzigen zwei Säcke, fand darin aber nur Seile und hölzerne Eimer. Offenbar waren die Trinkwasserfässer umgekippt.

Schließlich trat Sigurd zu Geir und sah nach dessen Wunde. Als er ihn anfasste, wachte Geir stöhnend auf und lehnte sich gegen die Reling.

Weil ihr Kopf immer stärker hämmerte, setzte sich Ranveig. Warum hatten die Götter ihr Schiff zerstört? Wollten sie sie noch nicht von ihrem Schwur entbinden? So halfen sie ihr aber nicht, mitten auf dem Meer, ohne Schiff und ohne Ziel. Warum taten sie ihr das an?

»Wir werden nach Osten getrieben«, hörte sie Sigurd rufen. »Falls eine Küste auftaucht, könnte es die dänische sein.«

»Es könnte auch Friesland sein«, entgegnete Geir. »Oder der Wind dreht.« Inständig hoffte Ranveig, sie würden baldmöglichst irgendeine Küste erreichen, egal welche. Plötzlich hatte sie Angst vor dem, was alles in den Tiefen des Meeres hauste. Ihr fielen die Geschichten ein, die sich die Männer in ihrem Dorf erzählt hatten, dass es Geschöpfe waren, die ohne die Götter lebten, Kreaturen aus Hels Schattenreich, einige meinten auch, es gäbe Sirenen, die wunderschön anzusehen, aber umso grausamer waren, weil sie mit ihrem Gesang die Seemänner in ihre Arme und unter Wasser lockten.

Als sie aber in die Gesichter von Sigurd und Geir blickte, ahnte sie, dass ein anderes Problem auf sie zukäme. Sie besaßen kein Wasser. Der Wind blähte den ganzen Tag über hartnäckig die *Fjordor vestur* nach Osten. So weit Ranveig sah, nirgends war Land zu erkennen oder ein anderes Schiff. Ihr Mund wurde trockener, der Wind schien aus reinem Salz zu bestehen und entzog ihrer Kehle jegliche Flüssigkeit. Ranveig fror jämmerlich und als auch noch leichter Schneefall einsetzte, konnte sie sich nicht vorstellen, lebend eine Küste zu erreichen, egal, wo sie liegen mochte. Wenigstens fanden sie ein Fell, das die beiden Männer ihr überließen, es linderte die unerträgliche Kälte aber kaum.

Schließlich brach die Nacht herein und mit ihr setzte sich Eis auf die Schiffsoberfläche. Da auch die Feuersteine verloren gegangen waren, konnten sie sich nicht einmal an Flammen erwärmen, also gingen sie die meiste Zeit der Nacht über das Schiff, hin und zurück. Alles um sie herum war finster, ohne jegliches Licht, nicht einmal die Sterne waren aufgrund der Wolkendecke zu sehen. In jedem Moment dachte Ranveig, von riesigen Tentakeln in die Tiefe gerissen zu werden oder aber den Gesang der Sirenen zu hören.

Gerade als Ranveig befürchtete, die Nacht ginge nie zu Ende, graute der Morgen. Das Meer war schwarz, immerhin war der Eisregen verschwunden, noch immer blähte der Wind Kälte an Ranveigs Haut. Ihre Hände und Füße waren taub, der Atem schlug deutliche Dunstwolken aus. Wenigstens konnten sie etwas Eis vom Holz des Schiffes gewinnen und im Mund zergehen lassen, sodass der Durst etwas gelindert wurde.

»Noch immer Westwind«, brummte Geir.

147

Ranveig fragte sich, woher er das wusste, schließlich waren weder der Stand der Sonne noch irgendetwas anderes zu erkennen. Viele Seemänner besaßen ein untrügliches Gespür dafür, immer und überall die Himmelsrichtungen zu kennen. Traf das auch auf Geir zu? Sie besah sich seine Wunde, doch sie schien nicht entzündet zu sein.

Schon bald verlor sie in der Eiseskälte das Gefühl für Zeit und Raum. Das Meer schien die ganze Welt zu sein, verschmolz mit dem Horizont, sie wusste nicht, welche Tageszeit herrschte und ob ihr Körper überhaupt noch ihr gehörte. Ihr wurde immer kälter, Schwäche überkam sie, und obwohl sie einfach nur schlafen wollte, hielt Sigurd sie an, weiter im Kreis zu gehen, um sich in Bewegung und somit warm zu halten.

»Land!«

Es kam Ranveig vor, als kämen Geirs Worte aus dem Nebelreich. Er stand am Bug des Schiffes und blickte vor sich. Tatsächlich war dort ein schmaler Streifen zu erkennen. Er bewegte sich aber, und als sie näher hinsah, löste er sich langsam auf.

Enttäuscht ließ sie den Kopf sinken.

»Njördor hält uns zum Narren!«, rief Geir wütend. »Es sah aus wie Land.«

»Selbst wenn es Land gewesen wäre, welches denn?«, fragte Sigurd.

Mit angespannten Lippen drehte Geir sich um. »Hauptsache Land, Sigurd. Aber ich wäre mir nicht sicher. Sind wir direkt ostwärts getrieben worden, könnte die dänische Küste dort irgendwo sein. Wenn wir Glück haben, sogar Norwegen.«

›Könnte‹, hallte es durch Ranveigs Kopf. Sie befanden sich immer noch weit auf offener See, und selbst der erfahren Geir war auf eine Laune der Meeresgötter hereingefallen. Warum verhöhnten sie sie?

»Njördor, starker Gott der Winde und des Meeres«, flüsterte sie mit tauben Lippen, »ich ersuche dich, uns weiter nach Osten zu treiben. Bring uns zurück an Land!«

Sigurd nickte nur, legte eine Hand auf ihre Schulter und schloss die Augen. An seinem Mund erkannte Ranveig, dass auch er die Götter um ihre Gunst bat.

Das Fieber

Mit schmerzverzerrtem Gesicht rieb Henrik die Schulter seines linken Arms. Es fühlte sich an, als sei alles darin gebrochen. Dies bezweifelte er jedoch, denn er ahnte, ihn sonst gar nicht mehr bewegen zu können. Nach anderthalbtägiger Überfahrt waren sie hier in diesem großen Hafen angekommen, sogleich entdeckt und wie Hunde von Bord geprügelt worden. Dabei hatte Henrik sich an der Schulter verletzt. Agnes hatte keinen einzigen Schlag abbekommen, nun lag sie zwischen ihm und Marius am Feuer, das sie wärmte und langsam die Eiseskälte aus ihnen trieb, die sie die ganze Zeit über mit eiserner Hand festgehalten hatte.

»Also im Land der Dänen!« schimpfte Marius abermals. »Ich verstehe teilweise kein Wort.«

Henrik verstand einige der Leute, denn es war die Sprache der Nordmannen. Und diese hatten ihm mitgeteilt, dass sie in Ripa, einer großen Stadt im Reich der Dänen, gestrandet waren.

Ihre Sorge galt eher Agnes. Mittlerweile wachte sie kaum mehr auf, ihre Haut war rot vom Fieber, manchmal sagte sie Dinge im Schlaf, die weder Henrik noch Marius einordnen konnten.

Ihre Feuerstelle lag außerhalb eines riesigen Hafengebietes, dort, wo die Auen begannen und längst keine Stege mehr ins Wasser führten. In der Ferne leuchteten hunderte Fackeln, tausende Menschen mussten sich dort befinden, es wuselte wie in einem Ameisenhaufen, Schiffe mit drei Masten ankerten im Hafen, unentwegt wurden Waren aus- und eingeladen. Als sie die Stelle abseits des Gedränges aufgesucht hatten, waren sie an unzähligen Marktständen, aber auch an etlichen bewaffneten Gruppen vorbeigegangen.

»Wir brauchen einen Bader«, unterbrach Marius Henriks Gedanken. »Sie wird immer heißer.«

»Er wird ihr nur Pisse geben.«

»Dann jemanden, der wirklich helfen kann.«

Henrik dachte nach. Obwohl das Feuer längst ihre Körper erwärmt hatte, erholte sich Agnes nicht. Das Gegenteil war der Fall. Sie mussten schleunigst Hilfe holen, Agnes durfte nicht sterben.

Mittlerweile war sie eingeschlafen und zuckte auffallend oft mit ihren Armen.

»Ich gehe«, sagte Henrik schließlich.

»Warum du?«

»Weil nur ich deren Sprache mächtig bin.«

Marius nickte, zog Agnes' Kopf zu sich auf seinen Schoß und strich Haarsträhnen aus ihrem Gesicht. »Sei vorsichtig. Und frage nur Frauen.«

»Das hatte ich auch vor.«

Mit hämmerndem Herzen blickte Henrik auf Agnes und ging schließlich los.

Erst jetzt fiel ihm auf, wie hungrig er war. Sein Magen knurrte wie ein wilder Wolf und seine Beine waren aufgrund des langen Sitzens schwach geworden. Erste Menschen begegneten ihm, bei manchen verstand er die Sprache, bei anderen wiederum nicht.

Er ging, bis er eine alte Frau traf, die Schilfkörbe feilbot.

»Versteht Ihr mich?«, fragte er sie.

Sie schüttelte jedoch nur den Kopf, auch dann, als er es mit nordischen Wörtern probierte. Henrik ging weiter bis zum nächsten Stand, an dem eine Frau saß, die etwas jünger als die erste zu sein schien.

Sie antwortete ihm in seiner Sprache, wenn auch mit Mühe.

»Ich brauche etwas gegen hohes Fieber. Eine junge Frau ist krank.«

»Ich bin keine Heilerin«, antwortete die Händlerin. Dabei wischte sie beide Handflächen über ihr Gewand. »Aber dort, wo die größten Schiffe ankern, ist der Krautmarkt. Dort bekommst du Heilkräuter.« Dabei wies sie mit dem Finger weiter in Richtung Hafen.

»Wo liegt denn Ripa genau? An der Westküste?«, fragte er noch.

»Bist du dumm oder so etwas?«

»Nein. Ich weiß es nur nicht.«

»Ja, im Westen.«

Einst war er mit Einar und dessen Familie auf dem großen Markt in Haithabu gewesen, einer großen Stadt ebenfalls im Land der Dänen.

Auf dem Weg zum Krautmarkt fragte er noch vier weitere Frauen in der Sprache der Nordmannen, keine von ihnen bot ihm jedoch Hilfe an. Schließlich stand aber eine junge Frau auf, obwohl sie von ihrer Mutter abgehalten wurde.

»Du kennst diese Menschen nicht!«, flehte diese ihre schwarzhaarige Tochter an. »Vielleicht sind es Mörder.«

»Ich schwöre bei allen Göttern, die Wahrheit zu sagen«, antwortete Henrik. »Sie stirbt, sie benötigt unbedingt etwas gegen das Fieber.«

Entschlossen griff die Frau, die nur wenige Jahre älter als Henrik zu sein schien, nach einem Beutel, legte ihrer Mutter eine Hand auf die Wange und wollte Henrik folgen, die Mutter hielt sie jedoch in weiteres Mal auf.

»Ich gehe! Du bleibst hier.«

Die junge Frau entgegnete dem nichts, überreichte ihrer Mutter den Beutel und sah den beiden nach.

»Die Götter sollen über dich richten, wenn du mir etwas zuleide tust!«, warnte die Frau Henrik etwas später, als sie das Hafengebiet verließen. Henrik fragte sich, warum die Frau bei diesen Bedenken überhaupt mit ihm kam, hoffte jedoch, sie könne helfen.

Erleichtert kam Marius auf sie zugelaufen, als die beiden das Lager erreichten. Dort sah die Frau um sich, als sie jedoch niemanden anderen antraf, kniete sie sich neben Agnes.

»Ihr Gewand ist ganz klamm!«

»Wir wollen sie hier nicht ganz ausziehen«, antwortete Marius. Da die Frau ihn fragend ansah, übersetzte Henrik.

»Ihr kommt nicht von hier?«, fragte sie verwundert.

»Nein. Wir sind stammen aus Bremun, von den Sachsen.«

»Warum sprichst du dann unsere Sprache?«

»Weil ich lange Zeit im Norden verbracht haben.«

Jetzt erst legte die Frau eine Hand auf Agnes' Stirn. »Wie lange hat sie schon Fieber?«

»Einige Tage.«

Die Frau schüttelte den Kopf, öffnete ihren Beutel und blickte Henrik scharf an. »Setz Wasser auf, ich koche ihr einen Sud.«

»Wir haben nichts zum Aufsetzen.«

»Wie seid ihr denn hierhergekommen?« Die Frau wurde wütend, stand auf und stemmte die Arme und die Hüften.

»Wir kamen in einem Schiff an, nur mit der Kleidung auf unserem Körper.«

»Wie so viele andere auch. Eine Schande!« Sie schloss ihren Beutel und ging wieder zurück.

»Wohin geht Ihr?«, rief Marius, und Henrik übersetzte.

»Ich hole das Nötigste. Haltet sie solange warm!«

Enttäuscht sah Henrik ihr nach. Vielleicht kam sie ja doch nicht wieder und sie mussten abermals Hilfe holen.

Agnes schlief weiter tief und wachte auch nicht auf, als sie sie etwas näher an das Feuer zogen. Ab und zu bewegte sie die Lippen, sprach wirr, Henrik verstand jedoch nichts. Immer wieder flößten sie ihr Wasser ein, das meiste davon lief aber wieder aus ihrem Mund. Gerade als Henrik sich aufmachen wollte, im Hafenviertel neuerlich Hilfe zu holen, kam die Frau auf sie zu. Sie trug einen größeren Beutel mit sich.

»Nicht so nah!«, schimpfte sie schon von Weitem. »Sie muss doch atmen können.« Marius ahnte wohl, was die Handbewegungen der Frau bedeuteten, und zog Agnes etwas vom Feuer weg.

Die Frau holte einen kleinen Kessel aus dem Sack, vor sich legte sie einige kleinere Beutel sowie eine Schüssel auf den Boden. »Jetzt setzt Wasser auf!«

Während Marius nach Henriks Übersetzung Wasser holte, sah Henrik der Frau zu, wie sie Blätter zerstampfte, ihm unbekannte Pflanzen auf einen Haufen legte und zwischen den Fingern zerbröselte. Dabei fiel sein Blick auf ihre Hände, die fast ausschließlich aus Falten zu bestehen schienen. Ihr graues Haar war zu einem Zopf gebunden, in den ein braunes Tuch geknotet war.

Nach Marius' Rückkehr wartete sie stillschweigend, bis das Wasser kochte, schöpfte etwas in die Schüssel und legte die Kräuter hinein. Henrik empfand den Geruch scharf und unangenehm, ging aber nicht davon aus, dass die Frau Agnes vergiften wollte. Nach nur kurzer Zeit setzte sie die Schüssel an Agnes' Mund und flößte ihr immer wieder einige Tropfen ein.

»Es ist wichtig, dass ihr immer nur wenig in den Mund schüttet, nicht mehr als einige Tropfen. Es bringt nichts, wenn sie alles wieder ausspuckt.«

Voller Hoffnung sah Henrik zu, wie Agnes stets etwas in ihrem Mund behielt, bis die Schüssel leer war.«

»Gebt ihr heute noch zwei Mal davon, drei Anteile in der Nacht, morgen ebenfalls drei Mal verteilt. Wenn es dann nicht besser ist, kommt wieder zu mir.« Dabei überreichte sie ihnen einen kleinen Beutel. »Den Inhalt also aufgeteilt geben. Habt ihr das verstanden?«

»Ja, vielen Dank«, antwortete Henrik. »Und danach? Braucht sie da nichts mehr?«

»Wenn sie den morgigen Abend übersteht, wohl eher nicht.«

»Übersteht?«, fragte Henrik entsetzt.

»Das arme Ding glüht fast. Sie kämpft um ihr Überleben.«

Die Frau stand auf, strich ihr Gewand zurecht und verließ das Lager. Nach einigen Schritten blieb sie aber stehen. »Geht keinesfalls zu einem der Bader. Hier gibt es nur Betrüger und Lumpenpack. Er würde euch nichts Besseres Verkaufen als die Kräuter, die ihr nun habt, aber das sehr teuer.«

»Wir hätten Euch gern dafür bezahlt«, entgegnete Henrik und sah dabei Agnes an. Es stand also wesentlich schlechter um sie, als er befürchtet hatte.

»Ihr habt doch nicht einmal einen Kessel.« Die Frau drehte sich wieder um und ging zurück.

Betroffen setzte sich Henrik ans Feuer. »Verdammt! Wir haben es doch geschafft, ihr wärt an den Pfählen vielleicht gestorben. Und jetzt stirbt sie am Fieber?«

Da Marius ihn fragend ansah, erzählte er, was die Frau gesagt hatte, setzte sich ebenfalls neben Agnes und legte ihr eine Hand auf die Schulter.

Henrik wusste nicht, was er tun sollte. Die Frau hatte bestimmt recht, wenn sie sagte, kein Bader würde tatsächlich helfen können. Doch einfach nur dasitzen und darauf warten, bis sie die nächste Schüssel in sie einflößten, konnte er nur schlecht. Also stand er auf und sah Richtung Meer. Es war einige hundert Schritte entfernt, aufgeblähte Segel waren zu sehen, Boote, weiter nördlich die Stege und die ankernden Schiffe. Einige waren groß, besaßen zwei oder sogar drei Masten, unaufhörlich wurde Ware auf- und abgeladen, das Schreien einiger Männer drang zu ihnen, was aber vom fortwährenden Kreischen der Möwen übertönt wurde.

»Wenn sie gesund ist, gehen wir zurück«, hörte er Marius sagen.

»Das Wichtigste ist erst mal, dass sie gesund wird.«

»Es wird so kommen, du darfst nur an nichts anderes denken. Sie muss es einfach. Dann kehren wir wieder zurück.«

Langsam drehte Henrik sich um. »Du willst wieder zurück? Wohin? In Bremun können wir uns nicht mehr sehen lassen.«

»Dort nicht, zumindest nicht jetzt. Aber zurück dorthin, wo man unsere Sprache spricht. Wir hatten Glück mit der Frau.«

»Jetzt lass Agnes erst mal gesund werden. Alles andere wird sich fügen.«

»Deine Worte klingen wie die eines alten Mannes. Henrik, ich mag nicht länger als notwendig im Land der Dänen bleiben.«

»Warum nicht?«

»Ich habe zu viele Geschichten gehört. Dass sie ihre Kinder in Gruben werfen und mit Wölfen kämpfen lassen. Dass sie an den Abenden das Blut ihrer erschlagenen Feinde trinken. Und dass dunkle Schatten zu sehen sind, die in die Menschen eindringen.«

»Und das glaubst du?«

»Alle erzählen es.«

»Das sagt man auch über die Nordmänner, und nichts davon ist wahr. Sie sind wie wir, außer dass sie an andere Götter glauben. Das ist der einzige Unterschied. Und man sagt ja auch, dass die Dänen ebenfalls Nordmänner sind.«

Marius erwiderte einige Zeit nichts. Schließlich setzte Henrik sich zu ihm und sah ihn an. »Mich würde interessieren, was denn die Dänen über uns so alles erzählen.«

Nun musste Marius lächeln, und Henrik lachte mit. Nur kurz, denn ein Stöhnen aus Agnes' Mund ließ sie erstarren. Sofort legte Marius eine Hand auf ihre Stirn. »Sie ist immer noch so heiß.«

»Es wird dauern, sie hat noch nicht viel vom Sud aufgenommen.« Er wollte nicht sagen, dass es auch sein konnte, dass die Kräuter gar nicht wirkten. Vehement schob er diesen Gedanken von sich. Der Gedanke, dass Agnes sterben könnte, war so ungeheuerlich, so schlimm, dass er ihn sofort verwarf.

Schon bald wurde ihr Hunger größer, manchmal wurde Henrik sogar schwindlig. Sie hatten seit Tagen nichts gegessen, und obwohl er Hunger gewöhnt war, schien er nun unerträglich zu werden.

»Ich hole uns etwas«, sagte er schließlich. Lange Zeit hatte er gehofft, nicht wieder stehlen zu müssen, dies war jedoch ein Wunschtraum gewesen. Warum sollte es hier anders sein als in Bremun? Sie konnten nichts, stehlen dafür aber besonders gut.

Doch es war Marius, der aufstand. »Ich gehe, ich habe mehr Erfahrung.«

»Aber ich kenne die Sprache der Nordmänner. Es wird nicht viele geben, die uns verstehen.«

»Ich rede nicht mit denen, die ich beklaue.«

»Vielleicht musst du es aber doch.« Henrik ließ sich nicht abbringen, sah kurz zur schlafenden Agnes und lief schließlich los. An den ersten Hütten ging er langsamer und sah um sich. Der Boden war nass, matschig, die Kälte schien im Land der Dänen ähnlich erbarmungslos zu sein wie in Norwegen. Ein Esel stand an einen Pfahl angebunden da und hatte die Augen geschlossen, eine Frau zog einen Karren mit einem Fass darauf durch den Morast. Henrik ging weiter, und als die Häuser zahlreicher wurden und die Gassen säumten, bog er zum Zentrum des Hafens ab. Er hoffte, das Gedränge wäre hier am größten und er würde weniger auffallen. Tatsächlich schoben und zogen nun mehr Menschen und Mulis ihre Waren herum, aus einem Kessel dampfte es. Als er ihm sich näherte, roch er Zwiebeln und Bohnen. Am liebsten hätte er den ganzen Kessel an sich gerissen, da aber eine ganze Gruppe Männer dort versammelt war, ging er weiter.

Schließlich eröffnete sich das weite Meer vor ihm. Hunderte Möwen flogen herum, hohe Schiffe ankerten, Wagenräder knarrten auf Holzstegen. Hier war er noch nie gewesen, es sah alles imposant aus, viel größer und bevölkerter als der Hafen in Bremun. Und als er einen Mann mit tiefer Stimme in der Sprache der Nordmänner reden hörte, bekam Henrik Gänsehaut. Es war, als befände er sich in Firthskur und Mjöllnir hielte ihn an, schneller zu gehen. Zu seinen Seiten wurde Fisch feilgeboten, ein Händler schrie lauter als der andere, dazwischen kreischte eine Frau, die Gerbware verkaufte. Ein Kind wurde an der Hand ihrer Mutter von einem Stand zum anderen gezogen, eine alte Frau verlor Bohnen und sammelte sie mühsam wieder auf. Mit dem Auge eines Diebs musterte er die Decken, auf denen der Fisch lag. Es waren Dutzende Männer und Frauen, die ihn feilboten, keiner schien aber unaufmerksam zu sein, nirgends entdeckte er eine gute Gelegenheit. Also lief er weiter zu den Stegen, wo Ware transportiert wurde. Sie waren einige Schritte hoch über dem Boden erbaut, darunter standen einige Kinder und sahen in die Höhe. Verwundert musterte Henrik sie und fragte sich, warum sie dort standen. Sie schienen alle auf etwas zu warten.

Als einer der Männer über ihnen einige Fische verlor und diese in die Tiefe fielen, schnappte sich der Junge sie, der gerade direkt darunter stand. Enttäuscht verteilten sich die sechs Jungen und Mädchen wieder. Für kurze Zeit erinnerte Henrik dieses Schauspiel an die heiligen Apostel. Dennoch ging er zu ihnen und wartete ebenfalls. Immer wieder fielen ein oder auch mehrere Fische nach unten, woraufhin sich gleich die Kinder darauf stürzten. Henrik fragte sich, warum die Männer über ihnen nicht selbst hinabstiegen, vielleicht wussten sie aber auch, dass hungrige Mäuler unter ihnen warteten, oder aber der Verlust fiel ihnen nicht auf.

Plötzlich purzelten direkt über Henrik zwei Fische in die Tiefe. Den einen ergriff er sofort, bei dem zweiten hatte ein Mädchen seine Hand genauso schnell auf ihm wie Henrik. Sie war sehr jung, über und über mit Schmutz bedeckt, war noch dürrer als die meisten und blickte ihn erschrocken mit ihren großen Augen an. Da ließ er den Fisch los und war trotz seines Hungers froh, dass das Mädchen wenigstens an diesem Abend etwas zu essen bekam.

Zu seiner Enttäuschung waren die Fische bald abgeladen und der Pulk der Kinder löste sich vorerst auf. Henrik wollte noch warten, es war jedoch derart kalt, dass er einige Schritte gehen musste.

Am Rande des Hafens gelang es ihm, einer alten Frau Zwiebeln von deren Decke zu entwenden, von einem an ihm vorbeifahrenden Wagen nahm er unauffällig eine Handvoll Bohnen, die unter einem Tuch lagen. Selbst wenn Henrik die Bohnen hergeben wollte, konnte er vor Kälte kaum mehr die Hand öffnen. Mit klammem Körper ging er zurück, hoffte, niemand könne sehen, was er an sich trug, verließ die Stadt und erreichte in eiskaltem Wind das steinige Marschland südlich der Stadt. Er musste die Stelle suchen, weil nun vermehrt Menschen dort ihre Lager aufschlugen, fand dann aber schließlich Marius und Agnes am Feuer vor.

Wortlos legte er seine Beute vor die Flammen, setzte sich selbst nah davor und hoffte, Agnes würde es besser gehen.

»Schläft sie noch?«

»Ja. Sie ist aber ruhiger geworden.«

Etwas später aßen sie den Fisch und die Bohnen. Marius hatte den Kessel benutzt und so konnten sie seit langer Zeit wieder etwas Warmes zu sich nehmen. Obwohl sie völlig ausgehungert waren, hoben sie den halben Fisch sowie die Zwiebel auf, um entweder am kommenden Tag etwas zu haben oder aber es Agnes zu geben, falls sie denn aufwachen sollte. Schon bald ging die Sonne unter, unzählige Fackeln und Kesselfeuer erhellten den Hafen in der Ferne. Je dunkler es wurde, desto unwirklicher sah die Szenerie aus, denn ein heller Schein spannte sich über die Stadt Ripa. Zwei Schiffe näherten sich dem Hafen, eines verließ ihn, vom entfernten Dorfrand waren Ziegen und die Rufe einer Frau zu hören. Die untergehende Sonne tauchte das Marschland in ein warmes, rötliches Licht, es wirkte wie ein Bild aus einem Traum. Schon bald jedoch versank all das in Dunkelheit, schließlich war nur noch das Licht weit entfernter Fackeln und Feuer des Hafens zu sehen.

Henrik und Marius hatten Holz gesammelt, um das Feuer die ganze Nacht über brennen zu lassen. Agnes hatte die zweite Portion des Kräutersuds bekommen, war kurz aufgewacht, aber bald wieder eingeschlafen. Henrik wusste nicht, ob dies ein gutes Zeichen war, er hoffte es aber inständig. Weil es immer kälter wurde, schoben sie Agnes näher an das Feuer und setzten sich nahe aneinander. Schneeflocken wirbelten über den Flammen, Henrik spürte aber, die Kälte mit nicht mehr ganz so leerem Magen besser auszuhalten. Dennoch ahnte er, eine sehr lange Nacht vor sich zu haben, die er gern auf sich nähme, wüsste er, dass Agnes gesund würde. Erst jetzt spürte er die Wunden von den Schlägen der Männer auf dem Schiff, und er gäbe alles dafür, nun in der Hütte der Apostel zu liegen und Hans schnarchen zu hören.

Kurze Zeit später wurde es heller. Jemand trug eine Fackel und kam direkt auf sie zu. Zur Sicherheit griffen Marius und Henrik nach Steinen, um sie dem Angreifer an den Schädel werfen zu können.

»Wie geht es ihr?«, fragte eine Frauenstimme.

Erleichtert ließ Henrik den Stein fallen. Es war die Frau, die ihnen geholfen hatte.

»Sie wacht kaum auf. Sie hat aber stets den Sud getrunken.«

Sie kam einige Schritte näher und fand Agnes schlafend vor. Dabei flimmerte ihr Gesicht im Schein der Flamme. »Das ist gut. Sie wird alle Kraft benötigen.«

Henrik war überrascht. Er hatte nicht geglaubt, dass die Frau noch einmal und aus freien Stücken zu ihnen käme. »Ihr werdet die Nacht hier draußen kaum überstehen«, raunte sie. »Meiner Tochter habt ihr zu verdanken, dass ihr im Ziegenstall schlafen könnt. Da wird das arme Ding auch eher gesunden.«

»Wir dürfen in Euren Stall?«, wiederholte Henrik. »Damit helft Ihr uns außerordentlich.«

»Na dann los, bevor ich es mir noch einmal überlege.«

Nachdem Henrik für Marius übersetzt hatte, packte dieser die Sachen in den Beutel. Währenddessen hob Henrik Agnes in die Höhe und trug sie vorsichtig über die Steine des Marschlands. Die Frau leuchtete ihnen mit der Fackel den Weg und als sie flacheren Boden betraten, wechselten sich Marius und Henrik mit Agnes ab. Bald tauchten erste Hütten auf, Stimmen waren zu hören, schließlich erleuchtete der Schein mehrerer Feuer und Fackeln die Umgebung. Sie waren am Rand Ripas angekommen, nur der hohe Wall trennte sie noch von der Stadt.

»Ich lebe außerhalb«, rief die Frau. »Wir gehen nicht hinein.

Henrik begriff, dass wie in Bremun auch hier die Ärmsten außerhalb des Stadtwalls wohnten, es war ihm aber einerlei. Hauptsache, sie waren nicht weiterhin dem schneidenden Wind ausgesetzt, der seinen Körper zu Eis verwandelte.

Sie gingen in eine enge Gasse, der Geruch von Kot und Harn kroch ihm in die Nase, Ziegen meckerten, ein Mann brüllte etwas, ein kleines Kind weinte. Neben einer dunklen Hütte schob die Frau den Riegel einer Basttüre zur Seite und leuchtete in das Innere. An einer der Wände lag ein Haufen Stroh, ansonsten war der Verschlag leer.

»Wir haben keine Ziegen mehr«, erklärte sie. »Die sollte man essen, bevor sie einem geklaut werden. Legt euch ins Stroh, ich bringe dem armen Ding noch eine Decke.«

Ohne eine Antwort abzuwarten, verschwand sie.

Nachdem sie Agnes auf das Stroh gelegt hatten, sah Henrik um sich. Fast unscheinbar drang etwas Licht von den Flammen eines Feuers außerhalb durch die breiten Ritzen des Verschlags, der Wind pfiff fast ungehindert zu ihnen.

»Was sagte sie?«, fragte Marius, also erklärte Henrik es ihm.

Nach nur kurzer Zeit kam die Frau zurück, überreichte ihnen eine löchrige Decke und übergab ihnen die Fackel. »Dort in der

Ecke ist noch Holz. Ihr könnt ein Feuer machen, der Stall ist dort oben offen.«

Erst jetzt fiel Henrik auf, dass am anderen Ende des Verschlags die Decke fehlte. Zudem erkannte er schwach im Flackerlicht den schwarzen Kreis einer Feuerstelle.

Noch bevor er fragen konnte, ob sie die Fackel behalten dürfen, verschwand die Frau.

In dieser Nacht flößten sie Agnes drei weitere Male den Kräutersud ein. Tatsächlich nahm Agnes den größten Teil davon auf, weil sie immer nur einige Tropfen zwischen ihre Lippen kippten. Zu ihrem Entsetzen wich der hartnäckige Wind nicht, mit voller Wucht drängte er sich durch die Ritzen des Verschlags. Es wurde so kalt, dass Henrik befürchtete, die Seite des Körpers, die nicht dem Feuer zugewandt war, könnte sich zu Eis verwandeln. Deshalb kochten sie immer wieder Wasser auf und tranken es heiß, die unendlich wohltuende Wirkung verlor sich aber nach nur kurzer Zeit. Bibbernd und frierend legten sie sich eng aneinander, deckten sich mit Stroh zu, nahmen Agnes in ihre Mitte und entfachten sogar ein zweites Feuer. In den kurzen Momenten, in denen sie Holz nachlegten, drängte sich die Eiseskälte wie Wasser in ihre Glieder. Trotz der Kälte schlief Henrik immer wieder ein und wenn er erwachte, schien es, als nähme die Nacht kein Ende. Irgendwann wurde der Wind schwächer, verlor sich, auch die Schreie der Betrunkenen und des kleinen Kindes verebbten. Erst jetzt fielen die beiden in tieferen Schlaf.

Lautes Husten weckte Henrik auf. Der Morgen dämmerte, seine Finger waren so kalt, dass er sie kaum bewegen konnte, auf seiner Haut und in seinen Haaren klebte Eis. Agnes hustete und hatte die Augen geöffnet.

»Du bist wach!«, rief Henrik erfreut und weckte auch Marius. Er war so froh, dass er am Agnes am liebsten stürmisch umarmt hätte.

»Wo sind wir?«, fragte sie mit belegter, erschreckend schwacher Stimme.

»In einer Hütte.« Marius setzte sich sofort zu ihr und hob eine Hand auf ihre Stirn. »Du bist noch immer heiß.«

»Ich brenne.« Agnes sagte es, als wäre ihre Zunge geschwollen oder etwas säße in ihrem Hals. »Bitte Wasser.«

Marius reichte ihr die Schüssel voll Wasser, die Agnes gänzlich austrank. Sofort machte sich Henrik daran, den nächsten Sud aufzusetzen, und da Agnes nach dessen Fertigstellung noch wach war, trank sie ihn.

»Du musst etwas essen«, sagte Marius bestimmt. »Wir haben noch Bohnen und Fisch.«

»Soll ich dir ins Gesicht kotzen?«

»Du musst aber essen!«

Widerwillig nahm Agnes einige Bissen der gekochten Bohnen, drehte aber bald den Kopf weg. Henrik dachte, sie wolle noch etwas sagen, doch als er näher hinsah, schlief sie abermals.

»Es ist ein gutes Zeichen«, resümierte Marius. »Du hättest die Frau fragen sollen, was das für Kräuter sind.«

Henrik wollte sich noch nicht freuen. Es würde ihn nicht wundern, wenn Agnes seiner Schwester folgte, schließlich hatte er bisher alle Frauen verloren, die ihm wichtig gewesen waren.

Um mehr Licht an sich zu lassen, ging er hinaus. Direkt hinter ihnen hob sich der Palisadenwall in die Höhe, er hörte die Stimmen der Menschen von der anderen Seite, während neben ihm ein Mann aus seinem Verschlag kroch und in die Gasse urinierte. Gleichzeitig kam eine Frau des Weges und zerrte einen Handkarren durch den Matsch, sah den Mann jedoch nicht an und machte, so gut es ging, einen Bogen um ihn.

Nur kurze Zeit später kam die alte Frau zu ihnen und sah nach Agnes, die wieder schlief.

»Sie war wach und hat sogar etwas gegessen«, erklärte Henrik, während die Frau die Agnes' Haut abtastete.

»Das ist gut. Sie soll die Decke keinesfalls abstreifen.«

»Kann nicht wenigstens sie zu euch ins Haus?«, fragte Henrik.

»Sie kann hier unmöglich gesund werden.«

»Bei uns ist es drinnen nicht viel wärmer. Aber ja, sie kann sich an den Ofen legen.«

Henrik kam die Frau nun wesentlich gutmütiger vor, denn sie nahm ihre Hand gar nicht von Agnes' Gesicht. »Und wenigstens sind dort die Wände dichter. Kommt mit und wärmt euch ebenfalls auf.«

Überrascht sah Henrik der Frau ins Gesicht.

»Nennt mich Bjärka«, murmelte sie. »Ich habe etwas Suppe aufgesetzt.«

Um zu verhindern, dass die Frau ihre Meinung änderte, hob Henrik Agnes in die Höhe und trug sie der Frau hinterher, während er mit einer Kopfbewegung Marius aufforderte, mitzukommen.

Neben dem Stall öffnete Bjärka eine ähnlich windschiefe Tür und ließ die drei ins Innere. Tatsächlich sah es dort nicht viel anders aus als im Stall, lediglich ein steinerner Ofen sowie eine Truhe waren zu sehen, einige Felle und Decken lagen an derselben Seite, die Wände waren wesentlich besser mit Schilf ausgestopft als der Stall. Ein kleiner Tisch mit zwei Hockern stand gegenüber, darauf lagen Netze und Kisten voller Stroh.

Bjärka holte eine Decke, legte sie vor den Ofen und wies Henrik an, Agnes daraufzulegen.

»Ich hatte ohnehin vor, euch zu holen«, erklärte Bjärka. »Ich gehe jetzt zu meiner Tochter auf den Markt. Wir können es uns nicht leisten, auch nur einen Tag nichts zu verkaufen. Wir sind Korbmacher, wir haben nie etwas anderes gelernt.« Sie warf eines der großen Netze über ihre Schulter, nahm einen schweren Beutel und ging zur Tür. »Wenn wir abends nach Hause kommen, geht ihr wieder in den Stall. Hier könnt ihr kaum etwas stehlen, aber unser Leben ist uns lieb und teuer. Im Kessel ist Tee, gebt eurer Gefährtin viel davon.« Schließlich trat sie ins Freie.

»Wenigstens an den Tagen«, sagte Henrik erleichtert. »Es wird Agnes helfen.« Jetzt erst erzählte er Marius, was Bjärka gesagt hatte.

Erleichtert holte Marius Holz aus dem Stall und schürte die Feuerstelle. Langsam wurde es wärmer, schon bald roch es nach den Essenzen des Tees. Da Henrik neugierig war, öffnete er die Truhe und sah hinein. Er entdeckte zwei Holzteller, ein Messer, Tonkrüge und einige Säckchen. Als er dort hineinsah, fand er Reste von Bohnen, Zwiebeln und Getreide vor. Womöglich war der Rest in dem Beutel, den Bjärka mit sich genommen hatte, oder aber sie besaßen nichts mehr.

»Es gäbe doch einiges zu stehlen«, sagte Marius, der Henrik über die Schulter blickte. »Aber im Gegenteil, falls Agnes gesund wird, möchte ich ihnen etwas zurückgeben.«

»Wir besitzen doch nichts.«

»Die Stadt ist groß, wir erleichtern diejenigen, die es nicht nötig haben.«

Sorgfältig steckte Henrik die Dinge wieder in die Truhe, schloss sie und ging zum Tisch. In den teils verfaulten Kisten lagen Strohstängel und Ruten, ein Korb stand unter dem Tisch. Als er ihn an sich nahm, staunte er. Er wirkte perfekt. Die beiden Frauen schienen diese Kunstfertigkeit zu beherrschen, auch wenn er kaum etwas davon verstand.

Als er schließlich selbst vom heißen Tee trank, spürte er die Müdigkeit wie über eine Welle sich hereinbrechen. Er setzte sich nah zu Agnes, legte eine Hand auf ihre Decke und schlief sofort ein.

»Lass ihn schlafen.«

Hastig schreckte Henrik in die Höhe. Agnes war wach und hatte mit Marius gesprochen. Dieser reichte ihr gerade einen Krug heißen Tee.

»Wie geht es dir?«, fragte er sofort.

»Es ist, als würde ich brennen, aber es ist besser.«

Die Freude darüber war wie Feuer, das seinen Körper durchströmte.

Langsam trank sie, bis der Krug leer war, und lehnte sich an die Wand. »Marius hat mir erklärt, wo wir sind«, sagte sie. »Ich dachte, noch immer dort draußen zu sein. Es ist hier drin weitaus wärmer.«

Henrik konnte sich ein Lächeln nicht verkneifen. »Die Schutzheiligen beschützen offenbar doch die Eiserne Agnes. Du wirst wieder gesund.«

»Die Schutzheiligen kümmern sich einen Dreck um mich, aber das weißt du ja. Sie können sich ihre Gebete in den Arsch schieben.« Sie lächelte nun ebenfalls, fasste sich aber an den Kopf. »Er platzt gleich. Verdammte Scheiße!«

»Du bist wieder ganz die Alte«, kommentierte Marius. »Eindeutig ein Zeichen, dass es dir besser geht.«

Sie nickte nur, sah zur Tür, durch deren Ritzen Sonnenlicht fiel. Eine Zeit lang sagte sie nichts, plötzlich rannen aber Tränen aus ihren Augen.

»Was ist?«, wollte Marius wissen.

»Wir haben sie alle verloren. Alle unsere Freunde.«

Beruhigend legte Henrik seine Hand auf ihre. Er hatte sie noch nie weinen sehen, es war für ihn bisher unvorstellbar gewesen.

162

Selbst Marius starrte ungläubig auf Agnes. »Wir wissen nicht, was mit Hans ist.«

»Hans? Selbst wenn er überlebt hat, er ist in den Augen der anderen schwachsinnig. Was, meinst du, wird er allein machen?«

»Wir konnten ihn nicht retten.«

»Ich weiß.«

Verwirrt haftete Henriks Blick noch immer auf Agnes' Gesicht. Sie, die immer alles im Griff zu haben schien, so stark und unnahbar war, die ihn verführt hatte, als sei es ein Spiel unter Kleinkindern gewesen.

Sie verlor Tränen.

»Aber wir haben überlebt«, riss Marius ihn aus seinen Gedanken. »Für uns geht es weiter. Erst wirst du jedoch gesund.«

Mit versteinertem Blick sah Agnes Marius an.

»Es ist, als hätte ich nicht überlebt. Vielleicht hätte ich statt der anderen sterben sollen. Ich war für sie verantwortlich.«

Erschüttert hielt Henrik die Luft an.

In diesem Moment wirkte Agnes so verletzlich wie niemals zuvor.

Der Schweif am Firmament

Njördor, Gott der Winde und des Meeres, trieb keinen Schabernack mehr mit den drei Schiffbrüchigen. Doch es war auch an diesem Tag kein Land mehr zu sehen gewesen, und so begann eine weitere Nacht, ohne dass Ranveigs Hoffnung erfüllt wurde. Zunächst liefen sie auch diesmal der Kälte wegen im Kreis herum, bis sie schließlich eng aneinander einschliefen, um sich etwas Wärme zu geben. Der Durst wurde größer, Ranveig hatte auf Schneefall gehofft, um wenigstens einige Tropfen Wasser in ihrem Mund schmelzen zu lassen. Es kam ihr endlos lange vor, bis es endlich dämmerte. Der erste Blick nach Osten war aber wie ein Schlag in ihre Magengrube. Noch immer kein Land und auch keine einzige Wolke am Himmel, die ihnen Schnee bringen könnte.

An diesem Tag befürchtete Ranveig, wahnsinnig zu werden. Sie begann, am Holz des Schiffs zu lecken, um Eis aufzunehmen, doch es genügte nicht ansatzweise, um diesen unerträglichen Durst zu löschen. Manchmal schrie Geir seine Wut in den Himmel, Sigurd wühlte zum wiederholten Male in allen Säcken und Beuteln, er fand jedoch nicht einmal den kleinsten Wasserschlauch. Als Ranveig dachte, es nicht mehr auszuhalten, lief sie zur Reling, um über sie hinwegzusteigen. Das bisschen Salz im Meer konnte doch nicht schaden.

»Nicht!«, schrie Sigurd und riss sie zurück.

Vor Wut und Enttäuschung hätte sie ihn am liebsten geohrfeigt.

»Du stirbst schneller, als wir Land erreichen, wenn du das tust. Es wurden schon so viele schwach und haben mit ihrem Leben bezahlt.«

Wie ein wildes Tier riss Ranveig sich los, schnappte sich ein Stück des abgebrochenen Mastes, um wenigstens die Zunge mit Flüssigkeit zu bedecken. Unter lautem Gebrüll warf sie es schließlich in die See. Die Götter durften sie so nicht sterben lassen, nicht so, ohne ihre Familie wiedergesehen zu haben.

»Ein Schiff!«

Ranveig erstarrte. Zuerst hielt sie Geirs Worte für eine Einbildung, doch als sie seinem auf die See weisenden Arm folgte, erblickte sie tatsächlich ein Schiff. Es schimmerte noch undeutlich im Sonnenlicht, kam aber eindeutig näher.

»Njördor hat uns erhört!«, flüsterte Sigurd ergriffen, »er hat nicht vor, uns auf den Meeresgrund zu ziehen.«

Ranveig sah sich schon Dutzende Wasserfässer austrinken, während sie an einem wärmenden Feuer saß und satt in die Flammen blickte. Offenbar hatten die Götter wirklich ein Einsehen.

»Es steuert auf uns zu«, rief Geir.

Neben den beiden Männern stand Ranveig an der Reling und ließ ihren Blick nicht vom Schiff los. Es trug ein Segel, ein ihr unbekanntes braunes Zeichen schälte sich aus weißem Hintergrund. Plötzlich kam ihr der Gedanke, dass es sich auch um ein Sklavenschiff handeln könnte. Innerhalb weniger Augenblicke wandelte sich ihre Freude in Beklemmung.

Da Sigurd und Geir ihre Hände auf den Knauf ihrer Waffen legten, ahnte Ranveig, dass auch sie sich nicht sicher waren, wer auf sie zusteuerte.

Schon bald erkannte sie einige Männer an Bord, einer der Fremden stand vorne am Bug und befahl seinen Kameraden etwas. Als das Schiff nahe genug bei ihnen waren, drehten sie, sodass sie quer zu ihnen segelten.

»Seid ihr die einzigen drei Überlebenden?«, rief der Mann.

Ranveig war froh, dass sie zumindest ihre Sprache hörte, es sagte aber nichts über deren Absicht.

»Ja!«, schrie Geir zurück. »Wir treiben seit zwei Tagen auf offener See. Wir kommen aus Northumbria.«

Offenbar nickte der Mann, befahl einigen anderen etwas, bevor das Beiboot herabgelassen wurde. Zwei Männer ruderten auf sie zu. Als sie anlegten, warf Geir ein an Bord angebundenes Seil zu ihnen hinab.

»Kommt!«, rief einer von ihnen. »Wir nehmen euch mit.«

»Wer seid ihr eigentlich?«, fragte Sigurd nun.

»Händler, die die dänische Küste ansteuern. Es ist nicht mehr weit.«

Ranveig wusste, dass auch Sklavenhändler dasselbe gesagt hätten, sie hatten aber keine andere Wahl, wenn sie nicht verdursten wollten. Also kletterten sie ins Beiboot und ließen sich zum fremden Schiff rudern.

An Bord wurden sie sofort zum Wasserfass geführt. Als Ranveig eine Kelle Wasser in ihren Mund schöpfte, war es, als löschte es ein zehrendes Feuer in ihr.

»Das Unwetter war ziemlich übel«, sagte der Mann, der offenbar der Kapitän des Schiffs war. Er war derjenige, der zuvor am Bug gestanden hatte. Zweifelsohne waren es ebenfalls Nordmänner, offenbar aber aus dem Land der Dänen, denn ihre Worte hörten sich etwas anders an als die eigenen.

»Wir vermissen ein Frachtschiff von uns«, fuhr der Mann fort. »Zuerst dachten wir, wir hätten es gefunden. Nennt mich Sven.«

Sigurd stellte sich, Geir und Ranveig vor. »Wohin bringt ihr uns?«

»An die dänische Küste. Es gibt keinen Grund, unseren Weg zu ändern.«

Erleichtert glaubte Ranveig daran, keinen Menschenhändlern zum Opfer gefallen zu sein; es waren auch nur sieben Mann an Bord, darunter zwei Greise, aber kein angebundener Gefangener. Sven war groß gewachsen, trug einen langen Bart mit darin eingeflochtenen Perlen, in seine Wangen waren schwarze Punkte eingestochen. Zweifellos war er einer von ihnen, doch sie vertraute nicht mal mehr ihrem eigenen Volk.

Schließlich trank sie noch einige Kellen und setzte sich an die Reling. Jetzt erst spürte sie ihre zehrende Müdigkeit.

»Was habt ihr in Northumbria zu tun?«, wollte Sven wissen.

»Wir suchen Freunde, die verschollen sind«, antwortete Sigurd.

»Und woher kommt ihr?»

»Aus Norwegen.«

Nun musterte Sven den Thorshammer, der an Sigurds Hals baumelte. Als er seinen Blick nach unten schwenkte, blieb er am runenverzierten Griff von Sigurds Schwert haften. Dort waren die Namen von Thor und Odin eingeritzt. Er sagte nichts dazu, drehte sich um und ging zu den anderen, die das Schiff wendeten und nach Osten steuerten.

»Sind es Christen?«, fragte Ranveig Sigurd.

»Ich weiß es nicht. Er hat es nicht abfällig angesehen, aber ich werde ihn nicht danach fragen.«

Keinesfalls wollte Ranveig von Anhängern des Christengottes ins Meer geworfen werden. Sie ging zurück zum Wasserfass und trank so lange, bis der alles beherrschende Durst zumindest vorübergehend verschwunden war.

Geir verhielt sich auffallend zurückhaltend. Vielleicht traute er den anderen nicht.

Durch den frischen Westwind segelten sie schnell ostwärts. Gerade als die Sonne den höchsten Punkt erreichte, tauchte Land vor ihnen auf.

»Das Land der Dänen«, bestätigte Sven. »Noch heute werdet ihr Boden unter den Füßen spüren. In Ripa werdet ihr alles finden, was ihr braucht.«

Ranveig konnte es kaum glauben. Endlich Land. Sie hatte sich schon von Möwen zerfressen auf dem Meer treiben sehen. Doch dann dachte sie an die Zukunft. Sie würden sich auf den Weg zurück machen, und dort erwartete sie das Leben als Eheweib an der Seite Haralds. Zwar war es ein besseres Los als auf dem Meer herumzutreiben, doch die Aussicht, ihre Familie nicht mehr wiederzusehen, hüllte sie in tiefe Trauer und Wut. Es war ihnen nicht möglich, um die ganze Welt zu segeln, um in den heißen Ländern, die Sand anstatt Erde aufwiesen und wo die Haut der Menschen schwarz war, nach Birta und Balbó zu suchen.

Knirschend legte das Schiff am Abend an einem Steg der großen Stadt an. Ranveig war zuvor für einige Momente eingeschlafen, deshalb kam ihr nun alles wie im Traum vor. Ihr Kopf hämmerte vor Müdigkeit und der quälende Durst war auch nach etlichen leer getrunkenen Kellen noch allgegenwärtig. Hunderte von Menschen waren im Hafengebiet zu sehen, trugen Säcke und Beutel, Kisten und Netze, Händler verkauften Waren, es war alles noch gewaltiger und zahlreicher als in Dun Eidann. Schiffe aller Größen ankerten, legten ab und an, Stimmen aus unzähligen Kehlen erklangen, während Möwen in Scharen über ihnen kreisten.

Sigurd hatte Sven gefragt, ob er wisse, welche Schiffe von wo zu norwegischen Gefilden segelten, und dieser hatte ihnen einen Ort genannt, an dem sie fündig würden. Sie verabschiedeten sich, bedankten sich und verließen den Steg, an dem sie ausgestiegen waren.

Bewusst setzte Ranveig ihren ersten Schritt auf die Erde. Sie war matschig, dreckig, ihre Schuhe sanken ein, doch sie schloss für einige Momente die Augen und dankte den Göttern. Es schien, als dränge nun Freyas und Friggs Kraft in sie, als spürte sie die Macht der Götter, Thors Hammerschlag und den Atem Odins, der sie alle belebte.

»Im nördlichen Hafengebiet sind die Schiffe, die nordwärts segeln«, riss Sigurd sie aus ihren Gedanken. »Lasst uns dort nachsehen.«

Ranveig und Sigurd gingen den großen Markt, an dem unzählige Händler ihre Waren feilboten. Es gab Lederwaren, Schmuck, Gewänder, Korbmacher boten Körbe, Schalen und Beutel an, Schuster ihr Schuhwerk, vor allem gab es aber Fische. Offenbar gelangten sie nun in den Bereich, in dem eher Nahrung angeboten wurde, denn Ranveig erblickte hier Getreidekringel, Brot, Fladen, Rüben sowie Bohnen. Aus einigen Kesseln drang Rauch in ihre Nase und erweckte fast unerträglichen Hunger. Sie gäbe vieles, hier und jetzt sich über eine der Schalen herzumachen, die in den Händen einiger Frauen waren. Langsam ging die Sonne unter, erste Fackeln wurden entzündet, hier und da Feuer errichtet. Schlagartig wurde es eiskalt.

»Ich glaube nicht, dass wir hier heute noch ein Schiff finden, das ablegt«, mutmaßte Geir. »Vermutlich werden wir uns einen Schlafplatz suchen müssen. Ich habe noch etwas Silber in meinem Beutel, es sollte für uns drei genügen, etwas zu essen zu bekommen.«

»Versuchen wir es trotzdem«, antwortete Sigurd.

Ranveig sah ihn fragend an. »Du kannst es wohl kaum erwarten, wieder in Barkhingor anzukommen?«

»Du weißt, wie ich es meine. Wir haben nur etwas Silber, sind hungrig und uns wurde jede Aussicht genommen, unsere Familien wiederzusehen.« Es sagte es so scharf, dass Ranveig etwas zurückwich. Sigurd zeigte nur selten seine Trauer und tatsächlich hatte er bisher kein einziges Wort darüber verloren, dass die ganze Fahrt erfolglos gewesen war. Hätten sie sie nicht unternommen, wäre ihnen womöglich ein Funken Hoffnung geblieben.

Sie sagte nichts, sondern folgte den beiden. Geir kaufte Haferbrot bei einer alten Frau, einem Marktkoch gab er etwas Hacksilber für drei Schalen Bohnenbrei. Völlig ausgehungert setzten sie sich an einen Pfahl und aßen. Obwohl Ranveig dachte, ein Pferd essen zu können, hob sie das Brot auf und steckte es in Sigurds Beutel.

Schließlich betraten sie das Nordviertel des Hafens. Die Schiffe waren nur noch schemenhaft im Schein der Fackeln zu erkennen, die Luft brannte vor Kälte und wehte aus Norden. Ranveig konnte sich nicht vorstellen, dass sie noch eine Nacht auf offener See ohne Schutz überlebt hätten.

Tatsächlich fand Geir gleich zwei Seemänner, deren Schiffe am kommenden Tag nach Norwegen segelten. Der erste wollte je einen Beutel Hacksilber von ihnen, der zweite ließ sich jedoch überreden, sie ohne Bezahlung mitzunehmen. Da er einen Thorshammer am Hals trug, mutmaßte Ranveig, es könnte mit ihrem wahren Glauben zu tun haben. Und dieser Fremde bot ihnen sogar an, diese Nacht im Warenlager zu übernachten.

»Man muss hier aufpassen, weil nachts fast nur Diebe rumlaufen«, brummte der klein gewachsene, aber sehr stämmige Mann. Er trug eine Kappe auf seinem kurzen Haar, den prunkverzierten Gürtel hielt er mehr als nur einmal den dreien stolz entgegen. »Man sollte ihnen allen die Hände abhacken. Es sind so viele Kinder dabei, die sind schnell und flink. Versteckt euer Hab und Gut unter euren Gewändern und haltet auch im Schlaf eine Hand auf euren Waffen.«

Sie bedankten sich, bevor sie aber zum Warenhaus gehen wollten, hielt der Mann sie zurück. »Seid vorsichtig mit den Göttern.« Dabei wies er auf den Thorshammer an Sigurds Hals. »Als ich noch jung war, sah man hier kaum ein Kreuz, nun breitet es sich wie die Flechte aus. Ich fürchte, es dauert nicht mehr lange, dann verlieren wir das Anrecht auf die Warenlager.«

Ranveig wusste, dass Sigurd es niemals unter seinem Gewand verstecken würde. Niemand von ihnen verriet die Götter, es war außerhalb ihrer Vorstellungskraft.

Im Magazin lagen Berge an Waren, einige Männer türmten Kisten aufeinander, ein anderer leuchtete ihnen mit einer Fackel die Umgebung aus. Im schemenhaften Licht sahen sie um sich. Als sich Ranveig vorstellte, hier in Ruhe schlafen zu können, ohne Durst zu erleiden oder Angst zu haben, von Njördor in die Tiefe gezogen zu werden, fühlte sie ihre Müdigkeit wie einen Hammerschlag, zudem der Hunger nicht mehr so zehrend war. Sie legten sich hin, lehnten sich an die Säcke und schwiegen für eine Weile.

»Wirst du von Torstein belohnt, wenn du mich heil zurückbringst?«, wollte Ranveig schließlich von Geir wissen.

»Zumindest verliere ich nicht meinen Kopf.«

Da Sigurd lachte, musste sie auch lächeln, obwohl ihr anders zumute war. Nun, nachdem die Angst um ihr eigenes Leben vorüber war und sie Boden unter sich spürte, dachte sie an die letzten Tage zurück. Ifrikia. Das Wort war so fern, so unwirklich, als käme es aus Nastrond. Sie wollte nicht daran denken, was Birta erleiden musste oder wie sehr Balbó möglicherweise als Thrall arbeitete. Sie waren stark, sicherlich überwanden sie alle Widrigkeiten. Balbó stand ein Platz in Walhalla zu und Mutter würde bis zum Tode kämpfen, somit konnte auch sie in Folkwangr einziehen und Freya alle Ehre bereiten. Wenn dies der Ort war, an dem sie Mutter eines Tages wiedersah, war sie auf dem richtigen Weg. Sie hatte bereits Männer getötet, und sie würde es jederzeit wieder tun. Bis dahin führte sie ein Leben an Haralds Seite und im Hause Torsteins, womöglich irgendwann als *yfirfrodr*, und noch später neben ihren eigenen Kindern, die diesen Titel weiter in ihrer Familie trugen. Sie wusste, dass es ein ebenso beneidenswertes wie erstrebenswertes Leben war, dennoch fühlte sie nichts in sich als Kälte und tiefe Trauer.

Dann sah sie Sigurd an. In all den Tagen, nach ihrem Todeskampf, dem unendlichen Durst und der Sehnsucht nach Land wusste sie nicht, welchen Weg er nun einschlug. Sie hatte Angst, ihn zu fragen, musste es aber tun. Möglicherweise standen sie nun an einem Scheideweg.

»Du musst mich nicht nach Barkhingor begleiten«, sagte sie leise. »Es ist nicht dein Weg.«

»Ich werde dich auf jeden Fall sicher zurückbringen«, antwortete er.

»Und danach?«

Er antwortete zunächst nicht. »Die Götter werden entscheiden.«

»Manchmal obliegt dies auch uns.«

»Das hast du bewiesen, als du nach Dun Eidann aufgebrochen bist. Du stehst in der Gunst der Götter, Ranveig.«

Es war Antwort genug. Sigurd wollte sie zurückbegleiten, um für ihre Sicherheit zu sorgen. Sie ahnte, dass er ruhelos blieb, so wie sie, nur dass er nicht durch eine Vermählung gebunden war.

»Du musst nicht meinetwegen zurück, Sigurd.«

»Und du nicht Geirs wegen. Keinesfalls möchte ich dich aber davon abhalten, die Frau des künftigen *yfirmannrs* zu sein. Es könnten gute Jahre werden, Ranveig.«

Geir hätte nun etwas entgegnen können, tat es aber nicht. Sie glaubte aber nicht daran, dass er schlief.

Gute Jahre. Es wäre so vieles, mehr als die meisten hatten, dennoch in rauer Zeit eines rasant wachsenden Kreuzes, sogar Verbündete verrieten sich wegen einiger Beutel Hacksilber.

Sie verlor sich in verstörenden Gedanken, Hoffnungen und vor allem einer steigenden Angst.

Bald schlief sie ein, träumte von riesigen Händen, die sie von Bord des zerfetzten Schiffes in die Tiefe des Meeres zerrten. Tausende von toten Kriegern trieben dort, mit bleichen Augen, vergessen und ohne Möglichkeit, je wieder an Land zu gelangen. Dann sah sie ihre Mutter, die ausgepeitscht und geschunden wurde, während Balbó unter hämischem Grinsen christlicher Priester Kreuze aufstellte, um die Macht des blutenden Gottes zu vergrößern. Doch da hörte sie eine Frauenstimme, die nach ihr rief. Deutlich sprach sie ihren Namen, es klang so wunderschön, es drang tief in ihren Körper ein, wie die Wärme eines Feuers in eisiger Nacht. Sie wurde lauter, fordernder, Ranveig rannen Tränen aus den Augen, weil sie die Person nicht sah.

Plötzlich wachte sie auf. Schweißgebadet benötigte sie einige Augenblicke, um zu begreifen, wo sie war, stand dann auf und ging zur Fackel. Dort atmete sie tief durch. Hatte sie es nur geträumt? Sigurd und Geir schliefen noch, also schlich sie hinaus, wo sie augenblicklich eiskalte Luft empfing. Sie fröstelte, ging jedoch weiter, bis sie das Wasser an den Pfählen der Stege platschen hörte. Was war mit ihr? Wurde sie krank? Noch immer spürte sie diese warme Stimme in sich, die ihren Namen gerufen hatte, gleichzeitig war sie von enormer Kraft und Zuversicht erfüllt worden. Sie richtete ihren Blick zum Himmel, sah dort unzählige Sterne, den schmalen Mond, während wiederkehrend das Wasser an das Holz klatschte.

Plötzlich schoss ein heller Streifen blitzschnell durch den Nachthimmel, gleißend hell, verschwand aber binnen Momenten. Man sah es öfter, eher in den warmen Monaten, so hell und erschreckend hatte sie es aber noch nie gesehen. Ihr Herz hämmerte. Sie wusste, dass es die Geister der Verstorbenen waren, die nach Walhalla einzogen. Für jeden Krieger opferte Odin einen Lichtpunkt in der Nacht, da es aber unendlich viele waren, würden noch Jahrtausende vergehen, bis auch das letzte Licht erloschen war. Erst dann war Walhalla voll und ein Menschengedenken stieß bei Met auf glorreiche Zeiten an. War nach dem Tod ihres Vaters auch ein so heller Lichtpunkt über das Firmament gezogen? Sicherlich, denn er war ein großer Krieger gewesen, sein Tod kam in der götterlosen Welt Vinland.

Auch lange nach dem Spektakel beruhigte sich Ranveigs Körper nicht. Blut schoss heiß durch ihren Körper. Vinland. Wenn Vater und die anderen es bis ans Ende der Welt geschafft hatten, dorthin, wo keine Götter herrschten und der Nebel seltsame Wesen aus sich gebar, warum sollte es ihr nicht möglich sein, Ifrikia zu erreichen? Es war nur ein Wunschgedanke, eine jähe Idee, und trotz des Wissens um ihre Heimkehr ließ sie ihr keine Ruhe. Ifrikia musste näher sein als dieses Vinland, schließlich hatte bis zu der Rückkehr ihrer Freunde sowie Balbó niemand etwas über dieses Land gehört. Demgegenüber segelten bestimmt täglich Schiffe in das Land des Sandes und der dunklen Menschen, und da Ifrikia in Midgard lag, musste Odin auch dort über allem thronen.

Dicht vor ihr schwankte ein Schiff angebunden auf dem Wasser. Sie fragte sich, wer alles am kommenden Tag an Bord stieg, und vor allem, wohin es wohl segeln mochte. Womöglich war es das, das sie nach Barkhingor brachte oder zumindest in ihre Heimat.

»Komm wieder rein!«, riss plötzlich eine Stimme sie aus ihren Gedanken.

Es war Geir, der dicht hinter ihr stand. »Ich kann nicht zulassen, dass ich dich doch noch verliere.«

»Hattest du Angst, ich könnte auf eines der Schiffe steigen und mich verstecken?«

»Du hast einen Götterschwur abgelegt. Ich wäre nicht überrascht.«

Ranveig stutzte. War dies eine Aufforderung, nicht nach Hause zu segeln, oder bildete sie sich im Hochgefühl einer Hoffnung, die nicht größer als ein Sandkorn war, dies nur ein?

»Komm, wir gehen wieder rein!«

Als sie zum Magazin trottete und Geir dicht hinter sich hörte, löste sich der kurze Hoffnungsschimmer nicht nur in Luft auf, vielmehr ahnte sie, dass sie auch zukünftig kaum einen Schritt allein würde bewältigen dürfen.

In diesem Moment kam sie sich wie in einem Käfig vor.

Für kurze Zeit befürchtete sie, zu ersticken.

Ripa

Henrik war ratlos. Agnes genas zwar körperlich, es schien aber, als wäre sie von einem dunklen Schatten belegt, der ihr alle Lebensfreude raubte. Wenn sie aufstand, dann nur zum Wasserlassen oder wenn sie morgens und abends das Quartier wechselten, dazwischen blieb sie stets auf dem Lager liegen, war schweigsam und starrte ins Leere.

Bjärka ließ sie weiterhin im Stall leben. Weder stellte sie ein Ultimatum noch verlangte sie etwas als Gegenleistung. Dennoch gaben sie den beiden etwas von ihren gestohlenen Lebensmitteln ab. Weder Bjärka noch ihre Tochter fragten sie dabei, woher sie diese Dinge hatten.

Manchmal kam Bjärka an den Abenden und überzeugte sich von Agnes' körperlicher Genesung, jedoch spürte auch sie das Dunkle in der jungen Frau, das sich keiner erklären konnte.

Als Agnes wieder einmal schlief, zog Marius Henrik aus dem Stall in die schmale Gasse. »Sie ist wie von Sinnen. Warum nur isst sie kaum etwas?«

»Du kennst sie doch besser als ich. Es ist schlimm, sie so dahinsiechen zu sehen.«

»Die Apostel waren ihre Familie, es war ihr Werk. Sie kannte kaum etwas anderes, und ihr Leben davor lag lange zurück. Zumindest denke ich das, weil sie nie etwas darüber erzählt hat.«

»Vielleicht sollten wir zurück und herausfinden, ob wenigstens Hans noch lebt.«

»Und dann? Es ist zu gefährlich in Bremun, zumindest die kommenden Monate. Irgendwann werden sie unsere Gesichter vergessen haben, doch nicht schon jetzt.«

Henrik nickte. Ihm war längst klar geworden, in Ripa bleiben zu müssen, es gab für sie keinen anderen Ort. Vielleicht ließ Bjärka sie ja dauerhaft im Stall schlafen, vor allem, wenn sie ihr und ihrer Tochter weiterhin mit Nahrung aushalfen. Bisher war es nicht schwer gewesen, im menschenüberfüllten Hafen etwas aufzutreiben. Das Wichtigste war jedoch, dass Agnes wieder die Alte wurde. Wie sehr er ihr Lächeln vermisste, selbst ihr Fluchen und ihre knappen Worte würde er nun lieber hören als ihr Schweigen mitzuerleben.

»Ich hole uns Nachschub«, sagte er schließlich. »Die Bohnen gehen zu Ende.«

Zur Antwort schlug Marius ihm eine Hand auf die Schulter. Henrik wusste, dass es unausweichlich war, ihnen die Sprache der Nordmenschen beibringen zu müssen, blieben sie tatsächlich hier. Dies waren jedoch Aussichten, die weit vor ihm lagen, zu weit. Auf Agnes zumindest schien dieser Ort wie ein Dämon zu wirken, der ihr alle Lebenskraft raubte.

Es schneite leicht, war aber weniger schneidend kalt als an den vergangenen Tagen. Der März stand vor der Türe, schon bald würde der Frühlingswind alles Eis und die Kälte auftauen. Eilig durchquerte er die Gasse am Stadtwall entlang, da es ab und an vorkam, dass einer der Wachposten von oben in die Tiefe urinierte, und wenn sie einen der Leute beschmutzten, lachten sie nicht selten darüber. Manchmal kippten sie auch Kot hinab, vermutlich sahen sie dieses Viertel als den Ort an, den sie mit ihrem Dreck zudecken wollten. Wenn der Wind nachließ, stank es oftmals erbarmungslos, so konnte sich Henrik kaum vorstellen, wie dies in der heißen Sommerzeit auszuhalten sei.

Es war nicht weit zum Hafen. Kurz davor erreichte er die Straße, die in die Stadt führte. Oftmals blieb er stehen, drehte sich zum Tor, wo die Wachen Wagenladungen und Handkarren kontrollierten, kaum jemand wurde aber abgewiesen. In bunten Bildern stellte er sich vor, wie er schon bald mit Agnes und Marius dort auf Raubzug ging.

Henrik kannte sich bereits nach der kurzen Zeit seiner Anwesenheit im Hafenbereich gut aus. Ganze achtzehn breite, hoch angelegte Stege führten ins Wasser hinaus, darunter standen wie immer vereinzelt Menschen, vor allem Kinder, die auf herabfallende Waren hofften. Unzählige Händler priesen lauthals ihre Waren an, jeder versuchte, den anderen zu übertönen, vor allem dort, wo es Nahrung gab. Problemlos entwendete Henrik einige Zwiebeln von einem Karren, und während sich ein Händler mit zwei Frauen unterhielt, stahl er einen Haferkringel. Im Vorbeigehen erhaschte er eine Handvoll Bohnen aus einem Holzfass. Stolz bemerkte er, mit jedem Versuch geschickter zu werden, stets verstaute er diese Dinge unauffällig in seinem mitgeführten Beutel.

Als er ins nördliche Viertel gelangte, fiel ihm ein großes Schiff auf, das gerade anlegte. Aufgrund seiner Form erinnerte es ihn an die *blar arflognir*, das Schiff, mit dem er einst bis nach Vinland gesegelt war. Viele Männer gingen von Bord, lärmten und riefen Wörter, die er aber nicht verstand. Sicherlich waren es keine Nordmänner. Womöglich kamen sie aus Britannien oder aber es waren diejenigen, die französisch sprachen. Das in braun und weiß gehaltene Segel verriet ihm ebenfalls keine Herkunft. Schnell ging er weiter, um einem möglichen Streit mit den deutlich aufgeregten Männern aus dem Weg zu gehen.

Zwischen Steg vierzehn und fünfzehn befand sich der Schmuckmarkt. Hier hielt er sich weitaus weniger auf als an allen anderen Stellen des Hafens, denn er wusste, dass hier besonders gut aufgepasst wurde. Sie mussten froh sein, Nahrung für einen Tag zusammenzuklauen, die Gefahr, wegen einer Kette oder eines Rings erwischt zu werden, war viel zu groß. Vielleicht wagten sie es später mal, oder aber auch nie.

An den Magazinen war er bisher zwei Mal erfolgreich gewesen. Nur wenige wussten, wie viele Arbeiter hier tätig waren, wer von welchem Schiff kam oder was er hier zu suchen hatte. Wichtig war nur, geschäftig zu erscheinen, keinesfalls durfte er herumstehen und Leute beobachten. Dies erregte Aufmerksamkeit. Schnellen Schrittes ging er den Bereich ab, sah sich um, sein Blick fiel auf offene Kisten, Netze und Säcke ebenso wie in die Warenlager, in denen tonnenweise Dinge standen, die es alle wert waren, gestohlen zu werden. Da fiel ihm ein Mann auf, der seinen Beutel nicht eng genug an seinem Körper trug, sondern dessen Schnur sich gelöst hatte, wodurch er am Oberschenkel herumbaumelte. Der groß gewachsene Mann stand am Steg und unterhielt sich gerade mit zwei anderen Männern. Henrik wartete, und als der Mann sich löste, folgte er ihm. Er zog das Messer, das er am vergangenen Tag gestohlen hatte, versuchte, mit dem Mann Schritt zu halten, und schnitt die Kordel durch. Gerade als er den Beutel fassen wollte, drehte sich der Mann um und hielt seine Hand fest. Es war so schnell gegangen, dass Henrik nicht hatte reagieren können.

»Du Bastard!«, schrie der Mann und riss Henrik zu Boden. Er spürte einen schweren Schlag gegen seinen Rücken, er hustete, dann schlug ihm der Mann ins Gesicht.

»Man sollte euch alle wie Hunde ersäufen!«

Verzweifelt versuchte Henrik, sich aufzurappeln, dabei trat er dem Mann derart gegen die Füße, dass dieser beinahe hinfiel. Mit voller Wucht stieß er ihn nach hinten und rannte davon. Sein Opfer war aber schnell auf den Beinen, und als zwei Männer, die der Vorfall beobachtet hatten, sich Henrik in den Weg stellten und ihn festhielten, war der Mann wieder zur Stelle.

»Du dreckige Ausgeburt!«

Voller Panik wollte Henrik sich losreißen, die Männer hielten ihn jedoch fest.

»Sollen wir die Wachen rufen?«, fragte einer von ihnen den Mann.

Dieser hielt den Beutel fest in seiner Hand. »Eher sollte ich ihn verprügeln.«

»Ich habe ihn ja nicht bekommen, also lasst mich los!«, schrie Henrik.

»Das würde dir so passen.«

Durch den Lärm aufgeschreckt, kam nun ein anderer Mann auf Henrik zu. Verwundert starrte er ihm ins Gesicht.

Henrik war, als schösse ein Blitz durch seinen Körper. Das war unmöglich. Er kannte den Mann, doch sicherlich betrogen ihn seine Augen.

Gerade als er seinen Namen nennen wollte, sah er hinter ihn. Eine junge Frau war aufgetaucht. Henriks Herz setzte kurz aus, wieder schoss Hitze durch seinen Körper, mit offenem Mund starrte er auf das Gesicht. Das konnte tatsächlich nicht möglich sein.

»Ranveig?«, fragte er mehr sich selbst als sie.

»Henrik!« Ranveig war augenblicklich stehen geblieben und schien wie erstarrt zu sein.

»Und Sigurd!« Zwar war Sigurd nicht auf der langen Reise dabei gewesen, er würde aber jedes Gesicht Firthskurs auch in zwanzig Jahren wiedererkennen.

»Henrik!«, wiederholte Ranveig und ging auf ihn zu. »Bei allen Göttern ...«

Da ließen die beiden Männer Henrik los. Kopfschüttelnd, aber unter rasendem Herzen näherte er sich Ranveig, sah sie an, es war, als rauschten alle Meere dieser Welt durch seinen Körper. Alles begehrte in ihm auf, Blitze schossen durch ihn, er zitterte, Schweiß lief über seine Stirn. Wie benebelt ging er noch näher, ergriff ihre Hände, dann nahm sie seinen Kopf, umfasste ihn, bevor sie zur Begrüßung lange ihre Stirnen aneinanderhielten. Es war, als verlören sich die Jahre seit Henriks Aufbruch, als könnte er das Holz von Einars Haus riechen, als hörte er die Ziegen im Verschlag und vernähme den Duft von Birtas Suppe.

Das konnte doch alles nicht möglich sein!

»Bei Odin!«, rief nun Sigurd und begrüßte Henrik ebenfalls.

Ranveig hörte dessen Stimme wie aus einem Traum. Sie wollte Henrik nicht loslassen, es war, als wäre diese Begegnung eine Brücke zu ihrer alten Welt, zu sorglosen Zeiten inmitten ihrer Familie und ihrer Freunde. Gleichzeitig fragte sie sich, ob sie träumte.

Wie kräftig er geworden war, mit den Zügen eines Mannes, der älter wirkte, als er in Wirklichkeit war. Jetzt erst fiel ihr ein, unter welchem Umständen sie sich getroffen hatten. »Du wolltest Geir bestehlen?«

Zu ihrer Überraschung umfasste Henrik ihr Haupt noch immer, ließ es aber schließlich los. Er lächelte, als wäre die Sonne aufgegangen.

»Es tut mir leid, ich wusste nicht, dass er zu dir gehört.«

»Bist du ein Dieb geworden?«, fragte Sigurd ihn. »Und lebst du hier?«

Deutlich erkannte Ranveig, dass Henrik nach Worten rang. Sie war so froh, ihn wiederzutreffen, und fragte sich gleichzeitig, ob es ein Wink der Götter war, dass dies ausgerechnet jetzt geschah.

»Ja, ich bin ein Dieb und wir sind hier gestrandet«, antwortete er unverblümt. »Ich und zwei meiner Freunde.«

Geir band den Beutel enger an sich, unterließ es aber, Henrik weiter zu attackieren, während Sigurd Henrik eine Hand auf die Schulter legte und nickte.

»Die Entscheidungen der Götter sind manchmal verrückt.«

Unwirklich schüttelte Ranveig ihren Kopf. Da die beiden anderen Männer verschwunden waren, erregten sie keine Aufmerksamkeit mehr.

»Warum seid ihr in Ripa?«, fragte Henrik. »Wo sind Birta und Balbó? Ist Arna auch hier?«

Seine Fragen verursachten einen Stich in Ranveigs Herzen. Für wenige Momente hatte sie die Tragödie vergessen, sich einfach nur gefreut, einige Augenblicke ihres alten Lebens spüren dürfen.

»Nein, sind sie nicht, Henrik. Das ist der Grund, aus dem wir hier sind.«

Henriks Miene änderte sich schlagartig. »Was ist passiert?«

Ranveig drehte sich um, ob sie belauscht wurden, doch die Menschen gingen achtlos an ihnen vorbei. Niemand beachtete sie, es herrschte wieder geschäftiges Treiben. Sie zog Henrik mit sich an eine Stelle, an der kaum Menschen waren. Hier, neben der Wand eines Magazins und etwas abseits vom Hafen, fühlte sie den leichten Wind an sich, als stellte er eine Wegegabelung dar, wie den Atem der Götter, die ihr irgendetwas mitzuteilen gedachten.

Schließlich erzählte sie. Sie berichtete vom Überfall auf Firthskur, von Völsungur, der sie verraten hatte, von ihrer Vermählung mit Harald, ihrem Schwur an die Götter und der Erkenntnis, die sie in Dun Eidann erhalten hatten. Nun zu sagen, dass sie auf dem Rückweg nach Barkhingor waren, ließ ihren Körper zu Eis erstarren.

Henrik hörte nur zu, ohne etwas zu erwidern. Sichtlich schockiert haftete sein Blick lange in Ranveigs Gesicht, ab und an schüttelte er den Kopf.

»Seid ihr sicher, dass der *yfirmannr* seine Finger im Spiel hat?«

»Absolut!«, bestätigte Sigurd. »Wenn die Götter ihn nicht richten, werde ich ihm den Kopf abschlagen.«

Die Götter! Ranveig wurde heiß und kalt. Es musste seinen Grund haben, hier und jetzt auf Henrik getroffen zu sein, ebenso, dass sie und Sigurd überlebt hatten und nicht Erland, Stig oder Ingvar. Hielten sie sie zum Narren und trieben ein Spiel mit ihnen oder gaben sie ihr tatsächlich die Gelegenheit, ihrem Schwur nachzugehen? Doch inwiefern konnte Henrik ihr weiterhelfen?

»Warum bist du ein Dieb?«, fragte sie endlich. »Es schmerzt mich, dich so anzutreffen.«

Nun erzählte Henrik, wie sein Leben nach seiner Rückkehr verlaufen war. Er berichtete von Mutters und Alvas Tod, von seiner Aufnahme bei den Aposteln in Bremun, von ihrer Flucht. Und davon, dass seine Freunde mit den Namen Marius und Agnes in einem Ziegenstall darauf warteten, dass er einige Zwiebeln, Bohnen oder im besten Fall Haferbrot ergatterte. Deutlich sah sie ihm an, dass er sich schämte, dass es aber ein Teil seines Lebens geworden war.

»Die Götter haben wohl einen Plan!«, bestätigte nun auch Sigurd.

»Ja, nämlich den, dass wir noch heute nach Norwegen aufbrechen«, unterbrach Geir ihn. »Ich werde herausfinden, wann uns das nächste Schiff mitnehmen kann.« Daraufhin verschwand er.

Ranveig konnte ihn nicht aufhalten. Wieder sah sie Henrik ins Gesicht, in seine Augen, erinnerte sich an die Zeit, als er ihre Sprache gelernt hatte, ihr beim Gemüseschneiden, Holzholen und Kräutersammeln geholfen, später dann als Kämpfer einige Beutel Hacksilber für ihren Vater verdient hatte. Sie hatten sich vorsichtig angefreundet, umso trauriger war sie gewesen, als er mit Vater und Balbó nach Westen aufgebrochen war. Er hatte Vater in den Tod begleitet und ihn den Göttern übergeben.

Diese Ehre war ihr verwehrt worden.

Vor allem aber erinnerte sie sich an die Klippen, wo Henrik ihr im Todeskampf beigestanden und sie die fremden Männer umgebracht hatten.

Je länger sie ihn ansah, desto mehr Kraft spürte sie in sich aufkommen. Sie wusste nicht, was geschah, was die Götter vorhatten, warum ihr an diesem Ort Henrik erschienen war, sie freute sich mehr über das Widersehen, als sie es sich je vorstellen hätte können. Das sofortige Vertrauen in ihn erfüllte sie mit Hitze.

Für kurze Zeit schloss sie die Augen. Trotz allem wurde es Zeit, das Leben an Haralds Seite anzunehmen. Warum aber dann diese Narretei der Götter?

Noch immer spürte Henrik die Faszination, die Ranveig in ihm auslöste. Sie war eine bildhübsche Frau geworden, hochgewachsen, ihre Nase erinnerte ihn an Einar, während die hellblauen Augen etwas von ihrer Mutter in sich trugen. Sie wirkte wesentlich erwachsener, stolz, erhaben, mehr noch war es aber dieses überraschend starke Band des Vertrauens zu ihr. Es war stärker als in seiner Erinnerung. Es kam ihm vor, als läge die gemeinsame Zeit nur wenige Tage hinter ihnen, alles an ihr war vertraut, bekannt und in keiner Weise mit einem schlechten Gefühl behaftet. Selbst in den grausamen ersten Wochen und Monaten bei Einar hatte er sich bei Ranveig stets am wohlsten gefühlt.

Ihr Bericht über den Überfall und die Versklavung seiner ehemaligen Freunde entfachte ein zerstörendes Feuer in ihm. Er konnte sich die stolze Arna nicht als Thrall vorstellen, ebenso wenig Mjöllnir oder Radvald, die sicherlich auf jede Gelegenheit warteten, ihren Besitzern den Schädel einzuschlagen. Ranveig hatte die Reise bis Britannien gewagt und war dort herb enttäuscht worden. Sicherlich ging sie davon aus, von ihren Göttern verraten worden zu sein, schließlich hatten die Nordmänner selbst über Jahrhunderte ebenso Gefangene als Sklaven in ihren Ländern gehalten. Als er ihr wieder ins Gesicht sah, erkannte er darin viel mehr Mut, Entschlossenheit und Stärke als damals zwischen den Klippen, wo sie von Fremden überfallen worden waren. Da gab es aber auch noch etwas anderes. Momentan schien sie zerrissen zu sein, zutiefst verzweifelt, ihrem Lächeln fehlte die Freude, die sie früher ausgestrahlt hatte. Als er an ihren Schwur den Göttern gegenüber dachte, befürchtete er, dieser könnte ewig an ihr nagen.

Zu seiner Überraschung legte Sigurd ihm einen Arm auf die Schulter und führte ihn von Ranveig und Geir weg. Verdutzt drehte Henrik sich zu Ranveig um, sie blieb jedoch stehen, ohne die beiden aus den Augen zu verlieren.

Erst an den breiten Pfählen, die die Stege umfassten, blieb er stehen.

»Dich haben die Götter geschickt, Henrik.«

Henrik wusste nicht, inwiefern er dies bestätigen sollte.

»Ich sehe, dass Ranveig und du noch immer ein Band des starken Vertrauens haben, und ich spüre das ebenso dir gegenüber. Sie steht zwischen einem Leben als Eheweib sowie zukünftiger *yfirfrodr* des Dorfes und ihrem Schwur. Ich hoffe, du kannst ihr bestätigen, dass sie keinesfalls auf dieses Leben in Barkhingor verzichten darf.«

»Aber sie sagte doch, dass sie zurücksegelt?«

»Ja, ich aber werde danach in den Süden aufbrechen. Ich muss meine Familie suchen, und falls ich dabei sterbe, weiß ich, dass ich bei meinen Vorfahren in den Hallen Walhalls wandeln werde. Ich habe ebenso den Götterschwur getätigt.«

»Warum möchtest du ihn Ranveig dann verweigern?«

»Ich verweigere ihn ihr nicht. So etwas stünde mir niemals zu. Ich darf sie aber nicht in Gefahr bringen, ihr ebenso diese Ehre, in fernen Zeiten *yfirfrodr* zu werden, nicht durch meine eigenen Taten entziehen. Ich liebe sie wie meine eigene Tochter, sie nach Ifrikia mitzunehmen bedeutete, sie in große Gefahr zu bringen.«

Ratlos blickte Henrik zu Boden. »Ich weiß nicht, ob ich das kann. Ich verstehe dich zu gut, sie erwartet ein Leben, für das andere morden würden. Aber ich kenne sie ebenso gut, wie ich Einar kannte. Ich würde ihr in allem beistehen, für das sie sich entscheidet.«

»Was?«

»Es ist furchtbar, Arna und die anderen versklavt irgendwo in einem fernen Land zu wissen.«

»Du weißt nicht, wovon du sprichst, Henrik. Du warst zwar lange Zeit bei uns, aber du bist kein Odinssohn!«

»Das bin ich tatsächlich nicht. Aber ich habe bei euch viel gelernt und vieles davon ist mir erst danach bewusst geworden.«

»Wehe, du setzt ihr Unsinn in den Kopf und bestärkst sie darin, mich zu begleiten. Ich ertränke dich eigenhändig in der See. Ich wollte, dass du sie dahingehend unterstützt, ihr Los anzunehmen.«

»Sigurd, du wählst also ihr Schicksal? Sie hat einen Schwur geleistet.«

Für einen Moment verstummte Sigurd und knetete an seinen langen Haaren. »Nein, ich beschütze sie nur.«

Nun schwieg Henrik längere Zeit und sah auf die Wellen, die monoton gegen die Pfähle klatschten. Seit er Ranveig getroffen hatte, schwelte ein Feuer in ihm. Was geschah nur? Agnes und Marius waren seine besten Freunde, er hatte aber nun kein einziges Mal an sie gedacht. Es schien, als ordnete sich alles aufkommenden Erinnerungen unter. Es wirkte, als schwämme sein derzeitiges Leben wie Laub auf der Wasseroberfläche davon.

»Ich bin kein Odinssohn, Sigurd, aber ich weiß, dass nur die Götter Ranveig beschützen können. Nicht du und nicht ich.«

»Also sagst du ihr, sie soll nicht zurücksegeln?«

»Ich werde gar nichts sagen, denn ich möchte Ranveig nicht belehren. Ich weiß nur, ich selbst würde bis ans Ende der Welt reisen, um meine Familie zu retten. Mir bleibt es aber verwehrt, denn sie sind alle tot.«

Er sah Sigurd lange in die Augen und ging dann zurück zu Ranveig. Als sie lächelte, schien es, als stünden keine Jahre zwischen dem heutigen Tag und seinem Abschied aus Firthskur.

»Kaum sehe ich dich wieder, schon gibt es Männergeheimnisse.«

»Was soll ich sagen? Es tut mir so leid, dass ihr in Dun Eidann enttäuscht wurdet.«

Offenbar hatte Ranveig gehofft, etwas anderes zu hören, denn ihr Blick senkte sich. Schließlich drehte sie sich zu den Schiffen um.

»Wir werden eine Gelegenheit suchen, nach Norwegen zurückzukehren.« Nun wendete sie sich ihm zu und sah ihn lange an. Es war, als würde sich ihr Blick bis in seine Seele brennen, als entfachte sie noch mehr Unsicherheit, als es ohnehin schon der Fall war.

»Ich bitte dich, nicht vor Mittag abzureisen«, bat er sie und unterbrach diese verwirrenden Momente. »Ich muss meinen Freunden Bescheid sagen, und ich möchte keinesfalls, dass du abreist, ohne dass ich mich von dir verabschiedet habe.«

»Ich verspreche dir, dich mittags hier wieder anzutreffen.«

Sie legten abermals ihre Stirnen aneinander, Henrik schloss dabei kurz die Augen. Noch immer schien dies alles wie ein Traum zu sein, unwirklich, und aufgrund der Umstände wusste er nicht, was er nun tun sollte.

Als er im Stall ankam, stand Agnes gerade vor der Feuerstelle.

»Verdammte Scheiße, ich dachte schon, sie hätten dich erwischt«, begrüßte sie ihn offensichtlich erleichtert. »Marius war schon kurz davor, dich zu suchen.«

»Haben sie auch, zumindest einer.«

Schlagartig sahen Agnes und Marius ihn erschrocken an.

Henrik lächelte jedoch, legte die gestohlenen Lebensmittel auf den Tisch und erzählte, was geschehen war. Dabei atmete er schwer, seine eigenen Worte hörten sich unglaublich an, er war aber sicher, nicht zu träumen.

»Du scherzt!«, antwortete Marius schließlich, während Agnes ihn unablässig ansah.

»Nein.« Aufgeregt ging er im Kreis, kratzte sich, dachte nach, dabei sah er Arna vor sich, die gefesselt Fronarbeit leisten musste. Alles in ihm war unruhig, er konnte nicht ruhig stehen oder sitzen, Wellen an Wärme durchzogen seinen Körper und brachten alles durcheinander.

»Ich war mit ihnen am Ende der Welt. Diese Figur ist von Arna.« Dabei griff er nach Modgudur.

»Und jetzt?« Marius stellte sich ihm in den Weg, als wollte er ihn davon abhalten, einen Graben in den Stallboden zu laufen.

»Sie segeln heute oder morgen zurück.«

»Das hast du erzählt. Aber warum bist du so aufgeregt?«

Henrik stellte sich nun diese Frage selbst. »Ich weiß es nicht. Ich hätte niemals gedacht, jemanden von ihnen je wiederzusehen.«

Er ging um Marius herum und stemmte die Hände in die Seiten. Es war für ihn unvorstellbar, Firthskur entvölkert zu wissen, bewohnt von Eindringlingen, die vermutlich alle Zeugnisse heidnischer Götter vernichteten und das Kreuz verbreiteten. Unvorstellbar war es auch, dass er während seiner damaligen Entführung genau dies erhofft hatte.

Wieder drängte sich Ranveigs Gesicht in seine Gedanken, ihr Blick, ihre Trauer um Birta und Balbó. Sie hatte niemanden mehr außer Sigurd, auch wenn ihr eine aussichtsreiche Zukunft in Torsteins Dorf bevorstand. Es überraschte und verstörte ihn gleichzeitig, dieses Band zu Ranveig zu spüren, es schien, als hellten sich alle Erinnerungen an die gemeinsame Zeit auf, als lägen sie keine Jahre, sondern Tage hinter ihm. Es hatte bisher niemandem erzählt, dass er beinahe in jeder Nacht von Firthskur träumte, nicht einmal Alva. Sie hätte es nie verstanden, ebenso wenig wie Mutter.

Jetzt sprudelte es aber aus ihm heraus. Zum ersten Mal gestand er den beiden seine Träume, die manchmal schön, andere Male auch grausam waren, vor allem aber, dass diese Zeit, auch die der langen Reise in den Westen, sein Leben unabdingbar verändert hatte. Es gab Momente, in denen er sich noch immer in Firthskur wähnte, auch wenn es bisher den Anschein hatte, alles wäre von Tag zu Tag verblasst.

Seine Freunde sagten nichts dazu. Während Agnes sich wieder hinlegte, kochte Marius aus den gebrachten Dingen einen Eintopf, Henrik hingegen trank eine ganze Kelle Wasser. Die Hitze in ihm flaute nicht ab. Die ganze Zeit über grübelte er und dachte nach, auch wenn er nicht wusste, was es denn zu bedenken gäbe. Ranveig kehrte nach Hause zurück, während Agnes, Marius und er irgendwann entschieden, entweder hierzubleiben oder wieder nach Sachsen zurückzukehren. Eine Rückkehr lag auf der Hand, allein schon der Sprache wegen. Es war unmöglich, den beiden ständig alles zu übersetzen.

Als die drei schließlich aßen, fühlte Henrik sich unendlich verloren.

Mit zusammengepressten Lippen balancierte Sigurd über das schmale Brett von Bord und zwängte sich an den Männern vorbei, die das Schiff mit allerlei Ware beluden. Harte Arbeit machte ihm nichts aus, auch nicht die Aussicht, abermals wochenlang auf See zu sein sowie Durst und Kälte zu erleiden. Für die kommende Zeit wollte er sich als Seemann verdingen, um Kiriceborg anzusteuern, einen bedeutenden Hafen im Süden des Frankenreichs. Die erste Etappe auf dem Weg nach Ifrikia. Er hatte den Göttern geschworen, seine Familie zu suchen, und es hatte Tage gedauert, um zu erkennen, dass die Erkenntnisse aus Dun Eidann diesen Schwur nicht hatten brechen können. Es wartete niemand mehr auf ihn, Ranveig war die einzig verbliebene Person, die ihm etwas bedeutete, und ihr stand ein Leben bevor, das ihr Sicherheit bot.

Er selbst wollte entgegen seinem ursprünglichen Plan, Ranveig nach Barkhingor zu begleiten, noch an diesem Abend aufbrechen. Grund dafür war, dass er bezweifelte, von Torstein noch einmal ein Schiff zu bekommen, das ihn zumindest bis Ripa brachte. Sagte er es Ranveig, könnte es sein, dass sie sich ihm anschloss, und dies wollte er ihretwegen nicht.

Henriks Worte hallten ihn ihm nach. Kein Mensch könnte Ranveig beschützen, wenn dann nur kurzfristig im Kampf oder falls sie in Gefahr war. Nicht aber vor dem, was die Götter mit ihnen vorhatten. Henrik war beileibe kein Odinssohn, aber seine Worte hatten großen Eindruck in ihm hinterlassen.

Am Ende des Stegs blieb er stehen, blickte auf die Säcke und Kisten, die an Bord getragen wurden, dann auf den hohen Schiffsmast. Ihn erwartete eine Reise ins Ungewisse, in Länder, die schon vor Jahrzehnten von Nordmännern erobert und teilweise wieder verloren worden waren. Danach aber begann Ifrikia. Er kannte niemanden, der je dort gewesen wäre.

Dankbar für diese Möglichkeit griff er an den Thorshammer und hoffte, die Stärke der Götter würde ihn auch weiterhin begleiten.

Geir fluchte wie irregeworden, Ranveig hingegen konnte seine Enttäuschung nicht teilen. Sie hatten das Schiff nach Norwegen verpasst, und da sie keinesfalls mit den Missionaren in den Norden segeln wollten, mussten sie bis zur Nacht warten. Ranveig ahnte, dass Geir erst beruhigt wäre, wenn er sie in Barkhingor wusste.

Als die Sonne am höchsten stand, kam Henrik zu ihr. Wieder war es ihr, als sähe sie sein Gesicht wie in einem Traum. Sie sprachen viel, Henrik erzählte abermals von der Zeit nach seiner Rückkehr, und als er geendet hatte, berichtete Ranveig ihm von den vergangenen Jahren. Mittlerweile gebe es kaum mehr einen Hafen, in dem die Getreuen der alten Götter nicht höhere Zölle zahlen mussten, die Siedlungen wurden kaum mehr angesegelt, viele litten Hunger und unter Knappheit aller Ressourcen. Als sie ihm erzählte, dass Arna im vergangenen Winter drei Missionaren den Kopf abgeschlagen und diese auf einem Pfahl in der Nähe einer Christenkapelle aufgespießt hatte, sah sie Henrik an, dass er sich dies bildlich vorstellte.

Je länger sie mit ihm zusammen war, desto mehr verwuchs sie mit ihrer Vergangenheit. Teilweise vergaß sie, warum sie an diesem Ort war, dass Mutter und Bruder am Ende der Welt sowie Vater tot war. Erst als sie den argwöhnischen Geir in der Menge der Seemänner an den Stegen ausmachte, wurde sie jäh in die Wirklichkeit zurückgeholt.

Wieder fragte sie sich, warum die Götter Henrik zurück in ihr Leben gebracht hatten.

Sie spürte, dass auch er den Abschied lange hinauszögerte, doch als der Abend anbrach, war er unumgänglich.

»Auch wenn mir der Sinn unseres Zusammentreffens vermutlich ein Rätsel bleiben wird, bin ich sehr froh darüber, dich wiedergesehen zu haben«, sagte sie schließlich. Es war schwerer als erwartet, ihn ziehen zu lassen, das Band ihres Vertrauens unerschütterlich.

»Ich hoffe so sehr, dass du alles Glück findest, Ranveig.«

Sie sah ihm an, dass seine Lippen zitterten, und als er nach ihren Händen fasste, zitterten auch diese.

»Ich weiß nicht, was sich sagen soll. Ich wünsche so sehr, dass Birta und Balbó zurückkehren.«

Zurückkehren. Er sagte es, als befänden sie sich beim Holzholen oder auf der Jagd. Sie würden niemals allein zurückkehren, nicht ohne Hilfe. Sprach Odin aus Henrik? Oder versuchte sie, aus jedem gesprochenen Wort den Willen der Götter herauszuhören? Sie legte ihre Stirn an seine und schloss die Augen. Es tat so gut, ihn zu spüren, und die Traurigkeit, die sie erfasste, war gewaltiger als befürchtet. Könnte sie die Zeit doch um diese Jahre zurückdrehen!

»Hör auf, ein Dieb zu sein!«, schalt sie ihn schließlich. »Mein Vater hat aus dir einen Kämpfer gemacht, ohne List und Trug. Er würde sich schämen, dich nun so zu sehen.«

»Ich weiß.«

Sie spürte, dass er sich von ihr löste, sie auf die Stirn küsste, ihr Gesicht zwischen beiden Händen hielt und sie anlächelte. Doch es waren Qualen darin zu erkennen, eine unbeschreibliche Zerrissenheit, und als er sich löste und ging, drehte er sich kein einziges Mal um.

Nachdem er verschwunden war, zitterte ihr ganzer Körper. Trieben die Götter ein Spiel mit ihr und ergötzten sich an ihrem Leid? Genügte es nicht, sie erfolglos über das Meer geschickt zu haben?

Sie glaubte aber nicht an ein Possenspiel, viel zu sehr spürte sie Friggs und Freyas Kraft in sich.

Womöglich hatte sie etwas überhört oder übersehen.

Henrik wusste nicht, was er tun sollte. Während Marius und Agnes dabei zusahen, wie er wortlos auf den Boden starrte, dachte er zurück an Ranveigs Erzählungen. Er kannte dort jeden Baum, jedes Gesicht, hatte bei ihren Worten den Duft der Gewürze gerochen sowie das Gemecker der Ziegen Firthskurs vernommen. Er hatte ihren Schmerz gespürt, doch auch er fühlte sich eigenartig zerstört. Nichts war mehr so wie zuvor, es schien, als drängte ihn etwas in die Vergangenheit zurück. Was erwartete Ranveig in ihrer Heimat? Er hoffte nur, ihr zukünftiges Leben würde nicht vom Einfluss des Kreuzes zerstört werden.

Gerade als er versuchte, sich aus diesem Bann zu lösen, hörte er tumultartiges Schreien. Ein Mann brüllte etwas, mehrere Frauen kreischten, dann krachte etwas. Sofort stürmten die drei ins Freie. Wachposten hatten offenbar vom Wall aus etwas in eines der Dächer geworfen, denn Staub wirbelte durch die Luft, zersplittertes Holz lag überall herum. Zwei Frauen beschimpften die

Wachen über ihnen, ein Mann hielt entsetzt die Hände an seinen Kopf.

»Was geht da vor sich?«, fragte Marius mehr sich selbst als die anderen.

Henrik antwortete nicht, denn nun krachte ein Stein in ein weiteres Dach, kurz danach kippte jemand dampfenden Harn herab. Wieder kreischten die Leute, ein Kind schrie, ein Mann warf Steine in die Höhe. Klackernd fielen sie wieder hinab, doch der Mann warf weiter und beschimpfte dabei die Soldaten als dreckige Hurensöhne.

Da die Wachen offenbar ihren Spaß gehabt hatten, beruhigte sich die Lage.

«Dreckige Schweine!«, schimpfte Agnes. »Denen da oben ist langweilig. Sie sollen uns endlich in Ruhe lassen!«

Henrik sagte nichts dazu und folgte den beiden ins Haus, als plötzlich wieder Schreie zu hören waren. Abermals ging er hinaus und sah, wie drei Männer mit ihren Lanzen auf Menschen einschlugen. Eine Frau blutete stark und fiel rücklings hin, ein Mann wurde aufgespießt, als er auf die Angreifer losging. Henrik wusste nicht, was hier vor sich ging, und spürte nur, wie er von Marius in den Stall gezogen wurde.

»Rein da und still!«, presste sein Freund heraus, »versteckt euch hinter dem Stroh!«

Der Tumult wurde lauter, es schienen sich nun immer mehr Menschen an diesem Chaos zu beteiligen. Die Schreie der Frauen und Kinder wurden zahlreicher, auch Männer brüllten, irgendetwas krachte. Gerade als Henrik sich aus dem Stroh schälen wollte, begriff er, dass die Bretterwand der Scheune eingetreten worden war. Stimmen kamen näher.

Plötzlich knisterte es. Henrik begriff sofort, dass das Stroh brannte, und stieg heraus. Dabei zerrte er auch an Marius' und Agnes' Händen.

»Raus hier!«, rief er laut.

Während sie aus dem teilweise brennenden Stroh stiegen, kam ein Mann mit einem Holzprügel auf sie zu. Henrik wich aus, schlug dem Mann gegen den Kopf und trat auf ihn, nachdem er zu Boden gestürzt war. Stark blutend blieb der Fremde liegen. Schließlich rannten sie ins Freie.

Erschüttert blieben sie in der schmalen Gasse stehen. Viele der Elendshütten brannten. Frauen und Männer versuchten, die Feuerherde auszuschlagen, doch die Flammen stiegen immer zahlreicher und höher empor, während die Eindringlinge mit Latten und Stöcken auf die Bewohner eindroschen. Henrik wusste nicht, was geschah, warum plötzlich derart viele Menschen in dieses Viertel eindrangen und es zerstörten. Ein Kind krabbelte auf allen vieren aus einer brennenden Hütte, nur kurze Zeit später wurde sein Vater von hinten erschlagen. Erste Hütten brachen ein. »Weg hier!«, rief er schließlich. Also rannten sie, bogen ab in Richtung Hafen. Zunächst dachte er, in Sicherheit zu sein, der Überfall griff aber auch auf diese Gasse über. Keuchend liefen sie weiter. Henrik musste an Bjärka und ihre Tochter denken, die noch auf dem Markt waren. Sie verloren gerade ihr Heim, würden nur noch Asche und verkohltes Holz antreffen.

Erst als sie das Hafenviertel erreichten, stoppten sie. Hier schien alles normal zu sein, Händler boten ihre Ware feil, während Schiffe be- und entladen wurden.

Mit aufgerissenen Augen starrte Agnes zu Henrik und Marius. Er konnte aber keine Antwort auf ihre Fragen geben, er wusste nur, dass sie den Ort verloren hatten, an dem sie noch einige Zeit unbehelligt hätten leben können.

Weil sie befürchteten, die Unruhen könnten auch den Hafen erreichen, gingen sie bis zu den Stegen. Dort sahen sie in die Richtung, aus der sie gekommen waren. Hohe Rauchsäulen stiegen über den Dächern auf, erste Neugierige blickten nun ebenfalls dorthin.

»Dieser Ort war von Anfang an verflucht!«, flüsterte Agnes deutlich hörbar.

»Ich glaube, ich habe es immer gespürt.«

Als die Sonne sich dem Horizont zuneigte und den Himmel rötlich färbte, war der östliche Teil Ripas von Rauch und Ruß bedeckt. Ranveig hatte erfahren, dass es in der Nähe des Walls Übergriffe gegeben hatte, doch niemand wusste genau Bescheid, Gerüchte kursierten in vielfachen Ausführungen. Es sollte keinen Einfluss auf ihre Abreise haben, falls der Aufstand nicht auf die gesamte Stadt übergriff.

Den ganzen Nachmittag schon hatte Ranveig Sigurd nicht mehr gesehen. Nun, als sie den Lagerraum betrat, hoffte sie, ihn an ihrer Schlafstelle anzutreffen, sah sich aber nur Geir gegenüber.

»Ich weiß nicht, wo er ist!«, kam Geir Ranveigs Frage zuvor. »Er wird schon kommen.«

Ranveig nickte nur, setzte sich neben ihn, dachte an den kommenden Tag. Wenn der Wind günstig stand, könnten sie bereits am selben Tag die norwegische Küste erreichen. Dabei dachte sie aber immer mehr an Sigurd. Irgendetwas stimmte nicht, sie fühlte es ganz deutlich. Sie erinnerte sich an seine Zurückhaltung ihr gegenüber am heutigen Vormittag, an seine Blicke, an sein Zögern. Worte fielen ihr ein, die er gesprochen hatte, auch Tage zurückliegend. Dabei schlug ihr Herz immer heftiger. Verstohlen blickte sie an die Stelle, an der er gestern noch hier geschlafen hatte. Und plötzlich wusste sie, dass er nicht mehr zurückkam. Wusste, warum er bei den Stegen im südlichen Teil des Hafens gewesen war, und erinnerte sich daran, dass Sigurd kein Versprechen gegeben hatte, das seinem Götterschwur entgegenstand.

Er hielt ihn ein, und zwar jetzt. Er tat das, was sie tun müsste.

Urplötzlich wurde ihr heiß und kalt. Sie stand auf, strich ihr Gewand straff und verließ das Magazin, ohne Geir etwas zu sagen.

Es war, als entsprängen all die Menschen einer Art Traumwelt. Ranveig spürte nur ihren Atem, die kalte Luft an ihrer Haut, den unbedingten Willen, Sigurd zu finden. Sie rempelte Männer an, Frauen, umkurvte Karren und Händler, und als sie die südlichen Stege erreichte, fragte sie einen Mann, von wo aus die Schiffe nach Süden segelten. Er antwortete, hier gäbe es einige, denn das Frankenreich war groß. Und als sie nach Ifrikia fragte, meinte er, dass dieses Ziel nicht ohne Zwischenhalte angesteuert würde.

Sechs Schiffe trieben angebunden auf dem Wasser. Sie konnte unmöglich auf sie gehen, in der Dunkelheit sahen die Gesichter der Männer alle gleich auch. Teilweise wurden sie vom Feuerschein der Fackeln verzerrt. Nein, er durfte nicht einfach ohne sie fort, nicht allein. Sie hatten beide geschworen. In diesen Augenblicken spürte sie Freya besonders stark in sich, hörte Friggs Stimme, die sie an ihren Schwur erinnerte.

So konnte sie Sigurd nicht finden. Sie war jedoch nicht willens, ihn allein ziehen zu lassen.

Schließlich stieg sie auf einen Pflock und blickte zu den Schiffen. Dann rief sie, so laut sie konnte, seinen Namen. Einige

Männer sahen zu ihr, jemand lachte, also rief sie ein zweites Mal. Immer wieder schrie sie, so laut sie konnte, selbst als sich einige beschwerten. Jemand meinte, man solle dem Weib das Maul stopfen, ein anderer sagte, man solle sie in die See werfen. Ranveig jedoch rief immer wieder, so laut sie konnte.

»Ich werde den ganzen Abend schreien, Sigurd!«, rief sie. »Ich werde nicht aufhören.«

Da griff ein Mann nach ihrer Hand und riss sie vom Pflock, Ranveig jedoch schrie weiter. Gerade als der Mann ausholen wollte, um sie zu ohrfeigen, hielt ihn jemand auf. Es war Sigurd.

»Schlage sie einmal und ich spalte deinen Schädel!«

Der Mann starrte Sigurd an, verschwand aber, ohne etwas zu entgegnen.

»Warum schleichst du dich davon?«, fragte Ranveig nun.

»Weil es nur so geht.«

»Du sagtest, du bringst mich zurück!«

»Ich weiß nicht, ob ich wieder die Gelegenheit habe, von Barkhingor aus hierher zu gelangen.«

Sie zog ihn an sich und legte ihre Stirn an seine. Unendlich froh darüber, ihn gefunden zu haben, atmete sie tief durch. »Ich weiß. Du tust gut daran, deinen Schwur zu erfüllen.«

»Ranveig, Ifrikia ist weit, ich kann nicht …«

»Schweig!«

Verdutzt verstummte Sigurd.

»Schweig, denn ich weiß, dass Ifrikia am anderen Ende der Welt ist. Selbst, wenn Birta und Balbó in Helheim weilten, wäre mir dieser Weg nicht zu weit. Und das weißt du.«

»Deshalb habe ich nichts gesagt.«

»Ich komme mit dir!«

Sigurd antwortete nicht. Offenbar rang er nach Worten, Ranveig wollte sie ihn jedoch nicht aussprechen lassen.

»Ich komme mit dir. Es liegt nicht in deiner Entscheidung, auch nicht in der Geirs oder Haralds oder Torsteins. Es ist meine, und die der Götter.«

»Ich habe befürchtet, dass genau dies eintritt.«

»Dann hattest du ja Zeit, dich darauf vorzubereiten.«

»Ranveig, ich werde arbeiten, bis wir den nächsten Hafen erreichen. Ich habe kein Geld, für unsere Überfahrt zu bezahlen.«

»Eine Frau findet immer Arbeit an Bord. Ich werde den Kapitän überzeugen.«

Sigurd sagte lange Zeit nicht, legte aber dann eine Hand auf ihre Schulter. »Du bist eine wahre Tochter Odins. Einar könnte nicht stolzer sein.«

»Er sieht meine Taten, denn ich möchte eines Tages in Folkwangr wandeln.«

»Oh, das wirst du gewiss. Du hast nicht nur Einars Mut geerbt, sondern auch seinen Dickkopf.«

Hitze strömte durch Ranveigs Körper. Sie hatte keine Angst vor Ifrikia, auch nicht davor, an Bord irgendeines Schiffes zu verdursten.

Es war allein die Angst vor dem Unwillen der Götter. Vielleicht hatte sie Henriks Auftauchen ja falsch interpretiert und es war doch kein Zeichen der Götter gewesen.

Derweil drangen immer mehr Menschen in den Hafenbereich. Dabei wirkten sie außerordentlich nervös.

Zunächst hatte Henrik gedacht, sich zu täuschen, doch es war Ranveigs Stimme, die er immer wieder aus der Ferne gehört hatte. Zudem hieß hier auch nicht jeder Sigurd.

Aufgeregt war er der Richtung der Rufe gefolgt, nun waren sie allerdings verstummt. Nicht aber die der anderen. Offenbar breitete sich die Unruhe nun auch auf den Hafen aus. Einige rannten an ihm vorbei, immer mehr Menschen bewegten sich auf den Hafen zu, es roch bereits nach Verbranntem.

»Sie kann nicht weit weg sein!«, rief er Marius und Agnes zu. »Bestimmt ist sie in Gefahr.«

»Das sind wir bald alle!«, antwortete Marius.

Mehrere Männer warteten auf die Abfahrt eines Schiffes, Händler packten hektisch ihr Hab und Gut auf Wagen oder in Säcke. Gerade als Henrik befürchtete, Ranveig nicht zu finden, entdeckte er sie neben Sigurd stehend. Es ging ihr offenbar gut, nichts deutete auf Verletzungen oder anderes hin. Keuchend blieb er dicht neben ihr stehen.

»Henrik!«, rief sie erstaunt. Dann fiel ihr Blick auf Agnes und Marius.

Da brüllte eine Frau, mehrere Männer rannten zu den Schiffen, alle Stimmen um sie herum wurden von panischen Rufen übertönt.

Ein Magazin brannte.

»Verdammt!«, rief Sigurd. »Wir müssen hier weg.«

Zutiefst erschüttert starrte Henrik auf die Menschen, die zu den Stegen drängten. Einige hundert Schritte vor ihnen kämpfte jemand, immer mehr Menschen beteiligten sich daran, nun fingen auch Handkarren und Stände zu brennen an.

»Zum Schiff!«, drängte Sigurd sie, nahm Ranveig an die Hand und rannte mit ihr los.

Henrik sah ihnen nur kurz hinterher. »Los, hinterher!«

Mit ihnen drängten nun alle auf die Schiffe.

Es verlangte Henrik alles ab, weder Sigurd und Ranveig vor sich noch Agnes und Marius hinter sich nicht aus den Augen zu verlieren. Sie rannten und rannten, bis Sigurd über ein langes Brett auf eines der Schiffe lief. Sie folgten ihnen, und als sie mit ihnen an der Reling standen, wollten Dutzende Menschen ebenfalls zu ihnen. Doch das Brett begann zu schwanken, das Seil wurde gelöst, und während das Schiff den Steg verließ, fielen Menschen ins Wasser. Einige versuchten, noch an Deck zu springen, knallten teilweise gegen die Bordwand und platschten ins Meer.

Fassungslos starrte Henrik an Land. Es hätten noch viel mehr Menschen an Bord gekonnt, offenbar versuchte der Steuermann schnellstmöglich zu fliehen.

Langsam entfernte sich der Hafen. An immer mehr Stellen brannte es, der Rauch gelangte bis zu ihnen, Henrik roch verbranntes Holz und Leder, Schreie von Frauen, Kindern und Männern hallten über die Wasseroberfläche. Es hörte sich zutiefst grausam an.

Auch die anderen Menschen an Bord starrten teils stumm zu den Geschehnissen.

»Was passiert da?«, fragte Sigurd.

»Es hat an der Stadtmauer angefangen«, antwortete Henrik. »Wir wissen es nicht. Heilige Mutter!«

Die letzten Worte sprach er in seiner Sprache, er wollte Ranveig und Sigurd nicht erzürnen. Lange konnte er seinen Blick nicht vom Hafen abwenden. Offenbar waren sie gerade noch rechtzeitig entkommen, waren dem Töten und dem Chaos entflohen.

Lange Zeit sagte niemand von ihnen mehr etwas.

Schließlich stellte Henrik seine Freunde vor.

»Das ist also diese Ranveig.«

»Ja, Agnes, das ist sie.«

Sie nickten sich nur zu, sie alle waren noch deutlich von den Geschehnissen betroffen. Dass sich dieser Geir nicht unter ihnen befand, wollte Henrik nicht kommentieren, weil er nicht wusste, was Ranveig darüber dachte.

»Warum hat sie die Narben im Gesicht?«, fragte Ranveig ihn.

»Das weiß ich selbst nicht. Sie spricht niemals darüber.«

»Sie ist sehr schön, die Narben können sie nicht entstellen.«

Er übersetzte es Agnes, doch sie nickte nur, ohne darauf einzugehen. »Wohin segeln wir eigentlich?«

»Ich weiß es nicht, zumindest aber nach Süden. Hauptsache weg von diesem Ort.« Er sah sie an, weil sie sich zu Boden setzte. Erst jetzt fiel ihm ein, dass sie ja noch immer krank und trotz des Fiebers durch den gesamten Ort gehetzt war.

Da sich Ranveig nach ihr erkundigte, berichtete Henrik von ihrer Krankheit, die zumindest deutlich am Abklingen war.

»Wir haben rein gar nichts, was ihr helfen könnte. Sie muss sich einfach weiter ausruhen.«

Henrik nickte, setzte sich neben Agnes und hielt ihre Hand. Sie war warm, ebenso wie ihre Stirn. Marius reichte ihr Wasser aus den gefüllten Fässern des Schiffs, das sie gierig trank. Und als sie die Augen schloss und einschlief, hoffte Henrik, dass sie baldmöglichst einen Hafen ansteuerten, in dem Agnes endgültig genesen konnten.

Wo immer dieser auch sein sollte.

Die Reise

Die Feuersbrunst

Missmutig sah Agnes dem kurz gewachsenen Kapitän des Schiffes hinterher, der seinen Münzbeutel nicht mehr am Gürtel trug. Vermutlich hatte er ihn irgendwo auf dem Schiff versteckt. Und eben nicht nur er, sondern auch so viele andere, die gerade noch auf das Schiff hatten fliehen können und ihre Münzsäckchen bei sich trugen. Wenn es ihr gelänge, herauszufinden, wo der glatzköpfige Mann mit dem langen Bart seinen Schatz versteckt hielt, wären viele Wochen in Völlerei gesichert. Doch selbst wenn, hier an Bord konnten sie nicht fliehen und sie wollte keinesfalls das Leben ihrer Freunde gefährden, weil sie ihre Finger nicht ruhig halten konnte. Zudem war sie kaum in der Lage, aufzustehen. Seit ihrem Aufbruch saß sie angelehnt an der Reling, spürte die Hitze wie Feuer in sich und fiel immer wieder in kurzen Schlaf. Dabei war es ihr doch schon besser gegangen. Wenn sie erwachte, benötigte sie länger als sonst, zu begreifen, wo sie gerade war. Dieser riesige Nordmann namens Sigurd schien so stark zu sein, dass er es mit fünf Männern gleichzeitig aufnehmen konnte, und Ranveig, deren mutiger Blick aus einem stolzen Gesicht herausblitzte, schien sich Sorgen um ihren Gesundheitszustand zu machen. Warum nur? Sie kannte sie doch gar nicht.

Es war noch immer Nacht, einzelne Wolkenlöcher ließen den Blick auf die Sterne zu. Es mochten etwa einhundert Menschen an Bord sein, die meisten von ihnen Männer. Zwischen Dutzenden Kisten und Säcken standen, lagen und saßen viele Menschen, die meisten waren wie sie selbst vermutlich an Bord geflüchtet.

Trotz des ungewissen Ausgangs ihrer Reise und ihres Fiebers fühlte Agnes sich eigenartig befreit. Sie konnte es sich nicht erklären, aber es war, als spürte sie nicht mehr dieses Gewicht auf ihrer Brust, das ihr all die Tage die Luft zum Atmen genommen hatte. Zudem war es ihr einerlei, wo sie strandeten, Hauptsache, sie war an Marius' und Henriks Seite. Es wunderte sie, nach nur wenigen Monaten ein derart tiefes Vertrauen zu Henrik zu spüren, und noch heute dachte sie an die Nacht zurück, in der sie ihn in sich gespürt hatte. Es war schöner gewesen als mit Marius, vielleicht sogar die beste Nacht ihres Lebens. Für einige Momente dachte sie an Bjärka und ihre Tochter zurück. Sie hoffte, sie würden ihr Leben nicht ebenso verlieren wie viele andere auch, sie waren gut zu ihnen gewesen, und dies konnte sie nur von den wenigsten behaupten. Schließlich wunderte sie sich über die vielen wirren Gedanken und schob es auf das Fieber.

Im fahlen Licht einiger Fackeln blickte sie immer wieder zu Ranveig und Sigurd. Auch wenn in Ripa Hunderte Nordmänner gewesen waren – jenen aus dem fernen Skandinavien gegenüberzustehen, war etwas ganz Besonderes. Sie wusste nicht, ob sie Furcht oder Faszination empfinden sollte, zumindest schien von Ranveig keine Gefahr auszugehen. Sie war eine Schönheit, gewiss, mit markanten Gesichtszügen und hellblondem Haar sowie stechend blauen Augen. Wie viele Geschichten sie gehört hatte über das Volk aus dem Norden, sie alle ließen diese Menschen in keinem guten Licht erscheinen. Dass sie die Kinder ihrer Feinde aßen, aus den Köpfen Erschlagener tranken und Kleinkinder mit Wolfswelpen um Fleisch kämpfen ließen. Wenn Henrik jedoch sagte, nichts an diesen Geschichten sei wahr, so glaubte sie ihm, aber selbst in ihrem jungen Alter ahnte sie, dass zumindest ein Funken Wahrheit in jeder Geschichte steckte.

Wegen dieser beiden war Henrik also so zerrissen gewesen. Sie hatte gespürt, wie durcheinander er in der Hütte gewesen war, wie zutiefst verwirrt, als hätte er sich verloren. Konnte es sein, dass er Ranveig mehr mochte, als er zugab? Dabei spürte sie einen schmerzhaften Stich in ihrem Herzen. Nein, daran wollte sie nicht glauben. Sie war sicherlich wie eine Schwester für ihn, auch wenn er eben von dieser Familie als Sklave gehalten worden war.

Frierend und gleichzeitig voll lähmender Hitze in sich zog sie das Fell um ihre Schultern und blickte auf die Menge der teilweise schlafenden Menschen. Wellen schwappten gegen die Bordwände, ein Fass rollte hin und her und krachte monoton gegen die Reling. Henrik und Marius schliefen gerade, während dieser Hüne Sigurd wie eine Statue auf die See hinaus starrte. Und Ranveig? Die saß direkt neben ihr, sie berührte aus Versehen sogar ihr Haar und ab und an ihren Arm. Sie hätte gern mehr über sie erfahren, am besten aus ihrem Mund, doch beide verstanden kein Wort der Sprache der anderen. Als sie sie wieder berührte, lächelte Ranveig sie an, und so lächelte sie scheu zurück. Dabei schämte sie sich. Sie war die Eiserne Agnes, manche Kinder hatten ihren Namen in Bremun nur flüsternd ausgesprochen. Sie hatte vor nichts und niemandem Angst, sie sagte den anderen, wo es langging. Doch in diesen Momenten war sie wie ein Hase vor dem Fuchs, und mehr als bei allen anderen jungen Frauen zuvor wünschte sie sich, einige Worte mit ihr wechseln zu können. Dabei spürte sie aber auch ein anderes Gefühl, eines, das sich wie ein spitzes Messer in ihr Herz bohrte. Empfand Henrik wirklich nicht mehr als nur Freundschaft für Ranveig? Seit er sie wiedergetroffen hatte, verhielt er sich, als sei er irregeworden.

Schließlich verlor sich ihr Blick in den Sternen, die hell funkelten. Obwohl eiskalter Wind in ihr Gesicht wehte, wurde die Müdigkeit größer, bis sie sich wie ein Schleier gänzlich über sie legte.

Agnes fand sich in der alten Hütte in der Nähe der Wesura wieder. Ihr Bruder schrie, weil er sich am Feuer verbrannt hatte, und Mutter schimpfte ihn dafür. Anna und Barbara, ihre kleinen Geschwister, hatten gerade gegessen und legten sich auf ihr Lager. Es roch nach verbrannten Bohnen und Zwiebeln, der Duft war aber mit nichts anderem zu vergleichen. Sie liebte ihn, denn es bedeutete, auch manchmal nach Tagen wieder etwas zu essen zu bekommen. Es waren die Momente, wenn der schneidende Schmerz des Hungers endlich nachließ, wenn auch nur für einige Stunden, und die Alpträume vorübergehend verschwanden.

Plötzlich wurde es heiß. Agnes wusste nicht, was geschah, überall war Feuer, es knackte, Rauch drang in ihre Lunge, sie hustete und würgte. Anna schrie, ihr Umriss war unscharf inmitten Rauches zu sehen, sie hörte auch Barbara und Mutter schreien. Gerade als sie zu ihnen rennen wollte, krachte es ohrenbetäubend laut. Die Decke stürzte ein, etwas fiel auf ihren Rücken, das ihr die Luft zum Atmen nahm. Zuerst brüllte sie, dann nahm sie alle Kraft zusammen und schälte sich unter dem Gewicht hervor. Die Flammen kamen näher, viel schlimmer war hingegen der Rauch, der in Nase und Mund drang. Plötzlich musste sie sich übergeben, robbte aber weiter in Richtung Tür. Alles stand in Flammen, sie sah und hörte nichts mehr außer Feuer und ihren eigenen Schreien. Auch die Tür brannte, dennoch öffnete sie sie und schleppte sich ins Freie. Dort brach sie hustend zusammen. Schleim kam aus ihrem Mund, sie musste wieder erbrechen, bevor sie schließlich atmen konnte.

Als sie zum Haus sah, war es ein einziges Inferno. Sie hörte Mutter und ihre Schwestern brüllen, konnte aber nicht zu ihnen, es war so heiß, als öffnete sich die Hölle vor ihr. Plötzlich fiel auch Anna durch die Tür ins Freie. Aufgeregt rannte sie zu ihr, packte sie am Arm und zog sie etwas weiter von der Hitze des brennenden Hauses weg. Anna schrie unaufhörlich, und als Agnes ihre Schwester endlich ansah, stockte ihr Atem. Ihr Gesicht war voller Blasen, es war aufgeplatzt, sie war fürchterlich entstellt. Wie gelähmt stand sie nur vor ihr, starrte sie an, konnte nicht helfen, während Annas Schreie tief in sie eindrangen. Wasser! Ihre Gedanken überschlugen sich. Während sie an Mutter und Barbara dachte, schleifte sie Anna über den Boden, bis sie endlich das Ufer der Wesura erreichte. Dort warf sie sie ins Wasser, drehte sie, sodass Anna überall nass wurde, und zog sie schließlich wieder auf die Steine. Anna wimmerte. Agnes konnte in der Dunkelheit absolut nichts erkennen, also hob sie ihre Schwester in die Höhe und lief mit ihr in den Lichtschein des Feuers zurück. Annas Augen waren seltsam verdreht, sie gurgelte, stöhnte, ihr Gesicht war so heiß, als würde es brennen.

»Anna!« Agnes schrie ihre Schwester an, doch sie antwortete ihr nicht. Speichel lief aus deren Mund, sie röchelte, dann fiel ihr Kopf flach zur Seite.

»Anna!«

Agnes schlug Anna ins Gesicht, rüttelte an ihr, riss an ihren Armen, das Mädchen blieb jedoch regungslos. An Annas weit geöffneten Augen erkannte Agnes schließlich, dass ihre Schwester tot war.

Fassungslos sah sie zum brennenden Haus. Da kam niemand mehr heraus, es schrie auch keiner mehr. Mutter und ihr beiden Schwestern waren alle tot. Dennoch ging sie zum Haus, fühlte die unendliche Hitze, versuchte, ins Feuer zu sehen, um die Körper ihrer Familie zu erkennen, da gab es aber nur Flammen in unbarmherziger Feuersbrunst.

Da sackte Agnes zusammen. Alles schnürte sich in ihr zusammen, sie bekam keine Luft, sie spürte ihre gequälte Lunge ebenso wie den unerträglichen Verlust ihrer Familie. Immer mehr röchelte sie, japste nach Luft, spürte plötzlich eine Hand auf ihrer Schulter.

»Agnes!«

Sie bekam immer weniger Luft, es schien, als wäre das Feuer in ihren Körper übergegangen.

»Agnes!«

Vielleicht starb sie nun auch, dann könnte sie wenigstens ihrer Familie ins Paradies folgen.

»Agnes, wach auf!«

Plötzlich wurde es kühl, sie hörte Marius' Stimme und riss die Augen auf. Sie benötigte einige Momente, um zu begreifen, wo sie sich befand.

»Du hast wieder geträumt«, erklärte Marius beruhigend.

Die Hand auf ihrem Arm gehörte aber weder Marius noch Henrik, sondern Ranveig. Besorgt sah die Nordmannsfrau sie an.

»Ist schon gut«, stammelte Agnes und setzte sich auf. Kalte Seeluft wehte ihr ins Gesicht, die die im Traun eingebildete Hitze auf ihrer Haut verjagte. »Ich hatte nur einen Albtraum.«

»Ich weiß. Du hast ihn, seit ich dich kenne. Er kam aber kaum noch vor in letzter Zeit.«

»Ist es immer derselbe?«, wollte Henrik wissen.

»Ja.«

Wütend biss sich Agnes auf die Lippen. Sie hatte ihn verloren geglaubt und gerade seit Henriks Erscheinen war er kaum noch aufgetreten. Es lag Jahre zurück, warum quälte sie die Vergangenheit noch immer? Womöglich lag es am Feuer in Ripa, da hatte sie bereits ein so lähmendes Gefühl in sich gespürt. Ihre Familie war tot, sie war am Feuer unschuldig gewesen. Dennoch glaubte sie in manchen Momenten, die mahnende Stimme von Anna und Barbara tief in sich zu hören. Und Annas aufgeplatztes Gesicht vor sich zu sehen. Niemals hatte sie etwas Schreckliches erblickt.

»Von was hast du geträumt?«, wollte Henrik wissen.

Marius schüttelte lächelnd den Kopf. »Vergiss es. Ich kenne Agnes seit drei Jahren. Sie hat uns nie aus ihrem früheren Leben erzählt.«

Marius lächelte sie an, reichte ihr Wasser, nun nahm auch Ranveig ihre Hand von ihrem Arm. Agnes fiel auf, dass sie ihn außerordentlich warm empfunden hatte.

Mit zitternden Händen trank Agnes, richtete sich auf und starrte in die Dunkelheit der See.

Marius hatte es nicht anklagend gemeint, das wusste sie. Plötzlich kam es ihr aber nicht gerecht vor, ihnen allen ihre Vergangenheit vorzuenthalten, während sie alles von Marius und Henrik wusste. Diese Bedenken hatte sie nach Träumen wie diesem eher. Oder wurde sie aufgrund des Fiebers schwach, so wie die meisten anderen jungen Frauen in ihrem Alter?

»Ich erzähle euch, was geschehen ist.« Gleichzeitig bereute sie, was sie gesagt hatte.

Marius sah sie nur mit offenem Mund an, doch sie zog seinen Kopf zu sich und küsste ihn auf seine Stirn. »Du schaust, als käme ein Engel vom Himmel herabgeschwebt.«

»Das ist in etwa dasselbe, auch wenn ich weiß, dass du nicht an sie glaubst.« Dabei grinste er.

Für kurze Zeit schloss Agnes die Augen und begann schließlich zu erzählen. Sie berichtete vom Brand, vom vergeblichen Versuch, Anna zu retten, von dem schrecklichen Anblick ihres Gesichtes, das vom Feuer völlig entstellt gewesen war. Und davon, dass sie diesen Traum nie ganz vergaß, er aber tatsächlich während der vergangenen Monate nur noch selten erschienen war.

»Aber deine Narben«, sagte Marius schließlich. »Sie haben nichts mit dem Feuer zu tun. Es sind dutzende Schnittwunden.«

»Sie haben nichts mit dieser Nacht zu tun, du hast recht.«

Fast gewaltsam versuchte Agnes, das Gefühl dieser Nacht wieder zu verlieren. Lag es an ihrem Fieber, dass sie plötzlich diese Geschichte hatte erzählen wollen? Oder lag es daran, dass sie sich trotz ihrer Krankheit noch immer eigenartig befreit fühlte? Wo waren die schweren Steine, die jahrelang auf ihr gelastet hatten?

»Woher hast du sie dann?«, hakte Henrik nach.

»Das geht niemanden etwas an, verdammt! Auch euch nicht!« Sie schämte sich selbst wegen ihrer eigenen Worte. Marius und Henrik waren ihre einzigen Freunde, alles, was ihr geblieben war.

»Tja, die ›Eiserne Agnes‹!«, kommentierte Marius, klang aber keineswegs enttäuscht.

»Versteht ihr nicht?«, fragte Agnes sie. »Die Apostel, all die Jahre in der Bande, die lange Zeit, in der wir eine Familie waren … es war wirklich meine Familie. Vielleicht habe ich immer versucht, dadurch Anna und Barbara nahe zu sein. Ich habe sie verloren, alle meine Freunde. Alle unsere Freunde.«

»Für mich war es doch auch unsere Familie«, antwortete Marius beruhigend. »Und ja, du warst unsere Anführerin, der Kopf des Ganzen. Aber du kannst unmöglich für deren Tod verantwortlich sein. Jeder von uns wusste an jedem einzelnen Tag, in welche Gefahr er sich begibt.«

»Ich war dafür verantwortlich, Marius. Es war meine Welt. Nun ist sie einfach verschwunden.«

Sie erkannte, wie entsetzt Henrik sie ansah. Doch sie wusste selbst gerade nicht, was in ihr vorging. Es konnte nur die Krankheit sein, die in ihr diese Verwirrung und diese Traurigkeit erweckte.

Da setzte Marius sich neben sie und zog sie zu sich. »Wegen dir haben wir alle so lange überlebt, Agnes. Wegen dir hatten wir diese Jahre, in denen wir weniger hungerten und froren als andere. Dir ist das zu verdanken. Und wir haben noch uns, das ist noch immer mehr als andere haben, die allein sind.«

Marius' Worte erreichten sie durchaus, doch sie wollte diese Nähe nicht ertragen. Schnell küsste sie ihn auf das Haar und schob ihn schließlich weg.

»Vielleicht hast du ja recht.«

»Und du darfst ruhig mal zulassen, selbst getröstet zu werden!«

»Nein. Schließlich bin ich …«

» … kein schwaches Weib, wie so viele andere, die ständig rumheulen«, vervollständigte Marius ihre Worte.

»Genau.«

»Aber danke, dass du uns es erzählt hast. Deine Geschichte von Anna und Barbara.«

»Es ist grausam«, sagte nun Henrik. »Es tut mir sehr leid.«

Agnes nickte nur und antwortete nicht mehr. Sie spürte jedoch, dass sie es schön gefunden hätte, von Henrik in den Arm genommen zu werden. Doch schnell verwarf sie diesen Gedanken wieder.

Niemand musste sie trösten, sie war die Eiserne Agnes.

Langsam graute der Morgen, der Horizont löste sich immer deutlicher vom Schwarz des Meeres. Sie alle hatten immer wieder geschlafen, doch die Stimmen der vielen Menschen auf dem Schiff hatten die Nacht zum Tag werden lassen. Während im

Osten der Landstreifen zu sehen war, verschwand das Meer westlich von ihnen im morgendlichen Nebel.

Einige Männer verteilten Trinkwasser aus Fässern, doch da viel mehr Menschen als üblich an Bord waren, wurde streng gehaushaltet. Nun mussten sie also nicht nur bis zum nächsten Hafen hungern, sondern auch weniger trinken.

Agnes hatte den Traum längst abgeschüttelt. Sie hasste es, auf Schiffen zu sein, und da dieses sehr stark schaukelte, befürchtete sie, neben dem Fieber auch noch seekrank zu werden. Diese Übelkeit stellte sich aber nicht ein. Um den teilweise lüsternen Blicken der fremden Männer zu entgehen, blieb sie an ihrem Platz am Schiffsende, und wenn Ranveig oder Sigurd sich nicht gerade ihre Beine vertraten, saß Ranveig direkt neben ihr. Immer wieder blickte sie verstohlen zu den Steinchen, Figuren aus Bein und anderem Schnitzwerk, das in ihr Haar eingeflochten war. Wenn Ranveig dann ebenfalls zu ihr sah, wendete sie den Blick ab, obwohl die Neugierde zu groß war. Ihr gefiel auch der Hammer um Ranveigs Hals, die feinen Linien und Zeichen an den Seiten konnte sie aber nicht einordnen.

»*Tjorshammr*«, sagte Ranveig plötzlich und hob ihn ihr entgegen.

Agnes wiederholte es und berührte ihn mit ihren Fingern. Dabei sprach Ranveig weitere Worte, die Agnes jedoch nicht verstand.

»Es bedeutet, ›Thors Waffe schlägt alle Feinde nieder‹«, übersetzte Henrik.

Agnes nickte nur und widmete sich wieder den kleinen Figuren in Ranveigs Haar. Doch sie berührte sie nicht, schließlich konnte sie nicht wissen, ob dies einem Frevel gleichkam.

»*Ugjat.*«

Fragend sah Agnes Henrik an.

»Schmuck«, übersetzte er.

Auch wenn sie nichts von alledem verstand, was die Nordmannsfrau ihr sagte, fühlte sie sich nicht unwohl. Sie mochte Ranveig mit den hellblonden Haaren und dem markanten Gesicht allein deshalb, weil sie kein Feigling zu sein schien wie so viele andere, die sie in Bremun kennengelernt hatte. Sie selbst trug nichts an sich, dass sie Ranveig hätte zeigen können, außer ihren Narben, doch die waren es beileibe nicht wert, vorgeführt zu werden.

Als Ranveig jedoch an ihr Haar fasste, spürte Agnes einen Schauer auf ihrer Haut. Dabei murmelte Ranveig einiges, und als sie endete, sah Agnes Henrik an.

»Sie sagt, sie findet dein Haar wunderschön und das strahlende Grün deiner Augen. Es gibt nicht allzu viele Frauen in Norwegen, deren Haar so braun wie deines ist. Und sie mag den Stil deiner Zöpfe.«

Seltsam berührt zuckte Agnes zusammen. Für einen Moment spürte sie, dass sie ihre Stärke und Sicherheit verlor, als würde eine Schale um sie herum aufbrechen. Schnell stand sie auf, lehnte sich an die Reling und sah auf die See hinaus. Dabei fühlte sie, wie ihre Beine nachgaben. Sie war noch wesentlich schwächer als erhofft.

Bestimmt wollte Ranveig ihren Spaß mit ihr treiben. Warum sollte sie irgendetwas an ihr schön finden?

An diesem Tag versuchte sie, nur kurz auf Ranveig zu treffen. Sie mochte sie, keine Frage, aber dieses Gefühl der Nähe war ihr fremd. Es war nicht so wie bei Henrik und Marius, sie würde für diese beiden in den Tod gehen. Aber sie waren Männer. Ranveig berührte etwas in ihr, das sie kaum kannte, und als sie darüber nachdachte, fiel ihr auf, dass sie noch niemals eine Freundin gehabt hatte. Anna und Barbara waren ihre Schwestern gewesen, zudem jünger. Andere Mädchen und Frauen außer sich selbst hatte sie danach stets als schwächliche Wesen gesehen.

Ranveig hingegen musste eine sehr starke Frau sein.

Dennoch löste sie offenbar etwas in Henrik aus, das ihr einen Stich im Herzen verursachte.

Langsam verlor sich die Hitze in ihr, dennoch blieb diese unerklärliche Schwäche. Ging sie einige Schritte, musste sie sich sofort setzen, und Ranveig ließ sich von Henrik übersetzen, dass sie sich keinesfalls überfordern solle. Weil sie spürte, offenbar auch noch seekrank zu werden, und sie sich mit irgendetwas ablenken wollte, ließ sie sich darauf ein, einige Wörter von Ranveigs Sprache zu lernen. Solange sie auf offener See waren, konnte sie ohnehin nicht viel anderes tun, und somit hoffte sie, die Zeit am besten verbringen zu können und vor allem auch nicht ständig an den Verlust ihrer Bande und somit ihres gewohnten Lebens zu denken. Sie empfand die Nordmannsprache aber sehr schwer, manchmal klangen die Wörter, als würden sie gewürgt werden oder aber eine Ziege würde einen Ton tief aus ihrem Hals herauspressen. Marius lachte viel, hatte selbst allerdings kein Interesse an der Sprache. Schon bald wusste Agnes wenigstens die wichtigsten Dinge eines Schiffes in der Sprache der Nordmänner zu sagen.

In den Momenten, wenn Henrik mit Sigurd oder Ranveig sprach, ärgerte sich Agnes, sie nicht zu verstehen. Bestimmt machten sie sich über ihre Aussprache lustig.

Als Ranveig am Abend Agnes wieder einige Wörter beibringen wollte, schüttelte sie den Kopf. Dort, wo sie ankämen, verstand man ohnehin nicht die Sprache der Nordmenschen und sie wollte Ranveig auch nie in deren Heimat folgen. Wie töricht sie doch gewesen war, sich der Nordmannsfrau etwas anzunähern. Beim nächsten Hafen würden sich ihre Wege sowieso wieder trennen.

Mit zusammengepressten Lippen lehnte sich Agnes an die Bordwand und hoffte, so schnell wie möglich den nächsten Hafen zu erreichen. Dort würde sie sich unter die Menschen mischen und so viel zusammenstehlen, dass sie satt und zufrieden war.

Stehlen war das Einzige, was sie gut konnte.

Der Bader

Die Sonne ging über dem westlichen Meer unter, als sie Kjarrborg erreichten. Schon von Weitem waren auffallend viele Fackellichter zu sehen, der gesamte Uferabschnitt schien bevölkert zu sein. Gleich zwei Schiffe steuerten mit ihnen das Festland an, und schon bald vernahm Henrik die Wellen des Meeres, die gegen die Klippen der Normandie brandeten. Henrik war froh, nach den Tagen auf See endlich das Schiff verlassen zu können, auch wenn er nicht wusste, wohin ihre Wege sie nun verschlugen. Zumindest ging es Agnes wieder so gut, dass sie gehen konnte, ohne gleich einen Schwächeanfall zu erleiden.

Männer banden das Schiff an hohen Pfählen fest, anschließend stieg die Besatzung über zwei Stege aus und betrat wieder Land. Dabei sah Henrik zu Agnes, die sich niederkniete und den Boden küsste.

»Bremun war schon immer voller Schiffe, aber ich wollte nie auf eines steigen.« Sie sagte es derart erleichtert, dass Henrik sich fragte, ob es ihr gelingen würde, zukünftig weiteren Schiffsfahrten auszuweichen.

Marius ließ über Henrik Sigurd und Ranveig ausrichten, in der Nähe des südlichsten Steges zu warten. Sie selbst versuchten Nahrung zu organisieren, was angesichts des vollen Hafens ein leichtes Unterfangen zu sein schien.

Tatsächlich kamen die Hektik und die Fülle des Hafens den dreien entgegen. Auffällig viele Menschen waren zu sehen, die nicht alle die nahegelegene Stadtmauer ansteuerten. Als Henrik sich umdrehte, fiel ihm auf, dass kein einziges Schiff den Hafen verließ, mehrere aber das Festland ansteuerten. Vermutlich strandeten hier viele, die aus dem Norden kamen. Konnte es sein, dass die Unruhen nicht nur in Ripa stattgefunden hatten?

Sie teilten sich auf, dabei benötigte es nur wenige Worte. Überall waren Lager errichtet, Menschen gingen umher, suchten Feuerstellen auf, Händler boten Dinge feil, fast herrschte Chaos im deutlich überfüllten Landstrich zwischen Meer und der Stadt. Zudem begegnete Henrik vielen Nordmännern. Während der

Überfahrt hatte Sigurd ihm erzählt, dass die Normandie, die auch Franzien genannt wurde, vor zweihundert Jahren von Nordmännern erobert worden, nun aber ein gespaltenes Land sei. Angeblich sei Völsungur einst dort gewesen, und als Sigurd dessen Namen ausgesprochen hatte, hatte er zu Boden gespuckt.

Es dauerte nicht lange, bis sich die drei wieder mit Ranveig und Sigurd vereinten. Nachdem alle Taschen ausgeleert worden waren, lagen zwei Haferbrote, einige Zwiebeln, Bohnen und sogar ein kleines Stück Speck auf dem Boden.

»Es ist gestohlen!«, kommentierte Ranveig die Ausbeute.

Henrik nickte. »Und dennoch wird es unseren Hunger stillen.« Nun griff Ranveig doch zu. Da sie alle großen Hunger hatten, aßen sie alles auf.

Agnes war so geschwächt, dass sie sich nicht imstande sah, an diesem Tag weiterzugehen.

»Dann bleiben wir erst mal hier!«, entschied Ranveig. »Wir ziehen erst weiter, wenn Agnes sich stark genug fühlt, eines der Schiffe zurück in eure Heimat zu besteigen.«

»Wir werden sehen«, antwortete Henrik. »Ich sorge mich um Agnes, ich möchte wirklich, dass sie sich schont.« Dabei vermied er, zu fragen, was denn Ranveig und Sigurd nun täten. Nach Süden segelten sicherlich viele Schiffe, und letztlich trennten sich ihre Weg ja doch.

Später fragten sie für die weitere Fahrt in Richtung Süden. Es gab keinen einzigen Matrosen, der angab, ein Schiff laufe bald aus, zumindest nicht am heutigen Tag. Einige von ihnen meinten, es gebe ein Verbot des Landlords, Schiffe auszusenden, denn die Unruhen würden sich ausbreiten, andere meinten, es gebe Streit zwischen den Grafen, der sich nun auf das Seerecht ausweite. Es gab aber auch Männer, die behaupteten, die Reise in die südlichen Länder sei teuer, man verlange bis zu zehn Denare pro Kopf. Niemand wollte sie ohne Bezahlung mitnehmen, es gab zu viele derer, die sich ohne Münzen Schifffahrten anschließen wollten. Einige spuckten sogar aus, als sie die Symbole der alten Götter an den Hälsen der Freunde baumeln sahen. Immer mehr unterschiedliche Geschichten kamen ihnen zu Ohren, bis sie schließlich aufgaben.

Frustriert setzten sie sich an ihr Feuer, das wie zahlreiche andere im ganzen Hafengebiet hoch brannte. Keines von ihnen war unbesetzt, teilweise drängten sich bis zu zwanzig Menschen an die

Wärme spendenden Lager, ganze Familien waren dabei, aber auch saufende und laut rülpsende Männer.

»Was ist das für ein seltsamer Ort?«, fragte Sigurd mehr sich als die anderen.

Henrik konnte es ihm nicht beantworten. Sie sahen und hörten Franzosen ebenso wie Engländer, Sachsen und Menschen, deren Sprache er nicht einmal ansatzweise verstand, allerdings auch viele Nordmannen. Es schien ein Schmelztiegel unterschiedlichster Völker zu sein, der Zug an Menschen mit oder ohne Handkarren sowie Wagen in Richtung Stadttor riss nicht ab.

»Müssen alle über Land reisen?«, fragte Ranveig schließlich.

Lange sagte niemand etwas. »Ich hoffe nicht«, antwortete Sigurd schließlich. »Ich kenne mich nicht aus, aber das Land der ewigen Sonne und der schwarzen Menschen muss sehr weit entfernt sein. Wir werden jemanden finden. Notfalls bleiben wir einige Tage hier.«

Henrik dachte an die Aussage des normannischen Kapitäns zurück, der offenbar auch den alten Göttern zugewandt gewesen war. Er hatte von Schiffen gesprochen, die bis tief ins südliche Frankenreich segelten, dorthin, wo es wesentlich wärmer und das Land der Sarazenen nicht mehr weit sei. Er hatte es Kalifat von Cordoba genannt. Diese Überfahrten würden aber angeblich weit über zehn Denare pro Kopf kosten, eine Summe, die sie trotz erfolgreicher Diebstähle wohl niemals aufbringen konnten.

Seitdem Henrik den Namen des Kalifats gehört hatte, schweiften seine Gedanken dorthin, wo sie lange nicht mehr gewesen waren: ins Nebelland zu den Atanapeh. Zu Juta. Sie stammte ursprünglich aus dem Kalifat, sie hatte an den Gott Allah geglaubt, ihre braune Haut und ihre schwarzen Augen waren für ihn einst Sinnbild für Schönheit gewesen, mit einem einzigartigen Zauber belegt. Wie es ihr nun wohl erging? Dachte sie noch an ihn? War sie womöglich bereits vermählt?

»Was tun wir, wenn kein Schiff nach Norden fährt?«, wollte er schließlich von Marius und Agnes wissen. Die Aussage, dass der Weg zurück vorerst nicht möglich sei, hielt sich hartnäckig im gesamten Bereich vor der Stadt.

»Dann gehen wir zu Fuß«, antwortete Marius.

Henriks Herz schlug wild. Bereits während der Tage auf dem Schiff hatte er mit sich gerungen, quälende Gedanken beiseitegeschoben, doch es hatte immer mehr seinen Kopf zermartert. Er konnte Ranveig nicht einfach so ziehen lassen. Dass Geir nicht mit auf diesem Schiff gewesen war, ordneten die beiden längst als Götterwillen ein.

»Was ist?«, fragte Marius ihn. »Sei bitte ehrlich zu uns.«

»Warum?«

»Weil du nicht du selbst bist. Nicht mehr, seid du die beiden getroffen hast.«

»Ihr seid meine Freunde.« Nun legte Agnes eine Hand auf seinen Arm. »Das sind die beiden auch. Du bist noch immer völlig zerrissen, Henrik.«

»Ich möchte sie begleiten!«, platzte es plötzlich aus Henrik heraus. Sofort bereute er seine Worte. »Ich wollte das so nicht sagen, ich ... kann mich nicht entscheiden.«

Während Marius ihn entgeistert anblickte, drückte Agnes seinen Arm fester.

»Das musst du vielleicht gar nicht. Wir können offenbar ohnehin nicht nach Norden.«

»Doch, auf dem Landweg!«, entgegnete Marius.

Agnes fasste an ihre Stirn und rieb sie. Dabei versuchte Henrik zu erraten, was in ihrem Kopf vor sich ging.

»Scheiße, Marius!«, rief sie schließlich. »Ich hasse diese Kälte, ich hasse diesen Ort, ich wollte weg von Ripa. Wir können nicht nach Bremun zurück.« Ihre Stimme bebte und ihr Gesicht lief rot an. »Wo wollen wir denn hin?«

»Dorthin, wo sie unsere Sprache sprechen.«

»Marius, mein Körper ist zu Eis erstarrt. Nicht nur wegen der Krankheit, sondern weil ich ... ich möchte nicht, dass auch das hier zerbricht.«

»Was? Wir drei?«

Henrik erfuhr nun, dass Agnes mehr über seine Zerrissenheit ahnte, als er annahm, und dass sie sich offenbar ebenfalls über ihren weiteren Weg Gedanken gemacht hatte. »Es wird nichts zerbrechen, ich möchte nicht, dass wir uns trennen.«

»Gehen wir mit ihnen, Marius!«, sagte Agnes schließlich. »Wenigstens noch ein Stück. Weg von hier, dorthin, wo die Sonne heiß vom Himmel scheint.«

Marius raufte sich die Haare, sah mit zusammengepressten Lippen um sich und überlegte. »Ihr seid meine Familie«, murmelte er schließlich. »Du bist meine Familie. Wenn ihr zwei also wollt, dass wir nach Süden gehen, schließe ich mich an. Ich verstehe nur nicht, warum. Aus einer Laune heraus?« Dabei trat er einen Stein zur Seite, der klackernd bis an ein anderes Lager rollte.

Marius sah Henrik an, bewegte den Mund, wollte noch etwas sagen, tat es aber nicht. Für einige Augenblicke ließ er den Kopf sinken, bevor er Agnes anblickte. »Es kann jetzt für den späten Winter nicht schaden. Und vielleicht hilft es dir, richtig gesund zu werden.«

Deutlich spürte Henrik, wie Marius mit sich rang. Gleichzeitig war er froh, dass sich ihre Wege, egal zu wem, noch nicht trennten. Vielleicht würden sie in nächster Zeit tatsächlich von Tag zu Tag leben.

All die Zeit über hatten Ranveig und Sigurd den dreien zugesehen und natürlich nichts verstanden. Also berichtete Henrik ihnen, dass sie sie weiter nach Süden begleiteten. Wie weit und wie lange auch immer.

»Ihr seid keine Odinssöhne!«, erwiderte Sigurd, »und die beiden sind noch immer Fremde. Warum tun sie das?«

»Agnes möchte es so.«

»Weil DU es willst!«, sagte Ranveig. »Sie hält euch zusammen.«

»Agnes weiß vielleicht nicht, dass ich mich nicht von ihr getrennt hätte.«

Sie umarmte ihn und küsste seine Stirn. »Wir alle stecken in Zeiten voller Verwirrung und Zerrissenheit. Die Götter allein bestimmen unsere Geschicke, und es war kein Zufall, dass wir euch in Ripa getroffen haben. Ich fühle mich geehrt, dass ihr uns weiter begleitet. Und ich freue mich sehr darüber. Aber bedenke, dass es unser Eid ist, den wir gesprochen haben, und unsere Reise.«

Sigurd sah mit nicht zu entschlüsselndem Gesichtsausdruck zu Agnes und Marius. Weder sagte er etwas noch trat er auf sie zu. Doch seine Augen verrieten, dass auch er ihnen dankbar war, vermutlich eher Ranveigs Schutzes wegen.

»Wir besorgen die Münzen«, sagte Agnes sehr viel später. »Ich bin zwar nicht gern auf einem Schiff, aber es ist wesentlich schneller als der Weg durch ein Land, das wir nicht kennen.«

Damit teilte Agnes auch Henriks Vorhaben, nur Marius schien nicht überzeugt davon zu sein.

»Einen solchen Wert zu stehlen, ist sehr gefährlich. Wollt ihr an einem der Bäume aufgeknüpft werden?«

»Wir sind die Apostel, Marius, noch immer.« Dabei schien Agnes so zuversichtlich zu sein wie in den Tagen, in denen Henrik sie kennengelernt hatte.

»Wenn der Landweg uns nichts kostet, sollten wir diese Möglichkeit in Betracht ziehen! Also nur, wenn wir das Geld nicht auftreiben.«

»Wie groß ist denn das Frankenreich?«, fragte Agnes.

Henrik wusste es nicht, und als er Sigurd fragte, konnte auch dieser ihm keine Antwort geben.

Es wurde Nacht, die vielen Feuer erhellten das gesamte Gebiet spärlich und ließen sogar noch die Stadtmauern von Kjarrborg erkennen. Sie wirkten wie sich bewegende Schatten, und Henrik konnte nur erahnen, wie es innerhalb der Stadt aussah.

Marius hatte ausgerechnet, dass sie mindestens fünfzig Denare stehlen mussten. Sigurd und Ranveig weigerten sich zunächst, denn sie sahen es als zu gefährlich oder gar unmöglich an, eine solche Summe zu erbeuten. Dafür schlug Sigurd vor, an einer Straße lieber einen Händler zu töten und ihm dessen Geld abzunehmen. Man könne den Leichnam irgendwo verschwinden lassen. Dies jedoch lehnten Agnes und Marius ab, und so diskutierten sie erhitzt weiter, kamen aber zu keinem Ergebnis.

»Wenn ihr erwischt werdet, sind wir alle dran«, wandte Sigurd ein. »Ich lande gewiss nicht in irgendeinem dieser Kerker.«

Beruhigend legte Henrik eine Hand auf seine Schulter. Zu seiner Überraschung ließ er es zu. »Du solltest uns vertrauen, Sigurd.«

»So viele Silberlinge sind nicht so leicht aufzutreiben.«

»Du kennst die Apostel nicht.«

Henrik war froh, dass Sigurd diesen nicht Namen hinterfragte, schließlich würde er nichts gutheißen, was auch nur ansatzweise mit dem Gott der Christen in Verbindung stand.

Schon bald schwiegen sie und nur die Stimmen der Menschen an den anderen Lagern drangen noch zu ihnen. Nun, satt und durch die Flammen des Feuers zumindest notdürftig gewärmt, spürte Henrik die Müdigkeit wie eine Welle über sich kommen. Sein Blick verschleierte sich, er sah Ranveig nur noch schemenhaft zwischen Agnes und Sigurd sitzen, und als er nur kurz die Augen schließen wollte, breitete sich Dunkelheit aus.

»Nein!«

Abrupt schreckte Henrik hoch. Sigurd stand vor einem Priester, der einen Weihrauchkessel mit sich trug. Die Hand am Knauf des Schwertes ließ Henrik erahnen, dass Sigurd kurz davor war, den Priester abzuschlachten.

»Ich verstehe ihn nicht«, sagte Sigurd nur.

Gerade als auch die anderen aufstanden, stellte Henrik sich zwischen die beiden.

»Was wollt Ihr?«, fragte er den deutlich älteren Priester.

»Gottes Segen verteilen. Und um eine milde Gabe bitten, mit der wir des Vaters Haus in Kjarrborg aufbauen können.«

»Wir haben nichts. Bitte geht.«

Jetzt erst fiel der Blick des Geistlichen auf den Thorshammer an Sigurds Hals. Er verzerrte sein Gesicht zu einer Fratze und wandte sich ab, ohne noch etwas zu entgegnen.

Henrik schauderte. Es war derart viel Abscheu im Blick des Priesters gewesen, so viel Hass und Unverständnis. Wenigstens drehte er sich nicht mehr um, auch rief er nichts hinter ihnen her. Vermutlich hatte er damit sein eigenes Leben gerettet.

»Sigurd, ich muss dir nicht sagen, was mit dir geschieht, wenn du einen Priester tötest«, rief er ihm schließlich zu.

Dessen Blick verfolgte den Geistlichen, bis dieser ein anderes Lager erreichte. »Der Krug Met in Walhall wird umso voller sein«, antwortete er nur. »Was war das für ein Gestank? Will er uns damit vergiften?«

»Es ist Weihrauch, du hast ihn bestimmt auch in Ripa gerochen. Es ist der heilige Rauch des Christengottes.«

»Dann vergiftet er mich!« Wütend setzte sich Sigurd, und Henrik war unendlich froh, nicht in einem der Kerker der Stadt zu landen.

»Wir sind im Christenland!«, sagte nun auch Ranveig. »Hier werden wir viele dieser Priester treffen. Du kannst nicht alle töten, Sigurd.«

»Alle nicht, aber einige von ihnen bestimmt.« Dabei zwinkerte er sie an, woraufhin Ranveig lächelte.

Henrik verzichtete darauf, auch dies zu übersetzen. Er legte sich wieder hin, sah dabei aber lange zu Sigurd. Er spürte, dass der Hüne skeptisch gegenüber Marius und Agnes war, dass er sie nur ihm zuliebe an seiner Seite akzeptierte. Offenbar war Sigurd unwiderruflich gegen jeden Menschen voreingenommen, der kein

Nordmann war, und selbst in seinem eigenen Volk hatte er den größten Verrat erfahren. Es würde ihn nicht wundern, wenn Sigurd eines Morgens verschwunden wäre, er glaubte jedoch, dass er dies Ranveig niemals antäte.

In dieser Nacht kamen weitere Priester, einer wurde sogar von Nonnen begleitet. Menschen schlossen sich ihnen an, viele von ihnen hielten an den Lagern, boten dort an, für Gottes Schutz zu beten, unweit von ihnen knieten für lange Zeit einige Dutzend Gläubige auf dem Boden und murmelten die Worte des Geistlichen nach. Henrik fiel auf, dass Sigurd und Ranveig missmutig zu ihnen sahen, einmal spuckte Sigurd aus, doch als Ranveig ihn warnend ansah, unterließ er es.

»Warum hältst du ihn zurück?«, wollte Henrik von ihr wissen, obwohl er froh darum war.

»Wir sind nicht in unserem Land, außerdem möchte ich unsere Reise nicht gefährden. Aber ich würde es ihm gern gleichtun.«

»Du warst schon immer vernünftiger«, antwortete Sigurd.

Ranveig schüttelte jedoch mit dem Kopf. »Dann läge ich nun in Haralds Lager.«

Henrik sagte nichts dazu und beobachtete weiterhin die Betenden. Er mochte nicht zugeben, dass es ihm ein warmes Gefühl verursachte, dass er nun gern aufgestanden wäre und daran teilgenommen hätte, auch wenn er Gott seit Alvas Tod verstoßen hatte. Vielleicht tat er es Ranveig und Sigurd zuliebe nicht. Überrascht sah er jedoch Marius hinterher, der sich in die Menge der Gläubigen einreihte und ebenfalls mitsprach.

Agnes kommentierte es nicht. Weder sah sie Henrik an noch tat sie etwas, was ihre Gefühle verraten würde. Auch Sigurd und Ranveig nicht. Als Marius jedoch etwas später wieder zu ihnen kam, küsste er Agnes auf ihr Haar.

»Sag nichts. Es kann nicht schaden. Wir sollten Hilfe von allen Seiten erbitten.«

In dieser Nacht konnte Ranveig abermals nur in kurzen Abschnitten schlafen. Es war lange her, seit sie an einem wärmenden Herdfeuer geruht hatte, inmitten eines Hauses, das weder Wind noch Wetter durchließ. Zwar fror sie nicht ganz so wie in den Nächten auf dem Schiff, in denen sie befürchtet hatte, erfrieren zu müssen, aber auch jetzt drang die unerbittliche Kälte in jede Faser ihres Körpers.

Der andere Grund für ihre Schlaflosigkeit war aber die unablässige Ankunft von Schiffen. Immer mehr Menschen drängten sich in den Hafen, und sie meinte im fahlen Licht der vielen Fackeln und Feuer zu erkennen, dass die Menge der Wartenden bereits auf die Erhöhung hinter der Stadt übergriff. Zu Hunderten quetschten sich Menschen an die Stadtmauer, belagerten das Tor, während sich unablässig schwer bewaffnete Wachen auf den Mauern zeigten. Einige Kinder schrien, ein Kleinkind weinte, irgendwo stritten sich zwei Männer, während die Sachsen unweit von ihnen soffen und laut sangen.

Seltsamerweise musste sie an Harald denken. Nicht, dass sie ihn vermisste, sie war sich aber der Schande bewusst, die sie ihm bereitete. Sicherlich verlachte man ihn nun noch mehr. Wer hatte schon ein Weib geehelicht, dass sich kurze Zeit nach der Vermählung aus dem Staub machte? Er tat ihr leid, sicherlich, und auch wenn sein Haus Wärme sowie Sicherheit vermittelte, würde sie niemals auf die Gelegenheit verzichten, näher zu ihrer Familie und ihren Freunden zu gelangen. Sie gäbe jedoch einige ihrer Figuren aus Bein in ihrem Haar, um endlich einmal wieder auf einem Lager nahe eines wärmenden Hausfeuers ruhen zu können.

Weil sie nicht schlafen konnte, sah sie zu Agnes. Sie hatte gedacht, sich während der Schifffahrt ihr etwas angenähert zu haben, umso mehr fragte sie sich, warum die stolze Frau mit den vielen Narben sich nun wieder verschloss. Zudem konnte sie sich nicht erklären, warum sie und Marius sie begleiteten. Offenbar gab es auch unter den Christen wahre Freundschaft, so wie sie es aus ihrem Dorf kannte. Sie freute sich für Henrik, die beiden getroffen zu haben, und sie spürte die Verbundenheit dieser drei deutlich.

Bald dachte sie jedoch an ihre Mutter und Balbó. Immer wieder malte sie sich in bunten Bildern aus, wie sie unter dem Sklavendasein litten, und sie hoffte, es erginge ihnen nicht schlechter als Henrik einst bei ihnen selbst.

Als am kommenden Morgen die Helligkeit des Tages die Lichter der Feuer und Fackeln ablöste, bot sich Ranveig ein bedrohliches Bild. Es mussten viele Hundert Menschen sein, vielleicht sogar

Tausende, die zwischen dem Wasser und der Stadt zu sehen waren, viele von ihnen unterhalb der Stadtmauer, aus unzähligen Feuerstellen quoll Rauch in die Höhe. Der Hafen war voller Schiffe, und noch immer legten einige an. Sie wurden in zweiter und dritter Reihe angebunden, die Menschen stiegen über Balken und dazwischen liegende Schiffe an Land.

Zu ihrer Erleichterung ging es Agnes wesentlich besser. Ihre Stirn war nur noch warm und das Rot in ihrem Gesicht war einer gesunden Hautfarbe gewichen.

»Das mit dem Streit der Grafen scheint zu stimmen«, riss Sigurd sie aus ihren Gedanken. »Ich habe bis jetzt kein einziges Schiff ablegen sehen.«

Ranveig wusste es nicht. Sie ahnte aber, dass viele der Menschen hier hungerten und unter Wassermangel litten, so wie sie selbst auch.

»Ich frage mich durch!«, brummte Henrik schließlich. »Wenn das noch einige Tage dauert, müssen wir ohnehin weg.«

Marius begleitete ihn, und so verzichtete Ranveig darauf, Henrik zur Seite zu stehen. In diesem Fall war er ihre beste Lösung, schließlich verstand er zwei Sprachen.

Während Sigurd sein Schwert mit einem Stein schliff, sah Ranveig Agnes zu, wie sie versuchte, ihr Haar zusammenzubinden. Offenbar war das Lederband gerissen und so nestelte Agnes mühsam daran herum, ohne Erfolg zu haben. Ranveig überlegte nur kurz, setzte sich dicht hinter Agnes, führte deren Hände nach unten, nahm das zerfetzte Band an sich.

»Es geht noch, es ist lang genug.«

Natürlich verstand Agnes sie nicht. Und als Ranveig Agnes' Haar flechten wollte, rückte Agnes zunächst ab. Ranveig blieb nun aber ihrerseits stur, rückte nach und wiederholte den Versuch. Diesmal ließ die stolze Sächsin es zu, wenn auch offensichtlich etwas widerwillig. Dabei erinnerte sie sich an Mutter und gemeinsame Abende in ihrem Zuhause. Sie mochte Agnes' Haar sehr gern, ihr gefiel die Farbe, und sie fand auch deren Gesicht sehr hübsch. Sollten diese dreckigen Bastarde, die ihr diese Narben zugefügt hatten, Hels Feueratem unendlich lang auf ihren Körpern spüren.

»Niemand weiß, wie lange das dauert!«, riss Henriks Stimme sie aus Gedanken. Er sagte es in beiden Sprachen. »Tatsächlich ist es wohl so, dass kein Schiff auslaufen darf, weder nach Norden noch nach Süden, weil die Gefahr besteht, im nächsten Hafen abgelehnt zu werden. Irgendwelche Landgrafen haben einen See-streit ausgerufen, Näheres weiß ich nicht.«

»Dann müssen wir über Land!«, antwortete Sigurd. »Wir haben hier kein Wasser, und es werden immer mehr Menschen.«

Pausenlos drängten sich weiterhin Gestrandete zum Stadttor, die Wachen auf den Mauern versammelten sich und machten sich offenbar bereit, das Bollwerk notfalls zu verteidigen. Gleichzeitig leerten sich die ersten Lager, Gruppen lösten sich aus der Menge und zogen in alle Himmelsrichtungen davon.

»Ziehen wir nach Süden. Die nächste Hafenstadt muss ja ir-gendwann auftauchen.«

Niemand wendete etwas dagegen ein, es schien, als akzeptierte jeder von ihnen Sigurd als Wortführer. Zugegeben war Henrik froh darum, den Hünen bei sich zu wissen, vor allem wegen Ran-veig, wenn sich ihre Wege wieder trennten.

So verließen auch sie den Hafenbereich. Viele blieben zurück, die Rufe und Schreie vor dem Stadttor wurden lauter, und als erste Pfeile von den Zinnen herabgeschossen wurden, befanden sich die Freunde bereits in sicherer Entfernung.

Henrik ging zu einem alten Mann, der auf einem Eselskarren fuhr. Auf der Ladefläche befand sich eine Decke, die vermutlich Waren verbarg.

»Wisst Ihr Näheres über die Lage in Kjarrborg?«

Der Mann starrte sie unsicher an, verlangsamte seine Fahrt je-doch nicht. Sein Blick wurde aber etwas weicher, als er Ranveig und Agnes als Frauen unter ihnen ausmachte.

»Nur so viel, dass ein Seestreit unter den Grafen ausgebrochen ist«, antwortete er in sächsischer Sprache. Er sprach undeutlich und gebrochen, dennoch verständlich. »Ich steuere die nächste Stadt an und hoffe, dass es dort möglich ist, sie zu betreten.«

»Was ist die nächste Stadt? Liegt sie an einem Hafen?«

»Pont Roy, etwa einhundert Meilen von hier.«

Henrik sah Marius und Agnes frustriert an, und als Ranveig ihn aufforderte, zu übersetzen, tat er es.

»Das sind vielleicht fünf Tagesreisen, je nachdem, wie schnell wir vorankommen«, entgegnete Sigurd. »Hoffentlich stoßen wir auf Gewässer.«

»Kennt ihr Euch hier aus?«, fragte Marius den Greis.

Nun blieb dieser stehen, was den Esel ermutigte, laute Töne von sich zu geben. »Ja. Wir werden nicht die Einzigen sein, die diesen Weg einschlagen. Woher kommt ihr?«

»Aus verschiedenen Ländern«, antwortete Marius, ohne genauer zu werden.

Der Greis blickte jedoch lange zu Ranveig und Sigurd. »Ihr seid eine seltsame Vereinigung. Sachsen und Nordmannen auf Wanderschaft?«

Henrik war klar, dass Tracht und Schmuck für jeden zu erkennen waren. »Wir wollen zum nächsten Hafen. Wenn er einige Tagesreisen entfernt ist, müssen wir diesen Wag wohl auf uns nehmen.«

»Dürfen wir Euch folgen?«, wollte nun Agnes wissen.

Wieder wurde die Miene des Greises unsicher. Er kratzte sich an seinem grauen Bart, nahm kurz die lederne Kappe vom Kopf und kratzte sich auch dort.

»Ich weiß nicht. Ihr könnt euch jederzeit nach Pont Roy durchfragen.«

Henrik verstand, warum der Mann vorsichtig war: Sigurds Schwert war groß und Agnes' Miene grimmig wie die eines Dämons. »Nichts für ungut. Danke für Eure Auskunft.«

Der Mann nickte, fuhr los, hielt aber nach kurzer Zeit wieder an. Mit einem Wink seiner Hand lockte er sie zu sich. »Wenn ich es mir so recht überlege … Ich könnte Schutz benötigen, und ihr einen Wegführer. Warum nicht.«

Henrik übersetzte es Sigurd und Ranveig, und als diese nichts dagegen hatten, bedankte er sich bei dem Mann.

»Aber ihr müsst laufen!«, sagte dieser. »Jora ist sehr alt, wie ich, und kann nur den Wagen und mich ziehen. Und das auch nicht fortwährend.«

Marius nickte nur, dann folgten sie dem Greis, dessen Esel ruhig und behäbig trabte.

Schon bald erreichten sie einen Bach. Dutzende Menschen waren hier, füllten ihre Wasserbeutel auf, einige Frauen wuschen Kleidung, ein Mann pisste ins hohe Gras. Auch Henrik und die andern tranken, füllten die Schläuche sowie einen Holzeimer, der unter der Decke versteckt gewesen war. Beim Herabziehen der Decke fiel Henrik auf, dass Kisten darunter lagen, die alle geschlossen waren.

»Was ist da drin?«, fragte er schließlich den Mann.

»Medizin, Tränke und allerlei gegen schlechte Einflüsse.«

»Seid Ihr ein Bader?« Marius schien sofort interessiert.

»Ja, mein ganzes Leben lang. Ich hatte gehofft, in Kjarrborg gute Geschäfte zu machen. Man nennt mich Karolus.«

Nun kam auch Agnes näher. »Was meint Ihr mit ›schlechte Einflüsse‹?«

»Albträume, Wald- und Seegeister, Flüche und die Tollheit.«

Henrik hatte nicht gewusst, dass es gegen all das Medizin gab, und wog ab, ob der Mann die Wahrheit sagte oder flunkerte. Sein Vater hatte stets gesagt, Bader seien allesamt Betrüger, denen man die Hände abhacken sollte. Viele von ihnen verkauften ihre eigene Pisse und boten es als Heilmittel an.

Offenbar traute Agnes seinen Worten auch nicht, denn sie fragte nicht nach, sondern trottete mit zunehmendem Abstand hinter ihm her.

»Ist er ein Zauberer?«, wollte Sigurd wissen, nachdem Henrik ihnen übersetzt hatte.

»Nein. Bader sind Heilkundler, die meisten von ihnen allerdings viel schlechter als die *völvas* in eurer Heimat. Viele sagen, man würde noch kränker, nachdem man von ihnen behandelt wurde. Es muss aber auch gute Bader geben, nur leider erkennt man die vorher nicht.«

»Und jetzt möchte er uns seine Tränke verkaufen?«, riet Ranveig.

»Vielleicht. Er hat noch nicht gefragt.«

»Ich werde ihn festhalten und ihn alles selbst saufen lassen«, schlug Sigurd vor. »Dann sehen wir, ob das Zeug etwas taugt.«

Henrik lachte, und als auch Ranveig grinste, nahm ein eisiger Windzug schneller als erhofft die kurz entstandene Sorglosigkeit. Sie hatten erst Anfang März und der Winter konnte andauern.

Ihm fiel auf, dass Agnes langsamer wurde. Eindeutig übernahm sie sich.

»Kann Agnes auf den Wagen?«, fragte er deshalb Karolus. »Sie hatte bis vor Kurzem noch hohes Fieber.«

Karolus sah zu Agnes, die jetzt erst den Karren erreichte, sich anlehnte und durchatmete. Offenbar war ihm klar, dass sie nicht mehr weitergehen konnte.

»Na gut. Jora hat gut gefressen.«

Sigurd stellte zwei Kisten zur Seite und hob Agnes auf den Karren. Dort lehnte sie sich an die Wand und trank einige Schlucke.

Offenbar war der Esel noch stark, denn sie machten nur wenig Pausen. Zu ihrer Überraschung teilte der Greis etwas Brot mit ihnen, sprach aber nur wenig, vor allem nicht, wenn sie anderen begegneten. Immer wieder trafen sie auf andere Gruppen und einzelne Wanderer, einmal preschten einige Reiter an ihnen vorbei, während eisiger Westwind von der Seeseite ihre Körper gefrieren ließ.

Als die Sonne hinter dem Wald unterging, der die Handelsstraße vom Meer trennte, war die Anzahl der Menschen, denen sie begegneten, spärlicher geworden. Sie gingen noch so lange, bis es düster wurde, und rasteten schließlich endgültig am Ufer eines kleinen Sees. Nachdem sie Holz für ein Feuer gesammelt hatten, hörten sie die Stimmen einiger Männer und erkannten schließlich deren Silhouetten. Offenbar schlugen die Fremden ebenfalls in der Nähe ihr Nachtlager auf.

»Ich hatte gehofft, wir wären nicht in der Nähe einer solchen Gruppe«, brummte Karolus. »Aber nun ist es zu spät. Hier ist Marschland, Jora könnte sich in der Dunkelheit die Beine brechen.«

Sie besprachen sich, doch Sigurd erkannte den Sinn in Karolus' Worten und war ebenfalls dafür, an diesem Ort zu bleiben.

Eine innere Stimme ließ Henrik unruhig werden. Lag es an den Fremden, die in ihrer Nähe lagerten?

Der Überfall

Als die Flammen des Feuers in die Höhe schlugen, spürte Agnes angenehme Wärme an ihrer Haut. Noch immer blies der Wind unaufhörlich kalt, doch er brachte keinen Schnee. Um noch mehr von der Wärme aufzunehmen, setzte sie sich näher ans Feuer, um jeden Teil ihres Körpers damit zu füllen. Es hatte gutgetan, das lange Stück des Weges zu sitzen, und sie hoffte, am kommenden Tag bekäme sie ihre alte Kraft zurück. Die Männer, die etwa fünfzig Schritt in ihrer Nähe lagerten, lärmten, sangen und johlten, sie selbst waren umso stiller.

Karolus erzählte von seinem Wanderleben. Angeblich hatte er alle großen Städte der westlichen Länder bereist, sei sogar in Rom gewesen, der Heiligen Stadt. Agnes hörte ihm gern zu, denn sie spürte direkt die Sonne auf ihrer Haut, über die Karolus in bunten Worten berichtete. Währenddessen reichte ihnen der Bader einige Rüben aus einer der Kisten, und während der Esel ab und an schnaubte, kauten sie die Rüben weich.

All die Zeit über hörten sie Karolus zu. In regelmäßigen Abständen übersetzte Henrik es Ranveig und Sigurd, sie selbst versank in den vielen Geschichten und wünschte sich, dabei gewesen zu sein. Dabei dachte sie auch an den Weg, der vor ihnen lag. Sie hatte keine Angst vor dem Frankenreich, in dem nur wenige ihrer Sprache mächtig waren. Eher war es eine Flucht vor Bremun, denn sie fühlte sich noch immer verantwortlich für den Tod ihrer Freunde. Längst hatte sie beschlossen, diese Stadt niemals wieder zu betreten, sie verband zu viele schlechte Erinnerungen damit, zu viel Leid und Trauer. Vielleicht hatte sie tatsächlich erst auf Henrik treffen müssen, um Bremun und somit auch ihr altes Leben hinter sich lassen zu können. Sie wusste, sich auch weiterhin ihm anschließen zu wollen, ohne dabei aber Marius vor den Kopf zu stoßen.

Abrupt schreckte Agnes auf. Sie war eingeschlafen, es musste tief in der Nacht sein. Das Feuer brannte noch. Sigurd legte ihr eine Hand auf die Schulter, um sie zu beruhigen.

Umständlich versuchte sie zu erklären, dass sie Wasser lassen musste, und als er nickte, bewegte sie sich vom Lager weg. Da ertönte ein Knacksen aus dem Dunkel. Keineswegs wollte sie Wildschweinen oder anderen Tieren begegnen, also ging sie zwischen beide Lager. In der Ferne erkannte sie die Glut des Feuers der Fremden, sie hörte jedoch nichts außer dem Wind, der an ihre Ohren wehte. Dort setzte sie sich, schloss kurz die Augen, spürte sich erleichtern und atmete durch.

Plötzlich hielt jemand ihren Mund zu. Die Hand drückte so sehr, dass sie fast keine Luft bekam. Panisch kratzte sie sie, schlug nach dem Körper, jemand drückte sie jedoch rücklings auf den Boden. Sie versuchte zu schreien, es kam allerdings nicht mehr als eine lautlos gepresster Stimme heraus. Als sich die Hand kurz löste, biss sie hinein, so fest sie konnte. Ein Mann schrie, sie spuckte blutiges Fleisch heraus, dann schrie auch sie. Nur Momente später krachte etwas in ihr Gesicht, ihr wurde schwarz vor Augen, ein weiterer Schlag auf ihren Mund ließ sie Blut spucken. Der Mann fluchte etwas, das sie nicht verstand, und sie hoffte, nicht ohnmächtig zu werden. Alles brummte, hämmerte, ihr Schädel fühlte sich an, als würde er platzen. Da wurde es hell, Flammen kamen auf sie zu.

Unvermittelt würgte der Mann und fiel auf sie. Angewidert drückte sie ihn weg, befreite sich unter ihm und spürte, wie Arme nach ihr griffen. Im Licht eines brennenden Astes erkannte sie Sigurds Gesicht, Marius und Henrik halfen ihr hoch. Doch da kamen die Fremden. Sigurd stach einem weiteren in den Bauch, danach hörte sie nur noch Kampfgeschrei. Das Brennholz war zu Boden gefallen, Agnes konnte in der Finsternis nichts erkennen. Auch Henrik und Marius schienen zu kämpfen, während Ranveigs Schrei über den gesamten See hallte. Panisch ging sie zum noch immer brennenden Holz und hob es in die Höhe. Einige Körper lagen auf dem Boden, Sigurd hieb einem Fremden in den Kopf, und plötzlich stand Ranveig neben ihr. Sie blutete im Gesicht und sagte etwas, was Agnes nicht verstand. Ihr Atem keuchte, alles in ihr pochte, ihre Hände zitterten. Plötzlich wurde es ruhig und Henrik sowie Marius kamen auf sie zu. Fast zu spät erkannte sie, dass Henrik Marius stützte.

»Sie sind tot!«, rief Henrik mit aufgeregter Stimme. »Es waren vier.«

»Was ist mit Marius?«

»Gehen wir zum Feuer zurück«, sagte Marius nur.

Sie warteten, bis auch Sigurd aus der Dunkelheit zu ihnen kam, Ranveig umarmte und sie auf das Haar küsste, bevor sie zurückkehrten.

Ranveig konnte es nicht fassen. Einer der Bastarde hatte versucht, Agnes zu schänden, doch es waren wohl eher unerfahrene Kämpfer gewesen. Drei hatte allein Sigurd getötet, den vierten Henrik und Marius. Dieser hatte zuvor auch Ranveig angefallen, nun lagen ihre Körper irgendwo im Dunkel.

Aufgeregt sah sie auf die Wunde an Marius' Schenkel. Sie war lang, Blut floss unaufhörlich heraus, sein Bein zitterte. Karolus hatte Marius einen Stock zwischen die Zähne gesteckt, auf den Henriks Freund nun biss, während der Bader ihm eine dunkle Brühe auf die Wunde schüttete und sie mit sauberen Tüchern verband. Dabei murmelte er ständig etwas, das Ranveig nicht verstand.

»Er ist zuversichtlich, dass sich die Wunde schließt«, übersetzte Henrik.

Deutlich spürte Ranveig noch immer ihr Herz hämmern und fasste sich an die Schulter. Einer der Fremden hatte ihr irgendetwas auf die Schulter gedroschen, vermutlich einen Prügel. Sie schmerzte stark, doch sie wollte Karolus nicht unterbrechen. Marius' Wunde sah übel aus, und so hoffte sie, er wäre einer der Heiler, die auch wirklich Ahnung von ihrem Geschäft hatten.

Nachdem Marius versorgt war, begutachtete Karolus auch Ranveigs Schulter und rieb eine Paste darauf. Schon jetzt schimmerte sie in allen Farben, vermutlich würde alles in diesem Bereich am kommenden Tag so blau wie die Farbe des Sees im Tageslicht.

Anschließend gingen Sigurd und Henrik zu den Leichen zurück, um ihre Körper ins Schilf des Sees zu ziehen. Solange sie sich hier aufhielten, sollte sie niemand finden, und am kommenden Tag wollten sie ohnehin weiterziehen.

Agnes saß am Feuer und starrte schwer atmend hinein. Ranveig wusste, wie sich Agnes nun fühlte, sie selbst war schon zwei Mal in einer solchen Situation gewesen. Mehr denn zuvor bedauerte sie, sich nicht mit ihr verständigen zu können. Dennoch setzte sie sich neben sie und legte eine Hand auf ihren Unterarm.

Agnes sah sie aber erschrocken an und drückte ihn von sich. Dabei schien ihre Miene wir erstarrt. Zunächst ließ es Ranveig dabei, lehnte sich aber an Agnes. Nur leicht, sie wollte sie nicht bedrängen. Und auch jetzt rückte Agnes zunächst etwas weg. Dabei biss sie auf ihren Lippen herum, ihre Wangenknochen arbeiteten stark.

Ranveig wartete eine Weile und rückte abermals etwas näher. Nun ließ Agnes die Nähe zu. Zwar sah sie sie fragend an, doch schließlich legte sie ihren Kopf an Ranveigs Schulter. Zuerst leicht, scheu, letztlich bettete sie ihn mit ihrem vollen Gewicht dagegen. Es war schön, es erfüllte Ranveig mit ungeahnter Wärme.

Nähe war eine Sprache, die unter allen Völkern stets verstanden wurde, dazu benötigte es keine Worte.

Es dauerte, bis die beiden Männer zurückkamen. Sie legten eine Menge Dinge direkt vor dem Feuer nieder.

»Wir haben das Lager dieser Schweine gefunden«, berichtete Henrik. Zwei Lederbeutel, in einem sind Speck, etwas Brot und Zwiebeln. Und das hier.« Dabei präsentierte Henrik zwei große Messer, deren Griffe aus verziertem Bein bestanden.

»Sie haben ohne die Messer gekämpft?«, fragte Henrik laut.

»Es ging wohl alles zu schnell«, erklärte Sigurd. »Vermutlich haben die genauso auf die Schreie reagiert wie wir.«

Da kniete sich Henrik zu Agnes. Bevor er sie fragen konnte, wie es ihr ging, hielt Ranveig ihn zurück. Sie spürte, dass Agnes gerade in sich gekehrt war, und mit einem einfachen Kopfschütteln hoffte sie, er würde verstehen. Offenbar tat er es, denn er setzte sich zu Marius und sprach mit diesem.

In dieser Nacht schlief niemand mehr von ihnen.

Es dämmerte, als sie aufbrachen. Keineswegs wollten sie Gefahr laufen, entdeckt zu werden und wegen der Toten ins Visier von Schergen der Landgrafen zu geraten. Aufgrund seiner Verletzung saß Marius zwischen den Waren auf dem Wagen. Erst als sie den See weit hinter sich gelassen hatten, wurden sie etwas langsamer.

Henrik sorgte sich sehr um Marius. Karolus hatte die Wunde kontrolliert, allerdings verhieß seine Miene nichts Gutes. Zwar meinte der Bader, er könne jetzt noch wenig prophezeien, Marius'

Gesichtsfarbe offenbarte ihm aber, dass es seinem Freund schlechter ging, als er zugab.

Agnes war die ganze Zeit über still und in sich gekehrt. Einmal fragte Henrik sie, ob es ihr gut gehe. Agnes nickte, doch Henrik spürte, dass sie nicht die Wahrheit sagte. Er konnte sie verstehen. Sie befanden sich irgendwo in Franzien, weit weg von allem, was sie kannten. Und was geschah, wenn sie Pont Roy erreichten? Vielleicht bereute sie auch längst, sich für den Weg nach Süden entschieden zu haben. Keinesfalls wollte er aber danach fragen. Inständig hoffte er, die Leichen würden nie gefunden werden, und wenn, dann nicht von Männern der Grafen, die sie in der nächsten Stadt in Empfang nähmen.

Auch an diesem Tag begegneten sie anderen, die vermutlich ebenfalls aus Kjarrborg stammend südlich zogen. Eine Familie mit vier Kindern war ebenso unter ihnen wie zwei Juden, die, ohne einen Blick auf sie zu richten, stumm an ihnen vorübergezogen waren. Drei bewaffnete Reiter hatten sie überholt, allerdings keine Notiz von ihnen genommen.

Gegen Mittag rasteten sie länger. Marius stöhnte, und als Karolus eine Hand auf dessen Stirn legte, schüttelte er den Kopf.

»Er bekommt Fieber. Hoffen wir, dass es kein Wundbrand ist.«

Henrik erschrak furchtbar und übersetzte es Sigurd und Ranveig. Er selbst hatte niemals jemanden getroffen, der Wundbrand überlebt hatte.

Sie errichteten ein Feuer, vor das Marius sich legte. Während Agnes ihm Wasser reichte, öffnete Karolus den Verband. Henrik konnte nichts Auffälliges an der großen Wunde erkennen, außer dass sie augenscheinlich nicht mehr blutete, doch Ranveig hob eine Hand vor ihren Mund.

»Was ist?«, fragte er sie.

»Die Ränder werden rot. Ich hoffe, es entzündet sich nicht.«

»Du bist doch keine *völva*.«

»Henrik, die *völva* wurde stets nur in den schlimmsten Fällen geholt. Mutter und die anderen Frauen haben mir viel beigebracht.«

Auch Agnes wollte wissen, was Ranveig gesagt hatte, Henrik übersetzte es aber weniger drastisch.

»Er ist stark!«, murmelte Agnes schließlich. »Marius lässt sich bestimmt nicht von dem Stich einer Klinge niederstrecken!«

Dabei strich sie über Marius blondes Haar, und er lächelte sie an, während ihre Lippen bebten.

»Nein!«, bestätigte Henrik. »Notfalls bleiben wir einige Tage hier. Du wirst dich jetzt erholen, mein Freund.«

»Aber wir müssen doch weiter!«

»Du wirst deinen Mund halten und genesen!«, blaffte Agnes ihn an. »Notfalls zieht Karolus weiter und wir bleiben.«

Der alte Mann schüttelte mit dem Kopf. »Ich habe es nicht eilig. Aber er kann auf dem Wagen liegen bleiben. Steigt das Fieber, können wir immer noch rasten.«

Als Karolus abermals eine übel riechende Paste auf Marius' Wunde strich, sahen ihm alle dabei zu. Dabei war es Henrik, als könnte er Sigurds und Ranveigs Skepsis spüren. Er hätte nicht erwähnen dürfen, dass die meisten Bader nichts taugten.

Nachdem Marius etwas geschlafen hatte, entschieden sie, Karolus' Rat zu befolgen und Marius weiterhin auf dem Wagen liegend zu transportieren.

Am Nachmittag trafen sie auf eine große Gruppe, die aus Westen zu ihnen stieß. Es waren etwa vierzig Menschen, die teilweise voll beladene Karren hinter sich her zogen. Ein Priester war unter ihnen, und als sie bei ihnen stoppten, roch Henrik Weihrauch, den der Geistliche in einem kleinen Kessel verbrannte.

»Gottes Gruß!«, begrüßte sie der noch junge Priester in sächsischer Sprache. »Kommt ihr aus Kjarrborg?«

Henrik nickte nur, ohne seine Augen von der überraschend großen Gruppe zu lösen. Am hinteren Ende hielten sich etwa zehn Kinder unterschiedlichen Alters auf, die nun offenbar die Pause nutzten, um sich hinzusetzen und Wasser zu trinken.

Als Henrik kurz zu Sigurd sah, fiel ihm auf, dass der Hüne seine Hand auf den Schwertknauf gelegt hatte.

»Sie tun uns nichts!«, flüsterte er ihm beruhigend zu.

»Aber es ist ein Bote des Kreuzgottes!«, antwortete Sigurd. »Ich traue niemals einem von ihnen.«

Der Priester sowie die meisten der Fremden musterten sie nun ebenfalls. Offenbar fiel dem Geistlichen erst jetzt Ranveigs und Sigurds Tracht auf, und als er einige Schritte näher kam, entdeckte er den Thorshammer.

»Seid Ihr deren Gefangene?«

»Sie sind unsere Freunde. Zieht ihr ebenfalls nach Pont Roy?«

»Nein, Paris ist unser Ziel. Es ist eine *peregrinatio religiosa*, eine Pilgerreise.«

»Paris? Davon habe ich schon einmal gehört.«

»Es ist das Zentrum des Frankenreiches, vor allem in christlicher Hinsicht.«

Henrik erwartete nun, dass der Priester sie fragte, ob sie mitkommen wollten, doch er tat es nicht. Er wendete sich sogar ab, nachdem er Ranveig und Sigurd böse Blicke zugeworfen hatte. Als einige Männer nun sogar ausspuckten, entschieden sie, weiterzuziehen.

»Was hatten die vor?«, wollte Ranveig wissen, als sie die Gruppe hinter sich gelassen hatten.

Henrik erklärte ihr, was eine Pilgerreise war und dass der Priester Gläubige um sich scharte, die sich dem Zug anschlossen.

»Und dann?«, fragte sie weiter. »Was ist da in dieser Stadt, die Paris genannt wird?«

»Vermutlich viele Kirchen, in denen sie beten. Ich weiß aber nicht genau, warum sie ausgerechnet nach Paris pilgern.«

»So viel Aufsehen um den Kreuzgott!«, schimpfte Sigurd. »Solange sie es aber hier tun und nicht in unserer Heimat, soll es mir recht sein.«

Agnes, die all die Zeit über geschwiegen hatte, blickte auf Marius. Er schlief gerade, ein nasser Lappen auf seiner Stirn verrutschte immer wieder.

»Vielleicht hätten wir geistlichen Beistand benötigt«, murmelte sie.

»Marius hätte es nicht zugelassen.« Henrik wunderte sich über Agnes' Gedanken, vermutlich machte sie sich aber so große Sorgen um Marius, dass sie für ihn ihr eigenes Vorhaben aufgab.

Wie er auch. Henrik hatte die Gruppe um den Priester beinahe schon wieder vergessen, und so schnell wie zuvor drängte sich die Sorge um seinen Freund in ihn.

»Welche Kräuter würdest du ihm denn geben?«, fragte er Ranveig.

»Wir nennen die Kräuter anders. Tatsächlich habe ich seit Marius' Fieber nach dem Sonnenkraut gesucht, aber es noch nicht entdeckt. Ich weiß nicht, ob es hier auch wächst.«

Henrik hatte nicht bedacht, dass einige Pflanzen womöglich nur in den nordischen Ländern wuchsen. Wenn Karolus wirklich so erfahren war, wie er behauptete, musste er Marius einfach helfen können.

Diesmal wollte Agnes nicht wissen, was sie gesprochen hatten.

Als sie Sonne durch ein großes Wolkenloch auf die Reisenden herabschien, rasteten sie.

»In drei oder vier Tagen sind wir in Port Roy«, sagte Karolus. »Bis dahin wird sich auch das Schicksal eures Freundes entschieden haben.«

Er brummte es mehr in seinen Bart, doch Henrik und Agnes hatten es verstanden. Voller Hoffnung sah Henrik ihm zu, wie er verschiedene Fläschchen öffnete, Kräuter in Säfte schüttete und die Tinktur schüttelte.

»Versuche, ihm das einzuflößen«, wendete sich Karolus Agnes zu und überreichte ihr den halb vollen tönernen Becher. »Aber langsam, jeder Tropfen in seinem Bauch kann helfen.«

Agnes bemühte sich sehr, Marius den übel riechenden Trank einzuflößen, und ihr gelang es außerordentlich gut.

Als sie fertig war, sah sie Henrik tief in die Augen. »Wenn er es schafft, werde ich ihn nicht davon abhalten, gottesfürchtig zu werden.«

»Ich glaube nicht, dass er das vorhat.«

»Ich bin schuld. Marius wollte nicht mit uns ziehen, er hat es allein wegen uns getan.«

»Agnes, das hätte auch in Ripa passieren können. Oder hinter jedem Baum auf unserem weiteren Weg, den wir nach Norden eingeschlagen hätten.«

Ihm fiel auf, wie sehr sie mit den Tränen kämpfte. Da nahm er sie in den Arm. Zunächst ließ sie es zu, drückte ihn fest, stieß ihn dann aber weg. Er wusste, dass sie es nicht tat, weil sie ihn nicht mochte. Die ›Eiserne Agnes‹ gewann wieder Oberhand. Niemand sollte sehen oder spüren, wie sie sich fühlte, und erst recht nicht wollte sie getröstet werden wie eine schwache, wehrlose Frau.

Während Karolus abermals die Wunde säuberte und behandelte, ging Ranveig zu Marius und legte ihm ihre Kette auf die Brust.

Agnes sah sie fragend an.

»Sag ihr, dass nun auch unsere Götter über ihn wachen«, erklärte Ranveig Henrik. »Ich glaube, dass sie auch denjenigen helfen, die nicht an die wahren Götter glauben. Zudem ist Marius kein wahrer Christ.«

Henrik übersetzte es Agnes, woraufhin sie nickte.

»Marius benötigt nun jeden Beistand. Gäbe es einen Tempel für die nordischen Götter, würde ich auch ihnen danken, wenn Marius das übersteht.«

So in sich gekehrt und voller Sorge hatte Henrik Agnes noch nicht erlebt. Falls Marius sterben sollte, wäre es ein sehr schwerer Schlag für ihn, doch eine Katastrophe für Agnes. Daran wollte er allerdings nicht denken, die Tinkturen und Salben des Baders mussten einfach helfen.

Am Nachmittag zogen sie weiter. Marius wachte ab und zu auf, allerdings nur kurz, und da er seltsame Dinge fragte, ging Henrik davon aus, dass sein Freund im Fieberwahn sprach. Manchmal war der Weg so holprig, dass der Wagen wild schaukelte, die beruhigende Art Karolus', mit der er auf Jora einwirkte, ließ sie jedoch auch diese schwere Etappe meistern.

Als die Sonne unterging, errichteten sie nur ein kleines Feuer. Zu jeder Zeit könnten sie von jemandem erblickt werden, der nichts Gutes im Sinn hatte, zudem war noch immer möglich, von Männern gefunden werden, die die Leichen der Angreifer entdeckt hatten.

Agnes und Ranveig unterstützten Karolus, so gut sie konnten. Achtsam löste der Bader den Verband und rieb eine frische Tinktur um die Wunde.

»Sie ist besser geworden!«, kommentierte Ranveig den tiefroten Rand der Verletzung.

Erleichtert übersetzte Henrik es Karolus.

»Deine Nordfrau kennt sich wohl aus«, brummte dieser. »Sie hat recht, es scheint so, als käme Marius mit einem Schrecken davon. Aber noch wage ich es nicht, Entwarnung zu geben.«

Agnes lächelte, doch Henrik erkannte, dass es ein Lachen der Unsicherheit und Angst war.

Spät in der Nacht erwachte Marius. Er benötigte offenbar einige Augenblicke, bis er begriff, wo er sich befand, und nach Wasser verlangte. Da Agnes schlief, gab Sigurd ihm den Schlauch. Sofort trank Marius ihn halb leer.

»Wie geht es dir?«, fragte Henrik ihn.

»Mir ist unendlich heiß. Wie lange habe ich geschlafen?«

»Etwa einen ganzen Tag.«

»Ich bin so müde.«

Vom Gespräch aufgeweckt, ging Agnes sofort zu ihm und legte eine Hand auf seine Stirn.

»Du bist noch immer heiß, aber das Fieber ist nicht gestiegen.«

Für kurze Zeit sahen sie zu Karolus, doch er schlief weiter. Sie entschieden, ihn nicht zu wecken.

»Sind wir bald in der Stadt?«, fragte Marius.

Henrik erkannte im flackernden Licht der Flammen, wie rot sein Freund im Gesicht war und wie sehr er schwitzte.

»In einigen Tagen«, antwortete Agnes. »Wir besteigen kein Schiff, ehe du nicht genesen bist.«

»Natürlich nicht!«, bestätigte Henrik. Sein Herz schlug vor Freude schnell. Marius sprach, war wach und zusammen mit der vorsichtigen Prognose des Baders hatten sie vielleicht Glück. Ihm fiel auf, dass sie in den vergangenen Monaten mehrmals dem Tod von der Schippe gesprungen waren.

Irgendwann würde es ihnen sicherlich nicht mehr gelingen.

Das stumme Mädchen

Marius schlief bis zum Morgen und erwachte dann wieder. Als Karolus das Tuch von der Wunde löste und sich die Verletzung ansah, erkannte sogar Ranveig, dass dessen Arznei offenbar gewirkt hatte. Das Fleisch glänzte lange nicht mehr so rot wie zuvor, die entzündeten Stellen waren zudem deutlich zurückgegangen. Sie kannte den Kreuzgott nicht, der über diese Ländereien herrschte. Hoffentlich rächte er sich nicht an ihren neuen Freunden, weil sie sich mit Menschen eingelassen hatten, die noch an die wahren Götter glaubten. Ihr Vater hatte ihr stets erzählt, der Christengott sei rachsüchtig. Wenn er aber genauso schwach war wie sein Sohn, der offenbar kampflos sein Leben gegeben hatte, blieb ihm wohl kaum mehr als Rache.

Als sie in aufkommendem Regen weiterfuhren, fiel ihr auf, dass sich Sigurd immer wieder umdrehte.

»Hast du jemanden gesehen?«, fragte sie ihn.

»Nein, aber in der Nacht etwas gehört. Ich bin mir nicht sicher, ob es Wild ist, ich fühlte mich beobachtet.«

Da Sigurds Vorahnungen oftmals zutrafen, rückte sie ihr Messer zurecht und sah sich ebenfalls um. Es war nichts zu sehen, und sie fragte sich, warum der- oder diejenige nicht in der Nacht über sie hergefallen war. Womöglich war es aber wirklich Wild gewesen.

Etwas später setzte sich ein hartnäckiger Regen fest und weichte den Boden derart auf, dass sie in einem Wald rasteten. Mittlerweile setzte sich Marius sogar auf und aß einige Bissen. Sie besaßen kaum mehr etwas, doch sie gaben gern Marius ihre Anteile ab, damit er schneller gesund wurde. Und als er am Nachmittag von Sigurd gestützt neben einem Baum Wasser ließ, atmete sie erleichtert durch. Dabei dachte sie an ihre eigene Familie. Sie versuchte, sich vorzustellen, wie es wäre, wenn sie Mutter und Balbó, aber auch Arna wieder zu Gesicht bekäme. Sie berühren und mit ihnen sprechen könnte.

Sigurds Griff an ihrer Schulter riss sie aus allen Gedanken.

»Da ist doch jemand!«

Unauffällig folgte sie seinem Blick hinter sich nach Norden. Tatsächlich dachte sie, eine Person fast verdeckt hinter einem Baum stehend auszumachen.

Während Sigurd es Henrik mitteilte und der den anderen, sah Ranveig unsicher um sich. Bei allen Göttern, bei diesem Regen sah man einen auf sie zustürmenden Feind erst spät. Warum mussten sie denn schon wieder kämpfen?

Lange Zeit geschah nichts. Weder stieß jemand zu ihnen noch entdeckte Sigurd etwas Auffälliges. Sie saßen dicht aneinandergedrängt neben dem Wagen, Karolus hatte eine Decke schräg vom Wagenrand auf den Boden gespannt, unter die sie sich kauerten. Zu ihrem Leidwesen wurde der Regen immer stärker und schon bald tropfte es durch die Decke und durchnässte ihr Gewand.

Sigurd, der draußen saß und sich fortwährend umsah, umklammerte sein Schwert.

Karolus sagte etwas und lachte dabei, Henrik strafte diesen aber mit einem missbilligenden Blick.

Weil Ranveig wissen wollte, was er gesagt hatte, stieß sie Henrik an.

»Er meint, Sigurd hätte vielleicht ein Wildschwein gesehen«, klärte Henrik auf. »Aber ich sagte ihm, Sigurd wisse sicherlich den Unterschied zwischen einer Sau und einem Menschen.«

»Karolus sollte bei seiner Arznei bleiben«, flüsterte Ranveig. »Als Wahrsager und Possenspieler taugt er wohl nicht viel.«

Nun musste nach Henriks Übersetzung sogar Marius lachen, was Ranveig freute. Wenn sie diesen Regen hinter sich brächten, könnten sie endlich ungehindert weiterziehen. Falls der oder die Fremden sie denn ließen.

»Ich sehe mal nach!«, sagte Sigurd schließlich und stand auf. Dabei sah er Ranveig aber scharf an. »Du bleibst hier! Ich nähere mich von hinten.«

Sie nickte nur, gab Henrik Bescheid, der es den anderen mitteilte, und sah Sigurd hinterher, wie er in der trüben Regenluft verschwand.

Von nun an sagte niemand von ihnen mehr etwas. Aufgeregt blickte Ranveig in die Gesichter der anderen, die sich alle immer wieder umdrehten, doch man erkannte kaum etwas inmitten der nahe stehenden Bäume.

Henrik sah Ranveig deutlich an, wie groß ihre Sorgen um Sigurd waren. Warum musste er auch allein losziehen? Henrik hätte ihn sofort begleitet. Doch er wusste um Sigurds Fähigkeiten. Seltsamerweise musste er an die Wälder in Vinland denken, durch die Einar sie einst geführt hatte. Sie waren riesig gewesen, seine Angst war damals aber noch größer gewesen. Hier gab es sicherlich keine Dämonenvölker, die Menschen ausweideten.

Gerade als er beschlossen hatte, nach Sigurd zu sehen, tauchte er hinter einem dicken Baumstamm auf. Er trug jemanden auf der Schulter. Die Person schlug um sich, kreischte, trat gegen seinen Körper, doch er hielt den Fremden fest.

Sofort standen alle auf und starrten auf Sigurd. Als er bei ihnen war, legte er die Person auf den Boden. Es war ein Mädchen, vielleicht neun Jahre alt. Sein braunes Haar war dick verfilzt, voller Dreck, Rinde und Moos, das Gesicht völlig verschmiert, blaue Augen blitzten eher wütend als ängstlich umher.

»Ich verstehe sie nicht!«, sagte Sigurd nur und wies auf das Kind. »Sie hat mich angegriffen, als ich sie entdeckt habe.«

Das Mädchen ging rückwärts, bis es an einem Baum stieß. Als es jedoch Ranveig und Agnes entdeckte, schien es sich etwas zu beruhigen.

»Wer bist du?«, fragte Agnes und ging einige Schritte auf das Mädchen zu. Schützend hob es die Hand vor sein Gesicht, floh aber nicht.

»Verstehst du mich?«, wiederholte Agnes. Nun nickte das Mädchen, sagte aber nichts.

»Wie ist dein Name? Was machst du hier?«

Das Mädchen zitterte, die dünnen, ausgemergelten Finger umschlossen sich zu einer Faust, die es nun drohend über sich hielt. Es antwortete nicht, schüttelte aber den Kopf.

»Vielleicht versteht sie uns auch nicht«, mutmaßte Henrik. »War da noch jemand?«, fragte er Sigurd.

»Nein. Sie war völlig allein.«

»Lasst sie erst mal«, sagte Agnes schließlich und ging wieder einige Schritte zurück. »So wie sie aussieht, lebt sie im Wald.«

Während Henrik Ranveig und Sigurd übersetzte, kramte Karolus in seiner Tasche herum und holte ein Stück Brot heraus. Als er es dem Mädchen reichen wollte, wich es aber zurück.

Da nahm Agnes ihm das Brot aus der Hand und ging auf das Mädchen zu. Diesmal wich es nicht zurück. Zunächst starrte es

Agnes ungläubig an, dann riss es ihr das Brot aus der Hand und stopfte es sich in den Mund. Dabei gab es seltsame Geräusche von sich, die Henrik an einen Hund erinnerten.

»Sie lebt wohl allein«, sagte Ranveig leise. »Armes Ding. Aber sie ist eine Kämpferin.«

Während das Mädchen das Brot in sich hineinschlang, blickte Henrik zu Agnes. Gebannt starrte sie auf das verwahrloste Ding, bewegte sich dabei nicht. Ihr Gesicht schien zu leiden, als ging das Schicksal des Mädchens ihr nahe.

»Wie heißt du denn?«, wiederholte sie schließlich die Frage. Das Mädchen verstand wohl, denn diesmal zeigte es auf seinen Mund und schüttelte mit dem Kopf.

»Sie ist stumm!«, erklärte Karolus. »Aber sie versteht uns.«

Nun konnte sich Henrik die Geräusche des Mädchens erklären, die eher an ein Tier erinnerten als an einen Menschen.

Nachdem das Mädchen gegessen hatte, öffnete es den Mund und ließ sich in den Mund regnen. Dann kroch es unter den Wagen und zog die Knie an sein Kinn.

»Heißt das, sie möchte bleiben?«, fragte Sigurd laut. »Was, wenn sie gesucht wird und jemand denkt, wir hätten sie in unserer Gewalt?«

Henrik übersetzte, weil Marius ihn fragend ansah.

»So wie sie aussieht, sucht niemand nach ihr«, antwortete Karolus. »Aber er hat recht. Wir haben nicht einmal genügend Essen für uns.«

»Wollt ihr sie wegschicken?«, fragte Agnes entgeistert? »Schaut sie euch an: Sie ist doch halb verhungert. Jetzt lasst sie doch erst mal da sitzen, solange es regnet!«

Wieder übersetzte Henrik.

»Und was, wenn sie ein Lockvogel ist?«, fragte Sigurd. »Und Fremde bald über uns herfallen?«

Ranveig schüttelte mit dem Kopf. »Du sagtest doch, es war kein anderer in der Nähe!«

»Da war auch niemand.«

Mit einem flauen Gefühl im Magen musterte Henrik das Mädchen. Man sah momentan nur das schmutzige Haar und die braune Decke. Es hockte einfach nur da, vermutlich froh um das Stückchen Brot, das es bekommen hatte, und um dem Platz unter dem Wagen.

Es regnete bis zum Abend, schließlich verzogen sich die Regenwolken nach Osten. Der Waldboden gluckste und gurgelte, und schon bald schlugen die Flammen eines Feuers in die Höhe. Erst jetzt wagte sich das Mädchen unter dem Wagen hervor und setzte sich nahe an das Feuer, noch näher aber an Agnes.

»Du hast ihr Brot gegeben«, sagte Karolus leise. »Offenbar weicht sie dir wie ein Hund nicht mehr von der Seite.

Agnes sagte nichts dazu, doch Henrik erkannte, dass ihr Blick immer wieder im Gesicht des Mädchens verweilte.

Als Karolus und Ranveig aus dem schwindenden Vorrat Suppe kochten, starrte das Mädchen unablässig auf den kleinen Kessel. Es duftete gut, und Henrik fragte sich, wann das Mädchen zuletzt etwas Warmes gegessen hatte.

»Wir sollten heute Nacht Wache halten«, unterbrach Sigurd seine Gedanken. »Wir wissen nicht, was geschieht und ob sie wirklich allein ist.«

»Du hast recht!«, antwortete Henrik. »Vielleicht ist sie morgen früh auch gar nicht mehr bei uns.«

»Möglicherweise sucht sie nur jemanden, der sie in die nächste Stadt mitnimmt«, mutmaßte Marius. »Und vielleicht ist sie ein wesentlich besserer Dieb als wir.«

»Dann passt heute Nacht auf eure Dinge auf!«

Henrik wusste nicht, ob Agnes es ernst meinte, doch er nahm sich vor, die Kisten mit den Lebensmitteln auf dem Wagen besonders im Auge zu behalten.

Sie sprachen nur wenig an diesem Abend. Es war seltsam, das Mädchen zwischen sich zu haben, ohne zu wissen, woher es kam und wohin es wollte. Als die Suppe fertig war und auch das Mädchen eine Schale davon bekam, blickten seine blauen Augen ungläubig umher. Doch schließlich schaufelte es binnen kürzester Zeit alles in sich hinein, als hätte es Angst, dass es ihm wieder weggenommen würde.

In dieser Nacht hielten sie Wache. Das Mädchen verkroch sich wieder unter den Wagen und blieb dort liegen. Henrik wusste nicht, ob es schlief oder nur abwartete, auf was auch immer. Doch es blieb bei ihnen, und die Tatsache, dass es seine Blicke fast nur auf Agnes richtete, unterstrich Karolus' Vermutung, es schenke besonders ihr Vertrauen.

In dieser Nacht wurden sie nicht von Fremden überrascht. Dennoch hielten sie bis zum Morgengrauen Wache, und als es hell wurde, stand das Mädchen auf und legte Feuerholz nach. Als die Flammen höher züngelten, setzte es sich davor und starrte bewegungslos ins Feuer.

»Wir sollten weiterziehen«, schlug Karolus vor. »Vielleicht schaffen wir es bis morgen, Pont Roy zu erreichen. Aber der Boden wird da nicht mitspielen.«

»Ich benötige den Wagen nicht mehr!«, sagte Marius. »Ich kann gehen. Es schmerzt zwar noch, aber es geht.«

Da hob Karolus seine Hand. »Nicht so schnell. Ja, du kannst gehen, aber nur kurze Strecken. Die meiste Zeit über solltest du dich ausruhen und dich nicht verausgaben. Du hattest hohes Fieber.«

Gerade als Marius etwas entgegnen wollte, schnitt Agnes ihm das Wort ab. »Du liegst, verstanden? Ich bin unendlich froh, dass du es geschafft hast. Aber jetzt wirst du dich schonen!«

Da Marius nichts mehr erwiderte, ging Henrik davon aus, dass sein Freund auf weiteren Widerstand verzichtete.

Das Mädchen hingegen sah von einem Gesicht ins nächste. Vermutlich wartete es darauf, ob man es fortschickte.

»Du kannst mit uns ziehen«, sagte Agnes schließlich. »Wir gehen nach Port Roy.«

Zunächst unternahm das Mädchen nichts, was daraus schließen ließ, es habe verstanden. Doch schließlich nickte es zögerlich.

»Also willst du auch dorthin?«, setzte Agnes nach.

Nun schüttelte es mit dem Kopf. Offenbar hatte es kein Ziel, es lag also nahe, dass es einfach nur versuchte, so lange wie möglich bei Menschen zu bleiben, die ihm nichts zuleide taten.

Kurz darauf zogen sie weiter. Das Mädchen lief neben Agnes. Wenn diese austrat, um Wasser zu lassen, folgte das Mädchen ihr, und wenn sie die Seite des Weges wechselte, wich es auch da nicht von ihrer Seite.

»Was findet sie nur an mir?«, flüsterte sie Henrik leise zu, als sie einen Höhenzug erreichten, von wo aus das Meer in der Ferne zu sehen war.

»Du hast ihr Brot gegeben.«

»Und Karolus' Suppe. Das kann's also nicht sein.«

»Vielleicht findet sie dich hübsch.«

»So ein Unsinn.«

»Warum? Du bist hübsch! Sehr sogar.«

Die Antwort war ein Schlag gegen seine Schulter und ein Kopfschütteln. »Was, wenn sie jetzt immer bei mir bleiben will?«

Henrik versetzte diese Frage einen Stich in seinem Herzen. Es erinnerte ihn daran, dass niemand von ihnen wusste, wie lange sie zusammenbleiben und bis an welchen Ort Agnes und Marius sie begleiten würden. Und was er selbst dann zu tun gedachte. »In Pont Roy werden wohl so einige Fragen beantwortet werden«, entgegnete er nur, sah aber Agnes dabei durchdringend an. Ranveig nicht zu begleiten, war fast unvorstellbar, noch mehr, aber Agnes und Marius zu verlieren.

»Das denke ich auch.«

Da das Mädchen nun näher kam, schwiegen sie.

Marius blieb den ganzen Tag auf dem Wagen. Einmal schlief er sogar ein, und Karolus befürchtete, er hätte seinen Körper zu sehr geschwächt. Erst gegen Abend wachte er auf.

Zwei Tage später, in denen sie weder das Mädchen verlassen hatte noch sie auf Widerstände getroffen waren, tauchte in einer Ebene vor ihnen das Meer auf. Und am Rande eines Waldes erblickten sie Häuser und einige Rauchsäulen. Schiffe trieben im Wasser, einige Stege führten in die See hinaus.

»Port Roy!«, rief Karolus aufgeregt. »Wir haben es erreicht.«

»Es sieht aus wie in der Stadt zuvor!«, sagte Sigurd, der sich eine Hand über die Stirn hielt, um sich nicht von den wenigen Sonnenstrahlen blenden zu lassen. »Die Schiffe sind alle angebunden, kein Segel ist gesetzt.«

Henrik hoffte, Sigurd würde nicht recht behalten. Als er jedoch in Agnes' Gesicht sah, ahnte er, dass sie hoffte, einen weiteren gemeinsamen Weg über Land zu bewältigen.

Die Aussicht auf einen möglichen Abschied ließ seinen Magen schmerzen.

Schon vor den ersten Häusern schlug Agnes der Geruch vom Rauch mehrerer Herdfeuer entgegen. Zwar lagerten hier nicht annähernd so viele Menschen wie in Kjarrborg, doch es waren einige Gruppen zu sehen, die vor den Mauern der Stadt ihr Nachtlager errichtet hatten. Da es dämmerte, waren die Tore bereits geschlossen.

»Morgen gehen wir hinein!«, sagte Karolus. »Ich treffe mich mit einem alten Freund. Er ist Hufschmied.«

Es bedeutete wohl auch das Ende ihres gemeinsamen Weges mit Karolus, doch daran dachte Agnes nur kurz. Sie folgten Sigurd, der unter einer hohen Weide ihr Nachtlager erwählte.

Nur kurze Zeit später war ein Feuer errichtet und sie kochten den Rest ihrer Verpflegung. Es war zu gefährlich, hier und jetzt die Menschen zu bestehlen, es würde ihnen am kommenden Tag in der Stadt wesentlich leichter fallen.

Das Mädchen saß stumm neben Agnes, hielt den Blick ins Feuer und kratzte sich ab und an in den Haaren. Tatsächlich wirkte es auch nach den Tagen wie ein treuer Hund, der ihr nicht von der Seite wich. Es hätte sie nicht gewundert, nun ein Knurren oder Bellen zu hören.

»Bleibst du heute Nacht bei uns?«, fragte sie.

Das Mädchen nickte und lächelte kurz. Es war das erste Mal, dass es lächelte, auf Agnes Haut entstand jedoch Gänsehaut. Unter all dem Dreck und Schmutz war da ein liebevolles Gesicht, gleichzeitig aber wirkte es so unendlich alt, als hätte das arme Ding in seinen wenigen Jahren mehr erlebt als so mancher Greis.

In der Zwischenzeit befragte Henrik die Männer der Stadtwache, ob und wohin Schiffe ablegten, und als er nach einiger Zeit wieder zurückkehrte, starrten ihn alle neugierig an.

»Morgen legen zwei ins südliche Frankenland ab. Die Überfahrt sei aber teuer, offenbar sind es normalerweise mehr Schiffe, doch dieser Seestreit wirkt sich bis hierher aus. Nach Norden geht erst mal nichts.«

»Also ist der Seeweg nach Norden ausgeschlossen«, resümierte Marius. »Aber es gehen wenigstens Schiffe nach Süden. Wir könnten morgen das Geld stehlen«, schlug Marius vor. »Zumindest für zwei.«

Agnes erstarrte. Zwei. Hieß das, Marius ging davon aus, dass Ranveig und Sigurd allein ihre Fahrt fortsetzten? Es war naheliegend, nicht einmal Henrik hatte bisher gesagt, wie weit er seine nordischen Freunde begleiten wollte.

Sie spürte, wie etwas ihre Kehle zudrückte.

Es war ihr nicht möglich, sich vorzustellen, Henrik zu verlieren.

Die Entscheidung

Die Sonne ging hinter dem westlichen Meer unter, Dutzende Lagerfeuer erhellten die Gegend zwischen See und den Mauern Pont Roys. Agnes fühlte sich nach Kjarrborg zurückversetzt, auch wenn hier deutlich weniger Menschen zu sehen waren. Von der Seeseite her wehte kalter Wind zu ihnen, dennoch wusch sich das Mädchen an einem Wasserloch des Strandes. Agnes wollte ihm dabei helfen. Als sie dessen Haar berührte, wich das Mädchen zunächst zurück, doch als es Agnes erkannte, ließ es deren Berührungen zu.

Während Agnes mühsam das Haar des Mädchens mit Wasser zu reinigen versuchte, fragte sie sich, was sie eigentlich tat. Warum ging ihr das Schicksal dieses Mädchens so nahe? In Bremun hatte es Hunderte verarmter Kinder gegeben, doch keines von ihnen hatte ein so starkes Gefühl in ihr ausgelöst. Wenn das Mädchen sie ansah, dachte Agnes, sein Blick dränge bis in ihr Innerstes vor. Da die Decke um den Körper nass wurde, löste Agnes sie von dessen Schultern. Obwohl das Licht ihres Feuers kaum Farben zuließ, erschrak Agnes. Der obere Rücken des Mädchens war übersät mit dunklen Flecken, Narben, die Knochen waren nur noch mit Haut überspannt. Mit offenem Mund starrte sie auf den gepeinigten, abgemagerten Körper und legte die Decke wieder darüber. Sie würde am Feuer trocknen, doch diese Wunden sollten keinen Blicken ausgesetzt sein.

Als sie weiter dessen Haar wusch, schnurrte das Mädchen wie eine Katze. Es gelang Agnes nur schlecht, den groben Dreck aus dem Haargewirr zu waschen, und als das Mädchen unruhig wurde, stoppte sie den größtenteils sinnlosen Versuch, einige Haarsträhnen aus dem Gestrüpp zu befreien. Doch sie blieben noch einige Zeit sitzen, wortlos, Körper an Körper. Und als beide zu frieren begannen, setzten sie sich wieder an das Feuer zu den anderen zurück.

Dort bemerkte Agnes, dass Ranveig sie anlächelte. Dabei dachte sie, aus deren Blick Anerkennung zu sehen, weil sie sich um das Mädchen kümmerte. Die benötigte sie aber nicht. Oder aber sie tat Ranveig leid, weil sie dem Mädchen Hoffnungen machte, die niemand von ihnen erfüllen konnte.

Als sie sich nach Marius' Wunde erkundigte, hielt er sie an der Hand fest.

»Wir müssen reden.«

»Ich weiß.« Kurzzeitig sah sie zu dem Mädchen, das unweit neben ihr am Feuer saß. »Aber muss es denn heute sein?«

»Ja.«

»Warum? Zudem bist du noch verletzt.«

»Das tut nichts zur Sache. Es kann sein, dass wir oder die anderen bereits morgen auf einem der Schiffe stehen.«

Es war, als drückte eine unsichtbare Hand Agnes' Hals zu. Sie bekam nur schwer Luft, die Angst vor einer Entscheidung hatte sie all die Tage von sich schieben können.

»Wie weit möchtest du Ranveig folgen?«, fragte Marius schließlich Henrik. »Es ist seltsam, dass auch du bisher kein Wort darüber verloren hast.«

»Ich denke, bis zum Ende. Ich kann weder Ranveig noch Arna und die anderen nicht diesem Schicksal überlassen. Sie würden es jederzeit auch für mich tun.«

»Und was ist mit uns?«

Agnes konnte nichts sagen. Unsicher schwenkte ihr Blick von Henrik zu Marius. Inständig hoffte sie, sich für niemanden der beiden entscheiden zu müssen.

»Ihr seid meine Familie. Aber die auch. Und wir sind nicht in Not, sie hingegen schon. Ich möchte sie noch weiter begleiten, vielleicht ist das Ganze ja auch von vornherein zum Scheitern verurteilt. Es ist mir erst auf dem Weg hierher klar geworden. Dass ich unter Tausenden Menschen ausgerechnet auf die beiden traf, muss Schicksal sein.«

Agnes spürte, dass auch Henrik nach Worten rang.

»Und ihr?«, fragte Henrik schließlich. »Ich kann nicht erwarten, dass ihr eine so gefährliche Reise für Ranveig und Sigurd wagt. Ihr kennt sie noch nicht so lange. Wenn ihr aber zurückwollt, werde ich mit ...«

»Wir wagen es vielleicht nicht für die beiden, aber für dich«, platzte es aus Agnes heraus. »Wie du sagtest: Wir sind eine Familie.«

Eine Zeit lang äußerte niemand von ihnen etwas, ihr fiel aber auf, dass Marius wie versteinert zu Boden sah. Und sie hatte durchaus vernommen, dass sie Henrik ein Wort zu früh unterbrochen hatte.

»Heißt das, du möchtest Henrik folgen?«, fragte Marius endlich.

Agnes wurde heiß und kalt. Warum nur musste es an ihr liegen? Sie hatte die Bande all die Jahre angeführt, offenbar war es ihr Schicksal, auch jetzt die Richtung anzugeben. Ihr war nun mehr denn je klar, dass sie sich längst entschieden hatte. Sie konnte nicht anders, auch wenn es bedeutete, Marius zu verlieren. In diesem Kreis fühlte sie sich stark, fast unbesiegbar, auch wenn es bedeutete, in fernste Länder ziehen zu müssen.

Zudem ahnte sie, dass Henrik nie wieder der Alte sein würde, wenn sie nun zurückkehren würden.

»Ja. Ich möchte ihn begleiten. Ihn, Ranveig und Sigurd.«

»Auch wenn es unseren Tod bedeutet?«

»Wie oft wären wir auch in unserer Heimat fast gestorben? Die meisten von uns sind es bereits.«

Marius sagte nichts mehr, sondern stand auf und ging einige Schritte weg. Dabei wagte Agnes nicht, zu atmen. Sie durften nicht uneins sein, die Einheit war stets ihre Stärke gewesen.

Als Henrik ihm folgen wollte, hielt Agnes ihn zurück und schüttelte mit dem Kopf.

»Aber er ist mein Freund.«

»Ja, meiner auch.«

Also setzte sich Henrik wieder, doch Agnes spürte, dass er genauso zerrissen war wie sie selbst.

Schneller als erwartet kam Marius wieder zurück.

»Wenn deine Entscheidung steht, ist es so. Du weißt, dass mein Weg an deiner Seite ist, Agnes.«

»Hättest du denn zurückgewollt? Wohin?«

»Ich weiß es nicht. Ifrikia ist weit, fern wie ein Traum. Es leben dort Menschen mit schwarzer Haut und der Boden besteht aus heißem Sand.«

»Vielleicht sind es nur Abenteuergeschichten.«

»Ja, vielleicht. Vielleicht aber auch nicht.« Er verzog sein Gesicht zu einer seltsamen Fratze. »Nachdem wir aus Bremun fliehen konnten, habe ich mir geschworen, uns drei niemals trennen zu lassen.«

Plötzlich rannen Agnes Tränen über die Wangen. Dankbar küsste sie Marius auf die Stirn, hielt seine Hand fest und spürte ihre Finger zittern.

»Danke«, sagte auch Henrik. »Aber ich kann nicht anders. Ich möchte sie nicht allein ziehen lassen. Aber noch weniger euch verlieren.«

»Ich weiß«, antwortete Agnes. »Wir dich auch nicht.«

ICH dich auch nicht!, dachte sie, sagte es aber nicht.

Als sie auch Henriks Hand drückte, spürte sie, dass Marius' Blick wie Blei an ihr haftete.

Henrik konnte nicht schlafen. Zusammen mit Sigurd hielt er Wache und sah voller Gedanken ins Feuer. Er hatte Ranveig und Sigurd berichtet, dass sie sich entschieden hatten, sie zu begleiten. Ranveig hatte es zunächst nicht wahrhaben wollen, doch letztlich akzeptiert. Sigurd hingegen unterstrich deren Vermutung, ihre Begegnung sei durch Götterhand eingefädelt, und niemals würde er sich gegen den Willen der Götter stellen.

Während das Mädchen eng neben Agnes schlief und dabei seltsame Geräusche ausstieß, waren das Lachen, Grölen und Reden von den anderen Feuerstellen zu hören. Schließlich musste er Wasser lassen und ging zu den großen Steinen am Ufer.

»Weißt du, warum sie sich für dich entschieden hat?«

Fast zu Tode erschrocken drehte Henrik sich um. Es war Marius' Stimme gewesen. Sein Freund stand hinter ihm, er konnte aber nur seine Silhouette vor dem fernen Feuer erkennen.

»Was?«

»Agnes. Sie konnte dich nicht gehen lassen.«

»Ich weiß es nicht, Marius. Aber ich glaube, sie wäre mit dir gezogen, hättest du dich dagegen entschieden.«

»Nein, das wäre sie nicht. Ich will nicht, dass wir zerrissen werden, lieber begleite ich Agnes und dich bis ans Ende der Welt.«

Marius' Worte taten Henrik gut, doch ihn plagte schlechtes Gewissen. Er wollte nicht darüber nachdenken, für wen er sich entschieden hätte, würden sich ihre Wege nun hier trennen.

»Ehrlich gesagt ginge ich lieber zurück als in eine Welt, die mir so rein gar nichts sagt.«

»Ich auch, aber nicht unter diesen Umständen.« Er legte Marius eine Hand auf die Schulter. »Du weißt, dass ich jederzeit mein Leben für dich, für euch riskieren würde? Immer, überall. Aber ich kann Ranveig nicht allein lassen. Und auch Arna nicht.«

»Du musst es nicht erklären, ich habe dein Gesicht gesehen, nachdem du Ranveig getroffen hattest. Es war ein anderer Henrik, nicht der, den ich zuvor kannte.«

»Ich bin immer derselbe.«

»Vielleicht ist es ja so.«

Henrik wusste nicht, auf was Marius aus war. Weder machte er ihm Vorwürfe noch tadelte er ihn, vielleicht war er eifersüchtig, weil er dachte, Agnes würde ihn Marius vorziehen. Er fand dies jedoch unsinnig.

»Nicht nur vielleicht. Ich wusste nicht, wie sehr mich diese Begegnung bewegte. Ich hatte vieles vergessen.«

»Ich mag die beiden, Henrik. Wirklich. Aber ich werde immer Agnes am engsten verbunden sein. Sie ist wie meine Schwester.«

»Ich weiß.«

Nun kam Marius näher und legte beide Hände auf Henriks Wangen. »Versprich mir nur eins, mein Freund. Vergiss niemals, wer wir waren und dass wir eine Familie sind.«

»Warum sollte ich das je vergessen? Und warum ›waren‹? Morgen gehen wir in die Menge und stehlen so viel Geld zusammen, wie wir kriegen können.«

Henrik meinte, im fahlen Licht ein Grinsen auf Marius' Gesicht zu sehen.

»Genau das tun wir. Und wir werden es auch zukünftig tun.«

Er küsste Henrik auf die Stirn, ging dann aber zum Feuer zurück.

Henrik blieb noch eine Weile stehen. Offenbar hatte Marius Angst um ihre Freundschaft. War er selbst denn nach der Begegnung mit Ranveig und Sigurd so anders gewesen?

Erst jetzt fiel ihm Marius' erste Frage ein. ›Weißt du, warum sie sich für dich entschieden hat?‹ Was hatte er damit gemeint? Er wollte aber nicht danach fragen, nicht wissen, was sein Freund bezweckte. Agnes war Marius verbunden.

In diesem Augenblick erkannte er, dass Agnes sich für Henriks Weg entschieden hatte, ohne zu wissen, wie Marius darauf reagieren würde.

Als Agnes am kommenden Morgen erwachte, war sie zwiegespalten. Sie hatte ein schlechtes Gewissen Marius gegenüber, die Freude, weiter an Henriks Seite zu bleiben, überwog aber. Es war die einzige Möglichkeit gewesen, mit beiden zusammenzubleiben, und den Gedanken, dass sie sich auch gegen Marius' Willen für Henrik entschieden hätte, versuchte sie zu verdrängen.

Karolus hatte Wasser im Kessel erhitzt. Dankbar trank sie einige Schlucke und bemerkte, dass auch das Mädchen erwachte. Kurz sah dieses sich um sich und schmiegte sich eng an Agnes. Sie ließ es geschehen, doch ein eindeutiger Blick von Sigurd erinnerte sie daran, dass er nicht gewillt war, das Mädchen weiterhin mitzunehmen. Als Henrik ihr durch Ranveig ausrichten ließ, dass sie das Mädchen eher in größere Gefahr brachten, wenn sie es mitnähmen, entschied sie schweren Herzens, es hier in dieser Stadt zu lassen, wo es wenigstens die Möglichkeit hatte, durch Diebstahl überleben zu können.

»Sie hat acht oder neun Jahre ohne uns überlebt, sie wird es auch weiterhin«, sagte Karolus.

Marius hingegen sah das Mädchen nun an. »Und da du alles verstehst, müssen wir auch nicht verdeckt sprechen.«

Das Mädchen reagierte nicht. Agnes wusste, dass es verstanden hatte, womöglich war Pont Roy ja auch sein Ziel gewesen.

Diese Aussicht tröstete sie nur wenig.

Etwas später brachen sie zum Stadttor auf. Dutzende Menschen warteten vor dem geöffneten Portal, da die Stadtwache Karren und vereinzelt sogar Säcke kontrollierte. Gleich sieben Männer der Wache waren eingeteilt, und Karolus versuchte, diesen ungewohnten Aufwand damit zu erklären, dass seit dem Seerechtestreit offenbar alle Siedlungen in Alarmbereitschaft versetzt waren. Immerhin konnten sie die Stadt betreten.

Innerhalb der Mauern war es voller als erwartet. Agnes sah ganze Menschenreihen an den Straßenrändern, die dort saßen, lagen, viele von ihnen boten Waren aller Art feil, es roch auffallend stark nach Kot und Harn, die Ausscheidungen der Pferde und Esel überzogen den gesamten Boden. Einige Nonnen, die Weihrauch schwenkten, gingen an ihnen vorbei. Als Agnes zu Sigurd blickte, fiel ihr erleichtert auf, dass er nicht ausspuckte. Das Mädchen wich ihr hingegen wieder nicht von der Seite.

Da es in jeder Gasse und an jedem Platz dieser Stadt von Menschen wimmelte, fiel es Agnes, Henrik und Marius leicht, alle möglichen Dinge zu erbeuten. Agnes wusste nicht, ob das Mädchen ihren Diebstahl mitbekam, und wenn, würde es ebenfalls davon profitieren. Marius gelang es sogar, einem Mann einen prall gefüllten Münzbeutel zu entwenden, an einem Markt erbeuteten sie Zwiebeln, Brot, Bohnen und auch ein großes Stück Speck.

Schließlich kamen sie an einer Kirche vorbei. Dort sah Marius Agnes ernst an.

»Ich sagte, ich besuche eine Kirche, wenn ich das überlebe.«

»Du musst ja nicht jedes Versprechen halten!«

»Man muss den da oben aber auch nicht erzürnen.«

»Wen da oben?«

Marius grinste, ließ Henrik Ranveig und Sigurd übersetzen, dass er in der Kirche für sein Überleben dankte, und verschwand im Dunkel des engen Durchlasses.

Da sah Agnes das Mädchen an. »Warst du schon einmal in einer Kirche?«

Es nickte und hob zwei Finger in die Luft.

»Dann kennst du es ja.«

Mit angehaltenem Atem nahm Agnes das Mädchen an die Hand und ging mit ihm zur Kirchentür. Sie hatte versprochen, Marius nicht zurückzuhalten, also hielt sie es auch, selbst wenn sich alles in ihr dagegen wehrte. Aber sie hatte nicht versprochen, ihm dabei freie Hand zu lassen.

Im Innern war es genauso voll wie in den Gassen der Stadt. Es roch nach Weihrauch, ein leichter Nebel des Gewürzes hing in der Luft. Viele der Anwesenden murmelten, Agnes machte auch Marius aus, der in die Nähe des großen Kreuzes gegangen war.

Zu ihrer Überraschung zog das Mädchen Agnes in eine Ecke der Kapelle. Dort brannten zwei Kerzen, eine Seltenheit. Kerzen waren selbst für Kirchen sehr teuer und diese beiden standen so weit hinter einer gespannten Kette, dass man nicht nach ihnen greifen konnte. Zudem passte eine Nonne daneben auf.

»Wenn ihr sie berühren wollt, kostet das einen Penny.«

»Einen ganzen Penny«, murmelte Agnes entsetzt. »Warum sollte ich sie anfassen wollen?«

»Weil sie von der heiligen Jungfrau Maria gesegnet sind.«

Kopfschüttelnd blickte Agnes auf das Mädchen. Es stand da, sein Blick war auf die Flammen der Kerzen gerichtet, es wirkte in sich gekehrt und auffallend ruhig.

»Das können wir nicht zahlen!«, entgegnete Agnes, »und ich würde es auch nicht, hätte ich das Geld.«

Das Kind schüttelte den Kopf und zog Agnes wieder weg.

Vor einem auf die Mauer gezeichneten Bild des gekreuzigten Jesus, der von Maria gehalten wurde, blieb das Mädchen schließlich stehen. Es wies mit dem Finger auf die Mutter Maria.

»Du magst wissen, wer das ist?«, riet Agnes. »Das ist Maria, Jesus' Mutter.«

Das Mädchen nickte und hob eine Hand auf das Bildnis.

Sofort schnellte eine Nonne zu ihnen. »Finger weg! Die Farbe ist uralt und die Hände des Mädchens sind offenbar nicht die saubersten.«

Agnes hätte die Nonne am liebsten geohrfeigt, zog aber das Mädchen nur etwas zur Seite. »Komm, gehen wir. Selbst die Kirche hat keinen Platz für dich und mich.«

»So habe ich das nicht gemeint«, verteidigte sich die noch sehr junge Nonne. »Bleibt doch.«

Agnes wollte aber nicht an diesem Ort verbleiben. Vielleicht hatte das Mädchen versucht, ihr etwas mitzuteilen. Wie auch immer, sie verließen es ohnehin heute, sie musste nichts über die Umstände des Kindes erfahren. Oder über deren Wünsche und Ansichten. Es täte ihr nur weh.

Sie biss sich auf die Lippen, als sie zu den anderen zurückkehrten. Marius war ebenfalls wieder da.

Prüfend musterte Sigurd sie.

»Was?«, fragte Agnes. »Ich habe keine Krankheit bekommen. Keine Flechte des Kreuzes, aber ich hätte am liebsten eine Nonne geschlagen.«

Henrik übersetzte es Sigurd, der nun lächelte und verständnisvoll eine Hand auf Agnes' Schulter legte.

Sie erstarrte. Es war das erste Mal, dass sie von dem Hünen berührt wurde. Er schien doch nicht nur ernst zu sein und konnte auch anders dreinsehen als ständig nur verbissen und grimmig.

Am größten Platz der Stadt blieb Karolus stehen. »Hier trennen sich unsere Wege. Ich werde hierbleiben und meine Freunde treffen.«

Es war seltsam, sich nun von dem alten Bader zu verabschieden. Marius umarmte ihn besonders lange und dankte ihm, sein Leben gerettet zu haben.

Karolus übergab fünf kleine Fläschchen an Ranveig. »Sagt ihr, es ist gegen aufkommenden Wundbrand und säubert die Wunden. Sie wird wissen, wie es angewendet wird.« Zudem gab er ihr eine seiner Decken.

Nachdem Henrik übersetzt hatte, bedankte sich Ranveig und verstaute die Fläschchen in ihrem Beutel, die Decke band sie an ihren Rücken.

Als Karolus ging, hoffte Agnes inständig, sie würden auf ihrem weiteren Weg keinen Bader mehr benötigen. Und als sie daran dachte, dass sie noch immer fast am Anfang ihrer langen Reise waren, wog sie ab, ob sie sich richtig entschieden hatte. Das Lächeln Henriks aber und der sanfte Blick Ranveigs lösten ihre Bedenken schnell auf.

Da sie genügend Diebesgut erbeutet hatten, verließen sie die Stadt wieder, um nicht von alarmierten Wachposten durchsucht zu werden. An ihrer ursprünglichen Feuerstelle angekommen, überzeugten sie sich davon, nicht beobachtet zu werden, und breiteten alles auf Ranveigs Decke aus. Neben den Zwiebeln, den Bohnen, dem Brot und dem Speck lag auch der Münzbeutel, den Marius erbeutet hatte. Nachdem er ihn geöffnet hatte, lagen vierzehn Denare in Marius' Hand. Es war so viel, dass es für geraume Zeit reichte, um bei ausbleibendem Diebesglück auf den Märkten Gemüse und Brot zu kaufen, aber nicht, um für alle die Überfahrt auf einem Schiff zu zahlen. Dennoch war Henrik losgegangen, um einige der Seemänner zu fragen. Nach langem Suchen hatte er einen Händler gefunden, der sie nach hartem Feilschen für drei Denare pro Kopf ins südliche Frankenreich mitnahm, sie aber wegen des einen fehlenden Denars arbeiten müssten.

»Dann tun wir das!«, übersetzte Henriks Sigurds Worte. »Es geht zur Mittagszeit los. Aber wir können jetzt anfangen, die Waren aufzuladen.« Henrik sah dabei jedem ins Gesicht. Das Mädchen war im Preis nicht mit eingerechnet, aber sie wollten es ohnehin nicht mitnehmen.

Agnes ging es nun zu schnell. Deutlich spürte ein Band zwischen sich und dem Mädchen.

»Gehen wir!«, unterbrach Marius die kurzzeitig entstandene Stille. »Bevor er es sich anders überlegt.«

Kurze Zeit später trugen sie Körbe, Säcke und Kisten an Bord. Etwa dreißig Menschen saßen und standen in ihrer Nähe, die offenbar darauf warteten, auf das Schiff zu gelangen. Es war nicht sonderlich groß, ein kleiner Einmaster, etwa zwölf Schritt Länge ohne Stauraum unter Deck. Henrik fragte laut, wie um alles in der Welt all die Menschen zusammen mit den Waren darauf Platz haben sollten, doch solange sie mitsegeln konnten, war es Agnes einerlei.

Als alles an Bord verstaut war, sammelten drei Seemänner das Geld ein. So schnell sie es erbeutet hatten, so schnell sah Agnes die vierzehn Denare in den Händen der Fremden verschwinden. Sie wusste, dass es ein Glücksfall gewesen war, so viel zu erhaschen, eine solche Menge gehörte der Seltenheit an. Dass es ihnen ausgerechnet heute gelungen war, rechneten Ranveig und Sigurd sicherlich der Gunst ihrer Götter an.

Sie aßen noch etwas und sahen zu, wie die ersten Reisenden das Deck betraten. Offenbar war das Schiff bereit, aufzubrechen.

Agnes hingegen nicht. Sie konnte es dem Mädchen nicht sagen, alles begehrte dagegen auf.

»Du musst hierbleiben!«, teilte Marius nun dem Mädchen mit. »Wir ziehen weiter nach Süden. Wie wir bereits gesagt haben, können wir dich nicht mitnehmen.«

Da ergriff das Mädchen Agnes' Hand und sah Hilfe suchend um sich. »Du kannst nicht mit!«, presste auch Agnes heraus. »Es geht dir hier besser.« Dabei dachte sie, ihr Herz würde bluten.

Doch das Mädchen ließ nicht los. Sein Blick zeigte deutlich, dass es sich nicht von ihnen trennen wollte.

Schließlich trat Sigurd zu den beiden, nahm das Mädchen an die Hand, führte es einige Schritte weg, ließ es stehen und zog Agnes mit sich.

Agnes spürte, wie etwas ihre Kehle zuschnürte. Das Mädchen tat ihr so leid, dass sie sich umdrehte.

Es stand nur da und blickte auch ihrerseits zu Agnes.

»Du kannst nicht mit. Es tut mir so leid.«

Unter schneller schlagendem Herzen sah Agnes, wie das Mädchen auf sie zu rannte und sie umarmte. Es war furchtbar, es wegzudrücken, alles wehrte sich in ihr, dennoch tat sie es. Am liebsten hätte sie geweint, sie versuchte aber, stark zu bleiben.

Gleichzeitig fragte sie sich, warum ihr das Mädchen nach diesen Tagen so sehr ans Herz gewachsen war.

Da drückte das Mädchen Agnes etwas in die Hand. Es war weich, sie kam jedoch nicht dazu, es anzusehen, denn Ranveig zog sie die Rampe hinauf. Dabei drehte Agnes sich immer wieder um, blickte dem Mädchen hinterher, das aber keine Anstalten machte, ihnen zu folgen. Sigurd hatte sich zusätzlich in den Weg gestellt, um es vor einer weiteren Annäherung abzuhalten.

Unzählige Gedanken schossen Agnes durch den Kopf. Womöglich verstand das Mädchen nicht wirklich, was gerade geschah, sie wollte das arme Ding nicht dort lassen. Immerhin verblieb es aber in einer Stadt, und es gab womöglich andere Menschen, denen es sich anschließen konnte.

Erst als sie an Deck waren und die vielen Menschen die Sicht auf das Ufer verhinderten, öffnete Agnes die Hand und sah auf das, was das Mädchen ihr gegeben hatte. Es war ein Stück Tuch, irgendwo herausgerissen, mit einem eingestickten Frauenbildnis darin. Es schien sich um das Antlitz der Maria zu handeln, Schmutz und abgescheuerte Fäden ließen kein klares Bild erkennen. Verzweifelt stellte sie sich auf die Zehenspitzen, versuchte, über die Köpfe der anderen hinweg das Mädchen an Land auszumachen, doch es gelang ihr nicht.

Als das Schiff ablegte und sich etwas später drehte, entdeckte sie es endlich. Es stand einfach nur da, sah zu ihnen, winkte aber nicht. Agnes liefen Tränen über das Gesicht. Sie konnte nicht anders, hob die Hand zum Abschied, und als das Mädchen scheu zurückwinkte, dachte sie, eine Hand würde ihre Brust zusammenquetschen. Sie verstand sich selbst nicht, wusste nicht, warum dieses schmutzige Ding ihr Herz so sehr berührte.

»Wir hätten sie nur in Gefahr gebracht«, verteidigte Marius ihr Vorgehen. »Wir hatten nicht einmal Geld für sie für die Überfahrt.«

Agnes nickt nur, biss sich auf die Lippen und steckte das Tuch unter ihr Oberteil. »Nein, das hatten wir beileibe nicht. Sie ist stark, sie wird ihren Weg finden!« Dabei wirkten ihre eigenen Worte wie eine Lüge.

»Es war die richtige Entscheidung«, übersetzte Henrik Ranveigs Worte. »Das Mädchen gehört hierher. Wir wissen nicht, ob es hier nicht zu Hause ist.«

Agnes sah dem Mädchen noch lange hinterher. Schließlich wischte sie die Tränen ab, holte das Tuch hervor und band es sich an ihr langes Haar.

Plötzlich spürte sie eine Hand auf ihrer. Es war Ranveig. Beruhigend lächelte sie sie an, flocht Agnes' Haar und band das Tuch des Mädchens fest herum.

Agnes wollte nicht weinen. Mit aller Kraft hielt sie Tränen zurück, schluckte Bitterkeit und Frust hinunter. Sie hatten sie einfach dagelassen wie einen Straßenhund, schlimmer noch, denn diesem fiel es leichter, nach Nahrung zu suchen.

Als sie auf die See sah, war es ihr, als hätte sich der Blick des Mädchens tief in sie eingebrannt.

»Wir müssen Agnes darin bestärken, dass es der richtige Weg war. Ich mag sie gern.«

»Das Mädchen?«, fragte Henrik Ranveig.

Sie saßen seit längerer Zeit auf dem Schiff, in der Agnes fast nur geschwiegen hatte. Auch Sigurd war sehr still, vermutlich aber eher, weil so viele Christen unter ihnen waren und er sich deshalb unwohl fühlte.

»Nein, Agnes. Sie erinnert mich an Arna.«

»Arna ist eine Kriegerfrau. Eine Walküre.«

»Arna hat eine harte Schale, ist aber innen weich. Agnes erinnert mich immer wieder an sie. Sie hat auch eine harte Schale, und es ist ihr wichtig, sie jedem zu zeigen. Vor allem sich selbst.«

»Ich werde es ihr sagen, aber nicht jetzt.«

Ranveig nickte nur und blickte auf das Tuch an Agnes' Haar.

Henrik fand, dass es ihr außerordentlich gut stand. Nicht dass sie es benötigte, sie war ohnehin wunderschön, aber es war etwas Neues an ihr. Gleichzeitig fragte er sich, warum Agnes so sehr an dem Mädchen hing. Sie kannten sich nur einige Tage, offenbar erinnerte aber das Mädchen Agnes an jemanden. Vielleicht sogar an sich selbst? Allerdings es war die richtige Entscheidung gewesen. Vielleicht starben sie alle bei dem Versuch, seine Freunde zu befreien, wenigstens war so kein Kind unter ihnen.

Längst war das Schiff auf offener See und die Wellen schlugen hart gegen die Bordwand. In aufkommendem Wind schaukelte es derart stark, dass einige der Fässer und Kisten über das Deck rutschten. Die Menschen konnten unmöglich frei über das Schiff gehen, dafür war es viel zu voll. Henrik vermutete, dass der Kapitän allein mit dieser Fahrt so viel Geld eingenommen hatte, dass es für Monate reichte. Die acht starken Seemänner unter seinem Befehl sorgten durch ihre bloße Anwesenheit dafür, dass niemand auf die Idee kam, nach dem Versteck des Geldes zu suchen.

»Ich würde gern wissen, wo es ist«, flüsterte Henrik Marius zu.

»Ich auch.« Offenbar hatte er dieselben Gedanken gehabt. »Ich war nie gut im Zusammenzählen, aber es müssen viele hundert Denare sein.«

»Damit hätte das Mädchen mitsegeln können.«

»Henrik, du auch noch? Sie wäre uns ein Hindernis gewesen, und schlimmer noch, unser Ziel eine Gefahr für sie.«

»Nicht meinetwegen, Agnes zuliebe. Sie leidet sehr.« Er sah kurz zu ihr, ob sie von ihr gehört wurden. Doch sie ließ sich gerade von Ranveig neue Wörter ihrer Sprache erklären.

»Ich habe mich nur gewundert.«

Marius blickte Henrik längere Zeit an, ohne etwas zu sagen.

»Was ist?«

»Du weißt, dass ich nicht diesen Weg gewählt habe?«

»Ja, du hast es oft genug gesagt. Und dennoch bist du hier.«

»Weil ich unsere Freundschaft als das höchste Gut sehe, Henrik. Und ich tue es auch Agnes zuliebe.«

»Du fragtest, ob ich wüsste, warum Agnes meinen Weg wählte. Ich glaube, sie wollte schon immer in ein Land, in dem sie nicht friert. Und sie mag Ranveig, auch wenn sie es nicht zugibt.«

Wieder sah Marius zu Henrik, ohne zu antworten. Schließlich drehte er sich aber wieder weg. »Wenn du meinst.«

»Was willst du mir denn sagen, Marius? Was ist mit dir?«

Da legte Marius eine Hand auf Henriks Schulter. »Nichts. Hoffen wir einfach, dass uns dieses Schiff heil in den nächsten Hafen bringt.« Er sah nun zu Ranveig und Agnes. »Es tut ihr gut, die Nordmannsfrau bei sich zu haben. Ich weiß zwar nicht, warum sie diese furchtbare Sprache lernen will, aber sie scheint Freude daran zu haben.«

»Du kennst sie doch besser als ich, Marius. Länger. Ihr seid so vertraut, dass man meinen könnte, ihr wärt Geschwister. Es tut mir leid, dass sie sich dafür entschieden hat, mich zu begleiten. Hättest du gesagt, du folgst mir nicht, wäre sie bei dir geblieben.«

Weil Marius ihn wieder ansah, begegnete Henrik einem seltsamen Blick. Weder lächelte sein Freund noch konnte er die Gefühlsregung in dessen Gesicht deuten. Es fühlte sich fremd an, als stünde zum ersten Mal etwas zwischen ihm und Marius, auch wenn er nicht erklären konnte, was es war.

»Es tut mir leid, dass du nun auch auf dem Schiff stehst. Ich konnte aber nicht anders. Es ging nicht.«

Da zog Marius Henriks Kopf zu sich und drückte ihn an seine Schulter. Es tat gut, er stand Marius so nahe, auch wenn sich seit der Begegnung mit Ranveig so vieles verändert hatte.

»Keine Angst, Bruder. Du hättest dasselbe für mich auch getan.«

»Immer und jederzeit.«

Marius nickte nur, und Henrik spürte, dass es sein schlechtes Gewissen etwas linderte.

Sie segelten den gesamten Tag und schließlich in die Nacht hinein. Die Enge auf dem Schiff war nur schwer zu ertragen, jeder, der sich über die Reling ins Meer erleichterte, war den Blicken so vieler anderer ausgesetzt. Vor allem Ranveig schämte sich sehr, doch es gab keine andere Möglichkeit, also schloss sie die Augen, wenn sie sich kotzend über die Bordwand lehnte.

Sie aßen nur wenig, weil sie nicht wussten, was sie nach ihrer Ankunft erwartete. Sigurd sprach zudem kaum, sah fast die ganze Zeit über nur nach Süden, als ob irgendwann ein Land auftauchen würde, in dem er seine Familie wähnte. Einige Männer stritten, und als die Nacht hereinbrach, wurde es deutlich unruhiger. Zwei Männer schlugen einen anderen, weil er offenbar eine Frau belästigt hatte, die Franzosen, deren Sprache Henrik nicht verstand, grölten und sangen laut. Immer wieder mussten die Männer des Kapitäns eingreifen. Einmal fiel ein Mann betrunken über Bord. Das Schiff segelte aber zu schnell, um rechtzeitig umzudrehen, und nach viel Wehklagen anderer und wütenden Rufen wusste Henrik, dass der Mann verloren war.

In dieser Nacht konnte er kaum schlafen. Ihre Körper wurden durchgeschaukelt, Wasser spritzte aufgrund des noch immer anhaltenden starken Windes regelmäßig über die Reling, ständig rief oder schrie jemand. Einmal schimpfte Sigurd, er würde allen die Kehle aufschlitzen, und als ein Mann sehr nahe an Ranveig herankam, hob Sigurd ihn hoch und warf ihn von sich. Zunächst suchte der Fremde Streit, doch als Sigurd wütend an sein Schwert griff, verzichtete der andere auf weitere Worte.

»Sie werden uns ins Meer werfen, wenn du dich nicht im Griff hast«, rief Ranveig. »Er war nur betrunken.«

»Ist mir egal. Ich hätte ihn über Bord werfen sollen!«

Henrik hoffte nur, sie erreichten heil den nächsten Hafen und sähen dort Sigurd nicht am nächsten Pfahl erhängt baumeln.

Tief in der Nacht fing es zu regnen an. Sie setzten sich nahe aneinander und hielten Ranveigs Decke über sich. Es half nur zu Beginn, denn irgendwann tropfte es durch den Stoff. Kälte drang unerbittlich durch Henriks Körper, obwohl sie sich eng aneinanderkuschelten. Agnes saß beinahe auf Henriks Schoß, er roch ihre Haut, ihr Haar, und wenn sie sprach, berührte ihr Atem seltsam warm sein Gesicht. Dabei fiel ihm auf, dass er nichts dagegen hätte, wenn dieser Zustand noch viel länger andauern würde. Oder wenn er sie nun küssen könnte.

In diesem Zustand war es beinahe unmöglich, zu schlafen, und so warteten sie ab, bis es endlich Tag wurde.

Am kommenden Morgen verlor sich der Regen und die Sonne schickte ihre Strahlen durch graue Wolkenfetzen. Dazu herrschte starker Westwind, den der Kapitän nutzte. Die nicht allzu weit entfernte Küste zog schnell an ihnen vorbei, sie passierten kleine Inseln, schroffe Klippengebiete und ihnen entgegenkommende Schiffe. Je länger sie segelten, desto öfter erwartete Henrik, endlich einen Hafen zu erreichen, doch sie setzten nirgends Anker. Wie groß war das Frankenreich überhaupt?

Um sich von ihrer Seekrankheit abzulenken, ließ sich Agnes pausenlos Wörter in der nordmannischen Sprache beibringen. Marius quittierte dies mit wiederholtem Kopfschütteln.

Nach einer weiteren Nacht segelten sie näher ans Festland heran. Und kurze Zeit später tauchten endlich an der Küste Häuser auf. Der Wind hatte sich mittlerweile gelegt, sodass das Schiff ruhig über eine glatte See glitt.

»Was ist das?«, fragte Sigurd laut. »Wie nennt man die Stadt?«

»Rochelle!«, antwortete ein Fremder, der in ihrer direkten Nähe stand.

Es sagte Henrik nichts, aber dies war wohl der Ort, an dem sie ihre Suche nach Geld und einem Schiff, das weiter nach Süden fuhr, fortsetzen mussten.

Je näher das Schiff dem Hafen kam, desto mehr Menschen an Bord blickten zu der Stadt. Mauern umringten die Häuser, wie auch in den Hafenstädten zuvor drängten sich Menschen zwischen Hafen und Stadt. Wenigstens ein Dutzend Schiffe schaukelten im Hafen, allerdings belud oder leerte sie niemand.

Da kamen zwei Ruderboote auf sie zu. Als sie das Schiff erreichten, sprachen einige der Fremden mit dem Kapitän, doch Henrik konnte nichts verstehen. Mal wurde es laut, der Kapitän gestikulierte wild, einige der Passagiere, die in der Nähe des Geschehens standen, schienen sich aufzuregen. Der Streit währte lange, doch schließlich drehten die Ruderboote um und fuhren in den Hafen zurück.

Zu Henriks Überraschung fuhr das Schiff weiter, ohne anzulegen.

»Was ist los?«, rief nun auch Agnes.

Immer mehr Menschen fragten in die Runde, schrien, riefen etwas, es entstand große Unruhe. Henrik konnte nichts verstehen; niemand schien zu wissen, warum sie nicht anlegten.

Im Gemurmel der vielen Menschen sah Henrik zu der Stadt Rochelle zurück. Erste Fackeln wurden dort entzündet, die Sonne ging hinter dem ewigen westlichen Meer unter. Immerhin schienen sie nicht nach Norden zu segeln, und da das Schiff auch nach weiterer Zeit nicht wendete, steuerten sie offenbar das nächste Ziel weiter südlich an.

»Es ist gut, es geht weiter nach Süden!«, sagte Ranveig laut, denn das Stimmengewirr riss nicht ab. »Ich hoffe nur, sie verlangen nicht noch mehr Geld!«

»Das werden sie nicht!«, rief nun Sigurd bestimmt. »Eher springen wir von Bord.«

Henrik versuchte, etwas von dem zu verstehen, was die anderen sagten, doch niemand schien etwas zu wissen. Schließlich aber hörte er eine laute Männerstimme. Der Kapitän hatte sich auf eine Kiste gestellt und brüllte nun über das Schiff. Er wiederholte mehrmals, dass der Hafen wegen des Seegebietstreites gesperrt sei. Jedem Schiff würde das Anlegen verwehrt.

Viele der Anwesenden fingen zu protestieren an, hoben ihre Fäuste, fluchten, Henrik hingegen sah seinen Freunden ins Gesicht. Wenigstens kamen sie so schneller nach Süden, egal ob der nächste Hafen sie aufnahm oder nicht. Doch was, wenn sich dieser seltsame Streit auf die gesamte Küste ausweitete?

Bald war die Küstenstadt verschwunden und sie segelten weiter nach Süden. Die Stimmung war sehr aufgeladen, noch immer wurde im vorderen Teil des Schiffes geschrien. Als es zu Handgreiflichkeiten kam, stellte sich Henrik auf die Zehenspitzen. Offenbar kämpften dort vorne einige Menschen, die Matrosen jedoch überwältigten drei Männer, fesselten sie an den Mast und hoben ihre Schwerter drohend in Richtung Menge. Erst jetzt beruhigte sich die Lage etwas, denn die anderen wichen zurück, sofern Platz dafür war.

Wieder brach eine Nacht herein. Henrik wollte weder sitzen noch stehen, er fühlte sich wie ein Hund, den man tagelang in eine kleine Kiste gesperrt hatte. Sichtlich ging es den meisten so, denn die Streitereien häuften sich, einige Männer machten sich gar nicht erst die Mühe, über die Reling zu pinkeln, sondern urinierten, vielleicht auch aus Protest, einfach gegen die Bordwand.

»Elende Hunde!«, schimpfte Sigurd. »Uns geht langsam das Wasser aus. Lieber gehe ich quer durch das Frankenreich als noch länger mit diesen Bastarden auf einem Schiff zu sein.«

»Wir haben keine Wahl«, murmelte Henrik. »Ich hoffe nur, dass wir im nächsten Hafen endlich anlegen können.«

Ranveig schüttelte mit dem Kopf. »Was schimpft ihr nur? Schneller als so kommen wir nicht nach Süden. Zumal meine ich, dass es schon etwas wärmer geworden ist.«

Henrik war dies auch aufgefallen, er wusste aber nicht, ob es wirklich an der Wärme des Südens oder an seiner Aufregung lag. Es war, als säße er am Rande einer schwelenden Glut, die sich augenblicklich zu einem Inferno auswachsen konnte. Es würde ihn wundern, wenn in dieser Nacht eine Massenschlägerei ausbliebe.

»Wenn ihr so weitermacht, kann ich schon genauso gut die Sprache der Nordmenschen wie ihr«, meckerte Marius und kommentierte damit die pausenlosen Versuche Agnes', Ranveigs gesprochene Wörter zu wiederholen. »Man könnte meinen, wir segeln nach Norwegen.«

»Es würde dir nicht schaden«, lächelte Henrik. »Ich wäre froh um etwas Ablenkung.«

Dabei hielt er seinen Blick nach Osten, dorthin, wo die Schwärze des Nachthimmels irgendwo auf Land traf. Alles war dunkel, nirgends ein Licht zu sehen. Und als er eine wärmere Brise an seiner Haut spürte, fragte er sich, ob sie sich überhaupt noch an der Küste des Frankenlandes befanden.

Auch diese Nacht erschien ihm wesentlich länger als die meisten zuvor in seinem Leben. Zwar nickte Henrik immer wieder ein, ihn plagten aber Albträume. Mal sah er sich in der Wüste ankommen, wo ihn seltsame riesige Wesen angriffen, dann eine Meute Krieger mit furchterregendem Geheul, deren Haut so schwarz wie der nächtliche Himmel war. Einige vergewaltigten Agnes und Ranveig, die anderen schnitten Sigurd und Marius langsam die Köpfe ab. Die Gesichter und Körper der Fremden änderten sich aber, manchmal sahen sie aus wie die Männer des Nebelvolks, denen sie in Vinland einst ausgeliefert gewesen waren.

Als er hochschreckte, fasste Agnes an seine Schulter. »Du hast schlecht geträumt.«

Schnell griff Henrik zu seinem Wasserschlauch und trank. Er hatte sich deutlich geleert, wie auch die seiner Freunde.

»Danke.« Bei einem Blick auf die anderen fand er nur Agnes wach vor, selbst Sigurd schlief an der Reling sitzend. Für kurze Zeit stand er auf, um zum vorderen Teil des Schiffs zu sehen. Zwei Fackeln brannten, Stimmengewirr kam aus mehreren Richtungen. Da er aber außerhalb des Schiffs absolut nichts außer den Sternen erkennen konnte, wusste er nicht, wo sie sich überhaupt befanden.

Schließlich setzte er sich wieder.

»Ranveig ist eine gute Lehrerin.«

»Mich verblüfft dein Wille, die Sprache wirklich zu lernen. Ich habe es damals so sehr gehasst.«

»Weil du es musstest, Henrik.«

»Warum tust du es?«

»Weiß nicht. Aus Zeitvertreib? Ich muss weniger kotzen, es lenkt mich ab.«

»Glaube ich nicht. Die Sprache ist schwer, es gäbe viele Dinge, die man lieber täte auf einer solchen Reise. Ich glaube, du magst sie.«

Sie strafte ihn mit einem bösen Blick, sagte aber nichts dazu.

»Aber es schadet sicherlich nicht, wenn ich nicht der Einzige bin, der übersetzt«, setzte er nach.

Er sah sie an und hielt seinen Blick auf ihrem Gesicht. Das fahle Licht der Fackeln ließ kaum zu, dass er etwas erkannte, er hätte es aber auch gar nicht nötig gehabt. Er kannte jede Stelle ihres Gesichts, jede kleinste Narbe, jedes in das Haar eingeflochtene Schmuckstück. Nun fiel ihm Marius' Frage ein, warum er denke, dass Agnes sich für seinen Weg entschieden hatte. Er könnte sie nun fragen, hatte aber Scheu, auch wenn es kaum etwas gab, was er Agnes nicht fragen oder sagen würde.

Als sie ihren Kopf an seine Schulter lehnte, wurde es warm in ihm. Vielleicht half es ja, endlich zu schlafen? Trotz eines Streites zweier Männer unweit von ihnen fielen ihm die Augen zu. Schnell endete aber das Palaver der Streithähne, andere Stimmen vermischten sich, schließlich sah er Alva vor sich, die ihn schalt, eine solche Reise ausgerechnet wegen der Menschen zu wagen, die ihn einst als Sklaven gehalten hatten.

Bayona

Als Ranveig erwachte, dachte sie zunächst, eine Decke läge auf ihr. Ihr war ungewöhnlich warm, und als sie sich umsah, spürte sie sofort, dass Unruhe herrschte. Es war hell, Sonnenstrahlen drangen ungehindert vom Himmel, Vögel zwitscherten.

»Nächster Versuch!«, kommentierte Sigurd knapp die Tatsache, dass alle Menschen um sie herum aufgestanden waren und nach Osten sahen. Als sie ebenfalls aufstand, erkannte sie inmitten eines graubraunen Küstenstreifens zwei gewaltige Holzpylone etwa anderthalb Meilen vor ihnen.

»Jemand hat gesagt, wir nähern uns Bayona«, erklärte Henrik. »Noch nie davon gehört.«

Natürlich sagte dieser Name auch Ranveig nichts. Doch es musste sich um eine weitaus größere Stadt handeln als Rochelle oder Pont Roy zuvor. Dutzende Schiffe in sämtlichen Größen waren zu sehen, Zeichen auf den Segeln, die ihr nichts sagten. Erst jetzt erkannte sie, dass ein Fluss ins Landesinnere führte.

»Sie segeln ein und aus!«, rief Sigurd. »Das heißt, wir verlassen das Meer.«

»Sind wir noch im Frankenreich?«, fragte Ranveig.

Henrik schüttelte mit dem Kopf, wendete sich aber dem Mann zu, der schon die ganze Überfahrt direkt vor ihnen gesessen hatte. Er war es gewesen, der ihm den Namen der Stadt verraten hatte.

»Ja«, antwortete Henrik schließlich, nachdem er sich bei dem Mann bedankt hatte. »Aber es ist der südlichste Stützpunkt. Die Grenze liegt nur etwa fünfzig Meilen südlich.

Erstaunt blickte Ranveig Sigurd an. Das Schiff hatte sie weiter in den Süden gebracht als erhofft. Zwar wusste sie nicht, die Grenze zu welchem anderen Land in der Nähe war, doch sie hatten das Frankenreich bereits so gut wie hinter sich. Irgendwann musste dieses Ifrikia doch kommen.

»Wir sind näher als je zuvor!«, flüsterte sie Sigurd zu. »Die Götter sind uns immer noch wohlgesinnt.«

»Wir haben ihnen nie den Rücken gekehrt. Warum sollten sie uns vergessen?«

»Ich bin mir sicherer als je zuvor. Ich spüre Friggs Kraft in mir, höre Freyas Lockruf.«

»Dann bewahre das und erzähle mir von ihr, wenn dunklere Zeiten beginnen.« Er küsste sie auf die Stirn, bevor Ranveig ihren Blick wieder in die Richtung schwenkte, in die das Schiff in den Fluss steuerte. Er war breit, zu beiden Seiten erhoben sich grüne Flächen, bewaldet, dann teilweise wieder nur aus Steinen bestehend, einige Hütten säumten die Uferbereiche. Etwa vier Meilen weiter entdeckte Ranveig erste Häuser, schließlich tauchte eine Stadt auf. Wenigstens fünfzehn große Stege führten vom Uferbereich in den Fluss hinaus, teilweise waren zwei Schiffe an einer Seite der Stege angebunden, Waren wurden ein- und ausgeladen, ein ganzer Strom an Arbeitern trug die Ladungen an Land oder belud die Schiffe.

Schließlich wurden sie langsamer, bogen neben einen der Stege ein, Seile wurden geworfen, die Menge wich langsam an die Seite des Schiffs, von der sie aussteigen konnten.

»Müssen wir das wieder mit ausladen?«, fragte sie.

»Keinesfalls!« Sigurds Stimme war unerbittlich. »Wir gehen, und wenn uns einer aufhält, treibt er tot im Meer!«

Tatsächlich hielt sie niemand auf. Es war eng auf dem Steg, alle drängten zum Hafen, jemand schrie etwas in einer Sprache, die Ranveig nicht verstand, zwei Männer mit auf dem Kopf zusammengewickelten Tüchern und dunkler Haut sahen sie aus schwarzen Augen an, eine Gruppe Männer stritt mit Seeleuten, eine Nonne begrüßte die Neuankömmlinge mit Gebeten. Ranveig drehte sich zu den beiden Fremden mit der dunklen Haut um. Sahen so die Menschen in Ifrikia aus? Und waren sie diesem Land bereits so nahe, dass deren Bewohner bereits hier auftauchten?

Ihr musste niemand erklären, dass das hier der erste Hafen aus nördlicher Richtung war, an dem angelegt werden konnte, die Vielzahl an Schiffen sprach für sich. Teilweise mussten sie warten, bis Platz frei wurde, es war ein völlig unübersichtliches Chaos.

»Ich frage, wie es weitergeht«, erklärte Henrik schließlich. »Marius geht mit.«

Ranveig nickte nur. Eine seltsame Aufregung hatte sie ergriffen. Es war deutlich anders als noch in den Städten zuvor. Nicht nur wärmer, denn der Frühling schien hier bereits eingekehrt zu sein, es gab auch deutliche Einflüsse anderer Länder. Frauen trugen unterschiedliche Tracht, wieder kam ein Mann vorbei, dessen Gesicht nicht so hell wie das ihre war, auch die Schiffe sahen teilweise sehr fremdartig aus. Unweit von ihnen wuchsen die Stadtmauern Bayonas in die Höhe, auf ihnen patrouillierten Männer, die unablässig in die Tiefe sahen. Nicht nur Möwen, auch andere Vögel kreisten über ihnen, es roch eigenartig süßlich, dann wieder scharf oder bitter.

Als sie Agnes ansah, erkannte sie, dass auch sie gebannt auf das rege Treiben im Hafen sah. Er erinnerte Ranveig an Haithabu, zumindest von der Größe her.

Welches Land verbarg sich nur hinter der nahe liegende Grenze?

Während Sigurd jeden Mann kritisch beäugte, der an ihnen vorbeiging, unterhielten sich Marius und Agnes pausenlos.

»Es segeln Schiffe weiter nach Süden«, riss Henriks Stimme sie aus ihren Gedanken. »Und wählt man den Landweg, trifft man nach nur einem Tagesmarsch auf das Königreich Pamplona.«

»Und dann?«, wollte Sigurd wissen.

»Dahinter beginnt das Kalifat von Cordoba. Es ist groß, aber danach kommt angeblich Ifrika.«

Ranveig erstarrte. Ifrikia. Es schien nun so seltsam nah, unwirklich, als wäre das alles ein Traum.

»Hast du gefragt, wie man nach Ifrikia gelangt?«, wollte sie schließlich wissen.

»Von der Ostküste Cordobas sei es viel kürzer. Auf dem Seeweg müsse man ganz Iberien umfahren, das kostet angeblich vierzig Denare pro Kopf.«

Nach Henriks Übersetzung rief Agnes entsetzte Worte, vermutlich erschrak sie über den Preis.

»Also müssen wir an die Ostküste dieses Kalifats?«, riet Sigurd.

»Wenn wir es nicht schaffen, vierzig mal fünf Denare zu erbeuten, dann ja.«

Ranveig konnte eine solche Zahl nicht ausrechnen, es mussten aber Hunderte dieser Münzen sein, die sie benötigten. Viel zu viel.

»Wer hat dir das gesagt?«, wollte Sigurd wissen.

»Zwei Seeleute, völlig unabhängig voneinander.«

Agnes schüttelte den Kopf und besprach sich mit Henrik sowie Marius, und als sie endeten, sah Henrik Ranveig und Sigurd an.

»Wir werden kaum die Stadtkasse erbeuten können. Uns bleibt wohl nur der Landweg, zumal wir auf diesem die Gelegenheit hätten, das Geld für die Überfahrt von der Ostküste nach Ifrikia zu erbeuten.«

Dies erschien Ranveig logisch. Hier würden sie wohl kaum ein zweites Mal auf einen Karolus treffen, der sie mit ihrem Wagen begleitete, und sie ahnte, dass Sigurd sich niemals einer nach Südosten ziehenden Gruppe anschließen würde, außer es handelte sich um eine ihres Glaubens. Dennoch sollten sie es versuchen. Sie wussten nicht einmal genau, wo sie sich befanden, daher wünschte sie sich mehr denn je die Sicherheit einer Gruppe auf ihrem langen Weg.

Da auch Sigurd keine andere Lösung vorschlug, entschieden sie, nach Bayona einzuziehen. Henrik hoffte auf noch mehr Auskünfte und Hinweise, Agnes und Marius hingegen wollten sich diese schillernde Stadt vermutlich deshalb ansehen, um für Lebensmittelnachschub zu sorgen. Ranveig schämte sich zwar noch immer, ausschließlich durch Diebstahl ihren Weg zu bestreiten, doch nicht mehr so wie zu Beginn ihres Zusammentreffens. Immerhin sicherte es nicht nur ihre nächste Mahlzeit, sondern auch die Schifffahrten.

Es dauerte lange, bis sie endlich eines von vier Stadttoren durchschritten. Es war mindestens genauso voll wie in Pont Roy, doch diese Stadt schien eher ein Schmelztiegel Menschen unterschiedlicher Herkunft zu sein. An keinem Ort zuvor hatte sie so sehr unterschiedliche Tracht gesehen und wieder fielen ihr Männer und sogar Frauen dunklerer Hautfarbe auf, deren Kleidung seltsam anzusehen war, die Hosenbeine viel zu breit, als trügen sie Säcke um ihre Schenkel. Während die Frauen dieses seltsamen Volkes aufgemalte schwarze Punkte in ihrem Gesicht trugen, sahen die Kopfbedeckungen der Männer noch ungewohnter für Ranveig aus.

»Sie müssen wahrlich von sehr weit herkommen!«, murmelte Sigurd. »Und sie sprechen, als hätten sie etwas verschluckt.«

Weil ein groß gewachsener Mann Ranveig anrempelte, wechselte sie die Seite. Der Mann rief ihnen etwas hinterher, was sie nicht verstand, bevor er in der Menge verschwand.

»Verstehst du sie?«, fragte sie Henrik.

»Nein, es ist wohl die Sprache der Westfranken. Und die der Dunkelhäutigen verstehe ich ebenso wenig.«

Ranveig fielen die vielen Wachposten auf, die beinahe in jeder Gasse patrouillierten. Es gab kaum einen Wegesrand, an dem keine Waren, Lebensmittel, Schmuck, Felle, Metall, Töpferwaren oder allerlei anderes feilgeboten wurden, ständig schrie jemand, und Ranveig erfuhr nie, ob Preise oder etwas anderes gemeint waren. Sie passierten Kapellen, größere Kirchen ebenso wie Gasthäuser, aus denen einige betrunkene Männer stolperten.

Als sie einen Markt betraten, auf dem Lebensmittel verkauft wurden, mischten sie sich unter die Menschen. Ranveig wollte nicht zusehen, wie ihre Freunde die Dinge erbeuteten, sie hatte Angst, dass durch ihre Blicke womöglich andere auf sie aufmerksam wurden. Und da auch Sigurd nicht mehr darüber meckerte, dass Henrik, Marius und Agnes sich wie streunende Hunde benahmen, ahnte sie, dass selbst er seinen Frieden damit geschlossen hatte.

Plötzlich fiel ihr auf, dass Henrik mit zwei Fremden sprach. Sie gestikulierten, zeigten in verschiedene Richtungen und trennten sich schließlich.

Als sie wenig später alle wieder aufeinandertrafen, sahen sie Henrik neugierig an.

»Es waren Sachsen«, berichtete er. »Sie kennen sich hier wohl gut aus. Sie sagten, dass wir nur dem Handelsweg nach Südosten folgen müssten. Er führt tatsächlich durch das Königreich Pamplona ins Kalifat von Cordoba. Und falls wir nicht weiterwüssten, sollten wir uns nach Balansiya durchfragen. Das ist eine große Stadt an der Ostküste, von wo aus Schiffe nach Ifrikia übersetzen.«

»Wie lange benötigt man bis dorthin?«, wollte Sigurd wissen.

»Sie sprachen von mindestens dreißig Tagen. Bei täglichem Marsch.«

Dreißig Tage. Ranveig sah in die Gesichter der anderen. Es schien, als wolle Henrik noch mehr berichten.

»Sie raten davon ab, in Kleingruppen weiterzuziehen. Spätestens im Kalifat würde es Christen schwer gemacht werden.«

Ranveig legte eine Hand auf Sigurds Schulter. »Versuchen wir, uns anderen anzuschließen. Wenn dieses Balansiya wirklich eine so große Stadt ist, werden wir nicht die Einzigen sein, die dorthin wollen.«

»Ranveig, ich werde alles tun, um Ifrikia zu erreichen. Lass dich nicht immer durch meine Skepsis ablenken. Und wenn ich mich nur Eseln anschließen muss – deine Sicherheit ist nach wie vor das Wichtigste.«

»Das Wichtigste ist, dass wir unsere Familien und Freunde befreien. Ich glaube immer noch fest daran, dass die Götter uns führen.«

»Solange du Freyas Stimme in dir hörst, gibt es keinen Grund, daran zu zweifeln.«

Sie fasste an ihre Kette, umschloss sie und atmete tief durch.

»Fragen wir uns also durch!«, übersetzte Henrik, was die drei besprochen hatten. »Oder seht ihr eine andere Möglichkeit?«

»Nein!«, antwortete Sigurd. »Wir müssen nicht nur am Leben bleiben, sondern auch genügend Geld erbeuten, um die Überfahrt ab Balansiya zu bezahlen.«

»Dafür haben wir mindestens dreißig Tage Zeit«, gab Henrik zu bedenken.

Ranveig fiel auf, dass Marius Agnes etwas fragte, woraufhin sie deutlich nickte. Marius schüttelte leicht seinen Kopf, schlug aber Henrik mit eigenartiger Miene auf die Schulter und löste sie Situation auf, indem er etwas trank.

Wenig später verließen sie den Markt. Sie betraten derart volle Gassen, dass sie sich an den vielen Menschen vorbeiquetschen mussten. Henrik wusste, dass sie diese Situation ausnutzen sollten. Hier konnten sie ihre Taschen mit all dem füllen, was ihnen unter die Finger kam.

Gleichzeitig fragten sie immer wieder Männer, ob sie sich hier auskannten, trafen aber ausnahmslos auf Menschen, die sie nicht verstanden. Schließlich blieb ein schmutziger Junge vor ihnen stehen.

»Seid ihr Sachsen?«

»Ja!«, antwortete Marius.

»Was sucht ihr?«

»Kennst du dich hier aus?«

»Es gibt nichts, was ich euch nicht sagen kann. Es hat aber alles seinen Preis.«

»Wir haben kein Geld!«, antwortete nun Agnes.

»Dann werdet ihr einen anderen finden müssen.«

»Warte!«, hielt Henrik ihn auf. »Sage uns wenigstens, wie man den Handelsweg nach Pamplona findet.«

»Ihr habt doch kein Geld.«

Da kramte Agnes in ihrem Beutel und zückte eine große Rübe. Henrik wusste nicht, wie viele sie davon besaß, hoffte aber, sie hätte mehr als nur eine erbeutet.

»Dafür zeige ich euch den Weg persönlich!« Der Junge steckte die Rübe ein und führte sie durch die Gassen auf einen Platz. Dort sah er sich kurz um. »Folgt mir zum Südtor!« Da Henrik ohnehin nicht wusste, wo dies lag, folgten sie ihm. Vorbei an einem Markt, auf dem Gewürze und Tücher feilgeboten wurden. Es roch seltsam scharf, nach Pfeffer und Zwiebeln, aber auch fremdartig. Fast stieß er gegen drei Wachposten der Stadt, die ihn aber nur grimmig ansahen. Keinesfalls wollten sie an den Galgen der Stadt enden, also entschuldigte sich Henrik mit einem Kopfnicken und ging weiter.

»Was ist das für eine Sprache, die die meisten sprechen?«, fragte er den Jungen. »Westfränkisch?«

»Ja, man nennt es auch Französisch.«

»Und die der mit der dunklen Haut?«

»Das sind Bewohner aus dem Kalifat. Die sprechen Arabisch. Seid Ihr zum ersten Mal hier?«

»Ja, wir wollen weiter nach Ifrikia.«

Der Junge pfiff erstaunt aus, sagte aber nichts.

»Was?«, bohrte Henrik nach. »Man sagte uns, es gingen Schiffe von der Stadt Balansiya aus.«

»Das stimmt auch. Dafür müsstet ihr aber quer durchs Kalifat. Und das, ohne auch nur ein Wort ihrer Sprache zu können.«

Henrik sagte nichts. Er konnte ja auch kein Westfränkisch, es würden sich bestimmt überall Menschen finden, die sächsisch sprachen. Kurz dachte er an Vinland zurück. Wenn dieses Ifrikia genauso weit entfernt von seiner Heimat lag, gab es womöglich dort doch keine Sachsen.

Sie kamen an einer Gruppe Nonnen vorbei, die Weihrauchkessel mit sich trugen und diese herumschwenkten. Es roch beißend, seine Augen brannten kurz, doch schnell verließen sie den Ort der Prozession.

Schließlich erreichten sie ein Tor, durch das der Junge sie führte.

»Ihr werdet dort auf andere stoßen, die nach Pamplona reisen. Schließt euch ihnen an, auch wenn ihr zu fünft seid.«

»Hat man uns auch geraten!«, antwortete Marius.

»Dann seid ihr ja gut informiert. Aber sicherlich gibt es doch noch mehr Dinge, die ihr wissen wollt?«

Agnes schüttelte mit dem Kopf. »Nichts Wichtiges. Wir benötigen die anderen Rüben für uns.«

Henrik übersetzte immer wieder Ranveig und Sigurd, und als er sie fragte, ob sie noch Fragen hätten, schüttelte Sigurd den Kopf.

»Der Junge will uns ausnehmen. Lass dir die Richtung des Handelsweges zeigen, den Rest finden wir. Er ist gut bezahlt worden.«

Henrik nickte und fragte den Jungen nach dem Weg.

Dieser wies auf eine hohe Baumgruppe einige Hundert Schritte vor ihnen. »Dort trefft ihr auf eine Wegkreuzung, ihr geht dann weiter nach Südosten. Ihr werdet nicht die Einzigen sein, die diese Richtung einschlagen.«

»Danke«, sagte Henrik. »Gibt es hier viele Sachsen?«

Der Junge blinzelte mit einem Auge. »Die Antwort kostet Euch etwas.«

»Dann nicht.«

Sie ließen den Jungen stehen, ohne noch etwas zu erwidern.

An der Baumgruppe trafen sie auf einige Händler, die Waren aus ihren Karren anboten. Es führte ein Pfad nach Süden, ein anderer leicht östlich.

Henrik sah noch einmal zu den hohen Mauern Bayonas zurück. Ihre Taschen waren voll, nun galt es also, durch ein völlig fremdartiges Land zu ziehen.

Da fasste Ranveig an seinen Arm. »Was fragte Marius eigentlich Agnes, als wir noch auf dem Platz standen?«

»Ob sie uns immer noch begleiten möchte.«

Ranveig sah nur kurz zu Boden, sagte aber nichts dazu.

Wenig später aßen sie neben dem Wegesrand von den Dingen, die sie erbeutet hatten. Marius hatte gleich zwei Laibe Brot gestohlen, es reichte sicherlich für einige Tage. Da alle großen Hunger hatten, aßen sie mehr als vorgehabt, doch nicht nur Henrik genoss das Gefühl, einmal richtig satt zu sein.

Da fuhr ein Pferdewagen an ihnen vorbei. Auf ihm saß ein alter Mann, der Karolus ähnlich sah. Doch es war kein Bader, sondern er transportierte Fässer.

»Wir sind zu fünft«, gab Sigurd zu bedenken. »Ich habe nichts dagegen, wenn wir uns jemandem anschließen, doch ich vertraue nur uns.«

Nachdem Henrik es den anderen übersetzt hatte, nickte Marius.

»Ich möchte auch nicht Gefahr laufen, von der eigenen Gruppe bestohlen zu werden. Wir werden sehen, ob wir jemand Vertrauenswürdigen finden.«

Keinesfalls wollte Henrik, dass Agnes oder Ranveig aufgrund der eigenen Gruppe in Schwierigkeiten gerieten, doch die Fremden hatten dazu geraten, sich jemanden anzuschließen. Allerdings hatte Sigurd recht, sie waren immerhin zu fünft.

Er hatte mit Agnes und Marius lange Zeit auch nur zu dritt allen Widrigkeiten getrotzt.

Marius fühlte sich, als würde etwas in ihm platzen. Er meinte nicht die Wunde, denn die verheilte gut, nur ab und an zog es an seinem Schenkel und dann ging er langsamer. Es war etwas in ihm, das seit vielen Tagen wie eine Geschwulst wuchs. Auf dem Schiff hatte er keine Gelegenheit gehabt, allein mit Agnes zu sprechen, nun aber musste es geschehen, bevor sie noch tiefer in das Land der Fremden vordrangen. Es wirkte, als ginge alles zu schnell, als würde ihm etwas durch die Finger rinnen, das er festzuhalten versuchte, auch wenn er nicht wusste, was es denn genau war. Jeder weitere Schritt nach Süden kam ihm falsch vor, und er spürte, dass Agnes sich Henriks Ziel angeschlossen hatte, um ihre Freundschaften zusammenzuhalten. So wie sie es jahrelang zuvor mit der Bande getan hatte.

Dies hier war aber eine völlig andere Situation.

Als sie die restliche Nahrung einpackten, gab er Agnes zu verstehen, ihm zu folgen. Zwar sah ihnen vor allem Henrik skeptisch nach, doch niemand folgte ihnen.

»Bist du dir wirklich sicher, dass du das tun möchtest?«, begann er ohne Umschweife.

»Was? Sie nach Ifrikia begleiten? Ihnen beistehen?«

»Ihnen oder Henrik?«

»In erster Linie Henrik. Marius, was ist nur mit dir los? Ja, Henrik gehört zu uns, wir lassen uns nicht mehr allein. Nicht mehr, seit sie alle umgebracht wurden. Aber warum tust du das?«

»Ja, er gehört zu uns. Und ich verdanke ihm mein Leben. Aber das hier«, dabei wies er mit einer Hand nach Süden, »ist für mich, nicht für ihn.« Agnes sah ihn mit großen Augen an, und er spürte, dass sie nicht verstand, was er von ihr wollte.

»Für dich? Aber warum? Zudem muss nicht Henrik in dieses seltsame Land, in dem noch niemand zuvor gewesen ist, den ich kenne, sondern die anderen. Ja, ich mag Sigurd und Ranveig, aber wir legen unser Leben in deren Hände.«

»Für mich, weil ich weiß, dass das hier sonst zerbricht!« Sie wies mit einer Hand um sich herum. »Was möchtest du tun? Sie jetzt allein ziehen lassen? Dann hätten wir es am Anfang tun müssen.«

»Hätte ich, aber wir haben nie darüber gesprochen. Du hast entschieden und ich habe nachgegeben.«

»Du hättest deinen Freund ziehen lassen?«

»Es war seine Entscheidung. Er ist nie dazu gezwungen worden. Agnes, ich würde jederzeit mein Leben für ihn einsetzen, wäre er in Gefahr. Und er würde dasselbe für uns tun. Aber in dem Moment, in dem er den Weg Ranveigs und Sigurds wählte, entschied er sich für sie. Er hätte uns verlassen.«

»Das weißt du nicht, und ich glaube es auch nicht. Er war zerrissen, doch ich habe ihm gesagt, er solle es tun und wir begleiten ihn. Ich glaube wirklich, er wäre bei uns geblieben.«

»Warum reden wir dann nicht mit ihm? Jetzt haben wir vielleicht die letzte Möglichkeit, hier ist ein Hafen, noch sind wir nicht in diesem Kalifat. Wir gehen vielleicht in unseren Tod, Agnes.«

»Möglich. Wir können aber auch hier sterben. Oder in Bremun oder sonst wo. Doch wir tun es zusammen. Selbst wenn Henrik sich für uns entscheiden würde, wäre er auf Jahre hinaus ein zerrissener Mann.«

»Henrik. Ich höre fast nur noch Henrik. Ich mag die Apostel zurück, Agnes. Unser altes Leben. Es war nicht so schlecht, wir haben uns immer durchgekämpft.«

»Die Apostel sind tot, Marius. Warum hältst du immer noch daran fest?«

»Weil es die beste Zeit unseres Lebens war.«

Agnes sah zu Boden und Marius dachte, Schmerz in ihrem Gesicht zu sehen.

»Deine womöglich, Marius. Aber nicht meine.«

266

Erschüttert sah er sie an. »Warum sagst du das?«

»Ja, es war eine Zeit, in der wir dachten, niemand könnte uns etwas anhaben. Es war ein Traum, wie auf einer Insel, in einem Land, wo nur die Sonne scheint. Aber wir hatten uns geirrt. Innerhalb einer Nacht wurden alle unser Freunde getötet. Und auch zuvor, in der Bande, in der ich aufwuchs, starben alle. Wie oft haben wir schrecklich Hunger leiden müssen, Angst vor den Wachmänner gehabt.«

»Wir sind auch jetzt nicht unverwundbar. Und ich spreche nicht von meiner Verletzung, beileibe nicht.«

»Unverwundbar werden wir nie sein. Aber frei. Ich fühle mich frei, Marius, vielleicht zum ersten Mal. Und ich bin zum ersten Mal nicht für alle verantwortlich, die um mich herum leben. Es ist, als trüge ich keine Steine mehr auf meinem Rücken.«

Nun legte sie ihre Hand auf seinen Arm. Augenblicklich wurde ihm warm, wie immer, wenn sie so etwas tat.

»Marius, ich kann nicht von Henrik verlangen, sie ohne uns ziehen zu lassen. Ich habe ihm Mut gemacht, und den hat er benötigt.«

»Ich weiß, dass du Ranveig gern hast. Und dass du hoffst, sie könnte eine Gefährtin werden. So wie du es dir immer gewünscht hast.«

»Woher willst du das wissen? Sie ist eine Nordmannsfrau!«

«Weil ich dich besser kenne als du dich selbst.«

»Behaupte nicht, du kennst mich besser als ich!«

Ihre Stimme wurde hart, ihre Blick unerbittlich. Mit einem Mal überzog die eiserne Maske wieder ihr Gesicht. Sie hatte sie auffallend oft abgelegt in den vergangenen Wochen. Für einen kurzen Moment atmete Marius durch. Da war sie wieder, seine Agnes, so wie er sie kannte. Die Anführerin einer Diebesbande, die allein mit ihrem Blick strafen, regeln und auch loben konnte. Seit ihrer Flucht aus Bremun hatte sie sich aber verändert. Und dies hatte er nie wahrhaben wollen.

»Du willst aber jetzt nicht allein zurück? Marius?«

»Nein, das würde ich niemals. Agnes, ich lasse dich nie allein.«

»Dann lass auch Henrik nicht allein. Nicht jetzt.«

Marius raufte sich sein Haar. Noch immer spürte er die Wärme in sich, als Agnes ihn berührt hatte. Die Regungen seines Körpers waren in den letzten Monaten immer heftiger geworden. Aber er wusste, dass sie dies nicht erwiderte. Nicht bei ihm, aber bei jemandem anderen.

»Henrik ist mein Freund, Agnes.« Als er es sagte, schmeckte er sauren Speichel und seine Finger verkrampften sich. »Er ist der Einzige, dem ich dich anvertraue.«

»Du mich ihm? Ich glaube, ich bin alt genug, um selbst auf mich …« Plötzlich stockte sie und sah ihn verblüfft an.

»Marius, was willst du mir sagen?«

Nun biss er sich auf die Lippen. Er hatte es seit Jahren verschwiegen und niemals hatte es ihn so viel Überwindung gekostet, es nicht zu sagen. Aus Angst um ihre Freundschaft, um ihre unerschütterliche Verbindung.

»Dass ich dich liebe. Seit unserer ersten Begegnung.«

Als erhielte Agnes einen Schlag ins Gesicht, erstarrte sie kurz, nickte aber dann. Sie sagte lange Zeit nichts, hielt nur die Augen geschlossen und presste ihre Lippen aufeinander.

»Ich weiß«, flüsterte sie schließlich. »Ich habe es gespürt.«

»Agnes, es tut mir leid, ich will nicht, dass du dich aufgrund meines Geständnisses zurückziehst.«

»Das werde ich nicht. Du und Henrik, ihr seid mir die Nächsten, meine Familie. Es ehrt mich, es zu hören, wirklich.«

Marius erhoffte nun noch andere Worte, solche, die seine geheimsten Hoffnungen bestätigten, doch sie blieben aus. Natürlich. Er hatte sich immer auf sein Gefühl verlassen können, und so war es jetzt auch.

Lange Zeit sagten beide nichts. Für kurze Zeit sah Marius zu den anderen, doch sie blieben noch immer unter dem Baum sitzen, während Reisende in beiden Richtungen an ihnen vorbeizogen.

»Aber es ehrt dich nur, mehr nicht«, folgerte er schließlich.

Da ergriff Agnes seine Hand und drückte sie sanft. »Ich liebe dich auch, Marius, aber wie einen Bruder. Wie einen Gefährten, dem man sein Leben anvertraut, ohne auch nur den kleinsten Zweifel zu haben. Der wie ein Fels in tosender Gischt immer da ist und mir den Rücken freihält.«

Betroffen senkte Marius seinen Blick. Aus ihrem Mund klang es, als besäßen diese Worte einen ungeheuren Wert, dennoch war es nicht das, was er begehrte.

Er nickte nur, drückte auch ihre Hand, da küsste sie ihn auf die Stirn. Wie einen Bruder, den man liebt.

Aber nicht begehrt.

Er musste sich auf die Lippen beißen, um nicht einen anderen Namen ins Spiel zu bringen. Nein, das durfte er nicht, es war ohnehin so viel passiert in dieser kurzen Zeit. Er versuchte, den beißenden Geschmack der Enttäuschung herunterzuschlucken, doch er verschwand nicht.

Plötzlich rannen Agnes Tränen über die Wangen,

»Was ist?«, wollte er wissen. »Ich bin es, der Tränen verlieren sollte.«

»Weil es mir wehtut, Marius. Kannst du trotzdem der beste Freund bleiben, den man nur haben kann?«

»Ich werde es immer sein. Ich schwöre es.«

»Schwören?« Dabei lächelte sie und es erfüllte ihn mit tiefer Freude.

»Gut, ich verspreche es dir aus tiefstem Herzen.«

»Schon besser. Danke.«

Sie umarmte ihn und ließ ihn lange Zeit nicht los. Es tat Marius unendlich gut, er genoss diese Berührung wie lange zuvor nichts. Doch schließlich ließ sie ihn los.

»Entschuldige, dass ich dir wehtun muss.«

»Nein, entschuldige dich nicht. Es war schön, was du sagtest. Wenn es wirklich so ist, bin ich stolz, ein solcher Freund zu sein.«

»Das wirst du immer bleiben.«

Wieder schluckte er, es fühlte sich jedoch an, als hätte er keinen Speichel mehr. Er wollte nicht sagen, dass dieses Geschwür in ihm nun noch mehr fraß, auf der anderen Seite hoffte er, seine Offenbarung hätte keinen Einfluss auf ihre Freundschaft.

Als sie zu den anderen zurückgingen, bereute er, es gesagt zu haben.

Die Hoffnung, es ginge ihm dadurch besser, hatte sich nicht erfüllt.

»Sind sie ein Paar?«, wollte Sigurd wissen, als Agnes und Marius zurückkamen.

»Nein!«, antwortete Ranveig.

Da sah Henrik sie überrascht an. »Woher willst du das wissen?«

»Ich bin eine Frau, Henrik. Ich spüre so etwas.«

Henrik hatte weggeschaut, als er die beiden in inniger Umarmung gesehen hatte. Es war wie ein Messer gewesen, das seinen

Bauch zerschnitten hatte. Dabei war ihm heiß und kalt geworden, was ihn sehr wunderte. Agnes und Marius hatten sich unzählige Male umarmt, nie hatte es ihn gestört. Als er aber darüber nachdachte, fiel ihm auf, dass es ihn nur anfangs nicht gestört hatte. Mit jedem Monat, der ins Land gezogen war, war es anders geworden. Ihm fiel seine Angst ein, als Agnes krank gewesen war, seine Unruhe und Rastlosigkeit, seine tief greifende Sorge um sie. Noch heute dachte er mehrmals täglich an die Nacht in den Auen zurück, und er würde ihre Augen aus Tausenden anderen sofort erkennen.

Hitze durchströmte ihn, als er über all das nachdachte.

Nun, als die beiden vor ihnen standen, hätte er fragen können, was sie besprochen hatten. Doch er tat es nicht.

Er hatte Angst vor der Antwort.

Räuber

Die Sonne stand hoch am Himmel. Es war auffallend warm, Vögel zwitscherten in den Kronen der Bäume, warmer Wind streifte Agnes' Haut. Der Frühling erwachte hier im Süden offenbar deutlich früher als in ihrer Heimat. Die Tatsache, dass sie nach langen Monaten nicht mehr frieren musste, ließ ihr Herz etwas höher schlagen.

Doch der Frühling war nicht der einzige Grund. Am liebsten hätte sie Marius geohrfeigt. Warum musste er sich in sie verlieben? Sie liebte ihn wirklich, aber wie einen Bruder, und nun spürte sie ihre Angst, dass sich mit diesen Worten etwas geändert hatte. Was, wenn er sich von ihr abwendete? Immerhin hatte er versprochen, dass alles beim Alten bliebe, und so wie sie ihn kannte, vertraute sie diesem Versprechen. Jeden anderen hätte sie verprügelt, zudem lag es auf der Hand, dass sie schwach und wehrlos würde, gäbe sie sich der Liebe hin.

Ihr Herz schlug auch höher, weil sie bei Marius' Worten an Henrik hatte denken müssen. Was war nur los mit ihr, mit ihnen? Tatsächlich war in Bremun noch alles klarer gewesen, es hatte keine Träume von Henrik gegeben, auch keine Angst um ihrer aller Freundschaft. Warum träumte sie so oft von Henrik? Er war ebenfalls wie ihr Bruder, aber da gab es noch mehr. Und genau das verdrängte sie nun wieder. Herzensangelegenheiten führten zu nichts, sie machten schwach und erbärmlich. Trotz allem war sie noch immer Agnes, die Eiserne. Ja, sie hatte Tränen verloren, weil sie das stumme Mädchen zurückgelassen hatte. Das traf sie noch immer, sie musste öfter an die Kleine denken, als ihr lieb war. Dennoch wollte sie sich nicht zu einer gewöhnlichen Frau machen lassen, die treu und ergeben einem Mann hinterhersprang.

Dazu kam, dass sie sich vor dem fürchtete, was vor ihnen lag. Keinesfalls wollte sie ihre Entscheidung ändern, Henrik zu begleiten. Sie steuerten auf ein Land zu, in dem Menschen mit schwarzer Haut und dunklen Augen völlig fremdartige Wörter benutzten. Sie waren aufgefordert worden, in größeren Gruppen zu gehen. Und dieses Kalifat diente nur als Weg in das Land, das man Ifrikia nannte. Sie glaubte nicht daran, dass die Haut der Menschen noch dunkler sein könnte, dies war einfach nicht möglich. Und dass der Boden nur aus Sand bestünde, hielt sie nach wie vor für Seemannsgarn. Selbst sie wusste, wie aufgebläht Geschichten nach langen Überfahrten erzählt wurden.

Sie waren nicht die Einzigen auf dem Handelsweg nach Pamplona. Immer wieder kamen ihnen Menschen zu Fuß, wenige auch auf Karren sitzend entgegen, die meisten von ihnen Händler, die entweder die Stadt verließen oder sie ansteuerten.

Nun, wo Agnes nicht nur einzelne Wörter in Ranveigs Sprache beherrschte, sondern mittlerweile kurze Sätze bilden konnte, wollte sie tiefer in die Welt der Nordmenschen eintauchen. Zwar hatte Henrik ihr von den Göttern und Bräuchen dieses Volkes erzählt, doch sie freute sich auf den Moment, in dem sie es von Ranveig oder Sigurd hören würde. Sicherlich dauerte es noch sehr lange, wenn sie allerdings täglich übte, käme dieser Tag eher als erhofft. Also fragte sie immer wieder Ranveig. Stets antwortete sie ihr geduldig, manchmal übernahm auch sie es, Agnes zu fragen und Dinge übersetzen zu lassen.

Ihr Verdacht für den Grund, warum sie so verbissen die Sprache der Nordmenschen lernte, hatte sich bestätigt. Es lenkte sie tatsächlich von all den zerstörenden Gedanken ab, die sie seit Ripa erlitt. Zunächst der Verlust ihrer Freunde, ihrer Heimat, der Apostel, dann ihre Krankheit, nach der eine ungeahnte Schwärze in ihr verblieben gewesen war. Teilweise hatte sie gedacht, in ein tiefes Loch gezogen zu werden, ihr gesamter Körper war wie gelähmt gewesen, ihr Kopf voller Trauer und Last. Danach war die Angst gekommen, ihre Freunde zu verlieren, die tiefe Sorge davor, Marius oder Henrik könnten sich von ihr abwenden. Sie wollte an gar nichts von all dem denken, weder an Marius noch an Henrik, sie wollte einfach wieder diese Unbekümmertheit spüren, die ihre unerschütterliche Freundschaft sowie ihren Alltag ausgemacht hatten. Andererseits war aber auch die Last der Verantwortung nicht mehr zu spüren. All diese Menschen um sie herum benötigten keinen Schutz ihrerseits, und sie hatte nie gespürt, dass dies jahrelang wie Felsbrocken auf ihren Schultern gelegen hatte.

Das Lernen dieser Sprache lenkte sie ab, und obwohl sie wusste, niemals das Land der Nordmenschen zu betreten, wollte sie nicht darauf verzichten.

Sie gingen den ganzen Tag über, ohne auf Schwierigkeiten zu stoßen. Von einem rastenden Händler stahl Marius ein Laib Brot, an einem Bach füllten sie ihre Schläuche wieder auf. Es war ungewohnt warm, die Sonne strahlte mitunter schon sehr kräftig auf sie herab.

Gegen Abend trafen sie auf eine große Gruppe, die am Rande eines Hains ihr Lager aufschlug. Da auch viele Frauen und sogar einige Kinder unter ihnen waren, schlug Sigurd vor, in ihrer direkten Nähe ebenfalls zu nächtigen. Er erwartete keinen Übergriff ihrerseits, eher den Schutz einer großen Gemeinschaft.

Da kam einer der Fremden zu ihnen. Als er sie ansprach, verstand ihn niemand von ihnen.

»Wir sind Sachsen!«, antwortete Marius.

Der Mann nickte, rief einen Namen, woraufhin ein anderer Mann aus der Gruppe zu ihnen stieß.

»Wer seid ihr?«, fragte er in gebrochenem Sächsisch.

»Wir sind Reisende auf dem Weg nach Balansiya.«

»Balansiya«, wiederholte der Mann und pfiff aus. »Ein weiter Weg.«

»Und ihr?«, fragte Marius.

»Wir ziehen ebenfalls in diese Richtung, nach Pamplona.«

»In das Königreich?«

»In die Stadt. Das Land wird nach seiner größten Stadt benannt. Dort warten wir auf weitere Pilger.«

»Dann seid ihr Pilgerreisende?«, wollte Henrik wissen.

»Ja. Von Pamplona aus ziehen wir in großen Heerscharen nach Santiago de Compostela.«

Agnes sagten beide Städte nichts, doch sie war nun wesentlich beruhigter. Von Männern einer Pilgergruppe befürchtete sie eher keine nächtlichen Übergriffe.

»Warum rastet ihr so nahe bei uns?«

»Weil wir es als sicherer betrachten«, antwortete Henrik. »Wenn es euch nicht stört, bleiben wir.«

Agnes versuchte, die Anzahl der Menschen unweit von ihnen zu zählen. Sie kam auf etwa dreißig. Einige verrichteten ihr Geschäft hinter Bäumen, drei große Feuer brannten.

»Wenn ihr uns nicht noch näher kommt, dann stört es uns nicht!«

Die beiden Männer sahen sich kurz an und gingen zu ihrem Lager zurück.

Nun erst übersetzte Henrik für Ranveig und Sigurd.

Sigurd sagte nun etwas zu Ranveig und die beiden unterhielten sich für kurze Zeit. Tatsächlich verstand Agnes einige Worte, sogar dass es Sigurd um den Glauben dieser Menschen ging.

»Verstehst du?«, fragte Ranveig langsam.

Agnes nickte vorsichtig und konnte sich ein Lächeln nicht verkneifen. Wenn Ranveig langsam sprach, verstand sie wesentlich mehr, Sigurd plapperte mit Henrik aber, als sei er ein Wasserfall.

An diesem Abend kam keiner der Pilger in ihre Nähe. Immer wieder sahen einige der Fremden zu ihnen, und als sich einmal ein kleiner Junge ihnen näherte, rief die Mutter ihn sofort zurück.

Sie aßen von dem Brot, einige Rüben und hielten trotz der großen Gruppe in ihrer Nähe abwechselnd Wache.

Als sie am kommenden Morgen aufbruchbereit waren, lagerten die Pilger noch.

»Wir könnten bis Pamplona mit ihnen ziehen«, schlug Marius vor. »Wenigstens bis dort hätten wir Schutz.

Henrik übersetzte es Sigurd, doch der schüttelte den Kopf und sagte etwas.

»Nein, sie sind zu langsam«, übersetzte Henrik. »Wir schaffen eine wesentlich größere Strecke als die. Sie halten uns nur auf.«

Henrik sah nun in die Gesichter der anderen, um deren Meinung zu hören. Offenbar vertrauten alle Sigurd, und so hatte niemand etwas einzuwenden.

Als sie loszogen, blickte Agnes der Gruppe etwas wehmütig nach. Es hätte sicher nicht geschadet, bis Pamplona mit ihnen zu gehen. Doch Sigurd und Ranveig waren es, die so schnell wie möglich nach Ifrikia gelangen wollten. Also sollten diese beiden auch entscheiden. Und sie verfügten womöglich über ein ausgeprägteres Gefühl, Gefahren zu erspüren.

Als sie in Marius' Gesicht sah, lächelte er. Es war aber anders als sonst. Womöglich aufgesetzt?

Sie hasste den Gedanken, es könne sich tatsächlich etwas verändert haben. Sie musste dringend noch mal mit Marius sprechen, gleichzeitig begehrte sie aber dagegen auf.

Ein ihnen entgegenkommender Reiter teilte Henrik auf dessen Nachfrage mit, dass das Königreich Pamplona etwa eine Tagesreise entfernt war. Derzeit sei die Lage dort stabil, und da der Mann nicht erklärte, was genau er damit meinte, und schnell weiterritt, dachte Henrik über dessen Worte nach.

Der Weg war erstaunlich gut zu begehen. Im Gegensatz zu den Verhältnissen in der Normandie war der Boden sehr trocken, vermutlich hatte es schon lange Zeit nicht mehr geregnet. Es wirbelte sogar etwas Staub auf, wenn von Eseln oder Mulis gezogene Karren entgegenkamen oder gar Reiter an ihnen vorbeipreschten. Einmal zog eine riesige Schar Krieger an ihnen vorüber. Die etwa fünfzig Männer waren allesamt bewaffnet, die Oberkörper durch Harnische geschützt, ein an einer Stange befestigtes Banner flatterte im Wind. Henrik verzichtete darauf, sie zu fragen, ob es denn Krieg gebe, denn sie alle sahen grimmig aus und waren offenbar nicht gewillt, ihren Zug zu stoppen.

Als eine weitere Nacht hereinbrach, lagerten sie hinter einem gewaltigen Felsen, um vom Handelsweg keine ungebetenen Gäste anzuziehen. Und als sie am kommenden Morgen weiterzogen, teilte ihnen ein sehr betagter Bader mit, dass sie sich im Grenzbereich des Königreichs Pamplona befänden.

Bis zum Mittag konnte Henrik nicht ausmachen, dass sich etwas verändert hätte. Zwei an einem Teich rastende Nonnen bestätigten ihnen in sehr schlechtem Sächsisch, dass sie sich längst nicht mehr im Frankenland befanden. Sigurd nahm diese Tatsache mit einem Grinsen auf und meinte, dass ihre Entscheidung richtig gewesen sei, nicht mit der Pilgergruppe zu ziehen. Niemals wären die mit Kindern und vielen Waren bestückten Christen in der Lage gewesen, so schnell voranzukommen.

Henrik ahnte, dass nicht die Anzahl der Menschen seine Entscheidung beeinflusst hatte, sondern die Tatsache, dass es christliche Pilger gewesen waren.

Am Nachmittag trafen sie abseits des Weges auf ein kleines Dorf. Henrik hatte solche Häuser noch niemals zuvor gesehen. Zwischen Hütten, die aus Holz ihm unbekannter Bäume erbaut waren, tauchten Häuser aus Schlamm und weiß bemaltem Stein auf. Zwei Mädchen spielten mit einer Katze, mehrere Frauen boten Stoffe und Gemüse feil, ein Mann gerbte Leder. Es roch nach Scharfen, vermutlich ein Gewürz, das Henrik ebenfalls nicht kannte, und die Haut dieser Menschen war etwas dunkler als seine eigene. Zudem gab es niemanden mit blondem Haar.

Ranveig und Agnes sahen sich besonders intensiv die Dinge an, die angeboten wurde. Sie wiesen auf Früchte, die oval, braun und klein waren. Eine der Frauen sagte etwas, das sie aber nicht verstanden.

»*Fetscha*!«, sagte die Frau und wies auf die seltsamen Früchte. Dann reichte sie Ranveig eine davon.

Die biss hinein, gab sie Agnes, die die andere Hälfte aß und lächelte.

»Es ist süß.«

»Nicht dass wir sie bezahlen müssen!«, mahnte Sigurd.

Da bot die Frau ihnen mehr an, sagte wieder etwas für sie Unverständliches, doch Ranveig winkte ab und sie gingen weiter.

Hinter ihnen betraten die nächsten Fremden das Dorf, und da sie ohnehin kein Geld hatten, aber beschlossen hatten, hier nichts zu stehlen, zogen sie weiter.

In der Mittagszeit begann Ranveig zu schwitzen. Sie zog ihren wollenen Trägerrock aus und trank öfter als zuvor.

»Man sagt, in Ifrikia sei es viel heißer als bei uns«, sagte Sigurd.

»Wir sind noch lange nicht da.«

»Ich werde mich daran gewöhnen!«, antwortete Ranveig. »Die Auswahl meines Gewandes muss nicht Inhalt von Männergesprächen werden!«

Sigurd grinste nur und verzichtete auf weitere Worte.

»Ist dir nicht heiß?«, fragte Ranveig Agnes betont langsam, die ihren dicken Schurzrock noch immer über dem Gewand trug.

»Doch. Ein wenig.«

Henrik war verblüfft. Agnes lernte schnell, auch wenn sie die Wörter noch ohne dieses bestimmend rollende ›R‹ aussprach.

Ranveig belohnte sie sofort mit einem Lächeln.

An der Handelsstraße trafen sie immer wieder auf kleine Siedlungen, deren Bewohner offenbar davon lebten, ihre Waren an Reisende zu verkaufen. Nach der Abzweigung, die nach Pamplona führte, wurden es jedoch weniger, und so gingen die fünf oftmals sehr lange, ohne auf eine Menschenseele zu treffen. Auch die Anzahl der Händler nahm ab, nur noch gelegentlich trafen sie auf einen Karren oder Reisende, wie sie es waren. Sie hatten drei Wegkreuzungen überquert, offenbar wollten doch weitaus mehr Menschen direkt in Richtung Pamplona als den direkten Weg ins Kalifat zu nehmen. Da Sigurd nicht über Pamplona gehen wollte, begehrte keiner dagegen auf. Henrik spürte an jedem Tag, wie zerrissen der Hüne war, wie sehr es ihn zu seiner Familie trieb. Und auch Ranveig merkte er an, dass mit jedem Tag ihre Ungeduld zu wachsen schien. Sie waren noch nicht einmal im Kalifat, aber für ihn war es, als befänden sie sich längst in Ifrikia.

Bei all diesen Gedanken trieb ihn ständig sein schlechtes Gewissen um. Er hätte nie von Agnes und Marius verlangt, ihm zu folgen, könnte es sich aber nie verzeihen, wenn ihnen etwas zustieße. Dabei schlich sich immer öfter Agnes' Gesicht in seinen Kopf.

Am Abend rasteten sie in einem Tal unweit der Handelsstraße. Sie waren allein, es lag lange zurück, seit vier Reiter an ihnen vorbeigezogen waren. Die Sonne ging hinter einem fernen Gebirgszug im Westen unter und tauschte das Land in ein fast unwirkliches Rot.

Plötzlich hörte Henrik Pferde schnauben. Im selben Moment stieß Sigurd in die Höhe.

»Die sind nicht auf dem Weg.«

Sofort griffen sie zu ihren Waffen. Nun war Henrik froh, von den Toten in der Normandie noch die Stichwaffen erbeutet zu haben.

Gerade als Agnes und Ranveig in alle Richtungen sahen, tauchten vier Reiter auf. Henrik erkannte sie, es waren diejenigen, die zuvor an ihnen vorbeigeritten waren.

Gemächlich trabten sie auf sie zu, sahen sich ebenfalls um, dann stieg einer von ihnen ab und sagte etwas.

Henrik verstand kein Wort. Ihre Gesichter waren eher hell, dennoch trugen Zwei der Fremden schwarze Bärte, die Gesichter waren zum Teil unter Tücher verhüllt.

Als der Fremde erkannte, dass er nicht verstanden wurde, zog er sein Schwert und wies auf Ranveigs Beutel.

»Den bekommt ihr nicht!«, brummte Sigurd.

»Ich gebe ihn ihnen für unser Leben«, antwortete Ranveig scharf. »Halte dich ja zurück.«

Wieder rief der Mann etwas, nun klang es energischer, wie ein Befehl.

Da trat Marius vor. »Wir verstehen euch nicht!«

Der Mann rief abermals Worte, kam näher und wies wieder auf Ranveigs Lederbeutel.

Schließlich nahm sie ihn und warf ihn dem Mann vor die Beine. Als dieser ihn öffnete, schien er enttäuscht, weil er lediglich einen Gewandschurz, ein Messer sowie einige Fläschchen hervorkramte.

Diesmal schrie er und wies mit der Schwertspitze auf sie.

»Wir haben kein Geld!«, rief Marius wieder. »Keine einzige Münze.«

Nun sprachen die Männer miteinander, Henrik konnte absolut nicht ausmachen, um was es ging. Ihm fiel aber auf, dass einer der vier nicht bewaffnet war, zumindest entdeckte er bei ihm auf den ersten Blick keine Waffe. Zwei hielten ein Schwert, einer ein Stichmesser. Zusätzlich hatten die Fremden den Vorteil, dass sie auf Pferden saßen.

Zu Henriks Überraschung stieß der Fremde den Beutel wieder zurück, ging nun auf sie zu und riss Ranveig am Arm.

Henrik dachte, sein Herz bliebe stehen. Wie erstarrt bekam er mit, wie Ranveig blitzschnell ihr Messer in die Seite des Fremden stieß, fast gleichzeitig hieb Sigurd seinen Schädel in zwei Hälften.

Henriks Atem raste. Ihm war klar, was folgen würde.

Da stürmten die drei mit ihren Pferden auch schon auf sie zu.

»Springt zur Seite!«, brüllte er nur, stieß dabei Agnes um, die hart fiel, doch der Schwertschlag eines der Männer verfehlte sie.

Während Henrik mit einem Stein einen der Angreifer am Kopf traf und dieser vom Pferd stürzte, riss Sigurd den mit dem Stichmesser zu Boden. Marius und Agnes hingegen töteten den von Henrik getroffenen Fremden, indem sie ihm mehrmals in den Hals stachen.

Die beiden verbliebenen Reiter sahen sich kurz an, preschten dann aber wieder vor. Inmitten von wildem Geschrei stach Ranveig von der Seite in die Lende eines Pferds. Es stieg wiehernd in die Höhe, warf den Reiter ab, den Sigurd ebenfalls tötete, und brach kurze Zeit später zusammen.

Henrik konnte nur knapp dem letzten Reiter ausweichen. Er spürte einen Schnitt in seiner Schulter, schrie auf, hatte Blut an den Händen und sah dem Mann hinterher. Etwa zehn Schritte vor ihnen wendete er und blickte sie finster an.

›Flieh!‹, dachte Henrik. ›Hau einfach ab!‹

Doch der Fremde hielt sein Pferd ruhig, schien abzuwägen, starrte auf seine toten Begleiter und schrie ihnen etwas entgegen. Dann floh er.

Es war vorbei. Nur kurz fasste Henrik an seine Schulter. Sie schmerzte, seine Hand war blutig, doch niemand der anderen war verletzt. Ein Wunder? Oder hatten sie abermals Glück gehabt und waren auf eher kampfunerfahrene Männer gestoßen?

»Ist es schlimm?«, rief Agnes und stürmte schon auf ihn zu. Auch Ranveig kam, beide begutachteten die Wunde.

»Nur ein Schnitt, nicht sehr tief!«, sagte Ranveig schließlich. »Ich werde es verbinden.«

»Das machen wir später!«, unterbrach Sigurd sie. »Wir müssen hier weg.«

»Aber er blutet stark«, erwiderte Agnes.

Henrik hielt sie aber zurück. »Er hat recht, wir müssen ausnutzen, dass es noch nicht dunkel ist. Wer weiß, ob dieser Bastard nicht jemanden holt.«

»Wir haben zwei Pferde«, rief nun Marius. »Falls wir sie einfangen. Und Waffen.«

Henrik übersetzte es und setzte sich kurz. Ihm war schwindlig, denn beim Abrollen war er zusätzlich mit dem Kopf gegen einen Stein geknallt.

»Fehlt dir wirklich nichts?«, fragte er Agnes.

»Sehe ich so aus? Lenke nicht von dir ab.«

Henrik nickte nur und sah zu, wie Ranveig und Marius die Pferde beruhigten und zu ihnen brachten. Dann plünderten sie die Toten, nahmen Taschen, Waffen und Trinkbeutel, banden alles an die Tiere und saßen auf. Marius saß mit Ranveig und Agnes auf einem Pferd, während Sigurd auf dem anderen Henrik vor sich festhielt.

So ritten sie nach Südosten.

Saragusta

Aufgrund des Gewichts konnten die Pferde kaum galoppieren, doch auch so waren Sigurd und seine Freunde deutlich schneller als zu Fuß. Henriks Wunde blutete weiterhin, allerdings nicht mehr so stark.

Sigurd trieb die Pferde weiter, obwohl es längst dunkel geworden war. Der Weg war breit, und wenn sie ohne Eile trabten, konnten sie nicht nur mehr Abstand zwischen sich und die Toten bringen, sondern sich schonen. Vor allem Henrik. Solange er aufrecht sitzen konnte, war alles in Ordnung.

Sie ritten durch die Nacht, bis die Pferde nicht mehr konnten. Schließlich entschieden sie, abseits des Weges an einem schmalen Bach zu rasten. Zunächst entzündeten sie nur ein kleines Feuer, damit Ranveig Henriks Wunde begutachten konnte. Das Schwert hatte glücklicherweise nur das Fleisch verletzt, keine Knochen getroffen und war auch nicht sonderlich tief eingedrungen. Die Fläschchen des Baders konnte sie nun gut gebrauchen, und als sie den Stoffverband festzog, zischte Henrik auf.

Nur kurz darauf löschten sie wieder das Feuer.

»Wir hatten wieder einmal Glück!«, resümierte Ranveig. Abertausende Sterne funkelten am Himmel, einige Grillen zirpten in ihrer Nähe.

»Du weißt, dass es kein Glück ist!«, antwortete Sigurd. »Warum dankst du den Göttern nicht, weil sie uns immer noch begünstigen?«

»Das habe ich bereits auf dem Pferd. Die Götter haben meinen Dank in vollem Umfang erhalten. Ich rede von Henriks Wunde. Natürlich kann sie sich noch entzünden, aber es hätte schlimmer ausgehen können.«

Er nickte nur und vernahm, dass Agnes in ihrer Sprache darum bat, es noch einmal langsamer zu wiederholen. Hatten diese nervtötenden wochenlangen Versuche also doch zu einem Erfolg geführt, wenn auch noch zweifelhaft? Für kurze Zeit hob er seinen Kopf und lauschte, doch außer Insekten war nichts zu hören.

Der Kampf gegen die Männer hatte seine Meinung geändert. Agnes und Marius hatten gezeigt, dass sie in der Lage waren, jemanden zu töten, wenn es nötig ist. Auf der Überfahrt hierher hatte er sich noch vorgenommen, sie spätestens in Balansiya zur Umkehr zu überreden. Doch einerseits wollte er den Willen der Götter nicht anzweifeln oder umgehen. Und andererseits hatten sie gezeigt, dass auf sie Verlass war.

Obwohl er sich bis zuletzt dagegen gewehrt hatte, musste er Ranveig recht geben. Diese drei waren von den Göttern geschickt worden. Warum, wusste er noch nicht, doch es sollte sich zeigen.

Die Götter würden es zeigen.

Sie blieben die ganze Nacht über an dieser Stelle und schliefen abwechselnd. Ab und an fragte Ranveig Henrik, wie es ihm ging, doch offenbar verschlechterte sich sein Zustand nicht. Zweimal hörten sie Reiter in der Ferne vorbeitraben, er wusste jedoch nicht, ob es Männer waren, die sie suchten, oder aber Reisende, die die Nacht nutzten, um schneller voranzukommen.

Als der Morgen heranbrach, kontrollierte Ranveig Henriks Wunde. Zum Glück gab sie Entwarnung, was auch Agnes und Marius sichtlich erleichterte. Weiterhin rieb sie etwas von Karolus' Arznei um die Wunde.

Nun, da es hell war, räumten sie die Sattelbeutel der getöteten Männer aus. In zweien fanden sie Münzbeutel, ein weiteres Messer sowie eine Decke, die dritte war leer. Sigurd überließ es Marius, die Münzbeutel zu öffnen. Immerhin fanden sie elf Silbermünzen. Dass es für die Überfahrt nach Ifrikia reichte, bezweifelten sie, doch es war ein Anfang. Schließlich konnten sie auch nicht immer alles zusammenklauen.

»Was hast du vor?«, fragte Ranveig Sigurd, bevor sie aufbrachen. »Sie werden uns vielleicht noch immer suchen.«

»Wir sind sehr lange geritten, vielleicht haben sie uns aus den Augen verloren. Dennoch sollten wir auf die Pferde nicht verzichten. Wenn uns der Überlebende erkennt, dann auch ohne die Pferde.«

Da auch die anderen nichts dagegen einzuwenden hatten, ließen sie die Pferde abermals trinken und füllten ihre Wasserschläuche. Agnes wusch ihr Gesicht, denn noch immer klebte Blut der Männer an ihrer Haut und im Haar.

»Hast du Fieber?«, wollte Sigurd schließlich von Henrik wissen.

»Nein. Außer den Schmerzen geht es mir gut. Ich glaube ebenfalls, dass wir nachts sehr weit gekommen sind.«

»Dann reiten wir auch so weiter wie zuvor. Ich mit dir, Marius und die Frauen.«

Sigurd wartete, bis alle das Blut des Kampfes abgewaschen hatten, blickte in Richtung des Handelsweges, und da niemand zu sehen war, brachen sie auf.

Es dauerte nicht lange, bis ihnen zwei Pferdewagen entgegenkamen. Die bärtigen Männer sahen erstaunt zu ihnen, vermutlich kam es nicht allzu oft vor, dass gleich drei Reiter auf einem Ross saßen, doch sie sagten weder etwas noch blieben sie stehen.

Einige Zeit später wurden die Pferde langsamer, und sie entschieden, zunächst nur Henrik und eine weitere Person sitzen zu lassen. So gingen sie neben den Tieren her und tauschten gelegentlich die Plätze.

Nach einer weiteren Wegkreuzung trafen sie wieder vermehrt auf andere Menschen. Eine Gruppe Nonnen kam ihnen entgegen, die ein großes Kreuz bei sich trugen. Henrik fragte sie etwas, eine ältere Frau antwortete ihm, doch schnell zogen die Frauen weiter.

»Was sagte sie?«, wollte Sigurd schließlich wissen.

»Sie ziehen nach Pamplona. Es gäbe hier viele Ungläubige, deren Seelen gerettet werden müssten.«

Sigurd wollte ausspucken, tat es aber wegen seiner Freunde nicht. Doch er hasste das Kreuz, immer mehr musste er sich zurückhalten, nicht alle Kreuze anzuzünden. Und am besten mit ihnen die Nonnen und all die Priester.

Wie Tausende Male zuvor sah er seine Frau und seinen Sohn vor sich. Sie flehten ihn an, baten um seine Hilfe. Es lag so lange zurück, seit sie entführt worden waren, trotzdem gab er die Hoffnung nicht auf, sie lebend wieder in seine Arme zu schließen. Alles hatte sich diesem Ziel untergeordnet, nichts konnte ihn aufhalten, durch dieses Kalifat zu ziehen. Und wenn er eigenhändig alle Einwohner abschlachten müsste. Er würde auch Agnes und Marius opfern, sogar Henrik.

Nicht jedoch Ranveig. Sie war der einzig verbliebene Mensch, der ihm etwas bedeutete. Er würde sich sogar für sie opfern.

Jäh fiel ihm auf, dass er sich mit jedem Tag einsamer fühlte und sich immer mehr Dingen verschloss.

Am Mittag wusch Ranveig Henriks Wunde aus und verband sie neu. Hier, an einer ruhigen Stelle neben dem Bach, wollten sie längere Zeit rasten. Während Agnes Bohnen und Brot zerstampfte und kochte, kümmerte sich Sigurd um die Pferde. Eines lahmte, doch solange es lief, wollte er nicht auf es verzichten.

Ranveig hatte den Zwischenfall des gestrigen Abends schon beinahe wieder vergessen. Wären da nicht die Bilder, wie das Blut aus dem Hals des Sterbenden gespritzt war, als sie ihm mit dem Messer die Kehle durchgeschnitten hatte. Leider hatte sie keine Zeit gehabt, das vergossene Blut bewusst Odin zu widmen, doch sie wusste, dass er ihre Bemühungen guthieß und das Opfer längst angenommen hatte. Sie benötigten weiterhin seine Gunst und den Schutz der Götter, mehr denn je. Das Kalifat lag irgendwo vor ihnen und sie hatten alle keine Ahnung, was sie dort erwartete.

Kurze Zeit sah sie Agnes an. Sie hatte, ohne zu zögern, ebenfalls ihr Messer in den Feind gerammt, so wie einst ihrem Peiniger. Und so wie sie selbst damals am Meeresstrand, als sie mit Henrik überfallen worden war.

Agnes musste ebenfalls von den Göttern auserkoren worden sein.

Nach einer längeren Rast brachen sie schließlich auf. Ein warmer Wind setzte ein, überall sprießten Blumen und andere Pflanzen aus dem Boden. Sie folgten zu Fuß dem Weg nach Südosten, auch Henrik lief nun, weil er nicht anders behandelt werden wollte als seine Freunde.

Schließlich trafen sie auf einen breiten Fluss. Ab diesem Zeitpunkt war er ihr Begleiter, der Weg führte stets in der Nähe des Ufers in Richtung Kalifat. Sie trafen auf mehrere Lager Rastender, eine kleine Wegeskapelle lag an ihrem Weg, einige Boote waren auf dem Wasser zu sehen. Sie fragte sich, ob eine Siedlung oder Stadt in der Nähe war, als zwei Reiter auf sie zu galoppierten. Sie erschrak fürchterlich und zog bereits ihr Messer, auch die anderen griffen zu ihren Waffen. Doch die Fremden ritten an ihnen vorbei, ohne sie zu beachten.

An einer weiteren Wegkreuzung trafen sie auf mehrere Karren und Decken, auf denen reichlich Waren ausgelegt waren. Etwa zwei Dutzend Menschen waren hier, vermutlich alles Händler, einige Reisende schienen ebenfalls unter ihnen zu sein. Es roch nach fremden Gewürzen, Ranveig sah Früchte, Gemüse, Töpferwaren und verschiedenste Fläschchen mit ihr unbekanntem Inhalt.

»Warum ist hier mitten in der Wildnis ein Markt?«, fragte Henrik vermutlich mehr sich selbst als die anderen. Keiner konnte es ihm beantworten, Ranveig ahnte aber, dass die Dörfer nicht allzu weit entfernt sein konnten, allerdings abseits des Handelsweges lagen.

Ein alter Mann, der an seinem Karren lehnte, war offenbar auf sie aufmerksam geworden und fragte sie etwas. Marius schüttelte nur mit dem Kopf.

Schließlich wies der Alte mit einer Hand in die Richtung, in die sie gehen wollten.

»Cordoba, Cordoba.« Schließlich wies er auch zu den Seiten.

»Heißt das, wir sind im Kalifat Cordoba angekommen?«, fragte Agnes.

Sie sahen um sich und der Mann grinste aus einem zahnlosen Mund.

»Cordoba!«, wiederholte er, zog dann seinen breiten Hut ins Gesicht und schwieg.

»Seht ihr die beiden Reiter dort vorne?«, fragte Sigurd. Ranveig folgte seinem Blick und erkannte diese einige Schritte hinter dem seltsamen Markt. Sie taten nichts, standen nur da, in ihrer direkten Nähe thronte ein auffallend großer Stein.

Vorsichtig gingen sie weiter, bis sie die beiden Männer erreichten. Diese sahen sie nur an. Ranveig fielen deren schwarze Augen auf, ihre Haut war braun, der Bart des einen ebenfalls rabenschwarz.

Plötzlich sagte der mit dem Bart etwas Unverständliches und wies auf eines der Pferde. Wieder erschrak Ranveig. Hatten sie hier auf sie gewartet?

Sie schüttelte nur den Kopf. Der Mann murmelte wieder etwas, stieg ab und hielt seine Hand auf den hinteren Lauf des Pferdes.

»Er meint wohl, dass es lahmt!«, riet Marius.

Ranveig hoffte es inständig. Während Marius nickte und sich somit bedankte, gingen sie weiter. Die beiden behelligten sie nicht weiter, offenbar hatte Marius mit seinem Verdacht recht gehabt.

Zunächst änderte sich die Gegend nicht. Der Weg führte weiterhin am großen Fluss entlang, die wenigen Reisenden, die ihnen entgegenkamen, waren ausnahmslos Händler. Von einem erfuhren sie, dass der Fluss Ebro genannt wurde und dieser Weg in die Stadt Saraqusta führte, etwa drei Tagesmärsche von ihnen entfernt.

Sigurd glaubte nicht daran, dass sie von dem verbliebenen Mann auch dort noch gesucht wurden.

Als die Sonne hoch am Himmel stand, verweigerte eines der Pferde das Gehen. Es legte sich schnaubend auf den Boden und stand auch nach langer Zeit nicht mehr auf. Sigurd sah es sich genau an und meinte, es mache sich zum Sterben bereit. Und als es später ohne Bewusstsein zu sein schien, zogen sie mit dem letzten verbliebenen Pferd weiter.

Während der kommenden drei Tage kamen sie unbehelligt voran. Weder wurden sie überfallen noch gerieten sie in andere Schwierigkeiten. Als sie am Vormittag des dritten Tages schließlich auf erste Steinhäuser trafen, die links und rechts des Weges standen, ahnten sie, den Rand der Stadt erreicht zu haben, die man Saraqusta nannte. Das eine Pferd nützte ihnen nicht viel, und so entschlossen sie, es zu verkaufen. Ein Hufschmied gab ihnen ein Säckchen seltsamer Münzen für das Tier, auf denen gewundene Linien zu sehen waren, die wie Schlangen aussahen. Sie hatten keine Ahnung, wie viel es wert war, gingen aber sicher davon aus, zu wenig für das Pferd bekommen zu haben.

Sigurd steckte das Säckchen zu sich. Es sollte allein für die Überfahrt nach Ifrikia verwendet werden.

Mit offenem Mund ging Ranveig durch die engen Gassen dieser riesigen Stadt. Die Häuser sahen anders aus als in ihrer Heimat, auch anders als in Sachsen oder den Städten, durch die sie zuvor gekommen waren. Zumeist waren sie hell bemalt, seltsame Bäume mit schmalen, länglichen Blättern und einem wie mit Wolle umringten Stamm wuchsen überall, die meisten Menschen hatten schwarzes Haar, dunkle Augen und dunkle Haut. Dabei sprachen sie, als hätten sie sich verschluckt oder etwas in ihrer Kehle. Frauen trugen mehrfarbige Gewänder, die so lang waren, dass man kaum ihre Füße sah, das Haar war stets mit einem Tuch verhüllt. Ranveig fragte sich, ob sie das wegen der Sonne taten, doch keiner ihrer Freunde konnte ihr dies beantworten. Viele der

Männer trugen breite Hüte auf dem Kopf. Eselswagen verstopften die Gassen ebenso wie unzählige Karren, Fässer wurden gerollt, und auch hier sah Ranveig diese braunen, kleinen Früchte, deren Namen sie vergessen hatte. Viele der Bewohner sahen sie lange an, einige drehten sich sogar nach ihnen um, wenige tuschelten. Es roch fremd, manchmal scharf, dann wieder süßlich, Frauen und Männer priesen ihre Waren lauthals an. Da kam ein Mann an ihnen vorbei, der einen Metallkessel um seinen Bauch gebunden hatte. Daraus goss er eine Flüssigkeit in Tonbecher, die andere ihm hinhielten. Es sah aus wie braunes Wasser.

»Trinkt das nicht!«, warnte Sigurd. »Wir haben noch genügend Wasser.«

Ranveig hätte es gern probiert, doch sie hörte auf Sigurd.

Je näher sie dem Stadtinneren kamen, desto gewaltiger wurden die Gebäude. Steinbögen überspannten die Gassen, Säulen ragten auf Plätzen in die Höhe, an einigen Tafeln und Mauern waren wieder diese seltsamen Zeichen wie auf den Münzen angebracht, die kleinen Schlangen glichen. Ranveig fragte sich, ob das die Schrift dieser Fremden war.

An einem Platz trafen sie auf ein großes, mit Torbögen verziertes Bauwerk, auf dem ein Halbmond aus Holz befestigt war. Vor dem Eingang waren einige Dutzend Männer zu sehen, die sich unterhielten, seltsamerweise aber keine Frauen. Bevor die Männer ins Innere gingen, zogen sie ihre Schuhe aus.

»Was ist das?«, fragte Ranveig Henrik, doch er konnte ihre Frage auch nicht beantworten. Vielleicht war es eine Art Kriegstempel, weil sich nur Männer dort aufhielten?

Nur kurze Zeit später erschrak sie. Eine laute Stimme hallte durch die Straßen. Ein Mann schrie irgendetwas, was sich aber gleichzeitig melodiös anhörte, als würde er auch singen. Die letzten Männer vor dem Gebäude huschten hinein, gleichzeitig küssten nun einige Menschen auf den Straßen ihre eigenen Handinnenflächen und hoben sie gen Himmel.

»Es sieht aus, als sprächen sie mit ihrem Gott!«, sagte Sigurd nicht allzu laut. »Aber was soll diese Stimme?«

Ranveig konnte nicht erkennen, von wo aus der Mann auffallend laut diese Worte sprach und sang, es hallte aber an den Häuserwänden wider.

»Ein fremder Gott!«, sagte nun auch Agnes in Ranveigs Sprache.

Sie nickte nur, das Spektakel war atemberaubend, wenn auch beängstigend. Sie selbst standen ihren Göttern sehr nahe, aber eine scheinbare Unterwürfigkeit wie in dieser Form hatte sie noch nie zuvor erlebt.

Obwohl die Stimme weiterhin durch die Gassen hallte, gingen sie weiter. Sie kamen an einen Markt, dessen Stände fast komplett überdacht waren. Stoffbahnen, die von Stange zu Stange die Straßenränder vom Sonnenlicht abschirmten, flatterten im leichten Wind, zwei Brunnen an Häuserwänden luden zum Trinken ein. Hier taten sie es den Einheimischen gleich, tranken und füllten ihre Schläuche auf. Da erkannte Ranveig, dass das Wasser über eine Schräge in den steinernen Trog lief. Die gemauerte Wasserführung verschwand zwischen zwei Häusern, und als sie in die entsprechende Richtung sah, schien diese Schräge leicht nach oben und sehr weit in die Stadt zu führen. So etwas hatte sie noch niemals zuvor gesehen.

Zu Beginn des Marktes wurden verschiedenste Früchte angeboten. Schon bald erblickte sie neben den braunen ovalen auch weitere, die sie noch nie zuvor gesehen hatte. Lilafarbene runde Früchte, grüne in sämtlichen Größen und Formen, danach kamen Gewürze, deren Menge die großen Bastkörbe voll ausfüllte. Es roch süßlich, scharf, herb, Ranveig konnte all diese neuen Düfte überhaupt nicht einordnen. Auch hier starrten die Bewohner sie an, drehten sich nach ihnen um, einige berührten fast zufällig ihr Gewand, zwei Frauen wiesen auf ihr Haar. Ranveig vermutete, dass nicht viele Menschen hier blondes Haar trugen und sie somit eine Ausnahme darstellten.

Als Agnes auf Äpfel wies, atmete sie beruhigt durch. Es war das erste Obst, das sie kannte. Die Frauen sagten ständig etwas zu ihnen, doch sie verstanden nichts. Vielleicht waren es die Preise, womöglich hießen sie sie auch willkommen. Oder sie beschimpften sie, weil sie nicht ebenso schwarzes Haar und dunkle Augen sowie braune Haut hatten wie alle anderen hier.

Ihr fiel auf, dass sich Marius unter die Menschen gemischt hatte. Sofort ging sie zu Henrik und fragte ihn.

»Er will es allein probieren. Es ist nicht allzu gefährlich, wir wissen nicht, ob die Menschen hier besser aufpassen als woanders. Er hat Agnes und mich aber gebeten, es ihm nicht gleichzutun.«

Besorgt sah Ranveig zu Marius, wie er nahe an die Bewohner heranging und schließlich von der Menge verschluckt wurde.

»Er ist der Geschickteste von uns«, erklärte Henrik.

Es war Ranveig trotzdem kein Trost.

An einem weiteren Stand, an dem Brot angeboten wurde, musterte Ranveig die kleinen halbmondförmig gebogenen Brote fasziniert. Schwarze Krümel waren mit eingebacken, sie rochen außergewöhnlich gut.

Da stand die Frau auf und ging zu ihr. Die Worte, die sie sprach, verstand sie nicht, doch da sie lächelte, ging Ranveig nicht von einem Streit aus. Plötzlich berührte die Frau Ranveigs Haar. Obwohl sie erschrak, ließ sie es zu. Den sofort heraneilenden Sigurd stoppte sie mittels einer Handbewegung.

Wieder sagte die Frau etwas, es klang staunend, ehrfürchtig, während sie einige Strähnen von Ranveigs Haar durch die Finger gleiten ließ. Obwohl sie kein Wort verstand, lächelte Ranveig sie an, und als die noch sehr junge Frau zurücklächelte, wurde ihr warm ums Herz.

Es war die Sprache, die alle Menschen verstanden, egal an welchem Ort dieser riesigen Welt.

Die Frau ging zu dem Stand zurück, nahm eines der kleinen Brote und reichte es Ranveig.

Diese hob beide Hände vor sich, um zu zeigen, dass sie kein Geld hatte. Doch die Frau nickte nur, legte das Brot in Ranveigs Hände und weitete die Arme zu den Seiten, so, als würde sie ein Geschäft abschließen.

Dankbar nickte Ranveig, lächelte, und als sich die Frau einem Käufer zuwendete, gingen sie weiter.

»Probiert davon!«, sagte Ranveig zu ihren Freunden. Reihum bissen alle ein kleines Stück davon ab, den Rest hoben sie für Marius auf. Es schmeckte außergewöhnlich gut, nur dieses schwarze Gewürz war eigenartig scharf und bitter. Warum nur streuten sie es auf den köstlichen Teig?

Der Markt war riesig. Ständig sahen die Bewohner sie an, einige zeigten mit den Fingern auf sie, zwei Kinder gingen neben ihnen her und lachten dabei. Für sie musste es etwas Besonderes sein. Ranveig wunderte sich, dass sie hier weder Franken noch Sachsen oder andere Menschen mit hellem Haar antrafen.

Nachdem Marius wieder zu ihnen gestoßen war, verließen sie den Markt und rasteten erst weit genug vom ihm entfernt, um auszuschließen, dass die Bestohlenen auf die Idee kamen, nach dem Dieb zu suchen. Marius hatte offenbar Erfolg gehabt, doch hier, vor den Augen aller, wollte er das Diebesgut nicht vorzeigen.

Plötzlich kam ein Junge zu ihnen. Henrik schätzte ihn auf etwa zwölf, eine seiner Wangen wurde von einer Narbe überspannt, zudem fehlten ihm drei Finger an einer Hand.

»Franki?«

Marius schüttelte mit dem Kopf.

»Saxon?«

Jetzt nickte er.

»Benötigt ihr einen Kundschafter?«

»Nein, wir haben kein Geld!«, antwortete Marius. »Offenbar sind hier sehr viele darauf erpicht, Fremde durchs Land zu führen.«

»Dann bin ich nicht der Erste, der Euch meine Dienste anbietet?«

»Hier schon.«

»Das ist doch wunderbar!«

Henrik sah dem Jungen an, dass er offenbar auf der Straße lebte. Sein Gewand war voller Löcher und verschmutzt, zudem trug er keine Schuhe. In seinem Haar schienen sich ganze Nester an Insekten wohlzufühlen.

»Nein, ist es nicht«, antwortete Marius. »Denn wir haben nicht vor, irgendetwas zu zahlen.«

»Also habt ihr doch Geld.«

Weil Sigurd nachfragte, was der Junge wollte, erklärte es Henrik ihm.

»Frag ihn, wie wir den Weg nach Balansiya finden. Marius soll nachsehen, ob er ihm etwas geben kann.«

Nachdem Henrik es Marius berichtet hatte, kramte Marius in seinen Taschen, zog einige dieser braunen Früchte hervor und hob sie dem Jungen hin. »Kannst du uns sagen, wie wir nach Balansiya kommen?«

»Für diese paar *bilah*?«

»*Bilah*?« Nun hörte Henrik zum ersten Mal den Namen dieser seltsamen Früchte. »Wachsen die hier?«

»Sie kommen aus Ifrikia!«

Bei diesem Namen zuckte Sigurd deutlich zusammen und starrte den Jungen an.

»Frag ihn, ob es stimmt, dass Schiffe von Balansiya nach Ifrikia segeln!«, herrschte er Henrik an.

Sofort fragte dieser den Jungen.

»Ja, aber ihr habt doch nicht vor, dorthin zu segeln?«

»Warum nicht?«

Prüfend beäugte der Junge sie, vor allem Ranveig und Agnes. »Sie werden euch die blonden Haare vom Kopf schneiden, vor allem der Nordländerin.«

Henrik ahnte, dass ihnen jemand gegenüberstand, der offenbar wusste, was er sagte, trotz seines jungen Alters.

»Gebt mir eine *mauz*!«

»Was ist das?«, fragte Marius.

»Das gelbe krumme Ding, dass du in deiner Tasche hast. Ist geklaut, stimmts?«

Marius sagte nichts dazu, kramte in dem Beutel und zog die gelbe längliche Frucht heraus, von denen Henrik zuvor auf dem Markt welche gesehen hatte.

Widerwillig reichte Marius sie dem Jungen. Dieser zog der Frucht die Schale ab und biss genüsslich hinein.

»Ich empfehle sie euch, sie schmecken wunderbar. Wenn ihr beim Stehlen erwischt werdet, hacken sie euch eine Hand ab.«

Henrik hätte gern gewusst, wie dieses gelbe Ding schmeckt, doch der Junge aß alles auf.

Schließlich blickte er sie wieder an. »Wenn ihr wirklich vorhabt, nach Ifrikia zu segeln, solltet ihr euer Haar dunkel färben oder den Kopf verhüllen. Das würde ich euch schon hier empfehlen. Es gibt Moore, dort könnt ihr schwarze Farbe gewinnen. Man sieht zwar noch immer, dass ihr nicht von dort stammt, aber es ist weniger auffällig. Wobei ein Tuch viel besser ist. Und die Frauen sollten die Unterarme bedecken.«

»Warum?«, wollte Agnes wissen »Es ist doch so warm«.

»Weil die Haut von Frauen nicht gern gesehen wird.«

»Und wie kommen wir jetzt nach Balansiya?«, fragte Marius ein weiteres Mal.

»Geht hinter dem südlichen Stadttor den Weg nach Süden und fragt euch weiterhin durch.« Dabei wies er in eine Richtung. »Es sind etwa sechs bis sieben Tagesreisen, wenn ihr gut zu Fuß seid. Ihr dürft dem Ebro nicht mehr folgen.«

Er wendete sich ab, ging einige Schritte und drehte sich noch mal um. »Viel Glück, denn das könnt ihr brauchen. Die meisten, die Ifrikia zu Gesicht bekommen, tun das nicht freiwillig.« Schließlich verschwand er in der Menge.

Nachdem Henrik Sigurd und Ranveig übersetzt hatte, stand der Hüne auf.

»Dann lasst uns gehen. Es dauert noch, bis wir diese Hafenstadt endlich erreichen.«

An einem Brunnen tranken sie abermals und gingen in die Richtung, in die der Junge gezeigt hatte. Die Stadt schien kein Ende zu nehmen, und als Henrik schon befürchtete, sie hätten sich verlaufen, erreichten sie ein Tor. So verließen sie Saraqusta noch am selben Tag, an dem sie es betreten hatten.

Immerhin wusste Henrik nun, was *bilah* und *maúz* waren.

Balansiya

Tatsächlich verließen sie den Ebro schon bald, denn während sie nach Süden reisten, zog der Fluss seine Bahn weiter nach Osten. Es wurde Abend, die Sonne ging hinter einem fernen Bergmassiv unter. Agnes war es nicht gewohnt, dass auch nach der Dämmerung eine solche Wärme herrschte. Mücken flogen scharenweise herum und saugten an allen Hautstellen das Blut heraus. Fluchend schlugen sie nach ihnen, doch es half nicht, eher schienen sie noch viel mehr von den kleinen Biestern anzulocken. Erst der Rauch eines Feuers vertrieb die meisten von ihnen, dennoch stand ihnen eine fast schlaflose Nacht bevor.

Als sie am kommenden Morgen weiterzogen, war Agnes' Haut mit unzähligen Pusteln und roten Stellen überzogen. Es juckte stark und sie kratzte sich ständig. Sigurd meinte, in feuchten Sommermonaten gebe es solche Plagen auch in ihrer Heimat, doch niemals in einem so unerträglichen Ausmaß.

An einem Brunnen direkt am Wegesrand rasteten sie. Ein alter Mann mit einem von einem Muli gezogenen Wagen ließ sein Tier trinken. Als er sie sah, lächelte er und sagte etwas, doch sie verstanden nicht. Daraufhin urinierte er direkt vor ihnen auf den Weg. Agnes befürchtete zunächst, der Fremde hätte völlig den Verstand verloren, doch als er seine Hände in den Strahl hielt und sich danach über die Haut rieb, ahnte sie, was er ihnen sagen wollte. Und spätestens als er dieses helle Geräusch der Mücken nachahmte, verstand sie.

Angewidert sah sie zu Henrik und Marius.

»Wir sollen uns mit Pisse einreiben?«, fragte Henrik.

»Ich denke schon. Aber es ist widerlich.«

Sie versuchte, es Ranveig und Sigurd zu übersetzen, und zu ihrer Freude verstanden sie. Sigurd blickte den Mann aber derart finster an, dass sie befürchtete, er würde ihm an Ort und Stelle den Kopf abhacken. Als der Fremde weiterfuhr, sahen sie ihm noch lange nach.

Den ganzen Tag über durchstreiften sie eine fast baumlose Landschaft. Immer wieder tauchten Händler von beiden Seiten auf, ab und zu einige Reitergruppen, die sich aber allesamt nicht um die Freunde kümmerten. Am Nachmittag allerdings hielten sechs Männer auf Pferden direkt vor ihnen. Sie trugen schwarze Bärte, ihr Köpfe waren mit Tüchern umwickelt, an den Seiten baumelten Krummsäbel. Sie riefen etwas, das sie nicht verstanden, lachten schließlich und unterhielten sich lautstark über etwas.

Schließlich zogen die Fremden aber weiter, ohne dass Agnes erfuhr, was sie gewollt hatten.

»Vielleicht weil wir keine Pferde haben!«, riet Marius. »Die scheinen hier alle auf Tieren zu sitzen, egal ob Pferd, Esel oder Muli.«

Agnes hoffte, es läge nicht an ihrer hellen Haut und den Haaren. Vielleicht sollten sie doch den Rat des Jungen befolgen und sich wenigstens den Kopf verhüllen.

Ihr monotones Wiederholen der von Ranveig gesagten Wörter und Sätze war längst die vorherrschende Geräuschquelle während ihrer Reise.

Auch in der kommenden Nacht fielen unzählige Mücken über sie her. Wieder fluchten sie, fächerten den Rauch des Feuers in alle Richtungen, es schien aber noch weniger zu wirken als in der vergangenen Nacht. Schließlich ließ Marius Wasser und hielt eine Hand in den Strahl, bevor er sich den Harn auf die Gliedmaßen und in sein Gesicht rieb. Angewidert sah Agnes ihm dabei zu, selbst Ranveig schüttelte den Kopf. Als er fertig war, sah er um sich.

»Es hilft. Sie kommen nicht mehr, und wenn nur ganz wenige!«

Verblüfft erkannten die anderen, dass Marius längst nicht mehr um sich schlug. Als Ranveig einige Schritte vom Feuer wegging und Agnes hörte, wie Wasser plätscherte, machten es schließlich alle Marius nach. Zwar stank es nun entsetzlich, doch es wirkte. Es war Agnes egal, wie sehr sie roch, wichtig war nur, dass diese Blutsauger endlich das Interesse an ihr verloren.

Endlich konnte sie einschlafen.

Die Landschaft änderte sich, es wurde hüglig, manchmal begleiteten Bäche ihren Weg, an denen sie ihre Schläuche auffüllten. Sie durchquerten einige Dörfer, in denen sie nur das Notwendigste kauften, um nicht zu viel von den Münzen auszugeben. Da die Bewohner auf die Frage nach Balansiya stets in südliche Richtung wiesen, wussten sie, dass sie auf dem richtigen Weg zu waren.

Je besser Agnes sich in der Sprache der Nordmenschen verständigen konnte, umso mehr tauchte sie in Ranveigs Leben ein. Sie kannte beinahe alle Namen der ehemaligen Dorfbewohner, vor allem der, die entführt worden waren, hörte aus Ranveigs Mund von den Taten dieser Arna, die schon beinahe ein gottgleiches Ansehen zu haben schien, vor allem aber lernte sie etwas über den Alltag des Dorfes Firthskurs. So vieles unterschied sich gar nicht von dem Leben, das sie selbst kannte, das meiste schien verblüffend ähnlich. Bei den Göttern eröffnete sich ihr aber eine Welt, die sie völlig überforderte. Es gab so viele Namen, so viele Dinge, für die diese Götter verantwortlich waren und verehrt wurden.

Ranveig schien Agnes' Überforderung zu ahnen, denn sie reduzierte die Erklärungen auf einige wenige Götter, die Odin, Thor, Freya, Frigg und Hel hießen. Wenn Agnes nicht ganz verstand, half Henrik aus, doch dieser griff nur wenig ein. Immer wieder sagte er, wie gut er es fand, dass Agnes sich dieser Sprache zuwendete, auch wenn sie wusste, dass sie es eigentlich nur der Ablenkung wegen tat.

Am fünften Abend nach ihrem Aufbruch aus Saraqusta wurden sie kaum mehr von Mücken gepeinigt. Tatsächlich war es nicht mehr so feucht, denn sie durchquerten gerade eine trockene Gegend.

Nachdem Agnes Wasser gelassen hatte, stellte sich Marius ihr in den Weg.

»Es tut mir leid!«

»Dass du es mir gesagt hast?«

»Auch.«

»Marius, ich bin es, der ein schlechtes Gewissen hat, weil ich deine Gefühle nicht erwidern kann.«

»Eine unzerstörbare Freundschaft genügt mir.«

»Und dafür bin ich dir ewig dankbar. Ich wollte nie, dass du nicht mehr mein Bruder bist.« Sie sah ihm an, dass ihm dieser Vergleich wehtat, aber sie hatte sich geschworen, ehrlich zu sein. »Was meinst du mit ›auch‹?«

»Dass ich daran gezweifelt habe, die beiden zu begleiten. Egal, wo uns der Weg hinführt, ich sehe, dass es dir gut geht.«

»Ja, es sind wahrhaft gute Freunde.«

»Nun ja, Sigurd ist seltsam, aber ich vertraue ihm mittlerweile. Mir ist das, was er über uns sagte, lange nicht aus dem Kopf gegangen.«

»Und du bereust es auch nicht, wenn wir dadurch in den Tod gehen?«

»Wir du bereits sagtest: Wir klopften schon oft an die Tür des Todes. Egal, wo wir uns aufhielten.«

Er kam näher und nahm sie in den Arm. Es tat Agnes unerwartet gut, eine warme Welle an Liebe durchströmte sie. Die Liebe zu einem Freund, zu einem Bruder.

»Ich wünsche dir, dass Ranveig deine Freundin wird.«

Sie sagte nichts dazu, denn sie wollte nicht über Ranveig sprechen.

»Wenn ihr bald eine gemeinsame Sprache habt, die euch ohne Hindernisse verbindet, wird es leichter.«

»Wenn wir überleben, wird sie in ihre Heimat zurückkehren.«

»Du denkst bereits daran? Wir sind noch nicht einmal in Ifrikia.«

»Ich weiß nicht, ob ich sie je richtig verstehen werde. Ihre Götterwelt ist so unermesslich groß. Sie denkt so anders als wir. Selbst Henrik kennt lange nicht alle Götternamen.«

»Das sollte auch nie dein Ziel sein. Schau, wir haben nur einen Gott, und sie beide lehnen ihn ab. Eine Freundschaft hat so vieles mehr.«

»Mit jedem Wort, das ich von ihr lerne, bezweifle ich es gleichzeitig. Nicht nur du fragst dich, warum ich mir das antue. Manchmal würde ich am liebsten einfach davonlaufen, auch vor ihr.«

»Du wirst immer die Eiserne Agnes bleiben. Dein warmes Herz kämpft mit deiner harten Schale um die Vorherrschaft.«

»Scheiße, sag nicht, dass ich ein warmes Herz habe!« Sie zwinkerte ihm zu und musterte ihn eine Zeit lang. »Danke«, sagte sie schließlich. »Danke, dass du mir so treu bleibst.«

»Wir sind doch Geschwister.«

Diesmal sah er nicht hadernd aus, sondern als hätte diese Bezeichnung eine tiefe, unzerstörbare Bedeutung.

Ranveig litt sehr unter dieser ungewohnten Hitze. Sie war warme Sommer aus ihrer Heimat gewohnt, doch diese trockene und auch nachts so deutlich spürbare Wärme bereits zu Beginn des Aprils setzte ihr mehr zu als gedacht. Dabei waren sie noch nicht einmal in Ifrikia, dort, wo die Haut der Menschen wie verbrannt aussah und der Boden aus Sand bestand. Längst hatten sie und Agnes ihr Haar mit Tüchern verhüllt, die sie einer Frau in einem Dorf abgekauft hatten. Der Stoff war dünn, kühlte sogar ihren Kopf, doch Agnes fühlte sich unwohl, ihre blonde Haartracht nicht mehr offen tragen zu können. Je weiter sie nach Süden gelangten, desto heißer wurde es in ihrem Wollgewand, obwohl sie den Oberschurz längst ausgezogen hatte.

Auch nach all der Zeit blieb Agnes ihr ein Rätsel. Sie mochte die eigensinnige, starke junge Frau sehr gern, allerdings schien sie eine Grenze um sich gezogen zu haben, die nichts anderes zuließ als diese Sprache zu lernen. Momente, in denen sie ihre Hand auf der eigenen zuließ oder auch mal zurücklächelte, waren selten. Manchmal kam es ihr vor, als traute sich Agnes nicht, sich zu öffnen, und in einigen Momenten fragte sie sich, ob sie überhaupt Nähe zuließ. Von Marius schon, aber er war wie ein Bruder für sie. Sie war froh, dass sie sich mit Marius ausgesprochen hatte, worum auch immer es bei ihrem Streit gegangen war. Sie hatten eine Mission und benötigten dabei die volle Unterstützung ihrer Freunde, keine Zwietracht und keinen Zweifel. Dabei maß sie nach wie vor deren Entscheidung, sie zu begleiten, höchste Anerkennung und Dankbarkeit zu.

Agnes lernte schnell, offenbar war sie also nicht nur eine selbstsichere, sondern auch eine kluge Frau. Ranveig hatte sie bisher nie gefragt, warum sie diese Sprache lernen wollte, wo sie doch sicherlich niemals in das Land der Nordmenschen zu reisen gedachte. Doch ihr tat es ebenso gut, sich an jedem einzelnen Tag so lange mit Agnes zu beschäftigen, dass sie fest daran glaubte, der wahre Hintergrund läge darin, den anderen irgendwie kennenzulernen. Wenn es stimmte, dass man das Volk der alten Götter in diesen Ländern als Barbaren, Mörder, Kinderfresser und Monster betitelte, war ihre wachsende Bindung zueinander umso höher einzuschätzen.

Am siebten Tage nach Saraqusta häufte sich die Zahl derer, die auf dem Handelsweg reisten. Längst hatten sie sich an die Menschen mit dunklerer Haut gewöhnt, an die Bärte, an die schwarzen Augen, nicht aber an diese seltsame Sprache, die klang, als hätten die Bewohner irgendetwas in ihrer Kehle stecken. Immerhin waren sie kein weiteres Mal überfallen worden, wenn sie auch stets lange beäugt wurden und sich die Menschen, vor allem in den Dörfern, lange nach ihnen umdrehten.

Erste Hütten tauchten auf, schließlich Häuser, und als Sigurd über ihnen die erste Möwe ausmachte, schlug Ranveigs Herz höher. Sie waren offenbar angekommen, der letzte Schritt stand ihnen bevor, um endlich in das Land zu kommen, in dem ihre Familie gefangen gehalten wurde.

Die Möglichkeit, dass diese längst nicht mehr lebte, hatte sie schon vor Wochen weit von sich geschoben.

Schon bald wurde der Lärm um sie herum größer. Als sie an der Stadtmauer entlanggingen, um zum Hafen zu gelangen, trafen sie auf ebenso viele Menschen wie in Saraqusta. Die Stimmen von Marktschreiern hallten über die Ebene, Menschen rempelten sich an, sie stolperten aufgrund der Fülle an Fremden über die Marktstände. Über die Köpfe der Menschen hinweg erkannte Ranveig schließlich die hohen Masten ferner Schiffe. Der Hafen war einige hunderte Schritte von ihnen entfernt, und das pure Durcheinander schien sich hier breitgemacht zu haben.

»Vorsicht!«, hörte sie Sigurd rufen, da vernahm sie auch schon ein seltsames Röhren. Ein Tier, etwas größer als ein Pferd, ging nahe an ihnen vorbei. Ranveig hatte so ein Tier niemals zuvor gesehen und hielt verblüfft die Luft an. Auf dem Rücken trug es eine groß Beule, darüber war ein Sattel gebunden. Wie ein Pferd wurde es von einem Mann an einem Strick geführt.

»Was ist das für eine Ausgeburt?«, rief Sigurd.

Die anderen konnten es ebenfalls nicht erklären, und gerade als Ranveig diesem Tier nachsah, tauchte schon ein weiteres in ihrer Nähe auf. Dazu wurden Mulis, Pferde und Esel durch die Menge gedrückt, manche von ihnen zogen Wagen, andere trugen Bastkörbe auf den Rücken. Dennoch drängten die Freunde weiter und kamen an eine Stelle, an der Tiere verkauft wurden. Ranveig sah Hühner, Fische, Vögel und allerlei anderes Getier, teilweise in Holzkäfigen steckend, andere waren an Pfosten gebunden. Die Fische glänzten im Sonnenlicht, als stammten sie aus einem

Traum. Die Menschen riefen Wörter in dieser seltsamen Sprache, ein Mann schimpfte laut, offenbar weil er mit dem Preis nicht einverstanden war. Ranveig hatte sich niemals so fremd an einem Ort gefühlt wie in diesem Moment. Sie kannte und verstand nichts, es gab ihr unbekannte Tiere, die ganze Welt schien hier zu enden.

Oder eine neue sich zu öffnen.

Kurz dachte sie an die Reise, die Henrik einst mit seinem Vater unternommen hatte. Ihnen musste es in der Nebelwelt ähnlich ergangen sein. Deutlich spürte sie ihr Herz rasen, derweil brannte die Sonne auf sie herab und ließ ihren Mund austrocknen. Es war wohl der Monat *einmandur*, an dem in der Heimat Blumen sprossen und die Blätter dieses saftige Hellgrün annahmen.

Plötzlich hatte sie eine so starke Sehnsucht nach ihrer Heimat, dass sie nur noch schwer atmen konnte.

Eilig umschloss sie den Thorshammer an ihrer Kette.

»Thor, ich bin deine ewige Getreue. Ich führe deinen Hammer um deines Sieges willen. Frigg, ich bitte dich, mir Kraft zu geben. Ich weiß, dass du auch an den Orten bist, an denen niemand deinen Namen kennt.

Aber ich kenne ihn.

Und deinen, Odin. Zerschmettere die Feinde, die Hand an dein Volk legen.«

Sie murmelte es, doch Sigurd verstand es. Er drehte sich zu ihr, sie berührten ihre Stirnen und sprachen diese Worte noch einmal gemeinsam.

Da spürte Ranveig, wie grenzenloses Vertrauen durch ihren Körper floss.

Da der Markt derart unübersichtlich war, dass sie sich beinahe verloren hätten, verließen sie ihn und suchten abseits des Trubels eine Stelle, an der nicht so viel los war. Nun, seitlich des Hafens, konnten sie beobachten, dass unentwegt Schiffe anlegten, deren Besatzung in die Stadt strömte, und ebenso Schiffe ablegten. Zunächst warteten sie dort ab.

Als Agnes Wasser lassen musste, suchte sie einen Baum auf. Dahinter fand sie einen Mann vor, der dort zu schlafen schien. Zunächst kümmerte sie sich nicht um ihn, doch als sie näher hinsah, bemerkte sie, dass er stark am Kopf blutete. Er stöhnte kaum hörbar und bewegte sich schwach. Zunächst zögerte sie, sah sich um, ob es eine Falle sein könnte, allerdings war da niemand anderer. Also kam sie näher. Der Mann sah sie an, sagte etwas, was sie nicht verstand, und hob schließlich schwach seine Hand. Bestimmt war er betrunken gewesen und hingefallen. Also drehte sie sich wieder um. Da sagte er wieder etwas, doch in einer anderen Sprache. Sie schüttelte den Kopf.

»Saxon?«

»Ja.«

»Wasser, bitte.«

Agnes wusste zunächst nicht, ob sie helfen wollte, winkte dann aber Henrik herbei, der gerade nach ihr sah.

»Er fragt nach Wasser.«

»Wer ist das?«

»Er kann unsere Sprache!«

Nun kniete sich Henrik zu Boden und reichte dem Mann seinen Wasserschlauch. Dieser trank hastig, verschluckte sich und trank weiter.

»Danke!«, sagte er schließlich, konnte aber offenbar nicht aufstehen.

»Wenn er uns versteht, ist er uns vielleicht von Nutzen!«, flüsterte Henrik Agnes zu. »Hol du die anderen, ich bleibe bei ihm.«

Als Agnes bei ihren Freunden war, erklärte sie ihnen, was geschehen war.

Während Ranveig die Wunden des Fremden prüfte, beäugte Agnes Sigurd. Er hatte sein Schwert in der Hand, bereit, es dem Mann in den Kopf zu rammen, falls er Ranveig auch nur nahe käme. Ab und an kamen Männer zu ihnen, urinierten, sahen zu ihnen, verschwanden aber wieder.

»Ich lege einen Verband an«, sagte Ranveig und Agnes übersetzte es dem Mann.

»Was Sprache?«, fragte der Fremde und wies auf Ranveig. Er war nicht viel älter als sie selbst, und aufgrund seiner dunklen Hautfarbe und der schwarzen Augen ahnte sie, dass er einer derer war, die man Ziriden nannte.

»Nordisch«, antwortete Henrik.

Da riss der Mann seine Augen auf. »Nordisch? Nun frei?«

»Wie frei?«, wollte Henrik wissen. »Von was?«

»Sklaven.«

Mit offenem Mund sah Agnes um sich. Offenbar wusste dieser Mann darüber Bescheid.

»Du weißt, dass nordische Sklaven nach Ifrikia kommen?«
»Langsam, bitte. Ja, Sklaven Ifrikia«
»Woher kannst du unsere Sprache?«
»Von Schiff.«
Agnes verstand das Gestammel gerade noch so, Henrik übersetzte es währenddessen Ranveig und Sigurd.
»Welche Schiffe fahren dorthin?«, schrie Sigurd den Fremden schier an und kam bedrohlich nahe.
»Warte!«, unterbrach Ranveig ihn. »Er blutet stark. Und er muss etwas essen.«
Marius kramte nun in Ranveigs Fellbeutel und zog einige Rüben heraus. Sofort aß der Fremde, als sei er halb verhungert.
»Jetzt sprich schon!«, forderte Sigurd und Henrik übersetzte.
»Ich zeigen.«
Mühsam stand er auf, musste aber gestützt werden.
Agnes sah ihn mitfühlend an. »Was ist eigentlich passiert?«
Voller Schmerz hob der Fremde beide Hände an seinen Kopf.
»Ich geschlagen, weil Schiff ohne Geld.« Dabei schwankte er und setzte sich wieder.
»Warte etwas, dein Körper ist noch zu schwach.«
»Weißt du, wohin die Schiffe mit den Sklaven segeln?«, fragte Henrik. »Gibt es dort eine Art Markt? Wohin werden die Sklaven gebracht?«
Der Mann stöhnte wieder, wollte antworten, verdrehte aber die Augen und fiel in Ohnmacht.
»Wir müssen ihn in Ruhe lassen, so bringt er uns nichts«, gab Agnes Ranveig zu verstehen.
Also setzten sie sich neben ihn und warteten. Sigurd war die Ungeduld am ehesten anzumerken. Agnes wollte sich nicht vorstellen, was der Hüne anstellen würde, wenn er erführe, dass seine Familie tot war.
Während Ranveig den Mann nach weiteren Wunden absuchte, sah Agnes zu den Schiffen. Es waren weitaus mehr als an jedem anderen Hafen, an dem sie zuvor gewesen waren. Allein zwischen der Stadt und dem Ufer waren es Tausende Menschen, die von den Schiffen kamen, auf diese wollten oder auf ihnen Handel trieben. Auch von ihrer Raststelle aus sah sie diese seltsamen Tiere, die manchmal komisch röhrten, ähnlich wie Hirsche. Die Luft flimmerte über den Mauern Balansiyas. Und als sie ihren Blick zum Meer richtete, verschmolz am Horizont der Himmel

mit dem Wasser. Sie hatte gehofft, vielleicht das gegenüberliegende Land zu erkennen, doch da war nichts. Wer wusste schon, wie groß dieses Meer war, wo es endete und ob hinter dem Land Ifrikia überhaupt noch Menschen lebten.

Es dauerte, bis der Mann wieder erwachte. Er trank, setzte sich stöhnend auf, übergab sich aber plötzlich.

»Bleib am besten sitzen!«, riet Marius ihm. »Du kannst uns auch von hier aus einiges erklären.«

»Danke für Hilfe!«, sagte der Fremde, bevor er auf sich wies. »Abdullah.«

Er sprach es so aus, als käme das ›a‹ aus tiefster Kehle.

Schließlich stellte Marius sich und die anderen vor. »Und wohin werden die Sklaven gebracht?«

»Nach Susa, dann Land innen.«

»Was ist Susa?«, fragte Marius.

»Hafenstadt. Dann Qairoan.«

»Qairoan?«

»Große Stadt, sehr wichtig.«

»Was passiert mit den nordischen Sklaven?«

Abdullah sah sich um, ob jemand sie beobachtete. Doch neben einigen wenigen, die etwas weiter entfernt vorbeigingen, schien sie niemand zu belauschen.

»Helfen Haus und Kampf. Groß Ehre für Edelmänner.«

Agnes verstand fast nichts und sah die anderen an.

»Welche Edelmänner?«, fragte Marius weiter, während Henrik fast zeitgleich Sigurd und Henrik übersetzte.

»Edelmänner. Reich, Ehre. Sklaven arbeiten und kämpfen. Helle Haar, groß Körper. Blau Augen. Ehre für Edelmänner.«

Sie verstanden.

»Und wo sind diese Edelmänner?«, bohrte Marius weiter. »Wohin bringen sie sie?«

Da sah Abdullah sie reihum an. »Wie bezahlen Schiff?«

»Wir wissen nicht, wie viel es kostet!«, antwortete Henrik.

»Zeig es ihm!«, sagte nun Sigurd scharf. »Unsere Münzen.«

Nickend holte Marius den Geldsack heraus, öffnete ihn und hielt Abdullah die Münzen vors Gesicht. Sie hatten kaum etwas davon ausgegeben.

»Das genug!«, sagte Abdullah schließlich. »Auch ich. Bezahlen mich, ich zeigen.«

»Das soll für alle reichen?«, fragte Marius verdutzt.

»Ja, ist viel. Aufpassen, viele Dieb.«

Nun wendete sich Marius an Sigurd und wartete ab, bis Henrik übersetzt hatte.

»Sollen wir ihn mitnehmen?«

»Ja«, entschied Sigurd schließlich. Wir brauchen ihn. Es kann uns nichts Besseres passieren, als ihn dabeizuhaben.«

Agnes fand es schlüssig. Der Fremde kannte sich dort aus und beherrschte darüber hinaus auch diese seltsame Sprache. Doch war ihm auch zu trauen?«

»Und wenn er uns betrügt?«, fragte Marius nun.

Henrik legte seinen Kopf schief. »Dann wird Sigurd ihn töten«. Er musste es nicht übersetzen, es war ihnen allen ohnehin klar, dass Abdullahs Leben auf Messers Schneide stand, wenn er sie begleitete.

»Wann und wo segeln die Schiffe los?«, fragte Marius schließlich Abdullah. Er war gerade wieder eingenickt, und Ranveig hob die Hand, um Marius zum Schweigen zu bringen. Dabei stieß sie einige scharfe Worte aus.

»Er muss sich ausruhen!«, übersetzte Agnes und erntete ein anerkennendes Kopfnicken von Henrik.

Sie ließen ihn schlafen, und erst als die Sonne etwas gewandert war, erwachte er.

»Immer!«, antwortete Abdullah, nachdem Henrik seine Frage wiederholt hatte. »Ich kennen Schiff und ersten Mann. Aber vorher müssen ändern.«

»Was meinst du?«, fragte Henrik nach.

»Tuch auf Kopf anders.« Dabei wies er auf Ranveig und Agnes. »Gesicht schmutzig, nicht hell. Und Männer *alquba*.«

Sie sahen ihn nur fragend an.

»Stoff auf Kopf. Kaufen auf Markt.«

»Wir auch?«, fragte Marius nun.

Agnes war aufgefallen, dass spätestens seit Saraqusta ausnahmslos alle Männer etwas auf dem Kopf trugen, ebenso Abdullah, bevor ihm Ranveig das aus Stoffrollen gefertigte Ding abgenommen hatte.

»Alle tragen!«, stammelte Abdullah. »Dann besser.«

Also mussten sie doch etwas von dem Geld ausgeben. Wenn Abdullah aber kein Dieb oder Betrüger war, würden er ihnen auch dabei helfen.

Es dauerte bis zum Abend, bis Abdullah gehen konnte, ohne größere Schwindelanfälle zu bekommen. Also gingen sie auf den Markt, blieben aber stets dicht bei ihm, um ihn in der Fülle der Menschen und Tiere nicht zu verlieren.

Da sahen sie wieder eines dieser seltsamen Tiere mit der Beule auf dem Rücken. Offenbar waren sie alle größer als Pferde.

»Wie nennt man die?«, fragte Henrik Abdullah.

»*Djamal*. Wichtige Tier für Last.«

»*Djamal*«, wiederholte Henrik, schüttelte dabei aber den Kopf.

Bei einem Händler blieb Abdullah schließlich stehen und sprach lange mit dem älteren Mann. Sie schienen zu streiten, letztlich griff sich Abdullah aber drei dieser schlangenartigen Kopfbedeckungen und nahm sich zwei Münzen aus dem Beutel, den Marius ihm hinhielt.

»Warum habt ihr gestritten?«, fragte Henrik später, als sie wieder ein ruhiges Plätzchen aufgesucht hatten.

»Feilschen, nicht streiten. Preis immer weniger, als Mann sagt.«

»Und reicht das Geld noch?«

»Ja, reicht.«

Nun griff Abdullah nach dem ersten *alquba*, legte es Marius auf das Haar und wickelte es um dessen Haupt, blieb jedoch immer oberhalb der Stirn. Er wiederholte es bei Henrik. Als er es aber Sigurd anlegen wollte, wehrte der sich zunächst. Doch er musste es ebenso tragen, und so ertrug er geduldig Abdullas Arbeit.

Schließlich sah er alle drei an. »Nun immer oben lassen. Nicht runter.«

Umständlich tastete Sigurd auf seinem Kopf herum, nahm den *alquba* aber nicht ab.

Danach setzte Abdullah sich fragend vor Agnes und hob seine Hände. Zunächst wusste sie nicht, was er wollte, schließlich nickte sie jedoch. Vorsichtig nahm er den Stoff von ihrem Haar, faltete ihn langsam auf seinem Schoß und bedeutete ihr mit einem auffordernden Blick, seinen Bewegungen zu folgen. Als das Tuch eine bestimmte Form hatte, band er es Agnes um das Haupt. Nur das Gesicht war frei, kein Stück Haar sah unter dem Rand hervor.

Nachdem er es bei Ranveig ebenso getan hatte, stand er auf und nickte. »Nun viel besser.«

»Und wann segelt ein Schiff? Du kennst einen Mann, sagtest du?«, fragte Marius.

»Jetzt gehen?«

»Ja.«

Marius hielt ihn aber auf. »Segeln die Schiffe direkt nach Susa?«

»Nein. Sardia, dann Susa.«

Agnes sagte dieses Sardia nichts, offenbar auch den anderen nicht.

»Wir lange dauert es bis Susa?«

»Sechs Tage.«

Sechs Tage! Agnes glaubte, von einem Pferd getroffen zu werden. Ihre Hoffnung, nur kurze Zeit auf einem Schiff zu sein, wurde zu Staub zertreten.

Doch sie waren da, und das schneller als erwartet. Vor ihnen lag das südliche Meer, dahinter begann eine neue Welt.

Nun, so kurz davor, war es plötzlich Wirklichkeit. Deutlich spürte sie, wie ihre Beine zu zittern begannen.

Das Reich des Sandgottes

Ifrikia

Arna spürte die Hitze der sengenden Sonne, als hielte jemand Glut über ihren Kopf. Monoton schaukelte das *djamal* über den Sand, ab und an röhrte es. Ein kurzer Blick seitlich offenbarte ihr, dass Radvald und Mjöllnir offenbar bei Bewusstsein waren, denn sie waren nicht an dem Holzpflock festgebunden, der hinter dem Reiter am Sattel befestigt war. Dieser Pflock diente nur dem einen Zweck, die Sklaven auf dem Rücken des Tiers zu halten. Unzählige Male war sie seit ihrer Ankunft in Ifrikia besinnungslos vom Rücken des *djamals* gefallen, Dutzende Male von Dorf zu Dorf transportiert worden, von Kampfstätte zu Kampfstätte. Sie fragte sich, wie lange sie überhaupt schon in diesem verschissenen Land war. Monate? Oder gar Jahre? Längst hatte sie das Gefühl für Zeit und Raum verloren, jeder Tag in dieser Gluthitze erschien ihr wie ein Monat. Ein Wunder, dass sie noch lebten, wenigstens Mjöllnir und Radvald, über den Verbleib der anderen wussten sie nichts. Zwei Mal hatte sie zu fliehen versucht, doch die schnellen Reiter hatten sie viel zu rasch wieder eingefangen. Die Strafe dafür waren dreißig Hiebe mit der Kotzgerte. Sie nannte den dünnen Stock so, weil die Schmerzen, wenn das Fleisch in Scheiben aus dem Rücken geprügelt wurde, derart groß waren, dass sie sich hatte übergeben müssen.

Gäben ihr die Götter eine weitere Gelegenheit zu fliehen, würde sie es wieder versuchen. Und wieder. Es war das Einzige, was sie am Leben erhielt. Hoffnung, diesem verfluchten Land zu entkommen, spürte sie längst nicht mehr. Aber sie mochte noch so viele Männer dieses feigen Volkes töten, wie sie konnte, um einen Platz in Walhalla brauchte sie sich nicht sorgen. Sie war eine Walküre, eine von den Göttern auserkorene Kriegerin. Wenn sie irgendwann in den ruhmreichen Hallen ihrer Vorfahren sitzen und mit ihnen trinken könnte, gäbe es keine Schmerzen mehr, keine Sehnsucht nach ihrer Heimat, keine Trauer um ihre Freunde.

Manchmal sehnte sie sich nach diesem Tag, nach dem Moment, an dem sie unsterblich wurde, doch dann schob sie ihn weit von sich. Sie wollte nicht sterben, nicht hier, in einem Land ohne ihre Götter. Sie hatten Vinland überlebt, ebenso dort den Angriff der Weltenschlange *jörmungandur*, doch die Hitze und der ständige Durst in Ifrikia raubten ihr die ganze Kraft.

Kraftlos war sie aber nie in den Kämpfen. Manchmal fanden sie vor Dutzenden Menschen statt. Davor bekamen sie Wasser, so viel sie wollten, und nach den Kämpfen konnten sie sich satt essen.

Hier herrschte offenbar der Sandgott, der von den wahren Göttern ausgestoßen worden war. Er regierte nur über Sand, Hitze und Menschen, die kaum ausgebildet waren im Kampf Mann gegen Mann, dafür aber, und das musste sogar sie zugeben, Meister der Bogenschießkunst waren. Es musste ein schwacher Gott sein, und sie war sich sicher, dass Odin ihr die Gelegenheit geben würde, eines Tages vor all dem zu fliehen.

Die Stimme eines der Männer riss sie aus trägen Gedanken. Vor ihnen tauchte eine Wüstenstadt auf, wie aus einem Traum. Weiße Häuser schienen aus dem Boden zu wachsen, hunderte Palmen spendeten Schatten. Sie kannte das ›*Yalla, Yalla*‹, wenn die Ratten, wie sie die Männer hier nannte, ihre stinkenden Tiere antrieben.

Schon am Rand dieses Dorfes liefen Kinder auf sie zu, schrien etwas, manche warfen mit getrocknetem Tierkot nach ihnen, die meisten aber gingen ehrfürchtig neben den *djamalen* her, die die Fremden aus dem Norden trugen. Arna fragte sich, in welches Haus sie diesmal gebracht wurden, für Tage oder auch für Wochen. Die Menschen gaben mit ihnen an, offenbar gewannen die Besitzer dieser Art von Sklaven vermehrt Respekt, denn sie zeigten sie vor wie Vieh. Dabei bestaunten nicht nur Frauen Arnas blondes Haar, ihre blauen Augen, vor allem aber die Stärke ihrer Arme, die es mit jedem Bewohner Ifrikias aufnehmen konnten.

Während Mjöllnir, einen Kopf größer als die meisten anderen Männer und mit unvergleichbar starken Armen von den Göttern beschenkt, aufgrund seiner Größe und Kraft bewundert wurde, war Radvald wegen seines Geschicks begehrt, mit Waffen aller Art umzugehen, vor allem mit dem Kurzschwert. Es war nicht überraschend, dass ausgerechnet sie drei überlebt hatten, denn sie hatten schon in früheren Jahren mit als die besten Kämpfer Firthskurs gegolten. An jedem einzelnen Tag hoffte Arna, auf einen oder mehrere ihrer Freunde zu treffen, bisher war dieser Wunsch aber nicht erfüllt worden.

An einer niedrigen Hütte stoppten sie. Den dreien wurden die Fesseln an den Füßen abgenommen, sodass sie ins Innere gehen konnten, die Hände blieben jedoch immer verbunden. Es gab Wasser und etwas Fladenbrot. Stumm aßen und tranken sie, denn sie durften nie sprechen, wenn die ›Ratten‹ in der Nähe waren, und nach kurzer Zeit führten einige andere Männer sie zu einem Wassertrog. Dort wurden ihnen endlich die Handfesseln abgenommen. Sie wuschen sich, Arna trank auch dieses Wasser, eine Frau kämmte ihr Haar durch und inspizierte ihren Körper.

Schließlich traten vier Männer ein. Arna erkannte sofort an deren Kleidung ihre hohe Stellung. Sie kamen näher, umringten sie, ließen sich Zähne und Arme zeigen und begannen, aufgeregt zu diskutieren. Arna dachte nach. Ihre Hände waren nicht gefesselt. Sie könnte sich das Krummschwert eines der Männer schnappen, seinen Kopf abtrennen, den vier anderen die Kehle durchschneiden und den beiden weiter Entfernten die Gedärme aus dem Bauch reißen. Leicht lächelnd sah sie sich selbst im Blut waten, während Radvald und Mjöllnir die Hütte in Brand setzten.

Ihre Gedanken stoppten jäh, denn es gab keinen Ausweg. Vor der Hütte würden sie ihnen das restliche Fleisch vom Rücken peitschen.

Offenbar hatten sich die Männer geeinigt. Den dreien wurden wieder die Arme gefesselt, anschließend führten die Begleiter sie aus der Hütte.

Der, der nun auf sie zutrat, war Arna kein unbekannter Mann. Er hatte sie bereits zwei Mal ersteigern lassen, und offenbar hatte er vor, es immer wieder zu tun. Kurz schloss sie die Augen. Es hieß, in den kommenden Tagen in einer dieser verlausten Arenen zu landen. Dutzende Männer heulten dann in einem Kreis um sie stehend, als näherte sich *jörmungandur*. Wenigstens wurden sie dort nicht angeglotzt, als seien sie Wesen aus den Tiefen des Meeres. Nur bei den Kämpfen fühlte sie sich frei, nicht aber wie ein Tier gehalten in einem der Häuser, um als Ware behandelt zu werden, angefasst und bestaunt, beklatscht und teilweise angespuckt.

Arna, Mjöllnir und Radvald blickten sich an und bestiegen dann wieder die *djamale*. Sie waren bisher immer an unterschiedliche Orte gebracht worden, und so hoffte Arna, ihr nächstes Ziel wäre nicht allzu weit. Sie hasste es, auf dem Rücken dieser Tiere zu sitzen.

Tatsächlich ritten sie den halben Tag. Während der Reise wurden den dreien immer wieder Wasserschläuche gereicht, sie durften auch etwas essen. Schließlich erreichten sie eine kleine Siedlung, an der schon von Weitem auffallend viele *djamale* zu sehen waren. Leichter Wind wirbelte Sand auf, Banner wehten an hohen Stangen, einige Männer begrüßten die Neuankömmlinge mit diesen typischen hohen Heullauten. Unter einem Baldachin stiegen sie ab und wurden getrennt in verschiedene Zelte geführt. Arna wusste, was sie nun erwartete. Wenigstens war es diesmal eine Frau, die ihr die Haare flocht, die Haut mit diesem seltsam stinkenden Öl einrieb und ihr Gesicht mit schwarzen Punkten bemalte. Sie hasste es, wenn ein Mann dies tat, sie sah dann diese Lüsternheit in seinen Augen, aber auch den Schrecken, den ihre Narbe im Gesicht ausstrahlte. Sie hatte sie einst vom *yfirmannr* erhalten, zu Unrecht nach dem Urteil eines *things*, denn er wollte damit nur sein Gesicht nicht verlieren. Nun liebte sie sie. In den Kämpfen verunsicherte sie nämlich die Gegner, denn die Blicke der anderen trugen stets diesen einzigartigen Ausdruck von Ehrfurcht und Angst in sich.

Manchmal murmelte die Frau etwas, was Arna nicht verstand. Sie wollte es auch nicht, am liebsten würde sie allen Ziriden ins Gesicht spucken. Der Frau tat sie allerdings nichts, von ihr ging keine Gefahr aus.

Als am Abend die Sonne schräg auf den durch hunderte Stangen abgesteckten Platz schien, jubelte die Menge. Es hörte sich an wie ein Orkan, hell und laut. Namen wurden geschrien, ihre sowie Mjöllnirs und Radvalds Haut glänzten im Sonnenlicht. Die drei standen nebeneinander auf dem Platz, ohne dass etwas geschah. Schließlich öffnete sich die Menge an einer Seite und fünf groß gewachsene Männer betraten den Kampfbereich. Es waren ihre Gegner. Sie trugen keinen Schild, denn dies schienen diese Fremden niemals zu benutzen. In der Arena nützte es aber den Fremden nichts, einzigartige Meister im Umgang mit Pfeil und Bogen zu sein, und so hatte sich bisher immer die Erfahrung der drei durchgesetzt, allein mit brachialer Gewalt ihre Gegner zu Boden zu bringen.

Deshalb fünf Männer, um diesen Makel zu ihrem Vorteil umzuwandeln.

Die drei durften nun ihre Waffen wählen. Während Arna und Mjöllnir wie immer die Kriegsaxt nahmen, griff Radvald nach dem Schwert. Es hatte im Dorf neben Einar niemanden gegeben, der damit besser umgehen konnte.

Wie immer stellten sie sich nebeneinander. Sie waren ein eingespieltes Trio, sie vertrauten sich blind und jeder gäbe sein Leben jederzeit und ohne Zögern für den anderen.

»Für Odin!«, sagte Mjöllnir schließlich.

»Für Odin!«, wiederholten Arna und Radvald.

Die Götter hatten sie nicht verlassen, das spürte Arna deutlich. Sie wusste, dass sie in der Gunst ihrer Götter standen, was auch immer sie mit ihnen vorhatten.

Die fünf Gegner verteilten sich nun unter den noch zahlreicher werdenden Rufen der Zuschauer. Arna ließ die Männer nicht aus den Augen. Natürlich wollten die anderen sie einkreisen, immerhin waren sie in der Überzahl. Und da nun gleich zwei auf Arna zustürmten, ahnte sie, dass die Fremden sie unterschätzten, weil sie eine Frau war.

Hatte sich ihr Name noch nicht bis hierher rumgesprochen?

Für kurze Zeit lächelte sie. Die Gegner waren wie Schafe, die auf hungrige Wölfe zurannten.

Noch bevor der Erste in ihrer Nähe war, rollte sich Arna vorwärts, durchschlug den inneren Oberschenkel des einen, wich dem Hieb des zweiten Gegners aus und rammte ihre Axt seitlich abspringend in dessen Kopf. Es war zu schnell für die beiden gegangen, Arna hingegen sah schon nach den anderen dreien.

Während der am Kopf Getroffene bereits tot gewesen war, bevor sein Körper in den Sand fiel, lag der Erste auf dem Boden und hielt sich die Wunde am Oberschenkel zu. Arna wusste, dass es keinen Zweck hatte. Dort trat so viel Blut aus, dass der Mann innerhalb kürzester Zeit verblutete. Nach so einem Treffer gab es keine Möglichkeit zu überleben, für niemanden.

Die Menge raunte, viele waren schockiert, womöglich auch, weil es so schnell gegangen war. Die anderen drei warteten noch etwas, schienen nun aber deutlich mehr Respekt zu haben und reagierten unsicher. Denn sie schlichen hin und her, schließlich stürmten sie aber auf die drei Freunde zu.

Nur Augenblicke später lagen ihre Körper im Sand. Ein Schädel war von Mjöllnirs Axt gespalten, den zweiten Mann hatte Radvald tödlich getroffen, während Arna den dritten zunächst niedergestreckt und dann ebenfalls seinen Schenkel aufgeschlagen hatte. Sie wollte nicht, dass sie zu schnell starben, sie sollten leiden. Mehr aber, es sollte möglichst viel Blut in den Boden eindringen. Dieser Gott hier war zu schwach, ihre Götter hingegen waren größer und stärker als alles andere dieser Welt.

»Sieh, Odin, nimm dieses Blut als Opfer dar!«, flüsterte sie, während der Verblutende langsam die Besinnung verlor.

»Warum immer dieses Spiel?«, wollte Radvald von ihr wissen.

»Ich möchte, dass dieser Boden mit Blut getränkt wird. Mit dem des eigenen Volkes.«

Mjöllnir und Radvald sagten nichts dazu, auch nicht, als mehrere Männer sie unter entsetztem Schweigen der Zuschauer vom Platz führten.

Heute war also auch nicht der Tag, an dem sie nach Walhall einkehrten. Heute tranken sie nicht mit den Altvorderen, mit denen, die Ehre und Ruhm über ihre Familien gebracht hatten.

Dieser glorreiche Tag sollte kommen, doch nicht heute.

Lange nachdem das Festland aus seinen Augen verschwunden war, erinnerte Henrik sich an die Fahrt nach Vinland. Dort, wo kaum jemand zuvor gewesen war, hatten sie Ungeheuer erwartet, große Monster oder Sirenen, die mit ihrem Gesang die Seemänner in die Tiefe des Ozeans lockten. Nun segelten sie wieder auf einem Meer, dessen Größe ihm unbekannt war. Wenigstens tauchte danach kein Nebelland auf, mit Bewohnern, die Menschen aßen und deren Herzen aus den Leibern schnitten. Dabei dachte er auch an die Atanapeh und an Juta. Es schien ihm weitaus mehr als nur einige Jahre zurückzuliegen, seit er ihr Gesicht gesehen hatte. Nun waren sie tief im Reich der Mauren und Henrik hatte Hunderte Frauen gesehen mit der gleichen Haut und der gleichen Augenfarbe wie Juta. Doch nur sie trug diese Schriftzeichen auf ihrer Haut, sie waren einzigartig.

Da fiel ihm auf, dass er kaum mehr litt, wenn er an sie dachte, so wie früher. Und wenn er es tat, schwenkte sein Blick zu Agnes. Viel zu oft verharrte er in ihrem Gesicht. Müsste er es zeichnen, wüsste er jede einzelne Narbe anzubringen.

»Ich traue ihm nicht!«, riss Marius ihn aus seinen Gedanken. Sie standen an der Reling, Wind blies an den *alquba*, Abdullah hatte ihn jedoch fest angebracht. Mit ihnen befanden sich etwa einhundert andere Menschen an Bord, zwischen Kisten, Fässern und unter gespannten Netzen über aufgetürmter Ware sitzend und stehend.

»Sigurd hat aber recht«, antwortete Henrik. »Wir sind auf ihn angewiesen. Er kann die Sprache und kann uns die Orte zeigen, an denen die Sklaven verkauft werden.«

»Das weiß ich. Aber warum sollte er sein eigenes Volk an uns verraten?«

»Er verrät ja nicht sein Volk, er hilft uns nur bei der Suche.«

»Also vertraust du ihm?«

»Ich weiß es nicht. Aber wenn wir ihn fortschicken, haben wir die einzig mögliche Hilfe verloren.«

»Es ist ja ohnehin längst zu spät«, mischte sich nun Agnes ein. »Wir sind jetzt an Bord, und wenn wir aussteigen, wird es sich zeigen.«

Henrik übersetzte es Sigurd und Ranveig.

»Ich werde ihn tot ins Meer zurückwerfen!«, brummte Sigurd nur, ließ seinen Blick dann aber wieder in die Ferne schweifen.

Henrik wusste nicht, wie er diesen Abdullah einschätzen sollte. Ja, sie hatten ihm die Überfahrt bezahlt, doch ob er dafür auch die versprochene Dankbarkeit zeigte, musste sich herausstellen. In sechs Tagen. Er konnte sich nicht vorstellen, dass es ein Land gab, in dem nur Sand auf dem Boden lag und wo es so heiß war, dass die Haut der Menschen dunkel wurde. Sie hatten zwei dieser komplett schwarzen Bewohner gesehen, sie unterschieden sich deutlich von denen hier auf dem Schiff und im Kalifat von Cordoba. Hier gab es nur schwarzhaarige Menschen, dunkle Augen und eine Haut, die sehr dunkel war. Er fragte sich, ob sie irgendwann ähnlich aussähen, wenn sie sich lange genug in Ifrikia aufhielten.

Als sein Blick auf Ranveig und Agnes fiel, konnte er sich immer noch nicht an deren verhülltes Haar gewöhnen. Er kannte Ranveigs Gemahl nicht, doch wenn Harald sie so sähe, würde er sie womöglich gar nicht wiedererkennen.

Agnes setzte sofort wieder da an, wo sie auf dem Landweg geendet hatte: Sie lernte von Ranveig deren Sprache. Diesmal wusste Henrik aber, dass sie es besonders der Überfahrt wegen tat, um sich von der Seekrankheit abzulenken. Mehrere Male hatte sie nach dem Aufbruch geflucht und sich geschworen, nie wieder ein Schiff zu besteigen. Als Marius sie aber daran erinnert hatte, im besten Falle Ifrikia auch wieder verlassen zu können, war ihr Gesicht kurzzeitig erstarrt.

Abdullah blieb die ganze Zeit bei ihnen. Henrik wunderte sich, warum er nicht zu seinen Landsleuten ging, und als er ihn irgendwann danach fragte, meinte er nur, dass sie selbst die Einzigen seien, denen er momentan vertraute.

Es waren auch Frauen und Kinder an Bord. Deren in vielen Farben gepunktete Gewänder wurden besonders von Ranveig und Agnes neugierig bestaunt, und als eine ältere Frau lange zu ihnen gesehen hatte, stand sie schließlich auf und band den beiden das Tuch um deren Haupt fester zusammen. Weder sagte sie dabei etwas noch schien sie sich über die Fremden zu ärgern. Agnes meinte aber, es würde sich nun tatsächlich besser anfühlen und ihr die Sorge nehmen, das Tuch bei jedem Windstoß könne über Bord geweht werden.

Noch am selben Tag erreichten sie eine Insel namens Yabiza. Einige Waren wurden von Bord getragen, doch das Schiff blieb nicht lange und segelte in die Nacht. Fackeln wurden aufgehängt, an der Reling erkannte Henrik seine Freunde allerdings nur schwach an deren Silhouetten, auch Abdullah, der weiterhin unter ihnen blieb.

»Erzähle uns etwas über Ifrikia!«, forderte Marius Abdullah auf. »Sehen die Städte genauso aus wie im Kalifat?«

»Nicht gleich«, antwortete er. »Steine weiß, enge Gassen. Viel *djamal*. Viel Heiß, Wüste kein Ende.«

»Was ist Wüste?«, fragte Agnes.

»Sand. Ganzes Land Sand.«

Also doch. Henrik konnte es nicht glauben, aber warum sollte Abdullah sie anlügen?

»Gibt es dort keine Bäume?«, fragte Marius.

»Palmen. Viel. So wie Sterne in Himmel.«

Sie hatten im Kalifat viele dieser Palmen gesehen, an einigen hatten sogar braune, kopfgroße Bälle gehangen.

»Frag ihn, ob die Sklavenmärkte weit vom Hafen entfernt sind«, forderte Sigurd ihn auf. »Wir wollen nur herausfinden, wohin die Nordmenschen verkauft werden.«

»Sind viele. Überall, aber Nordmenschen nicht in Susa.«

Er berichtete noch von kleinen schwarzen Tieren, deren Stich sogar diese Vierbeiner zu Fall bringen konnten, von Schlangen, die tödliches Gift in sich trugen, und von der Kunstfertigkeit der Pfeilschützen, die ihr Ziel nicht einmal auf einem galoppierenden Pferd stehend verfehlten. Das erinnerte Henrik aber eher an Seemannsgarn. Wie viele Geschichten über die Nordmänner waren ihm einst vor seiner Entführung zu Ohren gekommen, und kaum eine von ihnen hatte der Wahrheit entsprochen.

Am kommenden Tag erreichten sie einen Hafen der Insel Mayurka, wo sie einen halben Tag blieben. Dabei durften sie das Schiff nicht verlassen. Wieder wurden Waren auf- und abgeladen, dabei stellte Henrik sich die Frage, wie groß wohl diese Insel sei und wie viele wohl noch bis Susa angesteuert würden.

Es dauerte zwei weitere Tage, bis sie die große Insel Sardia mit der Stadt Casteddu erreichten. Im Gegensatz zu den vorhergehenden Schifffahrten war Agnes diesmal wirklich seekrank geworden. Fast ununterbrochen hing sie an der Reling und kotzte nur noch Schaum ins Meer, weil ihr Bauch kein Essen mehr hergab. Dabei hörte sie sich an, als würde sie diese kehllautige Sprache der Ziriden üben, und als er ihr das sagte, strafte sie ihn mit wütenden Blicken, Flüchen und Schlägen.

Erst als sie Sardia wieder verließen und sich der Seegang etwas beruhigte, ging es Agnes besser. Sie trank viel und begann sogar zu essen, ihr Wissensdurst bezüglich der Sprache der Nordmannen schien sogar Ranveig an den Rand ihrer Geduld zu bringen.

Am siebten Tag der Überfahrt wies Abdullah plötzlich vor sich.

»Ifrikia!«

Tatsächlich war ein graues, ungleichmäßiges Band zwischen Himmel und Meer zu sehen. Die Sonne ließ die Wasseroberfläche in reinem Glanz erscheinen, als bestünde sie aus Sternen, warmer Wind wehte an Henriks Haut.

Als er zu seinen Freunden sah, erkannte er Scheu und Unsicherheit in deren Blick.

Nur Sigurd stand unbeweglich da, seine Hand hielt den Knauf seines Schwertes, die Augen waren starr nach Süden gerichtet.

Der Hafen von Susa war völlig überlaufen. Schon von Weitem starrte Ranveig auf die vielen Hunderte, wenn nicht Tausende Menschen an Land, deren Stimmen bis zu ihnen an Bord drangen. Seltsam gebaute Schiffe legten dort an, mit schiefen Segeln, die Masten waren teilweise ebenso krumm, breite Ruder dienten zur Fortbewegung der kleineren Boote. Die Stadt dahinter war ebenfalls hinter einer Mauer verborgen, doch nicht so hoch und breit, wie sie es bisher gesehen hatte.

Bald legten sie an und gingen von Bord. Heiße Luft schlug ihr entgegen, es war stickig, der Wind wirbelte kleinste Sandkörnchen in ihr Gesicht.

Abdullah rief etwas, und Agnes sagte ihr, sie gingen nun zur Mauer. Augenblicklich zwängte der Ziride sich durch die Massen, sie folgten ihm dabei, während Sigurd Abdullah nie weiter als zwei Schritte von sich entfernen ließ.

Es roch nach ihr unbekannten Gewürzen, nach Ölen, dabei dachte sie auch, die Sonne riechen zu können, die auf ihre Kopfbedeckung schien. Riesige Säcke und Körbe waren mit Gewürzen und Früchten gefüllt, standen an beiden Seiten der Wege, Esel und *djamale* zogen Karren und trugen bergeweise Lasten auf ihren Rücken, Buben trieben sie mit dünnen Stöcken und monotonen Rufen an. Die Stimmen von Marktschreiern waren noch lauter als die in ihrer Heimat, Menschen drängten sich durch engste Gassen, Ranveigs Sinne wurden vor allem durch die vielen neuen und unbekannten Gerüche verwirrt.

Als sie endlich an der Stadtmauer ankamen, dachte Ranveig, sie stände vor einem offenen Feuer. Die Steine der Mauer reflektierten die Hitze der Sonne gnadenlos, sie schwitzte wie noch nie zuvor in ihrem Leben. Sie konnte unmöglich auch noch ihr Untergewand ausziehen, wenn sie schon die Arme bedeckt lassen musste.

»Wir gehen in die Stadt, er hat dort Freunde«, übersetzte Henrik Abdullahs Vorhaben.

»Wenn er uns verrät, ist er tot!«, sagte Sigurd nur, blickte Abdullah finster an und folgte ihm.

Ranveig sah noch einmal um sich. Ein weiteres Schiff legte am nun entfernten Hafen an, die Lautstärke dieser Menschen und das Durcheinander verwirrten sie zunehmend.

Es war ein solches Gewühl am Stadttor, dass die beiden Wachposten nicht dazu kamen, jeden einzelnen zu kontrollieren. Somit traten sie nun also in die erste Stadt dieses seltsamen Landes Ifrikia.

Plötzlich berührte Agnes sie an der Hand und blickte sie an. »Wir trinken viel bei Hitze«, sagte sie in nordländischer Sprache. »Abdullah sagt, nicht Männer in Augen sehen.«

Dankbar drückte sie Agnes´ Hand, trank einige Schlucke Wasser, woraufhin sie sich schon besser fühlte und folgte Sigurd, der darauf achtete, Ranveig immer in seiner direkten Nähe zu haben.

Die Gassen und Straßen der Stadt Susa waren völlig überfüllt. Ein Mann spielte laut auf einer Art Flöte, der Ton war grell und hoch, zwei Frauen stießen dabei seltsame rhythmische Laute aus, die einem Singsang glichen. Bergeweise wurden auch hier Gewürze, Früchte und seltsame runde Knollen angeboten. Ranveig wusste gar nicht, ob einige der Dinge essbar waren. Es gab braune faustgroße Kugeln, die wie Rüben aussahen, runde Gewächse in allen Größen und Farben, längliche Schoten, es herrschte eine atemberaubende Farbenvielfalt, dazwischen schrien Männer und Frauen stets etwas, was alles bedeuten konnte. Es wirkte so unglaublich fremd auf Ranveig, als hätte sie eine andere Welt betreten, die so wenig mit ihrer gemeinsam hatte.

»Bleib immer direkt bei mir!«, rief Sigurd. »Wenn dich einer dieser Bastarde bedrängt, sage es mir.«

Ranveig nickte nur, sicherlich konnte sie selbst auf sich aufpassen.

Sie kamen an einem Gebäude vorbei, über dem wieder einer dieser Halbmonde prangte. Davor standen, wie auch in Saraqusta, Dutzende Männer, die ihre Schuhe vor die Mauer stellten und barfuß das Haus betraten. Dabei fiel ihr auf, dass Abdullah kurz stehen blieb, seine Hände vor das Gesicht hielt, seine Augen bedeckte, einige Worte murmelte, dann aber weiterging. Womöglich war es die Begrüßung für diesen Gott, dessen Zeichen der Halbmonds war. Sie konnte nicht glauben, dass dieses Volk ebenso nur einen Gott besaß wie diese Christen. Dieser hier war wohl der schwächste von allen. Sein Volk lebte in einem Land, in dem der Boden beinahe nur aus Sand bestand, es gab keine grünen Wiesen, keinen Morgentau, keinen kühlen Nebel, den die Meergischt verursachte. Wo waren die Raben, die Krähen, wo die Blumen des Monats Goi? Wo die Mädchen mit blondem Haar und den typischen Zöpfen, wo die Schilde, auf denen die Zeichen ihrer Götter standen? Wo blieb der Morgengruß in ihrer Sprache, der

Thorshammer an den Hälsen der Männer, Friggs oder Freyas Antlitz an denen der Frauen und Mädchen?

In diesem Moment spürte sie, dass sie sich so sehr in ihrer Heimat sehnte wie an keinem anderen Moment ihrer Reise zuvor.

Abdullah führte sie durch verwinkelte Gassen, über Plätze, sie überquerten einen Markt, auf dem Stoffe angeboten wurden, die in ihrer Pracht und Farbenvielfalt alles übertrafen, was Ranveig jemals gesehen hatte. Sie mussten unbezahlbar sein, unmöglich, dass sich einer dieser Bewohner ein solches Tuch leisten konnte. Manche waren mit Steinen besetzt, diese fremde Schrift prangte auf vielen von ihnen, sogar auf Teppichen, die Wänden gleichend an Stricken angebunden bis zum Boden hingen.

Auf einem weiteren Platz wurden Schmuck und Edelsteine verkauft. Hierbei fielen ihr aber viele schwarz gekleidete Männer auf, die mit diesen typischen kurzen Krummsäbeln umherliefen. Vielleicht waren es Wächter? Der einzige Schmuckmarkt, den sie je besucht hatte, war der in Haithabu gewesen.

Die Männer sahen sie grimmig an. Dabei erinnerte sie sich daran, dass sie keinem Mann in die Augen sehen sollte, warum auch immer. Hatten sie denn Angst vor Frauen?

Sie gingen durch diesen Markt, bis sie vor einem der vielen Häuser stehen blieben. Henrik sagte ihr, Abdullah würde hineingehen, sie selbst sollten aber an Ort und Stelle warten.

Henrik, Agnes und Marius sprachen hektisch miteinander. War etwas nicht in Ordnung? Schließlich fragte Ranveig.

Die anderen wussten es natürlich nicht, doch wenn Abdullah sie hätte ausliefern wollen, wäre bei den vielen bewaffneten Wachposten eine gute Gelegenheit dafür gewesen.

»Warten wir etwas weiter drüben«, übersetzte Henrik Marius' Vorschlag. »Wir sehen auch von dort, mit wem er rauskommt, könnten aber fliehen.«

Sigurd hatte nichts einzuwenden, also warteten sie zwei Häuser weiter, ohne aber den Eingang des Hauses aus den Augen zu lassen, in dem Abdullah verschwunden war.

Es dauerte länger als erwartet, bis er schließlich wieder herauskam. Zunächst schien er verwundert, sie nicht anzutreffen, Marius winkte ihn jedoch zu sich.

Abdullah erzählte viel, und Ranveig wartete geduldig ab, bis Henrik übersetzte.

Wie um alles in der Welt wollten sie in einem Land, in dem alles derart voll und unübersichtlich war, ihre Familie und Freunde finden?

»Wir gehen zu einem Sklavenmarkt, der außerhalb Susas liegt«, erklärte Henrik schließlich. »Es ist ein halber Tag Fußmarsch.«

»Warum hilft er uns?«, fragte Sigurd. »Aus welchem Grund nimmt er eine solche Bürde auf? Ich weiß nicht, ob ich ihm trauen kann.«

Henrik nickt nur und fragte offenbar Abdullah. Er sprach wieder lange, Ranveig musste sich gedulden. Immerhin war er überhaupt etwas dieser Sprache kundig, die man Sächsisch nannte.

Schließlich blickte Henrik wieder zu ihnen. »Weil wir ihm geholfen haben. Er weiß nicht, ob wir sein Leben gerettet haben, aber wir halfen ihm aus größter Not. Er ist es uns schuldig, es zurückzuzahlen. Sein Gott verlangt es so.«

Sigurd schien dies nicht zu überzeugen. Ranveig jedoch glaubte ihm, Er schien kein verschlagener Mann zu sein.

So wie Völsungur es war. Sollte er in Nastrond elendig verrecken!

»Nur er kann uns helfen«, erklärte Henrik weiter. »Wenn wir es auf eigene Faust versuchen, finden wir nicht einmal einen dieser Märkte. Viele von ihnen sind offenbar ebenso verboten wie in Britannien.«

Nun nickte Sigurd, wenn auch gezwungen. »Gut, wir folgen ihm. Richte ihm aus, wenn wir Erfolg haben, werde ich ihm jedem Wunsch erfüllen, den ich verwirklichen kann.«

Abdullah lächelte dabei. Und schließlich machte er sich auf, seine Begleiter aus den nördlichen Ländern durch das weitere Susa zu führen.

Wie groß dies auch immer sein mochte.

Vertrauen

Tatsächlich mussten sie sich bereits am Ortsrand befunden haben, denn sie gingen schon bald durch ein anderes Stadttor hinaus. Die meisten der Menschen zogen direkt nach Süden, sie jedoch steuerten einen Markt im Westen an.

»Wohin gehen die alle?«, wollte Henrik von Abdullah wissen. Es fiel auf, dass nur wenige nicht den Weg nach Süden wählten.

»Qairoan. Große Stadt gleich nahe.«

»Noch größer als Susa?«

»Susa nur Hafen und Stadt. Qairoan mächtig. Viele Palast.«

Henrik konnte sich kaum vorstellen, dass es in direkter Nähe eine noch größere Stadt gab, aber er glaubte Abdullah.

Auf dem Weg nach Westen folgten ihnen immer weniger Menschen. Sie kamen an einigen Hütten vorbei, bis von der Stadt Susa nichts mehr auszumachen war. Tatsächlich gingen sie mittlerweile auf reinem Sand. Der Wind trieb ihn in Henriks Augen, daher hielt er sich die Hand vor das Gesicht. Einige Ziegen meckerten aus windschiefen Verschlägen, Reiter auf *djamalen* zogen an ihnen vorbei.

An einer der Hütten blieb Abdullah stehen und bat Marius, seinen Münzbeutel zu öffnen.

»Warum?«

»Weil Geld für Freund. Fragen.«

Marius öffnete ihn, Abdullah entnahm einige Münzen, deren Wert Henrik noch immer nicht kannte, und bat sie, an Ort und Stelle zu warten. Er selbst ging hinein.

Seine Rückkehr dauerte länger als erhofft. Wieder zogen einige Reiter vorbei, einige voll beladene *djamale* steuerten Susa an. Als Marius' Blick auf Agnes fiel, sah er ihr ihre Müdigkeit aufgrund der Seekrankheit noch deutlich an.

Beruhigend legte er eine Hand auf ihren Arm. Sofort wurde es warm in ihm. »Vielleicht können wir von dem restlichen Geld Kleidung für dich und Ranveig kaufen. Die Frauen tragen alle Gewänder aus dünnem Stoff.«

»Nein, wir werden es brauchen. Wer weiß, wie viele Leute Abdullah noch kennt, die er für Antworten bezahlen muss. Vielleicht alle in der riesigen Stadt dort unten.«

Er nickte und sah ihr in die Augen. Agnes schwitzte stark, ihre Augen waren rot unterlaufen, vermutlich vom Sand, der ihnen unentwegt in die Augen geweht wurde.

Da kam Abdullah zu ihnen zurück.

»Er gehen mit. Gleich kommen.«

Nur wenige Augenblicke später verließ ein ebenso junger Mann, wie Abdullah es war, die Hütte. Ohne sie zu grüßen, winkte er sie mit sich.

»Wir gehen doch jetzt nicht alle auf einen dieser Sklavenmärkte?«, sagte Marius. »Da können wir uns gleich selbst Ketten anlegen.«

Da blieb Abdullah stehen. »Niemand euch versklaven. Ich euer Herr. Das ein Freund, er Yussuf.« Ohne eine Antwort abzuwarten, folgte er diesem Yussuf, und Henrik und die anderen folgten schließlich ihm.

»Was heißt, er ist unser Herr?«, schimpfte Henrik.

Marius hielt einen Finger an seine Lippen, um Henrik dazu zu bewegen, leiser zu sprechen. »Womöglich gibt er sich als dieser aus. Wir müssen ihm wohl wirklich vertrauen.«

Sie umrundeten die kleine Ansiedlung und gelangten an eine Abzäunung, hinter der einige *djamale* standen. Yussuf holte drei dieser Tiere heraus, sagte einige Worte zu ihnen, woraufhin sie zuerst mit den Vorderbeinen einknickten und sich dann hinsetzen.

»*Yalla*!«, rief er schließlich und sah sie an.

»Was?«, fragte Sigurd. »Wir sollen da aufsteigen?«

»Natürlich!« Abdullah winkte sie nun zu den Tieren und half erst Ranveig und Agnes, aufzusteigen, bevor er sich vor sie setzte.

Sigurd blieb wie vom Donner gerührt stehen.

»Sie besser als Pferd«, forderte Abdullah ihn auf. »Los!«

Nun setzte Sigurd sich doch in Bewegung, half Marius auf den Rücken des Tiers, er selbst setzte sich mit Henrik auf das dritte *djamal*.

»Yalla!«, rief Yussuf, der vor Marius saß, und die Tiere erhoben sich. Zunächst befürchtete Henrik, herunterzufallen, doch als das *djamal* ging, schaukelte es nur noch. Zwar stärker als bei einem

Pferd, doch es fühlte sich sanfter an. Vermutlich lag es am Sand, oder aber die Hufe dieser Tiere waren weicher als die der Pferde.

»Wohin reiten wir?«, fragte er schließlich Abdullah.

»Einen halben Tag, dort schlafen. Dann weiter. Aber nicht Frauen.«

Henrik hatte nicht vor, Agnes und Ranveig allein zu lassen, und Sigurd würde Ranveig ohnehin niemals ohne ihn in den Händen der Fremden sehen wollen. Doch dies sollte sich morgen klären, momentan hieß es, sich auf dem Rücken des Tieres zu halten und zu hoffen, dass Agnes nicht wieder seekrank wurde.

Sie ritten eine Weile, bis einige Männer auf Pferden auf sie zu kamen. Zunächst ritten sie an ihnen vorbei, doch dann drehte einer von ihnen um und rief etwas.

Erschrocken hielt Henrik die Luft an.

Nun folgten dem ersten Fremden auch die anderen und bauten sich vor der Gruppe auf. Dabei rief der mutmaßliche Anführer etwas, wies auf Agnes und Ranveig und brüllte dabei Abdullah an.

»Kopftuch herunter!«, befahl Abdullah den Frauen.

Henrik dachte, ihm schlüge das Herz aus der Brust. Sie waren entdeckt worden, er musste unbedingt Ranveig und Agnes beschützen.

Als er sah, dass Sigurd nach seinem Schwert griff, hielt er ihn an, noch zu warten.

Nachdem Agnes und Ranveig ihre wahre Haarfarbe entblößt hatten, wirkten die Fremden noch aufgeregter. Wild gestikulierend schrien sie Abdullah und Yussuf an, die beiden versuchten sich offenbar gerade zu erklären. Es ging hin und her, Henrik hoffte nur, Sigurd könne noch so lange stillhalten, bis sie wirklich gezwungen waren, zu kämpfen. Doch plötzlich wurden die Männer ruhiger, sprachen weniger aggressiv, während Abdullahs Stimme eindringlicher wurde.

Der mutmaßliche Anführer ritt nahe an Ranveig heran, berührte ihr Haar, wendete sich aber schließlich ab und ritt mit seinen Männern davon.

Jetzt erst spürte Henrik wieder seinen Körper. Es war sehr knapp gewesen.

»Wer war das und was wollten die?«, fragte nun Marius.

»*Djimal*, sind Wächter des Wesirs. Sie kontrollieren.«

»Und was wollten sie von uns?«

»Was machen Sklaven hier? Ich sagen, ihr mein Besitz. Wenn sie euch mitnehmen, dann ich Geld.«

»Du hättest uns verkauft?«, rief nun Marius empört.

»Nein. Ich wissen, das Trick. Vielleicht geht gut.«

»Vielleicht?«

Henrik war einfach nur froh, dass vor allem Agnes und Ranveig nichts passiert war. Er sah zu Agnes, ihre Blicke trafen sich, es erleichterte ihn unendlich, sie unversehrt zu wissen.

Nachdem er es Sigurd und Ranveig übersetzt hatte, begriffen auch sie.

»Alle denken, ihr mein Besitz«, erklärte Abdullah. »Sonst ihr tot oder Sklave.«

Wieder blickte Henrik zu Agnes, und als sich abermals ihre Blicke trafen, spürte er, dass sein Herz wieder schneller schlug.

Diesmal war es aber keine Angst.

Voller Inbrunst betrachtete Arna die mit blauer Farbe in die Haut gemalten und gestochenen Linien, Kreise und Symbole. Sie würde lieber sterben als eines dieser Kunstfertigkeiten aus ihren Armen schneiden zu lassen. Wie oft hatte einer dieser Fremden sie dort anfassen wollen, doch sie hatte deren Hände stets weggestoßen. Seltsamerweise hatte sie dafür nie Prügel erhalten, womöglich, weil man sie respektierte. Es waren die Wege nach Walhall, die ihre Ober- und Unterarme zierten, die Zeichen von vierzehn Göttern auf dem rechten, von vierzehn anderen auf dem linken Arm. Odin, Thor, Freya und Frigg waren selbstverständlich auf ihrer rechten Hand verewigt, die, mit der sie die Feinde niedermähte. Jeder einzelne tote Gegner war ein Tribut an die Götter, ihr Blut sollte in die Erde einsickern und sie sowie den Götterstammbaum ehren. Diese Hand führte *Mjöllnir*, den Hammer des Thor, den Blitz des Odin, die Schläue der Freya und die Herrschaft der Frigg.

Mochte das Blut unzähliger Toter, die durch ihre Hand gestorben waren, Odin zum Trank gebracht werden. Und ebenso das Blut derjenigen, die noch sterben sollten. Selbst wenn sie die ganze Welt niedermetzeln müsste, wollte sie ihren Schwur niemals ablegen: zu fliehen. Es gab keinen Tag, an dem sie sich nicht ausmalte, wieder die Kühle ihrer Heimat auf ihrer Haut zu spüren.

Da legte jemand eine Hand auf ihrer Schulter. Es war Mjöllnir, der sie daran erinnerte, sich fertig zu machen.

Sie nickte nur, stand auf und starrte zum Gatter. Noch war es geschlossen, doch bald würden mehrere ›Ratten‹ kommen und sie holen. Die Schreie einzelner Männer hallten schon seit geraumer Zeit bis zu ihnen in diesen Verschlag, es schienen weitaus weniger zu sein als sonst.

Da hörte sie entfernte, schleichende Schritte. Radvald kam nun auch zu ihnen. Sie hoben die Köpfe aneinander, sodass sich ihre mit glänzendem Öl eingesalbten Stirnen berührten.

»Trotzet dem Feind, aber nicht dem Tod«, flüsterte Mjöllnir. »Für Odin!«

Arna und Radvald wiederholten es. Sie schloss kurz die Augen, sog den Moment der absoluten Verbundenheit auf, wusste, dass sie in keinen Armen lieber sterben würde als in denen dieser beiden. Sie waren mehr wie Geschwister, unzertrennlich bis Walhall, der Respekt und die Liebe füreinander war größer als alles andere, was auf sie zukommen könnte.

Als sie in die Augen ihrer Freunde sah, erkannte sie dieselbe Bereitschaft wie in ihr.

Sie waren bereit für den Tod.

Ihre Gegner auch?

Helles Licht blendete sie, als sie aus dem Dunkel des Verschlags auf eine sandige Fläche getrieben wurden. Es waren kaum Zuseher da, nur etwa ein Dutzend Männer. Sie waren jedoch alle auffallend sauber gekleidet, auf zwei Tischen wurden Münzen für Wetten angenommen, zwei Männer sammelten Beutel und andere Dinge von den Männern ein. Arna ahnte, dass dies kein öffentlicher Schaukampf war, sondern eine ganz andere Herausforderung. Diesmal schien alles weniger chaotisch, es hinterließ eher den Eindruck, als ginge es am heutigen Tag um sehr viel Geld. Als sie in die Höhe sah, schien die Sonne erbarmungslos vom Himmel. Keine Wolke war zu sehen, außer einem Baum neben dem Verschlag erkannte sie nichts Grünes. Sie stellte sich kurz vor, wie es aussähe, wenn die Köpfe aller abgehackt auf diesem Platz lägen, deren Blut in die Erde einsickerte und sie somit Odin zum Opfer dienten. Mehr war ihr verlaustes Leben auch nicht wert, es konnte keine größere Ehre geben.

Nun bildeten einige Menschen eine Gasse, um die anderen Kämpfer durchzulassen. Es waren nur zwei Männer, deren Gesichter aber wegen der grellen Sonne noch nicht erkennbar waren. Sie kamen auf sie zu, stutzten plötzlich, gingen langsamer und blieben abrupt stehen.

In diesem Moment erkannte auch Arna sie. Voller Schreck hielt sie die Luft an, ihre Hand begann zu zittern, und als sie zu Mjöllnir und Radvald blickte, standen diese ebenfalls wie angewurzelt da.

Ihre Gegner waren Grimar und Ragnar. Ihre Brüder, Freunde und unzertrennlichen Wegbegleiter. Grimar hatte sie einst ins Nebelland begleitet, Ragnar war einer der besten Freunde Einars gewesen, des Mannes, den jeder Einzelne lieber auf dem Stuhl des *yfirmannrs* gesehen hätte als Völsungur.

Sofort lief sie auf sie zu, wurde jedoch von zwei Männern durch Speere davon abgehalten, auf sie zu treffen.

»Lasst mich los, ihr verdammten Hunde!«, schrie sie sie an, doch als einer der Speere sie ins Fleisch traf, wich sie zurück.

»Diese Bastarde!«, rief nun auch Radvald. »Eher müsst ihr mich umbringen.«

Drei weitere Männer kamen und legten allerlei Waffen auf den Boden zwischen den beiden Lagern. Diesmal wollte Ragnar zu ihnen laufen, doch auch er wurde festgehalten. Im Zuge dessen kam nun ein Dutzend bewaffneter Männer hinzu, um ein weiteres Ausbrechen der Kämpfer zu verhindern.

Da warf einer der Fremden Radvald sowie auch Grimar ein Schwert zu. Die anderen wurden derweil festgehalten.

»Das werden wir nicht tun, ihr elenden Hunde!«, brüllte Mjöllnir wie von Sinnen. Voller Wut schleuderte er die Männer von sich, als wären es Fliegen, doch er wurde zu Boden geworfen, weil mehrere Fremde sich auf ihn stürzten. Auch Arna und Radvald wollten eingreifen, es kamen aber immer mehr Männer und trennten sie voneinander.

Arna spuckte vor Wut um sich. Sie wollten sie gegeneinander kämpfen lassen. Wie wilde Tiere, die halb verhungert waren. Gab es denn keine dieser ziridischen Kämpfer mehr?

Als sich der Tumult gelegt hatte, führten einige Männer Grimar sowie Radvald in die Mitte des Platzes. Dort warfen sie ihnen wieder je ein Schwert zu, doch weder Radvald noch Grimar nahmen es zur Hand. Männer schlugen sie mit dünnen Gerten, traten auf sie ein, keiner der beiden griff allerdings nach einer Waffe.

Schließlich löste sich einer der Fremden, hielt Grimar einen Krummdolch an den Hals und wies mit einer Handbewegung Radvald an, das Schwert aufzunehmen.

»Radvald, tue es!«, rief Grimar. »Ich mag durch deine Hand sterben, nicht durch die eines dreckigen Hundes. Ich werde nach Walhall gehen.«

»Lasst ihn, ihr ehrlosen Bastarde!« Arna schrie, so laut sie konnte, riss an den Armen der Männer, doch es waren zu viele.

Radvald hingegen sah Grimar an, ergriff das Schwert aber nicht.

»Das wirst du ohnehin. Wir alle werden es. Keinesfalls werde ich einen Bruder töten!« Die Männer um ihn herum sahen verdutzt, erwarteten womöglich einen Kampf, doch Radvald blieb einfach stehen.

Plötzlich spritzte Blut. Grimar verzog das Gesicht, seine Augen öffneten sich und unter einem nicht zu deutendem Geschrei der Männer sackte er in sich zusammen.

Der Mann hatte ihm die Kehle durchgeschnitten.

»Du verdammter Hund, ich werde dich wie eine Ziege ausnehmen!«, rief Radvald voller Wut. »Ihr elenden, dreckigen Bastarde!«

Arna konnte ihre Augen nicht von Grimar abwenden. Er war ein großer Krieger gewesen, ein ewiger Getreuer Odins. Nun lag er tot im Sand, in einem Land, das so weit von ihrer Heimat entfernt war wie die Sterne von Midgard.

Plötzlich wurde Arna in die Mitte gezogen. Sie wehrte sich nicht. Wenn nun der Tag kam, an dem sie starb, nahm sie das Los dankend an. Noch heute würde sie in die Hallen Walhalls einkehren, all die mutigen, verehrten Krieger sehen und mit ihnen trinken. Als Walküre war ihr dort ein Platz in den ewigen Hallen sicher.

Ihr wurde Ragnar gegenüber platziert. Die Fremden berieten sich offenbar, schließlich stellte sich einer von ihnen hinter Arna und hob ihr, wie zuvor bei Grimar, einen Krummsäbel an die Kehle. Dabei schrie er sie an.

»Halt dein dreckiges Maul!«, sagte sie ihm nur. Dann wendete sie sich Ragnar zu. »Tu es, töte mich. Ich möchte lieber durch deine Hand sterben als durch die dieser dreckigen Hunde.«

»Nein!«, rief Ragnar. »Lieber richte ich mich selbst.«

»Bitte, Ragnar. Tu es.«

Sie erkannte, wie Ragnar Hilfe suchend um sich sah, schließlich aber das Schwert zur Hand nahm und es sich selbst an die Kehle setzte. Noch bevor er es durch seinen Hals ziehen konnte, warfen ihn Männer allerdings zu Boden und rissen ihm das Schwert aus der Hand.

Arna spürte einen so schweren Schlag in ihrem Rücken, dass sie kurzzeitig keine Luft bekam. Wie ein Sack fiel sie zu Boden und wurde am Aufstehen gehindert, weil jemand seinen Fuß auf ihren Kopf stellte. Er schrie etwas, doch ein älterer Mann kam zu ihnen, hob die Hand und bat offenbar zur Ruhe. Aufgeregt redete er mit den anderen, es schien ein Streit zu entstehen.

Arna wartete nur auf ihren Tod. Sie sah die Hallen Walhallas bereits vor sich, erkannte die Gesichter ihrer Freunde, staunte über die mächtigen Säulen und hohen Steinbögen.

Plötzlich wurde sie in die Höhe gerissen. Weder hielt ihr jemand eine Waffe an den Hals noch wurde sie geschlagen.

Der ältere Mann musterte zunächst Ragnar, dann Arna, kam nahe zu ihr heran und begann plötzlich zu grinsen.

Arna verstand, dass er nicht willens war, klein beizugeben. Aus irgendeinem Grund wollte er nicht, dass sich die Kämpfer selbst umbrachten. Womöglich wollte er einen Kampf, wollte erleben, wie es war, wenn sich die Nordmenschen gegenseitig Leid und Schmerz zufügten.

Er griff an Arnas Kinn, näherte sich ihr mit seinem Gesicht und sprach ein paar Worte. Arna wartete darauf, ihm die Lippen mit ihren Zähnen aus dem Gesicht zu reißen, doch leider kam er nicht so nahe an sie heran.

Schließlich winkte der Ältere den anderen zu, die den vier Freunden die Hände fesselten und sie in den Verschlag zurückführten.

Dort fielen Radvald, Arna und Mjöllnir Ragnar in die Arme, sie legten die Stirnen aneinander und ihre Hände auf seine Schultern. Die beiden Wachen, die mitgekommen waren, blieben indessen an der Türe stehen, ohne einzugreifen.

»Wie viele gibt es noch von uns?«, fragte Radvald schließlich.

»Sie haben uns früh getrennt. Manche waren in Fünfergruppen, die Frauen, Kinder und Älteren sind verschwunden.«

«Sie sind als Arbeitssklaven verkauft worden«, antwortete Mjöllnir. »So wie wir es mit den *Thrallen* taten.«

»Ich weiß nicht, wo sie alle sind!«

Arna konnte ihren Blick lange nicht von Ragnar nehmen. Sie war so froh, einen der Ihren wiederzusehen, aber auch sehr wütend auf ihn.

»Warum hast du es nicht getan?«, fragte sie schließlich. »Er hätte dich genauso töten können wie Grimar.«

»Du weißt, warum. Weil wir alle lieber selbst sterben als unsere Brüder und Schwestern zu töten.«

Sie hätte ebenso gehandelt, und sie war froh, dass die Bande zwischen ihnen genauso stark und unzertrennbar waren wie einst.

»Sie werden uns dennoch umbringen«, sagte Radvald schließlich. »Die Männer dort draußen haben viel bezahlt. Sie werden sich etwas einfallen lassen, um zu ihrem Geld zu kommen.«

»Der Alte will unseren Tod!«, bestätigte nun auch Arna. »Ich habe es in seinen Augen gesehen.«

»Dann ist heute der Tag der Tage!« Mjöllnirs Stimme donnerte durch den Raum. »So werden wir heute Walhall betreten oder fliehen. Niemals zuvor waren so wenige Fremde zugegen, dort draußen sind nur sechzehn Männer mitsamt Wachen. Und nur fünf sind besser bewaffnet.«

Radvald und Ragnar sahen ihn an, ohne etwas zu entgegnen, Arna spürte jedoch Hitze aufkommen. Sie hatte nichts dagegen, noch heute Midgard zu verlassen, noch weniger, alle dort draußen abzuschlachten. Am wenigsten wollte sie sich hinrichten lassen wie ein Hund.

Kurz sah sie zu den beiden Wachposten. Jeder hatte je ein Kurzschwert in der Hand und einen Krummsäbel in der Waffenscheide stecken.

»Dann ist heute wirklich der Tag gekommen«, sagte sie mit fester Stimme. »Ich werde mir nicht den Hals durchschneiden lassen. Töten wir sie alle. Jetzt.«

»So soll es sein«, antwortete Radvald. »Wenn es unser letzter Kampf wird, dann sterbe ich gern an eurer Seite.«

Mjöllnir uns Ragnar sahen sich an und stellten sich ebenfalls zu ihren Freunden. Nun, in der Mitte des Verschlags, vor den Augen der beiden Wachen, blickten sie in ihre Gesichter. Wohl wissend, dass der Tag der Einkehr zu den Altvorderen kommen konnte. Heute war es vielleicht ihr Blut, das in die Erde sickerte. Sie gaben es Odin gern, es konnte keinen besseren Grund geben.

Doch sie würden so viele wie möglich mit in den Tod reißen.

Sie legten die Hände auf die Schultern ihrer Kameraden, legten ihre Köpfe aneinander und wollten den Kampfesspruch aufsagen, doch keiner tat es. Diesmal war es anders. Endgültig. Entweder starben sie oder sie flohen. Wohin auch immer.

»Ein letztes Mal!«, sagte Arna schließlich. »Wir wollen unseren Göttern alle Ehre bereiten.« Sie sah den anderen in die Augen, schloss ihre dann selbst und atmete tief durch.

»Möge *mjillnir* die Herzen der Feinde zerschmettern. Möge sein Hammer die Dörfer der anderen vernichten und ihre Waffen zerstören. Das Horn erklingt, Schilde bersten, Klingen brechen, Walhall lockt, die Götter rufen, und wir werden bereit sein.«

Es waren die Worte, die sie stets vor großen Kämpfen aussprachen. Es war einzigartig, und auch jetzt spürte Arna, wie ein Schauer durch ihren Körper kroch. Sie war bereit, bereit für Walhall.

Sie löste sich, dachte kurz nach und ging dann auf die beiden Wachposten zu. Sofort hielt einer seine Waffe an ihre Brust und rief etwas. Weil auch der andere etwas sagte, war er kurz abgelenkt. Arna nützte dies, um ihm die Waffe aus der Hand zu treten, schlug derart fest ihren Kopf in sein Gesicht, dass er gegen die Wand hinter ihm prallte und liegen blieb, während Radvald dem anderen rennend seinen Kopf in dessen Bauch rammte. Mjöllnir tötete beide, indem er ihre Köpfe zertrat.

Augenblicklich schnitten sie mit den Waffen ihre Fesseln durch, rissen so leise wie möglich Holz aus einer ohnehin löchrigen Wand, brachen sie in etwa schildgroße Stücke und banden Stricke darum. Nun hatten sie eine Art Schild. Es würde nicht lange halten, doch die ersten Angriffe könnten sie abwehren.

Zunächst kletterte Ragnar aus der hinteren Wand, spähte vorsichtig zum Kampfplatz und beobachtete die Lage.

»Sie haben sich aufgeteilt!«, berichtete er, nachdem er wieder zurückgekehrt war.» Keiner ist bei den *djamalen*. Wir müssen schnell sein.«

»Zuerst die mit den Waffen und diejenigen, die den Tieren am nächsten stehen!«, sagte Arna. »Niemand darf fliehen.«

Anschließend hielt sie die Luft an. Sobald sie die Türe öffneten, mussten sie rennen. So schnell es ging.

Blut musste fließen, im besten Fall das allen Gegnern.

Getrennt

»Was heißt, ohne Frauen?«

Ranveig ahnte, dass Henrik ihr diese Frage nicht beantworten konnte, und sie hoffte, er hätte Abdullah nur falsch verstanden. Doch Agnes bestätigte immer wieder, dasselbe gehört zu haben. Sie und Agnes sollten offenbar irgendwo bleiben, wenn es die Lage erforderte, nur ahnte sie, dass Sigurd sie niemals allein ließe.

Ranveig wusste nicht, wie lange sie schon ritten. Sie hatten die kleine Ansiedlung längst verlassen, vielleicht erst vor Kurzem, möglicherweise bereits vor einem halben Tag. Niemals hätte sie gedacht, dass die Gegend so eintönig werden könnte. Nur ab und an stand ein Baum oder Strauch in ihrer Nähe, dünne Pflanzen wuchsen aus dem Boden, der nur aus Sand bestand. Hier gab es nichts außer dem Braun des Untergrunds und dem so hellen Blau des Himmels, dessen Farbe von der flimmernden Hitze verschluckt zu werden schien. Das Schaukeln des *djamals* unterstrich die Eintönigkeit, nur das Grunzen dieser Tiere holte sie immer wieder aus einem Zustand, der einem Traum glich. In der Ferne flimmerte der Boden, mal war es ihr, als würde sie einen See erkennen, der dann aber wie durch Zauber verschwand. Es war stets ein seltsames Schauspiel, und sie fragte sich, ob die Sinne ihr einen Streich spielten oder es zu den Geheimnissen dieses Landes gehörte. Womöglich hielt auch deren Gott sie zum Narren, weil er ahnte, was sie vorhatten.

Als sie bei einem Brunnen erneut glaubte, er verschwände wieder, wenn sie näher kamen, entpuppte dieser sich tatsächlich als Wasserstelle. Von einigen Palmen umringt enthielt ein rundes Mauerwerk Wasser, vom dem sie tranken, mit dem sie die Schläuche auffüllten und die Tiere ebenfalls ihren Durst löschten.

Abdullah sagte etwas, was Henrik schließlich übersetzte.

»Wir sind offenbar gleich da. Wenn wir ankommen, sollten die Frauen keine Fragen stellen. Die Menschen dort verstehen uns ohnehin nicht, und wir zögen somit nur ungewollte Aufmerksamkeit auf uns.«

»Was heißt, wir sind gleich da?«, wollte Sigurd wissen.

»Ich weiß es nicht. Er sagte, es handle sich um Freunde seines Freundes.«

»Offenbar sind hier alle miteinander befreundet!«

Ranveig merkte Sigurd an, dass seine Geduld bald ein Ende hatte. Auch er ertrug die Hitze nur schwer, und die Tatsache, dass sie nun nicht nur Abdullah vertrauen mussten, sondern auch diesem Yussuf, dessen Augen so schwarz waren, als spiegelten sie die endlose Weite Nastronds wider, beunruhigte sie zusätzlich.

Tatsächlich erreichten sie etwas später ein seltsam wirkendes Zelt. Es war auffallend groß, rund, dicke Stoffe waren über Stangen gespannt, die schief aus dem Boden ragten, der Eingang war durch eine emporgeschlagene Decke sichtbar. Schon von Weitem sahen sie eine Frau auf sich zu kommen.

Yussuf begrüßte sie knapp, als dann aber ein älterer Mann aus dem Zelt kam und auf sie zulief, begrüßte Yussuf ihn deutlich euphorischer. Auch Abdullah umarmte ihn, sie küssten sich mehrmals auf die Wangen, die Frau indessen stand nur da und sah auf die Fremden.

Schließlich winkte der Fremde ihnen zu. Mit wenigen Worten brachte er die *djamale* dazu, die Vorderbeine einzuknicken, sodass sie alle heil von den hohen Tieren steigen konnten.

»Wer ist das?«, fragte Sigurd. Auch Marius redete auf Abdullah ein. Schließlich kam dieser zu ihnen und sprach mit ihnen. Ranveig hatte keine Geduld mehr, sie wollte unbedingt wissen, was nun geschah. Waren ihre Mutter und Balbó etwa in der Nähe?

»Agnes und du sollen hierbleiben«, erklärte Henrik. »Dort, wo wir hingehen, sind offenbar keine Frauen erwünscht.« Dabei wirkte er selbst ungläubig und drehte sich hektisch zu den andern um.

»Ich lasse sie keinesfalls allein hier«, antwortete Sigurd prompt.

Henrik nickte. »Und ich Agnes nicht!«

Als Agnes dies hörte, stemmte sie ihre Arme in die Hüfte. »Ich selbst aufpassen mich!«

»Und jetzt?«, wollte Ranveig wissen.

»Auf keinen Fall!«, wiederholte Sigurd. »Nur über meine Leiche.«

Ranveig wusste nicht, was sie tun sollte, und gerade als sie nach dem Grund fragen wollte, sprach Abdullah weiter. Er redete lange, wies mit der Hand in eine bestimmte Richtung, gestikulierte viel. Währenddessen ging die Frau wieder in das Zelt.

»Die beiden werden uns zu einem der Sklavenmärkte führen«, erklärte Henrik ihnen schließlich. »Dort dürfen unter keinen Umständen Frauen dabei sein. Es ist eine halbe Tagesreise entfernt und einer der wichtigsten Umschlagplätze für Sklaven aller Art.«

Es gab also eine wirkliche Möglichkeit, ihre Familien zu finden. Augenblicklich schlug Ranveigs Herz schneller. Sie durften ihre Mühen nicht gefährden, nur weil sie sich nicht trennen wollten.

»Sigurd, wir bleiben allein! Du musst unsere Familien ausfindig machen.«

»Hier können sie euch einfach so abschlachten!«

»Das können sie überall, und das weißt du. Wenn wir diese Möglichkeit verweigern, wars das vielleicht. Ich bleibe hier!«

Offenbar hatte Agnes genug verstanden, denn sie nickte nun, wendete sich Marius und Henrik zu und sprach mit ihnen. Besonders Henrik wehrte sich offenbar gegen Agnes' Wunsch, ebenfalls hierzubleiben. Es ging hin und her, auch Abdullah mischte sich in die Diskussion mit ein.

Schließlich drehte sich Henrik ihnen zu. »Marius wollte auch bei euch bleiben, doch das ist gefährlicher, als wenn ihr allein hierbleibt. So würde euch Ismail - das ist der alte Mann - als seine beiden weiblichen Sklaven ausgeben, und das wäre mit Marius nicht möglich.«

»Wir sind jetzt seine Sklaven?«, rief Ranveig entsetzt.

»Nein, nur zum Schein. Falls wieder Männer kommen und nachfragen. Es ist eine Tarnung. Ihr sollt bis zu unserer Rückkehr hierbleiben.«

»Was mich angeht, bleibe ich«, entgegnete sie nun und wendete sich Agnes zu. »Aber ich kann nicht für dich sprechen.«

»Ich bleibe auch.« Dann sprach sie auf Nordisch weiter, doch verhaspelte sich. Schließlich erklärte sie es Henrik, der es Ranveig und Sigurd übersetzte.

»Sie mag diese Mission nicht gefährden. Sie bleibt bei Ranveig.«

»Das ist Wahnsinn!«, rief nun Sigurd. »Dann kann ich dich gleich diesen Bastarden vor die Füße werfen!«

»Sigurd, unsere Wege trennen sich nun! Es ist meine Entscheidung! Sonst war alles umsonst.«

Ihr fiel auf, dass Yussuf und Ismail miteinander sprachen, Abdullah sagte ebenfalls einiges zu Henrik und Marius.

»Es ist der sicherste Platz im Moment«, übersetzte Henrik.

»Ismail lebt hier seit vielen Jahren unbehelligt, er kennt die meisten Menschen der Umgebung. Er hat versprochen, euch zu beschützen.«

»Ein alter Mann!«, rief Sigurd. »Er kann kaum ein Schwert halten.«

Jetzt erst ging Ranveig auf Sigurd zu und legte eine Hand auf seine Schulter. »Sigurd, wenn es die einzige Möglichkeit ist, dann werde ich bleiben. Wenn die Götter bestimmen, dass du unsere Familien findest, gehe diesen Weg. Ich werde jetzt nicht zurückkehren, weil du dir selbst versprochen hast, mich zu beschützen. Wir wussten immer, warum wir loszogen. Und du wärst auch allein aufgebrochen.«

»Er sagt, wir brechen erst morgen auf«, unterbrach Henrik sie. »Abdullah schwört auf seinen Namen, dass wir Ismail und seiner Frau vertrauen können.«

»Ich traue hier niemandem!« Sigurds Stimme klang unerbittlich.

»Aber ich!«, entgegnete Ranveig. »Und ich werde bleiben, damit du gehen kannst. Morgen wirst du ihre Spur finden.«

Sigurd schüttelte den Kopf, fluchte, stampfte auf und ging einige Schritte weg. Auch Marius redete auf Agnes ein, diese schien jedoch stur zu bleiben. Erstaunt sah Ranveig sie an. In diesem Moment fühlte sie sich dieser stolzen jungen Frau näher als jemals zuvor.

Wieder sah sie zu Sigurd. Er haderte, schimpfte, doch sie wusste, dass er ihre Entscheidung letztlich akzeptierte. Ihr war aufgefallen, dass er mit jedem Schritt, den sie sich diesem Land genährt hatten, aufgeregter geworden war, beinahe rastlos. Morgen sollte er einen der Sklavenmärkte besuchen. Seltsamerweise dachte sie an Northumbria zurück, an den Anfang ihrer Reise. Niemals hätte sie erwartet, so weit zu kommen. Sie durften ihren Erfolg nicht gefährden, nur weil Sigurd sie stets an seiner Seite haben wollte.

Offenbar hatte sich auch Agnes durchgesetzt, denn Marius und Henrik verzichteten darauf, weiter auf sie einzureden.

Da winkte die Frau sie in das Zelt. Zuerst gingen Abdulla, Yussuf und Ismail hinein, baten Marius, Henrik und Sigurd mit sich, und als diese verschwunden waren, folgten auch Agnes und Ranveig.

Die Frau, etwa vierzig Jahre alt, mit tiefen Falten im Gesicht und großen braunen Augen, lächelte sie scheu an, hob den Teppich, der den Eingang freigab, etwas an, und folgte ihnen ins Innere.

Augenblicklich schlug ihnen deutlich kühlere Luft entgegen. Ranveig staunte, als sie sich umsah. Durch schmale Ritzen fiel so viel Licht ins Innere des Zeltbaus, dass sie alles erkennen konnte, aber nicht zu viel, um die Luft im Inneren nicht mehr als nötig aufzuwärmen. Mehrere Teppiche lagen herum, ein Teil des Zeltes war durch herabhängende Stoffe, die wohl als Wände dienten, vom Hauptraum getrennt. Ranveig fragte sich, ob die Schlafstätten dahinter lagen.

Die Frau ging noch mal hinaus und kam mit einem Kessel wieder zurück. Währenddessen bat Ismail die Männer, sich auf die Teppichen in der Mitte des Zeltes zu setzen, und als sich auch Agnes und Ranveig niederlassen wollten, hielt Ismail sie davon ab. Also blieben die beiden erst mal stehen, ohne zu wissen, warum sie ausgeschlossen wurden. Die Frau goss den Männern ein dampfendes Getränk in metallene Becher, es roch augenblicklich süßlich und herb zugleich. Es musste sich um ein Gebräu handeln, das die Frau vor dem Zelt an der Feuerstelle zubereitet hatte.

Als alle Becher voll waren, kam die Frau zu ihr und Agnes und bat sie, in der Nähe eines der herabhängenden Stoffe auf einem weiteren Teppich Platz zu nehmen. Dort schenkte die Frau auch ihnen etwas von dem Gebräu in Becher. Als Ranveig daran roch, konnte sie kein Gewürz erkennen, dass sie kannte, und sie fragte sich, warum sie bei dieser Hitze ausgerechnet etwas Heißes trinken mussten. Als sie probierte, schloss sie kurzzeitig die Augen. Es schmeckte außerordentlich gut.

Während die Männer miteinander sprachen und Henrik ständig übersetzte, musterte Ranveig die Frau. Ihr Blick wirkte gütig, eine schwarzer Strich umrundete ihre Augen und ließen sie größer wirken, zudem fielen ihr unzählige Pünktchen in ihrem Gesicht sowie auf ihren Händen auf, die mit einer rötlich braunen Farbe aufgetragen worden waren.

»Farah!«, sagte sie schließlich und wies auf sich. »Farah!«

Nun stellte Agnes sich und Ranveig vor, wiederholte dabei die Namen mehrmals, Farah hatte jedoch Schwierigkeiten, sie richtig zu benennen. Allerdings gelang es ihr nach mehreren Anläufen immer besser.

»*Hamdali*!«, sagte sie danach und wies auf ihre Becher. Dabei rieb sie ihren Bauch.

Ranveig nickte nur. Sie ahnte, dass sie sich all das nicht würde merken können, es klang so fremdartig, so schwer. Diese Menschen sprachen, als würde etwas in ihrer Kehle stecken, und wenn sie selbst versuchte, das Wort zu wiederholen, klang es geradezu lächerlich. Ihre Gedanken schweiften jedoch bereits ab zum kommenden Tag. Heute mussten sie irgendwo hier schlafen, vermutlich auch abseits der Männer, die aus einem ihr unerfindlichen Grund von ihnen ferngehalten wurden. Und wenn ihre Freunde morgen loszogen, waren sie und Agnes allein mit den beiden Zeltbewohnern. Deutlich spürte sie, wie eine unsichtbare Hand ihren Magen umschloss.

Die Frau lächelte sie auffallend oft an, sie verzichtete jedoch auf weitere Worte. So saßen sie nur da, schwiegen, sahen sich scheu an und warteten.

Schließlich kam Henrik zu ihnen. Noch bevor er bei ihnen Platz nahm, stand Farah auf und stellte sich an den Eingang des Zeltes.

»Abdullah hat mir erklärt, dass Männer und Frauen grundsätzlich getrennt sitzen, außer wenn das Paar allein ist. Das ist offenbar im ganzen Land so.« Er sagte es in der anderen Sprache auch Agnes, die etwas fragte, woraufhin die beiden schließlich gestikulierend zu streiten begannen. Als Henrik aber Agnes eine Hand auf ihre legte, sah Ranveig, wie Agnes augenblicklich ruhiger wurde.

»Was ist?«, wollte Ranveig wissen.

»Wir verstehen alle nicht, warum sie die Frauen von den Männern trennen. Es ist aber offenbar wichtig. Ihr sollt auch nicht einfach so Ismail ansprechen.«

»Das ist nicht schwer, wir können uns ohnehin nicht verständigen.«

»Ich verstehe das alles auch nicht!«, erwiderte Henrik. Dabei sah er ihr lange in die Augen. »Ranveig, ich wollte nicht, dass wir uns trennen. Sigurd kann es auch nicht akzeptieren.«

»Er muss! Ich habe mich entschieden, denn offenbar gibt es keine andere Lösung.«

»Ich habe noch einmal nachgefragt, aber es darf wohl kein Mann hierbleiben. Ismail sagte, es würde sonst zu sehr auffallen und es wäre auch unüblich, männliche und weibliche Sklaven zu halten. Das sind seine Bedingungen.«

»Was ist das für ein seltsames Volk? Haben die Männer Angst vor den Frauen und halten sie deshalb getrennt von sich?«

»Ich weiß es nicht, Ranveig.«

Nun sprach er auch mit Agnes, und Ranveig sah ihr deutlich an, dass sie verunsichert war.

Langsam ging die Sonne unter, schließlich wurde es dunkel. Ismail blickte in alle Richtungen, und da kein Licht zu erkennen war, durften sie das Zelt verlassen. Ranveig war froh, endlich zu ihren Freunden gehen zu können.

»Kein Wunder, dass sie zum Kämpfen nichts taugen«, brummte Sigurd etwas später. »Sie sitzen den ganzen Tag im Schatten, weil es in der Sonne zu heiß ist, trinken warmes Gebräu, während ihre Hände nicht in der Lage sind, ein Schwert zu halten.«

»Und sie haben Angst vor Frauen«, erwiderte Ranveig.

»Sie haben dich offenbar bereits kämpfen sehen.« Er sagte es lächelnd, und als sie ebenfalls grinsen musste, zog er sie zu sich und küsste sie auf ihr Haar.

»Finde sie!«, flüsterte Ranveig ergriffen. »Sigurd, unser Weg kann nicht umsonst gewesen sein. Ich weiß, dass uns die Götter nach wie vor führen. Finde sie und bringe sie zurück.«

»Du weißt, dass wir morgen nur einen Sklavenmarkt besuchen. Einen von vielleicht vielen. Es ist Monate her, Ranveig.«

»Das klingt so, als gäbst du auf?«

»Nein, niemals. Es ist nur so … Es wäre großes Glück, könnte sich dort jemand an sie erinnern. Was, wenn ständig Menschen unseres Volkes angeboten werden?«

»Ich vertraue den Göttern, und du solltest das auch, Sigurd. Deine Hand trägt Thors Axt, deine Gedanke Odins Willen.«

»Ja, du hast recht. Manchmal vergesse ich das, erst recht, seit wir in Ifrikia sind. Es ist ein seltsames Land, als trüge die Luft etwas in sich, was uns alles um uns herum vergessen lässt.«

»Es ist alles fremd hier, Sigurd, selbst die Luft zum Atmen. Die Götter sind aber immer bei uns, selbst wenn es hier den letzten Gott gäbe. Den letzten, bevor *ginnungagap*, der Rand der Erde, unsere Welt vom Nichts trennt.«

»Unsere Götter sind auch außerhalb *ginnungagaps* bei uns. Niemand erinnert mich mehr und öfter daran als du, Ranveig. Und dafür bin ich dir dankbar. Du bist eine wahre Odinstochter.«

Sie fühlte, wie eine warme Welle ihren Körper durchdrang. Es war selten geworden in diesem Land, den Göttern so nahe zu sein, doch in diesem Moment spürte sie ihre Anwesenheit, als stünden sie alle direkt um sie herum.

Sie sprachen alle noch lange, bevor sie sich schlafen legten. Tatsächlich trennten die herabhängenden Stoffe die Schlaflager vom Innern des Zeltes. Farah wies ihr und Agnes zwei Decken zu, die direkt nebeneinander lagen, sie selbst schlief bei ihnen. Es war seltsam für Ranveig, nicht in der Nähe Sigurds und ihrer Freunde zu nächtigen, doch wenn es der weitere Weg war, wollte sie auch die Pforten zu Utgard durchschreiten. Manchmal dachte sie sogar, in Utgard zu sein, in der Welt außerhalb Midgards, dort, wo seltsame Trolle und Wesen hausten.

Es dämmerte gerade, als Ismail sie weckte. Henrik hatte schlecht geschlafen, denn die Angst, von Männern entdeckt zu werden, die sie als Eindringlinge erkannten, war allgegenwärtig. Zudem plagten ihn ein kaum zu ertragendes schlechtes Gewissen sowie Angst um Ranveig und vor allem Agnes, sie ohne ihren Schutz allein zu lassen. Er selbst musste seine Freunde als Dolmetscher begleiten, leider hatte es sich nicht ergeben, wenigstens Marius bei den Frauen zurücklassen zu können. Wohl oder übel mussten sie Ismail vertrauen, auch wenn es ihm schwerfiel. Was, wenn sie zurückkehren sollten und die beiden nicht mehr antrafen? Deshalb versuchte er ein weiteres Mal, eine andere Lösung bei Abdullah zu erfragen, doch dieser blieb hart. Keine Frauen auf dem Sklavenmarkt, kein Mann durfte bei Ismail zurückbleiben. Dabei bestätigte Abdullah erneut Ismails Bekanntheitsgrad in dieser Gegend. Er sei ein ehrenwerter Mann, den auch viele Wachsoldaten kannten und dessen Wort sie seit jeher vertrauten. Und als er Abdullah fragte, warum Ismail denn seinen guten Ruf wegen einiger Fremder riskierte, erfuhr er, dass der etwa fünfzigjährige Mann Sklavenhaltung hasste und es nicht zum ersten Mal vorkam, dass er einigen Glücklichen zur Freiheit verhalf.

Henrik verabschiedete sich auf Nordmannsart von Ranveig, indem die beiden ihre Stirnen aneinanderlegten. Er fand keine

Worte, hoffte, sie würde stark bleiben und auch Agnes beistehen. Der Abschied von Agnes fiel ihm außerordentlich schwer. Er war seltsam, als er ihre Hände in seine legte und in ihr Gesicht sah. Es war rot, die Lippen waren aufgeplatzt, als bestünden sie aus Sand. Ihre Augen hingegen waren genauso leuchtend und wunderschön wie beim ersten Mal, als er sie in Bremun gesehen hatte.

»Holt sie zurück, und dann lasst uns aus diesem Ofen endlich verschwinden!«, hauchte sie leise.

»Ich kann dich nicht hierlassen!« Henrik fühlte sich plötzlich schwach, ungewohnt durcheinander, ratlos.

»Doch, du kannst! Wir wussten, was alles auf uns zukommen kann. Geh!«

Sie schob ihn etwas weg von sich, und er hatte das Gefühl, sie täte es widerwillig.

Als Marius sich ebenfalls von Agnes verabschiedete, sah er zu Sigurd. Obwohl er es nicht genau verstand, weil die beiden so leise sprachen, wusste er, dass Ranveig und Sigurd mit den alten Gebräuchen den Schutz der Götter erbaten. Auch Sigurd kämpfte, Ranveig nun zurückzulassen, doch sein Gesicht war gleichzeitig voller Emotionen. Vielleicht gelang es ihnen ja wirklich, den Aufenthaltsort der Verschleppten herauszufinden.

Als sie aufbrachen, winkten ihnen Agnes und Ranveig nur kurz nach, denn Farah holte sie zu sich ins Zelt.

In diesem Moment hoffte Henrik, die beiden Frauen würden das Zelt tagsüber nie verlassen, um den Blicken Fremder nicht ausgesetzt zu sein. Ismail war immerhin gut bezahlt worden, denn in Marius' Beutel befanden sich nur noch wenige Münzen.

Sie ritten Richtung Westen. Immer weniger Sträucher oder Büsche wuchsen aus dem Boden und bald war nur noch Sand zu sehen. Mal sah er aus wie Wasser, denn die Oberfläche zog sich wellenartig bis zum Horizont, andere Male wie der trockene Boden in einem heißen Sommer in seiner Heimat. Henrik fragte sich, woher Abdullah und Yussuf den Weg wissen konnten, es gab hier nichts, an dem man sich orientieren konnte. Mal tauchte ein Hügel auf, mal ein Plateau. Dennoch sah alles gleich aus, das monotone Blau des Himmels verschmolz mit dem Braun des Sandes.

Als die Sonne am höchsten stand, rasteten sie. Abdullah riet ihnen, die Wasseraufnahme zu reduzieren, denn offenbar bekam man umso mehr Durst, je mehr man trank. Henrik fand dies eigenartig, doch er glaubte den Einheimischen, schließlich waren diese hier in diesem unwirtlichen Land aufgewachsen.

Als Henrik irgendwann befürchtete, gar kein Zeitgefühl mehr zu haben, tauchten vor ihnen einige Palmen auf. Ein Brunnen war zu sehen, mehrere Zelte in bunten Farben, einige Wimpel flatterten im Wind, wenigstens zwanzig *djamale* standen zu einer Herde zusammen. Etwa ein Dutzend Männer hatte sich dort versammelt, von Norden näherten sich zwei weitere Reiter.

Da stoppte Yussuf sein Tier und winkte Abdullah zu sich heran. Sie unterhielten sich, sahen immer wieder zu dem mutmaßlichen Sklavenmarkt und gestikulierten dabei. Henrik konnte keine Sklaven erkennen, außer sie trugen dieselbe Kleidung wie die Männer, die sie verkauften oder erwerben wollten. Oder warteten sie gerade auf eine neue Fuhre?

Da kam Abdullah zu ihnen. »Niemand sprechen, nur Yussuf und ich. Ihr hinten bleiben. Nicht fragen, nur stehen!«

Henrik übersetzte es Sigurd, der brummend nickte. »Ich halte ja schon seit Monaten still!«

»Ich weiß, Sigurd, vielleicht bekommen die beiden hier etwas raus. Hab bitte Geduld.«

»Für meine Familie tue ich alles.«

Nun sah Henrik Marius an. Es konnte ihren Tod bedeuten. Aber traf das nicht auf jeden Tag zu, seit sie auf die Welt gekommen waren?

»Danke!«, sagte er schließlich, obwohl er es gar nicht vorgehabt hatte. Er hatte ihn nie mehr auf Agnes angesprochen, obwohl er die ganze Zeit über spürte, dass es an ihrer Freundschaft nagte.«

»Für was?«

»Dass du mitgekommen bist.«

»Nicht dafür. Wenn aber Agnes etwas zustößt, werde ich alle umbringen.«

»Da bin ich dabei.« Plötzlich zitterten Henriks Finger. Zum ersten Mal spürte er tiefe Angst. Es war seltsam, sie hatten schon weitaus brenzligere Situationen überstanden, doch mit einem Mal hatte er den Verdacht, alles könnte nun hier enden.

Langsam lösten sich Abdullah und Yussuf und ritten auf die Gruppe Fremder zu. Diese schienen zunächst überrascht, denn einige verschwanden erschrocken, kehrten aber schnell zurück, nachdem Yussuf laut gegrüßt hatte.

»Sollen wir einfach hier stehen bleiben?«, fragte Sigurd.

»Offenbar. Ich weiß nicht, wie lange, aber Abdullah meinte, es sei wichtig, dass wir nicht dazustoßen.«

Henrik fiel auf, dass immer wieder einige der fremden Männer zu ihnen sahen, zwei Mal wies Abdullah auf sie. Vermutlich stellte er sie als seine eigenen Sklaven vor, Henrik wusste es aber nicht. Ein Mann brachte den beiden etwas von diesem aufgebrühten Getränk, anschließend unterhielten sie sich weiter. Einmal wurde es laut, und Henrik erschrak.

»Verdammt!«, kommentierte es Marius. »Was, wenn sie ihnen nicht glauben?«

Yussuf und Abdullah redeten gestikulierend, schließlich wurden alle Beteiligten wieder ruhiger.

»Es wäre einfacher, sie nun alle abzuschlachten!«, brummte Sigurd. »Aber es ist wichtiger, wenn sie sagen, was sie wissen.«

Henrik sagte nichts dazu. Er wäre ähnlich angespannt, ginge es um seine Frau und seinen Sohn.

Je länger das Gespräch dauerte, umso mehr verlor Henrik seine Angst. Niemand hatte sie bisher genauer ansehen wollen, und er hoffte, das sich dies auch nicht änderte. Gerade als er dachte, es könnte bis zur einbrechenden Nacht dauern, standen Yussuf und Abdullah auf und bestiegen ihre *djamale*. Mit angehaltenem Atem beobachtete Henrik die anderen. Einige der Fremden sahen wieder zu ihnen, nun stiegen einige ebenfalls auf ihre Tiere und begleiteten die Yussuf und Abdullah.

»Was sollen wir jetzt tun?«, fragte Marius, vermutlich mehr sich selbst als Henrik. »Am besten, wir schauen nur zu Boden und lassen die beiden reden.«

Etwas anderes hätte Henrik auch nicht getan. Sein Herz schlug fast aus seiner Brust, als sieben der Fremden mit Yussuf und Abdullah bei ihnen eintrafen. Sie umringten die drei, riefen ständig etwas, einer von ihnen hob Marius' *alquba* in die Höhe. Als sein blondes Haar zu sehen war, grölten einige der Fremden, ließen ihn aber in Ruhe. Henrik hoffte nur, sie würden Sigurds Schwert nicht finden, das er unter seinem Gewand versteckt hielt. Doch außer Marius fassten sie niemanden mehr an, sprachen mit Yussuf und Abdullah, riefen den dreien noch etwas zu, bevor sie wieder zurückritten.

Erleichtert atmete Henrik auf, und als die Fremden weit genug entfernt waren, trank er einige Schlucke Wasser.

»Wussten sie etwas?«, fragte Sigurd ungeduldig.

Sofort fragte Henrik Abdullah danach.

»Ja. Kämpfer ziehen herum, aber viele Nordmenschen bei Ali Ibn Wassif. Ein sehr mächtiger Mann.«

»Wo? Wo ist das?«

»Er in Wüstenstadt Sunja, dort große Festung.«

»Aber woher wissen wir, dass es sich um unsere Freunde handelt? Es kann irgendjemand sein, der dort gefangen gehalten wird.«

»Alle erinnern an große Fuhre Monate zuvor. Und viele kennen Kämpfer mit hellem Haar.«

»Die sind alle blond!«, rief Henrik zurück. »Was können wir jetzt machen?«

»Kampf zwei Tage gehen von hier in Süden. Dort sein.«

»Jetzt?«

»Ja.«

Er übersetzte es Sigurd, der wütend schnaubte. Henrik wollte nicht darauf eingehen, dass er als Thrall einst bei den Nordmannen ebenfalls für Geldeinsätze hatte kämpfen müssen.

»Zwei Tagesreisen von hier finden also solche Kämpfe statt?«, wiederholte Sigurd.

»Offenbar, es ist unsere einzige Spur, sowie die von diesem reichen Mann in der Wüstenstadt.«

»Die beiden führen uns weiter?«

Henrik wendete sich Abdullah zu und stellte ihm genau diese Frage.

»Wir führen. Aber nur zu Kampfplatz.«

»Und zur Wüstenstadt?«

»Da nicht gehen. Ibn Wassif zu mächtig.«

»Aber du könntest uns den Weg erklären?«

»Ja.«

Henrik nickte, übersetzte es Sigurd, der allerdings nichts dazu sagte. Es war mehr, als man von Abdullah und Yussuf verlangen konnte.

Die Aussicht, Agnes und Ranveig weitere Tage allein lassen zu müssen, nagte sehr an ihm.

Der Saqfallah

An diesem ersten Tag an der Seite Farahs erfuhr Agnes, dass das Leben der ziridischen Ehefrau zumeist unter dem Dach des *saqfallahs* stattfand, dem großen Zelt und dem Zuhause Ismails. Solange sie und Ranveig hierblieben, teilten sie das gleiche Schicksal. Es war Agnes aber recht, denn bei jedem Schritt außerhalb der schützenden Zeltwände fühlte sie sich unwohl.

Während Ismail schon im Morgengrauen weggeritten war, halfen Ranveig und Agnes Farah bei den täglichen Aufgaben. Sie holten Wasser vom Brunnen, lernten, die seltsamen Gewürze zu mahlen, denn die Technik unterschied sich etwas von der, die sie kannten. Sie unterstützen Farah beim Kochen und dabei, Ismails Schuhe zu flicken sowie seine Kleidung mit Nadel und Faden auszubessern, die Teppiche abzukehren und Feuerholz zu brechen, das außerhalb des *saqfallahs* gestapelt wurde. Obwohl Farah kein einziges Wort ihrer Sprache beherrschte, gelang es der erfahrenen Frau, den beiden alles durch langsame Bewegungen und mit einem stets freundlichen Lächeln nahezubringen. Immer wieder nannte sie die Wörter, die Agnes aber nicht wiederholen wollte, da sie ihr zu schwierig erschienen. Lieber ließ sie sich von Ranveig die Dinge in deren Sprache aufsagen, die sie dann lernte.

Beim Nähen von Ismails Kleidung fiel ihr auf, dass der Stoff weitaus leichter und dünner war als zunächst angenommen. Es war sehr angenehm, ihn in der Hand zu halten, fasziniert sah sie Farah dabei zu, die das Garn verblüffend geschickt in den kostbar anmutenden Stoff einarbeitete, sodass man kaum mehr etwas von den kleinen Löchern und Rissen sah. An einigen Stellen waren kleine Scheiben aus Metall in die Kleidung eingesetzt, an anderen verzierten diese Linien den Stoff, die Agnes auch schon in Susa aufgefallen waren.

»Allah!«, sagte Farah, während sie auf diese Linien wies. Dann zeigte sie mit der Hand über sich, so, als würde sie versuchen, den Himmel oder alles über ihnen zu beschreiben.

»Vielleicht ist es ihr Gott«, riet Ranveig. Wie immer sprach sie dabei langsam, sodass Agnes sie möglichst gut verstehen konnte.

»Ich glaube auch.« Dabei lächelten sie sich an. Ranveig war der einzige verbliebene Mensch an ihrer Seite, den sie kannte. Innerhalb dieses ersten Tages war die Nähe zu ihr deutlich gestiegen, auch wenn sie zugeben musste, dass Farah sich alle Mühe gab, den beiden den Aufenthalt nicht allzu grausam vorkommen zu lassen.

Arbeit gab es den ganzen Tag. Das Zubereiten der Mahlzeit nahm viel Zeit ein, denn aus einem unerklärlichen Grund mahlte Farah einen großen Teil der Gewürze auf einmal. Aus Körben, die zugedeckt waren, schüttete sie kleine längliche und dunkle Stäbchen auf einen Steinteller, die sie mithilfe eines speziell angefertigten Steins zerdrückte. Sie erklärte es nur kurz und ließ danach Agnes und Ranveig die Arbeit erledigen. Agnes fand, dass dieses Gewürz, das Farah *alkarawiah* nannte, außerordentlich scharf roch, und als die Frau sie aufforderte, es zu probieren, verzog sie den Mund. Es schmeckte sehr bitter.

Was zum Teufel schütteten die Ziriden nur in ihr Essen?

Zu ihrer Verwunderung gab es auch faustgroße Bälle, die sie mithilfe einer Reibe Schicht für Schicht abrieben. Den Namen konnte sie nur schwer wiederholen, doch diesmal schmeckte es weitaus besser als die kleinen Stäbchen zuvor. Es standen etwa zwanzig kleine Körbchen in der Nähe der Feuerstelle, über der ein Loch im Zelt war, wodurch der Rauch abziehen konnte. Fast aus jedem Korb entnahm Farah eine Handvoll, erklärte den beiden, wie man das Gewürz schnitt, rieb oder mahlte, sagte dazu ständig etwas, lächelte aber hin und wieder, was Agnes und Ranveig mit einem Lächeln erwiderten. Als Farah die beiden etwas von einer rote Schote, die in kleinste Scheiben geschnitten wurde, probieren ließ, hielt sich Agnes erschrocken die Hand an den Mund. Es war furchtbar scharf, als würde ihre Zunge brennen. Erschrocken sah sie Farah an, die ihnen aber nur ein Stück Brot reichte und ihnen gestikulierend erklärte, dass sie es essen sollten. Agnes hätte zwar lieber den gesamten Brunnen vor dem *saqfallah* leer getrunken, doch sie glaubte Farah. Überrascht stellte sie schließlich fest, dass das Brennen nach den Brotbissen spürbar zurückging. Ranveig hatte offenbar noch länger damit zu kämpfen und weigerte sich ab diesem Moment, weitere dieser fremdartigen Gewürze zu probieren.

Zwei Mal schöpften sie an diesem Tag Wasser aus dem Brunnen. Es war ein runder, aus Steinen gemauerter Kreis, über dem eine Holzvorrichtung einen Kübel an einem Strick hielt. Es wunderte Agnes, dass dieser sandige, trockene Boden überhaupt Wasser enthielt. Als sie aber bemerkte, dass der Strick wenigstens dreißig Schritte lang war, ahnte sie, dass der Wasserspiegel sehr tief unter ihnen liegen musste. Dafür war das Wasser erfrischend kalt. Ranveig trank es wesentlich lieber als *hamdali*, obwohl Agnes zugeben musste, dass dieses heiße Gebräu tatsächlich weniger zum Schwitzen verleitete als zunächst vermutet.

Am Nachmittag sahen sie dann zu, wie Farah kochte. Es sah so leicht aus, die Bewegungen der reifen Frau wirkten anmutig, flossen ineinander über, als hätten diese faltigen, aber durch die roten Punkte und Linien wunderschön verzierten Hände nie etwas anderes getan. Verblüfft sahen Agnes und Ranveig zu, wie sorgsam Farah die kochenden *bilah* würzte, Brot brach und mit in den dampfenden Eintopf kippte. *Bilah* kannte sie seit dem ersten Markt, als sie das Kalifat betreten hatten, es waren die kleineren, braunen Früchte, die hier massenhaft an den Palmen wuchsen. So wie die Äpfel in ihrer Heimat. Als sie kurzzeitig an die Früchte ihrer Heimat dachte, lief ihr das Wasser im Mund zusammen.

Als das Essen gekocht war, halfen Ranveig und Agnes Farah, die Teppiche des Zeltes ins Freie zu tragen. Dort hielten immer zwei diese fest, während eine andere die Teppiche mit einem Stock ausschlug und somit vom Sand säuberte. Nur kurz fragte Agnes sich, wie Farah das bisher allein bewältigt hatte.

Von dem Holzstapel trugen sie einige Stücke mit in das Zelt, brachen es in kurze Teile, legten es hinter die Feuerstelle und reinigten schließlich die Teller und Messer mit Sand. Agnes hatte niemals gesehen, dass man etwas mit Sand putzen konnte. Tatsächlich wirkte es wie ein Reibeisen, und sogar der einzige metallene Becher, den Ismail besaß, glänzte danach, als schiene die Sonne selbst aus ihm.

Schließlich dämmerte es, was Agnes sehr überraschte. Sie hatten den gesamten Tag über die Dinge getan, die zum Alltag Farahs gehörte. Er unterschied sich nicht so sehr von denen der heimischen Frauen, doch sie benutzten völlig andere Dinge. Mittlerweile hatte Agnes Hunger und ihr Magen knurrte, Farah wartete aber offenbar auf etwas.

Schließlich kehrte Ismail zurück. Farah ging ihm entgegen, half ihm vom *djamal* und sprach mit ihm einige Worte. Immer wieder fragte er etwas, was Farah beantwortete. Agnes konnte sich dabei gut vorstellen, dass er wissen wollte, ob die beiden fremden Frauen ihr Schwierigkeiten bereitet hätten.

Als er das Zelt betrat, nickte er zur Begrüßung kurz mit dem Kopf, Agnes und Ranveig taten es ihm gleich. Farah ließ Ismail sich an die Feuerstelle setzen, reichte ihm eine gefüllte Schüssel des Eintopfs, überreichte auch Ranveig und Agnes je eine, blieb selbst aber bei Ismail sitzen. Agnes und Ranveig hingegen aßen abseits, an der Stelle, an der sie am Tag zuvor zusammen mit Farah gewesen waren.

»Sie sind komisch!«, flüsterte Ranveig und traf damit Agnes' Gedanken. »Wenn wir Ziegen oder Hunde wären, könnte ich es ja verstehen.«

Agnes musste Ranveig wiederholen lassen und verstand erst beim zweiten Versuch.

»Aber schmeckt. Und es nicht scharf.«

Ranveig nickte, und als die beiden ihre Schüsseln geleert hatten, bekamen sie zu ihrer Überraschung sogar noch je eine zweite.

Später sahen sie Farah und Ismail zu, wie sie sich noch längere Zeit unterhielten. Ismail wirkte dabei freundlich, zu keinem Zeitpunkt wurde er laut oder schien Farah zu tadeln, sie wirkten unendlich vertraut, als würden sie sich seit Urzeiten kennen.

Ranveig, die den ganzen Tag spürbar mehr unter der Hitze litt als Agnes, legte sich schließlich auf ihr Nachtlager. Es war längst dunkel, Agnes erkannte ihre Silhouette und die herabhängenden Stoffwände nur aufgrund des flackernden Lichts des etwa zehn Schritt entfernten Feuers. Nie hätte sie gedacht, dass sie nach nur einem Tag dieses Innenleben des *saqfallahs* so sehr auswendig kennen würde. Es war nicht nur ein großes Zelt, es war eine eigene Welt, wie eine schützende Blase vor all dem, was dort draußen herrschte. Auch vor der Hitze, denn die Temperatur war deutlich niedriger als außerhalb.

»Meine Gedanken sind bei Sigurd!«, unterbrach Ranveig ihre Grübelei. »Wie es ihnen wohl geht?«

Agnes hatte Hunderte Male an ihre Freunde gedacht an diesem Tag. Und nicht nur das. In schwarzen Bildern hatte sie sich ausgemalt, was passieren würde, wenn sie nicht mehr zurückkehrten. Dabei hatte sie aber immer besonders oft ein Gesicht vor Augen gehabt: Henriks. Sie wollte aber nicht, dass er sich so besonders in ihre Gedanken schlich, viel mehr und anders als Marius. Sie verspürte Marius gegenüber ein schlechtes Gewissen. Und sie dachte sehr oft an diese Nacht zurück, in der sie mit Henrik einst in Bremun der Liebe gefrönt hatte. Sie hatte dies auch mit anderen getan, doch mit Henrik war es etwas Besonderes gewesen. Er war der Erste, mit dem sie es sich an jedem Tag vorstellen konnte, und er war der Einzige gewesen, mit dem sie zwei Mal geschlafen hatte. Und bei dem sie von einer Welle erfasst worden war, die ihren gesamten Körper durchgeschüttelt hatte, als wäre sie von Blitzen getroffen worden.

Wieder bekam sie diese Luftnot, wenn sie an ihn dachte, also versuchte sie, ihn aus ihren Gedanken zu scheuchen.

»Sie werden gelingen!«, antwortete Agnes. »Sigurd ist groß Kämpfer, ich nie zuvor gesehen«, versuchte sie, die richtigen Sätze zu bilden. »Und ich vertraue Abdullah.«

»Das müssen wir. Ebenso wie Ismail.«

Agnes war erleichtert gewesen, dass Ismail an diesem Abend allein zurückgekehrt war, denn es bedeutete, dass er sie tatsächlich nicht verriet.

Sie wunderte sich, dass sie so müde war. Sicherlich war es der Hitze geschuldet, auch wenn sie fast den ganzen Tag über den Schatten des *saqfallahs* genossen hatten. Überladen von all den neuen Eindrücken, den Tätigkeiten und einem Tag, der sich in so vielen von dem unterschied, was sie kannte, fielen ihr nun die Augen zu.

»Ich bitte deine Götter, Freunde beschützen«, flüsterte sie Ranveig zu.

Sie spürte, dass Ranveig sich zu ihr drehte. »Warum nicht deinen Gott?«

»Ich nicht ihn glauben. Ich hassen.«

»Hassen? Hat er dir etwas angetan?«

Agnes verstummte kurzzeitig. Nein, er selbst hatte ihr nie etwas angetan, aber seine Diener. Das Kreuz. All das, womit man Gott oder die Religion in Verbindung brachte.

Plötzlich schweiften ihre Gedanken ab in jede Zeit, als sie als Kind in Bremun die Narben ins Gesicht geschnitten bekommen hatte. Und plötzlich wurden ihre Augen feucht. Es war seltsam, mit einem Mal fühlte sie eine nicht aufzuhaltende Nähe zu Ranveig. Lag es daran, dass sie gerade der einzige Mensch an ihrer Seite war, den sie kannte? Oder war es eine Freundschaft geworden, eine solche, die sie sich immer zu einer anderen Frau gewünscht, aber nie erhalten hatte? Sie könnte ihr nun erzählen, wer für diese Narben verantwortlich war, wer sie so zugerichtet hatte, doch sie beherrschte die Nordmannsprache noch nicht gut genug.

Nun drehte sie sich auch zu ihr, sodass ihre Gesichter nahe beieinander waren.

»Mann mir in Gesicht schneiden, danach küsst Kreuz. Immer.« Sie schluckte, denn noch hatte sie nichts verraten. Dieses Geheimnis war noch immer tief in ihr verborgen. Zum ersten Mal hätte sie allerdings nichts dagegen gehabt, es zu erzählen. Sie fühlte, dass sie Ranveig das Vertrauen schenken konnte, dass sie sich wünschte. Ohne Zweifel, ohne Angst. Es war seltsam, und es berührte sie derart, dass Tränen aus ihren Augen rannen. Gleichzeitig hasste sie sich dafür, denn es bedeutete Schwäche. Was geschah gerade? Wurde sie zu einem der Mädchen, die in Bremun ständig herumgeflennt hatten?

Ranveig bemerkte es offenbar, denn sie wischte die Tränen von Agnes' Wange und zog sie zu sich. Agnes genoss diese vertraute Nähe zunächst, löste sich dann aber. Sie wollte keine Schwäche zeigen, sie war noch immer die Eiserne Agnes. Das, was sie von anderen Frauen unterschied, das, was sie stets stark hatte bleiben lassen, war vielleicht der Grund dafür, noch lebend an diesem Ort zu sein.

Doch es löste sich etwas in ihr, wie Steine, die jahrelang alles aufgestaut hatten. Es fühlte sich an, als bekäme sie endlich Luft, als wankte diese unerträgliche Last in ihrem Herzen.

»Zwei Mal von Priester geschändet. Zwei Mal hat Kreuz geküsst danach.«

Zunächst erschrak sie, starrte Ranveig an, atmete dann aber fast unendlich lange aus. Nun war es raus. Zwar nicht, wer für ihre Narben verantwortlich war, aber die entsetzliche Tat Jahre zuvor. Sie war erst sieben Jahre alt gewesen, als sie von einem jungen Priester gleich zwei Mal geschändet worden war. Als er danach das Kreuz an einer Kette geküsst hatte, war es für Agnes wie ein Zeichen gewesen, dass dies mit Gottes Segen geschehen war. Und nicht nur unter seiner Aufsicht, sondern mit dessen Willen.

Seit diesem Tag hasste sie Gott, seine Diener und das Kreuz.

Ranveig sagte lange Zeit nichts. Doch dann schlich ihre Hand in die von Agnes. Es war wunderschön, als berührte sie in diesem Moment ein Engel. Offenbar wusste Ranveig um ihren Stolz, denn sie bot sie ihr statt einer Umarmung ihre Hand an.

Sie umschloss sie sehr gern an. Und zum ersten Mal in ihrem Leben spürte sie, eine richtige Gefährtin an ihrer Seite zu haben. Die Hand wog schwer, gleichzeitig war sie so leicht, wie reines Licht, warm und unendlich wertvoll.

Sie wollte sie nie mehr loslassen.

Arna hatte die Augen geschlossen. Blut tropfte noch immer von ihrer Axt zu Boden. Das monotone Tröpfeln war einschläfernd, aber gleichzeitig unendlich ergreifend. All das Blut legte sie nun als Opfer Odin zu Füßen.

Keiner der Feinde hatte überlebt. Nur eine Handvoll Männer hatte Erfahrung im Umgang mit ihren Waffen gehabt, die meisten der Anwesenden hatten ihre Dolche vermutlich eher als Statussymbol getragen. Vier von ihnen hatten sie von den Tieren gerissen, bevor sie hatten fliehen können, und gleich sechs von ihnen teilweise weit verfolgt, weil sie weggerannt waren. Auch aufgrund der provisorischen Schilde hatten die Ziriden keine Möglichkeit gehabt, den geübten Nordmannen auch nur eine Verletzung zuzufügen. Es war, als hätten Arna und ihre Freunde eine Horde Schafe abgeschlachtet, die ohne Formation und ebenso wenig Kampfeskunst auseinandergestoben waren.

Nun, als sie die Augen öffnete, lagen sechzehn Leichen im Sand, deren Blut tief in den Boden einsickerte. Vielleicht hatten sie ja nun den Zorn dieses Gottes erzürnt, womöglich nässte er sich aber selbst ein. Arna hatte keinerlei Ehrfurcht vor diesem fremden Sandgott, er würde von Odin und Thor zerstampft werden, so wie sie diese Männer getötet hatten.

Eine Leiche war die von Grimar. Sie nahmen seinen Körper, trugen ihn neben das Gebäude, schlossen ihm die Augen und legten sein Schwert in seine auf der Brust gefalteten Hände. Grimars Tod war ein großer Verlust für sie, der Kreis der wahren Getreuen Odins schrumpfte weiter. Obwohl sie keine Zeit verlieren durften, gaben sie Grimar die letzte Ehre. Sie küssten ihn auf sein Haupt, gedachten seiner größten Siege und verbrannten schließlich seinen Körper.

»Wir müssen deren Kleidung anziehen und alle Wasserschläuche füllen!«, riss Ragnar sie schließlich aus ihren Gedanken. »Arna, du musst dich wie ein Mann kleiden.«

Sie nickte nur und ging los, um die ersten Leichen zu untersuchen. Dabei zog sie das Gewand eines Toten an, band sich die Haare in die Höhe und setzte eine dieser typischen Kopfbedeckungen auf. Sie wählte eine derer, bei dem man ein Stück des Tuches über das Gesicht ziehen konnte.

Während die anderen zusätzliche Wasserschläuche ergatterten, sie füllten und an die *djamale* banden, sah Arna in alle Richtungen. Es kam niemand, noch hatten sie also Zeit. Wohin sollten sie aber ziehen?

»Wir müssen nach Süden, dort suchen sie uns nicht«, schlug Ragnar vor.

»Was, wenn dort nur ewiger Sand ist?«, entgegnete Radvald. »Wir waren niemals weiter südlicher als jetzt. Es spielt sich alles im Norden ab.«

»Aber dort werden sie uns suchen.«

»Ja, aber da sind auch die Häfen. Und die Schiffe nach Norden.«

»Was meinst du, Mjöllnir?«, wollte Arna wissen.

»Nicht nach Süden. Dort ist die Sonne noch heißer, und wir wissen nicht, wann *ginnungagap* erscheint.«

»Je eher wir diesen Ort verlassen, desto besser«, versuchte nun auch Radvald Ragnar zu überzeugen. »Mit ihrem Gewand sehen wir ihnen ähnlich, wir dürfen nur nicht mit ihnen sprechen.«

Ragnar sah lange Zeit nach Süden, nickte aber dann und blickte zu Arna. »Und du?«

»Ich möchte nicht nach Süden. Es scheint mir, als würde dort alles enden. Was soll nach ewigem Sand noch kommen? Vielleicht ist es der letzte Gott vor *ginnungagap*. In Vinland gab es keinen mehr, die letzten waren unsere Götter, noch in Grünland. Sicherlich ist dieser hier, der Allah genannt wird, ein bestrafter Gott, weil ihm nur Menschen dienen, die im Sand hausen. Die Hitze ist unerträglich. Wenn es tatsächlich noch Menschen dort unten im Süden gibt, möchte ich ihnen nicht begegnen. Und auch nicht deren Land.«

Keiner entgegnete etwas. Arna war ihre Walküre, die fleischgewordene Dienerin und Kriegerin der alten und wahren Götter. Sie hatte sie stets gut geführt, und sie wusste, dass keiner ihrer Freunde dies jemals anzweifelte.

»Also dann nach Norden«, resümierte Radvald. »Jeder Tag kann unser letzter sein, bisher sind wir diesem aber immer aus dem Weg gegangen. Ich habe nicht vor, meinen Schwur zu brechen.«

Arna nickte. Sie alle wollten wieder die kühle Luft ihrer Heimat auf ihrer Haut sowie den Sand des Fjords durch die Finger rieseln spüren.

Bevor sie aufbrachen, nahmen sie sämtliche Münzbeutel mit, die sie fanden. Womöglich konnten sie sie dort brauchen, wo sie strandeten.

Wo immer das auch sein sollte.

Die zwei Tage auf dem Weg durch ewigen Sand kamen Henrik vor, als wären es Wochen. Er konnte kaum mehr sitzen, das schwankende *djamal* war schlimmer als das kleinste Boot inmitten eines Sturms. Agnes hätte vermutlich ihren Magen ausgekotzt, doch diese Bilder waren es nicht, die Henrik erschienen. Es waren eher Agnes' Lächeln und ihre Stimme. Ihr musste es einfach gut gehen, so wie Ranveig. Die ganze Zeit über hatte er keinen anderen Gedanken zugelassen.

Es war die zweite und letzte Nacht, bevor sie einen der Orte betreten sollten, in denen Kämpfe abgehalten wurden. Abdullah hatte ihnen erzählt, dass die Wetten auf die Sieger extreme Summen einbrachten, und diese wiederum trieben das Geschäft an. Der Großwesir hatte zwar alle Kämpfe verbieten lassen, doch nach wie vor landeten Schiffe aus allen Ländern in Susa, auf denen nicht nur Sklaven für den Haushalt, sondern auch diejenigen waren, die kämpfen mussten. Deshalb fanden die Kämpfe an versteckten Orten statt, die regelmäßig wechselten, und es gab sogar Stimmen, die behaupteten, die Familie des Großwesirs sei ebenfalls darin verwickelt und verwette große Summen Geld.

Es war Henrik, Sigurd und Marius einerlei. Sie hofften nur, dass sie an diesem Ort endlich die nötigen Antworten erhielten, bevor sie aufbrachen, um das Anwesen dieses Ibn Wassifs anzusteuern.

Als sie nach Einbruch der Dämmerung neben ihren *djamalen* auf dem Boden lagen, sah Henrik in den Sternenhimmel. Er spürte Sigurds Ungeduld, als wäre es eine Krankheit. Sein Freund wurde immer verschlossener, rang offenbar mit sich, flüsterte ab und an etwas, was Henrik als Zwiegespräch mit den Göttern einstufte, und sprach immer seltener mit ihm. Er konnte sich nicht vorstellen, wie es sich anfühlte, seit Monaten auf der Suche nach seinem Sohn und seiner Frau zu sein.

»Trink mehr von deinem Schlauch!«, forderte Marius ihn auf und riss ihn aus seinen Gedanken. »Tot hilfst du niemandem weiter.«

»Wir wissen nicht, ob es dort Wasser gibt.«

»Trotzdem. Ich habe dich beobachtet. Du hast zu wenig getrunken. Morgen wirst du wie eine dieser vertrockneten *bilahs* vom Tier fallen.«

Henrik nickte nur und trank etwas.

»Und Agnes wirst du auch nicht weiterhelfen.«

»Warum Agnes? Es wartet auch Ranveig auf uns.«

»Du alter dummer Narr!«

Henrik schüttelte nur den Kopf. Ja, er dachte viel zu oft an Agnes, doch er wollte nicht darüber reden. Beide Frauen waren diesem Ismail ausgeliefert, er machte sich derzeit viel zu große Sorgen.

»Schon mal gedacht, was wir machen, wenn wir sie tatsächlich finden?«, fragte Marius nun. »Wir gehen mit Frauen und Kindern zurück nach Susa und suchen unbehelligt ein Schiff?«

»Nein, daran habe ich nicht gedacht. Wir müssen sie erst einmal finden. Ich vertraue weiter auf Abdullah.« Er sagte es so leise, dass die Ziriden ihn nicht verstehen konnten.

»Ich habe mich in ihm getäuscht.«

»Ich auch. Ich dachte, es seien alles diebische Verräter.«

Er erkannte Marius nur schwach, denn das Licht der Sterne ließ ihn nur die unmittelbare Umgebung sehen. Plötzlich rollte sich dieser näher an ihn. »Du hast meinen Segen.«

»Was?«

»Agnes. Sie hat dich ausgewählt, Henrik.«

»Was für ein Unsinn.«

»Es ist kein Unsinn.«

»Warum sagst du so etwas? Warum heute?«

»Wenn wir morgen sterben sollten, kann ich es dir nicht mehr sagen. Du bist mein bester Freund, Henrik. Wenn sie einen Mann bekommen sollte, dann dich.«

»Was ist mit dir?« Zum ersten Mal traute sich Henrik, ihn zu fragen, auch wenn sein schlechtes Gewissen so schwer wog wie massive Felsen.

»Ich bin wie ihr Bruder. Eine Ehre, ich weiß, aber dennoch nur wie ein Bruder.«

»Ich weiß nicht. Sie hat nie etwas zu mir gesagt, Marius.«

»Du hast nicht richtig zugehört. Und zudem müssen es nicht immer Worte sein. Es sind oft Blicke, ein Lächeln oder die Art, wie sie etwas äußert.«

Henrik versuchte, sich zu erinnern, ob sie jemals etwas gesagt hatte, das Gefühle für ihn erahnen ließ, doch ihm fiel nichts ein. Bestimmt irrte Marius sich. Er hatte sie immer sehr gerngehabt, doch seit ihrem Aufbruch aus der Normandie dachte er immer öfter an sie. Ihre Augen ließen seinen Magen rumoren, und manchmal war ihre Stimme so schön, als spräche ein Engel mit ihm. Da dachte er an Juta. Es war ähnlich gewesen, aber eher wie ein Rausch, Agnes hingegen war ihm vertrauter, noch näher, als würde er sie besser kennen als sie sich selbst. Juta war wie ein Traum gewesen, unerreichbar, und der Abschied von ihr hatte sein Herz zerrissen. Seit er Agnes kannte, hatte Juta einen anderen Stellenwert. Es tat längst nicht mehr weh. Jäh erkannte er, dass Agnes viel tiefer in seinem Herzen saß, als er je angenommen hatte.

Als erhielte er einen unsichtbaren Schlag, atmete er fester und vermisste sie so sehr, dass sein Magen rebellierte.

Bereits im Morgengrauen sahen sie von Weitem einige Palmen aus dem Boden ragen. Es schienen bereits Menschen dort zu sein, man konnte es aus dieser Entfernung aber nicht genau erkennen. Doch schon bald stoppte Yussuf den Zug und hob die Hand. Er sagte etwas, Abdullah kam zu ihm und sah ebenfalls vor sich, bevor sie sich umdrehten.

»Da stimmt nicht«, sagte Abdullah nur. »Nicht leben.«

Henrik verstand nicht, doch als die beiden weiterritten, versuchte er krampfhaft, etwas vor sich zu erkennen.

»Das sind lauter Tote«, rief nun auch Sigurd.

Henrik konnte es nicht fassen. Hatten Soldaten des Wesirs alle getötet, weil sie entdeckt worden waren? Waren es Kämpfer? Oder gar ihre Freunde?

Eilig ritten sie weiter, und je näher sie kamen, desto klarer zeichnete sich ein grauenhaftes Bild vor ihnen ab. Ein Gebäude mit Holzwänden war zum Teil eingerissen, tote Körper lagen überall herum, einige von ihnen ein paar Hundert Schritte außerhalb dieses Ortes, der Wind wehte Stoffe und Kleidungsstücke über den Sandboden.

Als sie ankamen, stiegen Abdullah und Yussuf ab und musterten die vielen Toten. Es war etwas mehr als ein Dutzend Menschen, alles Einheimische, kein Sklavenkämpfer war zu sehen, auch kein Nordmann. Zwei Männer lagen sogar in der Hütte, der Boden war voll von getrocknetem Blut.

Nun stieg auch Sigurd ab, Marius sowie Henrik folgten ihm. Sigurd untersuchte ebenfalls einige der Leichen, blieb bei manchen länger stehen, einen Toten musterte er dabei auffallend sorgfältig.

»Sie waren von meinem Volk!«, rief Sigurd schließlich.

»Die Toten?« Henrik konnte keinen Nordmann ausmachen.

»Nein, diejenigen, die sie umgebracht haben. Es sind Axtwunden, und die Stellen an den Körpern zeigen teilweise den Kampfstil von Odinssöhnen. Sie sind nah, das Blut ist noch nicht lange trocken. Vielleicht seit gestern.«

Weil Abdullah und Marius wissen wollten, was Sigurd herausgefunden hatte, übersetzte Henrik.

»Sie waren da?«, rief nun auch Marius. »Aber ... wohin sind sie?«

Während Abdullah aufgeregt mit Yussuf sprach, sah Sigurd in alle Richtungen. Henrik spürte dessen Aufregung, als sei es seine eigene. Er konnte sich nicht vorstellen, noch anderen seiner ehemaligen Freunde gegenüberzustehen, es war wie ein Traum. Doch was, wenn sie mittlerweile selbst umgebracht worden waren?

»Da!« Abdullah hatte den Boden abgesucht und sah nach Nordosten. »Da gelaufen.«

Eine Spur, die gerade noch so erkennbar war, führte vom Lager weg.

»Hinterher!«, rief Sigurd schließlich. »Wir dürfen keine Zeit verlieren.« Eilig bestieg er das *djamal*, als wäre er mit diesem Tier aufgewachsen, und folgte der Spur nach Nordosten.

Henrik und Marius folgten ihm, und als auch Yussuf und Abdullah aufholten, atmete Henrik schneller. Inständig hoffte er, Sigurd hätte recht mit seiner Annahme. Er war ein großer Krieger, und wenn jemand die Art von Wunden und Verletzungen bestimmten Waffen zuordnen konnte, dann dieser Hüne.

Schon bald waren die Palmen und das seltsame Gebäude hinter ihnen in der Flimmerluft der Wüste verschwunden.

Schatten der Wüste

Es war nur Radvalds außerordentlich ausgeprägtem Navigationssinn zu verdanken, dass Arnas Gruppe die Richtung Nordosten einigermaßen einhielt. Die Sonne stand so hoch, dass es ihnen allen schwerfiel, sich zu orientieren, und so hofften sie, vor Einbruch der Dunkelheit auf niemanden zu stoßen. Zwar lag die Stelle mit den vielen Toten weit hinter ihnen, aber sie wussten nicht, wie schnell sich die Ziriden organisierten, um die Mörder ihrer Kameraden zu suchen.

Nach einem halben Tag erreichten sie eine kleine Oase. Ein alter Mann ließ sein *djamal* trinken, er selbst saß im Schatten einiger Dattelpalmen und sah den vieren schon von Weitem entgegen. Als sie nahe genug bei ihm waren, begrüßte er sie.

»*As Salamu aleikum*!«

»*Wa aleikum asalam*!«, antwortete Ragnar. Er hatte sich am besten die Floskeln der Einheimischen gemerkt, und sie hatten beschlossen, im Notfall nur ihn sprechen zu lassen.

Leider sprach der Alte aber weiter und sie verstanden kein Wort. Stumm füllten sie die Wasserschläuche auf, Ragnar lächelte den pausenlos plappernden Mann ab und zu an, und als sie weiterzogen, starrte ihnen der Fremde nur hinterher.

»Vielleicht sollten wir ihn aufschlitzen, damit er niemanden holen kann«, schlug Mjöllnir vor.

Radvald winkte ab. »Es würde noch mehr auffallen. Was, wenn jemand diese Oase eher erreicht als die Wettkampfstätte? Lass ihn.«

Arna wusste nicht, welche Lösung die bessere war, aber letztlich vertraute sie Radvalds Worten.

Langsam dämmerte es. Die Sonne ging schließlich als feuerroter Ball im Westen unter, dennoch zogen die vier weiter. Erst als sie kaum mehr den Boden erkennen konnten, rasteten sie. Dabei entschieden sie, keinesfalls ein Feuer zu machen, um niemanden auf sich aufmerksam zu machen.

Jetzt erst holten sie die Beutel hervor, die sie den Toten abgenommen hatten. An Essen mangelte es ihnen nicht, auch wenn

Arna diese süßlichen *bilah* kaum mehr sehen konnte. Falls sie jemals ihre Heimat wieder erreichen sollte, würde sie einen Ochsen braten, um ihn allein zu verspeisen.

»Es ist niemand verletzt worden!«, hörte sie Ragnar flüstern.

»Von uns?«, antwortete Mjöllnir.

»Ja. Wir stehen noch immer in der Gunst der Götter.«

Wütend fuhr Arna in die Höhe. »Hast du je daran gezweifelt, Ragnar?«

»Ja. Während der Gefangenschaft. Ich konnte nicht glauben, dass wir ein so beschämendes Schicksal erleiden müssen. Aber jetzt trieft ihr Boden von ihrem Blut und wir hielten die Waffen Thors und Odins in unseren Händen.«

»Zweifle niemals an den Göttern, Ragnar. Und wenn, dann sage es mir nicht. Nicht einmal einst im Nebelland habe ich gedacht, sie hätten mich verlassen. Sie sind immer da und sie sehen unsere Stärke.«

»Ich weiß, Arna. Hier ist kein Platz für sie, deshalb war es schwer ...«

»Schweig!«, herrschte ihn nun Radvald an. »Sprich nicht weiter. Du wirst immer für die wahren Götter kämpfen, selbst wenn wir nach Süden ziehen sollten. Es ist immer Platz für sie, selbst neben einem Götzengott wie den hiesigen. Wer ist er? Er beherbergt ein Land ohne Wälder, ohne Hirsche und Raben, ohne Flüsse oder das Grün der Wiesen. Wo ist der frische Wind, der *einmandur* ankündigt? Wo sind die Blumen des *harpa*? Es kann hier keinen Gott geben, der Odin auch nur ansatzweise nahekommt. Es sind Götzenbilder, leere Namen und furchtbare Linien, die seinen Namen zeichnen.«

»Und dennoch haben seine Männer es geschafft, uns zu versklaven«, gab Mjöllnir zu bedenken. »Vielleicht werden sie uns auch noch töten.«

Arna schüttelte den Kopf, auch wenn sie ahnte, dass es keiner sah. »Ja, vielleicht sehen wir unsere Heimat nie wieder. Aber wir reißen so viele wie möglich von ihnen mit in den Tod. Und während wir in Walhall trinken und singen, verfaulen die Körper unserer Feinde im Sand.«

Niemand entgegnete etwas.

»Reiten wir nach Susa?«, unterbrach Ragnar schließlich die kurze Stille. »Wir benötigen schließlich ein Schiff.«

»Ja, nach Susa. Falls wir die Küste erreichen, werden wir eine Lösung finden, Ragnar. Es ist ein langer und beschwerlicher Weg bis dahin.«

Womöglich zu lang, dachte Arna, es war ihr im Moment aber einerlei. Wenn sie starb, wollte sie es im Kampf mit ihren Brüdern tun. Es war das Ehrenwerteste, das es geben konnte. Doch noch mehr wollte sie ihren Schwur erfüllen und unbedingt in die Heimat zurückkehren. In unzähligen Nächten hatte sie davon geträumt, ihr Haus wieder zu betreten und das eigentümliche Knistern ihres Herdfeuers zu hören, während draußen der Herbstwind die Kühle des Nordens ankündigt.

Obwohl den ganzen Tag über ein leichter Wind herrschte, verloren sich die Spuren der Flüchtenden nicht gänzlich. Yussuf zeichnete sich als hervorragender Spurenleser aus, denn er bestimmte die Richtung und hielt die Gruppe zusammen. Sigurd hingegen wäre gern losgaloppiert, doch sie wussten nicht, auf wen sie tatsächlich träfen. Vielleicht waren die seines Volkes gar nicht geflohen, womöglich jagten sie einer völlig anderen Spur nach.

Je weiter sie nach Nordosten zogen, desto aufgeregter wurde er. Niemals war er so nahe dran gewesen, jemanden seines Volkes oder gar seines Dorfes wiederzufinden, es schien nun zum Greifen nahe. Er dachte nicht darüber nach, was danach geschähe, wie sie aus dem Land flüchten könnten, ohne aufzufallen, all das lag fern in der Zukunft. Und wenn er Jahre damit verbringen müsste, hier nach ihnen zu suchen – er würde es tun. Hauptsache er fand sie, alles andere sollte sich dann irgendwie fügen. Lieber starb er mit ihnen an seiner Seite als nie zu erfahren, was mit ihnen geschehen war.

Als es dämmerte, fühlte er tiefe Enttäuschung und Wut aufsteigen. Diese verdammte Nacht konnte sie wieder von ihnen trennen, wer wusste schon, ob die anderen in der Dunkelheit ihren Vorsprung nicht wieder vergrößerten. Yussuf führte sie an, bis es endgültig finster wurde.

»Ist es nicht möglich, die Tiere durch die Nacht zu führen?«, fragte er Henrik. »Frag sie!«

Henrik sprach mit Abdullah, woraufhin die beiden Ziriden diskutierten.

»Es ist zu gefährlich für die Beine der Tiere«, übersetzte Henrik. »Er möchte das Nachtlager jetzt aufschlagen.«

»Dann werde ich allein weiterziehen, notfalls ohne *djamal*. Wenn die anderen rasten, hole ich sie ein.«

Ohne zu antworten, sprach Henrik wieder mit Abdullah und erklärte offenbar auch Marius, was Sigurd vorhatte. Wieder entbrannte ein lauter Wortwechsel, auch mit Henrik.

»Alle absteigen!«, sagte dieser schließlich. »Wir führen die Tiere am Strick durch die Nacht.«

Verblüfft stieg Sigurd ab. »Ich wäre auch allein gegangen. Was hast du ihnen gesagt?«

»Dass Marius und ich mit dir gehen werden. Sie haben klein beigegeben.«

Erleichtert atmete Sigurd durch. Er benötigte die anderen, er verstände doch kein Wort, falls er auf Ziriden treffen sollte.

Bevor sie aufbrachen, hörte er, wie Abdullah mit Henrik sprach. Es dauerte etwas, bevor Henrik sich Sigurd zuwendete.

»Er sagt, wir sollen absolut leise sein. Wenn das Tier stehen bleibt, nur leicht ziehen, um zu verhindern, dass es laut wird. Keine Gespräche, nichts. Wir wissen nicht, wen wir verfolgen und ob sie bewaffnet sind.«

Sigurd mochte sich nichts anderes vorstellen, als dass sie seine eigenen Freunde verfolgten. Es waren eindeutig Verletzungen gewesen, die nur Odinssöhne verursachten. Noch immer hatte er diese Bilder in seinem Kopf, spürte die plötzliche Hoffnung, die Hitze in ihm.

Als sie aufbrachen, gingen sie hintereinander, während Yussuf sie anführte. Fast lautlos knirschten die weichen Hufe der Tiere auf dem Sand, sonst war kaum ein Geräusch wahrzunehmen. Manchmal dachte Sigurd, sein Atem sei zu laut, gleichzeitig achtete er darauf, irgendetwas zu erlauschen. Falls es Odinsöhne waren, die sie verfolgten, entzündeten diese keinesfalls ein nächtliches Feuer.

Obwohl sie den gesamten Tag unterwegs gewesen waren, spürte Sigurd keinerlei Müdigkeit. Es war wie ein Zwang, Schritt vor Schritt zu setzen, er musste unbedingt wissen, wer dieses Massaker an der Kampfstätte angerichtet hatte. Bald verlor er jegliches Gefühl für Raum und Zeit, es herrschten nur das fahle Licht der unzähligen Sterne und der leichte Wind, der ihm immer wieder den Sand ins Gesicht trieb.

Bald blieben sie in kurzen Abständen stehen. Weil er nicht wusste, was los war, fragte er Henrik.

»Abdullah hat gesagt, Yussuf ist sich unsicher. Er scheint etwas zu spüren, deshalb lauscht er gelegentlich.«

»Hat er etwas gehört?«

»Ich weiß es nicht.«

Henrik flüsterte es so leise, dass Sigurd es nur schwer verstand. Wieder gingen sie weiter und wieder stoppte Yussuf wenig später den Zug. So ging das eine Zeit lang, bis sie schließlich länger hielten. Im schwachen Licht der Sterne erkannte er, dass Yussuf eine Hand hob. Er blieb stumm, flüsterte leise mit Abdullah, dieser schließlich mit Henrik.

»Da ist jemand direkt vor uns«, übersetzte Henrik. »Er sieht Schatten auf dem Boden. Es ist eine Handvoll Menschen, auch *djamale*.«

Vor Aufregung hielt Sigurd die Luft an. Was sollte er tun?

Arnas Hand umfasste die Axt mit voller Kraft. Niemand von ihnen wagte, laut zu atmen. Ragnar hatte die Fremden entdeckt, als sich deren Schatten aus dem Grau der nächtlichen Wüste auf sie zu bewegt hatten. Nun blieben sie stehen, warum auch immer. Vermutlich waren es einheimische Späher, die ihrer Spur gefolgt waren, denn wer sonst führte seine Tiere durch die Nacht?

Solange sie diesen Abstand zu ihnen hielten, konnten sie nicht angreifen. Sie wussten nicht, ob die Fremden mit Pfeil und Bogen bewaffnet waren oder ob sich hinter ihnen noch weitere Männer befanden, die sie nicht erkannten. Die Gruppe stand etwa zwanzig Schritte vor ihnen, bewegte sich nicht. Es waren mindestens vier, eher mehr.

»Wir warten ab!«, flüsterte sie leise den anderen zu. »Vielleicht ziehen sie weiter.«

»Sie haben uns entdeckt!«, antwortete Ragnar. »Und wie wir warten sie.«

»Wir können nicht die ganze Nacht ausharren. Was, wenn sie noch auf Verstärkung warten?«

Sie lagen auf dem Boden und starrten unentwegt zu der fremden Gruppe. Arna hielt es für besser, sie bald anzugreifen und darauf zu hoffen, dass ihnen keine Pfeile um die Ohren schwirrten.

»Nur noch etwas!«, flüsterte Mjöllnir. »Warte noch ein bisschen. Vielleicht bewegen sie sich noch oder sie tun etwas Unüberlegtes. Radvald und ich könnten uns hinter sie schleichen.«

»Ja, tut das. Macht aber einen großen Bogen.«

Kaum hörbar entfernten sich Mjöllnir und Radvald, während sie selbst die Fremden zu keinem Moment aus den Augen ließ.

Sigurd spürte Henriks Griff erst, als er seinen Arm fest drückte.

»Yussuf sagt, sie teilen sich auf. Offenbar wollen sie uns umzingeln.«

Es hatte keinen Zweck, darauf zu warten, bis Yussuf oder Abdullah etwas vorschlugen. Keinesfalls durften sie umzingelt werden, egal, wer die Fremden waren. Es gab somit nur zwei Möglichkeiten. Die eine war, sich zurückzuziehen und die anderen von ihrem Vorhaben abzubringen.

Die andere erschien Sigurd allerdings angebrachter.

Nun sollte sich zeigen, wen sie verfolgten.

Arna wusste nicht, wo genau sich Mjöllnir und Radvald aufhielten. Vielleicht lagen die beiden schon auf der anderen Seite und beobachteten die Fremden, womöglich kamen sie zurück, um ihr Auskunft zu geben. Sobald aber auch nur das kleinste Kampfgeräusch erklingen sollte, würde sie sich auf die Ziriden stürzen.

»Odinssöhne!«

Arna erschrak furchtbar. Was sollte das? Jäh erkannte sie, dass es weder Mjöllnirs noch Radvalds Stimme war, die durch die Dunkelheit hallte.

»Seid ihr Odinssöhne?«

Verblüfft stand sie auf. Es waren keine Ziriden, es mussten welche ihres Volkes sein. Waren sie ebenfalls geflohen und suchten Schutz im Dunkel der Wüste?

»Wir sind Odinssöhne!«, rief sie nun zurück. »Wer bist du?«

»Ich bin Sigurd, Odinssohn aus Firthskur.«

Arna dachte, ihr Herz würde aufhören zu schlagen. Sigurd! Das konnte nicht sein, er war nicht entführt worden. Oder hatten die Sklavenhändler ein weiteres Mal zugeschlagen?

»Sigurd!«, rief sie völlig außer sich. Gleichzeitig fragte sie sich, ob ihr die Wüstengeister einen Streich spielten.

Auch Ragnar stand auf und beide liefen auf die Fremden zu.

Da erhellte das Licht einer entzündeten Fackel die Dunkelheit. Arna blieb kurz stehen, sah eine hohe Gestalt auf sich zukommen, aus deren Silhouette sich schließlich Sigurds Gesicht schälte.

Da fielen sie sich in die Arme.

»Sigurd, wie ist das nur möglich?«

Sie hielten sich lange fest, drückten ihre Stirnen aneinander. Sie schloss die Augen, weil sie es nicht fassen konnte.

»Arna, wir haben euch gefunden. Endlich.«

Jetzt erst stießen auch Mjöllnir und Radvald zu ihnen, und auch sie fielen sich in die Arme.

»Ich habe noch jemanden dabei!«, sagte Sigurd schließlich.

Aus dem Dunkel der anderen löste sich nun eine weitere Gestalt. Arna konnte nicht glauben, dass es Henrik war, den sie erkannte.

»Bei allen Göttern, das ist unmöglich!«

Auch er umarmte sie, sie spürte seine Stirn an ihrer, umfasste seine Wangen mit ihren Händen. Die anderen begrüßten Henrik auf dieselbe Weise.

»Warum seid ihr hier?«, fragte sie schließlich. »Und was macht Henrik hier?«

Offenbar wurde Sigurd von drei Unbekannten begleitet, davon zwei Einheimische. Als sie die drei skeptisch ansah, erklärte Sigurd ihr kurz, wer diese waren. Und schließlich fasste er zusammen, wie sie fast durch die gesamte ihnen bekannte Welt gereist waren, um sie zu finden. Wie sie auf Henrik, Agnes und Marius gestoßen waren. Und dass Ranveig sie begleitete.

»Du hast Ranveig hergebracht?«, rief Arna erschüttert.

»Sie ließ sich nicht davon abhalten. Sie hat einen Schwur geleistet.«

»Ja, das sieht ihr ähnlich. Sie ist eine wahre Odinstochter.«

Sie bemerkte, dass Sigurd sie lange ansah. »Hast du Frowa und Lorn gesehen?«

Arna schnürte es das Herz zusammen. Sigurds Sohn und Eheweib waren mit auf dem Sklavenschiff gewesen, zusammen mit allen anderen aus Firthskur. Wenn sie an diese Überfahrt dachte, spürte sie noch immer das Grauen in sich. Die Angst der Kinder in deren Augen, und die Hilflosigkeit, in Ketten irgendwohin verschifft zu werden.

Sie musste es ihm sagen, Sigurd benötigte Gewissheit.

»Es gab einen Aufstand, kurz bevor wir in Northumbria anlegten. Wir kämpften, doch sie haben ihn blutig niedergeschlagen. Es starben viele, darunter auch … dein Sohn. Sigurd, es tut mir so leid.«

Das Licht reichte keinesfalls aus, um Sigurds Miene zu erkennen, doch Arna ahnte, dass sein Blick brüchig wurde. Die ganze Reise, nur um zu erfahren, dass er seinen Sohn nie wiedersah.

Tatsächlich drehte Sigurd sich um, sagte jedoch kein Wort. Lange blieb er so stehen, schließlich wendete er sich aber wieder ihnen zu.

»Was haben sie mit ihm gemacht?«

»Sie haben die Leichen von Bord geworfen«, antwortete Mjöllnir nun. »Alle.«

»Und Frowa?«

»Sie ist hier mit allen anderen verkauft worden. Wir haben niemanden von ihnen wiedergesehen. Vielleicht lebt sie noch, Sigurd.«

»Leben? Was für ein Leben soll das sein?«

Arna konnte ihm nicht antworten. Jeder Odinssohn und jede seiner Töchter wäre lieber tot als Sklavendienste zu verrichten.

»Ich werde ihn aufschlitzen!«, zischte Sigurd plötzlich voller Wut. »Ich werde Völsungurs Kopf abschlagen und ihn auf einen Spieß stecken. Dort soll er verfaulen.«

Arna dachte, nicht richtig zu hören. Was sprach Sigurd da nur? »Warum Völsungur?«

»Weil er hinter alldem steckt. Ich habe ihn gesehen, ihn und Dutzende andere Menschen. Er kam mehr als zehn Tage später zurück, zusammen mit Dutzenden Christen, die nun in unseren Häusern leben. Die unsere Waffen benutzen, unser Werkzeug. Und in unseren Lagern schlafen. Sie beschmutzen alles, was den wahren Göttern gewidmet war, sie brachten das Kreuz nach Firthskur.«

Ein Blitz aus dem Himmel hätte Arna nicht mehr erschüttern können. Völsungur! Natürlich, wenn jemand seine Finger in diesem Spiel hatte, dann der *yfirmannr*.

»Du bist dir wirklich sicher?«, fragte Radvald.

»Natürlich. Ich habe sie gesehen, und ich habe mit Völsungur gesprochen. Ranveig und ich konnten gerade noch fliehen.«

Er erzählte von der Flucht nach Barkhingor und von den Gegebenheiten im Dorf Torsteins.

Arna kochte. Heißes Blut schoss durch den Körper, ihre Hände schlossen sich zu Fäusten. Von allen verräterischen Akten hatte Völsungur den Schlimmsten begangen. An seinen Händen klebte das Blut von Kindern, Frauen und Männern. Von wahren Odinssöhnen und -töchtern. Und er hatte ihr Heimatdorf entehrt.

»Ich werde ihm seine verlogene, verräterische Zunge herausschneiden!«, flüsterte sie so laut, dass sie dennoch verstanden wurde. »Und ich werde sie an seine eigene Wand nageln.«

Auch Mjöllnir, Radvald und Ragnar fluchten, wünschten dem *yfirmannr* alle möglichen Qualen, ein unendlich langes Martyrium in Helheim sowie, dass sein Geist ewiglich ruhelos umherwanderte.

»Es gibt einen Ort, an den Menschen unseres Volkes verkauft wurden«, berichtete Sigurd schließlich. »Es ist unsere einzige Spur. Ich werde sie verfolgen.«

Für kurze Zeit sah Arna in die Gesichter ihrer Freunde. Schließlich lächelte sie, vermutlich las sie bereits nach nur wenigen Augenblicken die Antwort eines jeden in deren Augen. »Wir alle gehen dorthin, Sigurd. Wie werden jeden Einzelnen zu befreien versuchen. Jeden.«

»Wir sind auch dabei!«, sagte Henrik nun. »Ranveig sucht nach Birta und Balbó, sie wird nicht eher ruhen.«

»Wo ist dieser Ort?«, fragte nun Radvald.

»Zuvor müssen wir Ranveig und Agnes holen.«

Arna hielt den Kopf schief. »Wer ist Agnes?«

»Das werde ich dir erzählen, während Yussuf uns zu Ismail führt«, antwortete Henrik. »Du wirst sie mögen.«

»Wer ist Ismail?«

Sunja

Je länger ihre Freunde fernblieben, desto größer wurden Ranveigs Sorgen. Immer wieder fragte sie sich, ob sie den Sklavenmarkt bereits erreicht hatten, und wenn, ob sie dort Antworten fanden. Vor allem sorgte sie sich um deren Leben. Mehrere Tagesreisen bedeutete, vielen Einheimischen zu begegnen, und je länger sie wegblieben, desto größer wurde die Gefahr, entdeckt zu werden.

Farah gab sich spürbar alle Mühe, den beiden das Leben einer maurischen Frau nahezubringen. Immer wieder erklärte sie ihnen die Namen der Gewürze und Früchte, des Getreides und sämtlicher Gegenstände innerhalb des *saqfallahs*, der immer mehr zu einer eigenen Welt für Ranveig wurde. Sie selbst war es gewohnt, fast den ganzen Tag zu arbeiten, Agnes tat sich da schon viel schwerer. Bei ihr waren kaum Grundkenntnisse vorhanden, sie konnte weder Speisen zubereiten noch nähen oder mahlen. Doch sie gab sich alle Mühe, vor allem um die Zeit totzuschlagen, die hier viel langsamer zu vergehen schien als während ihrer Reise.

In den Nächten, wenn sie nebeneinander lagen, erzählte Agnes viel aus ihrem früheren Leben. Auch wenn sie viel wiederholen musste oder ihr Wörter nicht einfielen, gab sie sich Mühe, immer tiefer in diese Sprache einzutauchen, und Ranveig musste zugeben, dass sie ihre Freundin immer besser verstand. Freundin. Sie nannte sie bewusste so, sie hatte sie lieb gewonnen und würde ihr jederzeit ihr Leben anvertrauen. Sie wunderte sich, nach nur so kurzer Zeit so zu denken, doch ihr Herz sprach dies eindeutig aus. Sie ahnte, dass Agnes ähnlich fühlte, auch wenn sie nach wie vor manchmal eine Umarmung ausschlug oder die Hand löste, wenn Ranveig sie ergriff. Dabei schien sie weiterhin einen inneren Kampf zu führen.

Noch immer war Ranveig nicht klar, warum Agnes sich damals dafür entschieden hatte, ihnen zu helfen, schließlich waren sie zu Beginn Fremde gewesen. Sie ahnte, dass es etwas mit Henrik zu tun hatte, doch wie auch immer, nun war sie unendlich froh darüber. Allein in diesen Tagen hier in Ismails Welt waren sie sich noch viel nähergekommen, und jeden Abend schliefen sie erst ein, wenn sie sich sehr viel erzählt hatten.

Dennoch wurden mit jedem Tag diese Gedanken immer mehr von ihrer Angst um Sigurd und die anderen verdrängt. Zu Beginn des fünften Tages spürte Ranveig nur noch Schwärze in sich. Es musste etwas geschehen sein, auch wenn die Rückkehr ihrer Freunde noch im Zeitrahmen lag. Waren sie weitergezogen? Oder gar selbst versklavt worden? Es ging Ranveig nicht um ihr eigenes Leben oder um die Aussicht, für immer Ismail innerhalb dieses *saqfallahs* zu dienen, sondern allein um ihre Familie und ihre Freunde. Sie würde jedes Schicksal akzeptieren, wären nur Mutter und Balbó frei und könnten unbehelligt in der Heimat leben.

Sie schöpfte gerade Wasser aus dem Brunnen, als sie von Weitem das Grunzen einiger *djamale* hörte. Sie erschrak fürchterlich, denn erst am vergangenen Tag hatten vier Männer sie besucht und waren von Farah bewirtet worden. Zwar hatten diese argwöhnisch Agnes und Ranveig betrachtet, doch letztlich Farah geglaubt, dass es sich bei den beiden hellhäutigen Frauen um Sklaven handelte. Schließlich waren sie wieder weitergezogen.

Offenbar hatte auch Farah die Geräusche gehört, denn sie kam aus dem *saqfallah* und schickte Ranveig wieder hinein. Sofort lief diese zu Agnes. Durch den schmalen Eingang versuchten sie zu erspähen, wer sie denn aufsuchte.

Da rief jemand von Weitem. Ranveig erkannte die Stimme nicht, befürchtete jedoch, die Männer von gestern könnten zurückgekehrt sein.

»Ranveig! Agnes!« Es war Farah, die sie zu sich rief.

Augenblicklich schlug Ranveigs Herz schneller. Waren sie zurückgekehrt?

Als sie das Freie betraten, erkannte Ranveig schon von Weitem Sigurd. Augenblicklich zitterten ihre Finger, dann erst fiel ihr auf, dass es mehr Menschen waren, die zurückkehrten. Viel mehr.

Arna! Das konnte nicht sein. Sie hatten sie tatsächlich gefunden. Unter wild schlagendem Herzen erkannte sie auch Radvald, Mjöllnir und Ragnar, sonst aber niemanden.

Jetzt erst rannte sie auf sie zu. Auch Arna sprang vom trabenden Tier, lief auf Ranveig zu und fiel ihr in die Arme.

»Du verrücktes Weib!«, rief Arna nur. »Du bist um die halbe Welt gereist!«

Ranveig liefen Tränen aus den Augen. Es waren ihre Freunde, ihre wahren Brüder und Schwestern. Auch die anderen begrüßten sie überschwänglich, und als Sigurd seine Stirn fest gegen ihre drückte, umfasste er ihre Wangen. Im Überschwang der Gefühle war sie dennoch enttäuscht, dass sich nicht Mutter und Balbó unter ihnen befanden.

»Wir werden alles versuchen, deine Familie zu finden«, schien Sigurd ihre Gedanken zu erraten. »Alles.«

»Und deine!«, antwortete Ranveig. Erst Momente später fiel ihr ein trauriger Ausdruck in seinen Augen auf. Nein! »Was ist?«

»Mein Sohn hat es nicht geschafft. Sein Körper ruht irgendwo auf dem Meeresboden bei Ran.«

Als würde ihr Körper von einer eiskalten Welle ergriffen, spürte Ranveig nur noch Entsetzen und Trauer. Noch fester als zuvor drückte sie ihre Stirn gegen seine, umfasste auch seine Wangen und schloss die Augen.

»Es tut mir so leid. Sigurd, mein Herz ist voller Trauer. Lorn war ein wahrer Odinssohn.«

»Das war er!«

»Ran wird ihn gehen lassen, zumindest nach Folkwangr.«

»Dort wandelt er nun, da bin ich mir sicher.«

Sie erkannte den Bruch in seinem Blick, aber auch eine entfesselte Wut, die sicherlich erst mit Völsungurs Tod annähernd verringert werden konnte.

»Aber es geht weiter!«, flüsterte er. »Jetzt sind wie schlagkräftiger. Wir werden zu dem Anwesen ziehen, wo offenbar viele der Sklaven gekauft wurden.«

Als sie kurz zu Farah sah, fiel ihr auf, dass diese wohl überfordert war. Es waren so viele Fremde hier, und nur den beiden Ziriden war es zu verdanken, dass sie nicht davonlief.

Schließlich wurden sie alle in den *saqfallah* gebeten.

Henrik hatte sich unbändig über Ranveigs Wiedersehen gefreut, doch sein Herz schlug fast aus seiner Brust, als er Agnes gegenüberstand. Unentschlossen, was er nun tun konnte, stand er nur schwer atmend da. Schließlich war sie es, die ihn zu sich riss, ihre Hände in seinem *alquba* vergrub und in lange Zeit nicht losließ.

»Wie erging es euch in den Tagen?«, wollte er schließlich wissen. Am liebsten hätte er Agnes nie mehr losgelassen. »Hat euch Ismail etwas angetan?«

»Nein, er war sehr freundlich.«

Ihm fiel auf, dass sie nun lange die Fremden anstarrte, besonders Mjöllnir. War Sigurd schon ein Hüne, überragte Mjöllnir seinen Freund fast um eine weitere Kopfeshöhe, seine Arme waren dick wie die Oberschenkel eines Kämpfers. Dabei blickte Henrik dauernd in Agnes' Gesicht. Wie sehr er sie vermisst hatte, ihre Augen, ihren Blick, selbst jede einzelne Narbe in ihrem Gesicht. Sie gehörten zu ihr, und irgendwie schien es, als sei sie dadurch noch schöner geworden.

»Komm, ich stelle euch vor!«, sagte er schließlich und schob sie zu den anderen.

Obwohl Agnes keine Odinstochter war, wurde sie von allen herzlich begrüßt. Es schien sie sehr zu rühren, die Stirnen der Nordmänner an ihrer zu fühlen. Und als sie einige Worte zu ihnen sprach, entdeckten sie erstaunt, dass sie im Groben ihre Sprache konnte.

»Ist das Ranveigs Werk?«, fragte Arna lächelnd.

Ranveig nickte nur. »Vor allem aber ist es Agnes' Wissensdurst zu verdanken. Sie könnte eine Odinstochter sein!«

Henrik staunte, so etwas aus Ranveigs Mund zu hören. Es war wie eine Auszeichnung für sie, und da Agnes grinste, schien sie die Wichtigkeit zu verstehen.

Arna fasste nun ungeniert in Agnes' Gesicht und betastete die vielen Narben. Dabei fiel Henrik auf, dass Agnes sich nicht dagegen wehrte. Ob es Arnas Narbe war, die bei ihr einen derart großen Eindruck hinterließ, oder Arnas gesamte Erscheinung, konnte er nicht erahnen.

»Auch du bist gezeichnet worden«, flüsterte Arna. »Es wird dich stärker machen.«

Agnes sagte nichts dazu, Henrik war jedoch froh, dass Arna nicht nach den Umständen ihrer Narben fragte.

Während Farah etwas später *hamdali* und herrlich gewürzte *bilah* und Brot servierte, beobachtete Henrik die forschenden Blicke der anderen, was dieses Zelt anbelangte. Offenbar hatten sie, wie er zuvor, noch niemals so etwas gesehen.

Henrik erzählte Ranveig und Agnes, wie sie die anderen gefunden hatten, und Radvald berichtete von den vergangenen Monaten, in denen sie von einem Ort zum nächsten geritten waren, um zu kämpfen.

Als Henrik ihnen mitteilte, dass das Anwesen von Ibn Wassif und somit die Wüstenstadt Sunja ihr nächstes Ziel war, wollte sich Arna zunächst nicht mit nur diesem einen Ort zufriedengeben.

»Yussuf hat sich umgehört«, erklärte Henrik. »Die Möglichkeit ist dort am allergrößten, noch jemanden von uns zu finden. Diejenigen, die in anderen Häusern untergekommen sind, werden wir nicht auffinden können. Es ist, als würde man ein Sandkorn in der Wüste suchen.«

»Wer ist dieser Fürst, den man Wassif nennt?«, wollte Radvald wissen.

»Offenbar ein sehr einflussreicher Mann, dessen gesamte Dienerschaft aus Menschen besteht, die keine Ziriden sind.«

»Warum?«

»Weil er keine Diener und Sklaven hält, die denselben Gott anbeten wie er.«

»Und wie weit weg ist dieses Anwesen? Und wo?«

»Yussuf sagt, Sunja liegt zwei Tagesreisen von hier im Westen. Danach beginnt die ewige Wüste.

»Wie viele Männer bewachen diesen Ort?«

»Das weiß er nicht.«

Da Abdullah wissen wollte, was besprochen wurde, berichtete Henrik es ihm. Danach sprachen die beiden Ziriden lange miteinander.

Schließlich wendete sich Abdullah Henrik zu.

»Yussuf nicht mitgehen. Aber ich.«

»Du führst uns? Aber …. Du hast uns bereits so viel geholfen, wir alle stehen in deiner und eurer Schuld.«

»Nein, nicht Schuld stehen. Ihr es verdient.«

Henrik hatte nie erfahren, was denn Abdullahs wahre Gründe gewesen waren, ihnen auf so umfangreiche Weise zu helfen. Die beiden hatten Tage mit ihnen verbracht und dabei ihr Leben riskiert.

»Warum machst du das wirklich?«, fragte er schließlich.

Abdullah ließ für kurze Zeit seinen Kopf sinken. »Ich selbst einmal Sklave. Als Kind.«

Nun verstand Henrik. Er wollte ihn nicht fragen, wie lange er Sklave gewesen war und wie er aus der Gefangenschaft hatte fliehen können. Aber er wusste nun, dass es weitaus mehr als nur

Dankbarkeit war, eher eine Herzenstat. Was für ein Glück, dass sie ausgerechnet auf ihn gestoßen waren.

Oder war es der Wille eines Gottes gewesen?

Die anderen nahmen es ebenso erfreut auf, ab dem kommenden Tag weiterhin auf einen einheimischen Führer zählen zu können. Dennoch erklärte Abdullah Henrik und Marius, welchen Weg sie nach Westen einschlagen sollten, was dabei zu beachten war, welche Hügelkette sie nie aus den Augen verlieren durften und dass nach beinahe jeder halben Tagesreise ein Brunnen zur Verfügung stand. Er erklärte auch, wie man anhand des Sonnenstandes mit einem in den Boden gesteckten Stock und vielen Linien darum herum noch genauer die Himmelsrichtung bestimmen konnte. Nach Sunja müssten aber alle aufbrechen, keiner durfte zurückbleiben. Falls sie Erfolg haben sollten, gäbe es nur die schnelle Flucht aus dem Land.

Während die anderen aßen, tranken und redeten, Ranveig und Arna auffallend glücklich wirkten, einander wiederzuhaben, verlor Henrik sich in Agnes' Gesicht. Immer wieder fiel er in ihren tiefen Blick, in diese Augen, die ihm mehr und mehr Stiche in seinem Herzen versetzten.

Doch ihm fiel auch Marius` Blick auf. Er schämte sich, doch er konnte seine Gefühle nicht mehr zurückhalten. Warum nur hatte Marius lange vor ihm gewusst, dass er Agnes so gernhatte?

Als Agnes ihn nun ebenfalls ansah, war es, als würde die heiße Sonne Ifrikias in ihm brennen.

Sie aßen und tranken viel, auch ein zweiter Topf, den Farah zubereitet hatte, wurde geleert. Doch als Ismail an diesem Abend von seinen Geschäften zurückkehrte, erschrak er aufgrund der Vielzahl an entflohenen Sklavenkämpfern. Lautstark diskutierte er mit Yussuf und Abdullah und schien dabei keine Widerworte zuzulassen.

Da wendete sich Abdullah zu ihnen. »Für Ismail gefährlich, ihr alle da. Wenn dunkel, sofort weg.«

Henrik nickte. Es war Ismail nicht zu verdenken, er hatte ohnehin schon genügend riskiert. Also ließ er über Abdullah Ismail den Dank aller ausrichten, dabei verbeugte er sich und sah dem älteren Mann lange in die Augen. Da begann dieser zu lächeln, als wäre es auch ihm eine Ehre gewesen.

Henrik verzichtete darauf, ihn fragen zu lassen, was denn seine Beweggründe waren, ihnen geholfen zu haben.

An diesem Abend packten sie die von Farah mitgegebenen Nahrungsmittel ein, füllten alle Wasserschläuche, tränkten die *djamale* und banden alles an die Tiere. Für Agnes war es seltsam, nach fünf Tagen Farah und mit ihr auch die schützende Umgebung des *saqfallahs* zu verlassen. Sie hatte sich sehr an die ältere Frau und an das Leben innerhalb dieses Heims gewöhnt. Hatte sie am ersten Tag noch alles verflucht, waren ihr nun jeder Teppich, jeder herabhängende Stoff und jeder einzelne Tontopf mit all den Gewürzen und Lebensmitteln ans Herz gewachsen. Vor allem Farah, die stets freundlich und nahbar gewesen war, wollte sie nun ungern zurücklassen. Hätte sie doch nur eine Mutter wie sie gehabt. So musste es sein, wenn man unter der schützenden Hand einer erfahrenen Frau aufwuchs.

Als sie schließlich aufbrachen, umarmte sie Farah zu deren Überraschung. Doch Ismails Frau erwiderte den Druck, sagte einiges, was sie nicht verstand, und steckte ihr schließlich etwas in die Hand. Als Agnes sie verblüfft öffnete, enthielt sie ein geflochtenes Armband. Es war hellblau, wie der Himmel eines Frühlingsmorgen in Bremun, darin waren gelbe Steine eingestickt.

»Aber ... ich habe nichts für dich«, stammelte sie zur Antwort. »Vielen Dank.« Lächelnd schloss Farah Agnes' Hand mit dem Band darin und küsste sie auf ihr Haar.

Auch Ranveig bekam ein Armband, ihres jedoch war grün mit roten eingestickten Steinen. Ranveig war ebenfalls sehr berührt davon und Agnes spürte, dass sie Farah auch etwas lieb gewonnen hatte.

Schließlich stiegen sie auf die Tiere. Yussuf überließ ihnen seine eigenen, was Agnes' Herz höherschlagen ließ. Sie besaßen keine Münzen mehr, die sie Yussuf geben konnten, nur eine Umarmung der Männer und den Dank aller, den Abdullah ihm ausrichtete.

Als sie aufbrachen und die Tiere aufgrund der Dunkelheit an den Stricken führten, schaute Agnes sich noch lange um. Sie und Ranveig winkten Farah nach, die ebenfalls winkte. Bald wurde ihre Gestalt im Flackerlicht der einzigen Fackel am *saqfallah* undeutlich, bis sie sich schließlich in der Dunkelheit verloren.

»Ich nicht ihr danken, ich verstehe nicht Sprache«, sagte Agnes ergriffen zu Ranveig, mit der sie sich eines der Tiere teilte.

»Sie hat dich verstanden. Augen sprechen immer die Wahrheit, Agnes.«

Agnes hoffte es, bevor sich ihr Blick im Nachthimmel verlor.

Sie gingen etwa die halbe Nacht, bevor Yussuf entschied, zu rasten. Längst waren sie weit genug von Ismails *saqfallah* entfernt, um ihm nicht mehr durch ihre Anwesenheit zu schaden. Während immer zwei von ihnen Wache hielten, schliefen die anderen.

Agnes durfte gerade ruhen, konnte aber nicht. Sie lag direkt neben Henrik, sah seine schwache Silhouette im Licht der Sterne und spürte den kaum zu unterdrückenden Drang, ihn jetzt zu berühren. Wie froh sie über seine Rückkehr war! Sie hatte erst während seiner Abwesenheit gemerkt, wie sehr sie ihn mochte. Eigentlich hatte sie so oft an ihn denken müssen, dass sie häufig mit Gewalt versuchte hatte, ihn aus ihren Gedanken zu vertreiben.

Weil sie es kaum mehr aushielt, nahm sie allen Mut zusammen und ergriff seine Hand. Schlief er und bemerkte es gar nicht?

Doch da erwiderte er den Druck und umschloss auch ihre Hand.

»Ich habe dich vermisst«, flüsterte er so leise, dass sie es gerade noch so verstand.

»Und ich hatte Angst um dich. Um euch.«

»Die hatte ich auch. Aber eher die, dich nicht wiederzusehen.«

»Was ist geschehen, Henrik?«

»Ich weiß es nicht. Ehrlich gesagt …«

»Was?« Sie verstand kaum etwas, also richtete sie sich auf und zog ihn mit sich. Sie gingen so weit vom Lager weg, dass sie die Schatten der anderen noch sahen, aber ungestört sprechen konnten.

»Was wolltest du sagen?«, fragte sie nach. Er stand nun direkt vor ihr. Es war anders als die Hunderte Male zuvor. Oder war es schon immer so seltsam gewesen und sie hatte nie bemerkt, wie gern sie ihn hatte?

»Ehrlich gesagt, träume ich von dir. Tut mir leid, Agnes, ich möchte nicht, dass sich etwas zwischen uns ändert.«

Bittere Enttäuschung kam in ihr auf. »Also möchtest du mein Freund bleiben, wie ein Bruder?«

»Nein, das meinte ich nicht. Ich mag dich sehr gern, Agnes. Eben mehr, als ein Bruder eine Schwester mag. Aber ich möchte nichts zerstören.«

Nun verstand sie, und die Enttäuschung wich einer Aufregung, die ihren Bauch stark kribbeln ließ. »So geht es mir auch.«

Abermals umfasste er ihre Hand, zunächst scheu, dann fester. »Aber Marius …«

»Er weiß es bereits, Henrik. Er ist und bleibt unser Freund.«

Zu ihrer Überraschung zog er sie an sich, umarmte sie lange und küsste sie auf ihr Haar. Sie genoss seinen Geruch, seine Berührungen, und wie Tausende Male zuvor erinnerte sie sich an den Moment, als sie ihn einst in den Auen der Wesura verführt hatte.

Plötzlich wanderte sein Kopf tiefer, und er küsste sie auf den Mund. Es schmeckte salzig, er roch wunderbar, und so drängte sich ihm entgegen. Nach einigen sanften Küssen spielte seine Zunge mit ihren Lippen und Mundwinkeln. Es war, als trügen Tausende Schmetterlinge sie fort, als flöge sie auf einer Wolke, ohne Raum und Zeit zu spüren. Es war viel intensiver als einst, obwohl er da in ihr gewesen war, obwohl sie ihn nackt gespürt hatte. Ihr Herz schlug wild, es war derart kraftvoll, dass sie befürchtete, ihre Beine würden einknicken. Sie wusste nicht, wie lange sie sich küssten, sie seine Hände an ihrem Hals, ihren Brüsten, ihrem Gesicht spürte, es war wie ein Rausch, aus dem sie nie wieder entweichen wollte.

»Geht nicht so weit weg!«, drang plötzlich Radvalds Stimme zu ihnen. Es war, als risse sie jemand aus einem wunderschönen Traum.

Sie spürte auch Henriks Enttäuschung.

»Falls wir sterben sollten«, flüsterte er, »haben wir wenigstens diese schönen Momente erlebt.«

»Ich hätte gern mehr erlebt heute Nacht.«

»Wir sollten tatsächlich zu den anderen.«

»Ich weiß.«

Frustriert, aber noch immer von diesem einzigartig schönen Gefühl gefangen, gingen sie zurück. Dabei ließen sie sich aber nicht los, und auch nachdem sie sich wieder im Lager auf den Sand gelegt hatten, behielten sie die Hände ineinander.

Agnes hoffte, diese Nacht würde nie vergehen.

Gleichzeitig hatte sie Angst vor dem, was sie erwartete.

Arna hatte in dieser Nacht bemerkt, dass Henrik diese ebenfalls narbengesichtige Agnes liebte. Es war ihr jedoch einerlei, auch wenn sie Henrik als ihren Bruder ansah und diese Agnes eine sehr starke Frau zu sein schien, keine dieser schwächlichen Christenweiber, die sich vor Angst selbst die Kehlen aufschlitzten, nur um nicht geschändet zu werden. Seit ihrem Aufbruch stellte sie sich vor, was sie in dieser Wüstenstadt erwartete, hoffte, viele ihrer Freunde anzutreffen, vor allem Sigurds Frau, Birta und Balbò, Radvalds Frau und dessen beiden Töchter. Allein schon ihretwegen. Sie wusste nicht, was Sigurd oder Radvald tun würden, erführen sie auch noch vom Tod ihrer Liebsten.

Sie hatte gelernt, Abdullah zu vertrauen. Er hatte Sigurd und Henrik gut geleitet, es gab also keinen Grund, diesen eigenartigen Ziriden anzuzweifeln. Es war seltsam, sein eigenes Volk zu verraten, und nichts anderes tat dieser Fremde, doch in diesem Falle geschah es zu ihrem Vorteil.

Sie ritten auch den Tag hindurch. Dabei unterhielt sie sich viel mit Sigurd und Henrik, besonders aber mit Ranveig. Während Ranveig ihr die Erlebnisse von der Überfahrt hierher erzählte, berichtete Arna von den vielen Kämpfen und vor allem den trostlosen Märschen von einem zum nächsten Ort.

Erst in der folgenden Nacht rasteten sie wieder. Die Eintönigkeit der Umgebung hatte Arna zusätzlich schläfrig gemacht. Wenn sie nicht auf diese ständig grunzenden und sabbernden Tiere angewiesen wären, hätte sie gern eines von ihnen über einem Feuer gebraten und gegessen.

Als am kommenden Tag die Sonne ihren Zenit überschritt, tauchten vereinzelt Palmen auf, zwei Brunnen, die sie nutzten, um zu trinken und die Wasserschläuche aufzufüllen, bevor erste Lehmhütten zu sehen waren.

»Sunja!«, rief Abdullah und wies vor sich.

»Dann sind wir da?«, wollte Arna wissen.

Henrik wies sie mit einer Handbewegung an, leiser zu sprechen. »Ja, er führt uns zu dem Anwesen von Ibn Wassif. Ab jetzt sollte niemand von uns mehr sprechen außer Abdullah!«

Sie lösten die Kopfbedeckungen etwas, sodass der Stoff tiefer im Gesicht saß, und folgten Abdullah. Es wurden immer mehr Lehmhütten, bald tauchten Häuser auf, alle aus Schlamm erbaut, mit Steinen und Palmrinde verstärkt. Holzbalken verzierten die Wände, kaum eines der Häuser trug ein Dach, hinter niedrigen Schlammwänden meckerten Ziegen, einige *djamale* grunzten ihnen entgegen.

Da kamen ihnen fünf Reiter entgegen. Augenblicklich griff Arna an die unter ihrem Gewand versteckte Axt, bereit, sie dem Nächstbesten in den Schädel zu schlagen. Sie wusste, dass auch ihre Freunde sofort kampfbereit waren. Abdullah sprach nun mit den Fremden, die immer wieder zu ihnen sahen, einer von ihnen umkreiste sie sogar, ohne sie aber anzusprechen oder Hand an sie zu legen. Plötzlich wurde Abdullas Stimme etwas bestimmter. Dennoch ging einer der Männer noch mal um sie herum, schlug leicht gegen den Schenkel eines ihrer *djamale*, ohne zu sprechen aufzuhören. Im Geiste malte sich Arna bereits aus, wie dessen Kopf zur Erde flog und das Blut die Decken der Tiere bespritzte.

Schließlich stieg der Fremde wieder auf, die Männer wechselten noch ein paar Worte, bevor sie weiterritten.

Offenbar erklärte Abdulla Henrik und Marius, was geschehen war, und als er geendet hatte, drehte sich Henrik zu ihnen.

»Es sind Wachsoldaten, die jeden Ankömmling fragen, was er hier zu tun gedenkt.«

Arna wollte gar nicht wissen, was Abdullah geantwortet hatte, offenbar war es aber erfolgreich gewesen.

Als sie weitertrabten, rannten einige Kinder zu ihnen, liefen laut kreischend neben ihnen her, bevor eine Frau sie schrill zu sich zurückrief.

Sie umritten die Siedlung und erreichten schließlich unzählige Dattelpalmen, einem riesigen Wald gleichend, den sie aber ebenfalls hinter sich ließen.

Schließlich schälten sich in der Ferne Mauern hinter den Stämmen der Palmen heraus. Hier stoppte Abdullah und ließ alle absteigen. Er unterhielt sich lange mit Henrik, Marius und Agnes, und gerade als Arna vorhatte, ihn am Kragen zu packen, weil sie unbedingt wissen wollte, was los war, übersetzte Henrik.

»Das ist das Anwesen von Ibn Wassif. Es hat ein Tor hier im Osten und eines auf der Westseite. Dort beginnt die ewige Wüste. Abdullah weiß weder, wie viele Männer das Anwesen bewachen, noch, ob sich derzeit Sklaven hier befinden oder wie viele. Wassif selbst könnte am besten Antwort darauf geben, was er aber niemals freiwillig tun wird.«

Arna nickte, sah ihre Freunde an, die nun versuchten, mit Blicken irgendetwas an den Mauern abzuschätzen. Sie waren nicht sonderlich hoch, jeder von ihnen könnte sich mithilfe einer Räuberleiter in die Höhe ziehen und darüberklettern.

»Abdullah wird uns jetzt verlassen. Finden wir hier niemanden, müssen wir das ganze Land durchsuchen. Und nicht nur das, auch das gesamte Ifrikia.«

Arnas Herz schlug deutlich in der Brust. Selbst bei allen Odinseiden wäre es unmöglich, ganz Ifrikia zu durchsuchen. Sie mussten hier einfach fündig werden, zudem sie Abdullah als Führer verloren.

Wieder sprach Abdullah mit Henrik und Marius, dann umarmten sie sich lange. Arna und die anderen nickten ihm dankbar zu, zu mehr war sie nicht in der Lage.

Als Abdullah verschwunden war, fiel Arna Henriks und Marius' besorgter Blick auf.

»Was hat er noch gesagt?«

»Es ist eine Sache, die Sklaven zu befreien«, erklärte Henrik. »Selbst wenn wir es schaffen, können wir nicht zurück nach Qairoan oder Susa. Keinesfalls, denn sie werden uns überall suchen.

»Wohin denn dann?«

»Nach Süden.«

»Wo die ewige Wüste beginnt?«, wiederholte Radvald entsetzt? Aber man sagt, sie nehme kein Ende?«

»Doch. Wir müssen die Stadt Qabis aufsuchen, etwa zehn Tagesreisen von hier im Süden an der Küste. Dort sollten wir so schnell wie möglich ein Schiff nach Sardia besteigen.«

»Und dort werden sie uns nicht suchen?«

»Offenbar nicht. Es wagen sich nur die Handelskarawanen durch die Wüste nach Süden. Alle anderen wählen die Küstenwege.«

»Zehn Tage Wüste, dann brauchen wir viel Wasser. Aber warum schaust du, als hättest du Hel erblickt?«, wollte Arna wissen. »Gibt es noch etwas?«

»Ja. Abdullah sagt, dass viele einen schnellen Tod diesem Teil der Wüste vorziehen.«

»Warum?«

»Weil sie dort unerbittlich ist. Er sagt, sie nehme einem alles. Nicht nur das Wasser, sondern auch den Verstand.«

Muspelheim

Das Dickicht des Palmenwaldes ermöglichte ihnen, den Abend unentdeckt zu verbringen. Es wuchsen nicht nur Palmen, sondern auch hohe Gräser gaben den Freunden den nötigen Sichtschutz, obwohl ihnen keine Männer auffielen, die das Anwesen bewachten. Auch nicht, als die Sonne unterging und sie langsam das schützende Dickicht verlassen konnten. Mehrere Lichtscheine über den Mauern wiesen darauf hin, dass im Innern der Anlage Fackeln entzündet wurden, einige Männer riefen sich etwas zu, eine Frau schrie kurz, verstummte dann aber.

»Gehen wir alle rein?«, fragte schließlich Ragnar.

»Natürlich!«, antwortete Ranveig. Sie hatte nicht erwartet, dass überhaupt jemand diese Frage stellte. Zuvor hatte Agnes darauf bestanden, mitzukämpfen, was Henrik und Marius zunächst nicht zulassen hatten wollen. Doch Agnes war zu stur, und sie hatte recht, wenn sie sagte, dass jeder Einzelne den Ausschlag zum Sieg geben konnte. Da sie jedoch nicht mit dem Schwert umgehen konnte, gab Radvald ihr sein langes Stichmesser.

Jetzt, nach all den Wochen und Monaten der Reise und Suche, nach so vielen Momenten der Hoffnungslosigkeit und Strapazen, blickte Ranveig zu dem langen schwarzen Schatten, den die Mauer in der Dunkelheit darstellte. Konnte es wirklich sein, dass Mutter und Balbò in dieser Festung waren? Dass sie noch lebten? Dass sie sie noch heute Nacht in die Arme schließen konnte? Sigurd seine Frau, Radvald seine Familie? Was war mit den anderen? Es waren an die vierzig Menschen aus Firthskur verschleppt worden. So froh sie auch um Arna, Mjöllnir, Radvald und Ragnar war, lechzten doch noch so viele andere nach Freiheit.

Vehement schob sie den Gedanken von sich, dort niemanden anzutreffen.

Als es dunkel genug war, umrundeten Ragnar und Sigurd weitläufig die Anlage. Während die anderen warteten, schlug Ranveigs Herz bis zum Hals.

»Die Götter haben mich bis an diesen Ort gebracht!«, flüsterte sie ergriffen. »Wir haben ihnen stets treu gedient. Sie müssen uns nun belohnen.«

Da legte Arna ihr eine Hand auf die Schulter. »Wir untersuchen jeden Winkel, jeden Raum. Wenn Balbó und Birta hier sind, werden wir sie finden.«

Während Ranveig mit vor Aufregung zitternder Hand ihren Dolch umfasste, schloss sie die Augen. Sie spürte die Anwesenheit der Götter wie selten zuvor, ihre Kraft in sich, Friggs Schläue, Gefjons Stärke und Freyas Anmut, als wären es sei jeher ihre eigenen Eigenschaften. Womöglich waren sie es auch, alle Menschen waren Ebenbilder der Götter, mal mehr und mal weniger mit ihren Tugenden und Talenten ausgestattet, aber dennoch Erben ihres Seins.

»Sie kommen!«, hörte sie Henrik flüstern. Er riss sie aus zehrenden Gedanken. »Sie sind zurück.«

Tatsächlich fanden sich die beiden Späher wieder bei ihnen ein.

»Es gibt ein Tor im Osten«, berichtete Sigurd. »Die Mauern sind nicht zu hoch und es gibt keine Zinnen. Die Rampe genügt.«

Ranveig kannte die Rampe. In dem Fall stellte sich ein Mann schräg an die Mauer, ein zweiter auf seine Schultern, der die anderen über sie hinüberklettern ließ.

»Was ist mit verborgenen Stellen? Fackeln?«, wollte Radvald wissen.

»An der Ostseite ist es am besten, dort gibt es einen kaum beleuchteten Bereich.«

Nun, wo sie wussten, wo sie eindringen konnten, legten sie die Stirnen aneinander, begrüßten Odins Teilnahme an diesem Kampf und schlichen schließlich nach Osten.

»Bleibe immer bei Henrik oder mir!«, flüsterte Ranveig Agnes zu. »Gehe niemals allein irgendwo hin.«

»Ich kein kleines Kind!«, maulte sie zurück. »Aber ich nicht allein gehen.«

Ranveig schüttelte den Kopf. Selbst jetzt brach immer wieder der Stolz aus ihrer Freundin heraus. Sie ›Eiserne Agnes‹ zu nennen, war eines der treffendsten Dinge, die ihr je hatten passieren können.

Da es offenbar keine Wachen gab, erreichten sie ungesehen die Ostseite des riesigen Anwesens. An einer Ecke stemmte sich Mjöllnir an die Mauer und bildete somit den untersten Mann der

Rampe. Sigurd stellte sich auf ihn, und Radvald war der Erste, der über Sigurd hinweg über die Mauer kletterte. Es folgten Ragnar, Henrik, Marius, Agnes und Ranveig.

Sigurd, der sich schließlich über die Mauer legte, konnte mithilfe von Ragnar auch Mjöllnir zu sich ziehen.

Vor Aufregung lief Ranveig der Schweiß von der Stirn. Das Innere der Anlage glich einem kleinen Dorf. Allein fünf Gebäude in verschiedenen Größen erkannte sie im schwachen Licht der Fackeln, an der Mauer der Südseite stand der Verschlag für die Tiere. Schnell eilten sie hinter die Wand des ersten Gebäudes und warteten dort. Während Mjöllnir und Arna sich auf der anderen Seite des Hauses umsahen, lauschte Ranveig an der Wand dieses Gebäudes. Eine Frauenstimme war zu hören, dann eine andere, die antwortete. Es war aber die Sprache, die sie nicht verstanden.

Also eilten sie so leise wie möglich zum nächsten Haus. Weil zwei Männer in ihrer Nähe standen, duckten sie sich hinter einen Eselskarren. Ranveig konnte nicht erkennen, ob es Wachen waren, auf jeden Fall kamen sie auf sie zu. Dabei unterhielten sie sich, einer lachte sogar. Gerade als sie nahe genug am Karren waren, stürzten Arna und Radvald auf sie zu, hielten ihnen den Mund zu und erstachen sie. Einer von ihnen stöhnte dabei, aber nicht so laut, dass sie gehört wurden. Ihre Leichen schleiften sie hinter das Haus.

Wieder lauschte Ranveig. In ihrer Nähe war nichts zu hören, dafür lachte in der Ferne ein Mann, ein weiterer rief etwas.

Mit einer Handbewegung forderte Arna Radvald auf, das Haus zu umrunden. Radvald war der Geschickteste unter ihnen. Manchmal war es ihm in der Heimat gelungen, sich so nahe an Wild heranzuschleichen, dass es ihn zu spät bemerkt hatte.

Schnell kehrte er wieder zurück. »Ein Eingang an der Westseite.«

»Wir dringen ein«, befahl Arna.

So leise wie möglich postierten sie sich vor der Tür. Ragnar holte sich eine der Fackeln, die an einem anderen Gebäude hing, bevor sie die Tür öffneten. Arna, Mjöllnir, Ragnar und Sigurd traten ein, die anderen hingegen warteten derweil draußen.

Plötzlich hörte Ranveig einen Mann im Innern etwas rufen, ein zweiter schrie, Schläge und dumpfe Geräusche waren zu hören, bevor es wieder still wurde.

»Was ist?«, fragte Agnes leise.

»Ich hoffe, sie haben sie alle getötet!«

Die Antwort wurde bestätigt, denn die vier kehrten unverletzt zurück.

»Es waren fünf Männer«, berichtete Arna. »Ich weiß nicht, ob es Sklaven oder Wächter waren, aber sie hatten keine Waffen. Zum Glück.«

Als sie an den Seiten des Hauses weiter ins Innere der Anlage sahen, erkannten sie zwei Feuerstellen, an denen hohe Flammen in die Höhe züngelten, dahinter schälte sich der bisher größte Bau aus der Dunkelheit. Er war gewaltig, die Seiten wurden nicht mehr vom Schein der Fackelfeuer beleuchtet, wenigstens acht Schritte in die Höhe erstreckte sich der offenbar zweigeschossige Bau. Er wirkte prunkvoll, einige Säulen waren zu erkennen, Palmen wuchsen in Reihen vor dem Eingang.

»Da wohnt wohl dieser Wassif!«, flüsterte Radvald. »Wir müssen zuerst alle Wachen töten, bevor es zu einem offenem Kampf kommt.

»Und verhindern, dass sie durch die Tore fliehen«, erwiderte Mjöllnir.

Arna nickte. »Also kontrollieren wir das Westtor?«

»Ja, um zu sehen, ob sich dort Wachen aufhalten.«

Also suchten sie die Südmauer auf und gingen an ihr entlang bis zum Westtor. Tatsächlich sahen sie dort drei Männer patrouillieren. Während Arna und Mjöllnir den dreien von hinten auflauerten, rannten Sigurd und Radvald von vorn auf sie zu. Einer rief etwas, doch Sigurds in dessen Brust geworfenes Schwert schnitt die Worte ab. Sie töteten sie schnell, leider gelang es einem weiteren Einheimischen, zu schreien.

Augenblicklich waren Rufe anderer Männer zu hören.

»Schnell, eine Linie!«, rief Arna. Augenblicklich stellten sie sich nebeneinander und hielten dabei ihre Waffen vor sich. Nur kurz darauf rannten einige Männer auf sie zu. Um zu verhindern, dass sich weitere von ihnen gebündelt sammeln konnten, lief Arnas Gruppe nun ihrerseits auf die Wachen zu. Ranveig kam gar nicht dazu, jemanden anzugreifen, ihre Freunde befanden sich binnen weniger Augenblicke in einem erbitterten Kampf. Unter heftig schlagendem Herzen hörte sie die Wächter dabei rufen, schreien, manche von ihnen auch stöhnen. Leider kamen noch einige Einheimische dazu, sie sah es viel zu spät, da sie wie Schatten aus der Dunkelheit aufgetaucht waren.

Gerade als Ranveig auf einen der Fremden zulaufen wollte, fiel dieser zu Boden. Mjöllnirs Axt hatte seinen Rücken getroffen. Binner kurzer Augenblicke ebbten die Geräusche des Kampfes ab und Stille machte sich breit.

Zunächst sah sie auf die etwa zehn Toten, die am Boden lagen. Da beugte sich plötzlich Radvald über einen der Körper.

»Nein!«, rief er, »bei Odin!«

Ranveig dachte, ihr Herz bliebe stehen. Langsam kam sie den beiden näher, sah, wie nun auch die anderen auf den offenbar Toten zugingen, dem Radvald nun beide Hände auf die Brust legte. Sie wollte nicht wissen, wer es war, sie hatte furchtbare Angst davor.

»Ragnar!«, rief Arna mit lauter Stimme.

So froh Ranveig war, dass es sich nicht um Sigurd handelte, so entsetzt war sie über Ragnars Tod. Nun erst ging sie ebenfalls zu ihm, beugte sich über sein Gesicht und sah im flackernden Licht der Fackel Ragnars vom Blut roten Oberkörper sowie seine aufgerissenen Augen. Er war tatsächlich tot.

Plötzlich rannten zwei Männer auf sie zu. Arna und Sigurd töteten sie, bevor die Ziriden überhaupt ihre Krummsäbel einsetzen konnten. Sogar als einer der beiden auf dem Boden lag, hieb Arna ihm den Kopf ab und fluchte dabei.

Ranveig wusste, dass er pure Wut über Ragnars Tod war.

Da rief jemand in der Ferne. Es war grausam, sie konnten nicht einmal Ragnars Tod betrauern.

»Jemand muss zum Osttor!«, rief Arna, während sie ihre Axt aus dem Nackenknochen des Toten zog. »Keiner darf entkommen!«

Sofort lösten sich Sigurd, Henrik und Marius, Ranveig hingegen schob Agnes ebenfalls zu Henrik. »Geh mit ihm. Bleibt zusammen!«

Agnes sah sie nur verwirrt an, rannte dann aber mit den anderen nach Osten zurück.

Wieder liefen wieder einige Ziriden auf sie zu. Diese verteilten sich jedoch, einige riefen sich dabei hektisch etwas zu.

»Für Odin!«, rief Arna schließlich.

Diesmal waren es nur drei Fremde, die wie Schattenwesen aus der Dunkelheit auf sie zu rannten. Offenbar waren diese zu schlecht in der Kampfeskunst Mann gegen Mann ausgebildet, denn ihre Körper lagen nur kurze Zeit später im Staub.

Gerade als Ranveig abermals zu Ragnar sah, hörte sie Geräusche aus der Richtung des Palastes.

»Schnell. Wir gehen jetzt rein!«, rief Arna. »Sie dürfen sich nicht sammeln.«

So schnell sie konnten, eilten sie zum Eingang des palastähnlichen Gebäudes. Mjöllnir und Radvald töteten zwei ihnen entgegenkommende Männer, diesmal aber erst nach längerem Kampf, und als sie das durch Öllampen hell erleuchtete Haus betraten, kreischte eine Frau. Sie war eine Einheimische und wich vor Schreck an die Wand hinter ihr zurück.

»Keine Überlebenden!«

Ranveig hatte Mitleid mit der Frau, die in diesen Momenten ihr Leben verlor. Doch sie wussten nicht, ob jemand fliehen und Hilfe holen würde.

Da rannten zwei weitere Männer auf sie zu. Als diese aber sahen, wie viele vor ihnen standen, stoben sie auseinander, geschickt geworfene Äxte und Schwerter töteten sie allerdings, bevor sie in der Dunkelheit verschwinden konnten.

»Odinssöhne!«, schrie Arna nun, so laut sie konnte. »Odinstöchter! Ist hier jemand?«

Geschrei aus der Ferne zerschnitt die Stille des Augenblicks. Offenbar kämpfte Sigurds Gruppe gegen jemanden.

»Weiter!«, rief Arna. Schleunigst liefen sie durch jeden Raum, suchten überall, sahen nach verborgenen Türen oder Klappen. Einige Männer hatten sich versteckt, es waren wohl eher Sklaven. Dennoch töteten sie alle.

»Hier!«

Wie vom Blitz getroffen erstarrte Ranveig. Jemand hatte es in ihrer Sprache gerufen, eine Frau ihres Volkes, irgendwo in einem Raum.

»Hier sind wir!«

Noch aufgeregter als zuvor suchten sie die Räume ab, fanden aber niemanden mehr außer einer weiteren einheimischen Frau. Anstatt sie zu töten, versuchten sie durch sie herauszufinden, wo die anderen versteckt waren. Zwar verstand die Ziridin ihre Sprache nicht, doch sie führte sie zur Küche und dort zu einer Tür.

Als Mjöllnir sie öffnete, schälten sich Gestalten aus der Dunkelheit. Zuerst kam eine dürre junge Frau auf sie zu. Sie war blond, blaue Augen starrten sie erschrocken aus dunklen Höhlen an. Ranveig kannte sie nicht.

Ihr folgte eine weitere Frau. Nun erstarrte Ranveig. Es war Frowa, Sigurds Eheweib. Augenblicklich rannen Tränen über ihre Wangen. Als Frowa ihre Freunde erkannte, lief sie schluchzend auf sie zu.

Den beiden folgten mehrere. Zwei ziridische Sklavinnen betraten den Raum, schließlich eine weitere Frau.

»Gudrun!« Radvalds Stimme zerschnitt die Stille wie ein Donner die ruhige Nacht. Es war Radvalds Frau, ebenfalls fast bis auf die Knochen abgemagert, die nun weinend ihrem Mann in die Arme fiel.

Ranveig zitterte. Zwar war sie froh über Frowas Überleben, und sie mochte sich nicht ausmalen, wie Sigurd reagierte, doch etwas schnürte ihren Bauch zusammen.

Weder Birta noch Balbó waren zu sehen.

»Ist sonst niemand mehr hier?«, rief Arna? »Wo sind die anderen?«

»Die Männer sind nebenan im Haus. Sie werden nachts angebunden.«

»Wo sind Lexa und Helga?«, rief Radvald nun. Dabei starrte er seiner Frau ins Gesicht. »Sind sie hier?«

»Nein, Radvald. Sie sind nicht mehr hier.«

»Was heißt ›nicht mehr hier‹?«

»Sie sind in Folkwangr.«

Fassungslos sah er sie nur an. »Aber … was?«

»Sie haben den Hungertod gewählt. Sie haben sie von mir getrennt, ich habe es zu spät erfahren. Da wollte ich ihnen folgen …« Tränen rannen über Gudruns Wangen.

»Warum?«, schrie Radvald nun. »Warum? Odin, warum hast du das zugelassen?« Er riss Gudrun an sich, schrie in ihre Brust, drückte seinen Kopf an ihren Oberkörper und schluchzte.

Plötzlich drehte er sich um. »Wassif! Ich werde ihn aufschlitzen, ich werde seine Augen aus den Höhlen reißen und seine Gedärme über dem gesamten Platz verteilen!«

Ranveig wagte nicht, zu atmen. Langsam löste sich ihr Blick von Radvalds wutentbranntem Gesicht und sie sah zu Frowa. »Seid ihr so dünn, weil ihr auch den Hungertod wählen wolltet?«

»Nein, wir nicht. Es sind fast alle krank geworden.«

Ranveig nickte. »Ist noch jemand hier?«

Da legte Frowa die Hände auf Ranveigs Schulter. Plötzlich löste sich ihr Blick, etwas befiel ihre Augen, wie ein Schatten, der augenblicklich in Ranveigs Herz drang.

Nein!

»Birta ist vor einigen Wochen gestorben, Ranveig. Es tut mir so leid.«

Augenblicklich starb etwas in Ranveig ab. Als fiele sie in den zugefrorenen See des Monats *mörsugor*, fühlte sie zunächst nichts mehr, weder ihr Herz noch ihre Gliedmaßen oder ihren Atem.

War alles umsonst gewesen?

»Balbó hingegen lebt noch. Er ist bei den anderen.«

Etwas taute auf in ihr, die vorübergehend taube Stimme Frowas wurde klarer.

»Balbó?«, wiederholte sie.

»Ja.« Dabei umarmte erst Frowa sie, dann Gudrun. Die fremde junge Frau, etwa in Ranveigs Alter, stand nur daneben und starrte sie alle fassungslos an. Sie war noch ausgemergelter als Gudrun, vermutlich konnte sie sich kaum auf den Beinen halten.

In diesen Momenten konnte sich Ranveig kaum bewegen. Mutter war tot, Frowas Worte zuvor hatten mit unvorstellbarer Brutalität eine kaum zu ertragende Gewissheit offenbart. Es war, als umschlösse eine Hand aus Eis ihr Herz.

»Das ist Ylva«, hörte sie Gudruns Stimme wie hinter einem Schleier stammend. »Sie ist aus einem anderen Dorf. Nun ist sie aber unsere Schwester.«

»Gut, Ylva, dann gehörst du ab jetzt zu uns!«, antwortete Arna. »Kannst du kämpfen?«

»Ich bin zwar schwach, aber eine Odinstochter!«

»Genau das wollte ich hören! Befreien wir die anderen!«

Ranveigs Blick verharrte noch immer auf dem Boden, doch nun hob sie ihn und sah zu Radvald. Es war ihm deutlich anzusehen, dass er kaum klar denken konnte vor Trauer um seine Töchter. Sie hoffte nur, er würde den Wesir abschlachten und tatsächlich seine Gedärme über den gesamten Platz verteilen. Dabei wollte sie ihm mit Freuden helfen.

Kurz darauf durchsuchten sie jeden Raum, jede Kammer, sahen sogar unter Tischen sowie auch hinter den zahlreichen Stoffen nach, die reich verziert als Raumteiler dienten, doch weder fanden sie Wassif noch andere Menschen im Palast.

»Wo ist dieser Bastard?« schrie Radvald. »Komm raus, du Missgeburt! Ich reiße dir dein Herz heraus!«

Obwohl Ranveig es nicht glauben konnte, schien Wassif gar nicht hier zu sein. Schließlich durchsuchten sie das Haus ein zweites Mal, fanden allerdings auch dabei niemanden.

Sigurd und die anderen hatten einige Männer getötet, die aus dem Osttor fliehen wollten. Dabei war es zu einem heftigen Kampf gekommen, in dem er selbst leicht am Bein, Marius hingegen an der Brust verletzt worden war. Marius konnte gehen, verlor aber Blut. Sigurd band ihm das Oberteil eines erschlagenen Ziriden um die Brust. Offenbar war die Wunde nicht lebensgefährlich, denn Marius atmete ohne Schwierigkeiten und wollte keinesfalls ruhen.

Da augenscheinlich niemand mehr in der Nähe war, entschlossen sie sich, zum Westtor zu eilen, um dieses zu sichern. Unterwegs hörten sie Schreie aus dem großen Haus, und als sie das Westtor schließlich erreicht hatten, machten sich zwei Männer daran, es zu öffnen. Gerade noch rechtzeitig töteten sie sie und warteten ab. Zwei ziridische Männer, offenbar eher Diener als Wachen, töteten sie ebenso wie eine einheimische Frau, die laut schrie.

Dort warteten sie, und da niemand mehr kam, die Kampfgeräusche aus dem Zentrum aber deutlicher wurden, entschlossen sie sich, ihren Freunden beizustehen.

Sie trafen sie an, als sie den Palast verließen. Doch da waren noch mehr, ihnen folgten Frauen. Sigurds Herz begann zu stolpern, er rannte näher, Schweiß lief über sein Gesicht. Als würde Feuer in ihm brennen, fürchtete er, sich in Hitze zu verlieren.

Da sah er sie.

»Frowa!«

Als seine Frau ihn ebenfalls bemerkte, lief sie auf ihn zu und fiel in seine Arme.

Sigurd konnte nichts sagen, nichts anderes tun, als sie einfach nur an sich zu drücken. Die Götter hatten ihn belohnt, sie beide belohnt. Er hatte Frowa wieder. Gierig und überglücklich sog er ihren Geruch ein, spürte ihr Haar an seinem Gesicht, ihr Herz an seiner Brust schlagen.

Er wollte sie nie wieder loslassen.

»Weiter!«, trieb Arna sie an. Ihre Stimme holte ihn aus reinem Glück zurück.

»Kannst du laufen?«, fragte er Frowa.

»Wenn es sein muss bis in die Heimat!«

Er gab ihr die Waffe eines toten Wächters.

»Wo ist Ragnar?«, fragte Sigurd nun. Alle waren hier, Ragnar aber war nirgends zu sehen.

Da drehte sich Mjöllnir zu ihm. »Noch heute Nacht trinkt er in Walhall.«

Sigurd dachte, sein Herz bliebe stehen. Die unermessliche Freude um Frowas Überleben wankte, schrumpfte, er dachte, er würde den Boden unter seinen Füßen verlieren.

»Er ist im letzten Gefecht gefallen. Wir werden ihn später betrauern.«

Sigurd konnte es nicht glauben. Ragnar war sein Freund gewesen, seit er denken konnte, bereits als kleine Kinder hatten sie miteinander gespielt. Und immer war er ein wahrer Odinssohn gewesen.

Schockiert schluckte er bitteren Speichel, folgte nun aber den anderen, um weitere Gefangene zu befreien. Dabei schoss derartige Hitze durch seinen Körper, dass er befürchtete, zu brennen.

Schon bald erreichten sie die Hütte. Da sie nicht bewacht war, traten sie die Türe ein und hielten Fackeln ins Innere.

»Odinssöhne!«, rief Arna.

»Wir sind hier!«

»Balbó!«, rief Ranveig mit schriller Stimme, rannte ins Innere der geräumigen Hütte und fiel ihrem Bruder um den Hals.

Trotz seiner Trauer um Ragnar lächelte Sigurd. Dass Ranveig ihren Bruder wiedergefunden hatte, war ebenso ein großes Glück für ihn wie das, seine Frau bei sich zu haben.

Nur für Augenblicke. Ragnars Tod ließ ihn nicht los, er konnte es einfach nicht glauben.

Nun erst erfuhr er von Gudrun, dass auch Birta nicht mehr unter ihnen weilte.

Als könnte er Ranveigs Körper fühlen, spürte er ihre Trauer trotz des Wiedersehens mit Balbó.

Eilig lösten sie die Fesseln der Männer und ließen sie aus der Hütte treten. Balbó hatte ebenfalls abgenommen, aber nicht so sehr wie die Frauen. Blaue Augen blitzten aus einem hochroten

Gesicht heraus. Ihm folgten zwei ziridische Sklaven, schließlich trat Knut ins Licht der Fackel.

»Knut!«, riefen fast alle gleichzeitig. Sie stützten ihn, er war sichtlich geschwächt, ein Verband war um seinen Bauch gewickelt. Er stammte ebenfalls aus Firthskur und war stets ein Verfechter der alten Götter gewesen.

»Er ist verletzt!«, erklärte Balbó. »Sie hatten ihn für einen Wettkampf auserwählt.«

»Dann habt ihr auch gekämpft?«, fragte Arna.

Balbó schüttelte den Kopf. »Nicht ich. Aber Knut. Er hat viele Ziriden getötet.«

Als den beiden nur noch ein einheimischer Sklave folgte, sahen sie sich ungläubig an. Mjöllnir leuchtete nochmals das Innere der Hütte aus, da war aber niemand mehr.

»Wo sind die anderen?«, fragte er entsetzt.

»Leif, Harald und Ivar sind weggebracht worden«, erklärte Knut mit schwacher Stimme. »Sie wollten uns alle trennen, um weitere Frauen davon abzuhalten, den Hungertod zu wählen. Dann kam aber die Krankheit. Die anderen hingegen wurden bereits nach unserer Ankunft von uns getrennt. Wir haben sie nie wieder gesehen.«

Betroffen schwiegen sie alle. Entsetzt erkannte Sigurd, dass es für die anderen keine Möglichkeit mehr gab, befreit zu werden. Zumindest nicht von ihnen. Und solange sie diesen Bastard Wassif nicht fanden, erfuhren sie auch nichts über den Verbleib ihrer Freunde.

»Wir teilen uns auf!«, rief Arna und riss ihn aus seinen wirren Gedanken. »Wir bringen alle um, es darf niemand überleben. Nur Wassif, falls dieser Hund sich hier irgendwo verkrochen hat. Ihn werden wir langsam töten.«

»Nicht die Sklaven!«, baten Frowa und Gudrun. »Sie waren wie Schwestern zu uns. Sie können nichts für ihr Schicksal.«

»Und wenn sie uns verraten?«

»Das werden sie nicht. Bitte!«

»Niemand darf uns folgen, Frowa.« Arna überlegte kurz, entschied dann aber, die einheimischen Sklavinnen zu fesseln. Sie banden sie in einem der Häuser fest und verriegelten die Tür.

Schließlich suchten sie nach weiteren Überlebenden. Zwar stöberten sie noch zwei Wächter auf, die sie ebenfalls töteten, Ibn

Wassif fanden sie allerdings nicht. Entweder war er die ganze Zeit schon nicht hier gewesen oder er hatte sich zu gut versteckt.

Schließlich kehrten sie zu Ragnar zurück. Es war nun still geworden, nur die Atemzüge seiner Freunde drangen an Sigurds Ohr. Andächtig trugen sie den Leichnam ihres toten Bruders in eine der Hütten, betteten ihn dort auf ein Lager und legten sein Schwert, das von seinen Händen gehalten wurde, auf seine Brust. So verabschiedeten sie ihn, erinnerten sich an seine Schlachten, an sein Lachen, schließlich aber küssten sie seine Stirn und flüsterten Worte in sein Gesicht.

So auch Sigurd. »Wandle in Walhall und erzähle ihnen Geschichten aus Firthskur!«

Erst als er Frowas Hand in seiner spürte, verließ er die Hütte.

Als alle vor Ragnars Grab standen, zündeten sie den Verschlag an. Ihr Freund sollte durch die Feuerbestattung keiner weiteren Feindeshand mehr ausgeliefert sein.

»Füllt alle Wasserschläuche, alles, was ihr finden könnt«, rief Arna schließlich. »Es geht durch die Wüste. Jeder nimmt ein *djamal*, es sind genügend da!«

Da lief Radvald auf sie zu. »Ich muss Wassif finden. Wir suchen weiter, er muss hier irgendwo sein.«

»Wir haben bereits alles mehrmals durchsucht!« Mjöllnir schien Radvalds Trauer zu teilen, denn er zog ihn zu sich und hielt seinen Kopf zwischen seinen Händen. Dabei sah er ihn durchdringend an. »Weder er noch andere sind hier. Vielleicht ist dieser Bastard ganz woanders. Radvald, wir müssen weg! Die Hütte brennt, irgendwann werden die Menschen aus Sunja kommen.«

Wie von Sinnen löste Radvald sich, starrte zu den Gebäuden, schlug sein Schwert in den Boden und schrie. Mjöllnir hielt ihm aber den Mund zu.

Sigurd drehte es beinahe den Magen um. Niemals zuvor hatte er Radvald derart außer sich erlebt, sie konnten aber unmöglich ein weiteres Mal suchen. Sie waren sehr gründlich gewesen, hatten weder versteckte Räume noch verborgene Eingänge im Palast gefunden. Viele von ihnen trauerten um Mitglieder ihrer Familie, er selbst um seinen Sohn Lorn, Radvald wirkte in diesen Momenten, als könnte er es nicht ertragen. Die tiefe Liebe zu seinen Töchtern war seit jeher an jedem einzelnen Tag spürbar gewesen.

Während Mjöllnir und Ragnar Radvald mit sich zogen, blickte Sigurd Frowa unendlich dankbar in die Augen, umarmte sie ein weiteres Mal und küsste sie. Doch seine Gedanken waren bei Ragnar, seinem Bruder, seinem Freund.

Schließlich füllten sie alle Wasserschläuche, die sie auf dem gesamten Anwesen finden konnten. Zudem stopften sie alles Essbare in Beutel und banden diese ebenfalls an die Tiere.

»Und jetzt brennt den Palast nieder!«, rief Arna schließlich. »Entweder brennt Wassif mit ihm, weil er sich dort versteckt, oder aber er wird nur noch Asche vorfinden, wenn er zurückkehrt!«

Nur zu gern begleitete Sigurd Radvald zum Palast zurück. Dort griffen sie nach Fackeln, gingen ins Innere und setzten Tische, Wände und Teppiche in Brand. Erste Flammen züngelten in die Höhe, Feuer fraß sich weiter, es knisterte, bis schließlich die ersten Räume brannten. Als die beiden die Fackeln in die Flammen warfen, spuckte Radvald aus, die Hitze des schnell um sich greifenden Feuers trieb sie aber schnell aus dem Gebäude.

Als sie bei den anderen ankamen, brannte bereits ein großer Teil des Gebäudes. Um den Ort zu verlassen, bevor erste Helfer aus Sunja herbeieilten, verließen sie das Anwesen durch das Osttor. Dort draußen erwartete sie niemand.

Im heller werdenden Lichtschein des Feuers fiel Sigurds Blick auf Radvald. Er wirkte gebrochen, selbst Gudrun schien ihm kaum Trost geben zu können. Er selbst fühlte derart mit seinem Freund, dass sein Herz wild in seiner Brust schlug. Radvald war zu allem fähig. Womöglich löste er sich nun von ihnen, um den Hund Wassif auf eigene Faust zu suchen. Dass dies kaum von Erfolg gekrönt wäre, wusste trotz seiner unbeschreiblichen Wut bestimmt auch Radvald.

Während sie in der Dunkelheit der angrenzenden Wüste verschwanden, fraß sich das Feuer weiter. Aus der Ferne glich der brennende Palast einem Inferno, als befänden sie sich an der Grenze Muspelheims, dem Land des Feuers, der Heimat des Flammenriesen Sutr. Die Hitze des Brandes war bis zu ihnen zu spüren, und je größer der Feuerball wurde, desto mehr schien Ragnarök, der Kampf um Midgard, genau hier und jetzt zu entstehen. Sigurd hätte es nicht gewundert, wäre nun auch noch Fenrir, der Wolf, auf sie zugelaufen, um Sutr bei seinem Kampf gegen die Götter beizustehen.

Auch die anderen hatten angehalten und sahen zum lichterloh brennenden Palast.

»Bei allen Göttern«, murmelte Mjölnir. »Muspelheim hat sich aufgetan und versengt alles, was brennbar ist. Wassif wird nichts anderes vorfinden als Tod und Asche.«

Womöglich hatten sie wirklich die Pforten Muspelheims durchschritten, denn Sigurd konnte sich nicht erinnern, je ein verheerenderes Feuer gesehen zu haben.

Erst als sie in der Ferne erste Gestalten erkannten, vermutlich aus Sunja kommend, um zu retten, was nicht mehr zu retten war, zogen sie weiter.

Sie schlugen den Weg nach Süden ein, dorthin, wo es nur die Karawanen wagten, den Kampf mit der Wüste aufzunehmen.

Während sich hinter ihnen Muspelheim aufgetan hatte, dachte Sigurd an Frowa, aber auch an Ragnar. Dass Balbó, Knut und Gudrun nun ebenfalls bei ihnen waren, wertete er als großes Glück. Bis auf die wenigen Sklaven, die Arna am Leben gelassen hatte, hatten sie alle Einheimischen getötet. Wenn dieser Wassif je zurückkehrte, fand er nichts mehr vor.

Die Götter führten sie auch weiterhin, und dies erfüllte ihn mit unendlichem Vertrauen.

Wundbrand

Aufgrund des hellen Sternenhimmels gelang es der Gruppe, die Tiere am Strick sicher durch die Wüste zu führen. Sie wagten es, die gesamte Nacht durch zu gehen, um möglichst viel Vorsprung vor möglichen Verfolgern zu gewinnen.

Henrik und Agnes sorgten sich um Marius, doch er beteuerte immer wieder, dass es zwar schmerze, er aber keine Schwierigkeiten habe, aufrecht zu sitzen.

Als sie rasteten, sahen sich Ranveig und Frowa die Verletzung an. Auch Agnes und Henrik musterten besorgt die sehr breite Wunde, die von einer Stichwaffe herrührte.

»Wir haben keine Kräuter bei uns, nichts!«, fluchte Agnes.

Frowa nickte. »Der Verband sollte neu aufgelegt werden, und er muss straffer gebunden sein.«

»Wieder ich!«, murmelte Marius.

Henrik verzichtete darauf, es zu übersetzen. »Halte durch, mein Freund. Sie sagen, es sei nicht tief. Es tut mir so leid.«

»Ach was! Es wurde niemand anders verletzt, Sigurds Wunde ist lächerlich. Wir haben niemanden verloren, erfolgreicher könnten wir nicht gewesen sein.«

Agnes küsste ihn auf sein Haar, ließ Frowa und Ranveig das in Stofffetzen zerrissene Oberteil straff um Marius' Oberkörper binden und löschte schließlich die Fackel. Ein Licht sah man in der Wüste über Meilen, und wenn es nicht notwendig war, wollten sie keines entfachen.

Als sie aufbrachen, setzte sich Ranveig hinter Ylva und hielt sie fest, da die dürre Frau aufgrund ihrer Schwäche immer wieder vom Rücken des Tiers zu fallen drohte. Auch Frowa hatte stark abgenommen, und Henrik hatte Sigurds Wut über den Zustand seiner Frau deutlich gespürt.

»Es ergibt keinen Sinn, Sklaven zu halten und sie verhungern zu lassen!«, schimpfte sein Freund weiter. »Diese elenden Bastarde! Man sollte sie alle köpfen!«

»Es lag nicht am Hunger«, antwortete Frowa. »Wir waren krank während der letzten Zeit. Nichts konnten wir in uns behalten, unsere Körper haben alles wieder ausgeschieden. Aber wir bekamen viele Kräuter, Wassif hat sogar einen Heilkundler holen lassen.«

»Ich will gar nicht wissen, was er euch antun ließ!«

»Wenn du das eine meinst – das hat niemand getan. Niemand wurde geschändet, Sigurd. Wir haben nur hart gearbeitet.«

Henrik hätte gern gewusst, warum sie überhaupt ziridische Sklaven angetroffen hatten. Abdullah hatte ihnen erzählt, aufgrund seines Glaubens würde Wassif keine einheimischen Sklaven halten. Prompt fragte er Frowa danach.

»Davon weiß ich nichts. Einige von ihnen verstanden die Männer ebenso wenig. Vielleicht kamen sie aus anderen Ländern?«

»Ich habe nur noch einen Wunsch!«, rief Radvald plötzlich. »Einen letzten. Ich will Völsungurs Kopf auf einem Spieß stecken sehen. Dort soll er verfaulen und die Krähen sollen seine Augen aushacken.«

Niemand entgegnete etwas. Henrik wusste, dass dies das Ziel aller seiner Freunde war. Obwohl sie viele befreit hatten und nun eine große Gruppe waren, fühlte er kaum Erleichterung. Sie waren auf der Flucht, vor ihnen lagen zehn Tagesmärsche durch endlose Wüste, und selbst dann befanden sie sich noch immer in Ifrikia. Selbst wenn sie dieses Qabis erreichen sollten, benötigten sie ein Schiff, das sie nach Norden brachte.

Wenn sie es denn jemals erreichten.

Sie gingen die ganze Nacht und weit in den kommenden Tag hinein. Nur selten wuchs ein Busch aus dem Boden, Palmen waren eine absolute Rarität geworden. Dünen tauchten vermehrt auf, der Wind blies ihnen feinsten Sand in die Augen, und so banden sie weitere Tücher um ihre Gesichter, um sie zu schützen.

Als Ylva nur noch schlaff wie ein Sack auf dem Rücken des Tiers saß und von Gudrun kaum mehr gehalten werden konnte, entschieden sie, zu rasten. Sie stellten die *djamale* eng nebeneinander, banden Stoffe als Sonnensegel daran und legten sich in den Schatten.

Dabei beobachtete Henrik Ranveig und Balbó. Sie sprachen viel miteinander, Ranveigs Augen blitzten vor Glück, obwohl sie erst vor Kurzem vom Tod ihrer Mutter erfahren hatte. Und als sie alle dalagen, kam Balbó tatsächlich zu ihm und umarmte ihn ein weiteres Mal.

»Danke, Bruder. Danke, dass ihr diesen Weg auf euch genommen habt.«

»Ich hatte gute Freunde, die mich unterstützten.«

»Die nun auch für alle Zeiten meine Freunde sind. Ich werde dir immer dankbar sein, Henrik.«

»Noch sind wir nicht zu Hause.«

»Nein, aber selbst wenn ich sterben sollte, dann in den Reihen meiner Brüder und Schwestern. Und im besten Falle im Kampf, sollte uns noch einer bevorstehen.«

Henrik legte ihm eine Hand auf die Schulter. »Ich bin unendlich froh, euch gefunden zu haben. Und gleichzeitig trauere ich sehr um Birta.«

Balbó nickte und sah zu Boden. »Sie starb an dieser Krankheit, wie viele andere auch. Sie haben sie alle vor den Mauern verbrannt. Nun wandelt sie in Folkwangr im Kreise vieler anderer mutiger Frauen, die Odin und Freya größtmögliche Ehre bereitet haben.«

»Und sie wird immer in uns sein, Balbó. Ich werde sie nie vergessen.«

»Ja, sie bleibt unvergessen.« Balbó drückte seine Stirn gegen die Henriks, und Henrik spürte, wie eine heiße Welle seinen Körper durchzog. Er hatte nicht damit gerechnet, seinen Freund jemals wiederzusehen.

Sie schliefen etwas und aßen schließlich. Ylva und Gudrun, körperlich völlig entkräftet, versuchten, die wenigen Bissen in sich zu behalten, tranken dafür aber mehr.

Derweil kümmerten sich Frowa und Ranveig um Marius' Wunde. Auch Agnes saß daneben.

»Wir wickeln sie noch einmal fest, dann lassen wir es geschlossen«, schlug Frowa vor. »Falls es sich entzündet, können wir ohne Heilkräuter ohnehin nichts tun.«

Da Marius wissen wollte, was gesprochen wurde, log Henrik, dass es nur darum gehe, wie sie die Verletzung versorgten. Es durfte sich nichts entzünden, die Wunde war nicht sonderlich tief. Warum nur sagten sie überhaupt so etwas?

»Knut!«

Balbó war es gewesen, der Knuts Namen gerufen hatte. Als er den Ruf wiederholte, ging auch Henrik zu ihm. Wie erstarrt stand Balbó vor Knut, der regungslos im Sand lag.

Da beugte sich Frowa über den Krieger, untersuchte ihn und schüttelte den Kopf.

»Er hat Midgard verlassen.«

Entsetzt starrte Henrik auf den toten Knut. Offenbar waren dessen Verletzungen zu schwer gewesen oder er hatte nun loslassen können, weil er endlich im Kreise seiner Freunde war. Balbó wirkte sehr erschüttert.

Sie alle verabschiedeten sich von dem Toten, indem sie ihm eine Hand auf die Brust legten und letzte Worte murmelten. Schließlich legten sie ihm eine Waffe auf die Brust, breiteten eine Decke über ihn, beschwerten die Seiten mit Sand und ließen ihn liegen.

Niemand sagte etwas, als sie weiterzogen. Deutlich spürte Henrik die Wut und Enttäuschung der anderen darüber, Knut verloren zu haben.

Nur einen Tag nach Ragnar.

Ranveig setzte sich wieder hinter Ylva, um sie notfalls zu halten. Und als Ylva auch nach längerer Zeit das Gegessene in sich behalten hatte, spürte Henrik, dass es ihn erleichterte. Es durfte niemand mehr sterben, sie alle hatten es mehr als verdient, die Heimat wiederzusehen. Jeden aufkommenden Gedanken daran, doch noch von Wassifs Verfolgern eingeholt zu werden, verdrängte er, so gut er konnte.

Agnes' Kopf war voller widersprüchlicher und verwirrender Gedanken, ihr Herz von ähnlich irritierenden Gefühlen besetzt. Unter den immer größer werdenden Gefühlen für Henrik hatte sie große Sorge um Marius. Zwar blutete seine Wunde nicht so sehr wie befürchtet, aber ihr fiel auf, dass er sich immer krampfhafter an den Hals des Tieres klammerte.

Es war herzreißend gewesen, Sigurds, Radvalds und Ranveigs Freude zu sehen, als sie ihre Lieben wiedergefunden hatten, gleichzeitig war Radvalds Schmerz niederschmetternd. Und Ylva, dieses dünne, kraftlose Mädchen mit den hellblauesten Augen, die sie jemals gesehen hatte, tat ihr leid. Arna hatte ihr mithilfe von Henrik erklärt, dass Ylva die einzige Überlebende eines Dorfes sei, das etwa eine halbe Tagesreise von der Siedlung ihrer Freunde entfernt lag. Sie hoffte wirklich sehr, dass die junge Frau wieder Kraft gewinnen konnte, ihre Sorge lag momentan allerdings bei

Marius. Immer wieder sah sie zu ihm, beobachtete ihn, und wenn er es bemerkte, tat er es mit einem Lächeln ab.

»Es geht mir gut«, erklärte er dann. »In einigen Tagen bin ich bestimmt wieder der Alte.«

Sie hoffte es inständig.

An diesem Tag pausierten sie noch zwei Mal, Marius' Verband wurde aber nicht mehr geöffnet. Als die Dämmerung hereinbrach, entschieden sie, die gesamte Nacht hindurch zu ruhen. Sie benötigten Kraft, vor allem Ylva, Gudrun und Marius, und so ließen sie die drei schlafen, ohne dass ihnen Wache auferlegt wurde.

Agnes lag neben Henrik und hielt seine Hand. Sie wollte nicht sprechen, sondern ihn einfach nur spüren. Zu der Sorge um Marius gesellte sich nun auch die Angst vor der endlosen Wüste. Ihr Mund war trocken wie der Sand selbst, Risse waren auf ihrem Gesicht entstanden, die Augen waren rot und schmerzten aufgrund des Sandes, der sich in allen Poren und Ritzen festsetzte. Sie tranken so wenig wie möglich, obwohl sie Dutzende Wasserschläuche gefüllt und mitgenommen hatten. Es war erst der zweite Tag, und niemand wusste, ob Abdullah mit seiner Einschätzung über die Anzahl der Tagesmärsche recht behielte.

Schon bald fiel sie in tiefen Schlaf. Einmal wachte sie auf und spürte Henriks Hand nicht mehr, weil er Wache hielt. Und als sie selbst geweckt wurde, stellte sie sich schlaftrunken neben Radvald, mit dem sie nun eingeteilt war. Er erzählte ihr von dem Leben mit seiner Frau zuvor, von seinen Töchtern, wie hübsch sie gewesen seien, stets mit dem Schalk im Nacken und den Göttern treu ergeben. Dabei musste er sich zwar mehrmals wiederholen und gleichzeitig langsam reden, doch Agnes verstand und Radvald rechnete ihr es hoch an, dass sie deren Sprache lernte, obwohl sie, wie einst Henrik, nicht dazu gezwungen wurde. Sie spürte seinen Schmerz deutlich, zudem zitterten seine Finger, während er ihr von seinen Töchtern erzählte.

Als sie am kommenden Morgen weiterritten, fühlten sich Frowa und Gudrun bereits besser. Ylva hatte das Essen in sich behalten, und nachdem sie wieder etwas von den noch reichlich vorhandenen Lebensmitteln gegessen hatte, lächelte sie zum ersten Mal. Agnes ahnte, dass die junge Frau erst jetzt so richtig begriff, dass sie befreit worden war, und dass sie nun nach Monaten der Sklaverei womöglich wieder Hoffnung spürte.

Marius hingegen fühlte sich schlechter. Ihm war sehr heiß, er trank auffallend oft, bis Arna ihm den Schlauch wegnahm.

»Wir müssen aufpassen!«, schimpfte sie. »Wenn wir so weitermachen, haben wir bereits in einigen Tagen kein Wasser mehr.«

Agnes hingegen fiel auf, dass Marius zu schwanken begann. Sofort halfen sie ihm vom *djamal* und öffneten den Verband. Ranveig, Gudrun und Frowa musterten zunächst wortlos die Wunde.

»Was ist?«, fragte Agnes, und als sie selbst hinsah, fiel ihr auf, dass die Wundränder hochrot waren, gelbe Tropfen liefen an seiner Haut herab.

»Es entzündet sich!«, murmelte Frowa. »Wir waschen es aus.«

Unter Marius' lautem Stöhnen säuberten sie die Wunde, Gudrun band schließlich ein Tuch lose über die Wunde.

»Es muss Luft hin, wir sollten es nicht einschnüren.«

Agnes hatte keine Ahnung, wie sie helfen konnte, vertraute aber unter aufkommender Angst den erfahrenen Frauen.

»Es geht schon!«, beruhigte Marius sie. »Ich fühle mich gut!«

»Du warst schon immer ein guter Lügner!«

Er lächelte nur, ließ sich auf das Tier helfen, und sie ritten schließlich weiter.

Bald wurde es deutlich heißer. Der Wind verschwand nun gänzlich, kein einziges Sandkörnchen wurde in ihre Gesichter geweht. Es schien, als stände alles still, die Hitze der Sonne knallte mit einer solchen Wucht auf Agnes herab, als hielte jemand Feuer über ihren Kopf. Dennoch versuchten sie, weitaus weniger zu trinken, als es der Durst verlangte, und als es endlich Abend wurde, kam es ihr vor, als sei sie tagelang geritten. Alles schmerzte, die Haut spannte und war feuerrot, ihre Lippen waren aufgeplatzt, ihr Hals fühlte sich an, als würde er brennen, ihr Rücken schien ihr nicht mehr zu gehören.

»Wir müssen nachts weiterziehen!«, schlug Radvald vor. »Es ist eindeutig zu heiß. Wenn die Tiere verweigern, kommen wir gar nicht voran.«

Niemand hatte etwas dagegen einzuwenden, also schliefen sie einige Zeit. Und als sie den Aufbruch unter einem fast runden Vollmond wagten, erhellte sein Licht die gesamte Ebene um sie herum.

»Wie geht es dir?«, fragte sie Marius wieder. Sie tat es oft.

»Ich bin müde!«, antwortete er diesmal. »Aber offenbar habe ich gelernt, im Sitzen zu schlafen.«

»Dann tu das und nutze aus, dass du auf dem Rücken eines Tieres sitzt. Wehe, du tust es nicht, verdammt noch mal!«

»Ja, Eiserne Agnes!«

Sie schnaubte. Nicht nur die Sorgen um ihn wuchsen, sondern auch die Angst, noch viel länger der Hitze und der absoluten Eintönigkeit dieser Landschaft ausgesetzt zu sein als erwartet. Tagsüber gab es nur das blasse Blau des Himmels und das immerwährend gleiche Braun des Sandes, während nachts alles in einem schwärzlichen Ton verschmolz. Einzig und allein ihre Gewänder waren eine willkommene Abwechslung dieser Monotonie.

Irgendwann rasteten sie wieder, tranken, aßen und versuchten, etwas zu schlafen. Agnes war froh, gelegentlich Henrik an sich zu spüren, ihre Gedanken galten aber vermehrt Marius, der schlafend vor sich hin stöhnte. Arna verbot, eine Fackel anzuzünden, und als endlich der Morgen graute, begutachteten sie die Wunde.

Agnes dachte, von einem Pferd getreten zu werden. Die Wunde war nicht mehr feuerrot, sondern braun und gelb, an einigen Stellen schwarz, es roch auffallend scharf, dunkle Blasen bildeten sich unter der Haut.

»Verdammt!« Gudruns Fluch klang wie ein Echo aus fast unendlicher Entfernung. »Wir können nichts tun!«

»Und wieder auswaschen?«, fragte Henrik.

Nun schüttelte Frowa mit dem Kopf. »Es ist Wundbrand!«

Agnes dachte, ihr Herz würde aufhören zu schlagen. Nein, das durfte nicht sein.

»Mir geht es gut!«, hörte sie Marius lallen. Seine Worte waren verwaschen, unklar, und als sie ihm eine Hand auf die Stirn legte, zog sie sie erschrocken zurück.

»Du hast hohes Fieber!«

Seine Antwort war schweres Atmen und ein seltsam gequältes Lächeln.

»Was jetzt?«, fragte Mjöllnir.

Die anderen sahen sich kurz an, und Agnes befürchtete, dass es keine Lösung gab. Wundbrand raffte die Menschen ebenso dahin wie ein Stich mitten ins Herz.

Den fühlte sie nun auch.

Frowa wusch zwar abermals die Wunde aus und ließ sie anschließend unbedeckt, doch sie tat es mit einem mehr als besorgten Gesichtsausdruck. Agnes wollte weder diesen sehen noch die entsetzte Miene Henriks. Marius war stark, er würde auch das bewältigen.

Vorerst blieben sie an Ort und Stelle und versuchten zu schlafen. Marius gelang dies immer öfter, und als er mit hochrotem Kopf zu murmeln begann, legte Frowa ihm ein mit Wasser getränktes Tuch auf die Stirn.

»Bitte gebt ihm zu trinken!«, rief Agnes. Sie dachte, jemand würde in ihrem Magen herumbohren.

Obwohl Marius zwischen den Tieren und unter einem durch Decken aufgespannten Sonnensegel im Schatten lag, wollte sein Fieber den Tag über nicht weichen. Unbarmherzig brannte die Sonne auf sie herab, nicht die kleinste Wolke ließ sich am Himmel erkennen. Es wurde Abend, doch auch da schien es kaum kühler zu werden. Abwechselnd flößten sie Marius Wasser ein, allerdings hustete er es immer wieder heraus. Wenn er wach war, klagte er über Schmerzen, und im Schlaf murmelte er Unverständliches.

Als es dunkel wurde, setzte sich Radvald hinter Marius auf das *djamal* und hielt ihn fest. Sie mussten weiter, und sie wollten die Nächte so gut wie möglich dafür nutzen. Da Radvald, Sigurd und Henrik sich abwechselten, Marius zu übernehmen, bekam Agnes nicht mit, ob er zwischendurch aufwachte, und so fragte sie ihre Freunde pausenlos.

Sie ritten die halbe Nacht.

»Halt!«, rief Sigurd schließlich. »Er muss runter!«

Sofort rannte Agnes zu ihnen und half den anderen, Marius' schlaffen Körper vom Rücken des Tiers zu hieven. Das Licht des Vollmondes war so hell, dass sie sogar jetzt jede Einzelheit seiner Wunde sah. Die Bläschen waren nun überall, die gesamte Brust war voller Flecken, eine übel riechende Masse hatte sich über die Haut gespannt. Es sah schrecklich aus. Sie hatte Angst, Frowa oder die anderen Frauen zu fragen. Was sollten sie denn schon anderes sagen, als den Eindruck wiederzugeben, den sie selbst hatte?

»Er wird es schaffen!«, flüsterte Henrik ihr zu. »Er ist stark.«

Seltsamerweise gelang es ihr nicht, ihm zu glauben.

Da Arna verlangte, weiterzuziehen, hoben sie Marius wieder vor sich und hielten ihn sitzend fest. Sie ritten, bis es hell wurde, und erst jetzt konnten sie die nötige Ruhepause nachholen.

Auch wenn Arna darum flehte, dass sie zumindest versuchen sollten, Schlaf zu finden, konnte Agnes nicht. Sie lag die ganze Zeit über neben Marius, kontrollierte die Hitze seines Körpers, flößte ihm Wasser ein, doch es wurde nicht besser. Immer seltener wachte er auf, er redete immer mehr Unverständliches, wobei Agnes nicht wusste, ob es Fieberträume oder Erlebnisse waren, die wie ein Sturzbach aus seinem Mund kamen.

Doch auch das wurde weniger. Weder behielt Marius Wasser in sich noch wachte er längere Zeit auf. Wenn, dann wusste er nicht, wo er war, während die Hitze in ihm derart zunahm, dass Agnes kaum hinterherkam, seinen Kopf mithilfe von in Wasser getränktem Stoff zu kühlen.

Dieser Tag erschien Agnes wie Wochen. Die Sonne erhitzte den Wüstenboden so sehr, dass er an ihrer Haut brannte, sie fühlte ihr Gesicht nicht mehr, jeder Schluck Wasser war, als spränge sie in einen eiskalten See, der jede Pore ihres Körpers wohlig einhüllte.

Zwei Tage später sprach Marius nicht mehr. Ranveig, Frowa und Gudrun versuchten, ihm weiterhin etwas Wasser in den Mund zu träufeln, doch Marius behielt nichts mehr in sich. Die dunklen Blasen nahmen die gesamte Brust ein, er stank, als würde er verfaulen, und die seltsame Flüssigkeit erstreckte sich über seinen gesamten Bauch.

Henrik, der längst neben Agnes saß, blickte fassungslos auf Marius. Sie spürte, dass er keine Hoffnung mehr hatte. So wie sie selbst auch nicht, doch sie ließ diesen Gedanken nicht zu. Es war nicht möglich, Marius war immer da gewesen. Immer.

Irgendwann röchelte Marius nur noch, sein Oberkörper verkrampfte sich vermehrt, sein Atem wurde unregelmäßig.

Da spürte Agnes Frowas Hand auf ihrer Schulter. »Er geht. Halte seine Hand, er wird es noch spüren.«

»Er geht nicht! Wie kannst du so etwas sagen!« Am liebsten hätte sie Frowa die Augen ausgekratzt, dennoch nahm sie Marius' Hand in ihre und drückte sie. »Halte durch, du verdammter Narr. Scheiße, du wirst mit uns nach Hause zurückkehren, hörst du?«

Unzählige Mal hatte er ihre Berührungen erwidert, nun blieb er aber schlaff. Kaum merklich hob und senkte sich sein Brustkorb, allerdings wirkte er entrückt, während seine Haut rot wurde aufgrund der ungeheuerlichen Hitze in ihm.

»Mach was!«, fuhr sie Henrik an, der tat aber nichts. Er saß auf der anderen Seite neben Marius, sah ihn nur an, sagte allerdings weder etwas noch berührte er seinen Freund.

Es wurde dunkel, als Marius Atem aussetzte. Mehrmals kontrollierten Gudrun und Frowa seinen Herzschlag, fanden ihn jedoch nicht mehr.

Schließlich legte Frowa Marius' Arme auf dessen Brust und verschränkte sie dort. Ihr Kopfschütteln war Antwort genug.

Agnes dachte, der Hauch eines eiskalten Wintersturms würde sie erfassen. Wie in einem Traum sah sie, wie ihre Freunde sich von Marius verabschiedeten, eine Hand auf seine Brust legten und dabei Worte murmelten.

Sie spürte zunächst gar nichts, schließlich öffnete sich ein Loch und verschlang sie.

Sie fiel und fiel und befürchtete, zu ersticken.

Wasser

Henrik dachte, er würde von einer Flut erfasst, die ihn hinwegzuspülen drohte. Marius war tot. Zwar half er mit, ihn inmitten dieser verfluchten Wüste zu begraben, doch er ertappte sich dabei, auf einen schlechten Traum zu hoffen. Als sein Freund schließlich unter der Sandschicht nicht mehr zu sehen war, spürte er neben seiner Trauer sein schlechtes Gewissen so schwer, als handelte es sich um Felsbrocken. Sie hatten sich aus den Augen verloren, Agnes wegen, der Liebe wegen. Obwohl es ihm aufgefallen war, dass sie während der letzten Wochen lange nicht mehr so eng zusammengestanden hatten, nur noch wenig miteinander geredet hatten, war es ihm nicht möglich gewesen, etwas gegen diese wachsende Distanz zu unternehmen. Die Gefühle für Agnes waren größer gewesen, nun kam es ihm vor, als füllte sich sein gesamter Körper mit Schuld.

Zwar nahm er Agnes in den Arm und versuchte, sie zu trösten, doch sie wirkte entrückt. Die Versuche seiner Freunde, den beiden Trost zu spenden, verpufften wie ein Tropfen Wasser in der flimmernden Luft der Wüste.

Arna ordnete an, dass sie weiterzogen. Es war grausam, Marius hier inmitten der Wüste liegen zu lassen, und als bereits nach kurzer Zeit dessen unauffälliges Grab im Dunkel der Nacht verschwunden war, begriff Henrik, dass er seinen Freund niemals wieder zu Gesicht bekäme. Es war völlig unvorstellbar, nicht zu begreifen, und nach wie vor hoffte er, er würde endlich aus einem Albtraum erwachen.

Sie zogen die gesamte Nacht nach Süden, und als es dämmerte, schlugen sie ihr Lager auf. Wie in Trance errichtete Henrik mit den anderen die Sonnensegel zwischen den Tieren, schlafen konnte er jedoch nicht. Obwohl Agnes neben ihm lag, schien sie so weit weg zu sein wie niemals zuvor. Weder sagte sie etwas noch sah sie ihn an, ihr Gesicht wirkte, als sei sie um Jahrzehnte gealtert. Es war jedoch nicht nur die Trauer, die Hitze, der ewige Durst sowie zerstörende Müdigkeit hatten längst ihre Zeichen in den Gesichtern aller hinterlassen. Aufgeplatzten Lippen folgten dunkle Augenhöhlen, faltige Haut, puterrote Gesichter und matte Augen. Radvald gab an, sie hätten nur noch die Hälfte des Wasservorrats übrig, und da niemand wusste, wie lange sie noch zu gehen hatten, entschieden sie, trotz ihres Durstes den Wasserverbrauch noch weiter zu reduzieren. Wenigstens kamen Ylva und Gudrun zu neuen Kräften, die Hitze stahl sie ihnen aber schneller wieder als erhofft.

»Sag etwas!«, riss Agnes ihn plötzlich aus wirren Gedanken.

Henrik fiel auf, dass er Marius nie gefragt hatte, ob er Agnes geliebt hatte. Zwar ahnte er es seit jeher, aber gefragt hatte er nie.

»Was soll ich sagen?«

»Sind wir schuld?«

»Nein, er ist an einer Wunde gestorben. Es war der verfluchte Wundbrand.«

»Ich habe sein Herz gebrochen.«

Henrik konnte es ihr nicht einmal ausreden. Agnes war nicht allein schuld, er selbst trug eine große Verantwortung daran. Was wäre gewesen, wenn Marius überlebt hätte? Hätte er eine Verbindung zwischen Agnes und ihm wirklich zugelassen, Tag für Tag, ständig an seiner Seite? Es brachte nichts mehr, darüber nachzudenken, doch es fühlte sich an, als zögen riesige Steine seinen Magen in einen tiefen Grund.

»Ich habe sein Herz gebrochen. Ich habe ihm gesagt, dass er wie ein Bruder ist. Henrik, ich weiß, dass es ihn sehr getroffen hat.«

»Man kann nichts für seine Gefühle, Agnes. Aber ich verstehe dich. Mir kommt es vor, als hätte ich meinen besten Freund verraten. Vielleicht habe ich das ja auch. Wir haben uns verloren, mit jedem Tag mehr.«

Agnes sah ihn lange an, drehte sich dann aber um. Unter hastig klopfendem Herzen musterte Henrik ihre Zöpfe, roch ihr Haar, sah auf ihren Nacken, ihre Haut. Er hätte sie gern berührt, gestreichelt, sie fest an sich gezogen, doch es fühlte sich noch mehr wie Verrat an. Sie entrückte ihm, all die schönen Gefühle zuvor wichen einer Last, die unendlich schwer war.

Je länger er ihren Rücken ansah, desto mehr schmerzte es ihn. Also drehte er sich ebenfalls um und versuchte zu schlafen, was ihm aber lange Zeit nicht gelang.

Sie rasteten bis zur Dämmerung, aßen, tranken einige Schlucke und zogen in die Nacht. Henrik fiel auf, dass Ranveig lange Zeit neben Agnes ging und mit ihr sprach. Er war froh für Agnes, dass sie in Ranveig eine wirkliche Gefährtin gefunden hatte, womöglich gelang es ihr, Agnes' Schmerz etwas zu lindern. Und sie womöglich Ranveigs Schmerz, ihre Mutter verloren zu haben.

Nach langer Zeit gesellte sich Ranveig schließlich zu ihm.

»Es geht ihr sehr schlecht.«

»Ich weiß. Mir ebenfalls, aber ich möchte, dass wenigstens Agnes etwas von ihrem Schmerz verliert. Sie waren sehr eng verbunden. Aber was ist mit dir, Ranveig?«

»Ich denke Tag und Nacht an meine Mutter. Ich kann es immer noch nicht glauben. Vielleicht muss ich erst die Heimat wiedersehen, unser Haus, den Geruch der Wiesen und des Taus wahrnehmen, um es zu begreifen.« Nun sah sie ihn an. »Agnes hat Angst, dich zu verlieren.«

»Aber … warum sollte sie es? Ich habe ein schlechtes Gewissen Marius, nicht Agnes gegenüber.«

»Lass sie einige Tage trauern. Und du versuche, kein schlechtes Gewissen zu haben. Immerhin könnt ihr euch eure Liebe aussuchen. Nicht jeder Mensch hat dieses Privileg.«

Augenblicklich fühlte sich Henrik schlecht, denn er dachte an Harald und dessen Zweckehe mit Ranveig.

»Es tut mir unendlich leid, dass du deinen Freund verloren hast, Henrik«, fuhr sie fort. »Wir brauchen jetzt aber jeden Einzelnen von uns. Das Wasser schwindet, und wir sind bisher auf nichts gestoßen, das uns glauben lassen kann, auf dem richtigen Weg zu sein.«

»Ich weiß.« Er musste nicht ansprechen, dass auch Ranveigs Körper ausgemergelt war, ihre Haut faltig und rot, ihre Lippen aufgeplatzt und blutig. Es glich einem Wunder, dass Ylva und Gudrun unter diesen Voraussetzungen sogar genasen.

»Und mir tut es unendlich leid um Birta. Sehr.«

»Ich weiß.«

Er wollte weiterreden, doch wusste nichts zu sagen. Er hatte völlig das Gefühl für Raum und Zeit verloren, und als er herauszufinden versuchte, wie lange sie seit Ibn Wassifs Anwesen unterwegs waren, konnte er es nicht beantworten. Es kam ihm vor wie Wochen, und seit Marius' Tod schien ohnehin die Zeit stehen geblieben zu sein.

Aufgrund der immensen Anstrengungen sprachen sie alle immer weniger miteinander.

Als es zu dämmern begann und der Sonnenaufgang die östliche Wüste in blutrote Farbe tauchte, blieben sie stehen und beobachteten das Spektakel. Henrik hatte noch niemals einen solchen Sonnenaufgang gesehen. Es wirkte, als hätte sich der Himmel tatsächlich mit reinem Blut vollgesogen, der Sand im Osten schimmerte in sämtlichen Braun- und Rottönen. Wenn Marius doch dies ebenfalls sehen könnte, dachte Henrik.

»Es erinnert an Geschichte von Modgudur«, hörte er Agnes sagen. Die anderen sahen sie kurz an, niemand entgegnete etwas, bevor sie wieder zu diesem unglaublichen Schauspiel blickten.

»Und das aus deinem Mund«, antwortete Radvald. »Auch, wenn *gjallarbru* golden und nicht rot ist, so muss ich dir recht geben. Die Schönheit und Erhabenheit ist dieselbe.«

Da kam Mjöllnir zu ihr und legte ihr eine Hand auf die Schulter. »Du lernst unsere Sprache und kennst Geschichten unserer Götter. Wirst du etwa zu einer Odinstochter?«

Henrik erkannte keine Regung in Agnes' Gesicht, er selbst hielt aber kurz die Luft an. Es war ehrenhaft gemeint von Mjöllnir, und er ahnte, dass Agnes dies auch ebenso verstand. Dennoch antwortete sie nicht, sondern sah weiter auf das Schauspiel, bis das Rot in ein gleißendes Licht überging und die gänzlich aufgehende Sonne ihre erbarmungslosen Strahlen in die Gesichter aller warf.

»Seht mal!«, rief plötzlich Mjöllnir.

Als Henrik zu ihm blickte und dessen ausgestreckter Hand nach Süden folgte, meinte er, einige Palmen in der Ferne zu erkennen.

»Ist das eine Oase?«, fragte Radvald.

Offenbar erkannten es die anderen auch nicht genauer, also zogen sie weiter. Je näher sie den Palmen kamen, desto klarer wurden sie. Es waren nur einige Handvoll, doch immerhin der erste Hinweis auf Leben in dieser schier endlosen Wüste.

»Da ist ein Brunnen!«, rief Arna schließlich. »Da, seht ihr?«

Tatsächlich machte auch Henrik einen runden Bau aus, wie sie ihn bereits einige Mal an anderen Stellen gesehen hatten. Sie gingen schneller, trieben die *djamale* an, und als sie endlich die kleine Oase erreichten, liefen sie aufgeregt zu dem aus Schlamm und Steinen errichteten Oval. Tatsächlich war eine Holzkonstruktion über dem Brunnen angebracht, von der ein Seil in die Tiefe führte.

Sofort zog Mjöllnir daran. Als Henrik den Brunnenrand erreichte, sah er allerdings enttäuscht hinab. Da war kein Wasser zu sehen, es war eher ein dunkler, feuchter Grund. Auch im Kübel, der am Seil hing, befand sich kein Wasser.

»Verdammt!«, rief Arna. »Lass den Eimer trotzdem runter!«

Mjöllnir warf den Kübel wieder hinunter, wo er matschend auf feuchten Untergrund fiel. Es war so enttäuschend, dass Henrik nicht vorhandenen Speichel schluckte.

»Da ist nichts!«, sagte Radvald schließlich. »Der verdammte Brunnen ist versiegt.«

Henrik sah in absolut enttäuschte Gesichter. Während Ylva wie versteinert zu Boden blickte, schüttelte Mjöllnir den Kopf.

»Rasten wir unter den Palmen«, rief er mit belegter Stimme. »Vielleicht können wir bei dem leichten Wind besser schlafen!«

Während sie tranken und aßen, stellten sie fest, dass der Wasservorrat in den Schläuchen drastisch sank. Sie konnten das Trinken unmöglich noch mehr reduzieren, Henrik wusste schon jetzt nicht mehr, wie er den Durst noch länger aushalten sollte. Waren sie nicht schon zehn Tage unterwegs? Oder gar zwanzig? Entsetzt konnte er diesen Zeitraum nicht einmal ansatzweise schätzen, und als er fragte, meinte Radvald, sie wären bei Tag sieben.

Diesmal lag Henrik nicht neben Agnes. Sie schlief bei Ranveig und den anderen Frauen, während Henrik mit bebendem Körper ins Leere starrte. Alles verschwamm, seine Trauer um Marius, sein Durst, das schwindende Gefühl für Raum und Zeit, seine Sehnsucht nach Agnes, nach ihren Worten, ihren Berührungen, und seine Angst um ihr aller Leben. Immer wieder fiel er in kurzen Schlaf, wurde aber von Fliegen geweckt, von der Hitze, von Albträumen, schließlich aber von einem Ruf.

Hatte er geträumt?

Die anderen standen hektisch auf, also folgte er ihnen. Im Süden tauchte eine Gruppe auf, die sich auf sie zu bewegte. Es konnten sich somit unmöglich um Männer handeln, die ihnen von Ibn Wassifs Anwesen gefolgt waren.

»Es sind nur sieben«, rief Mjöllnir schließlich. »Vielleicht kommen sie aus Qabis.«

Alle griffen zu ihren Waffen, ihre Augen blieben auf die Fremden gerichtet. Diese kamen langsam näher, bis sie schließlich den Männern auf ihren Tieren sitzend gegenüberstanden, die sie ihrerseits nun wortlos anstarrten.

»Qabis?«, fragte Radvald schließlich laut und zuckte dabei seine Schultern.

Einer der Männer wies wortlos nach Süden.

»Wie lange?« Dabei hob Radvald seine Finger in die Luft und zeigte wechselhaft eine verschiedene Anzahl von ihnen.

Die Fremden sahen sich nur an, antworteten aber nicht. Schließlich redete einer von ihnen, doch sie verstanden ihn nicht.

Offenbar wussten die Fremden, dass der Brunnen versiegt war, denn sie ritten weiter, ohne den Versuch zu starten, Wasser daraus zu schöpfen.

»Verdammt!«, rief Henrik schließlich. »Sie hätten es wenigstens versuchen können. Wie lange dauert es denn noch?«

»Immerhin stimmt die Richtung«, antwortete Sigurd. »Wenn sie außer Sichtweite sind, lasst uns weiterschlafen.«

Sie versuchten es den Tag über. Immerhin gelang es ihnen besser als die Nacht zuvor, und Henrik ahnte, dass ihre Körper derart geschwächt und ausgetrocknet waren, dass die Müdigkeit über Fliegen und Hitze siegte. Er selbst schlief, bis er geweckt wurde.

Überrascht stellte er fest, dass bereits die Sonne unterging.

»Wir trinken etwas, dann geht's weiter!«, rief Arna. Längst klang sie nicht mehr so fest, so überzeugend wie zuvor. Auch ihr Gesicht sah aus, als wäre es um Jahre gealtert, ihre lange Narbe wirkte roter, deutlicher, ihre Augen blitzten aus dunklen Höhlen heraus.

Henrik konnte sich nicht vorstellen, eine weitere Nacht durchzureiten. Er wusste nicht einmal, ob weiterhin sitzen konnte.

Auch Ranveig kam es vor, als zögen sie seit Wochen durch die eintönige, absolut lebensfeindliche Wüste. Ihre Trauer um Mutter verschwamm ebenso in den Plagen der letzten Tage wie ihre Freude über die Rückkehr Balbós sowie die ihrer Freunde. Manchmal dachte sie, keinen Gedanken mehr zu haben, der Durst wurde übermächtig, ihr Hals brannte längst, als würde ein Feuer in ihm lodern.

Als sie wieder trank, bemerkte sie völlig entsetzt, dass die letzten Tropfen aus dem Schlauch in ihren Mund rannen. Sie hatten die Ersatzbeutel bereits geleert. Wieder drückte sie den Schlauch, es kam aber nichts mehr heraus.

»Ist deiner leer?«, fragte Balbó.

»Ja, aber das kann nicht sein …«

»Der Durst wird zu groß. Komm, trink aus meinem!«

»Nein, du benötigst es selbst. Es geht schon.«

»Wie sieht es bei euch aus?«, rief Balbó den anderen zu. »Haben wir noch ungenutzte Schläuche?«

Frowa schüttelte den Kopf. »Wir haben nur noch drei volle Ersatzschläuche.«

»Bei allen Göttern!«

Ranveig schloss die Augen und versuchte, an etwas Schönes zu denken. An den kühlen Nebel des Meeres im Monat *goj*, an das kalte Wasser des Flusses, in dem sie oft schwammen, wenn sie fischten, an den Regen, der manchmal so kalt war, dass ihre Körper auskühlten. Sie erinnerte sich an den Tau auf den Blättern in kühlen Morgenzeiten und an den Wind, der von der Westseite her manchmal den Geruch von Wald, Gras und altem Holz in ihre Nase wehte. Dabei wurde ihr Atem schwerer, sie sehnte sich mit allem in ihre Heimat, dachte plötzlich, all das zu spüren und zu riechen, merkte, dass sie lächelte, es wurde leicht, dann fiel sie.

»Ranveig!«

Balbós Stimme riss sie in die Wüstennacht zurück, seltsamerweise hörte sie auch die anderen ihren Namen rufen.

Erst jetzt bemerkte sie, dass sie vom Rücken des Tiers gefallen war. Keinesfalls wollte sie aufstehen.

»Trink jetzt!«, befahl Balbó und hielt ihr seinen Wasserschlauch an den Mund. Obwohl sie nicht wollte, trank sie. Es fühlte sich unendlich gut an, ihr Hals wurde vorübergehend kühl, es war, als tauchte sie in einen erfrischenden See.

Da spürte sie eine Hand auf ihrer.

»Reiten vor mir, ich dich halten!«, sagte Agnes.

»Es geht schon wieder«

Balbó schüttelte allerdings seinen Kopf. »Nein, Agnes hat recht. Wir werden uns abwechseln.«

Ranveig hörte, wie Gudrun und Ylva nach ihrem Befinden gefragt wurden. Es war seltsam, alles hörte sich an, als entsprängen die Worte aus einem dichten Schleier, gedämpft, fast unwirklich. Jemand half ihr auf das *djamal*, dort beugte sie sich vor und legte ihren Kopf auf den Hals des Tieres, während Agnes sie festhielt.

Sie fragte sich, wie es Agnes gelang, noch so viel Kraft aufzubringen, doch in diesen Momenten war sie sehr froh, dass sie so nahe bei ihr war.

Sie trabten weiter durch die Nacht. Weder sah Ranveig den Sternenhimmel, der sie am Anfang noch fasziniert hatte, noch erkannte sie die Tiere, die vor und hinter ihr liefen. Sie wollte nur noch schlafen. Einige Male nickte sie ein, doch sie wachte auf, weil sie Angst hatte, vom Tier zu gleiten. Die immer seltener werdenden Stimmen der anderen wurden leiser, gedämpfter, schließlich fiel sie in einen traumlosen Schlaf.

Als sie erwachte, war es noch immer dunkel. Dennoch rasteten sie. Was war geschehen? Als sie in die Höhe stieß, beruhigte Sigurd sie.

»Wir machen mehr Pausen«, erklärte er kurz. »Ylva geht es schlecht, und auch unser Wasser ist jetzt fast aufgebraucht.«

»Von allen?«

»Ja!«, rief Mjöllnir.

Ranveig lief es kalt den Rücken hinunter. Es bedeutete, sie würden es nicht schaffen, ihre Knochen würden schon bald in dieser Wüste in der Sonne bleichen.

»Wir werden eines der Tiere töten und sein Blut trinken müssen«, sagte Radvald. »Am besten jetzt. Und wenn das nicht genügt, dann bald das nächste Tier.«

Im hellen Licht der noch immer großen Scheibe des Mondes erkannte sie die Silhouetten ihrer Freunde. Sie war zu schwach, um aufzustehen, es schien, als verginge die Zeit langsamer, fast wie in einem Traum. Sigurd, Arna und Mjöllnir nahmen die Lasten eines der Tiere ab, ließen es setzen und schnitten ihm die Kehle durch. Das Blut fingen sie mithilfe einiger Wasserschläuche auf. Und als das Tier irgendwann ausgeblutet war, schnitten sie Fleisch aus dem Körper, errichteten ein Feuer und brieten es.

Als Ranveig die ersten Schlucke des Blutes trank, fiel sie in eine Art Rausch. Sie wollte nicht mehr aufhören zu trinken, doch Sigurd zog ihr den Schlauch schneller weg, als sie wollte.

»Langsam, es ist kein Wasser. Du übergibst dich, wenn du zu viel in deinem Bauch hast.«

Ranveig wusste, dass der Effekt des Blutes nicht mit dem von Wasser zu vergleichen war. Die Männer des Dorfes tranken oft Blut ihrer Feinde oder von Tieren, um den Göttern zu huldigen, aber nur wenig. Sie selbst hatte es erst einmal getan, und dies nicht aus einer Not heraus.

Tatsächlich wurde ihr schnell übel, und ehe sie sich es versah, übergab sie sich. Auch Ylva kotzte, Henrik folgte ihnen. Womöglich waren ihre Mägen zu leer, sie selbst zu schwach oder sie hatten alle zu viel getrunken. Also nahm Ranveig nur einzelne Schlucke, pausierte zwischen ihnen, und als der Durst nicht mehr so grauenhaft erschien, legte sie sich zurück und starrte zu den unzähligen Sternen.

»Es wird dir helfen«, hörte sie Balbó sagen. »Du musst nur langsam trinken.«

»Ich weiß.« Sie spürte, dass er sich neben sie setzte und ihre Hand in seine nahm. Augenblicklich rannen Tränen über ihre Wangen.

»Balbó, ich habe Angst.«

»Ich auch. Nicht davor zu sterben, sondern nicht mehr nach Hause zurückzukehren.«

»Niemals zuvor im Leben war ich schwächer. Ich kann nicht mal mehr sitzen.«

»Du wirst die Blumen und Wälder unserer Heimat wiedersehen, Schwester. Alle Götter stehen hinter dir, das ist sicher. Wie sonst hätten sie dich bis an diesen Ort geführt?«

Sie wollte nicht sagen, dass sie sie nicht mehr spürte. Alles war leer in ihr, sie konnte nicht einmal um ihre Mutter trauern. Es war, als steckte sie in einem fremden Körper. Als sie an ihren Mund fasste, schien es, als gehörte er jemand anderem. Ihre Haut war aufgeplatzt, rau, voller Falten, alles schmerzte.

Als das Fleisch gar war, aß sie einige Bissen. Seltsamerweise verspürte sie keinen Hunger, sie tat es nur, weil sie wusste, bei Kräften bleiben zu müssen. Auch die anderen nahmen nur einige Bissen zu sich, schließlich packten sie alles ein und ritten weiter.

Weiter auf dem endlosen Weg nach Süden.

Agnes war völlig am Ende ihrer Kräfte. Zwei weitere Tage waren vergangen, in denen sie stets einige Schlucke Blut getrunken hatten. Zu wenig, um sich zu stärken, offenbar gerade ausreichend, um nicht zu verdursten. Da es Ranveig schlechter als ihr selbst ging, unternahm sie alles, ihrer Freundin beizustehen. So gut es ging, hielt sie sie an sich fest, während das *djamal* schaukelnd über den Sand glitt. Immerhin war der Durst nicht mehr so groß, und da die Wasserschläuche noch genügend Blut enthielten, benötigte es zunächst kein zweites totes Tier. Doch ihr war unendlich übel, fast pausenlos dachte sie, sich übergeben zu müssen.

So sehr sie um Marius trauerte, so unwirklich kam ihm sein Tod vor. Alles ging unter in der kaum zu ertragenden Hitze und Eintönigkeit der Wüste, am meisten aber in dem Dämmerzustand, in dem sie sich alle befanden. Ab und an traf ihr Blick den Henriks. Es tat ihr weh, weil sie ahnte, dass er ein schlechtes Gewissen Marius gegenüber hatte, noch unerträglicher war aber, ihn zu sehen, ohne ihn zu berühren oder mit ihm zu sprechen. Sie wusste nicht, was sie hätte sagen können, doch auch dies ging unter in der alles verschlingenden Müdigkeit und Trägheit. Jäh wurde die Übelkeit größer, und als sie sich übergab, kotzte sie roten Schaum.

Endlich wurde es Tag und sie rasteten. Sie spürte schon gar nicht mehr den Schatten der improvisierten Sonnensegel oder eine Erleichterung, wenn sie sich endlich in den Sand legen konnte. Als sie zu Ranveig sah, die direkt neben ihr lag, fasste sie nach deren Hand.

Prompt drehte sie sich zu ihr. »Du solltest wieder trinken.«

»Das sollten wir alle.« Bei dem Gedanken daran hätte sie sich fast wieder übergeben. Der Durst war riesig, doch der Gedanke an das Blut ließ sie erschauern. Es war doch Flüssigkeit, warum wehrte sich ihr Körper so sehr dagegen? Dennoch trank sie einige Schlucke, überredete auch Ranveig, zu trinken, bevor sie sich wieder hinlegten und die Augen schlossen.

Agnes fand sich wieder an den Ufern der Wesura. Sie sah ihre alten Freunde, stahl zusammen mit Marius oder Johann, Friedrich und Hans lachten sie dabei an. Es war, als röche sie den Moder des Ufers, den beißenden Gestank des Lochs, in das alle hineinpissten und -schissen, sie spürte den kalten Wind des Winters.

Doch da waren auch andere Stimmen, welche, die sie kannte, aber nicht in den Ort des Geschehens passten.

»Ylva!«

Verwirrt schreckte sie in die Höhe. Das Erste, das sie spürte, war kaum zu ertragender Durst und ein schmerzender Kopf.

»Ylva!«

Es benötigte etwas Zeit, um zu begreifen, wo sie sich befand.

»Was ist mit ihr?«, fragte sie schließlich.

»Sie ist zu heiß!«, antwortete Frowa. »Wir müssen sie kühlen.«

Agnes fragte sich, mit was um alles in der Welt man hier kühlen konnte. Mjöllnir nahm eines der Fleischstücke aus dem Beutel und legte es Ylva auf die Stirn. Als Agnes aufgestanden und zu Ylva gegangen war, sah sie deren hochrotes Gesicht, ihre Augen waren in dunklen Höhlen geschlossen.

»Die Götter werden uns nicht alleinlassen!«, rief Arna schließlich. »Niemals! Wo ist denn endlich dieses Qabis?«

Radvald meinte, sie müssten diesen Ort bereits erreicht haben, falls Abdullahs Einschätzung zuträfe. Doch die Gegend hatte sich nicht geändert, nichts deutete auf einen nahe liegenden Ozean oder wenigstens eine Oase hin.

Während Gudrun Ylva etwas Blut einflößte, diskutierten die anderen, was sie tun könnten. Ihnen allen standen die unermessliche Anstrengung in den Gesichtern geschrieben. Arnas Narbe leuchtete, als würde sie brennen, ihre Augen waren blutunterlaufen, und selbst der riesenhafte Mjöllnir hatte viel von seiner Imposanz verloren. Alle Gesichter schienen um Jahre gealtert, und zum ersten Mal fragte sich Agnes, wie es den Einheimischen gelang, unter solchen Umständen ein ganzes Leben hier zu verbringen. Gehörten etwa ihre eigenen Körper aus dem Norden nicht hierher?

Sie entschieden, trotz des Tages weiterzureiten. Ylva wurde vor Radvald gesetzt, der sie festhielt, dabei hatten sie eine Decke über die junge Frau gelegt, die ihr dauerhaft Schatten spendete.

Schon bald fiel Agnes auf, dass vermehrt einige Büsche aus dem toten Boden wuchsen. Eine Palme tauchte auf, dann eine zweite, schließlich erstreckten sich immer mehr braune und grüne Halme aus dem Sand.

Für kurze Zeit stoppten sie den Zug.

»Kommen wir an die Küste?«, fragte Mjöllnir?

Es konnte ihm niemand beantworten, denn der Horizont verschmolz noch immer mit dem Himmel. Eine unerwartete Hoffnung stieg in Agnes auf, und dabei sah sie zu Henrik, der ihren Blick erwiderte. Sie verharrten kurz ineinander, bevor sie weiterzogen.

Es wurde grüner. Kleine Palmengruppen tauchten auf, aus dem immerwährenden Sand wuchsen zahlreiche Büsche und Gräser.

Schließlich sahen sie eine Karawane, die von Westen her in ihre Richtung zog. Es waren mindestens zwanzig Reiter, Sand wirbelte auf, es wirkte beinahe wie eine der vielen Geistererscheinungen, die in flimmernder Hitze immer wieder vorkamen. Zuerst brach Unruhe unter Arna und den anderen aus, doch als sie erkannten, dass die Fremden in aller Ruhe und auch nicht direkt auf sie zu, sondern nach Süden ritten, steckten sie die Waffen zurück. Sie warteten, bis die Gruppe deutlich vor ihnen war und folgten ihr schließlich.

Irgendwann traten sie fast nur noch auf teils vertrocknete Pflanzen. Es glich nun einer Art Steppe, und da Ylvas Zustand sich nicht verschlechtert hatte, entschieden sie, der fremden Karawane so lange wie möglich zu folgen.

»Salz!«, rief Radvald schließlich. »Riecht doch mal.«

Agnes schnupperte, konnte aber absolut keinen Unterschied zu zuvor erkennen.

»Ich glaube, wir nähern uns dem Meer!«

Radvalds Worte entfachten eine so große Hoffnung in Agnes, dass ihr Herz höherschlug. Sie vergaß kurzzeitig ihren Durst, die Vorstellung aber, tatsächlich dieser Wüste entrinnen zu können, wollte sich nicht einstellen.

Es wurde Abend, und um nicht in der Dunkelheit in eine Stadt einzuziehen, rasteten sie etwas später.

Am kommenden Tag tauchten schließlich erste Anzeichen menschlichen Lebens auf. Ein alter Handkarren stand herrenlos im Sand, neben einer Palme waren Schlammziegel aufgetürmt. Die Palmen wurden zahlreicher, schließlich kamen sie an zwei eingefallenen Hütten vorbei.

»Seht!«, rief Radvald schließlich.

»Wir haben es geschafft!«

Vor ihnen waren deutlich noch mehr Hütten zu sehen, einige Häuser schälten sich aus flirrender Luft. Zwei Esel standen herum, ein Mann rief etwas in der Ferne, und es schien, als wäre der runde Bau eines Brunnens inmitten flimmernder Wüstenluft zu sehen.

Jetzt roch sie es auch. Es war eindeutig Salz.

Irgendwo vor ihnen lag der Ozean.

Da drehte Ranveig sich um. Weder sagten sie ein Wort noch war irgendetwas anderes als sonst in ihrer Miene zu erkennen. Doch die Blicke waren eindeutig. Agnes spürte Gänsehaut, ihr

Herz klopfte schnell, eine Hand umfasste ihr Herz und drückte es zu. Spätestens seit den Tagen unter dem *saqfallah* hatte sie eine Gefährtin an ihrer Seite, doch in diesem einen Moment spürte sie es so intensiv wie niemals zuvor. Ranveig war eine Gefährtin, wie sie sie sich immer gewünscht hatte. Sie stand Ranveig so nahe, als wäre sie ihre Schwester, als würden sie sich ihr gesamtes Leben kennen. Dieser eine kurze Blick bohrte sich wie ein scharfes Schwert in sie, erfüllte sie trotz ihrer Angst, es war heiß und kalt, unermesslich schön, für wenige Momente löste sich alles in ihr auf. In diesem Augenblick teilten sie diese Erkenntnis miteinander, verbunden mit der unfassbaren Erleichterung, die Wüstenüberquerung überlebt zu haben, diese tiefe Befriedigung, den Glücksmoment, den sie niemals erwartet hätten. Kurz zog sie Ranveigs Kopf zu sich, küsste sie auf ihr Haar und lächelte sie an.

Ranveig erwiderte das Lächeln. Es war, als dränge dieses Lächeln tief in ihren Körper.

Qabis

Henrik achtete nicht auf die Blicke der Fremden, als sie halb verdurstet das Wasser an einem Brunnen tranken. Sie hatten ihn noch am Ortsrand gefunden, einige Männer und Kinder hatten sofort bereitwillig Platz gemacht, als sie die seltsamen Fremden gesehen hatten. Vor allem, als sie das Blut aus den Schläuchen geleert und diese mit Wasser gefüllt hatten, waren sie von den anderen argwöhnisch angestarrt worden. Henrik und seine Freunde tranken wie irrgeworden, Gudrun und Frowa legten derweil Ylva mit Wasser getränkte Tücher auf. Es tat ihr gut, denn schon bald konnte sie sich wenigstens aufsetzen.

Nun, als sie dasaßen, zumeist an den Stämmen der Palmen lehnend, spürte Henrik die Blicke der Einheimischen, die am Brunnen standen, wie Flammen auf sich. Es war ihm egal, was sie dachten, zudem er sich sicher war, dass der Überfall auf Ibn Wassifs Anwesen mehr als zwölf Tage zuvor hier nicht bekannt sein konnte. Die Kinder starrten besonders auf Arna und Agnes, vermutlich der Narben wegen.

Sie blieben noch eine Zeit lang sitzen. Dabei sahen sie sich oft nur an, ohne etwas zu sagen. Die Erleichterung aller war deutlich zu spüren. Er fragte sich, wie es den Menschen in diesen sogenannten Karawanen gelang, wochenlang durch diese mörderische Hitze zu ziehen. Offenbar trugen sie aber genügend Wasser bei sich und kannten die Stellen, an denen sich Brunnen befanden.

Nun, wo er zu den Häusern der Küstenstadt blickte, war es ihm aber einerlei. Marius' Körper lag in der Wüste, er hatte seinen Freund verloren. All die Tage hatte er es nie so empfinden können, doch nun prasselten die Bilder seines Todes auf ihn ein. Er fragte sich, woran es lag, dass er nun hier und jetzt diese Erinnerungen hatte, vor allem aber diesen Schmerz.

Er sah zu, wie Ylva weitertrank, Agnes und Arna schliefen gerade. Vielleicht benötigten sie noch diesen einen Tag hier, doch so wie er Arna kannte, drängte sie sicherlich schon bald darauf, ein Schiff zu finden.

Als Agnes erwachte, sah er zu ihr. Ihre Blicke trafen sich, aber weder setzte er sich zu ihr noch sie sich zu ihm. Es tat ihm sehr weh, er wusste nicht, was er sagen oder tun konnte, ob sie wegen Marius' Tod Trost benötigte oder ihm die Schuld gab. Sein Herz fühlte sich an, als stolperte es, und obwohl er sie am liebsten sofort in seine Arme gerissen hätte, blieb er unfähig sitzen.

Nicht einmal am Tag ihres Kennenlernens hatte er eine solche Distanz zu ihr gespürt.

Tatsächlich brachen sie bereits etwas später auf. Sie wollten verhindern, dass mögliche Verfolger sie doch noch in Qabis fanden, und so zogen sie ihre Tiere durch die engen Straßen der Küstenstadt. Ab und an erblickte Henrik auch hier Menschen, deren Haut noch viel dunkler war als die der Ziriden, einige von ihnen waren gänzlich schwarz. Obwohl sie nicht die Ersten waren, die er zu Gesicht bekam, sah es unwirklich aus, als hätten diese Menschen sich der Hitze wegen mit Ruß eingerieben. Ihre Sprache klang tönern, ihre Haut glänzte in der Sonne, als sei sie mit Öl eingerieben.

Da ihre eigenen Gesichter noch immer durch die Tüchern fast vollständig verhüllt waren, erregten Henrik und seine Gruppe kaum Aufsehen. Sie besuchten Märkte, auf denen sie von den in der Oase erbeuteten Münzen Gemüse und Früchte kauften; den Großteil jedoch wollten sie für die Überfahrt aufheben. An einer Ecke setzten sie sich an den Wegesrand und aßen fast alle Früchte auf. Henrik dachte, niemals etwas Erfrischenderes zu sich genommen zu haben, es war, als erweckte jeder Bissen neue Kräfte in ihm.

Danach entschieden sie, die *djamale* zu verkaufen, um sich aller Geldsorgen zu entledigen, zudem benötigten sie sie nicht mehr. Mithilfe aller Gesten, die Henrik einfielen, fragte er einen alten Mann, wo sie ihre Tiere anbieten konnten. Zunächst verstand er nichts, doch Henrik blieb hartnäckig, und irgendwann wies der Alte in eine Richtung, der sie schließlich folgten.

Bald kamen sie an einen Platz, an dem Dutzende Tiere standen, zumeist *djamale*. Die Anwesenden blickten sofort zu den Fremden, und als Henrik hilfesuchend um sich sah, kamen zwei von ihnen auf sie zu und sprachen sie an.

Augenblicklich hob Henrik seine Hände, um zu zeigen, dass er kein Wort verstand. Doch er zeigte auf die Tiere und wischte sich über die Hand, so wie er es bei den Männern auf dem Markt gesehen hatte, wenn sie etwas kauften.

Einer der beiden Mann schien zu verstehen und wies auf all ihre *djamale*, woraufhin Henrik nickte. Der Mann sprach mit dem anderen, schließlich gingen sie zurück zu weiteren mutmaßlichen Händlern, wo sie sich offenbar berieten. Dabei sahen sie immer wieder zu ihnen.

»Sie werden uns maßlos betrügen!«, sagte Radvald. »Ich hoffe nur, wir bekommen ausreichend Silber.«

Arna stemmte ihre Hände in die Hüften. »Es sind elf Tiere, so wenig können sie uns nicht geben.«

»Niemand von uns kennt den Wert ihrer Münzen«, antwortete Sigurd. »Sie können uns ausnehmen, wie sie wollen. Dennoch sollten es einige Säckchen sein.«

Gespannt sah Henrik zu den Männern, die aufgeregt diskutierten. Manchmal wurden sie laut und Henrik glaubte, sie seien sich uneins oder überböten sich gegenseitig.

Schließlich lösten sich vier Männer von der Gruppe, gingen auf die Tiere zu, fassten sie an, begutachteten deren Hufe, Beine, das Gebiss, klopften hier und drückten dort an deren Körpern, bevor sie sich wieder unterhielten.

Schließlich ging einer auf sie zu und hob vier Finger. Wollte er nur vier kaufen?

Mjöllnir nickte, sie mussten alles zulassen, was ihnen angeboten wurde. Dem folgte ein anderer, der zwei Finger hob, ein weiterer wollte den Rest. Als Mjöllnir auch bei ihnen nickte, gingen die Männer zu den nahe liegenden Häusern und verschwanden darin. Nur wenig später kamen sie heraus und überreichten ihnen einige Beutel mit Münzen.

Radvald öffnete sie alle. Neben Kupfermünzen waren auch viele silberne darin. Er kippte alles auf einen Haufen, zählte und stellte fest, dass in den insgesamt sieben Fellbeuteln an die siebzig Silbermünzen waren, in den acht, die sie bei dem Massaker gestohlen hatten, befanden sich etwa fünfzig. Niemand von ihnen wusste, ob es genügte, die Überfahrt zu bezahlen.

Skeptisch beobachtete Henrik, wie Radvald alles wieder in den Säckchen verstaute, und sah schließlich zu den Männern, die die Tiere nun mit sich nahmen. Dabei fragte er sich, um wie viel sie bei diesem Kauf betrogen worden waren.

Nun, wo Ylva nicht mehr sitzen konnte, gingen sie langsam. Sie war schwach, konnte aber gehen, wenn sie sich bei Frowa oder Gudrun einhakte. So irrten sie durch die engen Gassen, in denen es teilweise noch seltsamer roch als in Susa oder den anderen Orten, in denen sie gewesen waren. Eine Frau bot Essen aus einem dampfenden Topf an, das scharf roch, fremdartig, und auch hier gab es die Menschen, die aus einem Kupferkessel dieses Gebräu verteilten, das vor Hitze dampfte.

Schließlich erreichten sie den Hafen. Hunderte Möwen kreischten, einige Schiffe schwankten angebunden neben fünf langen Stegen, die ins Meer führten, zwei Schiffe wurden gerade abgeladen. Auch hier fielen Henrik Menschen mit tiefschwarzer Haut auf. Einige von ihnen konnten von der Größe her sogar mit Mjöllnir mithalten, ihre Arme waren dick und stark.

»Wie heißt das Land, wohin wir zunächst segeln?«, wollte Radvald wissen.

Sigurd hatte den Namen vergessen, Agnes aber nicht.

»Sardia. Danach Balansiya.«

Arna nickte. »Gut. Henrik, kannst du das übernehmen?«

»Ich frage mich durch.«

Sigurd entschied, ihn zu begleiten, und Henrik war froh darüber.

Schon bald fanden sie einen älteren Mann, der offenbar verstanden hatte, was Henrik von ihm wollte. Er begleitete die beiden zurück bis zu seinen Freunden. Nun, wo dieser sah, um wie viele Personen es sich handelte, sagte er etwas, doch niemand verstand ihn. Da hob er alle zehn Finger fünf Mal in die Höhe.

»Fünfzig?«, riet Henrik. »Vielleicht meint er Münzen.«

Radvald kramte in seinem Beutel und hob dem Ziriden eine Silbermünze entgegen.

Dieser nickte und zeigte abermals alle Finger fünf Mal.

»Elender Halsabschneider!«, rief Radvald.

Arna sah ihn aber durchdringend an. »Wir haben aber weitaus mehr, oder?«

»Ja, ich gebe ihm fünfzig, und danach haben wir noch mehr als siebzig. Dennoch wette ich, dass er uns ausnimmt!«

Sie folgten dem Mann durch den Hafen, bis er schließlich an einem Schiff stehen blieb, das nicht besonders groß war. Einige Männer luden Säcke und Kisten an Bord, es schien eher ein Warenschiff zu sein als eines, das Menschen transportierte. Einige ebenfalls in der Nähe sitzende Einheimische schienen womöglich ebenfalls darauf zu warten, an Bord zu kommen.

Da sie noch Zeit hatten, entschieden sie, an einem nahe gelegenen Markt einige dieser lecker duftenden runden warmen Brote zu kaufen. Und da zehn von ihnen nur wenige Kupfermünzen kosteten, kauften sie für jeden von sich drei Stück.

Sie aßen sie im Schatten einiger Palmen vor der Mauer eines der Warenlager des Hafens. Henrik versuchte, sich die Brote einzuteilen, doch es fiel ihm schwer. Lange hatte er nicht mehr so etwas Köstliches gegessen.

Plötzlich entstand Unruhe. Noch weit von ihnen entfernt schrien Männer und sprangen zu Seite, jemand schlug mit Ruten auf die Menschen ein, immer mehr Bewaffnete strömten auf das Hafengelände.

»Sie suchen uns!«, rief Mjöllnir nur und stand auf.

»Setz dich!«, antwortete Radvald scharf. »Vielleicht finden sie uns nicht. Kommen sie, kämpfen wir.«

Henrik konnte kaum atmen. Längst war das Brot vergessen, die Freude auf eine baldige Abfahrt, die Gedanken, was er Agnes sagen könnte, um sich ihr anzunähern. Wie betäubt starrte er auf die etwa zwanzig Männer, die tatsächlich irgendetwas oder jemanden zu suchen schienen. Dabei riefen sie immer ein Wort, das ihnen aber nichts sagte.

Als Henrik den Blick zu seinen Freunden wendete, erkannte er, dass ihre Hände auf den Waffen ruhten. Er traute ihnen viel zu, doch gegen eine solche Übermacht bewaffneter Männer kämen auch sie nicht an.

Einige der Bewaffneten näherten sich ihnen. Jeden einzelnen Menschen zogen die Wächter zu sich, sahen in die Gesichter und stießen sie wieder weg. Und als sie nur noch etwa zehn Schritte von ihnen entfernt waren, stand Arna auf.

Die anderen folgten ihr.

»Macht euch bereit!«, hörte Henrik Arna sagen. »Ich möchte auf dieses verdammte Schiff!«

Er konnte nichts erwidern, nichts sagen, dennoch stellte er sich vor Agnes, um sie vor den Fremden zu schützen.

Plötzlich schrie jemand weit von ihnen entfernt. Der Mann rief ein weiteres Mal und die Fremden, die sie fast erreicht hatten, wendeten sich ab und drängten zum Westteil des Hafens.

Von ihnen weg.

»Suchen sie gar nicht uns?«, fragte Radvald.

Henrik war sich sicher gewesen, dass die Suche ihnen galt. Und als er sah, wie die Fremden zwei Männer unter einem Tisch hervorzogen, atmete er tief durch. Unter Schlägen der langen Ruten trieben die Wächter die beiden Opfer durch den Hafen und verschwanden schließlich aus ihrem Sichtfeld.

Erleichtert ließ Henrik sein Schwert sinken. Dabei traf sein Blick auf den von Agnes. Sie sagte nichts. Wie gern er nun ihr Gesicht in seine Hände genommen und sie geküsst hätte. Doch er starrte nur ohne etwas zu sagen weiter auf die Menge, die sich langsam wieder beruhigte.

Es dauerte eine Weile, bis sie das Schiff besteigen konnten. Endlich an Bord angekommen, fühlte Henrik sich seltsam. Er konnte nicht glauben, dass die Männer tatsächlich nicht sie selbst gesucht hatten, dass nun wirklich die Planken des Schiffs unter seinen Schuhen waren. Allerdings traute er dem Frieden lange noch nicht. Sie suchten sich einen Platz hinter den Kisten, um Blicke aus dem Hafen von sich abzuhalten, nur Sigurd stand so, dass er zwischen einigen Säcken vorbeisehen konnte. Jeder Augenblick wurde zu einer Ewigkeit, Henrik hätte am liebsten den Kapitän mit vorgehaltenem Schwert gezwungen, endlich abzulegen. Die anderen etwa zwanzig Menschen, die zuvor in ihrer Nähe gewartet hatten, waren ebenfalls längst an Bord.

»Hol endlich die verdammten Taue ein!«, rief Sigurd laut.

Als verständen ihn die Matrosen, wurden tatsächlich die Taue eingeholt, das Schiff schwankte vermehrt, schließlich entfernten sie sich vom Steg.

Zunächst langsam, dann war er so weit entfernt, dass niemand mehr zu ihnen springen konnte.

Gebannt starrte Henrik auf die Menschen im Hafen. Sie wurden stetig kleiner, genau wie die Häuser im Hintergrund, das Lärmen und die vielen Rufe wurden leiser. Erst als einige Hundert Schritte zwischen ihnen und dem Festland waren, drehte er sich zu den anderen um.

Sie sahen sich zunächst nur an. Selbst Ylva starrte in Richtung Hafen, hielt die Hände vor den Mund, als könne sie nicht glauben, dass sie Ifrikia tatsächlich verließen.

Schließlich fielen sie sich in die Arme. Lange Zeit hielten sie sich abwechselnd fest, Ylva und Ranveig weinten vor Freude,

Sigurd und Radvald herzten besonders lange ihre Frauen, Balbó und Ranveig schienen ineinander zu verschmelzen.

Als Henrik Agnes umarmte, schlug sein Herz höher. Noch immer wusste er nicht, was er sagen sollte, er genoss jedoch ihren Körper an seinem, ihren Duft, ihr Haar in seinem Gesicht und ihren Atem an seiner Haut.

Er hätte niemand anderen halten wollen.

Manchmal benötigte es keine Worte.

Arna schloss die Augen. Das Festland war nur noch als grauer Strich am Horizont zu sehen. Leichter Wind spritzte Meerwasser auf ihre Haut und wehte durch ihr offenes Haar. Längst hatte sie die Tücher abgelegt, das Gewand der ziridischen Frauen wollten sie dennoch bis Balansiya tragen. Wenigstens rollte sie ihre Ärmel in die Höhe, um etwas Luft an ihre Haut zu lassen. Nun, als ihre starken Oberarme der Sonne ausgesetzt waren, fühlte sie das süße Gefühl von Freiheit. Ifrikia lag hinter ihnen, vor ihnen die offene See, die Zeit der Gefangenschaft schien tatsächlich der Vergangenheit anzugehören. Selbst wenn sie im nächsten Hafen oder in einem anderen Land gefangen genommen werden sollten, zöge sie den Kampf und auch den Tod einer weiteren Versklavung vor.

Als die die Augen wieder öffnete, blickte sie stolz und unendlich dankbar auf ihre Freunde. Nur dank Mjöllnir, Radvald und Ragnar hatte sie diese Zeit überstehen können, doch nicht allein das. Die anderen waren tatsächlich gekommen, um sie zu befreien. Odin selbst hatte Ranveig und Sigurd auf Henrik treffen lassen, und Agnes war eine weitaus stärkere Frau, als sie zu Beginn erwartet hatte. Die Zeiten waren endgültig vorüber, in denen sie durch die sengende Hitze einer Wüste oder zu den Arenen geritten waren, um zu kämpfen. Sie hatten den Göttern alle Ehre bereitet, zu viele der Feinde waren durch ihre Hand gestorben, ohne dass dieser fremde Gott sie je dafür hatte bezahlen lassen.

Da dachte sie an Ragnar, Grimar und Knut. Sie hätten alles gegeben, ebenfalls nun hier auf diesem Schiff zu sein.

Schon bald setzte sie sich und aß eines der Brote. Zwar hatte die Wüstendurchquerung auch sie an das Ende ihrer Kräfte gebracht, dennoch würde sie sofort gegen jeden Feind kämpfen, forderte sie einer heraus. Sie sprachen kaum miteinander, sie alle saßen da, ruhten, Ylva, Agnes und Gudrun hatten die Augen geschlossen und schienen zu schlafen. Radvald war noch immer sehr ruhig, den Tod seiner Töchter trug er sicherlich noch lange Zeit mit sich herum.

»Was ist dieses Sardia?«, fragte sie schließlich Sigurd.

»Eine große Insel. Sie diente uns auf der Hinfahrt nur als Zwischenhalt. Balansiya ist unser Zielhafen.«

»Und dann müssen wir ein weiteres Mal durch das Land der Ziriden ziehen?«

»Ja, durch das Kalifat von Cordoba.«

»Wir haben noch mehr als die Hälfte des Geldes. Vielleicht können wir den Seeweg wählen.« Dabei sah sie zu Radvald, der aber nicht antwortete. Sie selbst plante schon, bevor sie überhaupt in Sardia waren, während ihnen allen deutlich die Strapazen ins Gesicht geschrieben standen.

»Setz dich!«, sagte Sigurd schließlich. »Auch du musst mal schlafen. Wir sollten die Überfahrt nutzen, um zu Kräften zu kommen.« Er wendete sich Frowa zu, zog sie zu sich und hielt sie fest.

Arna verstand. Sie alle benötigten vor allem Ruhe und Zeit.

Nach kurzem Schlaf wachte Arna abrupt auf. Sofort griff sie an ihre Axt und starrte wirr um sich, doch als sie erkannte, dass sie auf dem Schiff war, lächelte sie. Es war also kein Traum, sie waren der Sklaverei und dem Land des Sandgottes tatsächlich entkommen.

Ein weiteres Mal. Auch im westlichen Nebelland hatte sie gedacht, sie müsse dort sterben. Und nun war sie abermals einem Land entflohen, das für sie bisher nur in Sagen und Geschichten existiert hatte. Zweifelsohne stand sie in Odins höchster Gunst.

Die Sonne neigte sich im Westen schon nahe an den Horizont. Nirgends war Land zu sehen, der frische Wind tat erstaunlich gut, dennoch trank sie viel und aß etwas. Da die meisten schliefen oder einfach nur vor sich hin dämmerten, setzte sie sich neben Henrik, der eine Hand auf der schlafenden Agnes hielt.

»Du weißt, dass ich dir nicht genug danken kann. Und gleichzeitig trauere ich um deinen Freund.«

»Du musst mir nicht danken. Ihr seid meine Familie. Aber danke, dass du deine Gedanken auch Marius schenkst.«

Erstaunt sah sie ihm in die Augen. Henrik war kein Odinssohn, aber wie ein Bruder für sie. »Deine Familie?«

»Seit ich euch verlassen habe. Die Einzigen, bei denen ich mich ähnlich wie in einer Familie gefühlt habe, waren die Apostel. Agnes ist nun die Einzige, die übrig ist.«

Sie musterte seine Hand, die auf Agnes' Schulter lag. Es hatte nie einen Mann gegeben, den sie begehrt hatte, für sie war es immer ein Zeichen der Schwäche gewesen. Doch sie verstand, was es bedeutete, einen Gemahl oder ein Eheweib zu haben, und sie glaubte zu wissen, was diese Art von Liebe war. Nicht die, die sie zu ihren Freunden hegte, sondern die der Begierde, obwohl sie diese noch nie verspürt hatte.

»Ich habe dich einst mit Juta erlebt«, fuhr sie fort. »Und ich habe gesehen, wie sehr du unter ihrer Entscheidung, im Nebelland zu bleiben, gelitten hast. Umso mehr erfreut es mein Herz, nun Agnes an deiner Seite zu wissen.«

»Dann weißt du mehr als ich.«

»Ach Henrik. Ja, ich verstehe nicht viel von Liebesdingen, ich habe sogar manchmal den Verdacht, es könnte Zauberei sein, was die Herzen der Menschen so sehr verwirrt. Aber ich weiß, dass Agnes dich mag. Sehr sogar.«

Er sah sie an, antwortete aber nicht. Doch an seinem Lächeln erkannte sie, dass sie richtig lag.

Da brannte jedoch noch etwas anderes in ihr. Natürlich waren sie erst kürzlich dem Grauen Ifrikias entronnen, doch es sah tatsächlich so aus, als würden sie ihre Heimat wiedersehen. Noch vor einem Tag war diese Aussicht so weit entfernt gewesen wie die Sterne am Himmel. »Was hast du nun vor?«

»Wenn wir die nördlichen Länder erreichen?«

»Ja. Du und Agnes.«

Er sah sie an und schien zu überlegen. »Ich weiß es nicht. Bis heute Morgen dachte ich noch, wir würden Qabis nie erreichen und irgendwo in endlosem Sand sterben.«

Sie rutschte näher an ihn heran und drückte ihre Stirn an seine. Er war zweifelsfrei ihr Bruder, sie würde jederzeit ihr Leben für seines einsetzen, so wie er es getan hatte.

»Du hast mit uns eine Familie, wie du bereits sagtest. Das gilt für euch beide.«

Da er nichts entgegnete, lächelte sie ihn nur an, blieb aber neben ihm sitzen. Ihr Blick fiel auf Ylva. Die junge Frau hatte auch niemanden mehr, und als sie darüber nachdachte, dass es ihr einziges Ziel war, Völsungur zu töten, legte sie ihre Stirn in Falten.

Im Grunde wussten sie nicht, was in ihrer Heimat auf sie zukäme, denn Firthskur gehörte nun den Christen.

Henrik schlief immer wieder ein. Es begann zu dämmern, und als es noch dunkler wurde, erhellten zwei Fackeln an Bord die Umgebung, sodass er nicht nur die Gestalten seiner Freunde, sondern auch schwach die der anderen Menschen sehen konnte. Alles schien friedlich, einige redeten, monoton klatschte das Wasser an die Bordwand.

Agnes saß noch immer neben ihm.

»Wie geht es dir?«, wollte er wissen.

»Ich kann nicht glauben, dass Marius tot ist.«

»Geht mir ebenso. Und wie geht es dir körperlich?«

»Ich habe wohl mehrere Wasserschläuche leer getrunken.«

Er nickte und dachte darüber nach, was er noch sagen könnte. Noch immer schien sie so weit entfernt von ihm, es war ein beinahe unerträgliches Gefühl.

»Du kannst auch meinen haben.«

»Den benötigst du selbst, Henrik. Du denkst immer an andere, nicht an dich.« Sie stand auf, entfernte sich an eine Stelle, an der niemand stand, und sah von dort auf das Meer hinaus.

Zunächst überlegte Henrik, ob er ihr folgen sollte, dann tat er es schließlich.

»Nicht immer. Bei Marius habe ich an mich gedacht. An uns!«

Nur kurz sah sie ihn an, antwortete aber nicht.

»Ich bin so froh, dass wir es geschafft haben«, fuhr er fort, weil er ihr Schweigen kaum aushielt. »Ehrlich gesagt, habe ich im Hafen von Qabis befürchtet, sie würden uns suchen.«

»Was möchtest du, Henrik?«

»Wissen, warum du mir aus dem Weg gehst.«

»Das tue ich nicht. Ich habe nur so ein unerträglich schlechtes Gewissen Marius gegenüber.«

»Ich auch. Aber ... daran ist er nicht gestorben.«

»Was meinst du mit ›daran‹?«

»Wegen uns. Schließlich hat er dich anders gemocht als du ihn.«

Sie sagte eine Zeit nichts, sondern starrte weiter in die Dunkelheit. Irgendwo dort lag Sardia, danach ging es nach Westen.

»Und es hat auch unsere Freundschaft belastet«, fuhr er fort. »Aber ich würde mich immer für ein Leben an deiner Seite entscheiden.«

Plötzlich drehte sie sich zu ihm. Im fernen Flackerlicht der Flammen blitzten ihre Augen und sein Herz schlug schneller. »Das hast du so deutlich noch nie gesagt, Henrik.«

»Ich weiß. Und ich habe es lange Zeit selbst nicht wahrhaben wollen.« Unsicher griff er nach ihrer Hand, es war nun ganz anders als in der Wüste oder zuvor. »Ich möchte, dass wir zusammenbleiben, wenn du das auch möchtest. Es hat keinen Sinn, darüber nachzudenken, was Marius denken oder tun würde, so schlimm das auch klingt. Zudem hat er uns seinen Segen gegeben.«

»Marius war mein bester Freund und wie ein Bruder für mich, aber ich hätte seinen Segen nicht benötigt. Außerdem war er kein verdammter Priester.«

»Nein, das war er bestimmt nicht.«

Unvermittelt kam Agnes näher und zog ihn an der Hand zu sich, die sie noch immer fest umschlossen hatte. Ihr Atem ging schneller, sie schien zu überlegen, dann küsste sie ihn. Henrik dachte, er würde plötzlich schweben. Er spürte nur ihre Lippen, roch ihren Duft, fühlte ihr Haar in seinem Gesicht. Sie küssten sich lange und schließlich sah sie ihm in die Augen.

»Das wünsche ich mir auch, Henrik. Ein Leben an deiner Seite. Eigentlich hatte ich den Gedanken schon, als wir uns damals an der Wesura liebten.«

Henrik würde diese Nacht niemals in seinem Leben vergessen.

»Aber ich war nicht der Einzige.«

»Nein, das warst du nicht. Aber du warst der Einzige, mit dem es ein zweites Mal passierte. Und mit dem es ganz anders war als mit Marius.«

Henrik wusste nicht, was er sagen sollte. Es lag so lange zurück, als sei es in einem anderen Leben gewesen. Noch heute Morgen waren sie der Hitze der Wüste Ifrikias entflohen, nun spürte er die Nacht in den Auen der Wesura nach.

Er dachte daran zurück, als Agnes gesagt hatte, sie wünsche sich auch ein Leben an seiner Seite. Es fühlte sich so wunderschön an.

Er umarmte sie und drückte sie fest an sich. Dabei spürte er ihren Atem, fühlte ihr Herz schlagen, die Wärme ihres Körpers.

»Falls du aber wieder irgendwann jemanden aus Ifrikia befreien möchtest, wirst du es allein tun müssen!«

Da musste Henrik lachen, küsste Agnes und dachte kurz an Marius. Er vermisste ihn fast in jedem Augenblick, doch die Freude, Agnes nun an seiner Seite zu wissen, war gewaltig. »Nein, ich hoffe, es bleibt uns erspart.«

»Jetzt kennst du das Nebelland im Westen und das Wüstenland im Süden. Wo warst du eigentlich noch nicht?«

»Vermutlich gibt es im Osten noch vieles, das wir nicht kennen.«

»Vorläufig habe ich genug gesehen. Es war so viel mehr, als ich mir je vorgestellt habe.«

Henrik sagte nichts dazu. Sie standen noch lange nebeneinander an der Reling, sahen mit dem Wissen, dass sie sich immer weiter von Ifrikia entfernten, in die Finsternis und schwiegen.

Da dachte er an Abdullah. Ohne ihn hätten sie es niemals geschafft, und er hoffte, sein ziridischer Begleiter würde weiter unbehelligt sein eigenes Leben führen können.

Heimat

Das Geheimnis

Agnes schlief bis zum nächsten Tag. Ranveig verlangte direkt von ihr, dass sie etwas aß, was sie dann auch tat. Neben der unendlichen Erleichterung, die Wüste und auch Ifrikia tatsächlich hinter sich gelassen zu haben, spürte sie noch das Glück über Henriks Worte der vergangenen Nacht.

Der Verlust von Marius steckte aber wie ein giftiger Pfeil in ihrem Herzen, und sie spürte, dass die tiefe Trauer sie in einem schwarzen Loch gefangen hielt. Während der Wüstendurchquerung hatte ihr die Kraft gefehlt, diesen Schmerz zu fühlen. Abdullah schien offenbar recht gehabt zu haben. Die Wüste nimmt einem nicht nur das Wasser und die Kraft, sondern auch den Verstand.

Und Marius.

»Ich freue mich sehr für euch«, sagte ihre Gefährtin. »Lass ihn nicht los, er ist ein Mann, dem ich mein Leben anvertraue.«

»Ich nicht mehr loslassen. Aber du nicht freuen. Du traurig um Mutter.«

»Ach Agnes, bei all dem Tod, dem Verlust und unserer tiefen Trauer ist es wenigstens ein kleines Licht.« Ranveig küsste sie auf ihr Haar und sah zu Ylva. Die junge Frau erholte sich nur langsam, immer wieder schlief sie ein, in den Zeiten aber, in denen sie wach war, aß und trank sie viel.

»Sie wird gesund?«, fragte Agnes, während ihr Blick auf die noch immer eingefallenen Augen Ylvas gerichtet waren.

»Ich denke schon. Sie ist einfach nur sehr schwach, wie wir alle. Ylva ist ohnehin so dünn, wir werden sie aber wieder zu alten Kräften führen.«

Agnes hoffte von ganzem Herzen, dass Ylva wieder ihre Heimat zu Gesicht bekäme, wenn es auch wie bei allen anderen nicht ihr Dorf sein würde.

Als sie Ranveig wieder ins Gesicht sah, kam sie ihr so sehr vertraut vor, als würde sie sie seit Jahren kennen. »Wo werdet alle hingehen? Und du? Du zurück zu Harald?«

»Das werde ich, weil ich es versprochen habe. Und den Göttern habe ich es geschworen.«

Sie sagte es leise, als würde sie verhindern wollen, dass es die anderen hörten.

»Aber was mit Balbó, Sigurd und Arna, den anderen?«

»Unsere Heimat ist groß. Aber ich befürchte, es gibt immer weniger Möglichkeiten, einen Ort zu finden, an dem die Anhänger der wahren Götter nicht verfolgt werden.«

Agnes schockierte es, ihre Befürchtungen nun sogar aus Ranveigs Mund zu hören. Niemand von ihnen wusste, wohin sie gehen konnten, und sie hatte keine Ahnung, ob sich alle darauf einließen, im Dorf von Ranveigs Ehemann zu leben. Falls sie es denn überhaupt noch vorfanden, doch dies wollte sie keineswegs aussprechen.

»Weißt du, dass Arna Henrik angeboten hat, bei uns zu bleiben? Und somit auch dir?«

»Nein, er nicht sagen.«

»Was hältst du davon?«

Agnes war völlig überfragt. Nur einen Tag nach der Abreise aus Ifrikia hatte sie noch nicht darüber nachgedacht. Sie mussten ja erst einmal die Heimat erreichen. Doch was war ihre Heimat? Bremun? Sachsen? Sicherlich, aber sie fühlte, dass sie diesen Begriff eher an den Menschen festmachte und nicht an einem Land. Zumal sie keinesfalls nach Bremun zurückwollte, das hatte sie bereits seit dem Verlassen der Stadt gewusst. Und nun, nach Marius' Tod, wollte sie Bremun ohnehin niemals mehr betreten. Alles würde sie an ihren Freund, ihren Bruder erinnern. Henrik war ihr Gefährte, Ranveig eine Freundin, die sie nicht mehr verlieren wollte. Sie hatte nur noch diese Menschen, alle anderen waren tot.

Es stand außer Frage, an etwas anderes zu denken als an diese zwei Menschen, die ihr geblieben waren.

Da schlich sich Ranveigs Hand in ihre. »Dich an meiner Seite zu haben, wäre ein unglaubliches Geschenk, Agnes. Aber die Entscheidung liegt bei dir und euch. Ich habe auch noch nicht mit Henrik gesprochen.«

»Es ist mir Ehre«, antwortete Agnes, wusste aber nicht, was sie denken oder sagen sollte. Das Land der Nordmenschen. Henrik hatte davon geschwärmt, doch für sie lag es genauso weit entfernt wie unentdeckte Länder weit im Osten. »Und Geschenk, dich weiter zu begleiten.« Dabei sah sie auf die Krieger, auf den hünenhaften Mjöllnir, auf Sigurd und auch auf die anderen. »Du starke Männer an deiner Seite und Arna, aber ich Eiserne Agnes. Vielleicht du mich brauchen.«

Ranveig lächelte sie an, als ginge die Sonne auf. Ihre hellblauen Augen blitzten wie das Meer selbst. »Du bist für immer meine Freundin, Agnes. Ich brauche dich vor allem als Schwester, als Gefährtin.«

Es ehrte Agnes ungemein. Die Aussicht, bei Ranveig bleiben zu können fühlte sich ebenso süß an wie ein Leben an Henriks Seite. Doch weder wusste sie, was er vorhatte, noch, was ihnen allen bevorstand. Als sie die Augen schloss, fiel ihr auf, dass sie niemals vorgehabt hatte, Ranveig zu verlassen. Gleichzeitig wunderte sie sich über diese Gedanken. Noch vor Monaten hätte sie jedem Mädchen einen Fußtritt gegeben, das derartige Worte benutzt hätte. Gab es die Eiserne Agnes überhaupt noch? Oder hatte die Sonne Ifrikias sie weich gekocht und zu einem anderen Menschen werden lassen?

Weder an diesem noch am kommenden Tag sprach sie mit Henrik darüber. Nun, wo sie nicht mehr grausamen Durst erlitt, um jeden Schritt kämpfte und die zerstörende Angst in sich trug, in der Wüste sterben zu müssen, schlugen die Trauer und das Entsetzen um Marius' Tod mit voller Wucht zu. Manchmal war es so schlimm, dass Agnes Bauchschmerzen bekam, sie wollte dann nur schlafen und hoffte, dass es nur ein Traum gewesen war und Marius neben ihr saß. Dabei spürte sie, dass auch die anderen in sich gekehrt waren, endlich all das verarbeiten konnten, was sie erlebt und verloren hatten. Radvald seine Töchter, Sigurd seinen Sohn, Ragnar und Knuts Körper bleichten ebenso in der Wüste wie der von Marius. Sie schliefen viel, ruhten sich aus, die ganze Zeit über ließen die anderen Menschen auf dem Schiff sie in Ruhe. Natürlich hatten die anderen an Bord mitbekommen, dass es Nordmannen waren, die den Platz mit ihnen teilten, doch weder erfuhren sie Abneigung noch besondere Neugierde.

Zu ihrer Erleichterung genas Ylva. Sie wurde stärker, aß immer mehr und wagte schließlich sogar längere Ausflüge auf dem Schiff. Zwar war ihr der einige Tage zuvor drohende Tod noch anzusehen, ihr Lächeln schien aber alles Dunkle aus ihr zu vertreiben.

Als sie Sardia erreichten, spürte Agnes großes Unbehagen. Auch wenn ihr klar war, dass sie an diesem Ort niemand suchte, war es dennoch ein seltsames Gefühl, einen fremden Hafen anzulaufen. Sie warteten auf einem Markt, kauften sich Früchte des Landes und füllten ihre Wasserschläuche auf, bevor sie am selben Nachmittag wieder ablegten. Bei jedem Schritt hoffte sie, Marius würde neben ihr stehen oder sie würde seine Stimme hören, wie er sie mahnte, weniger zu fluchen.

Verdammt, warum nur hast du sterben müssen?

Nun ging es nach Westen, und in etwa drei Tagen würden sie Balansiya erreichen.

Während eines besonders schlimmen Abends, an dem ihr Marius nicht aus dem Kopf ging, setzte sich Henrik zu ihr.

»Es ist furchtbar, noch immer. Ich kann es nach wie vor nicht glauben.«

»Ich hätte es ihm erzählen sollen.«

»Was?«

»Was mit mir damals passierte. Woher ich all diese Narben habe. Er hat mich so oft gefragt und ich habe ihm nie etwas erzählt. Weder ihm noch den anderen. Marius hätte es aber wissen sollen, er hat kein Geheimnis vor mir gehabt, er war wie ein Bruder.«

»Ich bin mir sicher, dass er es stets verstanden und dir deswegen nie Vorwürfe gemacht hat.« Seine Hand stahl sich in ihre, doch sie entzog sich ihm. Nicht, weil sie die Liebe zu ihm verloren hätte, ganz im Gegenteil. Sie konnte derzeit Nähe nicht ertragen. Oder aber die Eiserne Agnes setzte sich vermehrt durch, je weiter sie sich von Ifrikia entfernten.

Eine seltsame Stimmung ergriff sie. Sie konnte sich erinnern, dass sie auf der Hinfahrt nach der Offenbarung ihrer Vergangenheit ihrer Schwestern und des Brandes ein Gefühl der Erleichterung empfunden hatte. Womöglich war es nun an der Zeit, auch ihr zweites Geheimnis preiszugeben. Zu ihrer Überraschung wollte sie es gar nicht mehr zurückhalten, es waren nur Narben, und derjenige, der sie verursacht hatte, war längst tot. Manchmal kam es ihr vor, als sei all das einer anderen passiert, aber nicht ihr.

»Nein, das hat er mir beileibe nicht. Er hat so viel ertragen mit mir.«

»Im Gegenteil, er hat so viel erlebt mit dir. Wir alle.«

428

Sie schloss die Augen, atmete tief ein und sah schließlich auf die Planken des Schiffs.

»Ich werde es dir sagen. Und bitte übersetze es den anderen.«

Ohne dass sie ihn ansah, fingen ihre Lippen zu beben an. Es tat ihr weh, es stets vor Marius zurückgehalten zu haben.

Als würde Ranveig spüren, dass Agnes völlig aufgewühlt war, setzte sie sich neben sie.

»Nach dem Tod meiner Familie ging ich nach Bremun. Um nicht zu verhungern, stahl ich alles, was essbar war. Bereits nach einigen Tagen wurde ich von einem Mann entdeckt. Er war Mitglied einer Bande, die sich, wie wir später auch, mit Raub und Diebstahl über Wasser hielt.«

»Wie die Apostel«, flüsterte Henrik.

»Genau. Sie nannten sich aber ›Apokalyptische Reiter‹. Und es gab noch einen Unterschied: Wir sind bestraft worden, wenn wir ohne oder mit zu wenig Beute nach Hause kamen. Deswegen kehrten wir oftmals erst spät in der Nacht wieder zurück, um den Strafen aus dem Weg zu gehen.

»Was waren das für Strafen?«, fragte Henrik, nachdem er bis hierher übersetzt hatte.

Ihre Freunde waren längst verstummt und hörten gespannt zu.

»Porko, so hieß der Anführer, schnitt uns mit dem Messer. War es nur zu wenig, was wir brachten, ging es lediglich an die Arme und Beine. Kamen wie ohne etwas zurück, waren der Rücken und der Bauch dran.«

Sie sah, wie entsetzt Henrik und Ranveig sie anblickten.

»Und die vielen Narben in deinem Gesicht?«, wollte Henrik wissen.

»Die waren für den Ungehorsam. Wenn vorher vereinbarte Dinge nicht gestohlen wurden, ich mich nicht an Pläne gehalten oder Porko beschimpft habe. Jedes Mal gab es einen Schnitt.«

»Warum bist du nicht geflohen?«

»Es war besser als zu verhungern.«

Agnes offenbarte nicht, dass jeder Schnitt in ihr Gesicht eine Narbe auf ihrer Seele gewesen, dass ihre Wut auf die Welt mit jeder Tortur größer geworden war.

»Eines Nachts wollte er mich schänden. Ich nahm mein Messer, von dem niemand etwas wusste, und schnitt Porko die Kehle durch. Danach verließ ich für einige Monate die Stadt, um schließlich wieder nach Bremun zurückzukehren. Ich hörte nichts mehr von den ›Apokalyptischen Reitern‹ und ich habe nur wenige von den ehemaligen Mitgliedern vereinzelt wiedergesehen. Schließlich nahm ich Marius auf und nach ihm auch die anderen. Mir gefiel ein biblischer Name, aber ich wollte etwas Gutes wählen, obwohl wir Sünden begingen. Daher ›Die Apostel‹. Es war nie die Frage, etwas anderes tun, denn auch wenn Porko ein sehr übler Mensch gewesen war, hat er mich sehr gut ausgebildet.«

»Gut, dass du ihm die Kehle durchgeschnitten hast!«, murmelte Arna nach Henriks abschließender Übersetzung. »Und die Narben haben eine starke Frau aus dir gemacht!«

Henrik hingegen legte eine Hand auf die von Agnes. »Danke, dass du es gesagt hast.«

Agnes wusste, nicht, ob sie froh oder wütend über ihre Entscheidung sein sollte. Es fühlte sich eigenartig an, zu wissen, dass nun alle über ihre Vergangenheit Bescheid wussten.

Der Deckmantel hatte sie immer geschützt, nun wirkte es, als läge alles offen, wie die Seiten der Bibel, die sie einst in einer Kapelle gesehen und gestohlen hatte.

Marius hatte von alldem nichts mehr.

Nach einem weiteren Tag wurden Arna und ihre Freunde unruhiger. Sie alle schienen genügend Kraft getankt zu haben, immer öfter gingen die Krieger an der Reling entlang, sahen nach Westen und putzten ihre Waffen. Radvald zählte wiederholt die Münzen und kam jedes Mal auf die gleiche Zahl. Sie besaßen noch einunddreißig Silber- sowie vierzig Bronzemünzen. Und da sie vorhatten, nicht zu Fuß durch das Kalifat zu reisen, sondern es zu umsegeln, machte sich Agnes innerlich bereit, weitere Tage an Bord eines schaukelnden Schiffs zu sein. Es machte ihr jedoch weitaus weniger aus als noch während der Hinreise. Sie fragte sich, ob es an den *djamalen* lag, deren Schwanken und beinahe schwebender Gang weitaus schlimmer zu ertragen gewesen waren als ein Schiff selbst bei starkem Wellengang.

In dieser Zeit sprach sie viel mit Henrik, aber nicht darüber, welchen Weg sie einschlagen wollten. Sie spürte, dass Henrik mit sich rang, irgendetwas nagte an ihm, doch sie wartete ab, denn sie selbst wusste nicht, was sie sagen sollte.

Egal, was er entschied, ihr Platz war an Henriks Seite. Sie selbst wusste hingegen, was sie wollte.

Schließlich erreichten sie Balansiya. Als kehrten sie wieder nach Susa oder Qabis zurück, kam es Agnes vor, als sähen alle Ziriden und Fremden sie argwöhnisch an. Auch hier besuchten sie den Markt am riesigen Hafen, gaben aber nur Kupfermünzen für Nahrung aus.

Henrik und Sigurd suchten nach einem Schiff, das sie so weit wie möglich nach Norden brächte. Währenddessen verließen sie das Hafengelände nicht. Offenbar trauten auch die anderen dem Frieden nicht, denn selbst Mjöllnir sah misstrauisch auf die vielen Fremden und womöglich erinnerte er sich ebenfalls an die Wächter, die im Hafen von Qabis nach anderen Männern gesucht, während sie geglaubt hatten, selbst gejagt zu werden.

Irgendwann machte sich Agnes aber Sorgen um Henrik. Es wurde Abend, bis die beiden endlich zurückkehrten.

»Wir können für vierzig Silberlinge bis Pont Roy!«, berichtete Henrik endlich. Agnes war unendlich erleichtert, fiel ihm aber nicht in die Arme, schließlich sollten die anderen nicht denken, sie sei eines der schwächlichen Weiber, die ohne ihre Männer offenbar lebensunfähig waren.

»Wo ist das?«, wollte Radvald wissen.

»Im Frankenreich. Wir waren dort während der Hinreise. Es ist weit nördlich, weit mehr als die Hälfte der gesamten Strecke.«

»Gut. Wir haben nur zweiunddreißig, aber noch Kupfermünzen. Notfalls müssen wir noch jemanden überfallen, um den Rest bis in die Heimat zu bekommen.«

Auf dem Warenschiff bezahlten sie die alle Silberlinge, und als der Kapitän in die Münzbeutel der Nordmannen sah und bemerkte, dass wirklich nicht mehr aus den Fremden herauszuholen war, ließ er sie trotzdem einsteigen. Ihnen wurde sogar ein Platz unter Deck angeboten, den sie aber ausschlugen. Arna und die anderen trauten niemanden, schließlich sei es immer besser, nicht eingeschlossen zu sein und den Blick zum freien Himmel zu wahren. Mit ihnen befanden sich etwa weitere fünfzig Menschen an Bord, von denen sie aber nicht wussten, ob sie ebenfalls das Frankenreich ansteuerten oder aber an den Häfen zuvor aussteigen wollten.

Und ob sie genauso viel bezahlt hatten.

Als das Schiff noch an diesem Abend ablegte, atmete Agnes erleichtert durch. Auch hier waren sie unbehelligt geblieben, sie fragte sich jedoch, wie es Mjöllnir und den anderen gelingen sollte, weitere Tage auf dem Schiff auszuharren. Offenbar waren sie jetzt schon wieder bereit, in den Kampf zu ziehen, und so hoffte sie, sie würden keinen Streit an Bord anfangen, nur um ihre Kräfte zu messen.

An diesem Abend kam sie zum ersten Mal Ylva deutlich näher. Die junge Frau erzählte, wie sie mit fast allen anderen aus ihrem Dorf Hjaffrth entführt worden war. Dabei waren beide Brüder sowie ihr Vater ums Leben gekommen, ihre Mutter hatte man bereits in der Siedlung getötet, da sie die Fremden angegriffen hatte. Nun, wo sie immer stärker wurde und täglich deutlich an Kraft gewann, trat ihre Wut umso deutlicher zum Vorschein. Hjaffrth lag etwa zwei Tagesreisen von der Siedlung ihrer Freunde entfernt, wie alle anderen würde auch sie keinen Heimatort mehr vorfinden.

Agnes hatte diesen ebenfalls nicht.

In der ersten Nacht nach der Abreise aus Balansiya spürte Henrik, dass er sich entschieden hatte. Und das bereits länger, als er es zugab. Es war jedoch immer die Konfrontation mit Agnes gewesen, der er ausgewichen war.

Überraschenderweise war sie es, die ihn nun darauf ansprach. Sie saßen in einer Ecke des Schiffes und aßen von den süßlich gelben, länglichen Früchten, die die Ziriden *maúz* nannten.

»Warum sagst du mir es nicht?«

Henrik wusste sofort, was sie meinte.

»Weil es wieder bedeutet, dich in Gefahr zu bringen. Und das möchte ich nicht.«

»Ja, ich weiß. Aber meinst du wirklich, es gibt einen Ort, an dem wir nicht in Gefahr geraten können? Und meinst du, ich bin ein kleines Kind, das du beschützen musst?«

»Ich möchte meinen Freunden in Firthskur beistehen und ich möchte Ranveig dorthin begleiten, wo sie ein neues Leben beginnt. Sie haben mich wieder nicht nach meiner Hilfe gefragt, sie würden es auch niemals verlangen. Aber ich möchte es, ich muss es, Agnes. Dann können wir nach Bremun.«

»Ich will nicht nach Bremun. Ich bleibe bei dir, Henrik.«

»Wir ziehen wieder in einen Kampf. Was für ein Leben biete ich dir denn momentan?«

»Eines an deiner Seite. Zudem sind es nicht nur deine Freunde, es ist deine Familie, Henrik. Und es sind nun auch meine Freunde. Natürlich wirst du mit ihnen in Firthskur kämpfen, sonst wärst du nicht der Henrik, den ich kenne. Ich werde dabei sein, an deiner und genauso an Ranveigs Seite.«

Henrik schluckte, auch wenn er es tatsächlich erhofft und eigentlich auch erwartet hatte. Er kannte Agnes zu gut, sie hatte vor nichts und niemandem Angst.

»Du hast mir vorenthalten, dass Arna uns ein Leben bei ihnen angeboten hat«, sagte sie.

»Möchtest du das denn?«

»So weit denke ich nicht. Bitte keine Pläne für irgendwann. Wir sind noch in den Gewässern des Kalifats, wir kommen weiß Gott wann und wo im Norden an. Unser Ziel ist zunächst Firthskur, alles andere wird sich fügen.«

Ihre Worte drangen so tief in Henrik ein, dass er Gänsehaut bekam. Er zog sie zu sich und küsste sie. »Das heißt aber, wir werden dort oben vielleicht verfolgt werden. Wir greifen vielleicht Menschen an, deren Kreuz wir selbst verkörpern.«

»Dann kämpfen wir, aber wir tun es gemeinsam. Ich vertraue ihnen allen so sehr, wie ich es mir niemals hätte vorstellen können. Und ich weiß, dass sie auch mir vertrauen. Außerdem verkörpere ich nicht das Kreuz, verdammt noch mal.«

»Agnes, du hast dein Leben riskiert, um Menschen zu befreien, die du nicht kanntest. Wenn Arna sagt, dass du nun zur Familie gehörst, meint sie das voller Überzeugung. Das meinen alle so, jeder Einzelne von ihnen.«

Sie nickte und nahm seine Hand in ihre. »Du musst mir deine Gedanken nicht vorenthalten, Henrik. Wie lange hast du zu warten vorgehabt?«

»Ich wollte dich heute Nacht fragen. Nun, wo wir das Kalifat umsegeln, scheint die Rückkehr tatsächlich Wirklichkeit zu werden.«

»Ja. Es gibt Momente, da denke ich, ich säße noch immer auf dem Rücken eines *djamals*.«

»Eine solche Wärme wirst du niemals mehr haben. Die Winter bei den Nordmannen sind kalt, eisig, und nur an den Feuern ist es erträglich. Du wolltest immer dorthin, wo es heiß ist.«

»Davon hatte ich genug.«

Er zögerte, denn es war noch nicht vorbei. Niemand von ihnen wusste, was sie dort oben erwartete. Was, wenn es ein immerwährender Kampf würde?

Also teilte er diese Sorgen mit Agnes.

»Wir hatten immer einen Kampf, Henrik. Gegen Hunger, gegen Durst, gegen die, die unsere Freunde bedrohten. Unser gesamtes Leben lang, egal, wo wir waren. Und ja, mir ist auch klar, dass wir alle in Firthskur sterben können. So wie an jedem anderen Ort dieser Welt auch. Fast wären wir es in der Wüste. Und beinahe Dutzende Male zuvor.«

Er nickte, weil er nichts darauf entgegnen konnte. Sie hatte recht. Wieder zog er sie zu sich, sie legte ihren Kopf auf seine Schenkel und schwieg.

Henrik war unendlich froh, dass sie seine Freunde in die Heimat begleiteten. Wie lange, wusste niemand von ihnen. Es zählte nur der nächste Schritt, alles andere lag zu weit vor ihnen, schließlich waren sie noch längst nicht im Norden, es konnte noch alles Mögliche passieren. Doch er hatte ein schlechtes Gewissen. Sein größter Wunsch war, sie aus allen Gefahren herauszuhalten, nun führte er sie in das nächste Schlachtfeld und eine Zukunft, die selbst Arna und den anderen unbekannt war.

Spätestens jetzt wäre ihm Marius völlig zurecht an die Kehle gesprungen.

Er schauderte, weil er ihn immens vermisste.

Am kommenden Morgen teilte Henrik es den anderen mit. Sie schienen alle wenig überrascht, Balbó wehrte allerdings ab.

»Henrik, du hast mehr für uns getan, als ich es mir jemals erträumt hätte. Ebenso Agnes, sie hat genug riskiert. Es ist nicht dein Kampf gegen Völsungur, es ist unsere Rache. Und niemand von uns weiß, wen oder was wir in unserer Heimat antreffen.«

Sigurd pflichtete ihm bei. »Du bist mein Bruder, Henrik. Aber nun sollten sich unsere Wege wieder trennen.«

»Wir haben uns aber entschieden«, blieb Henrik stur. »Wie du sagst, du bist mein Bruder. Ihr alle. Und ihr seid meine Schwestern.« Dabei sah er die Frauen an. »Ihr könnt dort oben jeden Mann und jede Frau gebrauchen.«

Arna und Ranveig blickten lange zu Agnes, und endlich ging Ranveig auf Agnes zu. »Das kann ich nicht gutheißen. Ich möchte dich nicht in Gefahr sehen, Agnes.«

»Diese Worte ich gestern hören. Nenne mir Ort auf Welt, wo wir nicht Gefahr sind. Nur einen.«

Niemand konnte ihn nennen.

»Was ist mit deiner Heimat? Du besitzt wenigstens eine, die dir nicht weggenommen wurde.«

»Ich habe keine Heimat. Aber Freunde. Und das seid ihr.«

Da rannen Ranveig Tränen aus den Augen, sie zog Agnes an sich und umarmte sie.

Auch Arna schien beeindruckt, was Henrik wunderte. Selbst wenn sie vor Hel persönlich stünde, bliebe ihr Blick starr.

»Du bist wirklich eine sonderbare Frau, Agnes aus Sachsen«, murmelte sie nur. »Und ja, ich nenne dich meine Schwester, die erste, die keine Odinstochter ist.«

Sie drückte ihre Stirn an die von Agnes, und Henrik erkannte, welche Gefühle es in Agnes auslöste.

Arna hielt Agnes' Kopf lange an ihrem und atmete tief durch.

Nun standen auch die anderen auf. Sie umarmten einander, drückten ihre Stirnen aneinander, verharrten für kurze Zeit, wohl wissend, wie wertvoll dieser Moment war.

Niemals zuvor hatte Henrik Freundschaft und Familie so intensiv gespürt wie in diesem Augenblick. Es war ihm momentan einerlei, was vor ihnen lag, wichtig war nur, dass es genau mit diesen Menschen geschah, denen er blind vertraute.

Und mit Agnes.

Der Luchs

Siebzehn Tage später erreichten sie Pont Roy im Norden des Frankenreiches. In dieser Zeit hatte Agnes vieles aus der Vergangenheit ihrer Freunde erfahren, zudem zahlreiche bildhafte Eindrücke des Landes weit oben im Norden. Schon bald war es, als könnte sie die Blumen, den Wind und die Kräuter des Nordens riechen oder die Gesichter derer sehen, die zuvor noch in Firthskur gelebt hatten.

Als sie anlegten, blieben sie am Hafen, wo Agnes und Henrik es gelang, einigen Betrunkenen ihre Münzbeutel abzunehmen. Am folgenden Tag suchten die Franzosen lärmend und mit den Schwertern in der Hand in jedem Lager nach ihrem Hab und Gut, doch als sie Mjöllnir und den anderen gegenüberstanden, verzichteten sie darauf, Streit anzufangen, und zogen weiter.

Von zwei Seemännern erfuhren sie, dass in zwei Tagen ein Schiff nach Ripa im Land der Dänen ablegte. Somit würde sich der Kreis schließen, denn dort waren Agnes und Henrik auf Ranveig und Sigurd gestoßen. Offenbar herrschte dort wieder Frieden. Von dort war der Weg nicht mehr weit in die Heimat der Nordmannen, und so entschieden sie, eben auf dieses Schiff zu warten. Um nicht unnötig Geld auszugeben, kauften sie sich nur die billigsten Nahrungsmittel, und als sie zwei Beutel Hafermehl für einige der neu erbeuteten Münzen erhielten, buken Gudrun und Frowa leckeres Brot an ihrem Feuer.

Als sie später aßen, fiel Agnes auf, wie sehr ihre Freunde es genossen. Das Brot war seltsam gewürzt, und als Ranveig ihr sagte, es sei das typische Brot ihrer Heimat, verstand sie, warum selbst Mjöllnir so ruhig wurde. Vermutlich hatten sie geglaubt, diesen Geschmack niemals mehr genießen zu dürfen.

Sie verbrachten die Zeit damit, ihre Gewänder zu waschen. Ein Händler tauschte die *alqubas* sowie das traditionelle Frauengewand der Ifrikier gegen heimische Kleidung ein, sodass Gudrun, Ylva und Frowa endlich nicht mehr wie ziridische Frauen aussahen. Zudem konnten sie sogar etwas Speck davon kaufen, den sie an diesem Tag ebenfalls gierig in sich hineinschlangen.

Als es dämmerte, blickte Agnes in die Flammen des Feuers. Es gab Dutzende Feuerstellen zwischen dem Hafen und der Stadtmauer, einige Männer lärmten, zwei Frauen sangen vermutlich auf Englisch, jemand rief ständig einen Namen. Es war so anders als in Qabis, Susa oder den Städten im Kalifat. Es tat unendlich gut, dass die Luft abkühlte, wenn es dunkel wurde, und es gab auch keinen Sand, der ihr ständig in die Augen geweht wurde.

Weil zwei Männer im benachbarten Lager laut zu schimpfen begannen, blickte sie zu den lärmenden Fremden. Jemand warf einen Stein auf ein Mädchen, Agnes konnte es aber nicht genau erkennen, da es stark dämmerte. Die Gestalt versuchte, vor den Männern zu fliehen, doch ein anderer zog das Mädchen wieder zu sich. Es wehrte sich, schrie aber nicht oder sagte etwas dazu. Als einer der Fremden einen Stock auf das Mädchen drosch, riss es sich stumm los und schlug um sich. Agnes wunderte sich, dass es nicht um Hilfe rief.

Im Bruchteil eines Augenblickes beleuchteten die Flammen des fremden Feuers das Gesicht des Mädchens.

Wie vom Blitz getroffen, schoss Agnes in die Höhe.

»Was ist?«, rief Henrik und stand sofort ebenfalls auf.

Agnes ging einige Schritte näher, war sich aber sicher, dass sie das Gesicht kannte.

Wieder drosch einer der Männer auf das Mädchen ein.

»Hört auf!«, brüllte Agnes plötzlich, griff nach ihrem Stichmesser und rannte auf die Fremden zu.

Noch bevor sie das andere Lager erreichte, überholten ihre Freunde sie und bauten sich schützend zwischen ihr und den Fremden auf.

»Was ist denn?«, wollte Henrik abermals wissen.

»Sie ist es! Das stumme Mädchen!«

Offenbar erkannte nun das Mädchen sie auch, denn es lief auf sie zu und blieb hinter Agnes stehen. Dort klammerte es sich an ihren Körper.

»Sie ist es wirklich!«, bestätigte Ranveig. »Ich erkenne sie eindeutig wieder.«

Agnes sah jedoch zu den Fremden. Es waren acht Männer, die alle zu ihren Waffen gegriffen hatten und in Französisch auf sie einschrien. Allerdings wurden sie schnell leiser, offenbar flößte allein Mjöllnirs Anwesenheit den Männern großen Respekt ein.

Sigurd, Radvald, Balbó, Arna und Henrik hielten drohend ihre Waffen vor sich.

Als nun auch Ranveig, Gudrun, Frowa und Ylva zu ihnen stießen, ließen die Franzosen die Waffen sinken. Es war offensichtlich, dass sie kampferfahrenen Kriegern gegenüberstanden, vermutlich wollte niemand von ihnen einen Streit wegen eines fremden Mädchens beginnen.

Da die anderen aufzugeben schienen, gingen Agnes und ihre Freunde zurück.

»Mach das nie wieder!«, fuhr Henrik sie an. »Nie allein, hörst du?«

Agnes nickte nur, und als sie am Feuer waren, sah sie dem Mädchen ins Gesicht. Es lächelte unter einer deutlichen Schicht Dreck, seine Augen blitzten blau aus dunklen Höhlen.

»Wer ist das?«, wollte Radvald wissen. »Wegen wem hätten wir beinahe acht Männer getötet?«

Da erklärte Ranveig es ihnen. Sie erzählte, wie das Mädchen ihnen von Kiriceborg gefolgt war und sie es zu ihrem Schutz dagelassen hatten. Und auch, dass es stumm war.

Agnes nahm etwas von dem Brot und dem Speck und reichte es dem Mädchen. Es schien irritiert zu sein, weil sie nun viel mehr waren, als sie zuvor gewesen waren, doch da ihm niemand etwas zuleide tat, aß es schließlich gierig in sich hinein.

»Möchtest du sie durchfüttern?«, fragte Arna sie. »Das Ding kann vermutlich ein ganzes *djamal* essen, so wie es aussieht.«

Agnes konnte es nicht fassen. Niemals hatte sie damit gerechnet, wieder auf das Mädchen zu treffen. Es war, als spürte sie den Schmerz wieder, als sie das Mädchen einfach hiergelassen hatten.

»Ja. Und ich möchte mitnehmen.« Sie sah, dass sich die anderen teilweise entsetzt ansahen, doch keiner versuchte, es ihr auszureden.

»Du weißt doch gar nicht, ob sie es überhaupt möchte«, entgegnete Henrik. »Dir ist klar, dass wir sie an einen wesentlich gefährlicheren Ort bringen?«

»Als den?«, rief Agnes erbost und wies auf das Lager, aus dem sie das Mädchen befreit hatten. »Sie lebt wie ein Hund und kann nicht sprechen. Ich möchte nicht wissen, wie oft sie geschändet wird, um nur etwas zu essen zu bekommen.« Sie sagte es in beiden Sprachen, um ihren Standpunkt zu verdeutlichen.

»Versteht sie dich?«, wollte Frowa wissen.

»Ja, sie immer genickt.«

»Aber sie versteht uns nicht.«

»Aber mich und Henrik.«

Sie sah, wie die anderen um Worten rangen, es blieb aber allein bei Henriks Einwand.

Schließlich nickte Arna, sah das Mädchen genau an, fasste in sein Haar und in sein Gesicht. »Sie ist in einem verheerenden Zustand.«

Das wusste Agnes selbst. Wie damals dachte sie, im Blick des Mädchens eine starke Bindung zu ihr zu erkennen.

»Wenn es dein Wunsch ist«, sagte Ranveig schließlich. »Wer weiß, welchen Plan die Götter mit ihr haben.«

Überrascht sah Agnes zu ihr, und als auch die anderen nichts dagegen einwendeten, sah sie fragend zu Henrik.

»Du bist jetzt einer von ihnen. Wenn es dein Wille ist, wird keiner dagegen vorgehen. Außer sie stellt eine Gefahr für alle dar.«

Agnes wusste nicht, was sie dazu sagen konnte. Es ehrte sie ungemein, es war ein Zeichen absoluten Respekts.

»Vielleicht hat Ranveig wirklich recht und es hat alles einen Sinn«, brummte Henrik. »Aber wenn nicht, freue ich mich für dich. Du magst sie wirklich gern.«

»Du kannst sie als deine kleine Schwester annehmen«, schlug Ranveig vor. »Aber sie sollte lernen, sich zu verteidigen.«

Den restlichen Abend nutzte Agnes, um das Haar des Mädchens am Ufer zu waschen. Ylva und Gudrun halfen ihr dabei, und als es endgültig zu dunkel wurde, legten sie sich an das Feuer.

Das Mädchen wich Agnes nicht von der Seite. Es aß noch einmal etwas Brot und sah schließlich immer nur in die Gesichter derer, die es vor den prügelnden Männern beschützt hatten. Und Agnes fiel auf, dass es allen Gesprächen zuhörte, als verstünde es auch die Sprache der Nordmannen.

Als sie ihm zeigte, dass sie das Tuch mit dem Bildnis der Maria noch immer an sich trug, weiteten sich die Augen des Mädchens.

Spät in der Nacht wachte Agnes erschrocken auf. Das Mädchen fauchte und zischte wie verrückt. Sofort griff sie zu ihrer Waffe, doch nun schreckten bereits Sigurd und Radvald auf. Das Mädchen klammerte sich an den Rücken eines Fremden und biss ihm offenbar in den Hals. Nun brüllte auch der Mann und versuchte, sie abzuschütteln.

Gerade als Agnes eingreifen wollte, sackte der Mann zusammen. Sigurd hatte ihm sein Schwert in die Brust gerammt. Jetzt erst sprang das Mädchen ab und stellte sich zu den anderen. Blut lief aus seinem Mund, über die Wangen und tropfte zu Boden.

»Es hält keiner Wache!«, rief Arna wütend. »Das darf nicht passieren!«

»Wer war das?«, fragte nun Radvald, während Sigurd den toten Körper mit dem Gesicht nach oben drehte. Sein Hals war aufgebissen, ein Stück fehlte, Blut sprudelte unaufhaltsam aus einem Loch seitlich des Kinns. Das Feuer glomm nur noch, Agnes erkannte alle Umstehenden nur schwach und in Umrissen.

Erst als Gudrun Holz nachlegte, wurde es heller. Es schien kein Mann vom Lager der anderen zu sein, die sie zuvor bedroht hatten. Er war älter, zudem trug er keine Waffe bei sich. Ihm waren aber zwei Beutel aus den Händen gefallen, und als sie sie kontrollierten, bemerkten sie, dass es ihre eigenen Mehlsäckchen waren.

»Ein Dieb!«, rief Henrik. »Er wollte uns bestehlen.«

Während Agnes das Mädchen zu sich zog, bemerkte sie, dass Arna es bedeutungsvoll ansah.

»Sie kann sich doch verteidigen. Sie hat uns gewarnt und dem Kerl den Hals zerfetzt.«

Agnes war schockiert vom Anblick des Mädchens, gleichzeitig aber beeindruckt. Offenbar hatte das Mädchen als Einzige bemerkt, dass sie bestohlen wurden.

»Sie hat noch keinen Namen?«, fragte Arna sie.

Agnes schüttelte mit dem Kopf.

»Vielleicht solltest du sie ›Lynx‹ nennen. Sie hat sich wie eine Wildkatze, wie ein Luchs benommen, denn nur Wildkatzen zerbeißen die Hälse ihrer Opfer. In unserer Lage können wir jeden Einzelnen auf unserer Seite brauchen, selbst wenn es sich dabei nur um ein verwildertes Mädchen handelt.«

Agnes grinste. Sie fand den Namen schön, und als sie das Mädchen fragte, ob sie es Lynx nennen durfte, nickte es.

»Möchtest du bei uns bleiben? Bei mir?«

Wieder nickte Lynx, sah aber überrascht um sich.

»Wir werden aber diesen Ort verlassen und nach Norden ziehen.«

Zur Antwort ergriff Lynx Agnes' Hand und hielt sie fest in ihrer. Schließlich nickte sie wieder, bevor ein Lächeln über ihr Gesicht huschte. Es war eine sehr seltene Miene, die Agnes entdeckte, auch wenn sie nicht lange anhielt.

»Ich halte Wache!«, unterbrach Arna ihre Überlegungen. »Und wecke dann Radvald!«

Agnes zog Lynx wieder zu sich, bemerkte, wie die anderen das Mädchen beäugten und sich nun sogar Ranveig neben es auf die andere Seite legte.

»Willkommen, Lynx«, flüsterte Ranveig.

Agnes ahnte, dass Lynx verstand, tatsächlich willkommen zu sein.

Am kommenden Tag kümmerten sich die Frauen um Lynx' Haar. Weil sie bis zur Abfahrt nach Ripa keine Münzen mehr ausgeben wollten, behielt das Mädchen zunächst sein Gewand, doch sie wuschen es sorgfältig, was erkennen ließ, dass Lynx' Kleidung einmal braun gewesen war.

Wie am Vortag gingen auch diesmal die meisten der Wartenden in die Stadt, Arna zog es jedoch vor, an Ort und Stelle zu bleiben, um möglichen Streitereien aus dem Weg zu gehen. Wenigstens waren die acht Männer verschwunden, die Lynx malträtiert hatten, dafür hatte eine Familie mit zwei Kindern deren Platz eingenommen.

Sie aßen das restliche Brot, schließlich versuchte Ylva, Lynx den Nachmittag über dünne Zöpfe nach nordischer Art ins Haar zu flechten. Und als Ylva kleine Hölzchen und Steine mit hineinflocht, erschien abermals ein breites Grinsen auf dem Gesicht des Mädchens. Agnes fiel aber auf, dass Lynx den ganzen Tag über keinen Schritt aus dem Lager wagte, außer, sie musste Wasser lassen. Sie wollte sich nicht vorstellen, was das Mädchen alles über sich hatte ergehen lassen müssen, um zu überleben. Sie alle kämpften Tag um Tag, um nicht zu verhungern oder zu erfrieren, in Lynx' Gesicht spiegelten sich aber weitaus mehr Jahre wider, als sie erlebt haben konnte.

Am kommenden Morgen wies ein Hafenarbeiter auf das aus Süden eintreffende Schiff. Dieses sollte Ripa ansteuern. Nachdem es angelegt hatte, sprach Henrik lange mit dem Bootsmann. Von Weitem erkannte Agnes, dass die beiden offenbar stritten. Henrik zeigte dem vollbärtigen Mann immer wieder die Anzahl ihrer

Münzen, die dieser zunächst abzulehnen schien, schließlich aber akzeptierte, nachdem er sie lange genug in den Händen gehalten hatte.

Als Henrik endlich zu ihnen ins Lager zurückkehrte, starrten ihn alle neugierig an.

»Die Kupfermünzen bleiben uns noch«, berichtete Henrik. »Aber er will alles Silber.«

Mjöllnir nickte. »In Ripa können wir uns eher helfen, egal wie. Dort leben noch viele unserer wahren Verbündeten. Gib es ihm.«

Agnes hielt kurz die Luft an. Nun ging es also tatsächlich zurück nach Ripa, an den Ort, an dem sie damals alles schwarz und düster vor sich gesehen hatte. Es waren nur Monate gewesen, es kam ihr jedoch vor, als wären es viele Jahre gewesen. Es war seltsam, dass sie genau in diesem Moment an Farah und das Leben unter dem *saqfallah* denken musste.

Mit ihnen gingen auch andere Nordmänner an Bord. Es waren sechs, die offenbar ebenfalls die Überfahrt bezahlten. Agnes fiel auf, dass sie weder mit ihnen noch mit ihren Freunden Kontakt aufnahmen. Sie standen an den gegenüberliegenden Seiten des Schiffs, und als es ablegte, blickte Agnes in Lynx' Gesicht. Es war ausdruckslos.

»Bist du traurig, deine Heimat zu verlassen?«, fragte sie sie.

Lynx schüttelte den Kopf, hielt eine Hand an ihre Brust und schließlich an Agnes' Oberkörper.

Sie verstand. Lynx hatte offenbar vor, Agnes überallhin zu begleiten.

Bald verschwand der Hafen von Pont Roy, dann auch die Stadtmauer und die Gebäude dahinter. Und als sie schließlich an der Küste entlang nach Norden segelten, blickte Agnes zu Ranveig. Seltsamerweise verspürte sie nun doch Angst.

Ranveig schien dies zu fühlen und kam zu ihr. »Es ist für uns alle eine Reise ins Ungewisse. Wieder einmal. Es wird mir erst jetzt bewusst, wo wir alles hinter uns lassen.«

Sie nickte. Für sie selbst war es vermutlich am einfachsten, denn sie betrat bald die eigentliche Heimat, die ihr genommen worden war.

»Warum nicht mit andere Männer reden?«, fragte sie aber. »Es auch Odinssöhne?«

»Nein, es sind zwar Männer unseres Volkes, aber Verräter. Keine Odinssöhne.«

»Weil sie nicht Schmuck alte Götter tragen?«

»Genau. In diesen Zeiten zeigen sich nur die Anhänger des Kreuzgottes ohne Symbole oder mit Kreuz, wir hingegen tragen die Zeichen bewusst offen zu Schau. Und ich habe es in ihren Augen gesehen.«

Agnes fragte sich, ob Ranveig sich tatsächlich sicher sein konnte, doch sie glaubte ihr.

Und dann fragte sie sich, ob ihre Freunde womöglich bereits in Ripa angefeindet würden.

Ranveig schloss die Augen, um den Duft der Luft ihrer nahe liegenden Heimat einzuatmen. Möwen kreischten, sie hörte Leute um sich herum in ihrer eigenen Sprache reden, sogar der Schweiß dieser Menschen roch anders als derer in den südlichen Länder. Obwohl sie erst im Land der Dänen waren, kniete sie sich zu Boden und legte beide Handflächen auf den nassen Steg. Sechs Tage hatte die Überfahrt gedauert, nun waren sie endlich in Ripa. Sie erinnerte sich an den Besuch in Haithabu und auch an den dieses Ortes. Damals war es ihr so unglaublich weit weg von ihrer Heimat vorgekommen, als wäre sie um die halbe Welt gereist. Nun fühlte sie sich eher, als sei sie zu Hause.

Für Lynx musste es sich aber so anfühlen, wie sie es selbst einst empfunden hatte. Das Mädchen verstand kein Wort von dem, was die Menschen um es herum sprachen, und sie sah, wie es Agnes nicht von der Seite wich und jedem entgegenkommenden Mann aus dem Weg ging.

Sie folgten Radvald, der Ripa am besten kannte. Er führte sie an den vielen Stegen vorbei, an den Warenhäusern, durch den Markt, an dem die Händler ihre Ware auf dem Holz der Stegverbindungen feilboten. Einige Hütten waren noch verkohlt vom Feuer des Aufstands, vor dem sie geflohen waren, viele andere bereits wieder neu erbaut. Dabei kamen sie auch an der Stelle vorbei, an der sie auf Henrik, Agnes und Marius getroffen waren.

Es kam ihr wie Jahre vor.

Als sie zwischen dem Hafen und der Stadt standen, hielten sie an.

»Ich gehe allein zu Gunnar«, entschied Radvald. »Falls er auch übergelaufen ist, ist es besser, wenn ich allein mit ihm rede.«

Radvald hatte ihnen an Bord erklärt, dass er den dänischen Händler gut kannte. Dieser tat zwar alles für eine Handvoll Hacksilber, aber dass er die alten Götter verriet, wollte er ausschließen.

Währenddessen warteten sie neben einem hohen Pflock, an dem in einigen Schritten Höhe zwei Schilde angebracht war. Sie trugen die alten Runen, ein sicheres Zeichen dafür, dass die wahren Götter nach wie vor nicht gänzlich verschwunden waren. Auch auf dem Markt zuvor waren neben Christenkreuzen auch Thorshämmer und Odinshörner angeboten worden.

Es dauerte länger als erwartet, bis Radvald wieder zurückkehrte.

»Er kann uns kein Schiff überlassen, nicht einmal ein kleines. Er hat wohl keines übrig.«

Arna sah ihn skeptisch an.

»Nein, er ist uns treu geblieben.«

»Hast du etwas aus dem Norden erfahren?«

»Es kommen wohl weniger Schiffe aus unserer Heimat hier an, und wenn, sind es zumeist christliche.«

»Verdammte Bastarde!«

»Dann besteigen wir ein Handelsschiff«, schlug Mjöllnir vor. »Das nächste, das ablegt.«

»Und wohin?«, wollte Radvald wissen. »Wir wissen nicht, wie weit Völsungurs Einfluss reicht und ob ihn jemand warnt.«

»Es genügt, ein, zwei Tagesmärsche von Firthskur entfernt anzukommen.«

Radvald legte die Stirn in Falten und sah sich um.

Da Ranveig wusste, dass Arna seinen Vorschlägen stets vertraute, hoffte sie, er würde noch andere Leute kennen, doch dies schien nicht der Fall zu sein.

»Gehen wir erst mal vom Hafen weg«, sagte er schließlich. »Ich traue hier niemandem.«

Sie setzten sich an große Steine am Rande des Hafens, wo sie abseits der Stege und der Menschen waren.

»Wir sollten uns ein *grodekagh* besorgen«, schlug er schließlich vor. »Wir müssen allein in die Heimat zurück, ich weiß nicht, ob wir irgendjemanden vertrauen können.«

Selbst Ranveig wusste, dass ein *grodekagh* das kleinste Segelschiff war, ein enger Einmaster, der zumeist gerudert wurde. Sie

444

waren immerhin zwölf, die nach Norden segelten, und die passten gerade noch so auf einen *grodekagh*.

»Besorgen?«, fragte Arna nach.

Radvald sah sie mit schiefem Kopf an. »Nehmen. Noch heute Abend, und wir rudern durch die Nacht. Morgen haben wir genügend Vorsprung.«

»Ich habe zwei von ihnen gesehen«, wandte Sigurd ein. »Direkt nebeneinander im Osten des Hafens.«

»Genau die meine ich. Wir kommen über das Wasser, einer bindet es los.«

Mjöllnir schlug vor, lieber mit einem Handelsschiff in die Nähe von Firthskur zu segeln und den Weg zum Dorf zu Fuß aufzunehmen, und so wogen sie ab, dachten nach und versuchten, weitere Lösungen zu finden.

»Schluss jetzt!«, unterband Arna schließlich weitere Worte. »Wir halten uns an Radvalds Plan. Ich habe keine Lust, dass Völsungur bereits vor unserem Eintreffen von uns hört. Weder wissen wir, was uns dort erwartet, noch, was wir dann zu tun gedenken.«

»Ich weiß es!«, stieß Radvald aus. »Ich schneide seine Zunge aus seinem verräterischen Maul!«

Ranveig wusste, dass alle dies wollten, aber noch hatte niemand eine Art Plan entwickelt.

Als es Nacht war und Fackeln fahl die Umgebung erhellten, machten sie sich bereit. Der Wasserstand direkt an den Pfosten, an denen die Boote angebunden waren, war nicht tiefer als ein Mensch, genau wüssten sie es aber erst, wenn sie von der Wasserseite aus die Boote bestiegen.

Um nicht aufzufallen, teilten sie sich in kleinere Gruppen auf. Einige Wachposten beobachteten sie, da es aber üblich war, dass viele Besitzer ihre Boote dadurch vor Dieben schützten, dass sie an den Stegen schliefen, ließen sie sie ziehen.

Während Radvald den Steg weiter entlangging, stiegen die anderen etwa einhundert Schritte von den beiden *grodekagh* entfernt ins Wasser. Sie wateten weit hinein, um nicht vom fahlen Licht der entfernten Fackeln gesehen zu werden, doch da die meisten nicht schwimmen konnten, blieben sie in der Höhe, an der ihnen das Wasser bis zum Kinn reichte. Ranveig fror, denn trotz des Sommers war das Wasser kalt. Vorsichtig wateten sie voran, bis sie das erste der beiden Boote erreichten. Ranveig versuchte zu erkennen, wo Radvald gerade war, und als sie sah, dass er sich mit zwei Männern unterhielt, die offenbar auf genau auf diesem Steg nächtigten, blickte sie skeptisch zu den anderen.

»Notfalls helfen wir ihm, die beiden auszuschalten!«, flüsterte Arna. »Wartet noch.«

Radvald sprach weiter, Ranveig konnte aber nicht hören, um was es ging. Plötzlich sackte der erste zu Boden, der zweite ging auf Radvald los, doch er schlug seinen Kopf in das Gesicht des Fremden und schließlich mit der Rückseite des Schwertes auf dessen Schädel. Es war leise geschehen, keiner hatte geschrien. Ein Blick zu den entfernten Wächtern offenbarte Ranveig, dass diese nichts mitbekommen hatten.

Während Radvald die beiden Männer in eines der Boote hievte und das andere danach vom Pfosten band, stiegen Ranveig und die anderen ein. Radvald stieß es vom Steg ab und sie glitten schließlich leise in die Dunkelheit. Zunächst warteten sie, bis das Schiff möglichst weit auf die See hinausgetrieben war, dann erst nahmen sie die Ruder und paddelten, so leise sie konnten. Erst als die Fackeln in der Dunkelheit verschwanden, ruderten sie fester.

Ranveig erstarrte. Es war so dunkel, dass sie nicht einmal ihre Freunde sah, die direkt neben ihr saßen. Doch die Wolken verhüllten nicht den ganzen Himmel und ließen Teile des Sternenhimmels erkennen.

»Also auf nach Norden!«, rief Sigurd. »Die Sterne weisen uns den Weg. Versuchen wir, die Nacht zu nutzen.«

Als etwas später nur für kurze Zeit die einzige Fackel an Bord entzündet wurde, blickte Ranveig erleichtert in die Gesichter der anderen. Agnes saß zwischen Lynx und Ylva, sie zitterten, aber alle waren unverletzt an Bord. Für Ranveig viel zu schnell löschten sie die Fackel wieder.

»Falls sie uns verfolgen, sieht man das Licht sehr weit«, erklärte Radvald. »Aber wir können sie jederzeit entzünden.«

»Die Fackel bleibt aus!«, entschied Arna. »Das nächste Licht, das wir sehen, ist erst wieder das der Sonne.«

Vidar

Nach einer Nacht und beinahe einem ganzen Tag erreichte Arna mit ihren Freunden schließlich die Fjorde ihrer Heimat. Nur in weiter Entfernung hatten sie ein entgegenkommendes Schiff ausgemacht, das sie aber nicht weiter behelligt hatte. Es war seltsam, das typische Grün der Wälder zu sehen, das Blau des Wassers, die Frische der Luft zu riechen. Sie hatte es sich Tausende Male vorgestellt während der heißen Nächte in Ifrikia, nach jedem Kampf, nach jedem vergossenem Tropfen Blut eines Feindes hatte sie sich genau hierher zurückgesehnt.

Als sie etwa einen Tagesmarsch von Firthskur entfernt anlegten, griff Arna überwältigt in den Schlamm des Ufers. Die Wassertropfen rannen durch ihre Finger, es roch nach Fisch, nach Gewohnheit, es schien, als hätte all das auf sie gewartet.

»Die Götter haben uns geführt«, sagte sie schließlich ergriffen. »Sie sind stärker als alle Götzengötter dieser Welt.«

Die anderen hoben ihre Fäuste, reckten die Hände gen Himmel, auch Mjöllnir und Sigurd sanken auf heimatlichem Boden auf die Knie.

Da sah Arna zu Agnes. »Das ist unsere Heimat. Du wirst sie lieben.«

Agnes lächelte, nickte dankbar und sah um sich. Für Arna war es normal, das Rauschen eines entfernten Wasserfalls zu hören, die frische Luft an ihrer Haut zu spüren oder die Möwen kreischen zu hören, die hier lauter waren als im Land der Dänen. Doch nach all den Monaten wusste sie erst jetzt, wie unverzichtbar all das hier war, und so ging sie davon aus, dass es Agnes und Lynx einfach gefallen musste. Schließlich war es Odinsland, nirgends war es schöner als hier.

Sie gingen noch bis zum Einbruch der Dunkelheit nach Osten, in Richtung Firthskur. Dabei blieben sie vorsichtig, schlichen abseits des Ufers durch die Wälder, um keinem Späher zu begegnen. Bis zum Einbruch der Dunkelheit entdeckten sie aber niemanden. In der Nacht verzichteten sie auf Feuer, aßen das letzte Brot und die Beeren, die sie auf dem Weg gesammelt hatten, und legten sich schlafen. Stets hielten zwei von ihnen Wache, alles blieb allerdings ruhig, nur das Schrecken des Wilds und einige Schweine waren zu hören. Wie gern Arna sie nun gejagt und deren Fleisch verzehrt hätte.

Am kommenden Tag näherten sie sich nur langsam den Wäldern rund um Firthskur. Immer öfter blieben sie stehen, lauschten, warteten ab, und wenn sie sich sicher waren, dass niemand in der Nähe war, gingen sie weiter.

Am Nachmittag sichteten sie Arnas Haus. Es stand abseits aller anderen auf dem Plateau, vom dem aus man auf die See blicken konnte.

Augenblicklich schlug Arnas Herz schneller. Etwa einhundert Schritte vor ihnen war es deutlich zwischen den hohen Baumstämmen zu sehen, sie kannte jede Strebe, den Weidenzaun, das vom Moos grüne Dach, die große Weide direkt dahinter. Sie dachte, das Holz des Zauns an ihren Fingern spüren zu können, die Glätte der Tür, den Geruch der Feuerstelle wahrzunehmen. In diesen Augenblicken wurde sie von einer Welle an Gefühlen übermannt, die sie überraschte.

»Vorsicht!«, flüsterte Radvald. »Ich höre jemanden.«

Tatsächlich vernahm nun Arna ebenfalls eine entfernte Stimme. Es war die einer Frau, und als sich eine Person in der Ferne aus dem Wald schälte, erkannten sie auch einen Mann neben ihr. Sie gingen über die Wiese auf Arnas Haus zu, in dem sie schließlich verschwanden.

Arna ballte vor Wut die Faust. »Ich werde ihr Köpfe auf hohe Spieße stecken und sie dort verfaulen lassen.«

»Wenigstens wissen wir jetzt, dass Firthskur noch bewohnt ist!«, murmelte Mjöllnir.

Radvald spuckte aus. »Ja, und von wem? Verräter und Kreuzträger!«

Sie zogen sich wieder etwas weiter in den Wald zurück, um den weiteren Weg zu besprechen.

»Sigurd und ich ziehen durch den Mittelwald und beobachten das Dorf«, schlug Radvald vor. »Wir versuchen, alles über die Leute und Völsungur herauszufinden. Am besten bleibt ihr an der Schweinegrube.«

Arna überlegte, fand aber, dass es ein guter Vorschlag war. Die Schweinegrube war noch etwas weiter entfernt, der Ort, an dem oftmals Wildschweine in eine Bodenspalte getrieben wurden, um sie dort zu töten.

Während sie selbst Schutz hinter den großen Felsen an der Schweingrube suchten, trennten sich Radvald und Sigurd von ihnen.

Nun hieß es, ein weiteres Mal zu warten.

»Falls wir heute Nacht kämpfen und in Völsungurs Haus eindringen, werden nicht alle mitkommen«, teilte sie den anderen wenig später mit. »Nur die besten Kämpfer. Ranveig, Ylva, Frowa, Gudrun, Lynx, Agnes und Balbó bleiben hier. Balbó ist zu jung. Und du auch, Henrik. Du bleibst auch!«

Sie wusste, dass er auch heute Nacht seinen Freunden beistehen wollte, doch sie ließ es nicht zu. Er war einer der mutigsten Männer, die sie kannte, aber kein Kämpfer, wie sie es waren. Und es war ihre Rache, ihr Weg, die vielen Toten und diesen unfassbaren Verrat zu sühnen.

»Völsungur hat Birta auf dem Gewissen!«, zischte Ranveig. »Du musst mich mitgehen lassen!«

»Nein, Ranveig. Er darf nicht auch noch dich gefährden, weder er noch seine Wachen. Versteh doch, wir sind mittlerweile zu wenige, vielleicht gibt es nur noch uns, die den wahren Göttern dienen. Ich mag niemanden mehr verlieren.«

Sie sah, wie Ranveig mit sich rang, also ging sie zu ihr und drückte die Stirn gegen ihre. »Du hast geschworen, deine Familie zu befreien, und diesen Schwur hast du geleistet. Du bist eine große Odinstochter, meine Schwester, meine Gefährtin. Aber du wirst dort unten heute Nacht nicht dein Leben riskieren.«

»Ich konnte Mutter nicht retten.«

»Ja, es ist aber nicht deine Schuld. Du hast alles getan, Ranveig, alles, was einer so großartigen Frau nur gelingen kann.«

Ranveig liefen Tränen über die Wangen, die Arna mit ihren Lippen aufsog. Dann löste sie sich von Ranveig, sah, wie Agnes Ranveig zu sich zog und lange in den Arm nahm.

Da fiel ihr Blick auf Ylva. Sie hatte entschieden, nicht zu ihrem Dorf zurückzukehren, es gab dort keine Verwandten oder Freunde mehr. Sie hätten sich auch am *yfirmannr* von Hjaffrth rächen können, doch diese Gefahr war Arna zu groß. Ylva hatte dies nie verlangt oder wenigstens erbeten, sie konnte ihr nichts mehr anbieten als einen Platz an ihrer Seite, egal, wo dies zukünftig sein sollte.

»Du verwehrst mir Vidars Rache, seine Gunst«, rief Balbó unvermittelt. »Jeder von uns hat das Recht, dem *yfirmannr* den Kopf abzuschlagen!«

Arna nickte. »Und deshalb werden wir euch seinen Kopf bringen. Hierher, an diesen Ort. Vidar wird es gutheißen, auch wenn du wie die anderen hier auf uns wartest. Völsungurs Blut wird noch warm sein, wenn du deine Waffe in seinen Schädel schlägst.«

»Wer ist Vidar?«, fragte Agnes.

»Ein Sohn des Odin und der Grid«, erklärte nun Ranveig. »Er rächte den Verrat an Odin, indem er Fenrir, den Wolf, ausschickte. Sie ließen niemandem am Leben.«

»Also Vidar Gott von Rache?«

Nun nickte Arna. »Wenn Odin es gutheißt, wird Vidar heute in Firthskur einziehen, und er wird niemanden von Völsungurs Brut am Leben lassen.

Dabei sah sie noch einmal zu Balbó. Er verzichtete nun auf weitere Widerworte. Sie konnten nicht mehr tun als ihnen des *yfirmannrs* Kopf zu präsentieren.

Doch sie mussten ihn erst einmal zu fassen bekommen.

Etwas später, als sie hinter den Felsen saßen und warteten, hörten sie Schritte. Zunächst dachte Arna, Sigurd und Radvald kehrten verfrüht zurück. Als sie jedoch durch die Spalte zweier Steine spähte, erkannte sie drei Männer auf sie zukommen. Sofort teilte sie den anderen mit einer Handbewegung mit, still zu bleiben. Agnes wies Lynx deutlich an, sich ruhig zu verhalten, Arna erkannte allerdings, dass dies nicht nötig gewesen wäre, denn Lynx war offenkundig aufmerksam und schien aufgrund ihrer Stummheit stets eher die Mienen der anderen zu entschlüsseln, als es jeder andere von ihnen tat.

Die Männer redeten laut miteinander, was Arna als die beste Voraussetzung einstufte, nicht entdeckt zu werden. Die Fremden stiegen über die schmalen Spalten, zogen danach aber schließlich nach Süden weiter. Erst als sie weit genug entfernt waren, drehte sich Arna zu Henrik.

»Es waren Späher oder aber sie gehen auf die Jagd«, flüsterte sie. »Bleiben wir bis zur Dämmerung hinter den Felsen. Vielleicht kommen noch weitere oder die zurück.«

Somit verhielten sie sich den gesamten weiteren Tag ruhig, nur ab und an war leises Flüstern zu hören, besonders von Agnes und Ranveig.

Derweil stieg Arnas Aufregung. Blieben ihre Freunde unentdeckt und fanden sie eine Möglichkeit, ihr Vorhaben umzusetzen, stünde ihrer Rache nichts mehr im Weg.

Keinesfalls durfte ein weiteres Leben eines wahren Odinsohnes oder einer Odinstochter Völsungur zum Opfer fallen.

Lange vor Einbruch der Dunkelheit kehrten Radvald und Sigurd zurück. Arna konnte kaum erwarten, was ihre Freunde zu berichten hatten. Frowa hatte ihr zuvor mitgeteilt, dass es ihr eine große Freude bereiten würde, Völsungurs abgehackten Kopf präsentiert zu bekommen. Der Schmerz über den Verlust ihres Sohnes sowie ihrer Freunde konnte so vielleicht etwas gelindert werden.

Sie zogen sich alle hinter den größten Monolithen zurück und hörten gespannt Radvald zu.

»Es sind drei Männer, die Völsungurs Haus bewachen. Kann sich aber ändern, wenn es Nacht wird. Ich glaube nicht, dass er etwas von uns gehört hat, ich denke eher, er war die ganze Zeit über sehr vorsichtig. Wer weiß schon, welchen weiteren Verrat dieser Bastard noch zu verantworten hat.«

»Habt ihr ihn gesehen?«, fragte Arna.

Sigurd nickte. »Ihn, seine Frau und seine Tochter. Sie sind alle da.«

Voller Wut ballte Arna ihre Fäuste. Sie stand kurz davor, sofort auf Völsungurs Haus zuzustürmen und dort alle niederzumetzeln. »Also haben wir Odins Gunst. Der Verräter ist da, sein Kopf gehört uns!«

»Wir sollten uns von hinten nähern, dann zwei Gruppen um das Haus herum«, schlug Radvald vor. Dabei zeichnete er mit einem Stock ein Haus in den Boden, Striche veranschaulichten ihre Wege der kommenden Nacht. »Wir dringen dann in zwei Gruppen von hinten und von vorne ein.«

Arna sah sich die Skizze im Waldboden an, nickte, blickte schließlich aber jedem Einzelnen ins Gesicht. Keiner hatte etwas einzuwenden.

Etwas später teilten sie zwei Gruppen ein, bestrichen ihre Gesichter mit der schwarzen Erde des Bodens, griffen zu den Waffen und warteten auf die Nacht. Diese kam bald, und je länger sie ausharrten, desto aufgeregter wurde Sigurd. Seltsamerweise musste er an das Anwesen Ibn Wassifs denken. Sie hatten damals nicht gewusst, auf wie viel Widerstand sie dort treffen würden, in diesem Fall war es ihnen aber klar. Diese Männer hier waren zwar wesentlich besser ausgebildet, aber nur drei, wenn sich die Anzahl der Wachen nicht erhöht hatte. Zudem ahnte er, dass sie niemanden von Völsungurs Familie am Leben lassen würden. Otraud, die Tochter des *yfirmannr*, war die Einzige, deren Tod er bedauerte, doch vermutlich war auch sie durchströmt von dem verräterischen Wahn ihres Vaters.

Schließlich zogen sie los. Leise durchstreiften sie den Wald bis zum Rande des Dorfes, schlugen ab Arnas Haus einen Bogen durch den Nordwald, um schließlich zum unteren Plateau hinunterzusteigen. Es war stockdunkel, sie sahen kaum die Bäume oder größere Felsen. Langsam schlichen sie Schritt für Schritt weiter, bis sie schließlich die Fackellichter an den ersten Häusern Firthskurs erkannten. Und davor das größte aller Gebäude, das des *yfirmannr*.

Sie gingen so nahe an das Haus heran, dass sie wenigstens gegenseitig ihre Silhouetten erkannten. Dort warteten sie zunächst, doch noch waren keine Wachposten an der Tür auf der Rückseite des Hauses zu sehen. Sigurd fiel auf, dass einige Wachen sich auf dem Vorplatz unterhielten, also nutzten sie die Gelegenheit und stellten sich an die Wand der Rückseite. Es waren alle drei, und es waren auch nicht mehr geworden. Als zwei der Wachen kamen, überwältigten sie sie lautlos, nur einem gelang es trotz zugehaltenem Mund ein unterdrücktes Rufen auszustoßen.

Dies lockte den dritten zu ihnen, den sie ebenfalls lautlos überwältigten. Der Überraschungsmoment lag eindeutig auf ihrer Seite.

So leise wie möglich trugen sie die Leichname in den Wald und legten sie hinter breite Baumstämme. Und als sie wieder an die Rückseite des Hauses gingen, spähten sie an den Wänden vorbei zu dem Bereich an der Vorderseite, der heller beleuchtet war. Zu ihrem Schrecken standen dort wieder zwei Männer. Waren es Wachen oder einfach nur Männer, die die anderen suchten?

Sigurd hielt die Luft an. *Verdammt!*

Da pfiff Radvald leise aus. Tatsächlich lockte dies einen der beiden zu ihnen. Als er nahe genug war, hielt Mjöllnir dessen Mund zu, doch der Schlag auf den Kopf des Mannes war laut und sie konnten den fallenden Körper nicht aufhalten, sodass er hart auf den Boden schlug.

Entsetzt starrte Sigurd auf den anderen. Er sah in ihre Richtung, starrte in die Dunkelheit, bevor er ebenfalls zu ihnen ging. Erleichtert erkannte Sigurd die fatale Entscheidung des Fremden. Es dauerte nur wenige Augenblicke, bis er niedergeschlagen und erstochen worden war.

Auch diese beiden Leichen legten sie im Wald ab.

Sie warteten noch etwas, da aber auch nach längerer Zeit keine weitere Wache zu sehen war, eilten Sigurd und Mjöllnir durch die Tür an der Vorderseite, während Arna und Radvald durch den Hintereingang eindrangen.

In der großen Halle des Hauses trafen sie sich lautlos. Hier wachte niemand mehr, sie waren völlig allein. Plötzlich vernahmen sie eine männliche Stimme aus dem abgetrennten Schlafbereich, offenbar durch ihre Schritte aufgeschreckt. Vorsichtig schlichen sie an die Wand direkt daneben und warteten, bis die Person den Innenraum betrat.

Es war Völsungur.

Lautlos wie ein Schatten trat Arna hinter ihn, hielt ihm die Klinge der Axt an die Kehle und zerrte ihn auf einen der Stühle am langen Tisch.

Die Fackeln waren hell genug, um die Überraschung und Angst in seinem Gesicht erkennen zu lassen.

»Wenn du schreist, hacke ich nicht nur dir, sondern auch deiner Familie den Kopf ab«, zischte Arna.

Völsungur nickte, seine Augen verrieten pure Angst.

Ohne die Klinge abzunehmen, nickte Arna nun den anderen zu und wies mit einer Kopfbewegung zu den mit dicken Tüchern abgedeckten Schlaflagern.

Das Schwert vor sich haltend, betraten Sigurd und Radvald diesen Bereich. Zu seiner Überraschung standen Bothild und Otraud bereits nebeneinander da, beide hielten ein Messer vor sich und starrten die beiden zutiefst erschrocken an.

»Ihr seid es?«, zischte Bothild, Völsungurs Frau. Zitternd ließ sie das Messer sinken und befahl dies auch Otraud.

Sigurd sah, wie alles Leben aus dem Gesicht Bothilds wich. Die *yfirfrodr* erkannte wohl, was ihnen bevorstand.

»Lass wenigstens Otraud am Leben«, bat sie. »Sie kann für all das nichts.«

Sigurd und Radvald gingen nicht darauf ein, sondern führten die beiden in die Halle und setzten sie neben Völsungur auf die Stühle. Dort fesselten und knebelten sie beiden, um zu verhindern, dass sie schrien.

Völsungur hingegen knebelten sie nicht, fesselten ihn aber.

Dicke Schweißtropfen rannen Sigurd über die Stirn. Nun stand er endlich Völsungur gegenüber. Niemand sagte etwas, vermutlich war sich jeder dieser noch vor Wochen völlig unerwarteten Lage bewusst. Das Gesicht seines Sohnes schlich sich in seine Gedanken, er hörte seine Stimme, fühlte seine Hand auf seiner Schulter.

Nun trat Arna vor Völsungur und schlug ihm die Rückseite der Axt so auf den Mund, dass er ausgeschlagene Zähne ausspuckte. Otraud wimmerte und versuchte, sich zu befreien, was ihr aber nicht gelang.

»Warum?«, fragte Arna schließlich. Langsam kam sie Völsungur näher. Blut rann aus dessen Mund, er stöhnte, schrie aber nicht, um seine Familie nicht zu gefährden.

Radvald trat vor und spuckte Völsungur ins Gesicht. Sein Gesicht verriet puren Hass.

»Warum?«, wiederholte Arna ihre Frage.

»Das würdest du doch ohnehin nicht verstehen!«

Da holte Arna aus und schlug ihre Faust derart stark in sein Gesicht, dass er mitsamt Stuhl umfiel. Schnell setzten sie ihn wieder auf.

»Erkläre es!«, forderte Arna.

»Lass die Frauen in Ruhe, es war meine Entscheidung.«

»Du hast hier nichts zu fordern, Völsungur mit falscher Zunge.«

Wieder spuckte er Blut, ein weiterer Zahn fiel zu Boden, was er mit einem seltsamen Lächeln quittierte.

»Letztlich geht es um Land und Macht. Besonders aber um unseren Fortbestand. Ihr denkt nicht weit genug.«

»Warum wundert mich das nicht?«, fragte nun Radvald. »Aber deine eigenen Freunde? Dein eigenes Volk? Wie kann man seine Götter verraten?«

Völsungur antwortete nicht, sah ihnen aber allen in die Augen.

Offenbar verlor Arna nun die Geduld. Sie stopfte Bothild derart viel Stoff in den Mund, dass sie würgte, riss eine ihrer Hände auf die Tischplatte und schlug sie mit der Axt ab. Bothilds erstickte Schreie waren kaum zu hören, der Knebel saß zu gut.

»Lasst sie!«, winselte Völsungur nun, während Otraud wie irrgeworden den Kopf schüttelte und zu weinen begann.

»Warum?«, fragte nun auch Sigurd. »Mein Sohn war unschuldig!«

Mit hasserfülltem Gesicht blickte Völsungur Sigurd in die Augen. »Wir wären aufgerieben worden. Das Kreuz ist überall, es ist zu mächtig. Ihr seid Narren, wenn ihr das nicht erkennt. Nun bin ich der *yfirmannr* von zwei Dörfern. Jetzt wisst ihr es!«

Blut sprudelte unentwegt aus Bothilds Unterarm. Die Tischplatte war bereits voll, von beiden Seiten lief Blut zu Boden, wo es versickerte.

»Bitte nicht die Frauen!«, bat Völsungur wieder. »Nicht sie.«

»Halts Maul!«, rief nun Radvald. »Halte dein verräterisches, dreckiges Maul! Wie viele unserer Freunde, unserer Familien sind durch dich gestorben. Du hast Lexa und Helga auf dem Gewissen, meine Töchter. Du hast sie von Geburt an gekannt, sie haben an deinem Tisch gesessen. Du bist eine Schande vor den Göttern. Möge Hel dich Tausend mal Tausend Jahre in Nastrond festhalten, an jedem einzelnen verdammten Tag. Dich und deine Brut!« Er trat nun hinter Bothild und sah Völsungur an.

»Das ist für Lexa und Helga.« Mit ruhiger Hand schnitt Radvald Bothild die Kehle durch. Sie verdrehte die Augen, Blut spritzte seitlich auf Otraud, die sich mit aufgerissenen Augen nun nicht mehr bewegte.

Schließlich fiel Bothild vornüber auf den Tisch.

Völsungur sagte nichts mehr. Um zu verhindern, dass er nun doch schrie, stopfte Sigurd auch ihm den Ärmel eines Gewandes in den Mund.

»Dein Kopf wird heute Nacht auf einem Spieß stecken!«, erklärte er ihm. »Und jeder wird es sehen. Jeder dieser verdammten Kreuzchristen, die unsere Häuser bewohnen. Unsere Betten mit ihren Körpern besudeln. An unseren Tischen essen, an denen Odin und Thor verehrt wurden. Hängen nun Kreuze an den Wänden, dort, wo vorher die ehrenhaften Schilde thronten?

Opfert ihr hier das Blut eurem Kreuzgott, an dem gleichen Ort, an dem vorher der wahren Götter gedacht wurde?«

Es war keine direkte Frage an Völsungur, denn er war geknebelt. Sigurds Wutrede galt ihrem eigenen Entsetzen, das nun Völsungur greifbar gemacht werden sollte.

»Wie auch immer!«, sagte nun Mjöllnir. »Es wird wieder geopfert, Völsungur. Dein Blut und das deiner Familie soll Odin geopfert werden. Heute Nacht. Und ich bin sicher, er wird es als ein großes Geschenk ansehen, als einen Tribut. Vielleicht wiegt verräterisches Blut mehr.«

Arna trat nun hinter Otraud, setzte ihre Axt an die Kehle der jungen Frau und schloss die Augen. Schließlich durchtrennte sie deren Hals. Otrauds Augen wurden bleich, ihre Hände zitterten, bevor sie seitlich zu Boden kippte.

Die Wut in Sigurd war so groß, dass sein Mitleid mit Otraud doch nicht spürbar war. Die gesamte Brut musste ausgelöscht werden, zudem durfte niemand wissen, wer für all das verantwortlich war. Noch waren sie wie Geister, dunkle Schatten aus dem Wald, und am kommenden Morgen würde niemand aus dem Dorf wissen, wen oder was sie zu jagen hatten.

Mit bleichem Gesicht starrte Völsungur auf seine tote Frau und auf seine Tochter.

»Und jetzt du, Völsungur Schlangenzunge!«

Arnas Worte waren bedeutungsvoll, als stammten sie direkt aus Odins Mund. Deutlich spürte Sigurd, wie er eine Gänsehaut bekam.

Arna trat nun hinter Völsungur, riss ihn vom Stuhl und zwang ihn, mit herabgebeugtem Kopf auf dem Boden zu knien. Es wunderte Sigurd, dass Völsungur keinen Widerstand mehr leistete. Wie ein Lamm, das zum Schlachten geführt wurde, tat er, was verlangt wurde. Dabei sagte er etwas, das aber aufgrund des Knebels nicht einmal ansatzweise zu verstehen war.

»Ich habe etwas geschworen, Völsungur.« Arnas Stimme schien von Frigg selbst zu stammen. »Aber nicht nur ich. Wir alle. Radvald hat geschworen, dir deine verräterische Zunge herauszuschneiden.«

Sie schlug ihm die Rückseite der Axt an den Kopf, sodass er vornüberfiel. Er stöhnte, schien benommen, Arna riss ihm den Knebel aus dem Mund, klemmte den Stiel ihrer Axt zwischen seine Kiefer, riss seine Zunge nach vorn und reichte Radvald das Messer. Dieser ergriff sie und schnitt sie durch.

Völsungur röchelte, doch bevor er schreien konnte, stopfte Arna wieder den Ärmel des Oberteils in den Mund. Schließlich bot Arna die Axt an, indem sie sie vor ihre Freunde hielt.

Zuerst griff Sigurd zu. Mit zitternden Fingern stellte er sich vor Völsungur und schlug zu. Blut spritzte, Völsungur fiel stöhnend zu Boden, bewegte sich aber noch. Sigurd hatte nicht allzu fest zugeschlagen, obwohl er am liebsten Völsungurs Gehirn im gesamten Raum verteilt hätte. Allerdings war er nicht allein, sie alle hatten das Recht auf ihre Rache. Deshalb reichte er die Axt weiter.

Da ergriff Mjöllnir sie und schlug nun seinerseits in Völsungurs Hals. Der Kopf hing nur noch an dickem Fleisch am Körper fest, die Knochen waren durchtrennt. Auch er reicht die Axt weiter, Radvald schlug zu, und erst nach dessen Schlag rollte der Kopf polternd über den Boden.

Bedächtig hob Arna ihn auf und hielt ihn vor sich. Blut rann aus dem Hals sowie dem Mund zu Boden, die Augen des ehemaligen *yfirmannr* waren halb geschlossen.

»Odin, nimm dieses Blut an. Der Kreuzgott ist schwach!«

Sie begann, sich Völsungurs Blut an die Stirn zu reiben, Sigurd und die anderen folgten ihr. Sein Herz schlug dabei fast aus seiner Brust. Zwar konnten sie all ihre Freunde nicht zurückholen, doch er hatte seinen Schwur geleistet.

Dabei dachte er an Ranveig.

Als kaum mehr Blut aus dem Kopf rann, nahm Arna eines der an der Wand befestigten Schnitzwerke ab und steckte Völsungurs Zunge an den Nagel. Sigurd fand, dass es ein noch besserer Platz als der in seinem Mund war. Nun konnte er keine verräterischen Worte mehr sprechen und sicherlich starb keine weiterer der wahren Anhänger ihrer Götter durch den *yfirmannr*. Seine Zunge war nun selbst ein Kunstwerk, ein austauschbares Stück an einer Wand, so wie es das Christenkreuz für sie war.

Sie sahen noch eine Zeit lang auf die Leichen. Dabei spürte Sigurd die Anwesenheit der Götter so sehr wie seit langer Zeit nicht. Dafür hatten sie genauso gelebt wie für die Suche nach ihren Familien und Freunden. Nun, wo es beendet war, fühlte er eine seltsame Leere in sich, als wäre alles Blut auch aus seinem Körper geflossen.

Schließlich verschwanden sie durch den Hintereingang. Wie Schatten, wie Dämonen des Waldes, von keinem lebenden Auge erblickt, wohl wissend, dass nach Sonnenaufgang keiner der neuen Bewohner wissen würde, wer für all das verantwortlich gemacht werden konnte.

Den Kopf indessen nahmen sie mit.

Als sie bei ihren Freunden eintrafen, verkündeten sie die Neuigkeiten, indem sie ihnen inmitten des Lichtscheins einer Fackel den Kopf präsentierten. Arna legte ihn auf einen Stein, woraufhin Ranveig, Frowa und Gudrun ihn bespuckten. Balbo hingegen rammte sein Messer in den Schädel. Dennoch spürte Sigurd deutlich, wie schwer es vor allem Balbó gefallen war, nicht dabei gewesen zu sein. Er hatte noch ein ganzes Leben vor sich, Odin würde ihm sicherlich öfter die Gelegenheit bieten, sich zu beweisen, als Balbó lieb war.

Völsungurs Kopf warfen sie in die Schweinegrube. Sie alle fanden, dass dies der geeignetste Ort für den verräterischen *yfirmannr* war.

Bevor sie weiterzogen, umarmte Sigurd Frowa. Sie wiederzuhaben, bedeutete ihm alles. Egal, wohin es sie verschlug, ihr Wege sollten sich nie wieder trennen.

Und er umarmte auch lange Zeit Ranveig. Ihre lange Reise hatte ein Ende gefunden. Im Winter bei Eiseskälte hatten sie ihre Schwüre geleistet, in diesen Wäldern, vor den Augen der Raben Hugin und Munin. Die Götter mussten auf sie herabsehen, hatten erlebt, wie treu, stark und unbeugsam sie gewesen, wie sie durch eine ganze Welt gereist waren, um ihrem Schwur treu zu bleiben. In diesem Moment war er sehr stolz auf Ranveig. Wäre sie seine eigene Tochter, könnten vermutlich seine Liebe und sein Vertrauen zu ihr nicht größer sein.

Ihr nächstes Ziel war zwei Tagesreisen entfernt. Sie suchten Barkhingor, Torstein und somit auch Harald nicht nur Ranveigs wegen auf. Sie hatte versprochen, zu ihrem Gemahl zurückzukehren, und bis zuletzt hatte sie darauf bestanden, dieses Versprechen als ebenso unumgehbar anzusehen wie das, ihre Familie zu befreien. Sie taten es auch, weil sie sonst niemandem vertrauten. Die einst enge Freundschaft zwischen Torstein und Einar war bindend, niemand von ihnen konnte sich vorstellen, dass Torstein sich kaufen ließe.

Es sollte sich bald zeigen, ob ihr Vertrauen gerechtfertigt war. Und ob Torstein und Barkhingor überhaupt noch existierten.

Niflheim

Leichter Morgennebel verhinderte die freie Sicht auf die Häuser Barkhingors. Zwei Tage und Nächte waren sie durch die Sümpfe und Wälder gezogen, nun lagen sie seit der Morgendämmerung am Waldrand und spähten zu den Gebäuden. Es war seltsam leise, weder gackerten Hühner noch meckerten Ziegen, und es war auch keine Frau zu sehen, die ihren Tätigkeiten am frühen Morgen nachging.

»Wir warten weiter!«, flüsterte Mjöllnir.

Henrik war übel. Sie hatten während der vergangenen Tage kaum etwas gegessen, denn aus Angst davor, doch verfolgt zu werden, hatten sie der Jagd nicht allzu viel Zeit gewidmet. Für einige Momente sah er zu Lynx. Das Mädchen schien nie müde zu werden, alles ertrug sie ohne Murren, ohne Widerstand, manchmal war sie wie Agnes´ Schatten, lautlos, kaum sichtbar, als gehörte sie schon seit jeher zu ihnen.

Die Situation im Dorf änderte sich auch nach weiterer Zeit nicht. Die Sonne stand bereits hoch am Himmel, nichts war aber zu hören oder zu sehen. Je mehr Zeit verstrich, umso größer wurden ihre Bedenken, dass das Dorf verlassen sein könnte. Doch wenn, warum? Waren auch hier Sklavenhändler durchgezogen?

Plötzlich hörten sie ein Geräusch. Es war ein Plätschern, dann hustete jemand. Schließlich tauchte ein alter Mann auf, der einen Kübel Wasser mit sich schleppte. Vor einem kleinen Haus stellte er ihn ab und streckte seinen Rücken durch.

»Gehen wir!«, entschied Arna schließlich. »Ich glaube nicht, dass hier noch mehr sind.«

Als sie das Dickicht am Waldrand verließen, bemerkte sie der Fremde. Zunächst wich er erschrocken zurück, rief dann einen Namen, bevor er sie musternd anstarrte.

»Wer seid ihr?«

In diesem Moment kam ein jüngerer Mann hinzu. Die gezogene Waffe ließ er aufgrund der Überzahl der anderen sinken.

»Ich bin Arna aus Firthskur.«

»Arna!«, rief nun der Jüngere der beiden. Er steckte sein Schwert ein und ging auf sie zu. Da blieb sein Blick auf Ranveig haften.

»Ranveig, Haralds Gemahlin!«

»Ja, ich bin Ranveig«, bestätigte sie.

Henrik sah zwischen den beiden hin und her. Somit hatte sich die Frage geklärt, ob die beiden zu Torsteins Männern gehörten.

»Bei allen Göttern … woher kommt ihr denn?«

»Das ist eine lange Geschichte«, antwortete nun Radvald. »Wir möchten Torstein sprechen.«

Der ältere Mann schüttelte ungläubig mit dem Kopf, während der jüngere nun näher kam. Sein langer Bart war zu kleinen Zöpfen geflochten. »Ranveig, ich heiße dich herzlich willkommen.« Dann sah er auf Arna. »Arna, Königin der Walküren. Es ist mir eine Ehre, dich begrüßen zu dürfen. Dein Ruhm eilt dir überall voraus.«

Arna sagte nichts dazu, während Mjöllnir, Ragnar und Radvald die beiden Männer von Torstein umringten. Sie alle waren immer und überall vorsichtig und schenkten zunächst wenig Vertrauen, doch den Jüngeren erkannten sie offenbar. Sie begrüßten ihn mit Knut.

»Torstein ist nicht hier«, erklärte Knut. »Niemand ist mehr hier außer uns beiden.«

»Was meinst du damit?«, wollte Arna wissen.

»Wir sind weitergezogen. Drei Tagesreisen von hier an die Grenze zum Land der Schweden.«

Arna sah ihre Freunde überrascht an, in Ranveigs Gesicht hingegen war keine Regung zu erkennen.

Offenbar merkte der ältere Mann, dass er sehr hungrigen Verbündeten gegenüberstand.

»Wir braten gerade eine Ziege über dem Feuer. Esst mit, ich erzähle euch, was geschehen ist. Mein Name ist Thorhall.«

Etwas später saßen sie an einer der Feuerstellen und aßen weiches Ziegenfleisch. Henrik war aufgefallen, dass Knut besonderen Respekt Arna, aber ebenso Ranveig gegenüber hatte. Immerhin war Harald der Sohn des *yfirmannr*, und da Ranveig ihm berichtet hatte, dass sie nach Torsteins Tod zur *yfirfrodr* aufstiege, war ihre Stellung bereits jetzt eine wesentlich höhere.

»Auch wir sind überfallen worden«, berichtete schließlich Knut, dessen Arme fast so dick waren wie Mjöllnirs. »Doch wir konnten die Eindringlinge töten. Dann kam ein zweiter Überfall, den wir ebenfalls abwehren konnten. Torstein entschied dennoch, das Dorf zu verlassen. Wir hörten auch von anderen Dörfern, die Schwierigkeiten bekamen. Manche sind zum Kreuzgott übergetreten, viele aber nach Norden oder Osten weitergezogen.«

»Und was ist dort, wo Torstein nun siedelt?«, fragte Ranveig. »Ist Harald bei ihm?«

»Torstein ist bei seinem Vetter Vjodr. Sie herrschen zusammen über sechzig Mann in einer gut geschützten Siedlung am Ufer des Brodjon. Man nennt sie Kroltjammr. Harald ist bei ihnen.«

»Und was macht ihr beide hier?«, wollte Arna wissen.

»Harald lässt seit der Aufgabe des Dorfes stets zwei Männer hier wachen. Wir wechseln uns alle zehn Tage ab. Er hat tatsächlich nie die Hoffnung aufgegeben, dass Ranveig wieder zurückkehrt.«

»Er lässt euch für mich hier warten?« Ranveig sah die beiden erstaunt an.

»Harald hat immer gehofft, dich wiederzusehen. Aber nun bist du zurückgekehrt, Ranveig, Tochter des Einar. Es wird ein großes Fest geben, wenn wir dort ankommen.«

Henrik sah zu Agnes. Es ging also noch weiter, weitere Tage nach Nordosten, bis ans Land der Schweden.

»Nun erzählt, wie ihr es geschafft habt, zurückzukehren«, forderte Knut sie auf. »Wo wart ihr all die Zeit?«

Als sie abwechselnd von ihrer Reise berichteten und Knut sowie Thorhall erfuhren, dass sie alle tief im Süden im Reich des Sandes gewesen waren, konnten die beiden kaum mehr ihre Münder schließen. Ifrikia kannten sie nur vom Namen her, es war aber eher wie Seemannsgarn, eine völlig andere Welt, denn die beiden hatten niemals jemanden getroffen, der auch nur annähernd so weit im Süden gewesen war wie diese Freunde.

Henrik hingegen genoss weiter das Fleisch, denn viel zu lange hatte er keines mehr gegessen. Lynx erinnerte ihn dabei an ein *djamal*. So viel, wie diese Tiere trinken konnten, so viel konnte das dürre Mädchen offenbar essen. Vielleicht befürchtete es auch, in den kommenden Tagen nichts mehr zu bekommen.

Als sie alle satt waren, brieten sie auch die zweite Ziege, packten das Hab und Gut der Wachen auf das Boot und bestiegen es.

Henrik bemerkte, dass Thorhall noch längere Zeit am Ufer stehend Richtung Barkhingor blickte.

»Es ist das letzte Mal, dass ich mein Heimatdorf sehe«, sagte er. »Es gibt nun keinen Grund mehr, zurückzukehren.«

Knut umarmte seinen Vater, Henrik konnte nicht genau erkennen, ob Thorhall nicht sogar einige Tränen verlor. Und nachdem sie alle eingestiegen waren und flussaufwärts ruderten, verloren sich bald die Häuser Barkhingors zwischen den Bäumen des riesigen Waldes.

»Ist jemals jemand von euch in Kroltjammr gewesen?«, fragte Henrik seine Freunde. Niemand schien es aber zu kennen.

»Ihr kennt aber Ladtoftr?«, fragte nun Knut.

Seine Freunde hatten schon davon gehört.

»Dann kennt ihr es. Aufgrund des Einflusses des Kreuzes heißt es nun Kroltjammr.«

Henrik sah zu Agnes, doch sie hatte verstanden. Kroltjammr hieß übersetzt ›Kreuzflucht‹. Vermutlich betraf dies nun jeden einzelnen Menschen, der den alten Götter zugewandt war.

Zum ersten Mal fragte er sich, ob ihre Flucht jemals enden würde. Nicht vor denen, die sie vermutlich nach dem Überfall auf Ibn Wassifs Anwesen gejagt hatten, und auch nicht vor denjenigen, die vermutlich die Identität der Mörder von Völsungur entdeckten.

Die Flucht vor Menschen war einfacher als die vor einer sich wie eine Flechte ausbreitenden Religion.

Drei Tage später gelangten sie zu einer Steilwand am Ufer des Brodjon. Etwa fünfzig Schritte von ihnen entfernt führten zwei Stege ins Wasser, ein Dutzend Männer lief mit Pfeilen im Anschlag auf sie zu und zielte auf sie.

»Wir sind es, Knut und Thorhall!«, rief Knut schon von Weitem. Augenblicklich ließen die Männer die Pfeile sinken, starrten jedoch neugierig auf die, die bei den beiden im Boot saßen.

Als sie anlegten und ausstiegen, rief Knut einen der Männer zu sich. »Lauf in die Festung und lass Torstein und Harald ausrichten, dass Ranveig zurückgekehrt ist. Und berichte ihnen, dass es derer zwölf sind, die uns mit ihrer Anwesenheit beehren. Eine von ihnen ist Arna, Königin der Walküren. Sie ist es wahrlich. Sagt ihnen, der Tag ist endlich gekommen!«

Einige der Männer flüsterten aufgeregt, der Angesprochene starrte Ranveig an, dann Arna, bevor er schließlich losrannte, als sei er von einer Wüstenschlange gebissen worden.

Bereits an den Stegen erkannte Ranveig mindestens zwei Männer aus den Tagen bei Torstein. Sie verbeugten sich, doch deren Aufmerksamkeit Arna gegenüber war mindestens genauso groß. Ranveig wusste, dass Arnas Name sich bis in die tiefsten Ländereien des Nordmannreiches herumgesprochen hatte, und würde sie sie selbst nicht wie eine Schwester kennen, wäre ihr Staunen vermutlich ebenso groß.

Als Knut und Thorhall sie auf dem Pfad in Richtung der Festung führten, wurden sie von den Männern Kroltjammrs begleitet. Sie flüsterten weiterhin, sahen immer wieder vorsichtig auf sie oder Arna, genauso aber zu Agnes, Lynx oder Henrik, die niemand von ihnen je gesehen hatte und die auch nicht als Sachsen erkannt wurden.

Der Weg führte durch einen Wald einen Hang hinauf. Auf dem ersten Plateau blieb Ranveig erstaunt stehen. Über ihnen erstreckte sich ein breiter Holzpfahlwall, der offenbar die Festung abschirmte. Wenigstens drei plätschernde Quellen waren mit Steinen eingefasst neben dem Stamm einer riesigen Esche zu sehen. Auch die anderen blieben stehen und sahen sich dieses Schauspiel staunend an.

»Was ist da?«, wollte Agnes wissen.

Ranveig legte eine Hand auf die Schulter ihrer Freundin. »So muss wahrlich Niflheim aussehen, die Welt aller Herrlichkeit.«

»Aber ist das nicht schlecht, weil Hel dort? Was ist Niflheim genau?«

»Nein, sieh nur, wie wunderschön es ist. Ich meine Niflheim, bevor es von Helheim verdrängt wurde. Das Niflheim früherer Tage, voller Schönheit, morgendlichem Nebel, Wälder und immerwährender Frische des Grases. Es wurde erst später zu Helheim. Hier sind die Quellen, auch wenn es nicht zwölf sind. Doch diese große hier, die von den weißen Steinen eingefasst ist, gleicht der Quelle *hverglemir*. Nur die Mutigsten trinken daraus, die Schwachen werden von Hels Anwesenheit geblendet und verdammt. Und diese Esche hier ist *yggdrassil*, der Lebensbaum. Wenn du an ihrem Stamm hörst, vernimmst du vielleicht das Klagen derer, die in den Untergründen Nastronds angekommen sind, dort, wo die Schwächsten und Verfluchten hausen. Aber auch das Scheppern der Hörner in Walhall, wo unsere Vorfahren feiern und singen.«

Ranveig fiel auf, dass auch die anderen zuhörten. Ihre Freunde schienen es zu genießen, wieder die alten Geschichten zu hören und zu spüren, dass sie zu Hause angekommen waren. Dort, wo ihre Götter herrschten und Odin seine starken Hände auf die Feinde schlug.

»Kannst du dich erinnern, als ich dir in der Wüste von Walhall erzählt habe?«, fragte sie Agnes. »Folkwangr hingegen ist der Ort, an den alle Menschen gelangen, die nicht im Kampf sterben. Nicht die Krieger, die ruhmreich gefallen sind, denn denen steht ein Platz in Walhall zu. Frauen, die immer mutig waren und den wahren Göttern gedient haben, werden in Folkwangr aufgenommen.« Sie drehte sich zu ihren Freunden. »Und wenn ich uns alle so ansehe, wie wir vor dem Kreuz fliehen, wir immer weiter verdrängt werden, die Anzahl derer, die an die wahren Götter glauben, schrumpft, dann sind wir womöglich wirklich in der Verbannung gelandet, in Niflheim, in einer Welt, die früher einmal voller Schönheit und Kraft war.«

Niemand sagte etwas, alle standen da und schwiegen. Sie selbst spürte, Worte gesagt zu haben, die womöglich allen ans Herz gingen.

Beeindruckt von diesem Moment ging Ranveig zu der Esche und legte ihre Hand an den Stamm des Baumes. Dort schloss sie die Augen.

»Mutter, ich wünschte, du könntest das hier erleben. Aber du wandelst in Folkwangr. Irgendwann werden wir uns dort wiedersehen.«

Überrascht bemerkte sie, dass Lynx ihr gefolgt war und ebenfalls den Stamm der gigantischen Esche anfasste.

»Wenn du Kraft benötigst, bekommst du sie genau an so einem Ort«, flüsterte sie ihr zu. »Scheue dich nicht, die Kraft der Bäume zu erbitten.«

Lynx Antwort war ein dankbares Lächeln, obwohl Ranveig wusste, dass sie nicht verstanden worden war.

Als Ranveig zu den anderen zurückkehrte, küsste Arna sie auf ihr Haar. »Die Götter haben uns hierher geführt, Schwester. Wir werden sehen, welche Pläne sie mit uns haben.«

Der Weg führte einmal um die Esche herum in die Höhe, als würde der riesige Baum den Respekt aller Ankommenden verlangen. Die Männer leiteten sie am Wall entlang, der aus hunderten Baumstämmen bestand, die schräg nach außen aus dem Boden ragten. Es war nur möglich, sie niederzubrennen, um mit einer Belagerung Erfolg zu haben.

Falls *ragnarök*, der Kampf um die Welt, jemals stattfinden sollte, dann wäre dieser Ort der geeignetste dafür.

Als sie durch das geöffnete Tor traten, blieb Ranveig überrascht stehen. Etwa einhundert Männer, Frauen und Kinder mussten es sein, die zu zwei Seiten getrennt im Inneren standen und auf die Neuankömmlinge starrten. Der Bote hatte also mit seinem Auftrag Erfolg gehabt.

Als sie an der zweigeteilten Menge vorbeigingen, hoben alle, die bewaffnet waren, ihre Schilde und Schwerter. Ranveig wusste, dass diese Ehrerbietung nicht ihr galt, sondern Arna. Es war eine bisher ungesehene Respektsbekundung, deutlich spürte sie, wie sie von einer Gänsehaut überzogen wurde. Dennoch nickten viele der Menschen auch ihr zu, einige knicksten sogar, viele tuschelten, als wenn eine Tote den Platz betreten hätte.

Von vorn lösten sich Harald und Torstein aus der Menge, ein weiterer Mann folgte den beiden.

»Arna, Königin der Walküren«, rief Torstein, und auch der andere Mann blieb zunächst vor Arna stehen.

»Ich bin Vjodr, *yfirmannr* von Kroltjammr.«

Harald hingegen kam Ranveig näher als die beiden anderen. Noch sagte er nichts, denn er ließ die beiden *yfirmannr* sprechen, sein Blick wich aber nicht von Ranveigs Gesicht. Nun, als sie ihm gegenüberstand, schämte sie sich etwas, denn sicherlich hatte sie Schande über ihn gebracht. Niemals würde sie aber ihre Entscheidung bereuen, an jedem einzelnen Tag zöge sie den Weg nach Ifrikia vor. Ein Eid vor Göttern war so viel mächtiger als der Wille der Sterblichen.

»Heil Odin!«, rief Arna plötzlich laut, so, als wollte sie die Gottestreue der Anwesenden testen.

»Heil Odin!«, antworteten alle Menschen laut. Es war wie ein Donner aus Thors Hammer, wie der Blitz des Odin selbst. Die Stimmen hallten von den Häuserwänden wider, die aufgestampften Speere und gegen die Schilde geschlagenen Schwerter verstärkten dieses Spektakel.

»Ich begrüße euch alle in Kroltjammr«, rief nun Torstein. »Ihr alle zwölf seid für immer herzlich willkommen.«

Die Menschen jubelten nun laut, als hätten sie auf diesen besonderen Moment gewartet.

Haralds Griff an Ranveigs Hand forderte aber ihre Aufmerksamkeit. »Es hat sich also gelohnt, Wachen im Barkhingor zu behalten.«

»Offenbar, Harald. Ich danke dir, dass du an meine Rückkehr geglaubt hast.«

»Und ich danke dir, dass du zurückgekommen bist.«

»Ich habe nicht mehr daran geglaubt.«

»Sicherlich hast du viel zu erzählen, Ranveig.«

»Ja. Ein Abend wird nicht reichen.«

Er kam etwas näher und sah sie lange an. Jetzt erst fiel ihr auf, dass er nur wenig gestottert hatte, und seine Hand lag ruhig in ihrer. Nichts an ihm zitterte, er schien momentan alle Nervosität abgelegt zu haben.

»Wenn du uns ab sofort weitere Abende erlaubst, höre ich dir gern zu. Egal, wie lang deine Geschichten sind und wie sehr sie die Nächte verkürzen.«

Ranveig wunderte sich über seine Worte. Warum stellte er infrage, dass sie blieb? Überhaupt hatte er nur wenig mit dem Harald gemein, den sie damals kennengelernt hatte. Oder hatten sich nur ihre Erinnerungen verändert?

An diesem Abend war die lange Tafel in der Schildhalle im Hause des *yfirmannrs* voll besetzt. Sie speisten alle bei Vjodr, und außer den zwölf Freunden waren nur die Familien Torsteins und Vjodrs anwesend.

Ranveig hatte Frida, die Sklavin aus dem Frankenland, lange umarmt. Sie war bei ihrer einstigen Ankunft außer Sigurd die Einzige gewesen, der sie Vertrauen entgegengebracht hatte, und sie war sehr froh, die junge Frau wieder anzutreffen.

Sie erfuhren, dass die Festung Kroltjammr von immer mehr Menschen aufgesucht wurde. Es sprach sich weit herum, dass sie wehrhaft war. Ranveig hatte auf dem großen Platz wenigstens einhundert Menschen gesehen, und die Wachen, die sich außerhalb befunden hatten, waren darin noch nicht einmal inbegriffen. Vjodr und Torstein teilten sich den Titel des *yfirmannr* und hatten aufgrund des ständigen Zuwachses begonnen, auf dem gegenüberliegenden Plateau eine zweite Festung zu bauen. Wenn diese fertiggestellt war, hatte jeder der beiden Männer eine eigene Siedlung, verbrüdert mit der anderen.

Schließlich erzählten sie den beiden Familien, was ihnen seit dem Winter zugestoßen war. Sie berichteten lange, und als sie geendet hatten, spürte Ranveig, dass es den Anwesenden schwerfiel, all das zu begreifen. Immer wieder fragte Torstein nach den Tieren Ifrikias, während die Frauen daran interessiert waren, was die Menschen dort unten aßen und am Leibe trugen. Die Tatsache, dass die Ziriden einen Gott anbeteten, der über Menschen im Sand herrschte, nahmen viele mit einem Kopfschütteln auf. Wie die Christen hatten auch die Wüstenbewohner nur einen Gott, und sie alle waren der Meinung, dass dieses Volk bestraft worden war, warum auch immer.

Sie erzählten jedoch nicht, dass sie Völsungurs Familie getötet hatten. Dies behielten sie für sich. Zwar waren all das hier Odinssöhne und -töchter, allerdings hatten Ranveig und ihre Freunde gelernt, selbst dem eigenen Volk nicht allzu gedankenlos zu vertrauen.

»Nun, wo ihr hier seid, frage ich euch, ob ihr bleiben wollt«, fragte Torstein schließlich. Dabei sah er besonders Ranveig und Arna an. Ranveig ahnte, dass Torstein nicht gewillt war, eine weitere Demütigung hinzunehmen. Darüber wollte sie aber mit Harald sprechen und nicht mit seinem Vater.

»Arna, deine Name ist über alle Grenzen bekannt«, fuhr Vjodr fort. »Es gibt Männer, die aus Schweden kamen. Selbst dort kennt man Arna, die Walküre. Manche sagen, deine Name würde nur flüsternd ausgesprochen, andere glauben, du wärst ein Geist, der nachts Fremden in den Wäldern auflauert. Eure Reise ins westliche Nebelland hat viele Geschichten genährt.«

»Ich weiß«, antwortete Arna. »Diese Geschichten sind mir aber einerlei. Wir sind nun Schutz Suchende und werden nur an einem Ort bleiben, an dem die wahren Götter herrschen.«

»Dann seid ihr hier genau richtig. Zudem glaube ich fest daran, dass es für uns von Vorteil ist, Arna die Große bei uns zu haben. Es könnte vermehrt Männer aus umliegenden Gegenden herbeilocken.«

»Hast du vor, eine gewaltige Stadt zu gründen?«

»Nein. Aber genügend wehrhafte Krieger zu haben, ist kein schlechtes Vorhaben. Wenn die zweite Festung ausgebaut ist, wird es schwer, uns erfolgreich anzugreifen.«

»Das ist wahrlich kein schlechter Plan.« Arna sah dabei jeden ihrer Freunde an.

Es stand für Ranveig außer Frage, dass sie alle blieben, es konnte ihnen nichts Besseres passieren. Vielleicht war es eine der letzten Bastionen der alten Götter. Wer wusste schon, wie schnell die Flechte des Kreuzes in den Norden und Osten übergriff?

Arna hatte auch Henrik, Agnes und Lynx angesehen. Dabei wurde es Ranveig schwer ums Herz. Sie wusste nicht, für was sich die drei entschieden, hoffte jedoch von ganzem Herzen, dass ihre Gefährten sie nicht mehr verließen. Sie würde um Agnes und Henrik kämpfen und alles dafür tun, sie nicht mehr ziehen zu lassen. Letztlich war es aber nicht ihre Entscheidung.

Sie aßen und tranken, bis ihnen übel wurde. Der schwere Met forderte schon bald seinen Tribut, und als die Nacht weit fortgeschritten war, ließ sich Ranveig von Harald in seine Stube führen. Es war seltsam, sie war niemals vorher hier gewesen, und doch war es nun auch ihr Lager. Über dem Bett hingen Schilde mit den Zeichen Odins und Thors, auf den verzierten Balken waren Widdergeweihe und Raben angebracht, fast überall waren die in sich verschlungenen Muster eingekerbt. Es tat gut, nach all der langen Zeit wieder die vielen Zeichen ihrer Götter zu sehen, auch wenn alles in diesem Raum noch fremd war, als sei sie nur ein Gast.

»Möchtest du das Schlaflager allein haben?«, fragte Harald sie. »Ich kann bei meinen Freunden nächtigen.«

»Warum? Du bist mein Gemahl.«

Harald setzte sich nun, nahm Ranveig an der Hand und zog sie neben sich auf die Bettkante. Zunächst sah er längere Zeit zu Boden, dann aber in ihre Augen. Seine Hand begann leicht zu zittern, und als er sie mit seiner anderen Hand festhielt, beruhigte sie sich.

»Es sollte kein Zwang für dich sein, schöne Ranveig. Ja, ich habe mein Recht einst eingefordert, aber ebenso gelernt, dass es nicht richtig war. Keinesfalls möchte ich, dass du dich zu etwas gezwungen fühlst.«

Ranveig war sehr überrascht. Als säße ein Zwillingsbruder Haralds neben ihr, stotterte er abermals nur sehr wenig und wirkte außerordentlich ausgeglichen.»Du setzt die ehelichen Pflichten einer Frau außer Kraft?«

»Ich setze außer Kraft, dass ich mein Recht einfordere. Wenn du bei mir bleibst, dann aus freien Stücken. Vielleicht wärst du damals nicht gegangen, hätte ich dich nicht zu etwas gezwungen.«

Ranveig ehrten diese Worte durchaus.»Ich wäre in jedem Fall gegangen, da ein Schwur vor den Göttern überwiegt. Ich musste Mutter und Balbó suchen.«

»Und das spricht für dich. Du bist die mutigste Frau, die ich jemals kennengelernt habe.«

Ranveig war etwas verwirrt. Nun begann sein festgehaltener Arm doch vermehrt zu zittern. Dabei bebten seine Mundwinkel. Er besaß also noch immer diese Krankheit, die viele als Einfältigkeit beschrieben hatten, sie wirkte jedoch nicht mehr so ausgeprägt wie damals.

»Was möchtest du mir sagen, Harald?«

Wieder sah er ihr lange in die Augen.»Wenn du nicht bleiben möchtest, dann werde ich dich nicht halten. Wenn du unsere Vermählung auflösen möchtest, werde ich dir nicht im Weg stehen.«

»Aber … es wäre eine unglaubliche Demütigung für dich vor all den Menschen.«

»Ranveig, darum sollst du dich nicht sorgen. Ich möchte keine Frau an meiner Seite, die gezwungen ist, bei mir zu bleiben. Ich liebe dich mehr, als ich zuvor erkannt habe, und ich würde dir stets ein guter Mann sein. Aber eine Ehe einzufordern als Pfand für Sicherheit und ein Schiff, damit du deine Familie suchen kannst, war eine Entscheidung, die ich all die lange Zeit bereut habe.«

Verblüfft hielt Ranveig die Luft an. Es waren Worte, die ihr Herz berührten. Sehr sogar. Harald schien eine Wandlung durchgemacht zu haben, und sie glaubte ihm, dass er Liebe für sie empfand. Tatsächlich gäbe er die Vermählung ihr zuliebe auf. Konnte es einen besseren Beweis für Zuneigung geben?

»Harald, mich ehren deine Worte. Aber Torstein …«

»Vergiss meinen Vater! Ich treffe meine eigenen Entscheidungen.«

Sie nickte, wusste aber nicht, was sie sagen sollte. Es gab keinen Grund, die Verbindung zu trennen, womöglich begann nun die Zeit, sich ohne Druck, Zwänge und falsche Versprechungen kennenzulernen. Seltsamerweise hatte sie gar nichts dagegen, sie mochte den Mann neben sich. Keinesfalls log er sie an, sie spürte deutlich seine Aufrichtigkeit und seine Zuneigung ihr gegenüber. Sie erinnerte sich daran, dass er es gewesen war, der Männer allein ihretwegen in Barkhingor zurückgelassen hatte.

»Ich möchte die Verbindung nicht lösen, Harald. Wir haben sie vor den Göttern geschlossen, Odin und Freya waren Zeugen dieses Abends. Wir können sie nicht einfach leichtfertig lösen. Zudem sehe ich, dass ich einem Mann gegenübersitze, der gut ist, schlau und stark. Ich danke dir sehr für deine Worte, es muss dir alles andere als leicht gefallen sein.«

Er sagte nichts, drückte aber ihre Hand. »Es ist das Schönste, was du sagen konntest. Ich hoffe so sehr, dass du dich an meiner Seite irgendwann einmal wohlfühlst.«

Ranveig konnte sich nicht erklären, welche Wandlung Harald durchgemacht hatte. Sie wollte aber auch nicht fragen.

Schließlich stand sie auf, zog das Obergewand aus und legte sich auf das Bett.

»Es ist auch deine Schlafstätte, Harald. Mein Gemahl sollte sich nie wie ein Hund verkriechen. Ich möchte stolz auf ihn sein und möchte sehen, dass er vor nichts und niemandem Angst hat.«

Harald stutzte erst, zog sich dann aber auch aus und legte sich neben sie. Er fasste sie aber nicht an, auch wagte er keinen Versuch, sie zu küssen oder sich anzunähern.

»Ich danke dir«, flüsterte sie schließlich.

»Für was?«

»Dass du mich in all der Zeit nicht aufgegeben hast. Du hast meinetwegen Männer in Gefahr gebracht, die allein in einem verlassenen Dorf gewartet haben.«

»Du bist meine Frau, ich hätte dich auch gesucht, hätte ich gewusst, wo genau du bist.«

»Sei froh, dass du es nicht getan hast.«

»Eure Geschichten waren sehr spannend. Es ist unglaublich, was ihr alles erlebt habt.« Nun umschloss er wieder ihre Hand. »Ranveig, es tut mir so leid um deine Mutter. Ich trauere mit dir, und sie wird auch hier ihren Platz erhalten.«

Sie nickte, auch wenn er es aufgrund der nur spärlich brennenden Öllampe vermutlich kaum sehen konnte.

So blieben sie liegen, Hand in Hand. Harald wagte keinen Vorstoß, sie anders zu berühren als ihre Hand zu halten, und Ranveig fühlte sich, als wäre sie eine Königin. Sie mochte ihn wirklich, es war alles anders als damals, vor allem er selbst.

Es gab keinen Grund, die Vermählung aufzugeben. Seine Hand wirkte weich, warm, und sicherlich konnte sie von Glück reden, einen solchen Gemahl bekommen zu haben.

Seine Zuneigung ihr gegenüber hatte er mehr als unter Beweis gestellt.

Nun lag es an ihr, eine gute Gemahlin zu werden

Da die Anzahl der Unterkünfte noch nicht mit dem steten Zuwachs der Menschen in Kroltjammr mithalten konnte, zogen Henrik, Agnes und Lynx mit Arna, Radvald und Gudrun vorübergehend in ein kleines Haus am Rande des Dorfes. Henrik schlief lange, denn er war den schweren Met nicht gewohnt, und als er am kommenden Morgen aufstand, befürchtete er, sein Schädel könnte platzen.

Hastig trank er aus dem Kübel Wasser.

»Es wird Zeit, dass wir öfter trinken!«, begrüßte ihn Radvald. »Wir benehmen uns, als wären wir kleine Kinder.« Dabei lächelte er ihn mit rot unterlaufenen Augen an.

Es dauerte, bis sich das Pochen in Henriks Schädel verlor. Agnes und Lynx waren nicht da, und als er fragte, wo sie sich aufhielten, teilte Gudrun ihm mit, sie seien zum Hafen gegangen.

Nach einigen Bissen übrig gebliebenen Fleisches suchte Henrik sie auf. Tatsächlich fand er sie an den Stegen vor. Ein kleines Warenschiff war gerade eingetroffen, von dem Säcke und Kisten transportiert wurden.

Henrik war verwundert und ging auf einen von Torsteins Männern zu. »Wird Kroltjammr beliefert? Ich dachte, nur noch christlichen Siedlungen steht dies zu.«

»Die Händler sind ebenfalls Odinssöhne!«, antwortete der noch junge Mann. »Es gibt noch einige von ihnen, aber nur wenige im Süden. Sie kommen vermehrt aus dem Norden und Osten.«

Überrascht bemerkte Henrik, dass es sich um viele Waren handelte, vor allem Getreidesäcke waren in großen Mengen vorhanden.

Da sah er Agnes und Lynx an einem Pfahl stehend. Schilde zierten die Spitze des Pfahls, auf denen Hörner und die Runen Odins angebracht waren. Leise näherte er sich Agnes und umarmte sie von hinten. Erfreut küsste sie ihn, wich aber dann zurück. »Du stinkst wie ein Mettopf. Vielleicht sollte ich dich in den Fluss werfen!« »Es wäre wohl das Beste, es hälfe auch meinem Schädel.« Zu seiner Überraschung stellte sich Lynx zwischen die beiden. Offenbar wollte sie Agnes davon abhalten, Henrik ins Wasser zu stoßen. Agnes lachte laut, küsste Lynx auf ihr Haar und erklärte, dass es nur ein Spaß zwischen ihnen war. Spaß war etwas, das Lynx offenbar erst noch lernen musste.

Etwas später kehrten sie zurück und blieben an der riesigen Esche stehen. »Ich verstand Ranveigs Verblüffung am gestrigen Tag vollends«, flüsterte sie. »Ich kenne Niflheim nicht und weiß zu wenig über die Götter und die Welten dieses Volkes, Henrik. Aber ich spüre, dass dies hier ein besonderer Ort ist. Es muss ein Privileg sein, hier leben zu dürfen, mit all seinen Freunden an seiner Seite. Wenn ich von Niflheim höre, stelle ich es mir so vor wie diesen Ort hier direkt vor unseren Augen, auch wenn es das Land Hels ist, der Göttin der Unterwelt.«

Henrik hatte am Vortag gesehen, dass auch Arna und die anderen völlig beeindruckt gewesen waren. Niemals hatte er einen größeren Baum als diesen gesehen. Die Äste hingen tief, wie schützende Arme, und es waren tatsächlich nicht nur drei, sondern fünf Quellen, die Wasser aus der Steilwand sprudeln ließen. In diesem Moment hatte er geahnt, dass keiner seiner Freunde diesen Ort wieder verlassen wollte, zumal es keine bessere Voraussetzung gab, das Leben im Volk von Odinsöhnen und -töchtern weiterzuführen als hier in Kroltjammr. Schon bald ständen zwei Festungen über ihnen, die wehrhaft genug waren, die alten Götter zu verteidigen.

»Ja, es ist tatsächlich ein Privileg, Agnes.« Er schluckte, weil sie genau das ansprach, das ihm seit Tagen auf der Zunge lag. Sie hatten alles erreicht, was sie sich vorgenommen hatten. Ranveig war bei Harald angekommen und seine Freunde waren in größerer Sicherheit, als er es sich je zuvor hatte vorstellen können.

»Warum fragst du mich nicht?«, wollte sie plötzlich wissen.

Ihre Hand schlich sich in seine, drückte sie. Und als sie in seine Augen sah, schlug sein Herz schneller. Mehr denn je erkannte er, dass sein Platz an ihrer Seite war, egal, wo dies sein mochte.

»Ob wir hierbleiben?«

»Ich habe dich gesehen, Henrik. Es ist deine Familie, auch wenn du kein Odinssohn bist.«

»Das gilt aber nur für mich, Agnes.«

»Nein, nicht ganz. Ranveig steht mir so nahe wie eine Schwester. Ich möchte sie nicht verlassen. Henrik, an welchem Ort dieser riesigen Welt können wir eine vergleichbare Familie finden, Menschen, denen wir mehr vertrauen können? Ich werde es dir sagen: nirgends. Wir haben ein so großes Glück, wir wären dumm, schlügen wir es aus.«

»Also bleiben wir?«

»Natürlich bleiben wir.«

Unendlich erleichtert atmete er auf. Er hatte es geahnt, gehofft, aber es nun ausgesprochen zu wissen, löste alle Steine auf, die sich in ihm angesammelt hatten. Ein breites Grinsen überkam ihn, er umarmte Agnes, küsste sie, wirbelte sie herum, und als Lynx sie fragend ansah, nahm Agnes deren Wangen zwischen ihre Hände.

»Lynx, wir möchten an diesem Ort bleiben. Es sind unsere Freunde, unsere Familie. Möchtest du das auch?«

Lynx nickte sofort mit einer derartigen Selbstverständlichkeit, dass Henrik ahnte, dass sie dies niemals angezweifelt hatte. Er freute sich auch für sie, denn endlich hatte das Leben ein Ende, an fremden Lagern um Essen betteln und dafür sämtliche Wünsche erfüllen zu müssen. Sie war noch ein Mädchen, und er freute sich sehr darüber, sie künftig in seinem Haus zu wissen.

Sie blieben noch eine Weile dort stehen, sahen zu den Frauen, die Wasser holten, zu den Arbeitern, die auf dem gegenüberliegenden Plateau die zweite Wallanlage errichteten. Es war ergreifend, Teil von all diesem Geschehen sein zu dürfen. In seinen Gedanken stellte sich Henrik eine große Stadt vor, vielleicht so groß wie Ripa oder Haithabu, voll von Menschen, die die alten Götter gegen den Einfluss des Christentums verteidigten.

Er war bereit, ein Teil dessen zu sein, sein Leben weiterhin für Agnes und seine Freunde zu riskieren.

»Da seid ihr ja!«, riss ihn plötzlich Ranveigs Stimme aus seinen Gedanken.

Sie kam allein auf sie zu, Harald war nicht zu sehen. Obwohl es ihm auf der Zunge lag, wollte er nicht fragen, wie sie sich fühlte, an Haralds Seite zurückgekehrt zu sein.

Sie schien seine Gedanken zu erahnen. »Harald ist ein guter Mann. Jetzt haben wir endlich die Gelegenheit, uns kennenzulernen.«

Es klang zuversichtlich, und wie sie lächelte, schien sie es wirklich auch so zu meinen.

»Warum seid ihr so erfreut?«, fragte sie nun.

Da sah Agnes sie lächelnd an. »Wir entschieden, hierzubleiben. Ich meine Schwester und Gefährtin nie wieder verlassen.«

Ranveig öffnete den Mund, wollte etwas sagen, dann rannen Tränen aus ihren Augen. Ihre Lippen zitterten, sie konnte den Tränenfluss nicht mehr zurückhalten. Offensichtlich überwältigt umarmte sie Agnes, drückte sie fest an sich, küsste und herzte sie, und nun weinte auch Agnes.

Diese wischte sich jedoch schnell die Tränen wieder ab, schließlich war sie die ›Eiserne Agnes‹.

»Das sind die schönsten Neuigkeiten, die ich erhalten könnte«, flüsterte Ranveig ergriffen, umarmte nun auch Henrik lange Zeit, bevor sie Lynx auf ihr Haar küsste. »Meine Familie bleibt zusammen. Es ist ein Tag zum Feiern. Arna behielt also recht.«

»Warum?«, wollte Henrik wissen. »Was hat sie gesagt?«

»Dass ihr bleibt. Für sie stand es außer Frage.«

»Dann scheint Arna als *völva* ebenso geeignet zu sein wie als Walküre!«

Da lachte Ranveig aus vollem Herzen. »Nein, eine *völva* ist sie wahrlich nicht. Es genügt, wenn sie unsere Schwester ist, denn das ist wertvoller als alle Titel oder Künste. Eine Schwester wie du sie bist, meine Agnes.«

Sie umarmte sie wieder voller Freude, und noch immer umschlungen wendeten sie ihren Blick der Esche zu.

In diesem Moment erschien sie göttlich, majestätisch, als hielte Odin selbst seine Hand schützend über diesen Ort, über diese Menschen.

Da dachte Henrik an Agnes' Worte zurück. Es sei ein großes Glück, hier mit seiner Familie zu leben.

Er konnte sich kein größeres Glück vorstellen.

Epilog

Zweihundert Tage später
Kroltjammr, östliches Norwegen

Knirschend stellte Agnes den Wasserkübel neben die Feuerstelle, lächelte Lynx zu, setzte sich auf den Schemel und streckte die Hände an die Flammen des Feuers. Die Wände hielten den eisigen Wind des Winters gut ab, kaum ein Lüftchen drang durch die Bretterwand. Wäre Henrik nun bei ihr, würde sie mit ihm vielleicht sogar das Nachtlager teilen, doch auf diesen Moment musste sie noch bis zum Abend warten. Er arbeitete am Hafen, an dem neue Stege angebracht wurden. Sie wohnten noch immer mit Arna, Gudrun und Radvald in dem Haus, von dem sie mittlerweile jede Strebe kannte, jedes Loch in den Wänden und jede Schindel. Momentan waren aber nur sie und Lynx hier.

Das Scharren und Knistern von Lynx riss sie aus ihren wohligen Gedanken. Lynx mahlte gerade Getreide, und das seit dem frühen Morgen.

»Mach doch mal Pause und iss etwas. Wir haben Glück, dass es uns über den Winter reichen wird.«

Das Mädchen nickte, wischte sich trotz der Kühle in ihrem Haus den Schweiß von der Stirn und setzte sich zu ihr. Dort reichte Agnes ihm eine Schüssel Haferbrei.

Lynx hatte etwas zugenommen und war nun nicht mehr ganz so dürr wie im Sommer. Seit dem ersten Tag hatte das Mädchen sich vor keiner Arbeit gedrückt, war jeder Anforderung sofort nachgekommen und hatte sich somit den Respekt vieler Frauen des Dorfes verdient. Hatte Agnes einst noch angenommen, sie würden aufgrund ihrer Herkunft bei vielen der Menschen auf Ablehnung stoßen, war diese Befürchtung schnell zerstoben. Sie waren wie in einer großen Familie aufgenommen worden, auch Lynx, von der niemand wusste, wie sich ihre Stimme anhörte.

Plötzlich ging die Türe auf, ein kalter Windstoß traf das Feuer und ließ kurzzeitig die Flammen kleiner werden.

»Ranveig!«

»Ich sehe, ihr esst gerade!«

»Komm, wir haben genügend!«

Sie herzte Ranveig, die nun auch Lynx begrüßte und sich setzte.

Agnes liebte es, Zeit mit Ranveig zu verbringen, zumal es nicht mehr so oft vorkam wie noch zu Beginn. Sie alle hatten viele Arbeiten zu verrichten, waren ins Dorfgeschehen eingebunden, der Alltag in Kroltjammr war genauso hart und lang wie an jedem anderen Ort dieser Welt.

Aber er war inmitten ihrer Freunde, die ihr Sicherheit gaben.

»Torstein sagt, die zweite Wallburg ist in zehn Tagen fertig.«

Agnes staunte. Es war abzusehen gewesen, und nun, wo sich das Dorf komplett auf zwei Flächen verteilte, gab es bereits Gerüchte, man wolle eine dritte Wehrburg bauen.

»Wir haben unseren zweihundertfünfzigsten Bewohner«, fuhr Ranveig fort. »Irgendwann wird Kroltjammr bekannter sein als Haithabu.«

Agnes musste lachen, reichte Ranveig auch eine Schüssel und blickte zu den beiden Dingen, die über ihrem Schlaflager an der Wand hingen. Das eine war das Tuch von Lynx mit der Mutter Maria darauf. Sie hatte niemandem erzählt, dass die Frau Maria darstellte, um niemanden im Dorf durch ein christliches Bildnis zu beleidigen. Obwohl sie ahnte, dass Ranveig Bescheid wusste, wollte sie es nicht zugeben.

Das andere war das Armband von Farah. Aus Angst, es könnte kaputtgehen, trug sie es nur bei besonderen Anlässen, die andere Zeit über hing es an der Wand.

»Denkst du öfter an sie?«, schien Ranveig Agnes' Gedanken zu erraten.

»Seltsamerweise ja. Aber erst seit einiger Zeit.«

»Ich auch.«

Verblüfft blickte Agnes in Ranveigs Gesicht. »Obwohl es so lange her ist, werden die Erinnerungen stärker. Weißt du noch, wie *bilah* schmeckt? Oder *hamdali*, wenn der Rauch aus dem Becher stieg? Wie sich Farahs Stimme anhört? Oder das Brummen der Wüstennacht, wenn wir auf dem Schlaflager ruhten?«

»Ja, Agnes. Ich erinnere mich sehr gut, und manchmal kommt es mir vor, als wäre all das erst gestern geschehen. Ich denke auch an Farah, an ihr nettes Lächeln, vor allem an die Tage im *saqfallah*.

Während draußen unbarmherzig die Hitze wütete, war es unter dem Dach stets angenehm.«

Agnes wunderte sich, dass auch Ranveig nun vermehrt von diesen Erinnerungen heimgesucht wurde. Manchmal dachte sie, das Röhren der *djamale* zu hören, den Sand auf ihrer Haut zu spüren oder den Singsang der Männer zu vernehmen, die ihren Gott in den Straßen Susas oder Qabis' anbeteten. Das Rufen der Marktschreier oder die verwirrenden Gerüche auf den Gewürzmärkten. Es kam ihr vor, als würde sie bei diesen Erinnerungen die Sonnenstrahlen wie Feuer an ihrer Haut fühlen.

»Wie es Farah wohl gerade ergeht?«, fragte Ranveig. »Ob sie nun anderen Menschen helfen, Sklaven zu befreien?«

»Ich wünsche ihr, dass sie nie in Gefahr gerät. Sie war eine liebevolle Frau.«

»Das war sie tatsächlich.«

Agnes lächelte gequält, denn noch jemand blieb in ihrer Erinnerung. Es war kein Tag vergangen, an dem sie nicht an Marius hatte denken müssen.

Wieder schien Ranveig es zu spüren. »Er wird immer einen Platz in deinem Herzen haben.«

»Ja, das wird er. Wir haben ihn nicht begraben können. Er liegt noch irgendwo im Sand, zerfressen von Vögeln oder den Kreaturen der Wüste.«

»Er ist in deinem Herzen. Das ist entscheidend.«

Sie nickte und hoffte, es gäbe tatsächlich ein Paradies. Dann könnte sie sich vorstellen, wie Marius darin lustwandelte.

»Deine Mutter wird auch immer in dir sein.«

»Oh ja, das ist sie. Sie ist auch hier an diesem Ort. Agnes, manchmal habe ich das Gefühl, dass die Geister der Verstorbenen hier landen. Hier an diesem Baum, an diesen Quellen. Hier spüre ich eine solche Kraft, dass ich daran glaube, Odin und Frigg selbst haben diesen Ort erschaffen, um ihn den letzten Getreuen zum Geschenk zu machen.«

»Ich glaube fest daran, meine Schwester.«

Jetzt erst fiel Agnes auf, dass sie Ranveig gar nicht nach dem Grund ihres Besuchs gefragt hatte. Sie holte es nun nach.

»Genügt es nicht, meine Schwester zu besuchen?«

»Doch, und es freut mich außerordentlich.«

Ranveig sah zu Boden, wippte mit den Beinen und schien nervös zu sein.

478

»Was ist?«, fragte Agnes sie schließlich.

»Nun ja, eigentlich gibt es doch einen Grund. Ich habe die *völva* gestern aufgesucht.«

Agnes erstarrte. »Bist du krank? Was ist?«

»Nein, das ist es nicht. Mir geht es gut. Mehr als gut. Im Grund genommen bist du nun die Erste, die es erfährt, auch wenn mich Harald vermutlich dafür tadeln wird.« Dabei lächelte sie eigenartig, und für einige Momente fragte Agnes sich, auf was Ranveig aus war. Doch als sie die flache Hand auf deren Bauch sah, die Art des Lächelns und ihren Blick, hielt sie die Luft an.

»Es entsteht Leben in dir?«

»Ja, Agnes. Ich trage Haralds Spross in mir.«

Eine Welle heißen Glücks durchzog Agnes' Körper. Zunächst grinste sie nur, bevor sie Ranveig umarmte.

»Ich wünsche dir Friggs und Freyas Gunst. Ich freue mich so sehr für dich.«

»Und ich wünsche mir, dass du das Kind gleich nach mir in den Händen halten wirst.«

»Nun ja, Harald wird da auch ein Wörtchen mitreden wollen.«

»Nein, das entscheide ich. Du sollst auch dabei sein, wenn ich niederkomme.«

Für Agnes war diese Ehre höchstes Glück.

Da kam Lynx zu ihnen und legte eine Hand auf Ranveigs Bauch. Dabei lächelte sie, als würde die Sonne aus ihr herausstrahlen.

»Und du kommst danach!«, versprach Ranveig ihr. »Es wird aber Sommer sein, wenn ich gebäre, ich stehe erst am Anfang.«

»Wann hast du vor, es den anderen zu sagen?«

»Noch heute. Vor allem Harald, er wird vermutlich ein Fest veranstalten. Zwar viel zu früh, aber so ist er halt.«

Agnes spürte auch jetzt, dass Ranveig große Zuneigung für Harald empfand. Diese war in all der Zeit gewachsen, und sie freute sich sehr für ihre Freundin.

Dabei dachte sie plötzlich an Henrik. Sie teilten oft das Schlaflager, und jedes Mal war es so schön wie damals an den Auen der Wesura. War es auch ihr bald gegönnt, Leben in sich zu tragen?

Als ihr Blick auf Lynx fiel, auf Ranveig, und sie dann an all die Freunde dachte, die sie in den letzten Monaten gewonnen hatte, lächelte sie. Ja, es wäre die Krönung von all dem, doch sie war auch so reich beschenkt worden. Mehr als sie es jemals erhofft hatte.

Und als sie darüber nachdachte, wie geborgen sie sich seit der Ankunft an diesem Ort fühlte, fragte sie sich, wie viel von der »Eisernen Agnes« noch an ihr haftete.

Sie benötigte diese Maske längst nicht mehr.

Übersetzungen altnordischer und arabischer Bezeichnungen

Yfirmann	„Erster" Mann, Dorfoberhaupt
Yfirfrodr	Frau des yfirmannr, „erste" Frau
Völva	Heilerin, Wahrsagerin, „Hexe"
Midgard	Welt der Menschen
Asgard	Welt der Götter
Helheim	Reich der Göttin Hel
Niflheim	Reich des Nebels und des Eises, später Helheim
Muspelheim	Gegenpol zu Niflheim, Reich des Feuers
Nastrond	Reich der Finsternis, der Verfluchten
Ragnarök	Schlacht zwischen Göttern und Unge-Heuern, Weltuntergang, letzter Kampf
ginnungagap	Rand der Erde, von dem man aus ins Nichts fällt
Vinland	Westküste Nordamerikas
Fjordor vestur	Torsteins Schiff, segelt nach Britannien
Thing	Männergericht, Versammlung
Thrall	Sklave
Jörmungandur	Weltenschlange
Atanapeh	Indianerstamm Nordafrikas
Mörsugor	Januar
Borri	Februar
Goi	März
Einmandur	April
Harpa	Mai
Egtiur	Juni
Selmandur	Juli
Midsumar	August
Heynur	September
Haustmandur	Oktober
Gormandur	November
Frermandur	Dezember

Ifrikia	mittelalterliche Bezeichnung Nordafrikas
Ziriden	Berberdynastie Nordafrikas 10.-12. Jhd.
djamal	Dromedar
saqfallah	rundartiger Zeltbau
alquba	männliche Kopfbedeckung, Tuch
bilah	Dattel
maúz	Banane
alkarawiah	Kümmel
hamdali	heißes, aromatisches Getränk mit Gewürzen